Le mystérieux Mr Quinn

Un meurtre est-il facile ?

Agatha Christie

Le mystérieux Mr Quinn

Un meurtre est-il facile ?

ÉDITIONS FRANCE LOISIRS

Le mystérieux Mr Quinn a paru sous le titre original :
The mysterious Mr Quin.

Nouvelle traduction de l'anglais par Laurence Kieffé, Gérard de Chergé, Jean-Marc Mendel et Daniel Lemoine.

Un meurtre est-il facile ? a paru sous le titre original :
Murder is easy.

Nouvelle traduction de l'anglais par Gérard de Chergé.

Édition du Club France Loisirs,
avec l'autorisation de la Librairie des Champs-Élysées.

Éditions France Loisirs,
123, boulevard de Grenelle, Paris.
www.franceloisirs.com

ISBN : 2-7441-6991-9.

Le mystérieux Mr Quinn

1

L'arrivée de Mr Quinn

(The Coming of Mr Quin)

C'était la nuit de la Saint-Sylvestre.

Au château de Royston, les invités — du moins les plus notables d'entre eux — étaient réunis dans le grand hall.

Quant à la jeunesse, elle était allée se coucher, ce qui comblait d'aise Mr Satterthwaite. Il n'appréciait guère, en effet, les jeunes gens en trop grand nombre. Il les jugeait inintéressants, mal dégrossis. Et puis, ils manquaient tragiquement de subtilité. Or, au fil des années, le doux vieillard était devenu de plus en plus friand de subtilités.

Âgé de soixante-deux ans, Mr Satterthwaite était un petit homme sec et voûté, dont le visage, au regard scrutateur, évoquait curieusement celui d'un lutin. Il s'intéressait de façon extrême, voire immodérée, à la vie d'autrui. Toute son existence, il l'avait passée « aux premières loges », comme on dit si bien, à observer les mille et un drames de la nature humaine qui se jouaient sous ses yeux. Spectateur il était, spectateur il avait toujours voulu être. Mais maintenant que la vieillesse commençait à l'enserrer dans ses griffes, il se montrait plus exigeant sur la qualité des drames qui lui étaient proposés. Il recherchait désormais ce qui sortait à tout le moins de l'ordinaire.

Sans nul doute, il possédait le flair adéquat. Quand les éléments d'un drame étaient réunis, il le savait d'instinct, tel le limier qui flaire l'odeur de sa proie. Depuis son arrivée à Royston, dans l'après-midi, ce sixième sens l'avait alerté, incité à la vigilance. Quelque chose d'intéressant était en train de se passer… ou n'allait pas tarder à le faire.

Les invités n'étaient pas nombreux. Outre Tom Evesham, leur hôte, homme jovial et affable, ainsi que son épouse, née lady Laura Keene — créature placide qui ne s'enflammait que pour la politique —, il y avait là sir Richard Conway — militaire de carrière, grand chasseur, grand sportif et grand voyageur devant l'Éternel —, plus six ou sept jeunes gens dont Mr Satterthwaite n'avait pas daigné retenir les noms. Et puis il y avait les Portal.

C'étaient les Portal qui intéressaient Mr Satterthwaite.

Bien qu'il n'eût jamais rencontré Alex Portal auparavant, il savait tout de lui, car il avait connu son père et son grand-père. Âgé d'une quarantaine d'années, Alex était blond aux yeux bleus comme tous les Portal de père en fils, joueur, amateur de sport et de chasse et désespérément dépourvu d'imagination. Rien d'inattendu chez Alex Portal. Le type même de l'Anglais bon teint.

Sa femme, en revanche, était toute différente. Mr Satterthwaite la savait australienne. Portal, qui avait fait un voyage en Australie deux ans plus tôt, l'avait rencontrée sur place, épousée aussitôt et ramenée avec lui. Elle n'était jamais venue en Angleterre avant son mariage. Pourtant, elle ne ressemblait en rien aux autres Australiennes que Mr Satterthwaite avait eu l'occasion de croiser sur son chemin.

Il l'observa à la dérobée. Intéressante, cette femme. Très intéressante même. Si calme, et pourtant si... vivante. Vivante ! C'était le mot juste ! Pas vraiment belle — non, on ne pouvait pas dire qu'elle fût belle —, mais elle possédait une sorte de charme magique, envoûtant, qui ne pouvait échapper à personne ni laisser aucun homme indifférent. Là, c'était le côté masculin de Mr Satterthwaite qui parlait ; mais son côté féminin — car la personnalité de Mr Satterthwaite comportait une large part de féminité — se passionnait pour une autre question. *Pourquoi Mrs Portal se teignait-elle les cheveux ?*

Aucun autre homme, sans doute, n'aurait remarqué ce détail ; mais Mr Satterthwaite, lui, notait toujours ces petites choses-là. Et, en l'occurrence, il se sentait perplexe. Nombreuses sont les brunes qui se décolorent pour devenir platine ; en revanche, c'était la première fois qu'il voyait une blonde se teindre en brune.

Tout, chez Mrs Portal, l'intriguait. Son intuition lui soufflait qu'elle était soit très heureuse, soit, au contraire, très malheureuse. Mais il n'aurait su dire laquelle de ces deux hypothèses était la bonne, et cette incertitude le contrariait. De plus, il y avait l'étrange effet qu'elle produisait sur son mari.

« Il l'adore, se dit Mr Satterthwaite, mais par moments, il... oui, il en a peur ! C'est très intéressant. Inhabituellement intéressant. »

Portal buvait trop. Ça, c'était sûr. Et il avait une curieuse façon d'observer sa femme lorsque celle-ci ne le regardait pas.

« Les nerfs, pensa Mr Satterthwaite. Ce garçon a les nerfs en pelote. Elle le sait, d'ailleurs, mais elle fait comme si de rien n'était. »

Voilà un couple qui piquait sa curiosité. Que se passait-il entre eux ? Qu'est-ce qui n'allait pas ? Il n'arrivait pas à le définir.

Il fut arraché à ses méditations par le carillon solennel de la grande horloge qui trônait dans un coin de la pièce.

– Minuit, annonça Evesham. Nous voici avec un an de plus. Bonne année à tous ! À vrai dire, cette horloge avance de cinq minutes… Ce que je me demande, c'est pourquoi les enfants n'ont pas voulu rester debout pour attendre le Nouvel An avec nous ?

– Je suis bien sûre qu'ils ne sont pas allés se coucher, dit sa femme d'une voix posée. Ils sont probablement occupés à mettre des brosses à cheveux ou je ne sais quoi dans nos lits. Ce genre de plaisanterie les amuse beaucoup. Je n'ai jamais pu comprendre en quoi c'était drôle. Dans ma jeunesse, on ne nous aurait jamais laissé faire de telles bêtises.

– Autre temps, autres mœurs, dit Conway dans son plus beau français.

C'était un homme grand, qui ne pouvait renier son appartenance à l'armée. Evesham et lui semblaient coulés dans le même moule : s'ils étaient honnêtes, droits et bienveillants, l'intelligence n'était sans doute pas leur qualité dominante.

– Dans ma jeunesse, reprit lady Laura, nous formions le cercle et nous nous tenions par la main en chantant *Auld Lang Syne* : « Oublierons-nous ceux que nous avons connus ? » J'ai toujours trouvé ces paroles très émouvantes.

Evesham se leva, mal à l'aise.

– Oh ! la ferme, Laura, marmonna-t-il entre ses dents. *Ce n'est vraiment ni l'heure ni le lieu.*

Il traversa le hall à grands pas pour allumer une autre lampe.

– Que je suis sotte ! dit tout bas lady Laura. Cela lui rappelle ce pauvre Mr Capel, bien sûr. Le feu n'est-il pas trop chaud pour vous, ma chère amie ? ajouta-t-elle, voyant qu'Eleanor Portal avait eu un haut-le-corps.

– Si, répondit cette dernière. Je vais reculer un peu mon fauteuil.

« Quelle jolie voix elle a ! pensa Mr Satterthwaite. Une de ces voix graves, mélodieuses, qui vous hantent la mémoire. Son visage est dans l'ombre, à présent. Dommage. »

De sa place au cœur des ombres, l'objet de ses pensées reprit la parole :

– Mr... Capel ?

– Oui. L'ancien propriétaire de cette maison, il s'est tué d'une balle de pistolet... Oh ! d'accord, Tom chéri, je n'en parlerai pas si cela doit te contrarier. Ç'a été un grand choc pour Tom, vous pensez bien, car il était ici au moment du drame. Vous aussi, n'est-ce pas, sir Richard ?

– En effet, lady Laura.

Dans un coin de la pièce, une antique horloge de bois émit des soupirs, des sifflements et des ronflements asthmatiques avant d'égrener les douze coups de minuit.

– Bonne et heureuse année, grogna encore une fois Evesham sans conviction.

Lady Laura rangea son tricot non sans quelque ostentation.

– Et voilà, dit-elle, nous avons accueilli l'an neuf. (Elle se tourna vers Mrs Portal.) Que comptez-vous faire, chère amie ?

Eleanor Portal sauta sur ses pieds.

– Monter me coucher, et sans tarder ! répondit-elle d'un ton léger.

« Elle est toute pâle, pensa Mr Satterthwaite en se levant à son tour pour s'occuper des chandeliers. D'ordinaire, elle ne l'est pas tant. »

Il alluma un bougeoir, qu'il lui tendit avec un drôle de petit salut démodé. Elle le remercia d'un mot et gravit lentement l'escalier.

Soudain, une bizarre impulsion s'empara de Mr Satterthwaite. Il fut tenté de la rattraper pour la rassurer. Il avait l'étrange impression qu'elle courait un danger. Son élan retomba et il eut honte de lui-même. Voilà qu'il devenait nerveux, lui aussi.

Eleanor Portal s'était engagée dans l'escalier sans regarder son mari ; soudain, elle tourna la tête dans sa direction et lui lança un long regard scrutateur, d'une étrange intensité. Mr Satterthwaite en fut curieusement affecté.

Tout en souhaitant une bonne nuit à son hôtesse, il s'aperçut qu'il était fort troublé.

– En tout cas, j'espère vraiment que ce sera une bonne et heureuse année, disait lady Laura, même s'il me semble que la situation politique est pleine d'incertitudes.

– Sans aucun doute, renchérit Mr Satterthwaite, d'un air pénétré. Sans aucun doute.

– Tout ce que j'espère, poursuivit lady Laura sur le ton posé qui était le sien quoi qu'il arrive, c'est que le premier visiteur qui franchira le seuil de cette maison sera brun. Vous connaissez certainement cette superstition, Mr Satterthwaite ? Non ? Vous m'étonnez. Pour que le bonheur s'installe dans une maison, il faut que le premier visiteur à en franchir le seuil le premier jour de l'année soit un brun. Seigneur, pourvu que je ne trouve pas quelque chose de *trop* désagréable dans mon lit ! Je me méfie toujours des enfants ; ils sont tellement espiègles !

Secouant la tête, comme en proie à de sombres pressentiments, lady Laura s'engagea majestueusement dans l'escalier.

Après le départ des femmes, le cercle se resserra autour des bûches qui flambaient dans la grande cheminée.

– Vous m'arrêterez, dit aimablement Evesham en brandissant le carafon de whisky.

Lorsque chacun fut servi, on en revint au sujet de conversation qui, précédemment, avait été déclaré tabou.

– Vous connaissiez Derek Capel, n'est-ce pas, Satterthwaite ? dit Conway.

– Un peu, oui.

– Et vous, Portal ?

– Non, je ne l'ai jamais rencontré.

Il avait prononcé ces mots avec tant de brutalité et d'agressivité que Mr Satterthwaite leva la tête, surpris.

– Je déteste que Laura aborde ce sujet, déclara Evesham d'une voix lente. Après le drame, voyez-vous, la maison a été vendue à un gros industriel qui a levé le pied au bout d'un an — peut-être tout simplement parce qu'il avait trouvé mieux ailleurs. On a alors raconté un tas de bêtises au sujet de cette maison. On a dit qu'elle était hantée, ce qui n'a jamais arrangé une réputation. Par la suite, quand Laura m'a poussé à être candidat à West Kidleby, nous avons été contraints de nous installer dans la région ; ce n'était pas facile de trouver une maison qui puisse nous convenir. Royston était vendue à bas prix, et... bref, j'ai fini par me porter acquéreur. Seulement on a beau savoir que les histoires de fantômes sont des âneries, on n'aime pas tellement s'entendre rappeler qu'on habite une maison où l'un de vos amis s'est tiré une balle dans la tête. Pauvre vieux Derek... nous ne connaîtrons jamais la raison de son geste.

– Il n'a pas été le premier à se tuer sans que l'on comprenne pourquoi, et cela m'étonnerait qu'il soit le dernier, dit Alex Portal d'une voix morne.

Il se leva et se resservit généreusement à boire, faisant gicler le whisky dans son verre.

« Ce garçon a manifestement un problème, pensa Mr Satterthwaite. Un gros problème. Je voudrais bien savoir lequel. »

– Sapristi ! s'exclama Conway. Écoutez-moi ce vent. C'est une nuit à ne pas mettre un chien dehors.

– Une nuit idéale pour les fantômes, dit Portal avec un rire insouciant. Tous les démons de l'enfer sont de sortie ce soir.

– À en croire lady Laura, même le plus noir d'entre eux nous porterait bonheur, observa Conway en riant. Écoutez !

Une nouvelle rafale de vent se déchaîna et, quand elle s'apaisa, on entendit frapper trois coups sonores à la massive porte cloutée.

Tout le monde tressaillit.

– Qui cela peut-il bien être à une heure pareille ? s'écria Evesham.

Ils se regardèrent, stupéfaits.

– Je vais ouvrir, reprit Evesham. Les domestiques sont couchés.

À grandes enjambées, il se dirigea vers la porte et, après avoir eu du mal à ôter les lourdes barres, finit par l'ouvrir toute grande. Une bourrasque glacée s'engouffra dans le hall.

Sur le seuil se tenait un homme grand et élancé. Aux yeux de Mr Satterthwaite, il semblait paré de toutes les couleurs de l'arc-en-ciel, mais ce n'était là qu'un étrange effet dû au vitrail qui ornait la partie supérieure de la porte. Lorsque le nouveau venu s'avança, chacun put constater que c'était un homme mince, brun, vêtu d'un manteau de voyage.

– Je vous prie de m'excuser pour cette intrusion, dit-il d'une voix agréable, mais ma voiture est tombée en panne. Rien de grave, mon chauffeur va pouvoir la réparer ; toutefois, cela lui prendra bien une demi-heure, et il fait si froid dehors…

Il s'interrompit et Evesham s'empressa de prendre le relais :

– Mais bien entendu. Entrez donc prendre un verre. Pouvons-nous vous donner un coup de main pour la voiture ?

– Non, merci. Mon chauffeur saura se débrouiller. Au fait, je m'appelle Quinn. Harley Quinn.

– Asseyez-vous, Mr Quinn, dit Evesham. Je vous présente sir Richard Conway, Mr Satterthwaite et Mr Portal. Quant à moi, je m'appelle Tom Evesham.

Mr Quinn salua tout le monde et se laissa choir dans le fauteuil qu'Evesham lui avait aimablement avancé. Au moment où il s'assit, le reflet des flammes joua sur son visage, le barrant d'une ombre qui n'était pas sans évoquer un masque.

Evesham jeta encore deux ou trois bûches dans l'âtre.

– Un whisky ? proposa-t-il.

– Volontiers.

Evesham lui apporta son verre et s'enquit :

– Aviez-vous déjà visité la région, Mr Quinn ?

– J'y suis passé voici quelques années.

– Vraiment ?

– Oui. Cette maison appartenait à l'époque à un certain Capel.

– Ah ! oui, dit Evesham. Pauvre Derek Capel. Vous le connaissiez ?

– Je le connaissais, oui.

Le comportement d'Evesham changea alors de façon presque imperceptible pour une personne peu familiarisée avec le tempérament anglais. Il perdit la subtile réserve qu'il avait manifestée jusque-là. Mr Quinn avait connu Derek Capel ; c'était l'ami d'un ami. En tant que tel, il bénéficiait d'un préjugé favorable et était accepté sans réticence.

– Stupéfiante affaire, dit Evesham sur le ton de la confidence. Nous en parlions à l'instant. J'avouerai que j'ai beaucoup hésité avant de me décider à acheter cette maison ; mais c'était la seule qui convienne. J'étais ici le soir où Derek s'est tué — Conway aussi —, et je vous jure que je m'attends toujours à rencontrer son fantôme dans les couloirs.

– Quelle histoire inexplicable ! déclara Mr Quinn d'une voix lente.

Il se tut, tel un comédien qui vient de lancer une réplique importante.

– C'est le moins que l'on puisse dire ! s'écria Conway. Cette affaire est un mystère total et elle le restera.

– Je me le demande, murmura Mr Quinn sans se compromettre. Oui, sir Richard ? Vous disiez ?

– Je disais que c'est une affaire ahurissante. Voilà un homme dans la force de l'âge, gai, plein d'entrain, sans le moindre souci. Il festoie ici avec cinq ou six vieux amis. Pendant le dîner, il semble en pleine forme, il déborde de projets d'avenir. Et, sitôt sorti de table, il monte droit dans sa chambre, prend un pistolet dans son tiroir et se brûle la cervelle. Pourquoi ? Nul ne l'a jamais su… et nul ne le saura jamais.

– N'est-ce pas là un jugement un peu hâtif, sir Richard ? demanda Mr Quinn, le sourire aux lèvres.

Conway le regarda d'un air intrigué.

– Que voulez-vous dire ? Je ne comprends pas.

– Ce n'est pas parce qu'un problème n'a pas été résolu qu'il est impossible à résoudre.

– Allons donc ! Si on n'a pas trouvé l'explication à l'époque, il est peu probable qu'on la trouve aujourd'hui, dix ans après.

Mr Quinn secoua doucement la tête.

– Je ne suis pas d'accord avec vous. L'Histoire est là pour vous prouver le contraire : il est plus difficile pour un historien de juger sa propre époque qu'une époque antérieure. On manque de recul pour placer les événements dans leur contexte et leur donner leurs justes proportions. Disons, si vous préférez ce terme, que c'est une question de relativité — comme tout le reste.

Alex Portal se pencha en avant. Son visage était ravagé de tics.

– Vous avez raison, Mr Quinn, mille fois raison ! Le temps ne règle pas les problèmes ; il les présente simplement sous un jour différent.

Evesham souriait avec une certaine condescendance.

– Selon vous, Mr Quinn, si nous ouvrons cette nuit un complément d'enquête sur les circonstances de la mort de Derek Capel, nous aurons autant de chances de découvrir la vérité que nous en aurions eu à l'époque ?

– *Davantage* de chances, Mr Evesham. Les passions se sont en grande partie apaisées, et vous vous rappellerez les faits comme de simples faits, sans chercher à leur donner une interprétation personnelle.

Evesham fronça les sourcils d'un air sceptique.

– Bien sûr, reprit Mr Quinn de sa voix posée, il faut un point de départ. Une théorie constitue souvent un bon point de départ. L'un de vous doit bien avoir une théorie. Vous, peut-être, sir Richard ?

Le front plissé, Conway répondit avec embarras :

– Eh bien ! à vrai dire, nous avons tous pensé qu'il y avait une femme là-dessous. Quand quelqu'un se suicide, c'est d'ordinaire pour une histoire de femme ou une histoire d'argent. Or, en l'occurrence, la seconde hypothèse était à éliminer : aucun souci sur le plan matériel. Donc la conclusion s'imposait.

Mr Satterthwaite tressaillit. En se penchant pour intervenir dans la conversation, il venait d'apercevoir, à l'étage, une silhouette de femme tapie contre la balustrade du palier. Recroquevillée là, à l'abri de tous les regards sauf du sien, elle écoutait avec une attention soutenue ce qui se passait dans le hall. Elle était tellement immobile que Mr Satterthwaite se demanda s'il n'avait pas eu la berlue.

Mais il reconnut sans difficulté les motifs de la robe, un brocart ancien. C'était Eleanor Portal.

Alors, soudain, tous les événements de la nuit trouvèrent leur place, comme les pièces d'un puzzle ; l'arrivée de Mr Quinn n'était pas l'effet du hasard mais d'une mise en scène bien réglée. Cette nuit, un drame se jouait dans le vaste hall de Royston, un drame bien réel — même si l'acteur principal était mort. Car Derek Capel avait bel et bien un des premiers rôles dans la pièce, Mr Satterthwaite en était persuadé.

Tout aussi subitement, il eut une nouvelle illumination. Le maître d'œuvre, c'était Mr Quinn. C'était lui qui la réglait, cette mise en scène, lui encore qui donnait la réplique aux comédiens. Seul au cœur du mystère, il tirait les ficelles, faisait bouger les marionnettes. Il était au courant de tout, même de la présence de cette femme pelotonnée contre la balustrade, à l'étage. Oui, il savait.

Bien calé dans son fauteuil, à l'abri dans son rôle de spectateur, Mr Satterthwaite regardait le drame se dérouler sous ses yeux. Avec calme et naturel, Mr Quinn manipulait ses pantins.

– Une femme… oui, murmura-t-il d'un air songeur. Vous n'aviez parlé d'aucune femme au cours du dîner ?

– Mais si, bien sûr ! s'écria Evesham. Il nous avait fait part de ses fiançailles. C'est ce qui rend cette histoire d'autant plus incompréhensible. Il était tout content. Il a dit que l'annonce officielle serait pour plus tard, mais il nous a clairement laissé entendre qu'il était prêt à se laisser passer la corde au cou.

– Bien entendu, dit Conway, nous avons tous deviné qui était la jeune personne en question : Marjorie Dilke, une fille charmante.

C'était apparemment à Mr Quinn de parler, mais il n'en fit rien. Son silence avait quelque chose d'étrangement provocant, comme s'il contestait cette dernière affirmation. Conway se mit aussitôt sur la défensive.

– Qui d'autre cela aurait-il pu être, hein, Evesham ?

– Je ne sais pas, répondit celui-ci d'une voix lente. Qu'a-t-il dit exactement, en fait ? Qu'il allait se laisser mettre la corde au cou, qu'il ne pouvait pas encore nous dévoiler le nom de l'élue avant d'avoir sa permission, que l'annonce était encore officieuse. Je l'entends encore nous dire quel sacré veinard il était. Il tenait à ce que ses deux plus vieux amis sachent que, l'année suivante à pareille époque, il serait un époux comblé. Naturellement, nous avons supposé qu'il s'agissait de Marjorie ; ils étaient intimes et on les avait vus partout ensemble.

– La seule chose…

Conway s'interrompit.

– Oui, Dick ?

– Ce qui est un peu curieux, si Marjorie était bien la

fille en question, c'est que les fiançailles n'aient pas été annoncées tout de suite. Pourquoi cette discrétion ? À croire qu'il s'agissait plutôt d'une femme mariée — une veuve récente, par exemple, ou une femme sur le point de divorcer.

– C'est exact, dit Evesham. Dans ce cas, il n'aurait évidemment pas pu annoncer la nouvelle aussi vite. D'ailleurs, quand j'y réfléchis, je ne crois pas qu'ils se voyaient beaucoup à l'époque, Marjorie et lui ; c'était surtout l'année précédente qu'ils avaient été très liés. Je me rappelle avoir pensé qu'ils étaient en froid.

– Curieux, murmura Mr Quinn.

– Oui. On aurait dit que quelqu'un s'était interposé entre eux.

– Une autre femme, dit Conway, songeur.

– Ce fameux soir, reprit Evesham, Derek s'est montré d'une gaieté presque indécente. Il était comme ivre de bonheur. Et pourtant… je ne sais comment dire, il avait en même temps une attitude curieusement provocante.

– Comme un homme qui défie le destin, intervint Alex Portal d'une voix sourde.

De qui parlait-il ? De Derek Capel ou de lui-même ? Mr Satterthwaite, qui le regardait, pencha pour la seconde hypothèse. Oui, c'était bien ainsi qu'apparaissait Alex Portal : un homme qui défiait le destin.

L'esprit embrumé par l'alcool, notre doux vieillard s'identifiait soudain à cet aspect de l'histoire qui le renvoyait à ses propres préoccupations secrètes.

Mr Satterthwaite leva la tête. Eleanor Portal était toujours là. À observer, à écouter, sans bouger, figée comme une morte.

– Tout à fait exact, dit Conway. Capel était bel et bien excité à un point anormal. Il faisait penser à un homme qui aurait misé gros et qui aurait gagné malgré un handicap quasi insurmontable.

– Peut-être rassemblait-il son courage pour accomplir ce qu'il avait décidé de faire ? suggéra Portal.

Comme mû par une association d'idées, il se leva pour se resservir un whisky.

– Jamais de la vie, répliqua Evesham d'un ton sec. Je jurerais qu'il ne songeait absolument pas au suicide. Conway a raison : son attitude était celle d'un joueur chanceux qui a réussi un coup fumant et qui n'arrive pas à croire à sa bonne fortune.

Conway esquissa un geste de découragement.

– Et pourtant, dit-il, dix minutes plus tard…

Ils demeurèrent silencieux. Soudain, Evesham abattit son poing sur la table.

– Il s'est forcément passé quelque chose pendant ces dix minutes ! Forcément ! Mais quoi ? Reconstituons la scène avec précision. Nous étions en pleine discussion quand, subitement, Capel s'est levé et a quitté la pièce.

– Pourquoi ? s'enquit Mr Quinn.

L'interruption désarçonna Evesham.

– Je vous demande pardon ?

– J'ai seulement dit : « Pourquoi ? » insista Mr Quinn.

Sourcils froncés, Evesham tentait de rassembler ses souvenirs.

– Sur le moment, cela ne m'a pas semblé d'une importance capitale… Oh ! j'y suis : le facteur ! Vous ne vous rappelez pas notre excitation en entendant la sonnette ? Il neigeait sans arrêt depuis trois jours. C'était la plus grosse tempête de neige que nous ayons eue depuis des années. Les routes étaient impraticables. Pas de journaux, pas de lettres. Capel est sorti voir s'il avait enfin reçu du courrier, et il est revenu avec un journal et une pile de lettres. Il a déchiré la bande du journal pour regarder les nouvelles, puis il est monté en emportant ses lettres. Trois minutes plus tard, nous avons entendu le coup de feu… Inexplicable. Absolument inexplicable.

– Cela n'a rien d'inexplicable, dit Portal. Derek Capel avait dû tout bonnement recevoir une lettre lui annonçant une nouvelle inattendue. Cela me semble évident.

– Oh ! n'allez pas croire que nous ayons négligé une possibilité aussi flagrante. Ç'a été l'une des premières questions du coroner. *Mais Capel n'avait pas ouvert une seule de ses lettres.* Toute la pile était là, intacte, sur sa commode.

Portal eut l'air déconfit.

– Vous êtes sûr qu'il n'en avait pas ouvert au moins une ? Il aurait pu la détruire après l'avoir lue ?

– Non, je suis formel. Ç'aurait été l'explication toute trouvée, naturellement. Mais toutes les lettres étaient intactes. Il n'avait rien brûlé, rien déchiré. Il n'y avait pas de feu dans la cheminée.

– Extraordinaire, murmura Portal en secouant la tête.

– Une horrible histoire, dit Evesham à voix basse. En entendant la détonation, nous sommes montés, Conway et moi, et nous l'avons trouvé… Ça m'a fait un choc, je vous prie de me croire.

– Il n'y avait rien d'autre à faire que de téléphoner à la police, j'imagine ? dit Mr Quinn.

– À l'époque, il n'y avait pas le téléphone à Royston ;

c'est moi qui l'ai fait installer quand j'ai acheté la maison. Heureusement, le hasard a voulu que le gendarme du village se trouve à la cuisine à ce moment-là. L'un des chiens — vous vous rappelez ce pauvre vieux Rover, Conway ? — s'était égaré la veille. Un charretier l'avait trouvé à moitié enfoui sous une congère et l'avait emmené au poste. Notre brave gendarme avait reconnu le chien de Capel — un animal que Derek aimait tout particulièrement — et l'avait ramené ici. Il venait d'arriver quand le coup de feu a éclaté. Cela nous a bien simplifié la vie.

– Bon sang, il y avait une de ces tempêtes de neige ! se souvint Conway. Cela se passait à peu près vers cette époque, n'est-ce pas ? Début janvier.

– En février, plutôt. Attendez, nous sommes partis pour l'étranger peu après.

– Je suis sûr et certain que c'était en janvier. Ned, mon cheval de chasse — vous vous souvenez de Ned ? —, s'est estropié fin janvier, et c'était juste après ce drame.

– Dans ce cas, ce devait être dans les tout derniers jours de janvier. C'est curieux comme il est difficile de se souvenir des dates au bout de quelques années.

– C'est l'une des choses les plus difficiles au monde, opina Mr Quinn sur le ton de la conversation. Sauf si vous avez un point de repère précis, un événement marquant : l'assassinat d'un grand de ce monde, par exemple, ou un procès criminel retentissant.

– Mais j'y suis ! s'exclama Conway. C'était juste avant l'affaire Appleton.

– Juste après, me semble-t-il.

– Non, non, souvenez-vous : Capel connaissait les

Appleton, il avait fait un séjour chez eux le printemps précédent, juste une semaine avant le décès du vieillard. Je le revois encore nous parler de lui, un soir : selon lui, c'était une vieille baderne et ç'avait dû être affreux pour une femme jeune et belle comme Mrs Appleton de vivre avec un mari pareil. À ce moment-là, personne ne se doutait encore qu'elle s'était débarrassée de lui.

– Sapristi, vous avez raison ! Je me rappelle avoir lu un entrefilet dans le journal : on allait procéder à l'exhumation du corps. Ce devait être le jour même du suicide de Capel. J'ai lu l'article sans y faire très attention, parce que je pensais en même temps à ce pauvre Derek.

– C'est là un phénomène courant mais très étrange, fit observer Mr Quinn. Dans les moments de grande tension, l'esprit se fixe sur un détail sans importance dont on se souvient parfaitement bien longtemps après, comme si l'anxiété nous l'avait à jamais gravé dans le cerveau. Même s'il s'agit d'un détail insignifiant — le motif du papier peint, par exemple —, on ne l'oubliera pas.

– C'est extraordinaire que vous disiez cela, Mr Quinn, dit Conway. Pendant que vous parliez, j'ai eu soudain l'impression de me retrouver dans la chambre de Derek Capel, à côté du corps étendu par terre, et j'ai vu avec une parfaite netteté le gros arbre qui est devant la fenêtre et l'ombre qu'il projetait sur la neige. Oui, le clair de lune, la neige, l'ombre de cet arbre : je les revois en cet instant précis. Ma parole, je crois même que je serais capable de les dessiner ! Et pourtant, à l'époque, je ne me suis pas rendu compte que je les regardais.

– Il occupait la grande chambre au-dessus du porche, n'est-ce pas ? demanda Mr Quinn.

– Oui, et l'arbre en question est le grand hêtre dans le tournant de l'allée.

Mr Quinn hocha la tête, comme satisfait. Mr Satterthwaite, lui, se sentait curieusement excité. Il était convaincu que chaque mot, chaque inflexion de voix de Mr Quinn était lourd de sens. Leur visiteur poursuivait un but précis. Lequel au juste, Mr Satterthwaite n'aurait su le dire, mais il savait sans l'ombre d'un doute qui était le meneur du jeu.

Après un silence, Evesham en revint au sujet précédent.

– L'affaire Appleton, oui, je m'en souviens très bien. Elle a fait sensation, à l'époque. L'épouse s'en est tirée, n'est-ce pas ? Une jolie femme, très blonde… remarquablement blonde.

Presque malgré lui, Mr Satterthwaite leva les yeux vers la silhouette agenouillée à l'étage. La vit-il se tasser un peu, comme si elle avait reçu un coup — ou n'était-ce qu'un effet de son imagination ? Vit-il une main se tendre vers la table, puis s'immobiliser ?

Il y eut un fracas de verre brisé. Alex Portal, en se versant un whisky, avait laissé tomber le carafon.

– Crénom ! Je suis désolé. Je ne sais pas comment je m'y suis pris, je…

Evesham coupa court à ses excuses :

– Ce n'est rien. Ce n'est rien, cher ami. Curieux, ce bris de verre me rappelle quelque chose. C'est bien ce que Mrs Appleton avait fait, n'est-ce pas ? Elle avait cassé le carafon de porto ?

– Oui. Le vieux Appleton prenait tous les soirs un verre de porto — un seul. Le lendemain de sa mort, l'une des servantes a vu sa femme casser le carafon exprès. Vous pensez bien que cela a fait jaser les domestiques. Ils savaient tous que Mrs Appleton avait été horriblement malheureuse avec son mari. La rumeur a grossi, enflé, au point que, des mois plus tard, des cousins de la victime ont demandé l'exhumation du corps. Et il est apparu que le vieillard avait été empoisonné. À l'arsenic, si je ne m'abuse ?

– Non, à la strychnine, je crois. Peu importe. En tout cas, le fait était là : selon toute vraisemblance, une seule personne pouvait avoir commis ce meurtre. Mrs Appleton est donc passée en jugement. Elle a fini par être acquittée, faute de preuves, sans pour autant que son innocence ait été formellement établie. En d'autres termes, elle a eu de la chance. Car il ne fait guère de doute dans mon esprit qu'elle était bel et bien coupable. Qu'est-elle devenue ensuite ?

– Elle est partie pour le Canada, me semble-t-il. Ou l'Australie, je ne sais plus. Elle avait là-bas un oncle ou un parent quelconque qui lui offrait un toit. Compte tenu des circonstances, c'était la meilleure solution pour elle.

Mr Satterthwaite était fasciné par la main droite d'Alex Portal, dont les doigts, crispés sur son verre, le serraient à le briser.

« Vous allez le réduire en miettes d'ici une minute, comme le carafon, si vous n'y prenez garde, pensa Mr Satterthwaite. Mon Dieu, que tout ceci est donc intéressant ! »

Evesham se leva pour se resservir à boire.

– Avec tout ça, fit-il observer, nous ne sommes pas plus avancés. Nous ne savons toujours pas pourquoi ce pauvre Derek Capel s'est brûlé la cervelle. Notre complément d'enquête n'a pas été un grand succès, n'est-ce pas, Mr Quinn ?

Mr Quinn éclata de rire. D'un rire étrange, à la fois triste et moqueur, qui fit sursauter tout le monde.

– Je vous demande bien pardon, dit-il. Vous vivez encore dans le passé, Mr Evesham ; vous n'avez pas fait table rase de vos idées préconçues. Moi, en revanche — moi, le visiteur, l'étranger de passage —, je ne vois qu'une seule chose : les faits !

– Les faits ?

– Oui.

– Qu'entendez-vous par là ? interrogea Evesham.

– Je vois une suite de faits logiques que vous avez vous-mêmes soulignés sans en voir la signification. Revenons dix années en arrière et regardons ce qui se passe — en faisant abstraction de toute idée préconçue et de tout sentiment personnel.

Mr Quinn s'était levé. Il paraissait immense. Derrière lui, les flammes dansaient dans l'âtre. Il se mit à parler à voix basse, forçant l'attention de son auditoire :

– Vous êtes en train de dîner. Derek Capel annonce ses fiançailles. Sur le moment, vous pensez qu'il parle de Marjorie Dilke, mais vous n'en êtes plus si sûrs aujourd'hui. Il est excité comme quelqu'un qui vient de défier le destin avec succès — comme un homme qui, selon vos propres termes, a réussi un gros coup malgré un handicap écrasant. Sur ces entrefaites, on sonne à la porte. Il sort pour aller chercher le courrier longtemps attendu. Il n'ouvre pas ses lettres, mais, ainsi que vous le dites vous-mêmes, *il déplie le journal pour jeter un coup d'œil aux nouvelles.* Cela remonte à dix ans, de sorte que nous ne pouvons savoir quels événements faisaient les gros titres ce jour-là. Un tremblement de terre dans un pays lointain ? Une crise politique imminente ? De ce journal, nous ne savons qu'une chose : il contenait un entrefilet, *un entrefilet annonçant que, trois jours plus tôt, le ministère de l'Intérieur avait accordé l'autorisation d'exhumer le corps de Mr Appleton.*

– Quoi ?

Mr Quinn ne se laissa pas interrompre :

– Derek Capel monte dans sa chambre et là, il voit quelque chose par la fenêtre. Sir Richard Conway nous a dit que les rideaux n'étaient pas tirés et que, de plus, cette fenêtre donnait sur l'allée. Qu'a-t-il vu ? Qu'a-t-il bien pu voir qui l'ait contraint à se suicider ?

– Où voulez-vous en venir ? Qu'a-t-il vu ?

– Selon moi, dit Mr Quinn, il a vu un policier en uniforme. Un gendarme qui venait à propos d'un chien égaré, mais, cela, Derek Capel ne le savait pas : il a simplement vu un policier en uniforme.

Il y eut un long silence, comme s'il fallait un certain temps aux personnes présentes pour tirer les conclusions de ce qui venait d'être dit.

Finalement, Evesham murmura :

– Bon Dieu ! Vous ne croyez tout de même pas que ?... Appleton ? Mais voyons, Capel n'était pas là au moment de la mort d'Appleton ! Le vieillard était seul avec sa femme...

– Que Capel n'ait pas remis les pieds chez le couple depuis plus d'une semaine ne change rien à l'affaire. La strychnine n'est pas très soluble, sauf sous forme d'hydrochlorure. La plus grande partie du poison, qui s'était déposée au fond de la carafe de porto, n'a été absorbée que dans le dernier verre, une semaine environ après la visite de Capel.

Portal bondit. Sa voix était rauque, ses yeux injectés de sang.

– Pourquoi a-t-elle brisé le carafon ? s'écria-t-il. Pourquoi l'a-t-elle brisé ? Dites-le-moi !

Pour la première fois de la soirée, Mr Quinn s'adressa directement à Mr Satterthwaite :

– Vous avez une grande expérience de la vie, Mr Satterthwaite. Peut-être pouvez-vous répondre à cette question ?

La voix de Mr Satterthwaite trembla un peu. C'était enfin à son tour d'entrer en scène. Il lui incombait de prononcer certaines des répliques les plus importantes de la pièce. À présent, il n'était plus spectateur mais acteur.

– À mon sens, murmura-t-il modestement, elle avait une tendre inclination pour Derek Capel. Mais c'était une femme honnête, et elle avait repoussé ses avances. Quand son mari est mort, elle a deviné la vérité. Alors, pour sauver celui qu'elle aimait, elle a détruit la preuve qui risquait de le condamner. Par la suite, il a réussi à la persuader qu'elle le soupçonnait à tort, et elle a consenti aux fiançailles dont il a été question. Cependant, elle ne parvenait plus à cacher sa défiance… Les femmes sont dotées d'un très sûr instinct.

Mr Satterthwaite avait récité sa tirade.

Un long gémissement de détresse se fit soudain entendre.

– Seigneur ! s'exclama Evesham en tressaillant. D'où vient cette plainte ?

Mr Satterthwaite aurait pu lui dire que c'était Eleanor Portal, tapie sur le palier du premier étage, qui l'avait poussée. Mais il possédait trop le sens théâtral pour gâcher un si bel effet.

Mr Quinn, quant à lui, souriait.

– Ma voiture doit être à présent réparée. Je vous remercie de votre hospitalité, Mr Evesham. J'espère avoir fait quelque chose pour mon ami.

Ils le regardèrent sans comprendre.

– Cet aspect de l'histoire ne vous frappe donc pas ? Derek Capel aimait cette femme, vous savez. Il l'aimait au point de commettre un meurtre pour elle. Quand il a cru — par erreur — que le châtiment s'abattait sur lui, il s'est suicidé. Abandonnant ainsi bien malgré lui sa fiancée face à son cauchemar.

– Elle a été acquittée, marmonna Evesham.

– Parce que la justice n'avait pu retenir aucune preuve contre elle. Mais j'ai idée — ce n'est peut-être qu'une idée — que la malheureuse est toujours abandonnée face à son cauchemar.

Portal s'était effondré dans un fauteuil, le visage enfoui dans les mains.

Quinn se tourna vers Satterthwaite.

– Au revoir, Mr Satterthwaite. Le drame est un genre qui vous intéresse, n'est-il pas vrai ?

Le vieux monsieur acquiesça, surpris.

– Je ne saurais donc trop vous recommander les arlequinades. De nos jours, on a du mal à trouver ce genre de pièces, mais si l'on y parvient on est récompensé de sa peine, je puis vous l'assurer. Leur symbolisme est un peu difficile à admettre, mais les personnages éternels resteront toujours éternels. Je vous souhaite à tous une bonne nuit.

Ils le virent s'enfoncer dans la nuit à grands pas. Comme à son arrivée, la lumière du vitrail lui avait donné au passage un aspect fantasmagorique.

Mr Satterthwaite monta dans sa chambre et gagna la fenêtre pour la refermer, car la température était glaciale. La silhouette de Mr Quinn s'éloignait dans l'allée quand soudain, une autre silhouette — féminine, celle-là — sortit en courant par une porte latérale. Les deux ombres échangèrent quelques mots, puis la femme rebroussa chemin vers la maison. Elle passa juste sous la fenêtre de Mr Satterthwaite, qui, une fois de plus, fut frappé par l'expression si « vivante » de son visage. Elle donnait l'impression de marcher sur les ailes du bonheur.

– Eleanor !

Alex Portal l'avait rejointe.

– Eleanor, pardonne-moi... pardonne-moi... Tu me disais la vérité, mais, Dieu me pardonne, je n'arrivais pas vraiment à croire...

Certes, Mr Satterthwaite n'aimait rien tant que les secrets d'autrui, mais c'était aussi un gentleman. Son devoir lui commandait de fermer la fenêtre. Il fit donc ce qu'il avait à faire.

Mais il le fit très lentement.

La voix d'Eleanor eut ainsi le temps de lui parvenir, exquise, impossible à décrire :

– Oui, je sais. Tu as vécu un enfer. Comme moi, autrefois. On aime l'autre — et pourtant on passe alternativement par des phases de confiance et de soupçon. On repousse ses doutes — mais c'est pour mieux les voir ressurgir, toujours plus insidieux… Oui, Alex, je sais… Mais il y a un enfer encore bien pire, c'est celui que j'ai vécu auprès de toi. J'ai vu notre amour empoisonné par tes doutes — par la peur que je t'inspirais… Cet homme, cet étranger de passage, m'a sauvé la vie. Je n'en pouvais plus, tu comprends. Cette nuit, cette nuit même, j'étais décidée à en finir… Oh, Alex… Alex…

(Traduction de Laurence Kieffé)

2

L'ombre sur la vitre

(The Shadow on the Glass)

– Écoutez-moi cela.

Lady Cynthia Drage commença à lire le journal à voix haute :

– *Mr et Mrs Unkerton reçoivent cette semaine dans leur propriété de Greenways House. On compte parmi les invités lady Cynthia Drage, Mr et Mrs Richard Scott, le major Porter, D.S.O., Mrs Staverton, le capitaine Allenson et Mr Satterthwaite.* Maintenant, au moins, on sait à quoi on peut s'attendre, fit-elle observer en reposant le journal. Vous avouerez tout de même qu'ils ont fait un beau gâchis !

Son compagnon, le fameux Mr Satterthwaite dont le nom clôturait la liste des invités, la regarda d'un air interrogateur. On disait que si Mr Satterthwaite acceptait de se rendre dans la demeure de riches parvenus cela signifiait soit que la cuisine y était exceptionnellement bonne, soit qu'un drame humain allait s'y jouer. Mr Satterthwaite vouait un intérêt passionné aux drames — comiques ou tragiques — que vivaient ses semblables.

Lady Cynthia, une femme entre deux âges dont le visage dur était recouvert d'une épaisse couche de maquillage, lui donna une petite tape sévère avec l'ombrelle dernier cri négligemment posée sur ses genoux.

– Ne faites pas celui qui ne comprend pas. Vous savez parfaitement ce que je veux dire. Mieux, je suis persuadée que vous êtes ici dans le seul but d'assister au grabuge !

Mr Satterthwaite se récria avec énergie. Il ignorait de quoi lady Cynthia voulait parler.

– Je vous parle de Richard Scott, répliqua-t-elle. Oserez-vous prétendre que vous n'avez jamais entendu parler de lui ?

– Non, certes non. C'est un grand chasseur devant l'Éternel, n'est-ce pas ?

– Tout juste. « Gros ours et grands tigres, etc. », comme dit la chanson. Aujourd'hui, on peut affirmer sans rire qu'il se taille lui-même la part du lion. Naturellement, les Unkerton doivent être aux anges d'avoir mis le grappin sur lui — *et* sur la mariée ! Une enfant charmante — oh ! oui, tout à fait charmante — mais d'une naïveté… Elle n'a que vingt ans, pensez, et lui doit en avoir au moins quarante-cinq.

– Mrs Scott a l'air délicieuse, en effet, déclara posément Mr Satterthwaite.

– Oui, pauvre petite.

– Pourquoi « pauvre petite » ?

Lady Cynthia lui lança un regard chargé de reproche. Puis, sans se décourager, réussit à atteindre de manière détournée le point crucial de la conversation.

– Porter est un raseur, mais un honnête garçon ; encore un de ces chasseurs d'Afrique, taciturne et tanné par le soleil. Il a toujours été moins brillant que Richard Scott ; ce sont des amis d'enfance et tout ce qui s'ensuit. D'ailleurs, à la réflexion, je crois qu'ils étaient ensemble lors de ce safari…

– Quel safari ?

– *Le* safari. Celui de Mrs Staverton. Vous allez maintenant me dire que vous n'avez jamais entendu parler de Mrs Staverton ?

– Si, j'ai entendu parler de Mrs Staverton, convint Mr Satterthwaite, presque à contrecœur.

Lady Cynthia et lui échangèrent un coup d'œil.

– Ça, c'est typique des Unkerton ! gémit-elle. Ils sont absolument désespérants — sur le plan mondain, j'entends. Quelle idée d'inviter ces deux-là ensemble ! Naturellement, les Unkerton ont entendu dire que Mrs Staverton était passionnée de chasse et de voyages, qu'elle avait écrit un livre… et ils ne sont pas allés chercher plus loin ! Les gens comme eux n'ont pas la moindre idée qu'il existe des pièges à éviter. Je me suis occupée d'eux personnellement pendant toute l'année dernière, et personne ne pourrait imaginer le martyre que j'ai enduré. Il faut être constamment derrière eux à leur dire : « Ne faites pas ceci ! Vous ne pouvez pas faire cela ! »… Dieu merci, j'en ai maintenant fini avec cette corvée. N'allez pas croire que nous nous soyons disputés, oh ! non… je ne me fâche jamais avec personne. Je me suis contentée d'abandonner le terrain. Comme je le dis toujours, si je peux tolérer la vulgarité, je ne supporte pas la mesquinerie !

Après cette déclaration quelque peu sibylline, lady Cynthia demeura un moment silencieuse à ruminer la mesquinerie dont les Unkerton avaient fait preuve à son égard.

– En l'occurrence, reprit-elle, s'ils m'avaient demandé mon avis, je leur aurais dit avec fermeté : « Vous ne pouvez pas inviter Mrs Staverton avec les Richard Scott. Naguère, elle et lui ont été… »

Elle eut un silence éloquent.

– Mais l'ont-ils vraiment été ? s'enquit Mr Satterthwaite.

– Mon cher ami ! C'est de notoriété publique. Pensez à ce fameux safari ! Je suis surprise que cette femme ait eu le front d'accepter l'invitation.

– Peut-être ignorait-elle que les autres viendraient ? suggéra Mr Satterthwaite.

– Peut-être aussi le savait-elle. C'est beaucoup plus probable.

– Vous pensez donc… ?

– Mrs Staverton est ce que j'appelle une femme dangereuse, le genre de femme qui ne recule devant rien. Je ne voudrais pas être à la place de Richard Scott ce week-end.

– Et son épouse n'est au courant de rien, selon vous ?

– J'en suis certaine. Remarquez, une bonne âme se chargera bien de l'éclairer tôt ou tard. Ah ! voici Jimmy Allenson... Un garçon charmant. Il m'a pratiquement sauvé la vie en Égypte, l'hiver dernier : sans lui, j'aurais péri d'ennui. Ohé ! Jimmy, venez ici tout de suite !

Docile, le capitaine Allenson vint s'asseoir près d'elle sur le gazon. C'était un séduisant jeune homme de trente ans, aux dents blanches et au sourire contagieux.

– Cela me fait plaisir que quelqu'un veuille de moi, dit-il. Les Scott roucoulent comme des tourtereaux — ils n'ont besoin de personne pour tenir la chandelle —, Porter dévore le *Field*, et j'ai esquivé un danger mortel : la sollicitude de notre hôtesse.

Il rit, imité par lady Cynthia. Mr Satterthwaite, lui, demeura sérieux ; un peu collet monté par certains côtés, il s'amusait rarement aux dépens de ses hôtes avant d'avoir quitté leur demeure.

– Pauvre Jimmy, compatit lady Cynthia.

– En pareil cas, le salut est dans la fuite. J'ai échappé de peu à l'histoire du fantôme de la famille.

– Un fantôme Unkerton ? dit lady Cynthia. À mourir de rire !

– Pas un fantôme Unkerton, rectifia Mr Satterthwaite. Un fantôme Greenways. Ils l'ont acheté avec la maison.

– En effet, je m'en souviens, dit lady Cynthia. Mais ce spectre-là ne se promène pas en agitant des chaînes, n'est-ce pas ? C'est simplement une histoire de fenêtre.

Jimmy Allenson leva vivement la tête.

– De fenêtre ?

Mr Satterthwaite ne répondit pas. Il observait, par-dessus la tête de Jimmy, trois silhouettes qui sortaient, venant de la maison. Il s'agissait en l'occurrence d'une jeune femme mince escortée de deux hommes qui se ressemblaient à première vue : grands, bruns, le visage tanné et les yeux vifs — mais, quand on les regardait de plus près, la ressemblance disparaissait. Richard Scott, qui était à la fois un chasseur et un explorateur, possédait une personnalité extraordinairement puissante ; il émanait de lui un véritable magnétisme. John Porter, son ami et compagnon d'aventures, était un homme de stature plus carrée, au visage impassible, aux traits figés, aux yeux gris songeurs. C'était un homme réservé, toujours satisfait de rester dans l'ombre de son ami.

Entre eux marchait Moira Scott qui, trois mois plus tôt, s'appelait encore Moira O'Connell. Elle avait une silhouette mince, de grands yeux marron au regard mélancolique et des cheveux d'un blond-roux qui auréolaient son petit visage.

« Il ne faut pas faire de mal à cette petite, se dit Mr Satterthwaite. Ce serait abominable de faire souffrir une enfant comme elle. »

En guise d'accueil, lady Cynthia exécuta un moulinet avec son ombrelle dernier cri.

– Asseyez-vous, dit-elle aux nouveaux venus, et ne nous interrompez pas. Mr Satterthwaite est en train de nous raconter une histoire de fantômes.

– J'adore les histoires de fantômes ! dit Moira Scott en s'asseyant sur l'herbe.

– Il s'agit du fantôme de Greenways House ? demanda Richard Scott.

– Oui. Vous connaissez la légende ?

Scott acquiesça d'un signe de tête.

– Autrefois, expliqua-t-il, avant que les Elliot ne soient obligés de vendre, je faisais souvent des séjours ici. Vous voulez parler du Cavalier aux Aguets, c'est ça ?

– Le Cavalier aux Aguets, répéta sa femme dans un murmure. Voilà qui me plaît. Ça a l'air intéressant. Je vous en prie, racontez.

Mais Mr Satterthwaite semblait répugner à le faire. Il assura à Moira que l'histoire n'offrait aucun intérêt.

– Bien joué, Satterthwaite, dit Richard Scott d'un ton caustique. Faites-vous prier, c'est le meilleur moyen de nous accrocher.

Devant la clameur populaire, Mr Satterthwaite fut contraint de s'exécuter.

– C'est parfaitement inintéressant, je vous assure, dit-il sur un ton d'excuse. Vous savez qu'à l'époque de Charles Ier on appelait les partisans du roi les Cavaliers et ceux du Parlement, les Têtes rondes. Eh bien, notre histoire a pour héros un Cavalier — un ancêtre de la famille Elliot — dont la femme avait pour amant une Tête ronde. Le mari fut tué par l'amant dans l'une des chambres du haut, et les deux coupables prirent la fuite ; mais, tandis qu'ils s'enfuyaient, ils se retournèrent pour regarder la maison… et que virent-ils à la fenêtre de la chambre ? Le visage du mari mort qui les observait. Telle est la légende ; quant à l'histoire du fantôme, elle vient uniquement du fait que l'un des carreaux de cette fameuse fenêtre présente une tache irrégulière, qu'on ne distingue pratiquement pas de près — mais qui, de loin, donne effectivement l'impression d'un visage d'homme regardant au-dehors.

– De quelle fenêtre s'agit-il ? demanda Mrs Scott en levant la tête vers la maison.

– On ne la voit pas d'ici, répondit Mr Satterthwaite. Elle se trouve de l'autre côté. De toute façon, elle a été murée de l'intérieur voilà des années — quarante ans, je crois, pour être précis.

– Pourquoi l'avoir murée ? N'avez-vous pas dit que ce fantôme ne se promenait pas ?

– Si, en effet. J'imagine… j'imagine que la superstition a fini par s'en mêler, voilà tout.

Là-dessus, non sans habileté, il parvint à détourner la conversation. Jimmy Allenson se montra tout disposé à pérorer sur les devins des sables d'Égypte.

– Des charlatans, pour la plupart, dit-il. Ils veulent bien vous parler vaguement de votre passé, mais, pour ce qui est de l'avenir, ils refusent de se compromettre.

– J'aurais plutôt pensé le contraire, fit observer John Porter.

– Je crois qu'il est illégal de prédire l'avenir dans ce pays, non ? intervint Richard Scott. Un jour, Moira a demandé à une bohémienne de lui dire la bonne aventure, mais la femme lui a rendu son shilling en déclarant qu'il n'en était pas question — elle n'a pas employé ces mots-là, mais ça revenait au même.

– Peut-être a-t-elle vu quelque chose de si effrayant qu'elle n'a pas voulu me le dire, déclara Moira.

– Ne faites pas de mélo, Mrs Scott, dit Allenson d'un ton léger. Pour ma part, je refuse de croire que vous puissiez être menacée par le destin.

« Je me le demande, songea à part lui Mr Satterthwaite. Je me le demande… »

Il leva vivement la tête. Deux femmes venaient d'apparaître : l'une, petite et trapue avec des cheveux noirs, vêtue d'une robe vert jade qui ne lui allait pas du tout ; l'autre, grande et mince, portait un tailleur blanc crème. La première était son hôtesse, Mrs Unkerton ; la seconde, une femme dont il avait souvent entendu parler sans jamais la rencontrer.

– Voici Mrs Staverton, annonça Mrs Unkerton d'un air éminemment satisfait. Vous vous connaissez tous, je pense ?

– Ces gens-là ont un talent inouï pour dire exactement ce qu'il ne faut pas, murmura lady Cynthia.

Mais Mr Satterthwaite, occupé à observer Mrs Staverton, ne l'écoutait pas.

Très à l'aise, parfaitement naturelle, celle-ci lança d'un ton désinvolte :

– Bonjour, Richard ! Des siècles que nous ne nous sommes vus. Désolée d'avoir raté votre mariage. Voici donc votre épouse ? Ma pauvre petite, vous devez commencer à en avoir assez de rencontrer toutes les vieilles amies racornies de votre mari.

D'un ton intimidé, Moira fit la réponse qui convenait. L'aînée des deux femmes la jaugea d'un rapide coup d'œil avant de reporter son regard sur un autre vieil ami.

– Bonjour, John !

Le même ton dégagé, mais avec une différence subtile : on y percevait une note chaleureuse qui n'y était pas auparavant.

Et puis, brusquement, elle sourit. Ce fut une véritable

métamorphose. Lady Cynthia avait tout à fait raison. C'était une femme dangereuse ! Très blonde… des yeux d'un bleu profond — rien de la classique femme fatale — et un visage qui, au repos, devenait presque pathétique. Une femme à la voix traînante et au sourire subit, éblouissant.

Iris Staverton s'assit. Aussitôt, elle devint tout naturellement le centre du groupe. On sentait que cela devait toujours se passer ainsi.

La voix du major Porter suggérant une promenade arracha Mr Satterthwaite à ses pensées. Bien qu'il n'appréciât guère la marche à pied, le vieux monsieur accepta toutefois la proposition. Les deux hommes s'éloignèrent d'un pas nonchalant.

– Très intéressante, l'histoire que vous nous avez racontée, déclara le major.

– Je vais vous montrer la fenêtre en question, dit Mr Satterthwaite.

Ils firent le tour de la maison, jusqu'à un petit jardin à la française que tout le monde appelait le Jardin secret. Il méritait d'ailleurs bien son nom, clos qu'il était par un rideau de houx et avec son entrée protégée par une chicane des mêmes buissons aux feuilles acérées.

À l'intérieur, les parterres de fleurs, les sentiers dallés et le petit banc en pierre délicatement sculpté composaient une ambiance charmante, un peu désuète. Parvenu au centre du jardin, Mr Satterthwaite se tourna vers la maison et désigna le premier étage. La façade principale de Greenways House était orientée nord-sud. Une seule fenêtre était percée dans l'étroit mur ouest, une fenêtre aux vitres crasseuses, presque envahie par le lierre — c'est à peine si l'on pouvait voir qu'elle était condamnée de l'intérieur.

– La voilà, dit Mr Satterthwaite.

Porter tendit le cou.

– Hum… je ne vois guère qu'une sorte de décoloration sur l'une des vitres.

– Nous sommes trop près, dit Mr Satterthwaite. Un peu plus haut, dans les bois, il y a une clairière d'où l'on bénéficie d'une vue excellente.

Suivi de Porter, il sortit du Jardin secret et tourna à gauche pour s'enfoncer dans les bois. Pris par son rôle de guide, il remarqua à peine l'air distrait et préoccupé de son compagnon.

– Naturellement, il a fallu faire percer une autre fenêtre lorsque celle-ci a été condamnée, expliqua-t-il. La nouvelle fenêtre, orientée au sud, donne sur la pelouse où nous étions tout à l'heure. Ce sont les Scott, je crois, qui occupent la chambre en question ; voilà pourquoi je n'ai pas voulu insister sur le sujet. Mrs Scott se serait peut-être sentie nerveuse à l'idée de dormir dans ce qu'on pourrait appeler la chambre hantée.

– Oui, je comprends.

Mr Satterthwaite lança à Porter un coup d'œil rapide et s'aperçut que celui-ci n'avait pas écouté un mot de ce qu'il venait de dire.

– Très intéressant, ajouta le major.

Les sourcils froncés, il fouettait de sa canne de hautes digitales pourprées.

– Elle n'aurait pas dû venir, dit-il soudain. Elle n'aurait jamais dû venir.

Il arrivait souvent à Mr Satterthwaite qu'on s'adresse à lui de façon intime. Le vieux monsieur semblait si peu important, si falot… On le jugeait tout juste bon à écouter.

– Non, répéta Porter, elle n'aurait jamais dû venir.

D'instinct, Mr Satterthwaite comprit que le major ne parlait pas de Mrs Scott.

– Vous le pensez vraiment ? demanda-t-il.

Porter secoua la tête, comme en proie à un sombre pressentiment.

– J'ai participé à ce fameux safari, dit-il sans transition. Nous y étions tous les trois : Scott, Iris et moi. C'est une femme merveilleuse… et un sacré fusil. (Il marqua une pause.) Qu'est-ce qui leur a pris de l'inviter ?

– L'ignorance, répondit Mr Satterthwaite en haussant les épaules.

– Il va y avoir du grabuge. Nous devons rester vigilants… et agir pour le mieux.

– Mais Mrs Staverton est certainement… ?

– Je parle de Scott. Voyez-vous… il faut penser à Mrs Scott.

C'était bien à elle que Mr Satterthwaite pensait depuis le début, mais il s'abstint de le faire remarquer puisque son compagnon venait manifestement de se souvenir de l'existence de la jeune femme.

– Dans quelles circonstances Scott a-t-il rencontré son épouse ? demanda-t-il.

– Au Caire, l'hiver dernier. Une affaire rondement menée. Ils étaient fiancés au bout de trois semaines et mariés au bout de six.

– Elle me paraît absolument charmante.

– Je suis tout à fait d'accord avec vous. De plus, il l'adore, mais cela n'y changera rien.

Utilisant le pronom qui, dans son esprit, ne pouvait désigner qu'une seule personne, le major Porter répéta tout bas :

– Crénom, elle n'aurait pas dû venir.

Ils débouchèrent à cet instant au sommet d'une petite hauteur, non loin de la maison. Mr Satterthwaite, qui éprouvait de nouveau la fierté du guide, tendit le bras.

– Regardez.

Le jour déclinait rapidement, mais on distinguait encore très bien la fenêtre. Sur l'une des vitres apparaissait le visage d'un homme coiffé du chapeau à plume des Cavaliers.

– Très curieux, dit Porter. Oui, très curieux. Que se passera-t-il le jour où ce carreau se cassera ?

Mr Satterthwaite sourit.

– C'est l'un des points les plus intéressants de l'histoire. À ma connaissance, ce carreau a été remplacé au moins onze fois, voire davantage. La dernière fois, c'était il y a douze ans, quand le propriétaire de l'époque résolut d'en finir avec le mythe. Mais c'est toujours la même chose : *la tache réapparaît.* Pas d'un seul coup, mais progressivement. En général, il faut compter un mois ou deux.

Pour la première fois, Porter se montra réellement intéressé. Il réprima un frisson.

– Il y a quand même des phénomènes fichtrement bizarres. Impossibles à expliquer. Pourquoi a-t-on condamné cette fenêtre de l'intérieur, en fait ?

– On a prétendu que cette chambre portait malheur.

Les Evesham l'ont occupée juste avant leur divorce. Et quand Stanley s'est enfui avec sa danseuse de music-hall, il séjournait à Greenways House avec sa femme, et ils logeaient dans cette même chambre.

Porter haussa les sourcils.

– Je vois. Le danger n'est pas de nature physique mais plutôt morale.

« Et ce sont maintenant les Scott qui l'occupent…, songea Mr Satterthwaite. Je me demande… »

En silence, ils rebroussèrent chemin vers la maison. Parce qu'ils marchaient presque sans bruit, absorbés chacun dans leurs pensées, ils se retrouvèrent à jouer les espions bien malgré eux.

Comme ils contournaient le rideau de houx, ils entendirent s'élever, des profondeurs du Jardin secret, la voix claire et véhémente d'Iris Staverton :

– Vous le regretterez ! Oui, vous le regretterez !

La réponse de Scott ne fut qu'un murmure hésitant, de sorte qu'ils ne purent distinguer ce qu'il disait. Puis la voix de la jeune femme retentit à nouveau, prononçant des paroles dont ils devaient se souvenir par la suite.

– La jalousie engendre le Mal… La jalousie, *c'est* le Mal ! Elle peut pousser quelqu'un au meurtre. Prenez garde, Richard, pour l'amour de Dieu, prenez garde !

Sur ces mots, elle quitta le Jardin secret, passa devant les deux hommes sans les voir et disparut à l'angle de la maison. Elle marchait vite, courait presque, comme une femme traquée.

Mr Satterthwaite se remémora alors les paroles de lady Cynthia : « Une femme dangereuse ». Pour la première fois, il eut le pressentiment qu'on allait assister à une tragédie imminente et inexorable, impossible à éviter.

Mais ce soir-là, il eut honte de ses craintes. L'atmosphère semblait normale, agréable. Mrs Staverton ne manifesta aucun signe de nervosité. Moira Scott se montra égale à elle-même, charmante et naturelle. Les deux femmes donnaient l'impression de s'entendre à merveille. Richard Scott lui-même paraissait déborder de gaieté.

Celle qui semblait la plus ennuyée de toutes, c'était la grosse Mrs Unkerton. Elle finit par s'épancher auprès de Mr Satterthwaite :

– Vous allez peut-être me prendre pour une gourde, mais il y a une chose qui me donne froid dans le dos. Pour tout vous dire, j'ai envoyé chercher le vitrier à l'insu de Ned.

– Le vitrier ?

– Pour faire changer le carreau de la fenêtre. Ned a beau en être fier et affirmer qu'elle donne du cachet à la maison, moi, ça ne me plaît pas. Je vous le dis tout net. Nous aurons une belle vitre bien moderne, débarrassée de toute vilaine légende.

– Vous oubliez un détail, dit Mr Satterthwaite. Ou peut-être l'ignorez-vous : la tache réapparaît toujours.

– C'est bien possible, répliqua Mrs Unkerton. Si c'est le cas, tout ce que je peux dire, c'est que ce n'est pas naturel !

Mr Satterthwaite haussa les sourcils sans répondre. D'un ton de défi, Mrs Unkerton enchaîna :

– Et qu'est-ce que ça peut faire, si elle revient ? Nous ne sommes pas si fauchés, Ned et moi, que nous ne puissions nous offrir un nouveau carreau tous les mois — toutes les semaines si besoin est !

Mr Satterthwaite ne se permit pas de faire le moindre commentaire. Il avait vu trop de murailles s'abattre devant le pouvoir de l'argent pour croire qu'un fantôme — fût-ce celui d'un Cavalier — pût sortir victorieux de ce combat. Néanmoins, il trouvait que le malaise flagrant de Mrs Unkerton était tout à fait intéressant. Même elle n'était pas insensible à la tension ambiante ; mais elle l'attribuait à une vague histoire de fantômes et non à un conflit de personnes entre ses invités.

Un peu plus tard, Mr Satterthwaite surprit de nouveau une bribe de conversation qui lui fit mieux comprendre la situation. Tandis qu'il montait le grand escalier pour rejoindre sa chambre, il vit que John Porter et Mrs Staverton étaient assis côte à côte dans une alcôve du vaste hall. De sa voix d'or, teintée d'une légère irritation, Iris déclara :

– Je n'avais pas la moindre idée que les Scott seraient là. Si je l'avais su, je ne serais pas venue ; mais maintenant que je suis là, mon cher John, je vous garantis que je ne vais pas prendre mes cliques et mes claques…

Mr Satterthwaite poursuivit son ascension sans en écouter davantage. « Quelle part de vrai y a-t-il là-dedans ? pensa-t-il. Était-elle au courant ? Je me demande ce qui va sortir de tout cela… »

Il secoua la tête d'un air soucieux.

Le lendemain matin, à la clarté du jour, il se dit qu'il avait peut-être un peu trop laissé galoper son imagination la veille au soir. Un moment de tension… oui, assurément mais rien de plus. Compte tenu des circonstances, c'était inévitable. Il fallait le temps de s'adapter. Sa crainte d'une catastrophe imminente était à mettre sur le compte de la nervosité — nervosité pure — ou peut-être de son foie. Oui, c'était cela : son foie. Il devait aller faire une cure à Carlsbad d'ici une quinzaine de jours.

Ce soir-là, au crépuscule, il prit l'initiative d'une petite promenade. Ce fut lui qui suggéra au major Porter de l'accompagner à la clairière pour voir si Mrs Unkerton, fidèle à sa promesse, avait fait changer la vitre. À part lui, il pensait : « De l'exercice, voilà ce qu'il me faut. De l'exercice. »

Les deux hommes marchèrent lentement à travers bois. Porter, selon son habitude, se montrait taciturne ; Mr Satterthwaite, de son côté, était particulièrement loquace :

– Je ne peux m'empêcher de penser que nous nous sommes fait de sottes idées, hier, en prévoyant des… euh… des ennuis. Après tout, les gens savent se tenir, refréner leurs sentiments.

– Peut-être, dit Porter. (Puis, après un court silence :) Les gens civilisés, oui.

– C'est-à-dire… ?

– Parfois, quand on a vécu longtemps à l'écart de la civilisation, on retourne au stade primitif. On régresse, si vous préférez.

Ils arrivèrent au sommet de la petite butte. Mr Satterthwaite était passablement essoufflé ; il n'avait jamais aimé l'escalade.

Il regarda en direction de la fenêtre. Le visage était toujours là, plus réaliste que jamais.

– Notre hôtesse s'est ravisée, semble-t-il.

Porter n'accorda qu'un vague coup d'œil à la vitre.

– Unkerton a dû l'en empêcher, dit-il avec indifférence. C'est le genre d'homme à tirer fierté du fantôme d'une autre famille ; il n'a pas voulu courir le risque de le chasser alors qu'il l'avait payé comptant.

Il resta silencieux un moment, le regard fixé non pas sur la maison mais sur les épais taillis qui les entouraient.

– Avez-vous déjà songé que la civilisation est sacrément dangereuse ? dit-il.

– Dangereuse ?

Une remarque aussi révolutionnaire choquait Mr Satterthwaite au plus profond de son être.

– Oui, insista Porter. Parce qu'elle n'offre aucune soupape de sécurité.

Sur ces mots, il tourna brusquement les talons. Les deux hommes redescendirent le sentier par lequel ils étaient arrivés.

– J'avoue ne pas vous comprendre, dit Mr Satterthwaite en trottant d'un pas alerte pour rester à la hauteur de son compagnon. Les gens raisonnables…

Porter émit un rire bref, déconcertant, et regarda le petit gentleman bien correct qui marchait à ses côtés.

– Vous pensez que je raconte des balivernes, Mr Satterthwaite ? Ça existe, vous savez, les gens capables de prédire un orage ; ils le sentent dans l'air avant même qu'il n'éclate. De la même façon, d'autres sentent venir les ennuis. Et il y a des ennuis en perspective, Mr Satterthwaite… de gros ennuis. Cela peut se déclencher d'une minute à l'autre. Cela peut…

Il s'arrêta net, agrippa le bras de Mr Satterthwaite. Alors, en cet instant de silence tendu, *cela* arriva : deux coups de feu suivis d'un cri — un cri de femme.

– Bon Dieu ! s'écria Porter. Ça y est !

Il se précipita dans le sentier, suivi d'un Mr Satterthwaite haletant. Ils arrivèrent bientôt sur la pelouse, près de la haie du Jardin secret, à l'instant même où Richard Scott et Mr Unkerton contournaient l'angle de la maison, du côté opposé. Les quatre hommes s'arrêtèrent, face à face, de part et d'autre de l'entrée du Jardin secret.

– Ça... ça venait de là, dit Unkerton en levant mollement le bras.

– Allons voir, déclara Porter.

Il s'engagea le premier entre les haies. Arrivé au dernier tournant de la chicane, il s'immobilisa. Mr Satterthwaite, qui le suivait, jeta un coup d'œil pardessus son épaule. Un cri jaillit de la poitrine de Richard Scott.

Il y avait trois personnes dans le Jardin secret. Deux d'entre elles — un homme et une femme — gisaient dans l'herbe, au pied du banc de pierre. La troisième, debout près du rideau de houx, les regardait fixement, les yeux remplis d'horreur. C'était Mrs Staverton. Elle tenait quelque chose dans sa main droite.

– Iris ! s'écria Porter. Iris, pour l'amour de Dieu ! Qu'avez-vous à la main ?

Elle regarda alors l'objet en question. Son visage était empreint d'une sorte d'étonnement, une incroyable indifférence.

– C'est un pistolet, dit-elle, médusée.

Puis, après un laps de temps qui parut interminable, mais ne dura en réalité que quelques secondes, elle ajouta :

– Je… je l'ai ramassé.

Mr Satterthwaite avait rejoint Unkerton et Scott, qui étaient agenouillés sur le gazon.

– Un médecin, murmurait Scott. Il nous faut un médecin.

Mais il était trop tard pour appeler un médecin. Jimmy Allenson — qui avait déploré que les devins égyptiens refusent de prédire l'avenir — et Moira Scott — à qui la bohémienne avait rendu son shilling — étaient entrés dans le repos éternel.

Richard Scott procéda à un bref examen des corps. En ce moment critique, il témoigna d'un sang-froid à toute épreuve. Passé le premier cri de détresse, il était redevenu lui-même.

Il reposa doucement le corps de sa femme.

– On lui a tiré dans le dos, dit-il d'un ton bref. La balle est ressortie par-devant.

Il examina ensuite Jimmy Allenson. Ici, la blessure était à la poitrine et la balle y était restée logée.

John Porter s'avança.

– Il ne faut toucher à rien, dit-il avec sévérité. Laissons les choses en l'état pour la police.

– La police, répéta Richard Scott.

Une flamme s'alluma soudain dans ses yeux tandis qu'il regardait la femme immobile près de la haie. Il fit un pas vers elle, mais John Porter lui barra le chemin. Les deux amis se mesurèrent un moment du regard, comme s'ils se livraient un duel silencieux.

Très lentement, Porter secoua la tête.

– Non, Richard, dit-il. Les apparences sont contre elle… mais tu te trompes.

Richard Scott se passa la langue sur les lèvres et articula avec difficulté :

– Dans ce cas, pourquoi a-t-elle cette arme à la main ?

Du même ton morne, sans vie, Iris Staverton répéta :

– Je l'ai ramassée.

Unkerton se redressa.

– La police… Nous devons appeler la police immédiatement. Voulez-vous leur téléphoner, Scott ? Il vaut mieux que quelqu'un reste ici… oui, il faut que quelqu'un reste ici.

Avec sa sérénité et sa courtoisie habituelles, Mr Satterthwaite proposa de s'en charger. Son hôte accepta avec un soulagement manifeste.

– Il faut que j'aille prévenir ces dames, expliqua-t-il. Que j'annonce l'affreuse nouvelle à lady Cynthia et à ma chère épouse.

Une fois seul dans le Jardin secret, Mr Satterthwaite contempla le corps sans vie de Moira Scott.

« Pauvre enfant, se dit-il. Pauvre enfant… »

Il se récita mentalement le dernier vers de ce poème sur le mal que les hommes laissent derrière eux au cours de leur vie. Car Richard Scott n'était-il pas responsable, d'une certaine manière, de la mort de sa femme, cette innocente ? Selon toute vraisemblance, Iris Staverton serait pendue : il lui était pénible d'y penser, mais la faute n'en incombait-elle pas à Scott, là aussi ? Le mal que font les hommes…

Et la jeune femme, l'innocente, avait payé.

Le cœur rempli de pitié, il la regarda. Le petit visage, si blanc et si mélancolique, un demi-sourire flottait sur les lèvres figées. Les cheveux d'or ébouriffés, l'oreille délicatement ourlée. Il y avait une tache de sang sur le lobe. Avec le sentiment de jouer au détective, Mr Satterthwaite en déduisit qu'elle avait dû perdre une boucle d'oreille dans sa chute. Il se pencha pour s'en assurer. Oui, il avait bien deviné : elle portait un petit pendant en perle à l'autre oreille.

Pauvre, pauvre enfant.

– À vous, monsieur, dit l'inspecteur Winkfield.

Ils étaient tous rassemblés dans la bibliothèque. L'inspecteur, un homme d'une quarantaine d'années à l'air énergique et rusé, recueillait les dépositions des derniers témoins. Maintenant qu'il avait interrogé la plupart des invités, il commençait à avoir une vision limpide de l'affaire. Il écoutait à présent ce que le major Porter et Mr Satterthwaite avaient à dire. Mr Unkerton, affalé dans un fauteuil, les yeux exorbités, regardait fixement le mur qui lui faisait face.

– Si je comprends bien, messieurs, dit l'inspecteur, vous étiez partis vous promener et vous regagniez la maison par le sentier qui longe le côté gauche de ce qu'on appelle le Jardin secret. C'est bien cela ?

– En effet, inspecteur.

– Et vous avez entendu deux coups de feu, suivis d'un cri de femme ?

– Oui.

– Vous vous êtes alors mis à courir et, une fois sortis des bois, vous vous êtes précipités vers l'entrée du Jardin secret. Si quelqu'un avait quitté ce jardin, il serait forcément passé par là, puisque les rideaux de houx sont infranchissables. Si ce quelqu'un, sortant du jardin, avait tourné à droite, il serait tombé sur Mr Unkerton et Mr Scott ; s'il avait tourné à gauche, vous l'auriez forcément vu. Est-ce exact ?

Le major Porter était livide.

– C'est exact, dit-il.

– Voilà qui règle la question, dit l'inspecteur. Mr et Mrs Unkerton se trouvaient sur la pelouse avec lady Cynthia Drage ; Mr Scott, lui, était dans la salle de billard qui donne sur ladite pelouse. Mrs Staverton est sortie de la maison à 6 h 10, a adressé quelques mots à ceux qui étaient là et s'est dirigée vers le Jardin secret, à l'angle de la maison. Deux minutes plus tard, on a entendu les coups de feu. Mr Scott est sorti comme une flèche de la salle de billard et s'est précipité vers le Jardin, suivi de Mr Unkerton. Au même moment, vous arriviez de la direction opposée avec Mr… euh, Satterthwaite. Mrs Staverton se trouvait dans le Jardin secret, avec, à la main, le pistolet qui avait servi à tirer les deux coups de feu. Selon moi, elle a d'abord tué la femme d'une balle dans le dos, la victime étant assise sur le banc. Le capitaine Allenson a aussitôt bondi sur ses pieds et, lorsqu'il s'est avancé vers elle, Mrs Staverton lui a tiré dans la poitrine. Je crois savoir qu'il y a eu naguère une… euh… une passade entre elle et Mr Richard Scott…

– C'est un mensonge ! s'écria Porter. Un mensonge éhonté !

Sa voix retentit, rauque et pleine de défi. L'inspecteur ne rétorqua pas et se borna à secouer la tête.

– Quelle est la version de Mrs Staverton ? s'enquit Mr Satterthwaite.

– Elle déclare s'être rendue dans le Jardin secret pour y savourer un moment de calme. Juste avant de contourner la dernière haie, elle a entendu les détonations. Elle s'est approchée et, voyant le pistolet à ses pieds, elle l'a ramassé. Elle n'a croisé personne, n'a vu personne dans le Jardin, à part les deux victimes. (L'inspecteur observa une pause éloquente.) Telle est sa version des faits… et, malgré mon avertissement, elle a insisté pour faire une déposition.

– Si elle dit cela, c'est que c'est vrai, intervint le major Porter, toujours d'une pâleur mortelle. Je connais Iris Staverton.

– Ma foi, monsieur, dit l'inspecteur, nous aurons tout le temps d'approfondir la question. En attendant, je dois accomplir mon devoir.

D'un mouvement brusque, Porter fit volte-face vers Mr Satterthwaite.

– Alors, *vous* ? Ne pouvez-vous pas nous aider ? Ne pouvez-vous rien faire ?

Malgré lui, Mr Satterthwaite se sentit extrêmement flatté. On l'implorait, lui, le plus insignifiant des hommes, et cet appel au secours lui était adressé par un individu de la trempe de John Porter.

Il était sur le point de murmurer une réponse navrée quand Thompson, le majordome, entra dans le salon, portant sur un plateau une carte de visite qu'il présenta à son maître en se raclant la gorge d'un air d'excuse. Mr Unkerton, toujours recroquevillé dans son fauteuil, ne s'intéressait absolument pas à ce qui se passait autour de lui.

– J'ai dit à ce gentleman que vous étiez occupé, monsieur, annonça Thompson, mais il insiste. Il affirme avoir rendez-vous et déclare qu'il s'agit d'une affaire des plus urgentes.

Unkerton prit la carte.

– Mr Harley Quinn, lut-il. Oui, je me souviens, il désirait me voir au sujet d'un tableau. Nous avions bien rendez-vous, mais compte tenu des circonstances…

Mr Satterthwaite s'était avancé.

– Mr Harley Quinn, avez-vous dit ? C'est extraordinaire, vraiment extraordinaire ! Major Porter, vous m'avez demandé si je pouvais vous aider… Eh bien ! je crois que oui. Ce Mr Quinn est un ami — disons plutôt une relation. En tout cas, c'est un homme tout à fait remarquable.

– Encore un détective amateur, je suppose ? dit l'inspecteur avec dédain.

– Non, dit Mr Satterthwaite. Ce n'est pas du tout ce genre-là. En fait, il a un don… le don presque surnaturel de vous *montrer* ce que vous avez vu de vos propres yeux, de vous *faire comprendre* ce que vous avez entendu de vos propres oreilles. Nous n'avons rien à perdre : exposons-lui l'affaire dans les grandes lignes et écoutons ses commentaires.

Mr Unkerton jeta un coup d'œil à l'inspecteur, qui se borna à regarder le plafond en grognant. Il adressa alors un bref signe de tête à Thompson et, quelques instants plus tard, le majordome revint, accompagné d'un homme grand et mince.

– Mr Unkerton ? dit le visiteur en serrant la main du maître de maison. Pardonnez-moi de vous importuner dans un moment comme celui-ci. Nous parlerons une autre fois de ce fameux tableau… Ah ! mon ami Mr Satterthwaite. Vous aimez toujours autant les drames, mon bon ami ?

L'ombre d'un sourire joua sur les lèvres de l'inconnu lorsqu'il prononça ces derniers mots.

– Mr Quinn, déclara Mr Satterthwaite avec solennité, nous sommes précisément en plein drame. Je voudrais, ainsi que mon ami le major Porter, avoir votre opinion sur cette affaire.

Mr Quinn s'assit. La lampe à abat-jour rouge mit en valeur son pardessus à carreaux tout en laissant son visage dans l'ombre. Ainsi éclairé, il avait presque l'air masqué.

Mr Satterthwaite lui exposa succinctement les principaux éléments de la tragédie. Puis il se tut, retenant son souffle, attendant que se prononce l'oracle.

Mais Mr Quinn se contenta de secouer la tête.

– Triste histoire, dit-il. Cruelle et bouleversante tragédie. Le manque de mobile la rend très mystérieuse.

Unkerton le regarda, bouche bée.

– Vous ne comprenez donc pas ? dit-il. On a entendu Mrs Staverton menacer Richard Scott. Elle était férocement jalouse de sa femme. La jalousie…

– Nous sommes d'accord, l'interrompit Mr Quinn. La jalousie relève de la possession démoniaque. Mais vous avez mal saisi ma pensée. Je parlais du meurtre du capitaine Allenson, non de celui de Mrs Scott.

– Vous avez raison ! s'exclama Porter, s'avançant vivement. Il y a là un défaut de raisonnement. Si Iris avait envisagé un seul instant de tuer Mrs Scott, elle se serait arrangée pour être seule avec elle. Cela prouve que nous sommes sur la mauvaise piste. Je suis sûr qu'on peut expliquer les choses autrement. Seules ces trois personnes sont entrées dans le Jardin secret ; c'est un fait indiscutable et je n'ai pas l'intention de le contester. Mais j'ai une théorie différente sur les circonstances de la tragédie. Supposons que Jimmy Allenson ait tiré d'abord sur Mrs Scott, puis qu'il ait retourné l'arme contre lui ? C'est possible, n'est-ce pas ? En tombant, il laisse échapper le pistolet… Mrs Staverton trouve l'arme par terre et la ramasse, exactement comme elle l'a affirmé. Qu'en dites-vous ?

L'inspecteur secoua la tête.

– Ça ne colle pas, major Porter. Si le capitaine Allenson avait tiré à bout portant, le tissu de sa veste serait roussi.

– Peut-être tenait-il le pistolet à bout de bras.

– Pour quelle raison ? Ça n'a pas de sens. En outre, il n'avait aucun mobile.

– Il a peut-être subitement perdu la tête, marmonna Porter.

Mais il avait suggéré cette hypothèse sans grande conviction. Il sombra de nouveau dans le silence jusqu'au moment où, s'animant brusquement, il lança d'un ton de défi :

– Alors, Mr Quinn ? Votre conclusion ?

Celui-ci secoua la tête.

– Je ne suis pas magicien, dit-il. Même pas expert en criminologie. En revanche, je peux vous dire une bonne chose : je crois à la valeur des impressions. Dans les moments critiques, il y a toujours un événement qui se détache des autres, une image qui reste quand toutes les autres se sont effacées. De vous tous, Mr Satterthwaite me paraît être le moins impliqué dans l'histoire. Pouvez-vous faire un effort de mémoire, Mr Satterthwaite, et nous dire le moment qui vous a particulièrement frappé ? Est-ce quand vous avez entendu les coups de feu ? Quand vous avez découvert les cadavres ? Celui où vous avez remarqué le pistolet que tenait Mrs Staverton ? Débarrassez votre esprit de toute idée préconçue et dites-nous ce qu'il en est.

Mr Satterthwaite scruta le visage de Mr Quinn, un peu comme un écolier s'apprêtant à réciter une leçon qu'il ne sait pas très bien.

– Non, dit-il d'une voix lente. Non, aucun de ces moments-là. Le moment dont je garderai toujours le souvenir, c'est quand je suis resté seul auprès des victimes, à regarder Mrs Scott. Elle gisait sur le côté, ses cheveux ébouriffés. Elle avait une goutte de sang sur le lobe de l'oreille.

Il sentit aussitôt qu'il venait de dire quelque chose de particulièrement révélateur.

– Du sang sur l'oreille ? répéta Unkerton. Oui, en effet, je m'en souviens.

– Sa boucle d'oreille a dû s'arracher quand elle est tombée, hasarda Mr Satterthwaite.

Mais son explication lui paraissait peu convaincante.

– Elle était allongée sur le côté gauche, dit Porter. C'était donc l'oreille gauche ?

– Non, rectifia vivement Mr Satterthwaite. C'était la droite.

L'inspecteur toussota.

– J'ai trouvé ceci dans l'herbe, daigna-t-il signaler en montrant un fragment de monture dorée.

– Mais voyons, s'exclama Porter, ce n'est pas une simple chute qui a pu briser ce bijou à ce point-là ! On dirait plutôt qu'il a été pulvérisé par une balle.

– Mais oui ! s'écria Mr Satterthwaite. C'est forcément cela !

– Il n'y a eu que deux coups de feu, objecta l'inspecteur. Une seule balle n'a pas pu lui frôler l'oreille et l'atteindre en même temps dans le dos. D'autre part, si l'une des balles a touché la boucle d'oreille et si la seconde a tué Mrs Scott, aucune des deux n'a pu atteindre le capitaine Allenson — ou alors, il faudrait supposer qu'il se tenait juste devant elle… tout près d'elle, en fait. Non, même dans ce cas… À moins que…

– À moins qu'il ne l'ait tenue dans ses bras, c'est cela ? dit Mr Quinn avec un petit sourire bizarre. Eh bien, pourquoi pas ?

Les autres échangèrent des regards stupéfaits. Pour eux, cette idée était parfaitement saugrenue : Allenson et Mrs Scott… Mr Unkerton exprima le sentiment général :

– Mais ils se connaissaient à peine !

– Ce n'est pas si sûr, murmura Mr Satterthwaite d'un air pensif. Peut-être se connaissaient-ils mieux que nous ne le pensions. Lady Cynthia m'a dit que le capitaine l'avait sauvée de l'ennui l'hiver dernier en Égypte, or…

Il se tourna vers Porter.

– Vous m'avez appris que Richard Scott avait rencontré sa femme l'hiver dernier au Caire. Peut-être se connaissaient-ils très bien, au fond…

– On ne les voyait pas souvent ensemble, insista Unkerton.

– Non… ils semblaient même plutôt s'éviter. D'ailleurs, c'était presque anormal, maintenant que j'y repense…

Tous se tournèrent vers Mr Quinn, comme étonnés des conclusions auxquelles ils avaient eux-mêmes abouti de manière si inattendue.

Mr Quinn se leva.

– Vous voyez, dit-il, à quel point l'impression de Mr Satterthwaite nous a été utile ?

Il se tourna vers Mr Unkerton.

– À votre tour, maintenant.

– Hein ? Je ne comprends pas de quoi vous parlez…

– Quand je suis entré dans cette pièce, vous étiez très songeur. Je voudrais bien savoir ce qui vous absorbait ainsi. Peu importe si cela n'a rien à voir avec la tragédie. Peu importe si cela vous semble… pure superstition… (Mr Unkerton eut un tressaillement perceptible.) Racontez-nous.

– Je n'y vois aucun inconvénient, dit Unkerton. Remarquez, ça n'a aucun rapport avec l'affaire — et, par-dessus le marché, vous allez sans doute vous moquer de moi. Voilà : je regrettais que ma digne épouse ait fait remplacer la vitre de la fenêtre hantée au lieu de la laisser telle qu'elle était. J'ai l'impression qu'en faisant cela elle a attiré sur nous le mauvais œil.

Il ne comprit pas pourquoi les deux hommes qui lui faisaient face le regardaient d'un air si surpris.

– Mais elle ne l'a pas encore remplacée ! articula enfin Mr Satterthwaite.

– Bien sûr que si. Le vitrier est venu ce matin à la première heure.

– Mon Dieu ! dit Porter. Je commence à comprendre… Les murs de la chambre sont recouverts de lambris, non pas de papier peint, c'est bien cela ?

– Oui, mais quel rapport cela a-t-il ?

Mais Porter était déjà sorti de la pièce. Les autres le suivirent. Il monta tout droit dans la chambre des Scott, pièce charmante, aux boiseries beige clair, comportant deux fenêtres orientées au sud. Porter entreprit de tâter les boiseries du mur ouest.

– Il y a forcément un mécanisme quelque part… Ah, voilà !

Avec un déclic, tout un pan de lambris pivota sur lui-même, dévoilant les carreaux crasseux de la fenêtre hantée. L'un des carreaux était propre, manifestement neuf. D'un mouvement vif, Porter se baissa pour ramasser quelque chose. Il exhiba sa trouvaille au creux de sa paume : un fragment de plume d'autruche. Il se tourna vers Mr Quinn, qui inclina la tête.

Il se dirigea alors vers une armoire dans laquelle étaient rangés plusieurs chapeaux — ceux de la morte. Il en prit un, doté d'un large bord et de plumes recourbées : un chapeau d'Ascot très tarabiscoté.

Mr Quinn se mit à parler d'une voix douce, songeuse :

– Représentons-nous un homme au tempérament intensément jaloux. Un homme qui a jadis séjourné ici et qui connaît le secret du ressort dans la boiserie. Un jour, pour s'amuser, il fait fonctionner le mécanisme et son regard plonge dans le Jardin secret. Là, il voit sa femme avec un autre homme. Ils sont manifestement certains d'être à l'abri des regards indiscrets. Pour lui, il n'y a aucun doute sur la nature des relations qui les unissent. Il est fou de rage. Que va-t-il faire ? Une idée lui vient alors. Il va chercher dans l'armoire le grand chapeau à plumes. Il le pose sur sa tête. La nuit commence à tomber, et il pense à l'histoire de la tache sur la vitre. Si par hasard quelqu'un levait les yeux vers la fenêtre, il serait sûr de voir le Cavalier aux Aguets. Persuadé d'avoir pensé à tout, notre homme observe le couple et, à l'instant où ils s'enlacent, il tire. C'est un bon tireur… un tireur d'élite. Tandis que ses victimes s'effondrent, il tire une seconde balle, qui emporte la boucle d'oreille de sa femme. Il réussit à jeter le pistolet dans le Jardin secret en le lançant par la fenêtre, puis dévale l'escalier et sort de la maison à toute allure, en passant par la salle de billard.

Porter fit un pas vers lui.

– Mais il a laissé accuser Iris ! s'écria-t-il. Il l'a laissé accuser sans réagir. Pourquoi ? Pourquoi ?

– Je crois le savoir, répondit Mr Quinn. Selon moi — c'est une pure supposition de ma part, notez bien —, Richard Scott a été naguère follement amoureux d'Iris Staverton. Au point que le seul fait de la revoir, des années après, a ranimé les braises de son ancienne jalousie. À mon avis, Iris Staverton a cru l'aimer, en ce temps-là ; aussi est-elle partie faire un safari avec lui et un autre homme… et, à son retour, elle était amoureuse du meilleur des deux.

– Le meilleur des deux ? murmura Porter, abasourdi. Vous voulez dire… ?

– Oui, dit Mr Quinn avec un petit sourire. Je parle de vous.

Il s'interrompit un instant, puis :

– À votre place, j'irais la retrouver sans plus attendre.

– J'y vais de ce pas, dit Porter.

Il tourna les talons et sortit.

(Traduction de Gérard de Chergé)

3

À l'enseigne du « Bells and Motley »

(At the « Bells and Motley »)

Mr Satterthwaite était exaspéré. C'était vraiment une journée catastrophique. Ils étaient partis en retard. Ils avaient crevé deux fois. Et, pour comble, ils s'étaient trompés de direction et avaient erré dans les étendues désertes de la Salisbury Plain. Or voilà maintenant qu'à 8 heures du soir ou presque ils étaient encore à une soixantaine de kilomètres de Marswick Manor, leur destination. Pour couronner le tout, ils venaient d'être victimes d'une troisième crevaison.

Mr Satterthwaite, qui avait tout d'un vieux moineau dont on aurait ébouriffé les plumes, faisait les cent pas devant le garage du village tandis que son chauffeur discutait à mi-voix avec l'expert du cru.

– Une demi-heure, *au bas mot,* laissa tomber l'homme de l'art.

– Une demi-heure et le pouce, si on a de la chance, renchérit Masters, le chauffeur. À mon avis, c'est plutôt trois quarts d'heure.

Agacé, Mr Satterhwaitte interrogea :

– Comment s'appelle ce… cet endroit ?

En homme attentif à ne pas blesser ses contemporains, il avait tu le *bled* qui lui était spontanément venu aux lèvres.

– Kirtlington Mallet.

Il ne se sentait guère plus avancé. Et, pourtant, ce nom lui disait quelque chose. Mr Satterthwaite regarda le paysage avec dédain. Kirtlington Mallet semblait se limiter à une rue unique avec, d'un côté, le garage et la poste, et, de l'autre, trois vagues boutiques. Dans le lointain, cependant, Mr Satterthwaite crut apercevoir une enseigne qui grinçait au gré du vent.

– J'ai l'impression qu'il y a une auberge, dit-il.

– Oui, le *Bells and Motley,* répondit le garagiste. *L'Arlequin aux Grelots,* comme qui dirait. C'est elle que vous voyez là-bas.

– Si j'osais faire une suggestion à Monsieur, intervint Masters, pourquoi Monsieur n'y ferait-il pas un saut ? Je suis sûr qu'on pourrait y servir un repas à Monsieur. Évidemment, ce ne serait pas ce dont Monsieur a l'habitude.

Il marqua une pause, comme pour s'excuser. Car Mr Satterthwaite était un habitué des plus grands chefs du continent. Et il avait, chez lui, recours aux services d'un cordon-bleu qui lui coûtait les yeux de la tête.

– Il va nous falloir au moins trois quarts d'heure pour réparer, j'en suis sûr, monsieur, reprit Masters. Or il est déjà 8 heures passées. De l'auberge, Monsieur pourrait téléphoner à sir George Foster et lui expliquer les raisons de notre retard.

– Vous semblez croire qu'avec vous tout s'arrange, dit Mr Satterthwaite avec aigreur.

Masters, qui estimait que tel était bien le cas en effet, s'en tint à un silence respectueux.

Mr Satterthwaite était d'humeur à repousser la moindre suggestion. Il n'en jeta pas moins un coup d'œil de discrète approbation à l'enseigne qui continuait de grincer au bout de la rue : même les gourmets qui n'ont qu'un appétit d'oiseau peuvent avoir faim.

– *L'Arlequin aux Grelots,* dit-il d'un air songeur. Voilà un nom bien bizarre. Je ne pense pas l'avoir déjà vu quelque part.

– C'est aussi des gens bizarres qui y vont, commenta le garagiste.

Il était penché sur la roue, et sa voix sonnait étouffée, indistincte.

– Des gens bizarres ? s'enquit Mr Satterthwaite. Qu'est-ce que vous entendez par là ?

L'autre ne paraissait pas trop bien le savoir.

– Des gens qui font que passer. Ce genre-là, quoi !

Mr Satterthwaite pensa, par-devers lui, que ceux qui vont dans une auberge sont, par définition, des gens qui ne font que passer. Le garagiste aurait pu être plus précis. Mais sa curiosité était en éveil. De toute façon, il avait trois quarts d'heure devant lui. Autant les passer à *L'Arlequin aux Grelots.*

Comme il s'engageait dans la rue, marchant du petit pas maniéré qui était le sien, le grondement du tonnerre éclata au loin. Le garagiste leva les yeux vers Masters.

– Voilà l'orage qui arrive. J'avais bien cru le sentir.

– Mince ! dit Masters. Et on a encore soixante kilomètres à faire !

– Bah ! dit l'autre. Inutile de se grouiller sur ce boulot. Je vous vois pas repartir avant que l'orage soit passé. M'étonnerait que votre patron ait envie de faire la route au milieu du tonnerre et des éclairs.

– J'espère qu'ils vont bien s'occuper de lui, là-bas, marmonna le chauffeur. Et, d'ailleurs, je vais moi-même de ce pas y casser la croûte.

– Billy Jones connaît son métier, répondit le garagiste. On bouffe bien chez lui.

Pendant ce temps, un grand costaud dans la cinquantaine, Mr William Jones, propriétaire du *Bells and Motley* « comme qui dirait *L'Arlequin aux Grelots* », s'inclinait bien bas, avec un tantinet d'obséquiosité, devant le petit Mr Satterthwaite.

– Je peux vous proposer un bon steak, monsieur, et puis des frites, et puis aussi un fromage dont vous me direz des nouvelles. Par ici, monsieur, suivez-moi. C'est un peu creux, en ce moment. La saison de la pêche est finie. Mais nous afficherons bientôt complet pour l'ouverture de la chasse. Pour l'instant, j'ai qu'une personne, un certain Mr Quinn.

Mr Satterthwaite s'arrêta net.

– Quinn ? Vous avez dit Quinn ?

Sa voix en tremblotait d'excitation.

– C'est comme ça qu'il s'appelle, monsieur. Un ami à vous, peut-être ?

– Oui, absolument. Oh oui, certainement.

Dans son enthousiasme, Mr Satterthwaite avait oublié que plus d'un âne porte le nom de Martin. Mais il n'avait pas le moindre doute. Étrangement, ce qu'il venait d'apprendre coïncidait avec ce qu'avait dit le garagiste. « Des gens qui ne font que passer… » Comment donner une meilleure définition de Mr Quinn ? Et jusqu'au nom de l'auberge qui paraissait tout à fait approprié à la circonstance.

– Mon Dieu, mon Dieu, dit Mr Satterthwaite, c'est vraiment bizarre. Se rencontrer, comme ça. Il s'agit bien de Mr Harley Quinn, n'est-ce pas ?

– Exactement, monsieur. Voilà la salle. Tenez, voici le monsieur dont je vous parle.

Grand, brun, souriant, Mr Quinn était assis à une table. Sa silhouette familière se dressa à leur entrée.

– Mr Satterthwaite, nous nous rencontrons de nouveau, laissa tomber sa voix inoubliable. Je ne m'y attendais pas.

Mr Satterthwaite lui serrait la main avec chaleur.

– Ravi. Je suis ravi. Une panne qui tombe bien. Ma voiture, veux-je dire. Vous êtes installé ici ? Pour longtemps ?

– Une nuit seulement.

– Eh bien, j'ai vraiment de la chance.

Avec un petit soupir de plaisir, Mr Satterthwaite s'assit en face de son ami, et observa attentivement le visage de

Mr Quinn, comme s'il s'attendait à une bonne surprise. Son vis-à-vis hocha doucement la tête.

– Je vous garantis que je ne vais pas sortir de mon chapeau un bocal de poissons rouges ou un lapin.

– C'est bien dommage, dit Mr Satterthwaite, un peu déçu. Je dois l'avouer, j'ai tendance à vous prendre pour un magicien. C'est cela. Un magicien.

– Et pourtant, dit Mr Quinn, c'est vous qui faites les tours, pas moi.

– Bah ! s'exclama Mr Satterthwaite, enchanté. Mais sans vous, je ne pourrais pas les réussir. Vous m'apportez… Comment dire ?… L'inspiration.

Mr Quinn le regarda.

– C'est un bien grand mot. Disons plutôt que je me contente de vous donner la réplique.

L'aubergiste arrivait, portant du pain et une motte de beurre doré. Il y eut un éclair blafard, et le tonnerre roula presque au-dessus de leurs têtes au moment où il les posait sur la table.

– Une sacrée soirée, messieurs, dit-il.

– C'est par une nuit pareille…, commença Mr Satterthwaite.

– Ma parole ! Exactement ce que j'allais dire, interrompit l'aubergiste. C'est par une nuit pareille que le capitaine Harwell a ramené sa jeune épouse à leur maison, la veille même du jour de sa disparition.

– Ah, s'écria soudain Mr Satterthwaite, j'y suis !

Voilà ce qui lui manquait. Voilà pourquoi il lui semblait connaître le nom de Kirtlington Mallet. Trois mois auparavant, il avait lu en détail tout ce qui concernait l'incroyable disparition du capitaine Richard Harwell.

Du nord au sud de la Grande-Bretagne, cette disparition avait fait la une de tous les journaux. Et tout Britannique qui se respecte avait échafaudé sa propre théorie pour l'expliquer.

– Ça y est, j'y suis, répéta-t-il. Ça s'est passé à Kirtlington Mallet.

– Il s'était installé ici pour la chasse, l'hiver dernier, dit l'aubergiste. Je l'ai bien connu. Un grand et beau jeune monsieur. Pas le genre à avoir des soucis en tête. On l'a liquidé. Enfin, c'est ce que je crois. Plus d'une fois que je les ai vus à cheval ensemble miss Le Sueur et lui. Tout le village disait qu'ils allaient faire la paire. Et ça n'a pas manqué. Une sacrée belle femme. Et on n'en tarissait pas d'éloges, malgré qu'elle soit qu'une Canadienne et une étrangère. Ah, ça, c'est pour le moins un sacré mystère. On n'en connaîtra jamais le fin mot. Le chagrin qu'elle a eu, pour sûr ! Vous savez qu'elle a tout vendu et qu'elle est partie pour l'étranger. Elle pouvait pas supporter de rester ici avec tout le monde qui arrêtait pas de la reluquer alors qu'elle y était pour rien, la pauvre chatte. Ah oui, c'est bien un sacré mystère.

Il se détourna. Puis, d'un coup, revenant à sa tâche, il se hâta vers la cuisine.

– Un sacré mystère, laissa échapper Mr Quinn.

Aux oreilles de Mr Satterthwaite, le propos avait des accents provocateurs.

– Voudriez-vous me faire croire que nous pourrions réussir là où Scotland Yard a échoué ? demanda-t-il d'un ton sec.

Mr Quinn eut un geste dont il était coutumier.

– Et pourquoi pas ? Voyez-vous, le temps a passé. Trois mois déjà. Cela fait une grosse différence.

– Toujours votre théorie, dit doucement Mr Satterthwaite, selon laquelle, avec du recul, on perçoit mieux les événements que sur le moment.

– Eh oui. Plus le temps passe, plus les faits se mettent en perspective. Et alors on distingue mieux leurs vrais rapports.

Pendant plusieurs longues minutes, les deux hommes restèrent silencieux.

– Je ne suis pas sûr de bien me souvenir des faits, dit Mr Satterthwaite avec quelque hésitation.

– Je suis persuadé du contraire, affirma Mr Quinn.

Mr Satterthwaite n'avait pas besoin d'autre encouragement. Dans la vie, en général, il n'était que spectateur. Mais en compagnie de Mr Quinn, tout changeait. Il occupait le devant de la scène pendant que Mr Quinn observait son jeu en connaisseur.

– Il y a à peine plus d'un an, miss Eleanor Le Sueur est devenue propriétaire d'Ashley Grange. C'est une superbe demeure ancienne, mais elle était à l'abandon depuis de longues années. Comme châtelaine, on n'aurait pu trouver mieux. Miss Le Sueur est une Canadienne française dont les ancêtres — des émigrés de la Révolution — lui avaient laissé en héritage une collection inestimable de reliques et d'antiquités françaises. Collectionneuse elle-même, elle achetait des objets d'art avec un goût très sûr. D'ailleurs, après la tragédie, quand elle a décidé de vendre Ashley Grange et ses collections, Mr Cyrus G. Bradburn, le millionnaire américain, lui a payé sans états d'âme la coquette somme de soixante mille livres pour le tout.

Mr Satterthwaite s'interrompit.

– Pardonnez-moi cette avalanche de détails. Ils n'ont strictement rien à voir avec notre affaire. Mais cela vous donne l'ambiance dans laquelle vivait la jeune Mrs Harwell.

Mr Quinn approuva gravement de la tête.

– L'ambiance a toujours son importance.

– Et maintenant, la dame en question, reprit Mr Satterthwaite, vingt-trois ans, brune, belle, épanouie, raffinée. Et riche, c'est un point à ne pas oublier. Elle était orpheline, mais une certaine Mrs Saint-Clair, dame d'un très bon milieu et de meilleure éducation, lui servait de chaperon. Eleanor Le Sueur pouvait disposer de sa fortune comme bon lui semblait, et les coureurs de dot ne sont pas ce qui manque. Il y a eu une bonne douzaine de jeunes gens fauchés qui lui tournaient autour en toute occasion, à la chasse, dans les bals, enfin partout où elle pouvait bien aller. Le jeune lord Leccan, le plus beau parti de ce pays, passe lui-même pour l'avoir demandée en mariage. Mais la demoiselle refusait de s'engager. Jusqu'à ce qu'arrive le capitaine Richard Harwell.

» Pour la saison de chasse, le capitaine Harwell avait pris ses quartiers dans cette auberge. C'était un superbe cavalier, sympathique, beau garçon, et chasseur enragé. Vous vous souvenez du proverbe « Heureuses les amours qui se nouent sans détour » ? Eh bien, c'est ce qui s'est passé ou à peu près: il n'a pas fallu deux mois à Richard Harwell et Eleanor Le Sueur pour se fiancer.

» Trois mois plus tard, ils étaient mariés. Les tourtereaux partirent à l'étranger pour une lune de miel de quinze jours, et puis ils sont revenus s'installer à Ashley Grange. L'aubergiste vient de nous dire que, la nuit de leur retour, il faisait de l'orage, comme ce soir. Peut-être était-ce de mauvais augure ? Qui peut le savoir ? En tout cas, tôt le matin suivant, vers 7 heures et demie, à peu près, l'un des jardiniers, John Mathias, a vu le capitaine Harwell se promener dans le parc. Il était tête nue et il sifflotait. Rien qui puisse faire penser à des inquiétudes ou à des soucis. Et pourtant, pour autant qu'on puisse le savoir, personne depuis cet instant n'a revu le capitaine Richard Harwell, mort ou vif.

Mr Satterthwaite marqua une pause, pour mieux jouir de ses effets. Le regard admiratif de Mr Quinn était en quelque sorte l'applaudissement qu'il attendait, et il reprit :

– Cette disparition est incroyable. Inexplicable. C'est seulement le lendemain que l'épouse inquiète a prévenu la police qui, comme vous le savez, n'a pas le moins du monde réussi à élucider le mystère.

– Je suppose qu'on a quand même formulé des hypothèses, hasarda Mr Quinn.

– Oh ! pour des hypothèses, il y en a eu. Hypothèse numéro un, le capitaine Harwell a été assassiné, éliminé. Mais, dans ce cas, où est le corps ? Il ne s'est quand même pas volatilisé. Et, en plus, il n'y a pas de mobile. Si nous sommes bien informés, le capitaine Harwell n'avait pas d'ennemis.

Il s'arrêta soudain, comme s'il n'en était pas sûr. Mr Quinn se pencha en avant.

– Vous pensez au jeune Stephen Grant.

– Eh oui, dit Mr Satterthwaite. Si je me rappelle bien, Stephen Grant était le palefrenier du capitaine Harwell, et son patron l'a mis à la porte pour une peccadille. Le matin qui a suivi le retour des Harwell à Ashley Grange, on l'a vu rôder dans le coin, et il a été incapable d'expliquer sa présence. La police l'a conservé au frais un moment, comme suspect, mais rien n'a pu être prouvé contre lui et il a finalement été remis en liberté. Je vous accorde qu'on peut imaginer qu'après son licenciement il nourrissait une certaine rancœur à l'encontre du capitaine Harwell. Mais, enfin, ce serait un mobile des plus ténus. Je crois que les policiers essayaient surtout de démontrer qu'ils se démenaient. En fait, comme je vous le disais, le capitaine Harwell n'avait pas d'ennemis.

– Pas d'ennemis connus, fit observer Mr Quinn.

Mr Satterthwaite approuva :

– J'y viens. Car, enfin, que savait-on du capitaine Harwell ? Quand la police a tenté d'établir son pedigree, elle n'a rien eu à se mettre sous la dent. Qui était Richard Harwell ? D'où pouvait-il bien venir ? On a l'impression qu'un beau jour il est littéralement sorti de nulle part. C'était un superbe cavalier, et il paraissait à l'aise. Personne, à Kirtlington Mallet, n'a cherché plus loin. Miss Le Sueur n'avait ni parents ni tuteurs pour prendre des renseignements un tant soit peu approfondis sur les tenants et aboutissants de son fiancé. Elle pouvait n'en faire qu'à sa tête. Et les policiers s'en sont tenus à l'hypothèse classique de la jeune riche et de l'imposteur audacieux. La vieille histoire, quoi.

» Mais cela ne collait pas, comme on dit vulgairement. Miss Le Sueur, c'est vrai, n'avait ni parents ni tuteurs, mais elle avait à Londres d'excellents avocats pour représenter ses intérêts. Et leur témoignage n'a fait qu'épaissir le mystère. Eleanor Le Sueur avait souhaité, au départ, mettre une certaine somme à la disposition de son futur mari. Il avait refusé, en faisant valoir qu'il était lui-même assez fortuné. Et il a été prouvé qu'il n'a pas touché au moindre sou de l'argent de sa femme dont la fortune était absolument intacte.

» Donc, ce n'était pas un banal escroc, mais peut-être avait-il en vue des manigances plus subtiles. On peut imaginer qu'il envisageait de faire chanter sa femme si, un jour, elle décidait d'épouser un autre homme. Je reconnais que, pour ma part, j'ai cru à quelque chose de ce genre. Jusqu'à ce soir, c'était mon hypothèse.

Mr Quinn s'empressa de le relancer :

– Jusqu'à ce soir ?

– Oui, jusqu'à ce soir. Parce que je n'y crois plus. Comment diable a-t-il pu se volatiliser aussi vite et aussi complètement, à une heure du jour où tous les paysans se précipitent vers leurs champs ? Et tête nue, qui plus est.

– Vous semblez mettre ce dernier point en doute — et pourtant le jardinier l'a bel et bien vu, non ?

– Précisément… le jardinier… John Mathias. Je me demande s'il ne faudrait pas creuser un peu de ce côté-là.

– Les policiers ont certainement vérifié ses dires.

– Oui, ils l'ont interrogé longuement. Il n'a jamais varié dans ses déclarations, et sa femme a confirmé. Il est parti de chez lui à 7 heures du matin pour travailler aux serres et il est revenu quarante minutes plus tard. Dans la maison, les domestiques ont entendu la porte d'entrée se fermer à 7 heures et quart, c'est l'heure à laquelle le capitaine Harwell est sorti. Mais je vois à quoi vous pensez.

– Ah bon ?

– Bien entendu. Mathias aurait eu le temps d'abattre son patron. Mais pourquoi, mon bon ami, pourquoi ? Et, en plus, qu'aurait-il bien pu faire du corps ?

L'aubergiste arrivait avec un plateau.

– Confus de vous avoir fait attendre, messieurs.

Il déposa sur la table un steak géant et un plat débordant de pommes de terre croustillantes. Leurs fumets chantaient aux narines de Mr Satterthwaite.

– Cela paraît excellent, tout à fait excellent, dit-il, affable. Nous discutions de la disparition du capitaine Harwell. Qu'est donc devenu le jardinier, ce Mathias ?

– L'a trouvé du travail en Essex, je crois. N'avait guère envie de rester dans le coin. Vous comprenez, y en avait qui le regardaient de travers. Remarquez que j'ai jamais cru qu'il y soit pour quelque chose.

Mr Satterthwaite prit une tranche de steak et Mr Quinn imita son exemple. L'aubergiste paraissait d'humeur causante, et Mr Satterthwaite n'y trouvait rien à redire, bien au contraire.

– Oui, ce Mathias, quel genre de bonhomme était-ce ? demanda-t-il encore.

– Entre deux âges. L'avait dû être costaud dans le temps, mais l'était maintenant tout plié par les rhumatismes. À cause de cette saloperie, il était couché presque tout le temps, pouvait pas travailler. M'est avis que miss Eleanor le gardait par pure gentillesse parce que, comme jardinier, il servait plus à grand-chose. C'est vrai que sa femme donnait un coup de main à la maison. Elle avait été cuisinière, vous voyez, et elle reculait jamais devant un coup de main à donner.

– Et elle, quel genre de femme était-ce ? interrogea Mr Satterthwaite, plus friand encore de ragots que de nourritures terrestres.

La réponse de l'aubergiste le déçut.

– Comme tout le monde. Âge moyen, plutôt désagréable. Et sourde, en plus. Remarquez que je les ai pas bien connus. Ils étaient là que depuis un mois quand tout ça est arrivé. Mais lui, on dit qu'il avait été un fameux jardinier dans son temps. Miss Eleanor avait reçu des attestations formidables.

– Elle s'intéressait au jardinage ? demanda Mr Quinn avec douceur.

– Non, monsieur, on peut pas dire ça. Elle était pas comme tout un tas de dames du coin qui s'offrent des jardiniers et qui passent quand même leur temps sur les genoux à gratter la terre. Moi, je trouve ça idiot. Non, voyez, miss Le Sueur était pas souvent ici. Sauf l'hiver, pour la chasse. Le reste du temps, elle demeurait à Londres ou bien à l'étranger, dans un de ces endroits rupins où, à ce qu'on m'a dit, les Françaises mettent pas un doigt de leurs pieds dans l'eau, pour pas esquinter leur maillot.

Mr Satterthwaite sourit.

– Et le capitaine Harwell ? Il n'y avait pas des histoires de… de femmes ?

S'il avait dû renoncer à son hypothèse première, il n'en tenait pas moins à sa petite idée. Mr William Jones secoua la tête.

– Rien du tout. Pas un mot. Non, c'est vraiment un sacré mystère, je vous le dis.

– Et vous, qu'est-ce que vous pensez de l'affaire, insista Mr Satterthwaite.

– Ce que j'en pense ?

– Oui.

– Je sais pas trop ce qu'il faut en penser. Sûr, je crois qu'on l'a tué. Mais qui a fait le coup, ça, j'en sais rien. Je vous envoie le fromage, messieurs.

Il remporta la vaisselle en clopinant. L'orage avait paru se calmer. Il redoublait maintenant de violence. Le zigzag d'un éclair, suivi sans attendre par le fracas du tonnerre, fit sursauter le petit Mr Satterthwaite. Le dernier grondement ne s'était pas éteint qu'entra dans la salle une jeune fille apportant le fromage promis.

Grande et brune, elle avait une sorte de beauté maussade. Sa ressemblance avec le propriétaire du *Bells and Motley* permettait de deviner sans peine qu'elle était sa fille.

– Bonsoir, Mary. Voilà une nuit bien orageuse, dit Mr Quinn.

– Je déteste ce genre de nuit, murmura-t-elle.

– Le tonnerre vous fait peur, peut-être ? s'enquit gentiment Mr Satterthwaite.

– Peur du tonnerre ? Oh non, pas moi. Y a pas grand-chose qui me fasse peur. Non. Mais avec l'orage, ça recommence. Et que je te cause, et que je te cause, la même chose encore et toujours, comme une bande de perroquets. Et mon père qui se lance « Ça me rappelle, eh oui pour sûr, la nuit où ce pauvre capitaine Harwell »… Et ainsi de suite, et patati et patata.

Elle se tourna vers Mr Quinn.

– Vous avez entendu ça ? Est-ce que ça a un sens, de toujours rabâcher ? On pourrait pas laisser le passé tranquille ?

– Le passé est passé quand on en a fini avec lui, dit Mr Quinn.

– Vous voulez dire qu'on n'en a pas fini ? Et s'il avait simplement voulu disparaître dans la nature ? Il serait pas le premier des beaux messieurs à avoir fait ça.

– Croyez-vous qu'il a choisi de disparaître ?

– Et pourquoi pas ? C'est plus sensé que de croire qu'un gentil garçon comme Stephen Grant a pu l'assassiner. Et puis d'abord, je voudrais bien savoir pourquoi il l'aurait tué. D'accord, un jour qu'il avait un verre de trop dans le nez, il a dit des bêtises au capitaine et il a été fichu à la porte. Mais, bon, il a retrouvé une bonne place. Et c'est quand même pas une raison pour tuer un homme de sang-froid.

– Les policiers sont certainement convaincus de son innocence, dit Mr Satterthwaite.

– Les policiers ! Je vous demande un peu ! Quand Stephen va au bistrot, les gens le regardent en dessous. Ils ne croient pas vraiment qu'il a tué Harwell, mais ils n'en sont pas sûrs. Alors ils le surveillent du coin de l'œil puis ils se tirent. C'est pas une vie, pour un homme, quand les autres s'écartent de vous comme si vous étiez une bête curieuse. Et pourquoi mon père ne veut pas entendre parler d'un mariage entre Stephen et moi : « Tu peux mettre tes œufs dans un meilleur panier, qu'il dit. J'ai rien contre Stephen, remarque bien, mais, enfin, on ne sait pas trop, n'est-ce pas ? »…

Elle s'interrompit. La violence de sa colère faisait battre sa poitrine. Puis elle éclata :

– C'est de la cruauté, un point c'est tout. Stephen ne ferait pas de mal à une mouche. Et, toute sa vie, il y aura des gens pour penser qu'il l'a tué. Ça le rend méchant, je le sais bien. Et plus il est comme ça, et plus les gens pensent qu'il doit bien y avoir quelque chose de pas net.

Elle s'interrompit à nouveau. Son regard restait fixé sur le visage de Mr Quinn, comme si c'était de là que venait sa colère.

– Ne peut-on vraiment rien faire ? demanda Mr Satterthwaite.

Il compatissait sincèrement. Mais il était évident que la minceur et l'inanité même des soupçons portés contre Stephen Grant l'empêchaient de dissiper les accusations.

La jeune fille se tourna vers lui.

– Il n'y a que la vérité qui puisse l'aider, s'écria-t-elle. Si seulement on trouvait le capitaine Harwell, s'il revenait. Si on savait enfin à quoi s'en tenir…

Elle eut comme un sanglot et s'enfuit de la salle.

– Charmante, cette jeune fille, dit Mr Satterthwaite. C'est bien triste. J'aimerais… Je voudrais bien pouvoir faire quelque chose pour elle.

Son bon cœur était ému.

– Mais nous faisons déjà ce que nous pouvons, dit Mr Quinn. Nous avons encore une demi-heure devant nous avant que votre voiture ne soit prête.

Mr Satterthwaite le regarda, médusé.

– Croyez-vous vraiment que nous puissions découvrir la vérité comme cela, simplement en discutant ?

– Vous possédez une immense expérience de la vie, répondit Mr Quinn très sérieusement, plus vaste que celle de la plupart des gens.

Mr Satterthwaite eut un moment d'amertume.

– Oh ! je n'ai pourtant pas beaucoup vécu.

– Votre vision n'en est que plus aiguë. Vous voyez quand les autres sont aveugles.

– C'est vrai, se rengorgea Mr Satterthwaite. Je suis un grand observateur.

Son amertume s'était évanouie. Après une minute ou deux, il se lança :

– Ma théorie est la suivante : pour saisir la cause d'un événement, il nous faut en étudier les effets.

– C'est parfait, approuva Mr Quinn.

– En l'occurrence, l'effet est que miss Le Sueur, je veux dire Mrs Harwell, reste une épouse sans en être une. Elle n'est pas libre… Elle ne peut pas se remarier. D'autre part, si nous y regardons bien, Richard Harwell est un personnage trouble, un homme au passé mystérieux, un homme surgi de nulle part.

– J'approuve, dit Mr Quinn. Mais vous ne voyez là que ce que nous devons tous voir, ce qui ne peut pas nous échapper. Effectivement, sous les feux de la rampe, le capitaine Harwell devient un personnage tout à fait louche.

Mr Satterthwaite eut un regard dubitatif. D'une certaine façon, ces mots lui paraissaient proposer à sa réflexion une image un peu différente.

– Nous avons étudié les effets, dit-il, ou, plutôt, ce que j'appellerais les *résultats*. Et maintenant, passons…

– Vous n'avez pas abordé les résultats sur le plan strictement matériel, objecta Mr Quinn.

Mr Satterthwaite s'accorda un instant de réflexion.

– Vous avez raison. Il faut aller au fond des choses. Pour nous résumer, disons que les résultats de cette tragédie sont que Mrs Harwell reste une épouse sans en être une, dans l'impossibilité de se remarier, que Mr Cyrus Bradburn a pu acquérir Ashley Grange et ses collections pour… C'était bien soixante mille livres, n'est-ce pas ?… et que quelqu'un, en Essex, a engagé John Mathias comme jardinier. Vous m'avouerez qu'il n'y a pas de quoi soupçonner « quelqu'un en Essex », pas plus que Mr Cyrus Bradburn, d'avoir ourdi la disparition du capitaine Harwell.

– Vous voilà bien sarcastique, dit Mr Quinn.

Mr Satterthwaite lui lança un coup d'œil acéré.

– Mais vous êtes bien d'accord que…

– Bien entendu, répliqua Mr Quinn. L'hypothèse est ridicule. Qu'avons-nous d'autre ?

– Essayons d'imaginer que nous nous trouvons le jour fatidique. Admettons que la disparition soit survenue ce matin même.

– Non, non, sourit Mr Quinn. Puisque notre imagination nous en donne le pouvoir, plaçons-nous autrement. Décidons qu'il y a cent ans que le capitaine Harwell a disparu. Nous sommes en l'an 2025 et nous examinons le passé.

– Vous êtes un homme bien curieux, s'étonna Mr Satterthwaite. Vous croyez au passé, et pas au présent. Pourquoi ?

– Vous avez employé tout à l'heure le mot « ambiance ». Dans le présent, on ne ressent pas d'ambiance.

– Vous avez sans doute raison, concéda Mr Satterthwaite.

Oui, c'est vrai. Le présent se révèle souvent… un peu provincial.

– Un bien joli mot, dit Mr Quinn.

– Je vous remercie, répondit Mr Satterthwaite en esquissant une révérence.

Mais son compagnon poursuivait :

– Prenons… Non pas cette année, ce serait trop difficile, mais l'année dernière. Résumez-la en deux mots, avec votre génie de la concision.

Mr Satterthwaite s'accorda une minute de réflexion. Sa réputation était en jeu.

– Il y a cent ans, dit-il, c'était l'année de la poudre de riz et des « mouches ». Eh bien, 1924 pourrait être l'année des mots croisés et des monte-en-l'air.

– Parfait, approuva Mr Quinn. Mais vous voulez parler de ce pays, pas d'ailleurs, je suppose ?

– En ce qui concerne les mots croisés, je dois avouer que je suis dans l'ignorance. Mais je sais que les monte-en-l'air ont connu leur heure de gloire sur le continent. Vous souvenez-vous de cette incroyable série de cambriolages dans des châteaux, en France ? On a toujours dit qu'ils n'avaient pas pu être commis par un homme seul. En fait, les effractions tenaient du miracle. On a même mis en cause une troupe d'acrobates… Les Clondinis. J'avais vu une fois leur numéro… Vraiment remarquable. La mère, la fille et le fils. Ils ont quitté la scène d'une manière assez mystérieuse. Mais tout cela nous éloigne du sujet.

– Oui, répondit Mr Quinn, mais sans nous entraîner bien loin. Juste de l'autre côté de la Manche.

– Où les Françaises refusent de se tremper l'orteil, à

en croire notre hôte estimé, dit Mr Satterthwaite en riant.

Il y eut un silence, mais qui paraissait lourd de signification.

– Mais pourquoi a-t-il disparu ? s'écria Mr Satterthwaite. Pourquoi ? Pourquoi ? C'est à n'y pas croire ! Comme un tour de prestidigitation…

– C'est le mot, dit Mr Quinn. Un tour de prestidigitation. Tout est là. Encore une fois, tout est dans l'ambiance. Et qu'est-ce exactement qu'un tour de prestidigitation ?

– L'illusion est le fruit de l'agilité de la main, fit semblant de réciter Mr Satterthwaite.

– C'est bien cela, n'est-ce pas ? L'illusion. Quelquefois, cela dépend de l'agilité de la main, quelquefois d'autres moyens. Il y a bien des trucs. On tire un coup de pistolet, ou on agite un mouchoir rouge, enfin quelque chose que le public croit significatif, mais en réalité qui ne l'est pas. On regarde ce qui est spectaculaire — et qui n'a aucun intérêt — et on en oublie de voir ce qui est important.

Mr Satterthwaite se pencha, l'œil en éveil.

– Il y a du vrai là-dedans. C'est une idée.

Puis, songeur :

– Le coup de pistolet. Où est le coup de pistolet dans notre tour de prestidigitation ? Où est le geste spectaculaire qui détourne l'imagination ?

Il retint sa respiration avant de lâcher :

– La disparition. Enlevez-la, et il ne reste rien.

– Rien ? Vous supposez que les choses se passent de la même façon sans cet événement dramatique ?

– Vous voulez dire… En supposant que miss Le Sueur vende Ashley Grange en tout état de cause et parte sans donner de raison ?

– Eh bien ?

– Eh bien, pourquoi pas ? Cela aurait fait un peu jaser, j'imagine, et on aurait sûrement beaucoup parlé de la valeur des collections. Mais… Attendez…

Il marqua une minute de pause, puis les mots jaillirent :

– Vous aviez raison. On a trop, beaucoup trop, braqué le projecteur sur le capitaine Harwell. Et *elle* a pu rester dans l'ombre. *Miss Le Sueur !* Tout le monde s'agite : « Qui était vraiment le capitaine Harwell ? D'où sortait-il ? » Mais personne ne songe à s'interroger sur elle, puisqu'elle fait figure de victime. Était-elle vraiment canadienne française ? Ces merveilleuses collections, en avait-elle vraiment hérité ? Vous aviez raison quand vous disiez que nous ne nous étions pas trop éloignés du sujet. *Juste de l'autre côté de la Manche,* disiez-vous. Les prétendues collections n'étaient que le butin des cambriolages de châteaux français, pour l'essentiel des objets d'art de très grande valeur, et, par conséquent, difficiles à écouler. En fait, elle achète la maison, pour trois fois rien probablement. Elle s'y installe, et elle paie la forte somme à une irréprochable lady anglaise pour lui servir de chaperon. Puis *il* arrive. Tout a été combiné d'avance. Le mariage, la disparition et le fait divers à sensation ! Quoi de plus naturel pour une jeune femme brisée de chagrin que de vouloir vendre tout ce qui pourrait lui rappeler son bonheur disparu ? L'Américain est un véritable amateur, les objets sont tous authentiques et superbes, certains même n'ont pas de prix. Il fait une offre, elle l'accepte. Et elle quitte les lieux en héroïne de tragédie. La grande combine a marché. L'attention du public a été détournée par l'agilité de la main et le côté spectaculaire du truc.

Mr Satterthwaite s'arrêta, empourpré et triomphant.

– Sans vous, je n'aurais jamais compris, dit-il dans un accès soudain d'humilité. Vous avez sur moi un curieux effet. On dit souvent des choses sans savoir ce qu'elles veulent dire réellement. Vous, vous avez le chic pour mettre les gens sur la voie. Mais il reste un point obscur. Harwell a dû avoir beaucoup de mal pour disparaître. Après tout, toutes les polices d'Angleterre étaient à sa recherche. En fait, le plus simple était de rester caché à Ashley Grange, s'il pouvait se débrouiller.

– Je pense qu'il n'a jamais été bien loin d'Ashley Grange, dit Mr Quinn d'un air entendu.

– La maison de Mathias, voulez-vous dire ? demanda Mr Satterthwaite. Mais la police doit l'avoir fouillée.

– À plusieurs reprises, je pense, répondit Mr Quinn.

– Ce Mathias…

Mr Satterthwaite fronçait les sourcils.

– Et Mrs Mathias, ajouta Mr Quinn.

Mr Satterthwaite le regardait fixement.

– S'ils étaient réellement les Clondinis, dit-il, ils étaient trois. Les deux enfants jouaient Harwell et Eleanor Le Sueur. Mais la mère ? Mrs Mathias ? Dans ce cas…

– Mathias était atteint de rhumatisme aigu, non ?

Mr Quinn était l'incarnation même de l'innocence.

– Ça y est ! s'écria Mr Satterthwaite. J'y suis. Je crois

que c'était jouable. Écoutez. Mathias est resté là un mois. Pendant cette période, Harwell et Eleanor ont passé soi-disant une quinzaine de jours en voyage de noces. Et la quinzaine précédente, ils étaient censés être à Londres. Un homme doué pouvait très bien jouer les deux rôles d'Harwell et de Mathias. Quand Harwell se trouvait à Kirtlington Mallet, Mathias était opportunément cloué au lit par ses rhumatismes. La présence de Mrs Mathias étayait la supercherie. Sa présence était indispensable. Sans elle, quelqu'un aurait pu se poser des questions. Vous aviez raison. Harwell n'était pas caché dans la maison de Mathias. Il *était* Mathias. Quand l'ensemble du plan a été exécuté, lui et sa femme ont répandu le bruit qu'il avait trouvé du travail en Essex. Exit John Mathias et son épouse… Pour toujours.

On frappa à la porte de la salle, et Masters fit son entrée.

– La voiture de Monsieur est devant la porte.

Mr Satterthwaite se leva, de même que Mr Quinn qui s'en fut à la fenêtre, dont il ouvrit les rideaux.

– L'orage est terminé, dit-il.

Mr Satterthwaite enfilait ses gants.

– Je dîne la semaine prochaine avec le chef du Yard, confia-t-il, imbu de lui-même. Je lui exposerai ma… mon hypothèse.

– Elle ne sera pas difficile à vérifier. Il suffira de comparer le catalogue des collections d'Ashley Grange avec une liste des objets volés obligeamment fournie par la police française !

– Exactement, dit Mr Satterthwaite. Pas de chance pour Mr Bradburn, mais…

– Je le crois assez riche pour supporter avec équanimité une telle perte, dit Mr Quinn.

Mr Satterthwaite lui tendit la main.

– Au revoir. Je ne saurais vous dire à quel point j'ai apprécié cette rencontre inattendue. Vous partez demain, je crois.

– Peut-être même ce soir. Ma tâche ici est finie. Vous savez, je ne fais que passer.

Mr Satterthwaite se souvenait d'avoir entendu exactement les mêmes mots plus tôt dans la soirée. Vraiment bizarre. Il sortit pour rejoindre sa voiture et Masters, qui l'attendaient tous deux. Du bar lui parvint la voix de l'aubergiste, chaude et satisfaite :

– Un sacré mystère, disait-il. Oui, vraiment un sacré mystère.

En réalité il avait remplacé le mot « sacré » par une expression qui faisait référence au plus vieux métier du monde. En homme accompli, Mr William Jones savait puiser dans son répertoire d'épithètes celles qui pouvaient plaire à son auditoire. Et le public du bar les préférait pimentées.

Mr Satterthwaite se prélassa dans sa confortable limousine. Il bombait le torse, triomphant. Il eut le temps d'apercevoir la jeune Mary qui sortait sur le perron et qui se tenait là, debout sous l'enseigne qui grinçait.

– Si seulement elle savait, se murmura-t-il. Si seulement elle savait ce que *je* vais faire.

L'enseigne du *Bells and Motley* se balançait doucement dans le vent.

(Traduction de Jean-Marc Mendel)

4

Le signe dans le ciel

(The Sign in the Sky)

Le juge adressait ses dernières recommandations aux jurés :

– Voilà, messieurs, j'ai presque terminé. C'est à vous maintenant d'examiner si les charges retenues contre cet homme sont suffisantes pour que vous le déclariez coupable du meurtre de Vivien Barnaby. Vous avez entendu les témoignages des domestiques concernant l'heure à laquelle les coups de feu ont été tirés : aucun désaccord sur ce point. Vous avez eu connaissance de la lettre que Vivien Barnaby a écrite à l'accusé le matin même du crime, le vendredi 13 septembre — fait que la défense n'a même pas essayé de nier. Vous savez avec certitude que l'accusé, lorsqu'il a été arrêté, a d'abord nié être allé à Deering Hill ; puis, devant les preuves apportées par la police, il est revenu sur sa déclaration. À vous de tirer les conclusions de ce revirement. Dans ce procès, la justice ne possède pas de preuves formelles ; vous devrez donc former votre propre jugement en vous appuyant sur les éléments suivants : le mobile, les moyens, les circonstances. La défense prétend que quelqu'un s'est introduit dans le salon de musique après le départ de l'accusé et a tué Vivien Barnaby avec le fusil que — surprenante négligence — l'accusé aurait laissé derrière lui. Vous avez entendu l'accusé expliquer pourquoi il lui a fallu une demi-heure pour rentrer chez lui. Si vous ne croyez pas à sa version des faits et si vous êtes convaincus — en votre âme et conscience — que c'est bien lui qui, le vendredi 13 septembre, a déchargé son fusil à bout portant dans la tête de Vivien Barnaby avec l'intention de la tuer, alors, messieurs, vous le déclarerez coupable. Si, en revanche, vous avez des doutes bien fondés, il est de votre devoir de l'acquitter. Veuillez à présent vous retirer pour délibérer.

Il fallut moins d'une demi-heure au jury pour prononcer le verdict auquel tout le monde s'attendait : « Coupable ».

Mr Satterthwaite quitta le tribunal après l'annonce du verdict, les sourcils froncés.

Les procès criminels ne l'intéressaient pas en tant que tels. Il était bien trop homme de goût, bien trop délicat pour trouver un quelconque attrait aux détails sordides d'un meurtre ordinaire. Mais l'affaire Wylde, c'était autre chose. Martin Wylde était ce qu'il est convenu d'appeler un « gentleman » ; de plus, le vieux monsieur avait personnellement connu la victime, la jeune épouse de sir George Barnaby.

Absorbé dans ses pensées, il remonta Holborn à pied, puis s'engagea dans un dédale de ruelles misérables qui le menèrent à Soho. Dans l'une de ces rues se trouvait un petit restaurant connu de rares privilégiés dont Mr Satterthwaite faisait partie. Il ne s'agissait pas d'un restaurant bon marché — bien au contraire, il était hors de prix et s'adressait exclusivement à une clientèle de gourmets au palais blasé. C'était un endroit tranquille — aucun accord de jazz ne venait en troubler l'atmosphère feutrée — et plutôt sombre. Les serveurs émergeaient en silence de la pénombre, portant des plats en argent, aussi solennels que s'ils participaient à quelque rite sacré. Le restaurant s'appelait l'*Arlecchino*.

Toujours plongé dans ses pensées, Mr Satterthwaite entra et se dirigea vers sa table favorite, dans un coin reculé, tout au fond de la salle. En raison de la pénombre, déjà évoquée, il ne s'aperçut qu'au dernier moment que la table était occupée par un homme grand et brun. Celui-ci avait le visage dans l'ombre, mais la lumière d'un vitrail multicolore donnait à son costume discret l'aspect bariolé d'un habit de fou de cour.

Mr Satterthwaite s'apprêtait à tourner les talons quand l'inconnu changea légèrement de position, ce qui lui permit de le reconnaître.

– Dieu du ciel ! s'exclama le vieux monsieur, qui affectionnait les expressions désuètes. Mais c'est Mr Quinn !

Il avait déjà rencontré Mr Quinn trois fois et chacune de ces rencontres avait abouti à quelque chose de pas tout à fait ordinaire. Un étrange personnage, ce Mr Quinn, qui avait le chic pour vous montrer sous un jour totalement nouveau des choses que vous connaissiez depuis toujours.

Mr Satterthwaite ressentit un agréable frisson d'excitation. Dans la vie, il le savait, il se cantonnait volontiers au rôle de spectateur ; mais parfois, au contact de Mr Quinn, il avait l'illusion d'être un acteur — et l'acteur principal, de surcroît.

Un sourire éclaira son visage maigre et desséché.

– Quelle bonne surprise ! dit-il. Vraiment, quelle bonne surprise ! Vous ne voyez pas d'inconvénient à ce que je me joigne à vous, au moins ?

– J'en serai ravi, dit Mr Quinn. Comme vous le voyez, je n'ai pas encore commencé.

Un maître d'hôtel plein de déférence surgit de l'ombre. Mr Satterthwaite, comme il convenait à un homme au palais raffiné, accorda tous ses soins au choix du menu. Le maître d'hôtel se retira, avec un discret sourire d'approbation, et un jeune serveur commença à s'affairer. Mr Satterthwaite se tourna vers Mr Quinn.

– J'arrive de l'Old Bailey, dit-il. Triste affaire.

– Il a été déclaré coupable ? demanda Mr Quinn.

– Oui, le jury n'a délibéré qu'une demi-heure.

Mr Quinn inclina la tête.

– Compte tenu des témoignages, c'était inévitable.

– Et pourtant…

Mr Satterthwaite s'interrompit. Mr Quinn continua pour lui :

– Et pourtant, vous étiez du côté de l'accusé ? C'est bien ce que vous alliez dire ?

– Oui, sans doute. Martin Wylde est un jeune homme bien ; j'ai du mal à le croire capable d'un tel acte. Mais il faut dire que, depuis quelque temps, un certain nombre de jeunes gens bien sous tous rapports se sont illustrés en commettant de sang-froid des assassinats particulièrement odieux.

– Trop, dit posément Mr Quinn.

– Je vous demande pardon ? dit Mr Satterthwaite, un peu surpris.

– Trop, pour Martin Wylde. Depuis le début de cette affaire, les gens ont eu tendance à considérer qu'il s'agissait d'un crime de plus à ajouter à cette série, le crime d'un homme qui cherche à se débarrasser d'une femme pour en épouser une autre.

– Si on se fie aux présomptions…, dit Mr Satterthwaite d'un air dubitatif.

– Ah ! fit vivement Mr Quinn. Je crains de ne pas connaître toutes les présomptions.

Mr Satterthwaite sentit son assurance lui revenir d'un seul coup. Un sentiment de puissance l'envahit. Il fut tenté d'adopter une attitude volontairement théâtrale.

– Laissez-moi vous expliquer tout cela. Vous comprenez, j'ai été en relation avec les Barnaby. Je connais bien les détails de la situation. Avec moi, vous saurez ce qu'est l'envers du décor, vous verrez les choses de l'intérieur.

Mr Quinn se pencha en avant.

– Si quelqu'un est capable de me montrer cela, c'est bien Mr Satterthwaite, murmura-t-il avec un petit sourire d'encouragement.

Mr Satterthwaite agrippa à deux mains la table. Il se sentait grandi, transporté, dans un état second. À cet instant, il était un artiste, purement et simplement — un artiste dont les moyens d'expression étaient les mots.

Il traça à grands traits un rapide portrait des habitants de Deering Hill. Sir George Barnaby, âgé, obèse, fier de sa fortune. Un homme qui se tracassait perpétuellement pour toutes les petites choses de la vie. Un homme qui remontait ses pendules tous les vendredis après-midi, qui s'occupait des comptes de la maison tous les mardis matin, et qui vérifiait, chaque soir, en personne, si la porte d'entrée était bien verrouillée. Un homme précautionneux.

Mr Satterthwaite passa ensuite au portrait de lady Barnaby. Là, sa touche se fit plus aimable, mais tout aussi précise. Il ne l'avait vue qu'une fois, mais en avait retiré une impression nette et durable. Une créature vive, rebelle, pitoyablement jeune. Une enfant prise au piège : voilà comment il la décrivit.

– Elle le détestait, vous comprenez ? Elle l'avait épousé sans se rendre compte de ce qu'elle faisait. Résultat…

Selon lui, c'était une femme désespérée, qui ne savait comment s'en sortir. Sans fortune personnelle, elle dépendait entièrement de son vieux mari. C'était une personne aux abois — encore peu sûre d'elle-même et de sa beauté — à vrai dire encore à l'état de promesse. Et elle était avide : Mr Satterthwaite se montra catégorique sur ce point. Un mélange de révolte, d'avidité et d'âpreté à vivre.

– Quant à Martin Wylde, poursuivit Mr Satterthwaite, je ne l'ai jamais rencontré personnellement, mais j'ai entendu parler de lui. Exploitant agricole, il habitait à quinze cents mètres environ de Deering Hill. Or, lady Barnaby s'intéressait à l'agriculture. Du moins le prétendait-elle. À mon avis, ce n'était qu'un prétexte. Je pense qu'elle a dû voir en lui son unique chance de salut et elle s'est raccrochée à lui, désespérément, comme une enfant. Bref, l'issue était prévisible. Nous savons ce qu'il en fut grâce aux lettres qui ont été lues au tribunal. Wylde gardait toutes les lettres qu'elle lui écrivait ; elle, en revanche, ne conservait pas celles de son amant. Mais le contenu des lettres de lady Barnaby montre bien que Wylde commençait à se lasser d'elle. D'ailleurs, il le reconnaît. Il fréquentait une autre jeune fille, qui habitait elle aussi le village de Deering Hill — la fille du médecin. Vous l'avez peut-être vue au tribunal. Mais non, c'est vrai, vous m'avez dit que vous n'y étiez pas. Alors, il faut que je vous la décrive. C'est une jeune fille blonde, très blonde. Douce. Peut-être pas très très... intelligente. Mais une personne tranquille, vous voyez ? Et loyale. Par-dessus tout loyale.

Il regarda Mr Quinn, guettant un signe d'encouragement. Mr Quinn sourit d'un air approbateur. Mr Satterthwaite poursuivit :

– Vous connaissez la teneur de la dernière lettre de lady Barnaby, celle qu'elle a écrite le matin du vendredi 13 septembre. Si vous ne l'avez pas entendue au procès, vous avez dû la lire dans les journaux. Une lettre pleine de reproches désespérés et de vagues menaces, dans laquelle, pour finir, elle suppliait Martin Wylde de venir à Deering Hill le soir même à 18 heures. *« Je laisserai la porte de service ouverte pour que personne ne sache que tu es venu. Je t'attendrai dans le salon de musique. »* Cette lettre, elle la lui avait fait porter.

Mr Satterthwaite observa une courte pause avant de reprendre :

– Lors de son arrestation, comme vous le savez, Martin Wylde a nié être allé chez les Barnaby ce soir-là. Il a déclaré qu'il avait pris son fusil pour aller chasser dans les bois. Mais, devant les preuves avancées par la police, sa déposition ne tenait plus. En effet, on avait relevé ses empreintes — vous vous en souvenez ? — sur la porte de service et sur l'un des deux verres à cocktail qui se trouvaient sur la table du salon de musique. Il a alors modifié sa version des faits : il était effectivement allé voir lady Barnaby, ils avaient eu une entrevue orageuse, mais, finalement, il avait réussi à la calmer. Il a juré qu'il avait laissé son fusil dehors, appuyé contre le mur, près de la porte de service, et que, lorsqu'il a quitté lady Barnaby, peu après 18 h 15, elle était vivante et en bonne santé. Il a dit être ensuite rentré directement chez lui, mais on a la preuve qu'il n'est arrivé à la ferme qu'à 18 h 45. Or — comme je vous l'ai déjà précisé — il n'avait que quinze cents mètres à parcourir : cela n'aurait pas dû lui prendre une demi-heure. En ce qui concerne le fusil, il déclare l'avoir tout simplement oublié. Tout cela n'est guère plausible… Et pourtant…

– Et pourtant ? interrogea Mr Quinn.

– Ma foi, ce n'est pas impossible. L'avocat de la Couronne a tourné ce témoignage en dérision, mais je pense qu'il a eu tort. Voyez-vous, je connais bien les jeunes gens de cet âge, et je puis vous dire que les scènes de ce genre les perturbent beaucoup — surtout ceux qui, comme Martin Wylde, sont de tempérament nerveux et taciturne. Les femmes, elles, peuvent très bien, après une telle dispute, se sentir beaucoup mieux et retrouver tous leurs esprits. Cela leur sert, en quelque sorte, de soupape de sûreté. Ça leur détend les nerfs. Mais j'imagine très bien Martin Wylde bouleversé, dégoûté et malheureux, quittant les lieux sans penser un seul instant au fusil qu'il avait laissé contre le mur.

Mr Satterthwaite se tut quelques instants, puis reprit :

– De toute façon, cela n'a guère d'importance car la suite, hélas, n'est que trop claire. Il était exactement 18 h 20 quand les coups de feu ont été tirés. Tous les domestiques ont entendu : la cuisinière, la fille de cuisine, le majordome, la bonne et la femme de chambre personnelle de lady Barnaby. Ils se sont précipités dans le salon de musique et ont trouvé leur maîtresse affalée sur le bras de son fauteuil. L'assassin avait déchargé le fusil à bout portant, dans l'occiput de la jeune femme, si bien qu'il ne pouvait manquer sa cible. Deux balles au moins ont pénétré dans le cerveau.

Il s'interrompit à nouveau. Mr Quinn demanda d'un ton détaché :

– Les domestiques ont témoigné, bien entendu ?

– Oui. Le majordome est arrivé sur les lieux quelques secondes avant les autres, mais leurs témoignages sont tous pratiquement identiques.

– Donc, ils ont *tous* témoigné ? fit Mr Quinn d'un air pensif. Sans exception ?

– À présent, cela me revient : la bonne n'a déposé qu'à l'enquête. Depuis, elle est partie pour le Canada, il me semble.

– Je vois, dit Mr Quinn.

Il y eut un silence. Une sorte de malaise troubla l'atmosphère du petit restaurant. Mr Satterthwaite se sentit soudain sur la défensive.

– Qu'est-ce qui l'empêchait d'y aller ? dit-il avec brusquerie.

– Qu'est-ce qui l'obligeait à y partir ? rétorqua Mr Quinn avec un imperceptible haussement d'épaules.

Curieusement, la question contraria Mr Satterthwaite. Il préféra l'éluder et revenir en terrain familier.

– L'identité du meurtrier ne faisait guère de doute. En fait, il semble que les domestiques aient été un peu dépassés par les événements. Il n'y avait personne dans la maison pour prendre la situation en main. Il s'est écoulé plusieurs minutes avant que l'un d'eux ait eu l'idée d'appeler la police et, quand ils ont voulu le faire, ils se sont aperçus que le téléphone ne fonctionnait pas.

– Ah ! fit Mr Quinn. Le téléphone ne fonctionnait pas.

– Non.

Mr Satterthwaite eut brusquement la conviction que cet élément était d'une importance capitale. D'une voix lente, il reprit :

– Évidemment, quelqu'un aurait pu le mettre délibérément hors d'usage. Mais cela ne servait à rien : la mort a été presque instantanée.

Mr Quinn ne dit rien. Mr Satterthwaite se rendit compte que cette explication n'était guère satisfaisante.

– Personne d'autre que Wylde ne pouvait être soupçonné, enchaîna-t-il. De son propre aveu, il est sorti de la maison seulement trois minutes après les coups de feu. D'ailleurs, qui d'autre aurait pu tirer ? Sir George faisait une partie de bridge chez des voisins ; il est parti de chez eux à 18 h 30 précises et venait de sortir au moment où un domestique est arrivé pour lui annoncer le drame. Il n'y a aucun doute sur ce point. Henry Thompson, le secrétaire de sir George, était à Londres ce jour-là et se trouvait en rendez-vous d'affaires au moment du crime. Quant à Sylvia Dale qui, après tout, avait un excellent mobile, il semble qu'elle n'ait absolument aucun rapport avec le meurtre. Elle se trouvait à la gare de Deering Vale pour accompagner une amie au train de 18 h 15, ce qui la met hors de cause. Restent les domestiques. Aucun d'entre eux n'avait la moindre raison de commettre un tel acte. D'ailleurs, ils sont tous arrivés en même temps sur le lieu du crime. Non, le coupable ne peut être que Martin Wylde.

Mais, au ton de sa voix, on devinait que cette conclusion ne le satisfaisait pas.

Ils poursuivirent leur déjeuner en silence. Mr Quinn n'était pas d'humeur bavarde, et Mr Satterthwaite avait dit tout ce qu'il avait à dire. Mais le silence était lourd du mécontentement grandissant de Mr Satterthwaite, comme entretenu et amplifié par l'attitude neutre de Mr Quinn.

Soudain, Mr Satterthwaite posa bruyamment son couteau et sa fourchette.

– Supposons que ce jeune homme soit vraiment innocent ? dit-il. Il va être pendu !

Il avait l'air très troublé et bouleversé à cette pensée. Mr Quinn ne disait toujours rien.

– Au fond, cela ne me…

Mr Satterthwaite s'interrompit. Au lieu de terminer sa phrase, il demanda, sans logique apparente :

– Qu'y a-t-il d'étonnant à ce que cette femme soit partie pour le Canada ?

Mr Quinn secoua la tête sans rien dire.

– Je ne sais même pas dans quelle région du Canada elle se trouve, continua Mr Satterthwaite d'un ton maussade.

– Auriez-vous un moyen de le savoir ? suggéra l'autre.

– Oui, je pense. Le majordome doit être au courant. Ou peut-être Thompson, le secrétaire.

Il se tut à nouveau. Quand il reprit la parole, ce fut d'un ton presque suppliant :

– Au fond, cela ne me concerne pas personnellement…

– Le fait qu'un jeune homme soit pendu dans un peu plus de trois semaines ?

– Évidemment, présenté de cette façon… oui, bien sûr. Je comprends ce que vous voulez dire. La vie, la mort. Il y a aussi cette pauvre fille. Ce n'est pas que j'y mette de la mauvaise volonté, mais à quoi cela servira-t-il, finalement ? Toute cette histoire n'est-elle pas un peu extravagante ? Même si j'arrivais à découvrir où est cette femme, il faudrait probablement que je me rende moi-même sur place !

Mr Satterthwaite paraissait vraiment très contrarié.

– Et moi qui avais l'intention d'aller sur la Riviera la semaine prochaine, acheva-t-il d'une voix pitoyable.

Le regard qu'il lança à Mr Quinn disait clairement : « Faites-moi grâce de cette corvée, voulez-vous ? »

– Vous n'êtes jamais allé au Canada ?

– Jamais.

– C'est un pays très intéressant.

Mr Satterthwaite le considéra d'un air indécis.

– Vous croyez que je devrais y aller ?

Mr Quinn s'adossa à sa chaise et alluma une cigarette. Entre deux bouffées, il dit posément :

– Vous êtes un homme riche, je crois, Mr Satterthwaite. Sans être milliardaire, vous pouvez vous offrir un caprice sans regarder à la dépense. Jusqu'à présent, vous vous êtes contenté d'assister en spectateur aux drames des gens. N'avez-vous jamais eu envie d'y participer, d'y jouer un rôle ? Ne vous êtes-vous jamais imaginé, l'espace d'une minute, au centre de la scène, tenant la vie et la mort entre vos mains ? Arbitre de la destinée d'autrui ?

Mr Satterthwaite se pencha en avant. Il sentait son ardeur précédente l'envahir à nouveau.

– Vous voulez dire que si je cours aux quatre coins du Canada ?

Mr Quinn sourit.

– Oh ! c'est vous qui avez suggéré d'aller au Canada, pas moi, dit-il d'un ton léger.

– Vous ne pouvez pas vous dérober ainsi, protesta Mr Satterthwaite. Chaque fois que je vous ai trouvé sur mon chemin…

Il s'interrompit.

– Oui ? l'encouragea Mr Quinn.

– Il y a chez vous quelque chose que je ne comprends pas et que je ne comprendrai peut-être jamais. La dernière fois que je vous ai rencontré…

– Le soir de la Saint-Jean.

Mr Satterthwaite tressaillit, comme si ces mots contenaient un indice qu'il ne saisissait pas très bien.

– Était-ce vraiment le soir de la Saint-Jean ? demanda-t-il, déconcerté.

– Oui. Mais passons. C'est sans importance, n'est-ce pas ?

Le vieux monsieur sentit cet insaisissable indice lui glisser entre les doigts.

– Si vous le dites…, répondit-il avec courtoisie. Quand je rentrerai du Canada… (Il s'interrompit, un peu embarrassé.)… je… j'aimerais beaucoup vous revoir.

– Je n'ai malheureusement pas d'adresse fixe en ce moment, dit Mr Quinn d'un ton de regret. Mais je viens souvent ici. Si vous êtes également un habitué de l'endroit, nous nous y reverrons sans doute bientôt.

Ils se séparèrent amicalement.

Très excité, Mr Satterthwaite se précipita à l'agence Cook pour se renseigner sur les dates de départ des paquebots pour le Canada. Il téléphona ensuite à Deering Hill. La voix doucereuse et déférente du majordome lui répondit.

– Je m'appelle Satterthwaite, dit-il. Je représente… euh, un cabinet d'avocats. Je voudrais avoir certains renseignements concernant une jeune bonne qui travaillait chez vous, il n'y a pas longtemps.

– Serait-ce Louisa, monsieur ? Louisa Bullard ?

– C'est bien ce nom-là, répondit Mr Satterthwaite, tout content de l'apprendre.

– Je regrette, monsieur, mais elle a quitté le pays. Elle est partie pour le Canada il y a six mois.

– Pouvez-vous me donner son adresse là-bas ?

Mais le majordome ne l'avait pas. C'était un village de montagne… avec un nom écossais… ah ! oui : Banff. Certaines des domestiques qui servaient dans la maison avaient espéré recevoir de ses nouvelles, mais Louisa n'avait jamais écrit ni laissé aucune adresse.

Mr Satterthwaite le remercia et raccrocha. Sa détermination n'était nullement ébranlée ; il se sentait d'humeur aventureuse. Il irait à Banff. Si cette Louisa Bullard était là-bas, il finirait bien par la dénicher.

Il prit grand plaisir au voyage, ce qui l'étonna un peu. Il y avait des années qu'il n'avait pas fait de longue croisière. La Riviera, Le Touquet, Deauville et l'Écosse : tel était habituellement son périple. Pour l'heure, le sentiment d'entreprendre une mission impossible ajoutait du piquant à la traversée. Ses compagnons de voyage, s'ils avaient su quel était l'objet de sa quête, l'auraient certainement pris pour un parfait idiot ! Seulement voilà : eux ne connaissaient pas Mr Quinn.

Une fois à Banff, ses plans se réalisèrent sans aucune difficulté. Louisa Bullard était employée au Grand Hôtel local. Douze heures après son arrivée, le vieux monsieur l'avait en face de lui.

C'était une femme d'environ trente-cinq ans, d'apparence anémique quoique fortement charpentée. Elle avait des cheveux châtain clair qui frisottaient et des yeux marron au regard honnête. Il la jugea un peu sotte mais totalement digne de confiance.

Elle le crut sur parole lorsqu'il lui dit qu'il était chargé de recueillir des éléments complémentaires sur la tragédie de Deering Hill.

– J'ai vu dans le journal que Mr Martin Wylde avait été déclaré coupable, monsieur. C'est bien triste.

Elle ne semblait pas douter pour autant de sa culpabilité.

– Un sympathique jeune homme, qui a mal tourné. Je ne voudrais pas dire du mal des morts, mais il n'empêche que Madame le menait par le bout du nez. Elle ne voulait pas le lâcher, ça non. Résultat, ils ont été punis tous les deux. Quand j'étais enfant, il y avait un texte accroché au mur de ma chambre : « On ne doit pas narguer Dieu. » C'est bien vrai ! J'étais sûre qu'il arriverait quelque chose ce soir-là, et ça n'a pas raté.

– Qu'entendez-vous par là ? dit Mr Satterthwaite.

– Je changeais de robe dans ma chambre, monsieur, quand j'ai distraitement jeté un coup d'œil par la fenêtre. Un train passait à ce moment-là, et — croyez-moi si vous voulez — la fumée blanche qui s'échappait de la locomotive avait la forme d'une main gigantesque. Une grande main blanche qui se détachait sur le ciel cramoisi. Les doigts étaient recourbés, comme pour saisir quelque chose. Ça m'a fait un coup. Je me suis dit : « Allons bon ! Ça, c'est le signe qu'il va arriver un malheur… » et, de fait, à cet instant même, j'ai entendu les coups de feu. Alors j'ai pensé : « Ça y est ! » et je me suis précipitée en bas pour rejoindre Carrie et les autres qui étaient dans le hall. Nous sommes entrés dans le salon de musique et elle était là, du sang plein la tête… Horrible ! Je ne me suis pas gênée pour raconter à sir George le présage que j'avais vu, mais ça n'a pas eu l'air de l'impressionner. C'était un jour de malheur, je l'avais senti dans mes os dès le matin. Un vendredi 13… il fallait s'y attendre !

Elle continua sur le même ton. Mr Satterthwaite l'écouta patiemment. À plusieurs reprises, il la ramena au vif du sujet en lui posant des questions précises sur le meurtre. À la fin, il dut s'avouer vaincu. Louisa Bullard lui avait dit tout ce qu'elle savait ; son témoignage était clair et net.

Il découvrit néanmoins un fait important : le nouvel emploi qu'elle occupait lui avait été proposé par Mr Thompson, le secrétaire de sir George. Tentée par le salaire très élevé, elle avait fini par accepter le poste, bien que cela l'obligeât à quitter l'Angleterre en toute hâte. Un certain Mr Denman avait pris toutes les dispositions nécessaires, en lui recommandant de ne pas écrire aux autres domestiques restés en Angleterre, sous peine « d'avoir des ennuis avec le bureau d'immigration » — consigne qu'elle avait acceptée sans se poser de questions.

Le montant du salaire, qu'elle mentionna au passage, était si exorbitant que Mr Satterthwaite en resta longuement stupéfait. Après avoir hésité, il décida d'aller rendre visite au fameux Mr Denman.

Il n'eut guère de difficultés à le faire parler. Mr Denman avait rencontré par hasard à Londres Henry Thompson, qui lui avait rendu un service. En septembre, le secrétaire lui avait écrit pour lui expliquer que sir George, pour des raisons personnelles, désirait faire quitter l'Angleterre à Louisa Bullard. Mr Denman pouvait-il lui procurer un emploi ? À la lettre était jointe une somme d'argent destinée à augmenter considérablement le salaire proposé.

– L'éternelle histoire, j'imagine, dit Mr Denman en s'adossant nonchalamment à son siège. Elle a l'air gentille, cette fille.

Mr Satterthwaite, pour sa part, ne pensait pas que ce fût « l'éternelle histoire ». Louisa Bullard, il en était sûr, n'avait pas été un caprice passager de sir George Barnaby. Pour une raison quelconque, on avait jugé indispensable d'éloigner la domestique. Mais pourquoi ? Et qui était à l'origine de cette initiative ? Sir George en personne, par l'intermédiaire de Thompson ? Ou le secrétaire, agissant de son propre chef en se servant du nom de son maître ?

Mr Satterthwaite effectua le voyage de retour en méditant sur ces questions. Il se sentait démoralisé et abattu : il avait fait le déplacement pour rien.

Taraudé par un sentiment d'échec, il prit le chemin de l'*Arlecchino* dès le lendemain de son retour. Il n'espérait guère que sa première tentative serait la bonne ; pourtant, à sa grande satisfaction, il aperçut la silhouette familière. Mr Harley Quinn était assis à la table du fond, un sourire de bienvenue éclairant son visage.

– Eh bien ! vous pouvez vous vanter de m'avoir fait courir pour rien, dit Mr Satterthwaite en prenant une noisette de beurre.

Mr Quinn haussa les sourcils.

– Moi ? objecta-t-il. L'idée venait de vous.

– Je ne sais pas de qui est venue l'idée, mais, en tout cas, ç'a été un échec. Louisa Bullard n'a rien à dire.

Mr Satterthwaite entreprit alors de raconter en détail sa conversation avec la bonne, puis son entrevue avec Mr Denman. Mr Quinn l'écouta en silence.

– Dans un certain sens, conclut le vieux monsieur, je n'y suis pas allé pour rien. On a délibérément éloigné Louisa Bullard. Mais pourquoi ? Voilà ce que je n'arrive pas à comprendre.

– Non ? fit Mr Quinn de sa voix insinuante.

Mr Satterthwaite rougit.

– Vous pensez sans doute que j'aurais dû la questionner plus habilement ? Je peux pourtant vous assurer que je lui ai fait répéter plusieurs fois son histoire. Ce n'est pas ma faute si je n'ai pas obtenu les renseignements que nous cherchions.

– Êtes-vous bien sûr de n'avoir pas obtenu ce que vous cherchiez ? dit Mr Quinn.

Interloqué, Mr Satterthwaite leva les yeux vers lui. Il rencontra le regard triste et moqueur qu'il connaissait si bien.

Il secoua la tête, ne sachant trop que penser.

Il y eut un silence, puis Mr Quinn reprit, d'un ton complètement différent :

– L'autre jour, vous avez brossé un extraordinaire tableau des personnages de cette histoire. En quelques mots, vous les avez rendus aussi nets que s'ils étaient gravés à l'eau-forte. Je voudrais que vous fassiez de même pour la propriété ; elle, vous l'avez laissée dans l'ombre.

Mr Satterthwaite fut flatté.

– Deering Hill... ? Ma foi, c'est une maison comme on en voit beaucoup aujourd'hui, avec des murs en brique rouge et des fenêtres en saillie. Hideuse extérieurement, mais très confortable à l'intérieur. Pas très grande. Environ un hectare de terrain. Elles se ressemblent toutes, ces maisons construites autour d'un terrain de golf et faites pour les gens riches. L'intérieur fait penser à un hôtel : les chambres sont de véritables suites avec baignoires, lavabos — eau froide et eau chaude — et des tas de lampes dorées. Du point de vue confort, c'est merveilleux, mais ça n'a rien d'une maison de campagne. D'ailleurs, Deering Vale n'est qu'à trente kilomètres de Londres.

Mr Quinn dressa l'oreille.

– Les liaisons ferroviaires ne sont pas très pratiques, je crois ?

– Oh ! ce n'est pas mon impression, dit Mr Satterthwaite, emporté par son sujet. Je suis allé y faire un séjour, l'été dernier, et j'ai pu constater qu'il était très facile de s'y rendre de Londres. Bien sûr, il n'y a qu'un train toutes les heures : ils partent de la gare de Waterloo à 48, jusqu'à 22 h 48.

– Et combien de temps faut-il pour aller à Deering Vale ?

– Quarante minutes. On arrive à 28.

– Oui, j'aurais dû m'en souvenir, dit Mr Quinn avec un geste de contrariété. Ce fameux soir, miss Dale a bien accompagné une amie au train de 18 h 28, n'est-ce pas ?

Mr Satterthwaite demeura silencieux. Il repensait brusquement à son problème non résolu. Finalement, il demanda :

– Que vouliez-vous dire, tout à l'heure, quand vous m'avez demandé si j'étais bien sûr de ne pas avoir obtenu ce que je cherchais ?

La question, ainsi formulée, semblait un peu compliquée, mais Mr Quinn ne se déroba pas.

– Je me demandais simplement si vous n'étiez pas un peu trop exigeant. N'avez-vous pas découvert qu'on avait délibérément fait quitter l'Angleterre à Louisa Bullard ? Il doit bien y avoir une raison à cela. Et cette raison doit se trouver dans ce qu'elle vous a dit.

– Bon, qu'a-t-elle dit ? raisonna Mr Satterthwaite. Qu'aurait-elle déclaré si elle avait témoigné au procès ?

– Elle aurait peut-être raconté ce qu'elle a vu.

– Et qu'a-t-elle vu ?

– Un signe dans le ciel.

Mr Satterthwaite le regarda, interdit.

– Vous pensez à cette absurdité ? À l'idée superstitieuse que ce serait la main de Dieu ?

– Pour ce que nous en savons, vous et moi, dit Mr Quinn, c'était peut-être bien la main de Dieu.

Manifestement intrigué par la gravité de son ami, le vieux monsieur protesta :

– Absurde ! Elle a dit elle-même que c'était la fumée du train.

– Ce train… allait-il à Londres ou en venait-il ? murmura Mr Quinn. Je me le demande.

– Les trains pour Londres partent toutes les heures, à moins 10 : nous pouvons donc les exclure. C'était certainement un train en provenance de la capitale — celui de 18 h 28… Non, ça ne colle pas non plus, puisque la bonne affirme avoir entendu les coups de feu aussitôt après, et nous savons que ceux-ci ont été tirés à 18 h 20. Le train n'avait sûrement pas dix minutes d'avance.

– Peu probable, sur cette ligne, convint Mr Quinn.

Mr Satterthwaite regardait droit devant lui.

– Peut-être était-ce un train de marchandises, dit-il à mi-voix. Mais dans ce cas…

– Il aurait été inutile d'expédier Louisa Bullard au Canada, acheva Mr Quinn. Je suis d'accord.

Mr Satterthwaite l'observa, fasciné.

– Le 18 h 28…, articula-t-il lentement. Mais alors, si les coups de feu ont été tirés à ce moment-là, pourquoi ont-ils tous affirmé que c'était plus tôt ?

– Réponse évidente, dit Mr Quinn. Les pendules retardaient.

– Toutes ? s'exclama Mr Satterthwaite, incrédule. Vous parlez d'une coïncidence !

– Je ne pensais pas à une coïncidence, répliqua l'autre. Je pensais au fait que le meurtre a eu lieu un vendredi.

– Et alors ?

– Vous m'avez dit vous-même que sir George remontait ses pendules tous les vendredis après-midi, expliqua Mr Quinn d'un ton d'excuse.

Médusé par la révélation qui se faisait jour dans son esprit, Mr Satterthwaite murmura, presque dans un souffle :

– Il les a retardées de dix minutes… puis il est allé à son bridge. Sans doute avait-il ouvert la lettre que sa femme avait écrite le matin même à Martin Wylde… oui, il l'avait certainement ouverte. Il a quitté la partie de bridge à 18 h 30, a pris le fusil que Martin avait laissé appuyé contre le mur, près de la porte de service ; ensuite, il est entré dans la maison et a tué sa femme par-derrière. Puis il est ressorti et a jeté l'arme dans les buissons, où on l'a retrouvée plus tard ; quand le domestique est accouru chez les voisins pour le prévenir, il a pu croire que sir George venait juste de sortir de chez eux. Mais… comment expliquer l'incident du téléphone ? Ah ! oui, je comprends : il l'a coupé pour qu'on ne puisse pas prévenir la police, qui risquait de noter l'heure de l'appel. Maintenant, la version de Wylde tient debout. Il a quitté la maison à 18 h 25 — et non à 18 h 15 — et, en marchant lentement, il est arrivé chez lui à 18 h 45. Oui, tout s'explique. Le seul danger, c'était Louisa et ses histoires de superstition. Quelqu'un risquait de comprendre l'importance de ce fameux train et alors, adieu à l'excellent alibi de sir George.

– Remarquable, commenta Mr Quinn.

Mr Satterthwaite se tourna vers lui, rougissant sous le compliment.

– Oui, mais maintenant, comment procéder… ?

– Je suggère d'aller trouver Sylvia Dale, dit Mr Quinn.

Mr Satterthwaite eut une moue dubitative.

– Comme je vous l'ai dit, elle ne m'a pas paru très… intelligente.

– Elle a un père et des frères qui prendront les dispositions nécessaires.

– C'est vrai, dit Mr Satterthwaite, soulagé.

Peu après, il racontait toute l'histoire à la jeune fille. Elle l'écouta attentivement. Elle ne lui posa aucune question, mais, lorsqu'il eut terminé, elle se leva.

– Il me faut un taxi. Tout de suite.

– Ma chère enfant, que comptez-vous faire ?

– Je vais aller trouver sir George Barnaby.

– Impossible. Ce n'est pas la bonne méthode. Permettez-moi…

Il l'accompagna en trottinant, sans parvenir à se faire entendre. Sylvia Dale suivait sa propre idée. Elle le laissa monter avec elle dans le taxi, mais fit la sourde oreille à toutes ses objections. Une fois en ville, il resta à l'attendre dans la voiture tandis qu'elle entrait dans l'immeuble où sir George avait son bureau.

Elle en ressortit au bout d'une demi-heure, épuisée. Sa blonde beauté semblait fanée comme une fleur privée d'eau. Mr Satterthwaite l'accueillit avec sollicitude.

– J'ai gagné, murmura-t-elle en s'adossant à la banquette, les yeux mi-clos.

– Quoi ? s'exclama-t-il, interdit. Qu'avez-vous fait ? Qu'avez-vous dit ?

Elle se redressa un peu.

– Je lui ai dit que Louisa Bullard était allée à la police raconter son histoire. Je lui ai dit que la police avait retrouvé des témoins qui l'avaient vu entrer chez lui peu après 18 h 30 et en ressortir quelques instants plus tard.

Je lui ai dit que tout était fichu. À ce moment-là, il s'est effondré. Je lui ai dit qu'il avait encore le temps de fuir, que la police ne serait pas là avant une heure. Je lui ai dit que, s'il confessait par écrit le meurtre de Vivien, je ne ferais rien ; en revanche, s'il refusait, je clamerais la vérité dans tout l'immeuble. Il était tellement paniqué qu'il ne savait plus ce qu'il faisait. Il a signé ses aveux sans même s'en rendre compte.

Elle fourra le papier dans les mains de Mr Satterthwaite.

– Tenez, prenez. Vous saurez comment l'utiliser pour obtenir la libération de Martin.

– Il a vraiment signé ! s'exclama Mr Satterthwaite, abasourdi.

– Il est un peu stupide, vous savez. (Après réflexion, elle ajouta :) Moi aussi, d'ailleurs ; c'est pour ça que je connais les réactions des gens stupides. Nous autres, quand on s'affole, on fait ce qu'il ne faut pas et après, on s'en repent.

Elle frissonna. Mr Satterthwaite lui tapota la main.

– Vous avez besoin d'un remontant, dit-il. Tenez, nous voici justement devant l'un de mes refuges préférés : l'*Arlecchino*. Y êtes-vous déjà allée ?

Elle secoua la tête.

Mr Satterthwaite fit signe au chauffeur de s'arrêter et entra avec la jeune fille dans le petit restaurant. Le cœur plein d'espoir, il se dirigea vers la table du fond, mais celle-ci était inoccupée.

Sylvia Dale remarqua son désappointement.

– Qu'y a-t-il ? demanda-t-elle.

– Rien, répondit Mr Satterthwaite. Enfin, si : je m'attendais plus ou moins à trouver ici un de mes amis.

Mais ce n'est pas grave. Un autre jour, sans doute, je le reverrai…

(Traduction de Gérard de Chergé)

5

Un soir à Monte-Carlo

(The Soul of the Croupier)

Mr Satterthwaite profitait du soleil sur les terrasses de Monte-Carlo.

Tous les ans, le deuxième dimanche de janvier, Mr Satterthwaite quittait l'Angleterre pour la Côte d'Azur. En matière de ponctualité, il en aurait remontré à une hirondelle. Il rentrait en avril, passait mai et juin à Londres, et ne manquait jamais Ascot. Après le match Eton-Harrow, il abandonnait la capitale et faisait la tournée de ses amis, à la campagne, avant d'aller récupérer un peu à Deauville ou au Touquet. Septembre et octobre étaient essentiellement consacrés à la chasse ; sur quoi il terminait généralement l'année par quelques mois à Londres. Il y connaissait tout le monde, et on peut affirmer sans risque d'erreur que tout le monde l'y connaissait.

Ce matin-là, il faisait la tête. Les jardins et le bleu admirable de la mer étaient, comme toujours, un enchantement pour les yeux, mais les gens l'agaçaient : il les trouvait laids, mal habillés. Bien sûr, il y avait les joueurs, ces damnés qui ne peuvent résister à l'attrait du tapis vert. Ceux-là, Mr Satterthwaite les tolérait. Ils faisaient partie du décor. Ce qui lui manquait, en revanche, c'était le levain habituel : l'élite, ses semblables.

« C'est le taux de change, marmonna Mr Satterthwaite avec mélancolie. On voit ici toutes sortes de gens qui, avant, ne pouvaient se permettre de venir. Et puis je me fais vieux… Tous les jeunes de la génération montante vont maintenant dans les stations suisses. »

Où étaient donc passés les élégants barons et comtes de la diplomatie étrangère, les grands-ducs et les princes du sang ? Le seul prince du sang qu'il eût rencontré jusqu'à présent était liftier dans un hôtel à peine convenable. Et qu'étaient donc devenues les belles et riches « ladies » ? Il en restait bien quelques-unes, mais infiniment moins qu'autrefois.

Mr Satterthwaite était un observateur maniaque de ce drame qu'on appelle la Vie, mais il aimait les sujets hauts en couleur. Il sentit une vague de découragement l'envahir. Les valeurs changeaient… lui, il était trop vieux pour suivre le mouvement.

Il en était à ce stade de ses réflexions lorsqu'il vit arriver la comtesse Czarnova.

Cela faisait bien des années que Mr Satterthwaite, chaque saison, rencontrait la comtesse à Monte-Carlo. La première fois, elle était escortée d'un grand-duc. La fois suivante, c'était un baron autrichien. Par la suite, elle avait eu des amis d'origine juive : des hommes au nez busqué, au teint jaunâtre et aux bijoux assez extravagants. Depuis un an ou deux, on la voyait surtout avec de très jeunes gens, presque des adolescents.

Ce matin-là, elle se promenait justement au bras d'un tout jeune homme. Mr Satterthwaite, qui le connaissait, en fut désolé. Franklin Rudge était un Américain typique du Middle West : démonstratif, inculte mais sympathique, curieux mélange de sagacité naturelle et d'idéalisme. Il séjournait à Monte-Carlo avec un groupe d'Américains de son âge, et des deux sexes, tous coulés dans le même moule. C'était leur premier contact avec le Vieux Monde et ils n'hésitaient pas à exprimer leurs critiques ou leurs compliments à haute et intelligible voix.

Dans l'ensemble, ils n'aimaient pas les Anglais de l'hôtel, et ceux-ci le leur rendaient bien. Mr Satterthwaite, qui se targuait de cosmopolitisme, les voyait plutôt d'un bon œil. Il admirait leur franc-parler et leur énergie, mais leurs solécismes le faisaient parfois frémir.

À son avis, la comtesse Czarnova et le jeune Franklin Rudge n'allaient pas du tout ensemble.

Il leva poliment son chapeau lorsqu'ils arrivèrent à sa hauteur, et la comtesse inclina la tête avec un charmant sourire.

C'était une femme élancée et très bien faite. Elle avait les cheveux noirs, ainsi que les yeux, mais jamais la Nature n'aurait pu créer des cils et des sourcils d'un noir aussi superbe.

Mr Satterthwaite, qui, hélas, n'ignorait plus rien des secrets féminins, rendit aussitôt hommage à l'art avec lequel était maquillée la comtesse. Son teint semblait sans défaut, d'un blanc crémeux parfaitement uniforme.

Les délicates ombres bistre qui soulignaient ses yeux

étaient du plus bel effet. D'un rouge sombre et discret, ses lèvres esquivaient les écueils du cramoisi et de l'écarlate. Vêtue d'une très audacieuse toilette noir et blanc, elle portait une ombrelle rose vif, couleur idéale pour mettre le teint en valeur.

Franklin Rudge paraissait heureux et content de lui.

« Un jeune sot qui se laisse embobeliner, se dit Mr Satterthwaite. Mais ce n'est pas mon affaire et, de toute façon, il ne m'écouterait pas. Après tout moi aussi, dans mon jeune temps, j'ai appris bien des choses à mes dépens. »

Il fut néanmoins troublé car il y avait, dans le groupe d'Américains, une jolie jeune fille à qui les liens entre Franklin Rudge et la comtesse ne feraient sûrement pas plaisir.

Au moment où il allait rebrousser chemin, il vit la jeune fille en question déboucher d'une allée, juste devant lui. Elle portait un tailleur de bonne coupe, fait sur mesure, un chemisier en mousseline blanche, des chaussures confortables, et avait un guide à la main. Certaines Américaines, quand elles sont de passage à Paris, en repartent habillées comme la reine de Saba ; Elizabeth Martin n'appartenait pas à cette catégorie. Elle « faisait l'Europe » très sérieusement, avec application. Amoureuse de l'art et de la culture, elle comptait bien employer au mieux le peu d'argent dont elle disposait.

Mr Satterthwaite n'imaginait sûrement pas qu'elle puisse être cultivée ou capable d'apprécier l'art. De son point de vue elle était simplement très jeune.

– Bonjour, Mr Satterthwaite, dit Elizabeth. Auriez-vous rencontré Franklin… euh… Mr Rudge dans les parages ?

– Je l'ai vu passer il y a quelques instants.

– Avec son amie la comtesse, j'imagine ? fit sèchement la jeune fille.

– Euh… avec la comtesse, en effet, admit Mr Satterthwaite.

– Sa comtesse me laisse de glace, dit la jeune fille d'une voix soudain stridente. Franklin est fou d'elle, allez savoir pourquoi !

– Elle est, dit-on, d'un commerce très agréable, avança Mr Satterthwaite.

– Vous la connaissez ?

– Un peu.

– Franklin m'inquiète, reprit miss Martin. En général, ce garçon a pourtant beaucoup de bon sens. Jamais je n'aurais cru qu'il marcherait dans ce numéro de femme fatale. En plus, il ne veut rien entendre ; il se met dans une colère noire dès qu'on tente de le raisonner. Au fait, dites-moi… est-ce une vraie comtesse ?

– Je ne saurais l'affirmer, répondit Mr Satterthwaite. C'est possible malgré tout.

– Voilà bien la fameuse subtilité britannique, dit Elizabeth sur un ton agacé. Ce qui est sûr, c'est qu'à Sargon Springs — notre ville natale — cette comtesse ferait l'effet d'une bête de cirque.

Mr Satterthwaite, qui n'en doutait pas, s'abstint néanmoins de faire observer qu'ils n'étaient pas à Sargon Springs mais dans la principauté de Monaco, où la comtesse faisait beaucoup mieux que miss Martin dans le décor.

Il demeura donc silencieux et Elizabeth s'éloigna en

direction du casino. Mr Satterthwaite s'assit sur un banc, au soleil, où Franklin Rudge le rejoignit bientôt.

Le jeune homme débordait d'enthousiasme.

– Vous ne pouvez pas savoir comme je m'amuse ! annonça-t-il avec une naïve allégresse. Voilà ce que j'appelle voir la vie… et c'est une vie qui nous change des États-Unis.

Le vieux monsieur tourna vers lui un visage songeur.

– La vie est à peu près la même partout, dit-il avec une certaine lassitude. Elle ne porte pas partout la même toilette, rien de plus.

Franklin Rudge ouvrit des yeux ronds.

– Comprends pas.

– Non, dit Mr Satterthwaite. C'est parce que vous avez encore un long chemin à parcourir. Mais pardonnez-moi : les hommes de mon âge ne devraient pas prendre l'habitude de donner des leçons.

Rudge éclata de rire, découvrant une denture impeccable, typiquement américaine.

– Oh ! ce n'est pas grave. En revanche, je suis drôlement déçu par le casino. Je m'attendais à autre chose… à une atmosphère beaucoup plus fiévreuse. En fait, je trouve ça plutôt morne et sordide.

– Le jeu est une question de vie ou de mort pour celui qui s'y adonne, mais il n'a rien de spectaculaire, dit Mr Satterthwaite. Il est plus excitant dans les romans que dans la réalité.

Le jeune homme approuva d'un hochement de tête.

– Vous êtes plus ou moins un gros bonnet de la haute société, n'est-ce pas ? demanda-t-il avec tant de timide candeur qu'il était impossible de se vexer. Je veux dire que vous côtoyez les duchesses, les comtes, les comtesses, tout ça.

– Nombre d'entre eux, en effet, admit Mr Satterthwaite. Et je fréquente aussi les juifs, les Portugais, les Grecs et les Argentins.

– Hein ?

– Je vous explique simplement que j'évolue au sein de la société anglaise.

Franklin Rudge s'accorda quelques instants de réflexion.

– Vous connaissez la comtesse Czarnova, n'est-ce pas ? demanda-t-il ensuite.

Mr Satterthwaite lui fit la même réponse qu'à Elizabeth :

– Un peu.

– Voilà une femme que je trouve intéressante. On a toujours tendance à croire que l'aristocratie européenne est au bout du rouleau, décadente… C'est peut-être vrai des hommes, mais pas des femmes. Vous ne trouvez pas que la comtesse est une créature exquise avec qui l'on peut être sûr de passer de bons moments ? De l'esprit, du charme, de l'intelligence, l'aboutissement de générations de civilisation : une aristocrate jusqu'au bout des ongles !

– Vraiment ? fit Mr Satterthwaite.

– Et comment ! Savez-vous à quelle famille elle appartient ?

– Non. En réalité, je vous l'ai dit, je ne la connais guère.

– Elle est née Radzynski, expliqua Franklin Rudge. C'est une des plus vieilles familles hongroises. Elle a eu une vie extraordinaire. Vous avez vu le long collier de perles qu'elle porte ?

Mr Satterthwaite acquiesça.

– C'est le roi de Bosnie qui le lui a offert pour la remercier d'avoir fait sortir clandestinement du pays des documents secrets.

– J'ai entendu dire, en effet, que ce collier lui avait été donné par le roi de Bosnie.

En vérité, cette anecdote était un secret de Polichinelle, puisque l'on racontait que la dame avait été, à une époque révolue, une amie très intime de Sa Majesté.

– Et ce n'est pas tout ! reprit Rudge. Elle…

Mr Satterthwaite écouta. Et plus il écouta, plus il admira la fertilité de l'imagination de la comtesse Czarnova. Rien à voir, dans son cas, avec un quelconque « numéro de femme fatale » — pour reprendre l'expression d'Elizabeth Martin. Tout naïf et idéaliste qu'il fût, ce genre-là, le jeune homme le connaissait déjà. Non, la comtesse vivait tout simplement dans un labyrinthe d'intrigues diplomatiques. Elle avait des ennemis, des détracteurs… quoi de plus naturel ? Le bon jeune homme avait l'impression d'entrevoir les dessous de l'Ancien Régime, avec la comtesse comme personnage central : distante, aristocratique, amie des princes et des plénipotentiaires, personnalité propre à inspirer un attachement romantique.

Avec conviction, Franklin Rudge conclut :

– Et elle a dû affronter toutes les cabales possibles et imaginables. Si extraordinaire que cela puisse paraître, elle n'a jamais eu de véritable amie. Toute sa vie, les femmes lui ont été hostiles.

– Je le crois bien volontiers, dit Mr Satterthwaite.

– Et vous ne trouvez pas ça scandaleux ? s'emporta Rudge.

– Ma foi, non, fit pensivement Mr Satterthwaite. Non, je ne trouve pas cela scandaleux du tout. Les femmes ont leurs critères propres, vous savez. Intervenir dans leurs affaires revient à perdre son temps. C'est à elles de s'arranger comme elles le souhaitent.

– Je ne suis pas d'accord avec vous. Dans le monde d'aujourd'hui, la méchanceté des femmes entre elles est un véritable fléau. Vous connaissez Elizabeth Martin ? Eh bien, sur le plan théorique, elle partage absolument mon opinion ; nous en avons souvent discuté. C'est une gamine, mais elle a les idées claires. Seulement dès qu'il s'agit de mettre ses idées en pratique, elle ne vaut pas mieux que les autres ! Elle a une dent contre la comtesse, alors qu'elle ne la connaît même pas, et elle refuse de m'écouter quand j'essaie de lui expliquer certaines choses. C'est *mal*, Mr Satterthwaite. Je crois à la démocratie… or qu'est-ce que la démocratie, sinon la fraternité entre les hommes et une certaine… euh… affection sororale entre les femmes ?

Suivit un silence empreint de gravité. Mr Satterthwaite tenta d'imaginer des circonstances où un sentiment « sororal » pourrait naître entre la comtesse et Elizabeth Martin. En vain.

– En revanche, reprit Rudge, la comtesse éprouve une immense admiration pour Elizabeth, qu'elle trouve charmante à tous points de vue. Alors, selon vous, qu'est-ce que cela montre ?

– Cela montre, répliqua Mr Satterthwaite, que la comtesse a beaucoup plus d'expérience que miss Martin.

Franklin Rudge changea brusquement de tactique.

– Connaissez-vous son âge ? Elle me l'a dit. Plutôt chic de sa part. Je lui aurais donné vingt-neuf ans, mais elle m'a avoué — d'elle-même — qu'elle en avait trente-cinq. Elle ne les fait pas, hein ?

Mr Satterthwaite estimait, quant à lui, que la dame avait entre quarante-cinq et quarante-neuf ans, mais il se contenta de hausser les sourcils.

– Je vous engage à ne pas croire tout ce qu'on vous raconte à Monte-Carlo, murmura-t-il.

Il avait suffisamment d'expérience pour savoir qu'il était futile de discuter avec Franklin Rudge. Le jeune homme était dans un tel état d'exaltation chevaleresque qu'il rejetterait d'emblée toute affirmation non étayée par une preuve indiscutable.

– Voici la comtesse, dit-il en se levant.

Elle les rejoignit, de cette démarche gracieuse et nonchalante qui lui allait si bien, et ils s'assirent tous trois sur le banc. Elle se montra charmante avec Mr Satterthwaite, mais d'une façon vaguement hautaine. Elle lui demanda son avis, le traita en personnalité éminente de la Côte d'Azur et gagna ainsi sa faveur.

Le stratagème était habile. En quelques brèves minutes Franklin Rudge fut congédié — avec courtoisie mais sans ambiguïté — de sorte que la comtesse et Mr Satterthwaite restèrent en tête à tête.

De la pointe de son ombrelle, elle dessina des motifs sur le sol.

– Ce gentil petit Américain vous intéresse, n'est-ce

pas, Mr Satterthwaite ? dit-elle d'une voix grave, discrètement sensuelle.

– C'est un gentil garçon, répondit Mr Satterthwaite sans se compromettre.

– Je le trouve sympathique, oui, dit la comtesse, songeuse. Je lui ai beaucoup parlé de ma vie.

– Vraiment ? fit Mr Satterthwaite.

– Des détails que je n'ai pratiquement jamais racontés, continua-t-elle sur le même ton. J'ai eu une existence extraordinaire, Mr Satterthwaite. Ma vie fourmille d'événements stupéfiants qui semblent incroyables.

Mr Satterthwaite avait assez de finesse pour comprendre à demi-mot. Après tout, ce qu'elle avait raconté à Franklin Rudge était *peut-être* vrai. Peu vraisemblable, évidemment, et même hautement improbable... mais *possible.* Nul ne pouvait affirmer catégoriquement : « C'est faux. »

Il demeura silencieux, et la comtesse continua de contempler rêveusement la baie.

Soudain, elle lui apparut sous un jour nouveau, insolite. Il ne la vit plus sous les traits d'une harpie mais comme une créature capable de tout, aux abois, luttant bec et ongles. Il la regarda à la dérobée. L'ombrelle étant fermée, il remarqua les petites rides aux coins des yeux et le pouls qui battait à la tempe.

L'impression persista, de plus en plus forte, au point de devenir une certitude : c'était bien une créature capable de tout, en proie à une idée fixe. Elle se montrerait impitoyable avec ceux — lui ou d'autres — qui s'interposeraient entre Franklin Rudge et elle. Mais il y avait autre chose, il le sentait. De toute évidence, la comtesse ne manquait pas d'argent. Toujours très élégante, elle portait en outre des bijoux somptueux. Sa motivation réelle était sûrement ailleurs. Alors ? L'amour ? Les femmes de cet âge — il le savait bien — s'éprennent d'hommes beaucoup plus jeunes. Peut-être était-ce le cas. De toute façon, il y avait dans tout cela quelque chose de peu banal.

Il comprit que la comtesse, en provoquant ce tête-à-tête, le défiait. Elle avait décidé qu'il était son pire ennemi. Il devina qu'elle espérait l'inciter à la dénigrer auprès de Franklin Rudge. Mr Satterthwaite sourit intérieurement : ce n'est pas aux vieux singes qu'on apprend à faire la grimace. Il savait quand la sagesse commande de tenir sa langue.

Ce soir-là, au Cercle privé, il regarda la comtesse tenter sa chance à la roulette.

Elle joua avec acharnement, mais, implacable, le râteau du croupier emporta ses mises. Elle perdit dignement, avec le sang-froid stoïque d'une vieille habituée. Une ou deux fois, elle joua un numéro plein, mit le maximum sur le rouge, gagna sur la douzaine du milieu, mais perdit aussitôt ; finalement, elle misa six fois de suite sur le manque, en vain. Alors, avec un petit haussement d'épaules plein d'élégance, elle s'en alla.

Vêtue d'une robe jaune d'or rehaussée d'une touche de vert, elle était encore plus éblouissante que d'habitude. Le fameux collier de Bosnie ornait son cou et elle portait de longs pendants d'oreilles en perles.

Près de lui, Mr Satterthwaite entendit deux hommes échanger leurs impressions :

– La Czarnova a fière allure, n'est-ce pas ? dit le premier. Les bijoux de la couronne de Bosnie lui vont très bien.

L'autre, un petit homme de type israélite, la suivit du regard avec curiosité.

– Ce sont donc les perles de Bosnie ? demanda-t-il. Voilà qui est bizarre, en vérité.

Et il pouffa discrètement.

Mr Satterthwaite n'en entendit pas davantage car, tournant la tête à cet instant, il eut la joie de reconnaître un vieil ami.

– Cher Mr Quinn ! dit-il en lui serrant affectueusement la main. C'est bien le dernier endroit où je m'attendais à vous voir.

Un sourire éclaira le séduisant visage ténébreux de Mr Quinn.

– Cela ne devrait pas vous étonner, dit-il. C'est l'époque du carnaval. Je viens souvent en période de carnaval.

– Vraiment ? En tout cas, je suis fort aise de vous rencontrer. Avez-vous envie de rester dans ces salons ? Je trouve qu'il y fait un peu trop chaud.

– Nous serons mieux dehors, reconnut son ami. Allons faire un tour dans les jardins.

L'air était vif mais pas froid. Les deux hommes respirèrent à pleins poumons.

– Cela fait du bien, dit Mr Satterthwaite.

– En effet. Et puis nous pouvons parler tranquillement. Je suis sûr que vous avez beaucoup de choses à me raconter.

– C'est exact.

Empressé, Mr Satterthwaite exposa ses sujets de perplexité. Comme de coutume, son aptitude à recréer une atmosphère flatta son orgueil. La comtesse, le jeune Franklin, l'intransigeante Elizabeth : il les peignit tous avec talent.

– Vous avez changé depuis notre première rencontre, dit Mr Quinn avec un sourire, quand le récital fut terminé.

– À quel point de vue ?

– Vous vous contentiez alors d'assister aux drames que la vie vous offrait. Aujourd'hui, vous voulez y prendre part… y jouer un rôle.

– C'est vrai, avoua Mr Satterthwaite. Mais en l'occurrence, je ne sais que faire. Tout cela est très déroutant. Peut-être… (Il hésita.) Peut-être accepterez-vous de m'aider ?

– Volontiers. Nous verrons ce que nous pouvons faire.

Mr Satterthwaite se sentit étrangement réconforté et rassuré.

Le lendemain, il présenta Franklin Rudge et Elizabeth Martin à son ami Mr Harley Quinn. Il constata avec satisfaction qu'ils s'entendaient bien. Personne ne fit allusion à la comtesse, mais, au déjeuner, il apprit une nouvelle qui retint son attention.

– Mirabelle arrive ce soir à Monte-Carlo, s'empressa-t-il d'annoncer à Mr Quinn.

– Cette comédienne que les Parisiens adorent ?

– Oui. Vous savez certainement — c'est de notoriété publique — qu'elle est la dernière toquade du roi de Bosnie. Il paraît qu'il la couvre de bijoux. On raconte que c'est la femme la plus exigeante et la plus extravagante de Paris.

– Sa rencontre avec la comtesse Czarnova, ce soir, sera sûrement intéressante.

– Exactement ce que je pensais.

Grande et mince, Mirabelle avait une superbe chevelure artificiellement blonde, la peau mauve pâle et les lèvres orange. Elle était d'une élégance stupéfiante. Sa robe évoquait un oiseau de paradis stylisé, et des colliers de pierres précieuses cascadaient sur son dos nu. Un lourd bracelet incrusté d'énormes diamants emprisonnait sa cheville gauche.

Son arrivée au casino ne passa pas inaperçue.

– Votre amie la comtesse aura du mal à faire mieux, chuchota Mr Quinn à l'oreille de Mr Satterthwaite.

Celui-ci acquiesça. Il avait très envie de voir comment se comporterait la comtesse.

Elle arriva tard, et un léger murmure parcourut l'assistance lorsqu'elle gagna, indifférente, une table de roulette au centre de la pièce.

Elle était en blanc : robe toute simple en crêpe marocain, presque virginale, cou et bras nus, d'un blanc lumineux. Elle ne portait pas un seul bijou.

– C'est astucieux, ça, commenta Mr Satterthwaite en connaisseur. Elle ne s'abaisse pas à rivaliser et retourne la situation à son avantage.

Il prit la peine d'aller jusqu'à la table. À plusieurs reprises par désœuvrement, il misa. Il gagna parfois, mais, le plus souvent, perdit.

Il y eut une formidable série sur la dernière douzaine. Les numéros 31 et 34 sortirent plusieurs fois de suite. Les mises s'entassèrent en bas du tapis vert.

Le sourire aux lèvres, Mr Satterthwaite risqua sa

dernière mise de la soirée et plaça le maximum sur le numéro 5.

À son tour, la comtesse se pencha et misa le maximum sur le numéro 6.

– Faites vos jeux ! lança le croupier d'une voix rauque. Rien ne va plus !

La boule tourna avec un bourdonnement joyeux. Mr Satterthwaite se dit : *« Cette attente a un sens différent pour chacun d'entre nous. Extrêmes d'espoir et de désespoir, ennui, simple distraction, vie et mort. »*

Clic !

Le croupier se pencha et regarda.

– Cinq, rouge, impair et manque.

Mr Satterthwaite avait gagné !

Après avoir ramassé les mises, le croupier poussa vers Mr Satterthwaite les gains qui lui revenaient. Il tendit la main pour les prendre. La comtesse fit de même. Le regard du croupier alla de l'un à l'autre.

– À madame, dit-il avec brusquerie.

La comtesse prit l'argent. Mr Satterthwaite recula. Sans broncher, la comtesse le regarda droit dans les yeux et il soutint son regard. Deux ou trois personnes firent observer au croupier qu'il s'était trompé, mais l'homme secoua la tête avec agacement. Il avait pris sa décision. C'était terminé. Il poussa de nouveau son cri rauque :

– Faites vos jeux, mesdames et messieurs !

Mr Satterthwaite rejoignit Mr Quinn. Cela ne se voyait pas, mais il était au comble de l'indignation. Mr Quinn l'écouta et compatit.

– C'est regrettable, dit-il, mais ce sont des choses qui arrivent… À propos, nous avons rendez-vous avec votre ami Franklin Rudge tout à l'heure. J'organise un petit souper.

Les trois hommes se retrouvèrent à minuit, et Mr Quinn exposa ses projets.

– C'est ce qu'on appelle un « dîner de rencontres », expliqua-t-il. Nous choisissons un lieu de rendez-vous, puis chacun s'en va de son côté, après s'être engagé sur l'honneur à inviter la première personne qu'il rencontrera.

Franklin Rudge trouva l'idée amusante.

– Mais si cette personne refuse ?

– À vous de vous montrer persuasif.

– Bien. Quel est le lieu de rendez-vous ?

– Un restaurant un peu bohème, où les clients un peu bizarres ne choquent pas. Il s'appelle *Le Caveau*.

Il indiqua où se trouvait le restaurant en question, puis chacun s'en alla de son côté. Mr Satterthwaite eut la chance de tomber sur Elizabeth Martin, qu'il s'empressa d'inviter. À leur arrivée, on les conduisit dans une sorte de cave où la table du souper était dressée et éclairée par des chandelles de cire, à la mode d'autrefois.

– Nous sommes les premiers, dit Mr Satterthwaite. Ah ! voici Franklin…

Il s'interrompit net. Le jeune Américain était avec la comtesse. Il y eut un instant de flottement. Elizabeth ne se montra pas aussi aimable qu'on aurait pu le souhaiter. La comtesse, qui en avait vu d'autres, conserva sa dignité.

Mr Quinn arriva le dernier, en compagnie d'un petit homme brun, fort élégant, que Mr Satterthwaite eut l'impression d'avoir déjà rencontré quelque part. Il ne tarda pas à le reconnaître : c'était le croupier qui, au début de la soirée, avait commis cette déplorable erreur à la roulette.

– Monsieur Pierre Vaucher, dit Mr Quinn, permettez-moi de vous présenter à nos amis.

Le petit homme parut troublé. Mr Quinn, très naturel, effectua les présentations d'usage. On servit ensuite le souper — un souper délicieux. On apporta les vins — des vins excellents. L'atmosphère se dégela un peu. La comtesse demeura silencieuse, tout comme Elizabeth, quant à Franklin Rudge, il devint très bavard. Il se lança dans une série d'anecdotes — ni très drôles ni très croustillantes, comme bien l'on pouvait s'y attendre. Avec discrétion mais sans désemparer, Mr Quinn remplissait les verres à la ronde.

– Je vais vous parler d'un homme qui a réussi dans la vie, déclara Franklin Rudge d'un ton solennel. C'est une histoire authentique.

La Prohibition, qui sévissait dans son pays, ne semblait pas l'avoir empêché d'apprécier le champagne.

Il raconta sa fameuse tranche de vie en la délayant peut-être un peu plus qu'il n'était nécessaire. Comme bon nombre d'histoires vraies, celle-ci était loin de valoir la fiction.

À peine eut-il prononcé le dernier mot que Pierre Vaucher, assis en face de lui, parut se réveiller. Il avait, lui aussi, fait honneur au champagne. Se penchant sur la nappe, il préluda d'une voix épaisse :

– Moi aussi, je vais vous raconter une histoire. Mais la mienne est celle d'un homme qui n'a pas réussi. Celle d'un homme qui a connu la déchéance, pas le succès. Et, comme la vôtre, elle est authentique.

– Faites donc, monsieur, dit Mr Satterthwaite avec courtoisie.

Pierre Vaucher s'appuya contre le dossier de sa chaise et fixa le plafond.

– C'est à Paris que cette histoire commence. Il y avait là un petit bijoutier. Il était jeune, insouciant et connaissait bien son métier. On lui prédisait un bel avenir. À son intention, on avait déjà arrangé un bon mariage : une fiancée pas trop laide, une dot tout à fait convenable… Mais que croyez-vous qu'il arriva ? Un matin, il rencontre une jeune fille. Un pauvre petit bout de femme, messieurs. Belle ? Oui, peut-être, si elle n'avait semblé à demi morte de faim. En tout cas, aux yeux du jeune homme, elle est… elle est magique et il ne peut résister. Elle cherche désespérément du travail, elle est vertueuse… enfin, c'est ce qu'elle lui dit. J'ignore — et j'ignorerai toujours — si c'est vrai.

La voix de la comtesse s'éleva soudain dans la pénombre :

– Pourquoi ne serait-ce pas vrai ? Tant de malheureuses sont dans cette situation.

– Toujours est-il que le jeune homme la croit et l'épouse. Une folie ! Sa famille, scandalisée, le rejette. Il a donc épousé cette jeune fille, que j'appellerai Jeanne. Dans son esprit, c'était une bonne action. Il le dit à Jeanne, estimant qu'elle doit lui en être très reconnaissante. N'a-t-il pas consenti de grands sacrifices pour elle ?

– Charmant début pour la pauvre petite, intervint la comtesse sur un ton sarcastique.

– Il l'aime, oui, mais dès le début, elle fait tout pour

l'exaspérer. Elle est capricieuse, coléreuse ; elle se montre tantôt glaciale, tantôt passionnée. Alors il finit par comprendre la vérité : elle ne l'a jamais aimé. Elle l'a épousé uniquement pour être à l'abri du besoin. La révélation est douloureuse, horriblement douloureuse, mais il fait tout son possible pour n'en rien laisser paraître. Il persiste à penser qu'il mérite la reconnaissance de Jeanne, qu'elle doit obéir à ses moindres désirs. Ils se disputent. Elle lui fait des reproches… mon Dieu, que ne lui reproche-t-elle pas !

» Vous imaginez la suite, n'est-ce pas ? L'issue inévitable. Elle le quitte. Pendant deux ans, il s'accroche à son travail dans sa petite boutique, sans aucune nouvelle de Jeanne. Il n'a qu'une seule amie : l'absinthe. Ses affaires s'en ressentent.

» Et puis un beau jour en entrant dans sa boutique, il la trouve là, assise. Elle est très élégante. Elle porte des bagues à tous les doigts. Immobile, il la regarde. Son cœur bat à se rompre ! Il ne sait à quel saint se vouer. Il a envie de la rouer de coups, de la serrer dans ses bras, de la jeter à terre pour la piétiner, de se jeter à ses pieds… Mais il ne fait rien de tout cela. Il prend ses pinces et se remet au travail. « Madame désire ? » demande-t-il quand même d'une voix neutre.

» Cette réaction la bouleverse. Elle ne s'attendait pas à cela, vous comprenez. « Pierre, dit-elle, je suis revenue. » Alors il pose ses pinces et la regarde. « Tu veux que je te pardonne ? dit-il. Tu veux que je te reprenne avec moi ? Tu te repens sincèrement ? » et elle murmure : « Veux-tu encore de moi ? » Oh, avec quelle douceur elle prononce ces mots !

» Il flaire le piège. Il meurt d'envie de la prendre dans ses bras, mais ce serait stupide. Il joue donc l'indifférence.

» Il lui dit : « Je suis chrétien, je m'efforce de suivre les commandements de l'Église. » Il voudrait qu'elle se mortifie, qu'elle se traîne à genoux devant lui.

» Mais Jeanne rejette la tête en arrière et éclate de rire. D'un rire mauvais. « Je suis venue te narguer, mon petit Pierre, dit-elle. Regarde ces beaux vêtements, ces bagues, ces bracelets… Je voulais que tu me voies ainsi. J'ai cru que je pourrais t'inciter à me prendre dans tes bras ; et ensuite… *ensuite*, je t'aurais craché au visage et dit à quel point je te hais ! »

» Sur ce, elle sort de la boutique. Pouvez-vous croire, messieurs, qu'une femme soit capable de pousser l'abjection jusqu'à revenir dans le seul but de me tourmenter ?

– Non, dit la comtesse. Je ne le crois pas, et seuls les imbéciles pourraient croire une chose pareille. Mais tous les hommes sont aveugles et stupides.

Sans lui prêter attention, Pierre Vaucher poursuivit :

– Ensuite, le jeune homme dont je vous parle a sombré dans la déchéance. Il a bu de plus en plus d'absinthe. Comme il était criblé de dettes, on a vendu sa petite boutique. C'est devenu une épave, un clochard. Puis la guerre est arrivée. Ah ! elle est bien tombée, cette guerre ! Elle l'a sorti du ruisseau, lui a appris à ne plus vivre comme une bête sauvage. Elle l'a formé, rendu sobre. Il a connu le froid, la souffrance, la peur de la mort. Mais il en est sorti vivant et, à la fin de la guerre, il était à nouveau un homme.

» C'est à cette époque-là, messieurs, qu'il est allé

s'installer dans le Midi. Comme ses poumons étaient fragiles — il avait été gazé —, on lui conseillait en effet de trouver du travail dans le Sud. Je ne vous imposerai pas le récit de tout ce par quoi il est passé : sachez simplement qu'il a fini par devenir croupier et qu'un soir, au casino, il l'a revue… cette femme qui avait ruiné sa vie. Si elle ne l'a pas reconnu, lui l'a reconnue au premier coup d'œil. Elle donnait l'impression d'être riche, de ne manquer de rien… mais les croupiers ont l'œil aiguisé, messieurs. Un soir, elle a posé sur le tapis vert tout l'argent qui lui restait au monde. Ne me demandez pas comment je m'en suis aperçu ; c'est un fait. On sent ces choses-là. C'est une intuition qui ne trompe pas. Elle avait toujours ses superbes vêtements, pourquoi ne pas les mettre en gage, me direz-vous ? Voyons ! Elle aurait immédiatement perdu tout crédit. Ses bijoux ? Allons donc ! N'ai-je pas été bijoutier ? Il y a longtemps que les vrais bijoux ont disparu. Les perles du roi ont été vendues une à une et remplacées par des fausses. Il faut bien manger et payer les notes d'hôtel, n'est-ce pas ? Évidemment, il y a de riches protecteurs… mais ils vous connaissent depuis de trop nombreuses années. « Bah ! se disent-ils, elle a cinquante ans bien sonnés. Pour le prix, je peux m'offrir un poulet de grain. »

Dans l'ombre où la comtesse s'était retirée, on entendit un long soupir.

– Oui, reprit Pierre Vaucher, c'était un moment extraordinaire. Depuis deux soirs je l'observais. Elle perdait, perdait, perdait… Et puis, c'est l'instant de vérité. Elle mise tout sur un numéro. À côté d'elle, un milord anglais joue le maximum, lui aussi — sur le numéro voisin. La bille roule… C'est fini, elle a perdu…

» Son regard croise le mien. Que faut-il faire ? Je prends le risque de perdre mon emploi au casino. Je vole le milord anglais. « *À madame* », dis-je, puis je la paie.

– Ah !

La comtesse se leva brusquement et se pencha en travers de la table, renversant son verre qui se brisa par terre avec fracas.

– Pourquoi ? cria-t-elle. Voilà ce que je veux savoir : *pourquoi* as-tu fait cela ?

Il y eut un long silence, un silence qui parut interminable. Face à face, la comtesse et le croupier se mesurèrent du regard. Ce fut comme un duel.

Un sourire cruel se dessina sur les lèvres de Pierre Vaucher. Il leva les mains et dit :

– La pitié, madame, ça existe.

– Ah ! soupira-t-elle en retombant sur sa chaise. Je vois.

Calme, souriante, de nouveau maîtresse d'elle-même, elle ajouta :

– Voilà une histoire intéressante, monsieur Vaucher. Permettez-moi de vous offrir du feu.

Elle roula rapidement un morceau de papier qu'elle enflamma avec une bougie. Il se pencha vers elle pour allumer sa cigarette.

Puis, sans transition, elle se leva.

– Je dois à présent vous quitter. Non, je vous en prie… Ce n'est pas la peine de me raccompagner.

Avant même qu'ils aient pu réagir, elle était partie. Mr Satterthwaite voulut s'élancer à sa suite, mais un juron du Français coupa net son élan :

– *Nom de D… !*

Pierre Vaucher fixait le morceau de papier partiellement brûlé que la comtesse avait abandonné sur la table. Il le déplia.

– Seigneur ! marmonna-t-il. Un billet de cinquante mille francs. Vous ne comprenez pas ? C'est ce qu'elle a gagné ce soir… Tout ce qu'elle possédait au monde. Et elle s'en est servie pour allumer ma cigarette ! Parce qu'elle est trop fière pour la pitié. Ah ! elle a toujours été fière comme un paon. Elle est unique… merveilleuse.

Il se leva d'un bond et sortit comme une flèche. Mr Satterthwaite et Mr Quinn étaient également debout. Le serveur s'immobilisa près de Franklin Rudge.

– L'addition, monsieur, fit-il, impassible.

Mr Quinn le tira immédiatement d'affaire.

– Je me sens un peu isolé, Elizabeth, observa Franklin Rudge. C'est bien simple, ces étrangers me dépassent ! Je ne les comprends pas. Qu'est-ce que ça veut dire, tout ça ? (Il la regarda.) Bon sang, une fille cent pour cent américaine, comme toi, il n'y a que ça de vrai.

Tel un petit enfant, il ajouta d'une voix plaintive :

– Ces étrangers sont tellement *bizarres* !

Les deux jeunes gens remercièrent Mr Quinn et sortirent ensemble dans la nuit. Mr Quinn ramassa sa monnaie et sourit à Mr Satterthwaite, qui se rengorgeait comme un coq vaniteux.

– Eh bien ! dit le vieux monsieur, tout s'est arrangé à merveille. Nos deux tourtereaux seront heureux désormais.

– Lesquels ? demanda Mr Quinn.

– Pardon ? fit Mr Satterthwaite, déconcerté. Ah ! oui… Ma foi, vous avez peut-être raison. Oui… oui, je n'y avais pas pensé, mais si l'on tient compte du tempérament latin…

Il paraissait néanmoins sceptique.

Mr Quinn sourit. L'espace d'un instant, la lumière qui filtrait à travers un vitrail, derrière lui, jeta sur ses épaules un manteau multicolore.

(Traduction de Daniel Lemoine)

6

L'homme qui venait de la mer

(The Man from the Sea)

Mr Satterthwaite se sentait vieux. Il n'y avait rien là de bien surprenant dans la mesure où, aux yeux de beaucoup de gens, il était *vraiment* vieux. Des adolescents désinvoltes confiaient à leur petite amie : « Le vieux Satterthwaite ? Oh ! il doit bien être centenaire… En tout cas, il a au moins quatre-vingts berges. » Même les gamines les moins portées sur la vacherie déclaraient avec indulgence : « Satterthwaite ? Oui, c'est une antiquité, il doit bien avoir soixante ans au bas mot. » Ce qui, dans un certain sens, était presque pire, puisqu'il en avait soixante-neuf.

Et pourtant Mr Satterthwaite ne s'estimait pas si vieux que ça. Soixante-neuf ans, c'était un âge intéressant… un âge qui offrait des possibilités infinies… un âge où l'expérience de toute une vie commençait à compter. Se sentir vieux, c'était une autre paire de manches, c'était se laisser submerger par la lassitude et le découragement, c'était céder à la tentation de se poser des questions déprimantes. Au fond, qu'était-il ? Un petit homme d'âge respectable, un peu ratatiné, sans femme ni progéniture, ne possédant rien en ce bas monde qu'une collection de tableaux de valeur qui, à cette étape de sa vie, ne parvenaient plus à le combler. Sur le plan humain, il n'avait pas d'attaches. Qu'il soit mort ou vivant, qui s'en préoccupait ?

À ce stade de ses méditations, Mr Satterthwaite s'arrêta net. Ses pensées prenaient un tour morbide, stérile. Il était en effet bien placé pour savoir que, selon toute probabilité, s'il s'était marié, sa femme et lui se seraient mutuellement détestés, que des enfants auraient été une source perpétuelle de soucis et d'inquiétude, et enfin que l'obligation de consacrer du temps et de l'affection à sa famille l'aurait tracassé au plus haut point.

« Rien ne vaut après tout son confort et ses aises », se dit-il avec fermeté.

Cette réflexion le fit penser à une lettre qu'il avait reçue le matin même. Il la sortit de sa poche et la relut tout en savourant son contenu avec délectation. Car elle émanait d'une duchesse, et Mr Satterthwaite n'aimait rien tant que recevoir des lettres écrites par des duchesses. Certes, la lettre commençait par solliciter une importante contribution à une œuvre charitable et, n'eût été ce motif, sans doute n'aurait-elle jamais été écrite ; mais la demande était exprimée en termes si délicats que Mr Satterthwaite était tout disposé à fermer les yeux sur cette entrée en matière.

Ainsi donc, vous avez déserté la Riviera, écrivait la duchesse. *Comment est votre île ? Bon marché ? Cette année, Cannotti a scandaleusement augmenté ses prix ; jamais plus je ne reviendrai sur la Côte d'Azur. L'an prochain, j'irai peut-être sur votre île si vous en êtes satisfait. J'aurais horreur de ces cinq jours de bateau mais vous, au moins, quand vous recommandez un endroit, on peut être sûr que ce sera très — voire trop — confortable. Vous finirez par ressembler à ces gens qui passent leur temps à se dorloter et à ne se préoccuper que de leur petit confort. La seule chose qui vous sauvera, Satterthwaite, c'est l'intérêt immodéré que vous portez aux affaires d'autrui…*

Alors que Mr Satterthwaite repliait la lettre surgit devant lui une image très nette de la duchesse : sa mesquinerie, ses élans de gentillesse aussi inattendus qu'alarmants, sa langue acérée, son tempérament indomptable…

Du tempérament ! Voilà une qualité qui se faisait, hélas, trop rare de nos jours. Il sortit de sa poche une autre lettre, postée en Allemagne, que lui envoyait une jeune chanteuse à laquelle il s'était intéressé. Le ton en était reconnaissant et affectueux.

Comment vous remercier, cher Mr Satterthwaite ? L'idée que, dans quelques jours, je chanterai Isolde me comble de bonheur…

Dommage qu'il lui faille faire ses débuts dans le rôle d'Isolde. Quelle charmante enfant, cette Olga, travailleuse, douée d'une belle voix. Le malheur voulait qu'elle soit dépourvue de tempérament. Il fredonna à mi-voix : « *Non, commande-le-lui ! Comprends-moi bien, c'est moi, Isolde, qui l'ordonne…* » Non, cette petite ne possédait pas cette force de caractère, cette indomptable volonté si bien exprimées dans ce « *Ich Isolde !* » final.

Enfin… il aurait au moins été utile à quelqu'un… Décidément, cette île le déprimait… Pourquoi, mais pourquoi donc avait-il déserté la Riviera qu'il connaissait si bien et où il était lui-même si connu ? Ici, personne ne s'intéressait à lui. Personne ne semblait se rendre compte qu'il était le célèbre Mr Satterthwaite, l'ami des duchesses, des comtesses, des cantatrices et des écrivains. Il n'y avait sur cette île aucune personnalité importante, ni sur le plan mondain ni sur le plan artistique. La plupart des gens venaient ici depuis sept, quatorze ou vingt et une années consécutives, ce qui leur conférait — à leurs propres yeux et à ceux d'autrui — un prestige proportionnel à leur ancienneté.

Avec un profond soupir, Mr Satterthwaite sortit de l'hôtel et descendit vers le petit port qui s'étirait en contrebas. Il longea une allée bordée de bougainvillées dont la masse éclatante, d'un insolent rouge vif, le fit se sentir plus vieux et plus sombre que jamais.

– Je vieillis, murmura-t-il. Je me fais vieux et las.

Il fut heureux de quitter l'allée de bougainvillées pour se retrouver dans la rue blanche qui aboutissait à la mer bleue. Au milieu de la chaussée, un chien galeux s'étirait au soleil en bâillant. L'animal continua à s'étirer jusqu'à la limite de l'extase, puis s'assit et entreprit de se gratter tout son soûl. Après quoi il se leva, s'ébroua et regarda autour de lui, en quête d'autres bonnes choses que la vie pouvait bien avoir à lui offrir.

Il y avait un tas d'ordures sur le bas-côté de la route. Il s'en approcha en trottinant, la truffe frémissante de plaisir anticipé. Pas à dire, son flair ne l'avait pas trompé ! Une odeur de putréfaction qui dépassait même ses espérances ! Il renifla avec une volupté croissante, puis, n'y tenant plus, il se mit sur le dos et se roula avec frénésie dans les délicieuses immondices. Incontestablement, ce matin-là, le monde était un paradis pour chiens !

Enfin repu, il se remit sur ses pattes et, nonchalamment, regagna le milieu de la route. C'est alors que, sans le moindre avertissement, une voiture déglinguée déboucha du tournant à toute allure, le heurta de plein fouet et s'éloigna comme si de rien n'était.

Le chien se redressa, resta un instant immobile, les yeux fixés sur Mr Satterthwaite, lui adressant un reproche muet puis il s'affaissa. Mr Satterthwaite s'approcha et se pencha. Le chien était mort. Tout en méditant sur la tristesse et la cruauté de la vie, le vieux monsieur poursuivit son chemin. Étrange, cette lueur de reproche qui était passée dans le regard de l'animal, comme pour dire : « Ô Monde ! Ô Monde merveilleux en qui j'avais confiance, pourquoi m'as-tu fait cela ? »

Mr Satterthwaite passa devant les palmiers et les maisons blanches disséminées çà et là, puis devant la plage de lave noire où grondait le ressac et où, autrefois, il y a bien longtemps, un célèbre nageur anglais s'était noyé, emporté par les vagues ; il passa devant les calanques où enfants et dames d'un certain âge sautillaient dans l'eau et croyaient ainsi se baigner ; enfin, il gravit la route escarpée et sinueuse qui grimpait jusqu'au sommet de la falaise. Car là-haut était juchée une maison, fort justement nommée « La Paz ». Une maison blanche aux volets verts décolorés, hermétiquement clos, entourée d'un beau jardin sauvage, avec une allée bordée de cyprès qui menait à un plateau, au bord de la falaise, d'où l'œil plongeait — en bas, tout en bas — sur la mer d'un bleu profond.

C'était là que se rendait Mr Satterthwaite qui, au fil des jours, était tombé amoureux du jardin de « La Paz ». Il n'était jamais entré dans la villa, laquelle, d'ailleurs, semblait toujours déserte. Manuel, le jardinier espagnol au visage tanné et tout rayonnant, accueillait les visiteurs en offrant galamment aux dames un gros bouquet de fleurs, tandis que les messieurs recevaient une rose pour leur boutonnière.

Il arrivait à Mr Satterthwaite d'inventer des histoires de son cru sur les propriétaires de la villa. Il imaginait, par exemple — c'était sa version préférée —, que la maison appartenait à une danseuse espagnole, jadis célèbre dans le monde entier pour sa beauté et venue en ces lieux cacher les ravages du temps.

Il se la représentait quittant son refuge au crépuscule pour se promener dans le jardin. Il était parfois tenté de demander à Manuel ce qu'il en était en réalité, mais il résistait à cette tentation : à tout prendre, il préférait ses chimères.

Après avoir échangé quelques mots avec le jardinier et accepté courtoisement un bouton de rose orangé, Mr Satterthwaite longea l'allée de cyprès jusqu'à la mer.

C'était assez enivrant de s'asseoir là, au bord du néant, avec cet à-pic juste sous les pieds. Cela lui rappela le début du troisième acte de *Tristan et Isolde* : Tristan et Kurwenal… l'attente solitaire, Isolde débarquant à la hâte et Tristan expirant dans ses bras. (Non, décidément, la petite Olga n'était pas faite pour le rôle d'Isolde. Isolde de Cornouailles, reine de la haine, reine de l'amour…) Il frissonna. Il se sentait vieux, transi, seul… Qu'avait-il donc reçu de la vie ? Rien. Rigoureusement rien. Encore moins que ce chien écrasé dans la rue…

Soudain, un bruit inattendu l'arracha à sa rêverie. Non pas un bruit de pas, car l'allée de cyprès les étouffait, mais un juron anglais, qui lui fit prendre conscience d'une présence.

Il tourna la tête et vit un jeune homme qui le considérait avec un mélange de surprise et de déception. Il le reconnut aussitôt : c'était un touriste qui, depuis son arrivée, la veille, l'intriguait quelque peu. Mr Satterthwaite le qualifiait de « jeune homme » car, à côté de la plupart des habitués de l'hôtel, il *faisait* jeune, mais il avait à coup sûr dépassé la quarantaine, ne devait pas être très loin du demi-siècle. Néanmoins, le qualificatif de « jeune homme » lui convenait assez bien, car il donnait une impression d'immaturité. Mr Satterthwaite était d'ordinaire bon juge pour ces choses-là : cet inconnu ressemblait à bien des chiens adultes qui gardent certaines caractéristiques du chiot qu'ils ont été.

« Ce garçon n'a jamais véritablement grandi. Du moins, pas comme il aurait fallu », pensa Mr Satterthwaite.

Et pourtant, l'homme n'avait rien d'un Peter Pan : resplendissant de santé, plutôt bien en chair, il avait l'allure de celui qui a toujours très bien réussi sur le plan matériel et qui ne s'est refusé ni plaisirs ni satisfactions. Il avait des yeux bruns tout ronds, des cheveux blonds qui commençaient à grisonner, une petite moustache et un teint plutôt coloré.

Que venait-il donc faire sur l'île ? Voilà ce qui intriguait Mr Satterthwaite. Il voyait très bien l'inconnu s'adonner à la chasse ou au ball-trap, jouer au polo, au golf ou au tennis, courtiser de jolies femmes. Or, sur l'île, il n'y avait pas de ball-trap, pas de gibier, pas d'autre sport que le golf-croquet, et seule miss Baba Kindersley, en dépit d'un âge certain, gardait encore quelque ressemblance avec ce qu'on appelle communément une jolie femme. Bien sûr, la beauté du paysage pouvait attirer des artistes, mais Mr Satterthwaite était prêt à jurer que le jeune homme n'était pas un artiste. Tout, dans sa personne, portait la marque du béotien.

Tandis que le vieux monsieur se livrait dans sa tête à ces supputations, l'inconnu, s'avisant avec quelque retard que son juron monosyllabique pouvait prêter le flanc à la critique, dit avec embarras :

– Excusez-moi. J'ai été… euh… j'ai été… surpris. Je ne m'attendais pas à trouver quelqu'un ici.

Il eut un sourire désarmant. Il était de ces hommes qui possèdent naturellement un charmant sourire, amical et attendrissant.

– C'est un endroit assez désert, convint Mr Satterthwaite.

Courtoisement, il se poussa un peu pour faire de la place. L'autre accepta cette invitation muette et s'assit à côté de lui sur le banc.

– Désert ? dit-il. Ce n'est pas du tout l'impression que j'ai. Apparemment, il y a toujours *quelqu'un* ici.

Il y avait dans sa voix une note d'agressivité. Mr Satterthwaite se demanda bien pourquoi car l'inconnu lui faisait par ailleurs l'effet d'un être sociable. Pourquoi ce pressant besoin de solitude ? Un rendez-vous galant, peut-être ? Non, sûrement pas. Il observa son compagnon à la dérobée. Où donc avait-il déjà vu, tout récemment, cette expression particulière ? Ce regard où se mêlaient trouble et agressivité latente ?

– Vous êtes donc déjà venu ici ? demanda Mr Satterthwaite, histoire de dire quelque chose.

– Oui. Hier soir… après le dîner.

– Ah bon ? Je croyais que les grilles étaient toujours fermées, le soir ?

Il y eut un silence.

– J'ai escaladé le mur, expliqua enfin l'homme d'un ton renfrogné.

Mr Satterthwaite le regarda alors avec une attention redoublée. Comme il avait le flair d'un détective, il ne lui échappait pas que son compagnon, arrivé la veille dans l'après-midi, n'avait guère eu le temps de découvrir la beauté de la villa en plein jour ; de plus, il n'avait parlé à aucun des autres touristes. Et pourtant, dès la nuit tombée, il était allé tout droit à « La Paz ». Pourquoi ? Presque malgré lui, Mr Satterthwaite tourna la tête vers la maison aux volets verts ; elle était toujours aussi vide, aussi calme, aussi hermétiquement close… Eh bien, non, la solution du mystère ne se trouvait pas là.

– Et vous avez vraiment trouvé quelqu'un ici hier soir ?

– Oui. Probablement un client de l'autre hôtel. Il portait un déguisement.

– Un déguisement ?

– Oui. Une espèce d'habit d'Arlequin.

– *Quoi ?*

Cette question jaillit littéralement des lèvres de Mr Satterthwaite. Surpris, son compagnon le dévisagea.

– J'imagine que les hôtels, ici, organisent souvent des soirées costumées, non ?

– Oh ! si, dit Mr Satterthwaite. Très, très souvent.

Le souffle coupé, il s'arrêta, puis ajouta :

– Veuillez pardonner mon agitation. Savez-vous, par hasard, ce qu'est une catalyse ?

Le jeune homme le regarda, interdit.

– Jamais entendu ce mot-là. Qu'est-ce que c'est ?

L'air solennel, Mr Satterthwaite récita :

– *Action par laquelle une substance — appelée catalyseur — accélère une réaction chimique, par sa seule présence, sans subir elle-même de transformation.*

– Ah ? fit l'autre, décontenancé.

– J'ai un ami — un certain Mr Quinn — que le mot « catalyseur » décrit à merveille. Sa présence est le signe que des événements inhabituels vont se produire ; car, lorsqu'il est là, d'étranges révélations se font jour, on découvre des choses surprenantes… Et pourtant, il ne se mêle personnellement de rien. J'ai le sentiment que c'est bien mon ami que vous avez vu ici hier soir.

– Eh bien ! c'est un type tout à fait inattendu, votre ami. Il m'a causé un de ces chocs ! Il est apparu comme ça, d'un seul coup — à croire qu'il sortait de la mer.

Le regard de Mr Satterthwaite glissa le long du terre-plein et plongea jusqu'au fond du ravin.

– Je sais bien que c'est absurde, reprit l'autre, mais c'est l'impression qu'il m'a donnée. Il est bien évident que cette falaise n'offre pas la moindre prise, même pour une mouche. (Il alla se pencher au bord de l'escarpement.) Une paroi nette et raide : si on plonge, ma foi, c'est la mort assurée.

– Quel endroit idéal pour commettre un crime ! dit Mr Satterthwaite, l'air badin.

Son compagnon le regarda, ahuri, comme s'il avait momentanément perdu le fil de la conversation.

– Ah ! oui… oui, en effet…, dit-il enfin d'un ton vague.

Sourcils froncés, il tapota le sol avec la pointe de sa canne. Tout à coup, Mr Satterthwaite mit le doigt sur la ressemblance qu'il cherchait depuis tout à l'heure. Ce regard interrogateur et perplexe… *Le chien écrasé par la voiture avait eu le même regard.* Les yeux de l'animal et les yeux du jeune homme posaient la même question pathétique et exprimaient le même reproche : *« Ô Monde en qui j'avais foi, pourquoi m'as-tu fait cela ? »*

Il y avait d'autres similitudes entre les deux : la même existence insouciante, tournée vers les plaisirs, le même joyeux abandon aux délices de la vie, la même absence de réflexion intellectuelle. Tous deux jouissaient de la minute présente ; le monde était un endroit agréable, un endroit réservé aux plaisirs matériels : le soleil, la mer, le ciel… un modeste tas d'ordures. Et la suite ? Une voiture avait terrassé le chien, mais qu'est-ce qui avait terrassé l'homme ?

Celui qui faisait l'objet de ces cogitations prit alors la parole, plus pour lui-même que pour Mr Satterthwaite :

– On se demande à quoi ça sert, tout ça ?

Mots familiers. Mots qui, d'ordinaire, faisaient sourire Mr Satterthwaite car ils trahissaient inconsciemment l'égoïsme foncier de l'humanité, qui persiste à croire que toutes les manifestations de la vie sont conçues tout spécialement pour notre plaisir ou pour notre tourment. Il ne répondit pas. L'inconnu se mit alors à rire, comme pour s'excuser :

– Il paraît que tout homme devrait bâtir une maison, planter un arbre et avoir un fils… Je crois avoir planté un gland, autrefois…

Mr Satterthwaite dressa l'oreille. La curiosité s'éveillait en lui : l'intérêt qu'il vouait en permanence aux affaires d'autrui — et dont la duchesse l'avait taxé — refaisait surface. Aucun problème. Mr Satterthwaite avait des côtés très féminins : il savait écouter aussi bien qu'une femme, de même qu'il avait le don de placer un mot au bon moment pour relancer les confidences, si bien qu'il ne tarda pas à connaître le fin mot de l'histoire.

Anthony Cosden — c'était le nom de l'inconnu — avait mené, en gros, l'existence que Mr Satterthwaite lui avait imaginée. Il n'était pas doué pour conduire un récit, mais son auditeur combla aisément les lacunes. Donc, une vie très ordinaire : des revenus moyens, le service militaire, du sport chaque fois que l'occasion s'en présentait, une foule d'amis, un tas d'activités agréables, des femmes à satiété. Le genre de vie qui exclut pratiquement toute forme de réflexion au profit de la sensation. Pour dire carrément les choses, une vraie vie de bête. « Mais on peut trouver pire, pensa Mr Satterthwaite en fouillant au fond de son expérience. Oh ! oui, bien pire… » Anthony Cosden avait toujours jugé ce monde très agréable. Il lui était arrivé de râler de temps à autre comme tout un chacun, mais ça n'avait jamais été bien sérieux. Et puis… il y avait eu *ça*.

Il aborda enfin le sujet — de manière assez vague et incohérente. Un jour, il ne s'était pas senti dans son assiette — oh, rien de bien grave. Il était allé voir son médecin, qui l'avait persuadé de consulter un spécialiste de Harley Street. Et là… ce fut l'incroyable vérité. Ils avaient essayé de tourner autour du pot, parlant de soins intensifs, de calme, de repos, mais ils n'avaient pas pu le tromper avec leurs boniments… et finalement, ils lui avaient annoncé la nouvelle en douceur. La situation se résumait à ceci : six mois à vivre. Voilà ce qu'ils lui accordaient. Six mois.

Il tourna vers Mr Satterthwaite ses bons yeux marron au regard désemparé. Ça vous faisait un choc, bien sûr, d'apprendre une chose pareille. Vous ne saviez pas… comment dire ?… Vous ne saviez que *faire*.

Mr Satterthwaite hocha la tête avec gravité. Il comprenait.

C'était un peu difficile à encaisser, sur le coup, poursuivit Anthony Cosden. Comment occuper ses derniers mois d'existence ? Attendre que la mort vous fauche ? Ce n'est pas une vie. Il ne se sentait pas vraiment malade… pas encore. Mais d'après le spécialiste, ça viendrait plus tard — c'était fatal. Quel paradoxe : être condamné alors qu'on n'a aucune envie de mourir ! Le mieux, avait-il pensé, était de ne rien changer à ses habitudes. Mais ça n'avait pas marché.

Là, Mr Satterthwaite l'interrompit : n'avait-il pas… euh… une femme dans sa vie ? osa-t-il demander avec beaucoup de délicatesse.

Apparemment non. Il fréquentait des femmes, bien sûr, mais ce n'était pas la même chose. Quant à ses amis, ils formaient une bande de joyeux lurons. Et ce qu'ils aimaient, ce n'était pas des cadavres, insinua-t-il. D'ailleurs lui-même, il ne souhaitait pas se transformer en enterrement ambulant. Ç'aurait été embarrassant pour tout le monde. Voilà pourquoi il était venu à l'étranger.

– Vous avez donc décidé de visiter ces îles ? Mais pourquoi ?

Mr Satterthwaite traquait quelque chose — quelque chose d'inaccessible et d'infiniment… *délicat*, mais qui existait bel et bien, il en était convaincu.

– Peut-être étiez-vous déjà venu ici ? ajouta-t-il.

– Oui, admit Cosden presque à contrecœur. Il y a des années, quand j'étais jeune.

Tout à coup, presque instinctivement, il lança un bref coup d'œil par-dessus son épaule, en direction de la villa.

– Je me suis souvenu de cet endroit, dit-il en indiquant la mer d'un signe de tête. *Un pas vers l'éternité* !

– Et voilà pourquoi vous êtes monté ici hier soir, conclut calmement Mr Satterthwaite.

Anthony Cosden lui jeta un regard de dépit.

– Oh ! En fait, je…, protesta-t-il.

– Hier soir, vous êtes tombé sur quelqu'un, ici. Et cet après-midi, vous êtes tombé sur moi. On vous a donc sauvé la vie… par deux fois.

– Vous pouvez présenter les choses ainsi, mais… mais il s'agit de *ma* vie, bon sang ! J'ai le droit d'en disposer à ma guise.

– Ça, c'est un lieu commun, dit Mr Satterthwaite d'un ton las.

– Je vous comprends, remarquez, dit Anthony Cosden avec indulgence. On ne peut guère dire autre chose. Moi aussi, je ferais mon possible pour dissuader n'importe qui de se donner la mort, même si je savais au fond de moi-même qu'il a raison. Et j'ai raison, vous le savez bien : une mort rapide, sans bavure, vaut mieux qu'une interminable agonie qui occasionnera des problèmes et des soucis à n'en plus finir. D'ailleurs, dans la mesure où je n'ai personne au monde…

– Et si vous aviez quelqu'un ? interrompit vivement Mr Satterthwaite.

Cosden inspira profondément.

– Je ne sais pas. Même dans ce cas-là, je crois que ce serait la meilleure solution. Mais de toute façon, je n'ai…

Il s'interrompit brusquement. Mr Satterthwaite l'observa d'un œil curieux. Incurable romantique, il suggéra qu'il devait bien y avoir, quelque part, une femme. Mais Cosden répondit par la négative. Cependant il n'avait pas à se plaindre, dit-il. Car, somme toute, il avait mené une vie très agréable. Dommage qu'elle doive se terminer si tôt. En tout cas, il pensait en avoir profité au maximum : il avait eu tout ce qu'il pouvait désirer… Sauf un enfant. Il aurait bien aimer avoir un fils. Cela l'aurait réconforté de mourir en sachant qu'il laissait un fils derrière lui. Mais encore une fois, il avait eu une vie très agréable…

C'en fut trop pour Mr Satterthwaite qui perdit patience. Quand on était encore à l'état larvaire, déclara-t-il, on ne pouvait prétendre connaître quoi que ce fût à la vie. Comme l'expression « état larvaire » n'avait manifestement aucun sens pour Cosden, il entreprit d'expliciter sa pensée.

– Vous n'avez pas encore commencé à vivre. Vous en êtes toujours au commencement de l'existence.

Cosden éclata de rire.

– Que faites-vous de mes cheveux gris ? J'ai quarante…

– Ce n'est pas une question d'âge, l'interrompit Mr Satterthwaite. La vie est un composé d'expériences physiques et morales. Moi, par exemple, j'ai soixante-neuf ans… et je les ai *bel et bien*. Que ce soit à titre personnel ou par procuration, j'ai connu presque toutes les expériences que peut offrir la vie. Vous, en revanche, vous me faites penser à un homme qui parle des quatre saisons alors qu'il n'a vu que la neige et le verglas ! Les fleurs du printemps, les langoureuses journées d'été, les feuilles mortes de l'automne, il ne les connaît pas… il ne sait même pas que toutes ces choses-là existent. Et vous voudriez tourner le dos à l'occasion qui vous est offerte de les découvrir ?

– Vous semblez oublier que, en tout état de cause, il ne me reste que six mois à vivre, dit Anthony Cosden d'un ton sec.

– Le temps est relatif, comme tout le reste. Ces six mois pourraient bien être les plus longs et les plus riches de toute notre existence.

Cosden ne parut pas convaincu.

– À ma place, je suis sûr que vous feriez comme moi.

Mr Satterthwaite secoua la tête.

– Non, dit-il. Primo, je doute que j'en aie le courage. Car il faut du courage, et je suis fort loin d'être brave. Secundo…

– Secundo ?

– Je suis toujours curieux de savoir de quoi demain sera fait.

Cosden se mit à rire et se leva.

– Eh bien ! monsieur, vous avez été très aimable de m'écouter ainsi. Je ne saurais dire pourquoi je vous ai raconté tout cela, mais le fait est là… J'en ai dit beaucoup trop. Oubliez cette conversation.

– Et demain, quand on signalera un accident, il faudra que je me taise ? Que je m'abstienne de suggérer l'hypothèse d'un suicide ?

– Faites comme bon vous semblera. Au moins, vous êtes conscient d'une chose, et j'en suis heureux : vous ne pourrez pas m'en empêcher.

– Mon jeune ami, convint Mr Satterthwaite, placide, je ne peux effectivement pas me cramponner à vous comme une barrique à son rocher. Tôt ou tard, vous me lâcheriez pour mettre votre projet à exécution. Mais il vous faut cependant y renoncer pour cet après-midi. Vous ne voudriez tout de même pas qu'on puisse m'accuser de vous avoir poussé dans le vide !

– C'est vrai, dit Cosden. Si vous tenez à rester ici…

– Mais bien sûr que j'y tiens, déclara Mr Satterthwaite avec fermeté.

Cosden se mit à rire avec bonne humeur.

– Alors, je me vois en effet contraint de remettre mon projet à plus tard. Auquel cas je retourne à l'hôtel. À tout à l'heure, peut-être.

Mr Satterthwaite demeura seul à regarder la mer.

« Et maintenant, songea-t-il à mi-voix, que va-t-il se passer ? Il va forcément se passer quelque chose. Je me demande si… »

Il se leva et resta un moment au bord de la falaise à contempler les vagues qui dansaient en contrebas. Ce paysage ne favorisait guère son inspiration, il fit lentement demi-tour, longea l'allée bordée de cyprès et entra dans le jardin silencieux. Il regarda la maison tranquille aux volets clos et se demanda — comme cela lui arrivait souvent — qui avait habité là et quels mystères abritaient ces murs. Sous l'effet d'une soudaine impulsion, il gravit les marches en pierre branlantes et poussa l'un des volets verts délavés.

À sa grande surprise, sa main fit bouger le volet. Après une courte hésitation, il se hasarda à l'ouvrir. Il recula aussitôt, consterné, et poussa un petit cri. En face de lui, sur le seuil de la porte-fenêtre, il y avait une femme, toute de noir vêtue et la tête enveloppée dans une mantille de dentelle noire.

Pris de court, Mr Satterthwaite se mit à bredouiller un italien mâtiné d'allemand — ce qu'il put trouver de plus proche de l'espagnol. Il était navré, confus, expliqua-t-il en phrases hachées. Que la *signora* lui pardonne… Puis il se retira précipitamment, sans que la femme eût ouvert la bouche.

Il était déjà au milieu du jardin lorsque, enfin, elle dit quelque chose : un seul mot, qui claqua comme un coup de pistolet :

– Revenez !

C'était un cri sec, un ordre qui aurait aussi bien pu

s'adresser à un chien. Mais il s'en dégageait une telle autorité que, automatiquement avant même d'avoir eu l'idée de s'en formaliser, Mr Satterthwaite obéit comme un toutou docile, pivota sur ses talons et rebroussa chemin en trottinant. La femme était toujours sur le seuil de la porte vitrée, immobile. Elle le détailla de la tête aux pieds, le jaugeant avec un calme imperturbable.

– Vous êtes anglais, dit-elle. Je le pensais bien.

Mr Satterthwaite se confondit de nouveau en excuses :

– Si j'avais su que vous étiez anglaise, je me serais exprimé de façon plus claire. Je vous présente mes plus sincères excuses : en ouvrant ce volet, j'ai manqué de savoir-vivre. Je n'ai, hélas, aucune circonstance atténuante à faire valoir, si ce n'est la curiosité. J'avais très envie de voir comment était l'intérieur de cette charmante maison.

La femme se mit soudain à rire à gorge déployée.

– Si elle vous intéresse tant que ça, dit-elle, entrez donc !

Elle s'écarta et Mr Satterthwaite, empli d'une sorte d'allégresse, franchit le seuil. Malgré l'obscurité — les autres volets étaient fermés —, il put constater que les rares meubles étaient de piètre qualité et qu'il y avait partout une épaisse couche de poussière.

– Ne restons pas ici, dit-elle. Je n'occupe jamais cette pièce.

Suivi de Mr Satterthwaite, elle traversa un couloir et entra dans un salon qui donnait de l'autre côté. Ici, les fenêtres s'ouvraient sur la mer et le soleil pénétrait à flots. Le mobilier était pauvre, comme celui de la première pièce, mais il y avait un grand paravent en cuir de Cordoue, des vases remplis de fleurs fraîchement coupées et des tapis élimés qui avaient dû être superbes en leur temps.

– Vous allez prendre le thé avec moi, dit l'hôtesse. (Puis, d'un ton rassurant :) C'est un excellent thé, préparé avec de l'eau bouillante.

Elle fit un pas dehors et lança un ordre en espagnol avant de revenir s'asseoir sur le divan, face à son invité. Mr Satterthwaite put l'examiner à son aise.

Au premier abord, devant cette forte personnalité, il se sentit encore plus gris, plus vieux et plus ratatiné que d'habitude. C'était une grande femme brune, très bronzée, encore belle quoique plus très jeune. En sa présence, le soleil semblait briller avec deux fois plus d'éclat ; et bientôt une curieuse sensation de chaleur et d'énergie envahit Mr Satterthwaite. On aurait dit qu'il tendait ses mains racornies à une flamme réconfortante. « Elle possède une telle vitalité, pensa-t-il, qu'elle en a des réserves pour les autres. »

Se rappelant avec quelle autorité elle l'avait interpellé, il se prit à regretter qu'Olga, sa protégée, ne possède pas un peu de cette force intérieure. « Quelle Isolde ferait cette femme ! se dit-il. Mais elle n'a sans doute pas la moindre disposition pour le chant. Le monde est vraiment mal fait. » D'un autre côté, elle lui faisait un peu peur, car il se méfiait des femmes dominatrices.

Le menton dans les mains, elle l'avait observé ostensiblement sans essayer de lui donner le change. En fin de compte, elle hocha la tête comme si elle avait pris une décision.

– Je suis heureuse que vous soyez venu, dit-elle. Cet après-midi, j'avais grand besoin de parler à quelqu'un. Et vous êtes habitué à ce rôle, n'est-ce pas ?

– Je ne saisis pas très bien.

– Les gens vous font des confidences, non ? Vous savez parfaitement ce que je veux dire ! Pourquoi faire semblant de ne pas comprendre ?

– Ma foi !… peut-être…

Indifférente à ce qu'il s'apprêtait à préciser, elle continua sur sa lancée :

– À vous, on peut tout avouer, tout confier. C'est parce que vous avez un côté très féminin qui vous permet de comprendre nos sentiments, nos pensées, notre comportement bizarre… si bizarre.

Elle se tut, le temps qu'une plantureuse Espagnole au sourire épanoui dépose le thé. Du bon thé de Chine, que Mr Satterthwaite dégusta en connaisseur.

– Vous vivez ici ? demanda-t-il sur le ton de la conversation.

– Oui.

– Mais pas toute l'année ? La maison est fermée la plupart du temps, non ? Du moins, c'est ce qu'on m'a dit.

– Je suis souvent ici, bien plus souvent qu'on ne le croit. Mais je n'occupe que les pièces qui donnent sur ce côté-ci.

– Il y a longtemps que vous possédez cette maison ?

– Vingt-deux ans et, avant cela, j'y ai habité un an.

Assez stupidement — du moins le pensait-il — Mr Satterthwaite commenta :

– Cela fait une bien longue période !

– La première année ? Ou les vingt-deux suivantes ?

Le vieux monsieur sentit son intérêt s'éveiller.

– Cela dépend, dit-il avec gravité.

Elle hocha la tête.

– Oui, cela dépend. Ce sont deux périodes distinctes qui n'ont aucun rapport l'une avec l'autre. Laquelle fut longue ? Laquelle fut courte ? Aujourd'hui encore, je n'en sais rien.

Elle demeura un moment silencieuse, absorbée dans ses pensées. Enfin, elle sourit.

– Il y a si longtemps que je n'ai pas parlé avec quelqu'un… si longtemps ! Ce n'est pas que je veuille m'excuser de vous retenir. Après tout, c'est vous qui avez ouvert mon volet pour regarder par ma fenêtre. Et c'est une chose que vous faites tout le temps, n'est-ce pas ? Vous écartez le volet pour regarder ce qui se passe dans la vie des gens… s'ils vous le permettent — et, bien souvent, même s'ils ne vous le permettent pas ! Ce doit être difficile de vous cacher quelque chose. Vous savez deviner — et deviner juste.

Mr Satterthwaite éprouva l'étrange besoin de se montrer parfaitement sincère.

– J'ai soixante-neuf ans, dit-il. Tout ce que je sais de la vie, je ne l'ai appris que par procuration. J'en éprouve parfois une grande souffrance et d'infinis regrets. Pourtant, c'est grâce à cela que je connais beaucoup de choses.

Elle acquiesça, pensive.

– Je sais. La vie est bien étrange, dit-elle, songeuse. Je n'arrive pas à imaginer ce que ça signifie… d'être toujours spectateur.

Mr Satterthwaite sourit.

– Non, cela vous est impossible, à vous ! Votre place est au centre de la scène. Vous serez toujours la Prima Donna.

– Quelle curieuse réflexion !

– J'ai pourtant raison. Votre vie a été riche en événements, et elle le sera toujours. Certains de ces événements, je pense, ont été tragiques. Est-ce que je me trompe ?

Elle le regarda, paupières plissées.

– Si vous restez longtemps sur cette île, on vous racontera l'histoire de ce nageur anglais qui s'est noyé au pied de la falaise. On vous dira à quel point il était jeune et fort, à quel point il était beau, et on vous confiera aussi que sa jeune épouse, du haut de la falaise, l'a vu se noyer.

– Oui, on me l'a déjà raconté.

– Cet homme, c'était mon mari. Cette villa, c'était la sienne. Il m'a amenée ici quand j'avais dix-huit ans ; un an plus tard, il mourait… emporté par les vagues, broyé, meurtri, mutilé, déchiqueté par ces rochers noirs.

Bouleversé, Mr Satterthwaite ne put retenir un cri. Se penchant vers lui, elle le dévisagea de son regard de feu.

– Vous parliez de tragédie… Pouvez-vous imaginer pire tragédie que celle-là pour une jeune femme, mariée depuis seulement un an : assister, impuissante, à l'agonie de l'homme qu'elle aime, le voir se débattre pour conserver sa vie… et le perdre… dans des conditions si horribles ?

– Atroce, dit Mr Satterthwaite avec une réelle émotion dans la voix. Atroce. Je suis de votre avis : il n'y a rien de plus épouvantable.

Elle éclata de rire, la tête rejetée en arrière.

– Vous vous trompez, dit-elle. Il y a quelque chose de mille fois plus épouvantable encore : le fait, pour une jeune mariée, de se trouver là, et de souhaiter de tout son cœur que son mari se noie…

– Bonté divine ! s'exclama Mr Satterthwaite. Vous ne voulez pas dire que… ?

– Si. La vérité, c'est cela. Je me suis agenouillée, là, sur la falaise, et j'ai prié. Les domestiques espagnols ont cru que je priais pour qu'il s'en sorte sain et sauf, mais ce n'était pas le cas. Je demandais au ciel la force de souhaiter qu'il s'en sorte. Je ne cessais de répéter la même invocation : « Mon Dieu, aidez-moi à ne pas souhaiter sa mort. Mon Dieu, aidez-moi à ne pas souhaiter sa mort. » Mais c'était inutile : je n'arrêtais pas d'espérer… d'espérer… Et mon vœu a été exaucé.

Elle se tut quelques instants avant de reprendre d'une voix très douce, toute différente :

– C'est effroyable, n'est-ce pas ? C'est le genre de chose qu'on ne peut oublier. J'ai éprouvé un tel bonheur lorsque j'ai appris qu'il était bien mort et qu'il ne reviendrait plus me torturer.

– Mon enfant ! murmura Mr Satterthwaite, sous le choc.

– Je le sais. J'étais trop jeune pour vivre une telle épreuve. Ces choses-là ne devraient vous tomber dessus qu'à un certain âge, quand vous êtes mieux préparé… à supporter la brutalité. Voyez-vous, personne ne savait comment était réellement mon mari. Lorsque j'ai fait sa connaissance, je l'ai trouvé merveilleux ; et quand il m'a demandé de l'épouser, j'ai été comblée de bonheur et de fierté. Mais la situation s'est dégradée presque tout de suite. Il n'arrêtait pas de se fâcher contre moi… rien de ce que je faisais ne lui plaisait — et pourtant, je ne ménageais pas ma peine. Et puis, peu à peu, il a pris plaisir à me faire du mal. À me terrifier, surtout. C'est là qu'il trouvait sa plus grande jouissance. Il imaginait toutes sortes de tours… des tours sinistres. Je ne veux pas vous en parler. En fait, je crois qu'il était un peu désaxé. J'étais seule ici, en son pouvoir, et la cruauté est devenue sa passion. (Ses yeux devinrent plus grands, plus sombres.) Le pire, ce fut mon bébé… J'étais enceinte et, à cause de ce que mon mari m'avait fait subir, j'ai donné le jour à un enfant mort-né. Mon petit bébé… J'ai failli en mourir, moi aussi, mais j'ai survécu. Hélas.

Mr Satterthwaite poussa un gémissement inarticulé.

– Et bientôt, reprit-elle, ce fut pour moi la délivrance, comme je viens de vous le raconter. Des estivantes qui séjournaient à l'hôtel lui avaient lancé un défi ; c'est cela qui a provoqué le drame. Tous les Espagnols l'avaient pourtant prévenu que c'était de la folie de braver le courant à cet endroit-là. Mais il était très vaniteux : il voulait épater la galerie. Je… je l'ai donc vu se noyer… et je m'en suis réjouie. Dieu ne devrait pas permettre de telles horreurs.

Mr Satterthwaite tendit sa petite main desséchée et prit celle de la femme qui la serra fort, très fort, comme une enfant apeurée. Son visage n'était plus maintenant celui d'une femme mûre. Et il imagina sans peine la fille de dix-neuf ans qu'elle avait été.

– Au début, ça m'a paru trop beau pour être vrai. La maison m'appartenait et dorénavant je pouvais y vivre sans aucune crainte ! Comme j'étais orpheline et n'avais pas de proches parents, personne ne se préoccupait de ce que je devenais. Ce qui simplifiait bien les choses. J'ai donc continué à vivre ici, dans cette villa... c'était le paradis. Oui, le paradis. Je n'ai jamais été si heureuse depuis lors, et je ne le serai jamais plus. Me réveiller en sachant que le cauchemar était terminé : la douleur, la terreur, l'angoisse de me demander ce qu'il allait encore me faire subir... Oui, vraiment, c'était le paradis.

Suivit un long silence.

– Et ensuite ? demanda enfin Mr Satterthwaite.

– Il faut croire que les êtres humains ne sont jamais contents de leur sort. Au début, le seul fait d'être libre me suffisait. Mais bientôt, je me suis sentie bien seule... et je me suis mise à repenser à mon enfant mort. Si seulement j'avais eu mon bébé ! Cet enfant, je le voulais, parce que c'était mon enfant, mais aussi parce que j'avais envie d'un jouet. J'avais terriblement besoin de quelque chose, ou de quelqu'un avec qui jouer. Cela peut paraître idiot, puéril, mais c'est ainsi.

– Je comprends, dit Mr Satterthwaite d'un air grave.

– La suite est difficile à expliquer. C'est arrivé... comme ça, simplement. Il y avait un jeune Anglais qui séjournait à l'hôtel, et un jour, par mégarde, il s'est fourvoyé, il est entré dans le jardin. Comme je portais une robe du pays, il m'a prise pour une Espagnole ! Je ne l'ai pas détrompé. J'ai pensé qu'il serait amusant de faire comme si... et j'ai joué le jeu. Il parlait très mal l'espagnol, mais il arrivait à se débrouiller. Alors, je lui ai raconté que la villa appartenait à une Anglaise en voyage, que celle-ci m'avait appris quelques rudiments d'anglais, et j'ai fait semblant de baragouiner. C'était si drôle... si drôle ! Aujourd'hui encore, je me souviens à quel point c'était amusant. Il s'est mis à me faire la cour. D'un commun accord, nous avons décidé de faire comme si nous habitions cette maison, comme si nous étions de nouveaux mariés qui venions nous y installer. Je lui ai proposé de tirer l'un des volets — celui-là même que vous avez tiré ce soir. La porte était ouverte, mais, à l'intérieur, la pièce était poussiéreuse, mal entretenue. Nous y sommes entrés, comme des voleurs. C'était si excitant, si merveilleux. Nous avons donc fait comme si nous étions chez nous.

Elle s'arrêta brusquement, suppliant Mr Satterthwaite du regard.

– Tout cela paraissait tellement enchanteur… Un véritable conte de fées. Et le plus enchanteur de tout, à mes yeux, c'était que ça n'était pas vrai. Que ça n'était pas réel.

Mr Satterthwaite acquiesça. Il voyait plus clair en elle qu'elle-même ne le faisait : c'était une adolescente apeurée, seule, enivrée par ce jeu d'autant plus rassurant que ce n'était pas « pour de vrai ».

– J'imagine que ce jeune homme n'avait rien d'exceptionnel et qu'il était en quête d'une aventure. Mais il s'y prenait avec une telle délicatesse que nous avons continué à faire comme si.

Elle s'arrêta et regarda Mr Satterthwaite.

– Vous comprenez ? Nous avons continué à faire comme si…, répéta-t-elle.

Puis, après une pause :

– Le lendemain matin, il est revenu à la villa et je l'ai vu de ma chambre, à travers les persiennes. Naturellement, il ne s'est pas douté un instant que j'étais dans la maison. Il me prenait toujours pour une petite paysanne espagnole. Il est resté là à regarder autour de lui car, lorsqu'il m'avait demandé de le retrouver à cet endroit-là, j'avais accepté, sans avoir la moindre intention de me rendre au rendez-vous.

» Il est donc resté là à attendre, l'air inquiet. Je pense qu'il se faisait du souci pour moi. C'était gentil de sa part de se faire du souci pour moi. Il était *vraiment* gentil…

Nouvelle pause.

– Le lendemain, il est parti. Et je ne l'ai plus jamais revu.

» Mon bébé est né neuf mois plus tard. Tout au long de ma grossesse, j'ai été merveilleusement heureuse. Être à même d'avoir un bébé dans des conditions pareilles, sans personne pour vous maltraiter ou vous rendre la vie plus difficile qu'elle n'est. Je regrettais de n'avoir pas eu l'idée de demander à mon petit Anglais comment il s'appelait — j'aurais donné son prénom à mon fils. Je trouvais anormal qu'il en soit autrement. Ça me semblait assez injuste. Il m'avait donné ce que je désirais le plus au monde, et il ne le saurait même pas ! Remarquez, je pense que, de son côté, il n'aurait pas vu les choses sous le même angle ; s'il avait été au courant, cela l'aurait sans doute tracassé, contrarié. Je n'avais été pour lui qu'une passade, sans plus.

– Et le bébé ? s'enquit Mr Satterthwaite.

– Un poupon splendide… Splendide. Je l'ai baptisé John. Si vous le voyiez aujourd'hui ! Il a vingt ans et sera bientôt ingénieur des Mines. Il a été pour moi le meilleur, le plus affectueux des fils. Je lui ai dit que son père était mort avant sa naissance.

Mr Satterthwaite la regarda, surpris. Curieuse histoire, en vérité, qui donnait une impression d'inachevé. Il y avait une suite, il en était certain.

– Vingt ans, c'est long, dit-il, songeur. Vous n'avez jamais envisagé de vous remarier ?

Elle secoua la tête. Une rougeur brûlante envahit lentement ses joues bronzées.

– L'enfant vous a donc suffi ? dit-il. Tout ce temps-là ?

Elle le regarda. Ses yeux avaient une douceur qu'il ne leur avait pas encore vue.

– Il se passe des choses si bizarres, murmura-t-elle. Si bizarres ! Vous ne les croiriez pas… Si, je me trompe : *vous*, peut-être les croiriez-vous. À l'époque, je n'aimais pas le père de John ; je ne savais même pas ce qu'était l'amour. J'étais persuadée que, tout naturellement, l'enfant me ressemblerait. Mais ce ne fut pas le cas. Il aurait aussi bien pu ne pas être mon fils. Il ne ressemblait à personne d'autre qu'à son père. Cet homme, j'ai appris à le connaître par le biais de son fils. J'ai appris à l'aimer par le biais de son fils. Et aujourd'hui, je l'aime. Et je l'aimerai toujours. Vous direz peut-être que c'est une chimère, que je me suis forgé une image idéale, mais vous vous trompez. J'aime cet homme, le vrai, l'être de chair et de sang. Si je le rencontrais demain, je le reconnaîtrais sur-le-champ, bien que je ne l'aie pas revu depuis plus de vingt ans. Mon amour pour lui a fait de moi une femme. Je l'aime comme une femme aime un homme. Depuis vingt ans, je vis avec cet amour et je mourrai avec lui.

Elle s'arrêta brusquement, puis ajouta d'un air de défi :

– Vous croyez que je suis folle… de tenir un discours aussi étrange ?

– Oh ! ma chère enfant, dit Mr Satterthwaite en lui reprenant la main.

– Vous me comprenez donc bien ?

– Je crois, oui. Mais je suis sûr qu'il y a autre chose. Quelque chose que vous ne m'avez pas encore dit ?

Le visage de la femme se rembrunit.

– Oui, c'est vrai. Vous êtes très fort de l'avoir deviné. J'ai tout de suite vu que vous n'étiez pas le genre d'homme à qui on peut cacher quoi que ce soit. Mais il s'agit d'une chose dont je ne veux pas vous parler — et cela pour une bonne raison : il est préférable, dans votre propre intérêt, que vous ne sachiez pas.

Elle le brava du regard.

« Voici la minute de vérité, se dit-il. J'ai toutes les données en main, je dois donc pouvoir percer son secret. Si je raisonne correctement, je le trouverai. »

Après un silence, il dit d'une voix lente :

– Il s'est produit une complication imprévue.

Il comprit, à un imperceptible battement de paupières, qu'il était sur la bonne voie.

– Une complication imprévue… d'un seul coup… après toutes ces années.

Il tâtonnait, fouillait les sombres recoins de son esprit, là où elle s'efforçait de cacher son secret.

– Votre fils… ça a sûrement un rapport avec lui. Rien d'autre ne pourrait vous toucher.

Il entendit un petit hoquet — ce qui lui prouva qu'il

avait visé juste. Le manège auquel il se livrait était cruel, mais nécessaire. Un véritable duel de volontés. Elle avait un caractère dominateur, impitoyable. Mais, sous ses dehors bonasses, il avait de la volonté lui aussi. Et il se sentait porté par la conviction quasi religieuse de quelqu'un qui accomplit une mission. L'espace d'un instant, il éprouva une pitié teintée de mépris pour ces hommes dont le métier consistait à élucider de vulgaires crimes. Ce travail de déduction, cette recherche d'indices, cette traque de la vérité, cette joie irrépressible à l'approche du but... L'acharnement même que mettait son hôtesse à protéger son secret le servait. Et, à mesure qu'il progressait, il la sentait se raidir dans une attitude de défi.

– Il est préférable que je ne sache pas, « dans mon propre intérêt », avez-vous dit. Dans *mon* intérêt à moi ? Vous n'êtes pourtant pas une femme très soucieuse des sentiments d'autrui. Cela ne vous gênerait pas du tout de causer un désagrément passager à un inconnu. Il s'agit donc de quelque chose de très, très grave ? Si vous me mettiez dans la confidence, vous feriez de moi votre complice ? Un crime, alors ? Formidable ! Mais comment associer votre nom à un crime ? Non, le seul crime dont vous seriez capable, à la rigueur, c'est un crime contre vous-même.

Malgré elle, ses paupières s'abaissèrent, cachant son regard. Mr Satterthwaite se pencha en avant et la prit par le poignet.

– C'est donc cela ! Vous songez à vous supprimer.

Elle laissa échapper un cri rauque.

– Comment avez-vous deviné ? Comment avez-vous deviné ?

– Mais *pourquoi* ? Ne me dites pas que vous en avez assez de l'existence. Je n'ai jamais vu de femme moins déprimée que vous, aussi débordante de vitalité.

Elle se leva, s'approcha de la fenêtre et écarta de son front une mèche de cheveux noirs.

– Puisque vous avez déjà deviné l'essentiel, je peux bien vous dire le reste. Je n'aurais pas dû vous laisser entrer ce soir. J'aurais dû me douter que vous perceriez mon secret : c'est chez vous comme une seconde nature… Oui, vous avez vu juste : si j'ai pris cette décision, c'est à cause de mon fils. Il n'est au courant de rien. Mais la dernière fois qu'il est venu, il m'a parlé d'un de ses amis en des termes bouleversants qui m'ont ouvert les yeux : si jamais il apprend qu'il est un enfant naturel, il en aura le cœur brisé. Car c'est un garçon très fier… terriblement fier ! De plus, il a une petite amie. Oh ! je ne veux pas entrer dans les détails. Sachez seulement qu'il va venir très bientôt et qu'il veut tout savoir sur son père — il veut des précisions. Naturellement, les parents de la jeune fille veulent être informés, eux aussi. Quand il découvrira la vérité, il rompra avec elle, il s'exilera, il gâchera sa vie. Oh ! je sais ce que vous allez me dire… Il est jeune, et bien stupide de prendre les choses au tragique ! Peut-être est-ce vrai. Mais qu'importe de savoir comment les gens devraient être ? Ils sont comme ils sont. Ce que je sais, c'est que *ça lui brisera le cœur*… En revanche, si je meurs accidentellement avant son arrivée, le chagrin lui fera oublier tout le reste. Il fouillera dans mes papiers, ne trouvera rien et m'en voudra de lui en avoir dit si peu. Mais il ne soupçonnera pas la vérité. C'est la meilleure solution. Le bonheur, ça se paie, et j'en ai eu tellement… tellement ! Et à vrai dire, ce ne sera pas cher payé : un peu de courage avant le grand saut, une ou deux secondes d'angoisse, pas plus.

– Mais, ma chère enfant…

Elle fit volte-face vers lui.

– Ne cherchez pas à me convaincre ! Tous ces arguments éculés ne m'intéressent pas. Ma vie m'appartient, non ? Jusqu'à présent, j'en avais besoin… pour John. Maintenant, il peut se passer de moi. Ce qu'il lui faut, c'est une compagne, et il se tournera d'autant plus volontiers vers elle si je ne suis plus là. Ma vie est inutile, tandis que ma mort servira à quelque chose. Et j'ai le droit de disposer de ma vie comme je l'entends.

– Vous en êtes bien sûre ?

Surprise par la sévérité de sa voix, elle bredouilla :

– Puisqu'elle ne sert à personne… Et je suis la mieux placée pour en juger…

– Pas nécessairement, reprit-il.

– Comment cela ?

– Écoutez, je vais vous donner un exemple. Un individu se rend à un certain endroit… pour se suicider, mettons. Mais voilà que, par hasard, il tombe là sur un autre individu — ce qui fait échouer son projet et le renvoie à la vie… Le deuxième homme a sauvé le premier, non pas par un geste utile ni en jouant un rôle important dans son existence, mais par le seul fait d'avoir été présent là où il fallait, au moment où il le fallait. Si vous attentez à votre vie aujourd'hui, peut-être que dans cinq, six, sept ans, quelqu'un mourra ou sera victime d'un accident uniquement parce que vous n'aurez pas été sur les lieux, à tel endroit déterminé. Ce sera peut-être un cheval emballé qui, en pleine rue, fera un écart en vous voyant et évitera ainsi de piétiner un enfant qui joue dans le caniveau. Cet enfant, devenu adulte, sera peut-être un grand musicien ou découvrira le remède contre le cancer. Ou bien, plus prosaïquement, il deviendra un homme ordinaire, menant une existence simple et heureuse…

Elle le regarda, bouche bée.

– Comme vous êtes étrange. Ce que vous dites là… je n'y avais jamais pensé…

– Vous prétendez que votre vie vous appartient, poursuivit Mr Satterthwaite. Mais comment pouvez-vous faire fi du rôle que vous jouez dans un gigantesque drame monté par un divin metteur en scène ? Votre tirade ne viendra peut-être qu'à la fin de la pièce ; ce ne sera peut-être qu'un simple rôle de figurante, apparemment insignifiant, mais le dénouement du drame pourra en dépendre. Si vous ne donnez pas la réplique à tel autre acteur, c'est toute la pièce qui s'écroule. En tant qu'individu, vous n'avez peut-être aucune importance pour qui que ce soit ; mais en tant que personne occupant une place donnée, votre importance est peut-être capitale.

Elle s'assit, encore sous le choc de ses paroles.

– Que voulez-vous que je fasse ?

Mr Satterthwaite connut alors son moment de triomphe et donna ses ordres.

– Je veux que vous me promettiez au moins une chose : ne tentez rien d'irrévocable avant vingt-quatre heures.

– Je vous le promets, répliqua-t-elle, après un silence.

– J'ai encore autre chose à vous demander… Une faveur.

– Ah, bon ?

– N'accrochez pas le volet de la pièce par laquelle je suis entré. Et, ce soir, restez postée derrière la porte-fenêtre.

Elle le regarda d'un air étonné, mais acquiesça.

– Et maintenant, dit Mr Satterthwaite, conscient de la banalité de cette transition, il faut vraiment que je parte. Dieu vous bénisse, ma chère enfant.

Il prit congé avec un certain embarras. Puis la vigoureuse servante espagnole vint à sa rencontre dans le couloir et le fit sortir par une porte latérale, en le suivant des yeux avec curiosité.

Le crépuscule tombait lorsqu'il arriva à l'hôtel. Quelqu'un était assis, tout seul, sur la terrasse. Surexcité, Mr Satterthwaite se dirigea droit vers le solitaire en question. Il était excité et son cœur battait la chamade. D'impressionnantes responsabilités pesaient sur ses épaules. Au moindre faux pas…

Il s'efforça de dissimuler son agitation et de prendre un ton naturel, dégagé.

– Belle soirée, dit-il à Anthony Cosden. J'ai perdu toute notion du temps, là-haut, sur la falaise.

– Vous y êtes resté tout ce temps-là ?

Mr Satterthwaite acquiesça. La porte battante de l'hôtel s'ouvrit à cet instant, découpant un rectangle de lumière qui éclaira le visage de son voisin. Un visage qui reflétait tout à la fois souffrance muette et résignation butée.

« C'est pire pour lui que ça ne le serait pour moi, se dit

Mr Satterthwaite. L'imagination, la réflexion et la méditation, qui permettent de faire diversion à la douleur, peuvent être d'un grand secours dans de telles circonstances. Ce qui est terrible, c'est la souffrance aveugle de l'animal qui ne comprend pas… »

Cosden prit soudain la parole, d'une voix âpre :

– Après le dîner, j'irai faire une petite promenade. Vous… vous comprenez ? La troisième tentative sera la bonne. Pour l'amour du ciel, ne vous en mêlez pas. Je sais que vous le feriez dans les meilleures intentions du monde ; mais croyez-moi, ça ne servirait à rien.

Mr Satterthwaite se redressa.

– Je ne me mêle jamais des affaires d'autrui, dit-il, ce qui faisait mentir la raison d'être et l'objet de son existence.

– Je sais ce que vous pensez…

– Pardonnez-moi, l'interrompit Mr Satterthwaite, si je me permets de vous contredire. On ne connaît jamais les pensées d'autrui. On croit les deviner, mais on se trompe presque toujours.

– Ma foi, c'est peut-être vrai, dit Cosden d'un ton dubitatif.

– Nos pensées nous appartiennent en propre, reprit son compagnon. Nul ne peut modifier ni influencer l'usage que nous entendons en faire. Mais parlons d'un sujet moins pénible. Cette vieille villa, par exemple… Elle dégage un charme étrange : isolée, à l'écart du monde, elle semble abriter Dieu sait quel mystère. C'est ce qui m'a incité à commettre une indiscrétion. Et à tirer l'un des volets.

Cosden tourna vivement la tête vers lui.

– Vraiment ? Mais il était verrouillé, bien entendu ?

– Non, dit Mr Satterthwaite. Pas du tout. C'était… c'était le troisième en partant de l'angle, ajouta-t-il d'une voix douce.

– Ça alors ! s'exclama Cosden. Celui-là même que…

Il s'interrompit brusquement, mais Mr Satterthwaite avait vu la lueur qui s'était allumée dans ses yeux. Alors il se leva, satisfait.

Pourtant, une pointe d'inquiétude subsistait chez lui. Reprenant sa métaphore théâtrale, il se prit à espérer que ses répliques avaient été à la hauteur de la situation. Car elles revêtaient, en effet, une importance vitale.

Après réflexion, il jugea favorablement sa prestation. En montant sur la falaise, Cosden s'arrêterait en chemin pour essayer d'ouvrir le volet. Il ne résisterait pas à la tentation — la nature humaine est ainsi faite. Un souvenir datant d'une vingtaine d'années l'avait amené à cet endroit — ce même souvenir l'inciterait à écarter le volet. Et après, que se passerait-il ?

« Je connaîtrai la réponse demain matin », se dit Mr Satterthwaite. Et, toujours aussi méticuleux, il entreprit de se changer pour le dîner.

Il était environ 10 heures, le lendemain matin, lorsque Mr Satterthwaite entra dans le jardin de « La Paz ». Manuel lui adressa un souriant « Bonjour » et lui donna un bouton de rose que le vieux monsieur glissa précieusement dans sa boutonnière. Puis il continua son chemin jusqu'à la maison. Il resta là quelques minutes à observer les paisibles murs blancs, le fouillis des grimpantes aux efflorescences orangées, les volets d'un vert délavé. Quel calme !… quel silence !… Les événements de la veille, ne les aurait-il pas tout bonnement rêvés ?

Mais à cet instant, une porte-fenêtre s'ouvrit et la dame qui occupait les pensées de Mr Satterthwaite sortit de la villa. Elle se dirigea droit vers lui, d'un pas allègre et ondoyant, comme portée par une vague d'exultation. Ses yeux brillants, ses joues colorées en faisaient une véritable image de la Joie telle qu'on la représentait sur les frontispices. Hésitation, doute, crainte, tout avait disparu. Elle se précipita à la rencontre de Mr Satterthwaite, lui posa les mains sur ses épaules et l'embrassa — non pas une fois, mais à plusieurs reprises. Des roses rouge sombre, épanouies et très veloutées : voilà comment, par la suite, il devait évoquer ces baisers. Le soleil, l'été, les chants d'oiseaux : voilà l'atmosphère dans laquelle il s'était senti immergé. Chaleur, euphorie, irrépressible dynamisme.

– Je suis si heureuse, dit-elle. Vous êtes un amour ! Comment avez-vous su ? Comment avez-vous bien *pu* savoir ? Vous me faites penser au bon magicien des contes de fées.

Elle s'interrompit, haletante de bonheur.

– Nous irons tout à l'heure… voir le consul… pour qu'il nous marie. Quand John viendra, son père sera là. Nous lui dirons que nous avons eu autrefois un malentendu. Il ne posera pas de questions. Oh ! que je suis heureuse… heureuse… heureuse !

De fait, le bonheur jaillissait d'elle comme une houle qui baignait Mr Satterthwaite dans une onde tiède et vivifiante.

– Anthony est ravi de découvrir qu'il a un fils. Moi qui m'imaginais que ça ne lui ferait ni chaud ni froid ! (Elle plongea dans les yeux de Mr Satterthwaite un regard plein de confiance.) C'est étrange, n'est-ce pas, la façon dont tout s'arrange et se termine en beauté ?

La personnalité de la jeune femme lui apparut alors avec encore plus de netteté que la veille. C'était une enfant, une éternelle enfant, éprise de chimères, de ces contes de fées qui se terminent en beauté par la formule magique : « Ils se marièrent, vécurent heureux et eurent beaucoup d'enfants. »

– Si vous procurez du bonheur à cet homme pour les derniers mois qui lui restent à vivre, dit-il avec douceur, vous aurez assurément accompli une bien belle action.

Surprise, elle écarquilla les yeux.

– Vous ne pensez tout de même pas que je vais le laisser mourir ? Juste au moment où je le retrouve... après tant d'années ? J'ai connu des tas de gens que les médecins avaient condamnés et qui sont encore en vie aujourd'hui. Anthony, mourir ? Certes non, il ne mourra pas !

Il regarda cette femme douée de force, de beauté, de vitalité — douée d'un courage et d'une volonté indomptables. Lui aussi, il connaissait des médecins qui s'étaient trompés... Le facteur personnel entrait plus ou moins en ligne de compte... on ne pouvait jamais savoir.

Avec un mélange de dédain et d'amusement, elle répéta :

– Vous ne pensez tout de même pas que je vais le laisser mourir ?

– Non, finit par répondre Mr Satterthwaite d'une voix très douce. Je ne sais pas bien pourquoi, mon enfant, mais je ne le pense pas...

Marchant à petits pas dans l'allée de cyprès, il gagna le

banc qui donnait sur la mer et y trouva la personne qu'il s'attendait à voir. Mr Quinn se leva pour l'accueillir. Il était tel qu'en lui-même : brun mélancolique, souriant et triste.

– Vous m'attendiez ?

– Oui, je vous attendais, répondit Mr Satterthwaite.

Ils s'assirent côte à côte sur le banc.

– Si j'en juge d'après votre physionomie, dit Mr Quinn, vous venez encore une fois de jouer le rôle de la Providence.

Mr Satterthwaite lui lança un regard chargé de reproches.

– Comme si vous ne le saviez pas !

– Vous m'accusez toujours d'être omniscient, dit Mr Quinn en souriant.

– Si vous n'étiez pas au courant, contre-attaqua Mr Satterthwaite, que faisiez-vous ici avant-hier soir… à attendre ?

– Oh, ça… ?

– Oui : ça.

– J'avais une… une mission à accomplir.

– Pour le compte de qui ?

– Vous m'avez parfois donné le surnom fantaisiste d'« avocat des morts ».

– Des morts ? répéta Mr Satterthwaite, un peu dérouté. Je ne comprends pas.

Mr Quinn tendit son index effilé vers les profondeurs bleues, au pied de la falaise.

– Un homme s'est noyé à cet endroit, voici vingt-deux ans.

– Je sais, oui… mais je ne vois pas…

– Supposez que, en dépit des apparences, cet homme ait aimé sa jeune épouse. L'amour peut transformer les hommes aussi bien en démons qu'en anges. Elle lui vouait une adoration de petite fille, mais il n'a jamais pu atteindre la femme en elle et cela l'a conduit à la folie. S'il la torturait, c'est parce qu'il l'aimait. Ce sont des choses qui arrivent, vous le savez aussi bien que moi.

– Oui, admit Mr Satterthwaite, j'ai déjà vu cela. Mais rarement… très rarement…

– Par ailleurs, vous avez pu constater, plus communément, qu'il existe ce qu'on appelle le remords, le désir de se racheter — à tout prix.

– Oui, mais la mort est venue trop tôt…

– La mort ! (Il y avait du mépris dans la voix de Mr Quinn.) Vous croyez qu'il existe une autre vie après la mort, n'est-ce pas ? Alors, qui donc êtes-vous pour affirmer que les mêmes vœux, les mêmes désirs, ne peuvent produire les mêmes effets dans cette autre vie ? Si le désir est suffisamment fort… il peut toujours trouver un messager.

Sa voix s'éteignit.

Alors Mr Satterthwaite se leva, un peu tremblant.

– Il faut que je rentre à l'hôtel, dit-il. Si vous allez dans cette direction…

– Non, répondit Mr Quinn. Je vais repartir par où je suis venu.

Quand Mr Satterthwaite regarda par-dessus son épaule, il vit son ami se diriger vers le bord de la falaise.

(Traduction de Gérard de Chergé)

7

La voix dans les ténèbres

(The Voice in the Dark)

– Je me fais un peu de souci pour Margery, déclara lady Stranleigh. Ma fille Margery, vous savez bien !

Elle soupira, rêveuse.

– C'est affreux l'impression de vieillesse que je ressens chaque fois que je me dis que j'ai une grande, grande fille.

Mr Satterthwaite, à qui s'adressaient ces confidences, saisit galamment la perche ainsi tendue :

– À vous voir, on ne le croirait jamais, déclara-t-il avec une courbette.

– Flatteur ! dit lady Stranleigh d'un air absent.

De toute évidence, elle avait l'esprit ailleurs.

Mr Satterthwaite ne se lassait pas d'admirer la mince silhouette de sa compagne, toute de blanc vêtue. Le soleil de Cannes avait beau dispenser une lumière implacable, lady Stranleigh passait l'épreuve haut la main. De loin, son apparence juvénile était vraiment extraordinaire : on aurait presque pu la prendre pour une adolescente. Or Mr Satterthwaite, qui savait tout, n'ignorait pas que lady Stranleigh aurait fort bien pu avoir des petits-enfants d'âge adulte. Elle incarnait le triomphe suprême de l'artifice sur le naturel. Sa silhouette était ravissante, et tout aussi ravissant son teint. Elle avait certes fait la fortune de nombreux instituts de beauté, mais le résultat était indéniablement saisissant.

Lady Stranleigh alluma une cigarette et croisa ses jambes magnifiques, gainées de bas de soie arachnéenne.

– Oui, murmura-t-elle, je me fais vraiment un peu de souci pour Margery.

– À ce point ? Quel est donc le problème ? s'enquit Mr Satterthwaite.

Lady Stranleigh tourna vers lui ses beaux yeux bleus.

– Je ne crois pas que vous la connaissiez, ajouta-t-elle avant de préciser avec beaucoup d'à-propos : c'est la fille de Charles.

Si les notices du *Who's Who* étaient tant soit peu conformes à la vérité, celle de lady Stranleigh aurait pu se terminer ainsi : *Violon d'Ingres : se marier.* Toute sa vie elle avait papillonné de mari en mari, les semant de-ci de-là. Elle en avait perdu trois pour cause de divorce et un pour cause de décès.

– Si Margery était la fille de Rudolph, je pourrais comprendre, poursuivit lady Stranleigh d'un ton pensif. Vous vous souvenez de Rudolph ? Il a toujours été d'humeur instable. Six mois après l'avoir épousé, j'étais contrainte de recourir à ces drôles de formalités — comment appelle-t-on, déjà, tout ce fatras juridico-matrimonial ? — enfin bref, vous voyez ce que je veux dire. Dieu merci, la procédure est beaucoup plus simple de nos jours. À l'époque, il m'avait fallu écrire à Rudolph pratiquement sous la dictée de mon avocat une lettre abracadabrante dans laquelle je le suppliais de revenir et lui promettais de faire des efforts, etc., etc. Mais impossible de se fier à Rudolph, il était si imprévisible ! Il n'avait rien trouvé de mieux que de rentrer ventre à terre — ce qui n'était pas la chose à faire ni le but recherché par les avocats.

Elle soupira.

Avec tact, Mr Satterthwaite la ramena au vif du sujet :

– Et Margery ?

– Ah ! oui. C'est de Margery que nous parlions, n'est-ce pas ? Figurez-vous que Margery a vu ou entendu des choses étranges : des fantômes ou je ne sais quoi… Je n'aurais pas cru Margery si imaginative. C'est une bonne fille, elle a toujours été gentille mais un tantinet… popote.

– Je n'en crois rien, murmura Mr Satterthwaite, en veine de compliments.

– Mais si, affreusement popote, renchérit lady Stranleigh. Elle n'aime pas les bals, les cocktails… bref, aucune des distractions qui devraient enchanter une jeune fille de son âge. Elle préfère de beaucoup rester chasser sur nos terres plutôt que de venir sur la Côte d'Azur avec moi.

– Mon Dieu ! s'exclama Mr Satterthwaite. Elle a refusé de vous accompagner, dites-vous ?

– Remarquez, je n'ai pas vraiment insisté. J'estime que les filles ont un effet déprimant sur leur mère.

Mr Satterthwaite essaya d'imaginer lady Stranleigh escortée d'une fille posée et réfléchie. Il n'y parvint pas.

– C'est plus fort que moi, je me demande parfois si elle n'est pas en train de perdre la tête, poursuivit la mère de Margery d'un ton enjoué. Je me suis laissé dire que c'était très mauvais signe quand on commençait à entendre des voix. Si encore Abbot's Mede était hanté, je pourrais comprendre : mais l'ancienne bâtisse a été complètement détruite par le feu en 1836, et on a érigé à la place une sorte de caravansérail de style victorien, beaucoup trop laid et vulgaire pour attirer des fantômes.

Mr Satterthwaite toussota. Il se demandait où son interlocutrice voulait en venir.

Lady Stranleigh lui dédia un sourire rayonnant.

– Je me suis dit que *vous*, peut-être, vous pourriez peut-être m'aider.

– Moi ?

– Oui. Vous rentrez bien en Angleterre demain ?

– Oui, en effet, admit Mr Satterthwaite avec circonspection.

– Et vous connaissez certainement tous ces spécialistes en phénomènes psychiques ? Ne dites pas le contraire, vous connaissez tout le monde !

Mr Satterthwaite esquissa un sourire. Connaître tout le monde, c'était l'une de ses faiblesses.

– Donc, quoi de plus simple ? enchaîna lady Stranleigh. Moi, je n'arrive pas à m'entendre avec ces gens-là. Tous ces hommes à l'air pénétré qui portent barbe et lorgnon m'ennuient terriblement et je me sens d'humeur exécrable en leur compagnie.

Mr Satterthwaite fut quelque peu interloqué. Mais lady Stranleigh conservait le même sourire éclatant.

– Alors, c'est bien convenu ? dit-elle avec entrain. Vous allez voir Margery à Abbot's Mede et vous prenez toutes les dispositions nécessaires. Je vous en garderai une reconnaissance éternelle. Naturellement, s'il s'avérait que Margery perde *vraiment* la tête, je rentrerais aussitôt. Ah ! voici Bimbo.

D'éclatant, son sourire s'était fait éblouissant.

Un jeune homme en pantalon de tennis venait vers eux. Âgé d'environ vingt-cinq ans, il était extrêmement beau gosse.

– Je vous cherchais partout, Babs, dit-il sans cérémonie.

– Alors, cette partie de tennis ?

– Au-dessous de tout.

Lady Stranleigh se leva pour prendre congé. Pardessus son épaule, elle susurra à Mr Satterthwaite d'une voix suave :

– Vous êtes un amour de me rendre ce service. Jamais je ne l'oublierai.

Mr Satterthwaite regarda le couple s'éloigner.

« Je me demande si Bimbo ne sera pas le numéro 5 ? » murmura-t-il.

Le contrôleur du train de luxe montrait du doigt à Mr Satterthwaite l'endroit où, quelques années auparavant, un accident s'était produit sur la ligne de chemin de fer. Il terminait son brillant récit lorsque le vieux monsieur, levant la tête, vit par-dessus l'épaule du contrôleur un visage familier qui lui souriait.

– Cher Quinn ! (Un large sourire éclaira son petit visage flétri.) Quelle coïncidence ! Le même train nous ramène tous deux en Angleterre ! Car vous allez bien en Angleterre, je suppose ?

– Oui, répondit Mr Quinn. J'ai une affaire assez importante à régler là-bas. À quelle heure comptez-vous dîner ?

– Je prends toujours le premier service. C'est absurde de dîner à 6 heures et demie, j'en conviens, mais on court moins le risque de manger de la cuisine réchauffée.

Mr Quinn approuva d'un hochement de tête.

– Moi aussi, je dîne tôt. Peut-être pourrions-nous partager la même table ?

À 6 heures et demie, Mr Quinn et Mr Satterthwaite s'installèrent l'un en face de l'autre à une petite table de la voiture-restaurant. Après avoir consulté la carte des vins avec l'attention requise, Mr Satterthwaite se tourna vers son compagnon.

– Voyons, je ne vous ai pas revu depuis… ah ! oui, depuis la Corse. Vous êtes parti très brusquement, ce jour-là.

Mr Quinn haussa les épaules.

– Pas plus que d'habitude. Je ne suis jamais que de passage, vous savez… Jamais que de passage.

Ces mots éveillèrent un écho dans la mémoire de Mr Satterthwaite. Un petit frisson lui parcourut l'échine, mais cette sensation n'avait rien de désagréable bien au contraire. Il savourait à l'avance les événements qui n'allaient pas manquer de se produire.

Mr Quinn avait pris la bouteille de vin rouge pour en examiner l'étiquette. L'espace d'un instant, la lumière joua sur la bouteille, enveloppant Mr Quinn d'un halo rougeoyant.

De nouveau, Mr Satterthwaite eut un frisson de plaisir.

– J'ai, moi aussi, une mission à accomplir en Angleterre, déclara-t-il. (Rien que d'y penser, un sourire fleurit sur ses lèvres.) Vous connaissez peut-être lady Stranleigh ?

Mr Quinn secoua la tête.

– Il s'agit d'un titre ancien, reprit Mr Satterthwaite. Très ancien. C'est l'un des rares titres transmissibles par les femmes. Lady Stranleigh est baronne de plein droit. Seulement pour parvenir au titre, quel roman !

Mr Quinn se carra dans son siège. Un serveur, qui virevoltait d'un bout à l'autre du wagon bringuebalant, réussit le miracle de déposer sans dommage des bols de potage devant eux. Mr Quinn entama le sien à petites gorgées.

– Vous allez me brosser l'un de ces étonnants portraits dont vous avez le secret, c'est bien cela ? murmura-t-il.

Mr Satterthwaite se rengorgea.

– En fait, dit-il, c'est une femme extraordinaire. Elle doit certainement avoir soixante ans… oui, au moins soixante. Je les ai connues gamines, elle et sa sœur. L'aînée s'appelait Béatrice, la cadette Barbara. Pour moi, elles resteront toujours « les filles Barron ». Toutes deux étaient ravissantes et sans le sou, à l'époque. Mais cela remonte à bien des années… pensez, j'étais alors jeune homme moi-même, soupira Mr Satterthwaite. Plusieurs générations les séparaient encore du titre. Le vieux lord Stranleigh était un cousin au second degré, je crois. La vie de lady Stranleigh a été une suite d'événements romanesques. Pour commencer, il y eut trois morts subites dans la famille : deux des frères du patriarche et un neveu. Ensuite il y eut l'*Uralia*. Vous vous rappelez le naufrage de l'*Uralia* ? Le navire coula au large des côtes de Nouvelle-Zélande avec les filles Barron à bord. Béatrice mourut noyée. La sœur cadette, Barbara, celle qui nous intéresse, fut au nombre des rares survivants. Six mois plus tard, à la mort du vieux Stranleigh, elle entra en possession du titre et hérita d'une immense fortune. Depuis lors, elle n'a eu qu'un seul but dans la vie : son bien-être ! Elle a toujours été la même : belle, dénuée de scrupules, uniquement centrée sur elle-même. Elle a déjà eu quatre maris et pourrait sans nul doute en trouver un cinquième sur l'heure.

Il enchaîna en exposant la mission que lady Stranleigh lui avait confiée.

– Je compte faire un saut à Abbot's Mede pour rencontrer la jeune fille, dit-il. Je… j'estime qu'il faut faire quelque chose en la matière. On ne peut considérer lady Stranleigh comme une mère ordinaire.

Il s'interrompit pour regarder Mr Quinn.

– J'aimerais bien que vous veniez avec moi, dit-il d'un ton tout à la fois songeur et insistant. N'est-ce pas envisageable ?

– Je crois bien que non, dit Mr Quinn. Mais attendez… Abbot's Mede se trouve dans le Wiltshire, n'est-ce pas ?

Mr Satterthwaite acquiesça.

– C'est bien ce que je pensais. Figurez-vous que je séjournerai non loin d'Abbot's Mede, dans un endroit que nous connaissons tous les deux, fit-il en souriant. Vous vous rappelez cette petite auberge à l'enseigne du *Bells and Motley* ?

– *L'Arlequin aux Grelots !* s'exclama Mr Satterthwaite. Vous y serez ?

– Pendant huit ou dix jours. Peut-être davantage. Si vous voulez venir me voir un jour, j'en serai ravi.

Sans très bien savoir pourquoi, Mr Satterthwaite se sentit étrangement réconforté par cette proposition.

– Ma chère mademoiselle… euh, Margery, dit Mr Satterthwaite, je puis vous assurer qu'il ne me viendrait pas à l'idée de me moquer de vous.

Margery Gale fit une petite moue. Ils étaient installés dans le vaste hall confortable d'Abbot's Mede. Grande jeune fille solidement bâtie, Margery Gale ne ressemblait en rien à sa mère ; elle tenait de la famille de son père, une lignée de hobereaux passionnés d'équitation. Elle offrait une apparence de fraîcheur et de santé qui en faisait l'image même de l'équilibre. Mr Satterthwaite se rappela néanmoins que tous les membres de la famille Barron avaient une tendance à l'instabilité mentale. Margery pouvait très bien avoir hérité du physique de son père et, en même temps, d'une tare mentale du côté maternel.

– Je voudrais bien pouvoir me débarrasser de cette Mrs Casson, dit Margery. Elle fait partie de ces femmes stupides, capables de se cramponner à leur marotte jusqu'à ce que mort s'ensuive. Elle ne cesse de m'importuner pour que je fasse venir ici un médium. Personnellement, je ne crois pas au spiritisme et je n'aime pas du tout ce genre d'inepties.

Mr Satterthwaite s'éclaircit la gorge, changea de position sur son siège et déclara d'un ton solennel :

– Sommes-nous sûrs de bien connaître tous les faits. Si je comprends bien, le premier de ces… euh, phénomènes… s'est produit il y a deux mois ?

– En gros, dit la jeune fille. Tantôt murmure, tantôt très distincte, la voix disait toujours à peu près la même chose.

– C'est-à-dire… ?

– *Restituez ce qui ne vous appartient pas. Restituez ce que vous avez volé.* À chaque fois, j'ai allumé la lumière, mais la chambre était vide ; il n'y avait personne. À la fin, ça m'a rendue tellement nerveuse que j'ai demandé à Clayton, la femme de chambre de ma mère, de dormir sur le divan de ma chambre.

– Et la voix s'est manifestée quand même ?

– Oui… et ce qui m'effraie le plus, c'est que Clayton ne l'a pas entendue.

Mr Satterthwaite demeura songeur quelques instants.

– Ce soir-là, la voix était-elle forte ou, au contraire, à peine audible ?

– C'était presque un chuchotement, convint Margery. Si Clayton dormait à poings fermés, il est très possible qu'elle ne l'ait pas entendu. À la suite de cela, elle a insisté pour que j'aille voir un médecin. (La jeune fille eut un rire amer.) Mais depuis la nuit dernière, Clayton elle-même croit à toute l'histoire.

– Que s'est-il donc passé la nuit dernière ?

– Je vais vous le dire, bien que je ne l'aie encore raconté à personne. Hier, je suis allée chasser et nous avons eu une longue traque. Le soir, j'étais tellement morte de fatigue que je me suis endormie comme une masse. Et là, j'ai fait un cauchemar horrible : j'ai rêvé que j'étais tombée sur une grille hérissée de pointes métalliques et que l'une d'entre elles me rentrait lentement dans la gorge. Je me suis alors réveillée en sursaut pour m'apercevoir que quelque chose de pointu s'enfonçait réellement dans mon cou, tandis qu'une voix murmurait tout bas : *Vous avez volé ce qui m'appartient. Préparez-vous à mourir.*

» J'ai hurlé en griffant l'air de mes mains, mais il n'y avait personne. Clayton, qui dormait dans la chambre voisine, est accourue en m'entendant crier. Elle a nettement senti quelque chose la frôler dans l'obscurité, mais, à l'en croire, cette « chose » n'avait rien d'humain.

Mr Satterthwaite la regarda, les yeux ronds : la jeune fille était visiblement secouée, bouleversée, et il remarqua, sur le côté gauche de son cou, un petit carré de sparadrap. Elle capta son regard et hocha la tête.

– Comme vous le voyez, dit-elle, ce n'était pas un effet de mon imagination.

L'histoire semblait si mélodramatique que Mr Satterthwaite demanda, comme en s'excusant :

– Vous ne voyez personne qui puisse avoir… euh, un motif de vous en vouloir ?

– Bien sûr que non, protesta Margery. Quelle idée !

Mr Satterthwaite attaqua le problème par un autre biais :

– Qu'avez-vous eu comme visiteurs ces deux derniers mois ?

– En dehors des hôtes d'un week-end, vous voulez dire ? Eh bien Marcia Keane est avec moi depuis le début. C'est ma meilleure amie ; elle est tout aussi mordue d'équitation que moi. Et mon cousin Roley Vavasour a séjourné ici une grande partie du temps, lui aussi.

– Bien, dit Mr Satterthwaite. Je crois que je verrai Clayton, la camériste. Elle est à votre service depuis longtemps, j'imagine ?

– Une éternité, répondit Margery. Quand mère et tante Béatrice étaient jeunes filles, Clayton était déjà à leur service. C'est pour cela que mère l'a gardée, je présume, bien qu'elle dispose déjà d'une femme de chambre française. Clayton effectue des travaux de couture et diverses tâches ménagères.

Elle conduisit Mr Satterthwaite à l'étage et Clayton vint à leur rencontre. C'était une vieille femme, grande et mince, aux cheveux gris séparés par une raie médiane : apparemment, un parangon de respectabilité.

– Non, monsieur, répondit-elle aux questions de Mr Satterthwaite, cette maison n'a jamais eu la réputation d'être hantée. Pour être franche, monsieur, jusqu'à la nuit dernière, j'ai cru que miss Margery était victime de son imagination. Mais j'ai bel et bien senti quelque chose me frôler dans le noir. Et je puis vous certifier ceci, monsieur : *ce n'était pas quelque chose d'humain.* De plus, ce n'est pas miss Margery qui s'est fait cette blessure au cou, la pauvre petite.

Ces dernières paroles firent néanmoins surgir une question dans l'esprit de Mr Satterthwaite. Margery aurait-elle pu s'infliger cette blessure toute seule ? On lui avait raconté des cas étranges où des jeunes filles apparemment tout aussi équilibrées et saines d'esprit que Margery s'étaient livrées aux actes les plus inouïs.

– D'ici à quelques jours, il n'y paraîtra plus, reprit Clayton. Ce n'est pas comme cette cicatrice que j'ai au front. (De l'index, elle montra la marque en question.) Je me la suis faite il y a quarante ans, monsieur ; elle n'a jamais disparu.

– Cela date du naufrage de l'*Uralia,* expliqua Margery. Clayton a été heurtée à la tête par une pièce de bois — un espar, je crois —, c'est bien cela, Clayton ?

– Oui, mademoiselle.

– À votre avis, Clayton, demanda Mr Satterthwaite, comment faut-il interpréter cette agression contre miss Margery ?

– Je préfère ne pas me prononcer, monsieur.

À juste titre, Mr Satterthwaite vit dans cette réponse la réserve d'une domestique stylée.

– Quel est le fond de votre pensée, Clayton ? insista-t-il, persuasif.

– Je pense, monsieur, qu'une action odieuse a dû être commise autrefois dans cette maison et que, tant que le mal n'aura pas été réparé, nous ne connaîtrons pas la paix, déclara gravement la servante.

Ses yeux d'un bleu délavé soutenaient sans ciller le regard de Mr Satterthwaite.

Quelque peu désappointé, le vieux monsieur redescendit dans le hall. De toute évidence, Clayton s'en tenait à la théorie classique du fantôme venant « hanter » la maison pour venger quelque forfait commis dans le passé. Mr Satterthwaite, pour sa part, était plus difficile à satisfaire. Les phénomènes ne se produisaient que depuis deux mois, c'est-à-dire depuis l'arrivée de Marcia Keane et de Roley Vavasour. Il lui fallait donc se renseigner sur ces deux-là. Peut-être s'agissait-il d'une simple plaisanterie ? Il écarta cette explication. Non, c'était plus sinistre que cela.

Le courrier venait d'arriver. Satterthwaite trouva Margery en train de décacheter ses lettres et de les lire.

– Mère est vraiment insensée ! s'exclama-t-elle soudain en lui tendant la lettre. Lisez ça.

C'était une épître tout à fait dans le style de lady Stranleigh :

Margery chérie,

Je suis bien contente de savoir ce charmant petit Mr Satterthwaite près de toi. Il est terriblement intelligent et connaît tous les gros bonnets des sciences occultes. Convoque-les tous à Abbot's Mede pour qu'ils procèdent à une enquête approfondie. Ce sera follement amusant, j'en suis sûre, et je voudrais bien pouvoir être de la partie, mais je ne me sens pas bien du tout depuis quelques jours. Les hôtels sont d'une telle négligence sur le chapitre de la nourriture ! D'après le médecin, je souffre d'une sorte d'intoxication alimentaire. J'ai vraiment été très malade.

C'est bien gentil à toi de m'avoir envoyé ces chocolats, ma chérie, mais c'est aussi un tout petit peu stupide, non ? Il y a tant de merveilleuses confiseries par ici !

Au revoir, ma chérie, et amuse-toi bien à conjurer les fantômes de la famille. Bimbo trouve que je fais des progrès extraordinaires au tennis.

Torrents d'affection,

Barbara

– Mère tient absolument à ce que je l'appelle Barbara, dit Margery. C'est grotesque.

Mr Satterthwaite réprima un sourire. Pour lady Stranleigh, l'imperturbable conformisme de sa fille devait être parfois très agaçant.

Un détail de la lettre, qui avait manifestement échappé à Margery, le frappait.

– Vous avez envoyé une boîte de chocolats à votre mère ? demanda-t-il.

– Non. Elle a dû confondre avec quelqu'un d'autre.

Mr Satterthwaite prit un air grave. Deux faits lui paraissaient d'une extrême importance : primo, lady Stranleigh avait reçu en cadeau une boîte de chocolats ; secundo, elle souffrait d'une sérieuse intoxication. Apparemment, elle n'avait pas fait le rapprochement entre ces deux éléments. Y avait-il un lien ? Mr Satterthwaite, pour sa part, était disposé à le croire.

Une grande jeune fille brune sortit du salon d'un pas nonchalant et vint se joindre à eux. Margery fit les présentations. Marcia Keane, très à l'aise, adressa à Mr Satterthwaite un sourire jovial.

– Êtes-vous ici pour chasser le fantôme préféré de Margery ? fit-elle d'une voix traînante. Nous n'arrêtons pas de la mettre en boîte avec son fantôme. Tiens ! voilà Roley.

Une voiture venait de s'arrêter devant la porte d'entrée. En dégringola un grand jeune homme blond plein d'ardeur juvénile.

– Salut, Margery ! lança-t-il. Salut, Marcia ! Voilà du renfort.

Il se tourna vers les deux femmes qui entraient à sa suite dans le hall. En l'une d'entre elles, Mr Satterthwaite reconnut la fameuse Mrs Casson dont Margery lui avait parlé.

– Ne m'en veuillez pas, chère Margery, dit-elle avec un sourire épanoui. Mr Vavasour nous a dit que nous pouvions venir sans problèmes et c'est d'ailleurs lui qui m'a suggéré d'amener Mrs Lloyd.

D'un petit geste de la main, elle montra sa compagne.

– Je vous présente Mrs Lloyd, reprit-elle avec une note de triomphe dans la voix. Le plus extraordinaire médium de tous les temps !

Sans paraître le moins du monde gênée, Mrs Lloyd les salua et resta là, les mains croisées. Jeune femme au teint rubicond et à l'allure banale, elle portait des vêtements démodés et plutôt voyants ainsi qu'une chaîne de pierres de lune et plusieurs bagues.

Mr Satterthwaite se rendit compte que Margery Gale n'appréciait guère cette intrusion : elle lança un regard courroucé à Roley Vavasour, qui ne semblait pas mesurer l'impair qu'il avait commis.

– Le déjeuner est prêt, je crois, dit Margery.

– Bien, dit Mrs Casson. Nous organiserons une séance juste après. Avez-vous des fruits pour Mrs Lloyd ? Elle ne prend jamais de vrai repas avant une séance.

Ils passèrent dans la salle à manger. Le médium mangea deux bananes et une pomme. Et elle se contenta de répondre brièvement et avec circonspection aux paroles courtoises que lui adressait Margery de temps à autre. Juste avant que les convives ne se lèvent de table, elle rejeta brusquement la tête en arrière pour humer l'air.

– Il y a une influence très néfaste dans cette maison. Je la sens.

– Elle est merveilleuse, vous ne trouvez pas ? chuchota Mrs Casson, ravie, à Mr Satterthwaite.

– Le mot me paraît faible ! répondit sèchement le vieux monsieur.

La séance eut lieu dans la bibliothèque. Mr Satterthwaite voyait bien que leur hôtesse se pliait au jeu de fort mauvaise grâce et que, si elle acceptait cette épreuve, c'était dans le seul but de faire plaisir à ses invités.

Mrs Casson, qui avait manifestement l'habitude de ce genre de cérémonies, procéda aux préparatifs avec un soin minutieux ; on disposa les chaises en cercle, on tira les rideaux et, bientôt, le médium annonça qu'elle était prête à commencer.

– Six personnes…, dit-elle en parcourant la pièce du regard. C'est impossible. Il nous faut un nombre impair. Sept serait l'idéal. C'est avec un cercle de sept personnes que j'obtiens mes meilleurs résultats.

– Nous n'avons qu'à prendre l'un des domestiques, suggéra Roley en se levant. Je vais dénicher le majordome.

– Prenons plutôt Clayton, dit Margery.

Mr Satterthwaite vit la contrariété assombrir le visage avenant de Roley Vavasour.

– Pourquoi diable Clayton ?

– On dirait que tu ne l'aimes pas, dit Margery d'une voix lente.

Roley haussa les épaules.

– C'est elle qui ne m'aime pas. Ou plutôt qui me déteste cordialement.

Il fit mine d'attendre, mais Margery ne céda pas.

– Bon, d'accord, acquiesça-t-il enfin. Va pour Clayton.

Les assistants formèrent le cercle.

Il y eut une période de silence, troublée uniquement par les frottements de pieds et raclements de gorge habituels en ces circonstances. Enfin, on entendit une série de coups, puis une voix : celle d'un Peau-Rouge, prénommé Cherokee, et qui s'exprimait par la bouche du médium.

– Indien Courageux salue vous tous, mesdames et messieurs. Quelqu'un ici très envie parler. Quelqu'un ici très envie donner message à jeune femme. Moi partir, maintenant. Esprit dire ce qu'il est venu dire.

Pause. Puis une autre voix, une voix de femme, demanda doucement :

– Margery est-elle ici ?

Roley Vavasour prit l'initiative de répondre :

– Oui. Qui parle ?

– Je suis Béatrice.

– Béatrice ? Quelle Béatrice ?

À la grande contrariété des personnes présentes, la voix de Cherokee le Peau-Rouge se fit de nouveau entendre :

– Moi avoir message pour vous tous. Ici, vie très radieuse et belle. Nous tous travailler très dur. Aidez ceux qui ne sont pas encore passés de l'autre côté.

Nouveau silence, puis la voix de femme reprit :

– C'est Béatrice qui parle.

– Béatrice qui ?

– Béatrice Barron.

Mr Satterthwaite se pencha en avant. Voilà qui devenait passionnant.

– La Béatrice Barron qui s'est noyée lors du naufrage de l'*Uralia* ?

– Oui, c'est bien moi. Je me souviens de l'*Uralia.* J'ai un message pour les habitants de ces lieux… *Restituez ce qui ne vous appartient pas.*

– Je ne comprends pas, dit Margery, désemparée. Je… êtes-vous vraiment tante Béatrice ?

– Oui, je suis ta tante.

– Bien sûr, voyons ! intervint Mrs Casson d'un ton de reproche. Ne soyez donc pas à ce point sceptique, les esprits n'aiment pas cela.

Soudain, Mr Satterthwaite eut l'idée d'un petit test très simple. D'une voix un peu chevrotante, il demanda :

– Vous rappelez-vous Mr Barcalli ?

Aussitôt s'éleva un rire en cascade.

– Si je m'en souviens ! Pauvre Barque-à-l'eau…

Mr Satterthwaite demeura pétrifié. Le test se révélait concluant. Cet incident s'était déroulé plus de quarante ans auparavant, dans une station balnéaire où il passait ses vacances avec les filles Barron. Un jeune Italien de leur connaissance était parti sur son bateau et avait chaviré ; par la suite, en manière de plaisanterie, Béatrice Barron l'avait surnommé Barque-à-l'eau. À part Mr Satterthwaite, aucune des personnes présentes ne pouvait être au courant de cet épisode.

Le médium tressaillit et poussa un gémissement.

– Elle sort de transe, dit Mrs Casson. C'est tout ce que nous obtiendrons d'elle aujourd'hui.

La lumière du jour éclaira de nouveau la pièce. Dans l'assistance, deux personnes au moins avaient très peur.

Mr Satterthwaite lisait un grand trouble sur le visage tout pâle de Margery. Dès qu'ils furent débarrassés de Mrs Casson et du médium, il chercha à parler en privé avec son hôtesse.

– Je voudrais vous poser quelques questions, miss Margery. Si vous veniez à mourir, vous et votre mère, à qui iraient le titre et les biens ?

– À Roley Vavasour, sans doute. Sa mère était la cousine germaine de mère.

Mr Satterthwaite hocha la tête d'un air entendu.

– Il a séjourné ici bien souvent cet hiver, semble-t-il, dit-il doucement. Pardonnez-moi de vous demander cela, mais… euh… a-t-il un… un tendre penchant pour vous ?

– Il m'a demandée en mariage il y a trois semaines, répondit Margery sans se troubler. J'ai refusé.

– Veuillez me pardonner, mais êtes-vous fiancée à quelqu'un d'autre ?

Il vit le visage de la jeune fille s'empourprer.

– Oui, dit-elle avec force. Je vais épouser Noël Barton. Cela fait rire mère, qui trouve cette idée absurde : être fiancée à un pasteur, cela lui paraît le comble du ridicule ! Pourquoi, je voudrais bien le savoir ! Il y a pasteur et pasteur ! Si vous voyiez Noël à cheval…

– Oh ! sans aucun doute, dit Mr Satterthwaite. Sans aucun doute.

Un valet fit son entrée, apportant un télégramme sur un plateau d'argent. Margery l'ouvrit et le lut.

– Mère rentre demain, annonça-t-elle. La barbe ! Si seulement elle avait pu rester à Cannes !

Mr Satterthwaite s'abstint de tout commentaire sur cette réaction filiale. Peut-être la jugeait-il justifiée.

– Dans ce cas, murmura-t-il, je crois que je vais regagner Londres.

Mr Satterthwaite n'était pas très satisfait de lui. Il était conscient de ne pas être allé jusqu'au bout de sa mission. Certes, le retour de lady Stranleigh le déchargeait de sa responsabilité ; et pourtant, il n'avait pas fini d'entendre parler du mystère d'Abbot's Mede, il le pressentait bien.

Mais la suite de l'affaire se présenta sous une forme tellement dramatique qu'il fut totalement pris au dépourvu. Il apprit la nouvelle dans les pages de son journal du matin. « Une femme du monde meurt dans son bain », titrait le *Daily Megaphone.* Les autres journaux, en des termes plus mesurés et plus délicats, mais le fait demeurait : lady Stranleigh avait été trouvée noyée dans sa baignoire. On supposait qu'elle s'était évanouie et que sa tête avait alors glissé sous l'eau.

Mais cette explication n'eut pas l'heur de satisfaire Mr Satterthwaite. Il appela son valet de chambre, fit une toilette plus sommaire qu'à l'accoutumée et, dix minutes plus tard, sa grosse Rolls-Royce l'emportait à toute allure loin de Londres.

Curieusement, le but de son voyage n'était pas Abbot's Mede mais une petite auberge située à une vingtaine de kilomètres de là, une auberge qui portait un nom assez peu courant : *The Bells and Motley.* Il fut grandement soulagé d'apprendre que Mr Harley Quinn y séjournait encore. Une minute plus tard, il se trouvait face à son ami.

Mr Satterthwaite lui serra énergiquement la main et se mit aussitôt à parler avec agitation.

– Je suis très inquiet, il faut que vous m'aidiez. J'ai le pressentiment terrible qu'il est peut-être déjà trop tard… et que la prochaine victime sera sans doute cette charmante jeune fille… oui, en tout point charmante.

– Si vous m'expliquiez de quoi il s'agit ? dit Mr Quinn en souriant.

Mr Satterthwaite lui adressa un regard chargé de reproche.

– Vous le savez très bien. Je suis convaincu que vous le savez, mais je vais néanmoins vous raconter l'histoire.

D'un seul jet, il narra son séjour à Abbot's Mede et,

comme toujours avec Mr Quinn, il se surprit à prendre plaisir à son récit. Il se montra éloquent, subtil, méticuleux dans les détails.

– Il doit bien y avoir une explication, conclut-il.

Il regarda Mr Quinn, les yeux remplis d'espoir, tel un chien regardant son maître.

– C'est à vous de résoudre le problème, pas à moi, dit Mr Quinn. Je ne connais pas ces gens-là, mais vous, si.

– J'ai fait la connaissance des filles Barron il y a quarante ans, déclara Mr Satterthwaite avec fierté.

Mr Quinn acquiesça et prit un air intéressé, au point que le vieux monsieur poursuivit, perdu dans ses souvenirs :

– Ce fameux séjour à Brighton... Barcalli-Barque à l'eau... un calembour stupide, mais Dieu ce que nous avons pu rire ! J'étais jeune, à l'époque. Je faisais un tas de bêtises. Je me souviens de la camériste qui les accompagnait. Elle s'appelait Alice ; c'était un minuscule bout de femme, une gamine ingénue. Je l'embrassais dans le couloir de l'hôtel, je me rappelle, et un beau jour l'une des sœurs a bien failli me surprendre. Seigneur, comme tout cela est loin !

Il hocha de nouveau la tête en soupirant. Puis il regarda Mr Quinn.

– Ainsi, vous ne pouvez pas m'aider ? dit-il avec tristesse. Pourtant, en d'autres occasions...

– En d'autres occasions, vous avez connu le succès grâce à vos propres efforts, dit Mr Quinn avec gravité. Il en ira de même cette fois-ci. À votre place, je me précipiterais à Abbot's Mede sans délai.

– Oui, vous avez raison. D'ailleurs, c'est bien ce que je comptais faire. Je n'ai aucun espoir de vous persuader de m'accompagner ?

– Mon travail ici est terminé, fit Mr Quinn en secouant la tête. Je suis sur le départ.

Arrivé à Abbot's Mede, Mr Satterthwaite se fit conduire immédiatement auprès de Margery Gale. Il la trouva au salon, l'œil sec, assise derrière un bureau jonché de paperasses. Elle réserva à son visiteur un accueil qui le toucha tant elle semblait heureuse de le revoir.

– Roley et Maria viennent de partir, annonça-t-elle. Je ne suis pas d'accord avec les médecins, Mr Satterthwaite. Je suis convaincue, absolument convaincue que mère a été assassinée, qu'on lui a maintenu la tête sous l'eau. Et son meurtrier, quel qu'il soit, veut me tuer aussi. J'en suis sûre. C'est pourquoi… (Elle indiqua le document posé devant elle.) C'est pourquoi j'ai fait mon testament. Une grande partie de la fortune et une partie du domaine sont indépendantes du titre, à quoi il faut ajouter l'argent de mon père. Je lègue à Noël tout ce qu'il m'est possible de lui léguer. Je sais qu'il en fera bon usage, alors que je n'ai aucune confiance en Roley : il a toujours été guidé par l'appât du gain. Voulez-vous signer ceci à titre de témoin ?

– Ma chère enfant, dit Mr Satterthwaite, il vous faut signer votre testament en présence de deux témoins qui, eux-mêmes, doivent signer en même temps.

D'un geste de la main, Margery balaya cette objection d'ordre juridique.

– Cela n'a pas la moindre importance, déclara-t-elle. Clayton m'a vue signer, elle a signé elle-même ensuite, et je m'apprêtais à sonner le majordome, mais vous allez le remplacer.

Mr Satterthwaite s'abstint de toute nouvelle objection. Il dévissa le capuchon de son stylo, mais, à l'instant où il allait apposer sa signature, il suspendit son geste. Le nom inscrit juste au-dessus du sien fit jaillir dans sa mémoire un flot de souvenirs. Alice Clayton…

Il avait l'impression que quelque chose cherchait désespérément à se frayer un chemin dans son esprit. Alice Clayton… N'y avait-il pas là un indice ? Quelque chose à quoi Mr Quinn était mêlé. Quelque chose qu'il ne lui avait confié que tout récemment.

Voilà, ça y était ! Alice Clayton, c'est comme ça qu'elle s'appelait. *Un minuscule bout de femme, une gamine ingénue…* C'est fou ce qu'on peut changer, d'accord… *mais tout de même pas à ce point-là.* De plus, l'Alice Clayton qu'il avait connue avait les yeux bruns. La pièce se mit à tanguer autour de lui. Il chercha une chaise en tâtonnant et entendit la voix anxieuse de Margery, qui semblait lui parvenir de très loin :

– Vous n'êtes pas malade, au moins ? Mais qu'y a-t-il ? Je suis sûre que vous êtes souffrant.

Il avait déjà recouvré ses esprits.

– Ma chère enfant, dit-il en lui prenant la main, je comprends tout, à présent. Préparez-vous à recevoir un grand choc. La femme que vous appelez Clayton n'est pas du tout Clayton. La véritable Alice Clayton a péri lors du naufrage de l'*Uralia*.

Margery le regardait, abasourdie.

– Mais… mais alors, qui est-ce ?

– Si je ne me trompe, et je suis certain de ne pas me

tromper, cette femme est Béatrice Barron, la sœur de votre mère. Vous m'avez bien dit qu'elle avait été blessée à la tête par une pièce de bois ? Le choc lui aura fait perdre la mémoire — et votre mère aura vu là l'occasion…

– D'extorquer le titre, c'est ça ? conclut Margery d'un ton amer. Oui, elle en était capable. C'est peut-être affreux à dire maintenant qu'elle est morte, mais elle était comme cela.

– Béatrice était l'aînée, reprit Mr Satterthwaite. À la mort de votre oncle, elle aurait hérité de tous ses biens ; votre mère, elle, n'aurait rien eu. C'est pourquoi cette dernière a fait passer la jeune fille blessée pour *sa bonne*. Béatrice s'est remise de sa blessure et, bien sûr, elle a cru ce qu'on lui disait, à savoir qu'elle était Alice Clayton, la camériste de votre mère. J'imagine que, ces derniers temps, la mémoire a commencé à lui revenir, mais que le coup sur la tête, reçu voilà tant d'années, avait fini par lui endommager le cerveau.

Margery le regardait, les yeux emplis d'horreur.

– Elle a tué mère et elle a voulu me tuer…, dit-elle dans un souffle.

– Oui, selon toute vraisemblance, dit Mr Satterthwaite. Une seule idée lui était confusément restée gravée dans le cerveau : votre mère et vous, vous l'aviez spoliée de son héritage et refusiez de le lui restituer.

– Mais… mais Clayton est si vieille…

Mr Satterthwaite demeura silencieux tandis qu'une double image se présentait à son esprit : la vieille femme fanée, aux cheveux grisonnants, et la radieuse créature aux cheveux d'or assise au soleil de Cannes. Deux sœurs ! Était-ce possible ? Il se souvint à quel point les filles Barron se ressemblaient, autrefois. Seulement voilà : leurs deux vies avaient suivi des cours différents…

Il secoua la tête, l'esprit hanté par les grandeurs et les misères de la condition humaine.

Se tournant vers Margery, il lui dit avec douceur :

– Nous ferions bien de monter la voir.

Ils trouvèrent Clayton dans le réduit où elle faisait ses travaux de couture. Assise à sa table, elle ne tourna pas la tête à leur entrée et ce pour une raison que Mr Satterthwaite ne tarda pas à découvrir.

– Crise cardiaque, murmura-t-il en touchant l'épaule raide et glacée. C'est sans doute mieux ainsi.

(Traduction de Gérard de Chergé)

8

La beauté d'Hélène

(The Face of Helen)

Mr Satterthwaite était à l'opéra, seul dans sa grande loge du premier balcon. Sur la porte un carton gravé indiquait son nom. Sensible à tous les arts, et capable de les apprécier, Mr Satterthwaite avait un penchant très net pour la bonne musique. Il s'abonnait chaque année aux concerts de Covent Garden, où il retenait une loge le mardi et le vendredi tant que durait la saison.

Mais il lui arrivait rarement de s'y retrouver seul.

Grégaire, il aimait recevoir l'élite du grand monde, auquel il appartenait, ainsi que l'aristocratie du milieu artistique, où il se sentait tout aussi à l'aise. S'il était seul, ce soir-là, c'était parce qu'une comtesse lui avait fait faux bond. Belle et admirée, la comtesse demeurait cependant bonne mère. Ses enfants ayant été frappés par ce mal répandu et pénible que sont les oreillons, la comtesse était restée chez elle, en conciliabules éplorés avec des infirmières impeccablement amidonnées. Son mari, à qui elle devait la progéniture susmentionnée ainsi que son titre, mais qui était par ailleurs remarquablement insignifiant, avait sauté sur cette occasion de se défiler. Rien ne l'ennuyait davantage que la musique.

Mr Satterthwaite était donc seul. Ce soir-là, on donnait *Cavalleria Rusticana* puis *Paillasse* et, comme il n'avait jamais apprécié le premier, il arriva juste après que le rideau fut tombé sur l'agonie de Santuzza, alors que son regard exercé pouvait encore scruter la salle, puisque les spectateurs n'avaient pas eu le temps d'aller faire des mondanités ou prendre le bar d'assaut. Mr Satterthwaite régla ses jumelles de théâtre, repéra sa proie et se mit en route avec un plan de campagne bien arrêté. Un plan qu'il n'eut pas le loisir de mettre à exécution car, en sortant de sa loge, il entra en collision avec un homme grand et brun, qu'il reconnut avec un agréable frémissement.

– Quinn !

Il s'empara affectueusement de la main de son ami, l'étreignit comme s'il craignait de le voir se volatiliser d'une seconde à l'autre.

– Il faut que vous veniez partager ma loge, décréta-t-il. Vous n'êtes pas avec des amis ?

– Non, je suis seul à l'orchestre, répondit Mr Quinn en souriant.

– Alors c'est réglé, dit Mr Satterthwaite avec un soupir de soulagement.

Un observateur eût sans doute trouvé son comportement presque comique.

– Vous êtes trop aimable, dit Mr Quinn.

– Pas du tout. Le plaisir est pour moi. J'ignorais que vous aimiez la musique.

– J'ai de bonnes raisons de m'intéresser à *Paillasse*.

– Ah ! bien sûr, dit Mr Satterthwaite en hochant la tête d'un air entendu, mais il aurait été bien en peine, si on le lui avait demandé, d'expliquer pourquoi au juste il venait d'employer cette expression. Bien sûr, ajouta-t-il, c'est logique.

Ils regagnèrent la loge dès la première sonnerie et se penchèrent pour regarder les spectateurs de l'orchestre reprendre leurs places.

– Voilà une bien belle tête, fit soudain observer Mr Satterthwaite.

Avec ses jumelles, il montra un fauteuil d'orchestre, juste sous eux. Il était occupé par une jeune fille dont ils ne pouvaient voir le visage. Seule apparaissait une chevelure d'or pur qui, tel un casque, épousait la forme du crâne, puis se fondait à la blancheur du cou.

– Une tête grecque, murmura Mr Satterthwaite avec vénération. Du plus beau grec. (Il eut un soupir ému.) C'est étonnant, quand on y réfléchit : très peu de gens ont une chevelure qui leur va. Aujourd'hui que tout le monde est coiffé à la garçonne, cela se remarque davantage.

– Vous êtes terriblement observateur, dit Mr Quinn.

– Je vois certaines choses, reconnut Mr Satterthwaite. C'est vrai. Ainsi, j'ai tout de suite remarqué cette tête. Il faudra absolument voir le visage, mais je suis sûr qu'il ne sera pas à la hauteur. Il n'y a pas une chance sur mille.

À peine eut-il prononcé ces mots que la lumière baissa puis s'éteignit. On entendit le claquement sec de la baguette du chef d'orchestre et l'opéra commença. Ce soir-là chantait un ténor que l'on présentait comme un nouveau Caruso. Avec une belle impartialité, les journaux le prétendaient yougoslave, tchèque, albanais, magyar et bulgare. Il avait donné un concert extraordinaire à l'Albert Hall, un récital de ballades folkloriques de ses montagnes natales, avec un orchestre composé d'instruments spéciaux. C'étaient des chansons étranges, en demi-ton, que les prétendus mélomanes avaient trouvées sublimes. Les trois musiciens ne se prononcèrent pas, estimant que toute critique était impossible tant que l'oreille ne serait pas exercée et accoutumée. Ce soir-là, certaines personnes constatèrent avec soulagement que Yoaschbim était également capable de chanter en italien ordinaire, tous les sanglots et trémolos requis.

Le rideau tomba sur le premier acte dans un tonnerre d'applaudissements. Mr Satterthwaite se tourna vers Mr Quinn. Voyant qu'il attendait son verdict, il gonfla la poitrine. Après tout, il *savait.* En tant que critique, il était quasi infaillible.

Très lentement, il hocha la tête.

– C'est du grand art, dit-il.

– Vous croyez ?

– Une voix aussi belle que celle de Caruso. Le public ne s'en apercevra pas tout de suite, car sa technique n'est pas encore parfaite. Il y a des aspérités, les attaques manquent d'assurance. Mais la voix est là, superbe.

– J'ai assisté à son concert à l'Albert Hall, dit Mr Quinn.

– Vraiment ? Je n'ai pas pu y aller.

– Sa *Chanson du berger* a remporté un succès extraordinaire.

– Les journaux en ont parlé, dit Mr Satterthwaite. Le refrain se termine par une sorte de cri, une note aiguë à mi-chemin entre le *la* et le *si* bémol. Très curieux.

Rappelé trois fois, Yoaschbim salua avec le sourire. La lumière revint et les spectateurs se dirigèrent lentement vers la sortie. Mr Satterthwaite se pencha et regarda la jeune fille aux cheveux d'or. Elle se leva, mit son foulard et pivota sur elle-même.

Mr Satterthwaite en eut le souffle coupé. De tels visages, évidemment, existaient de par le monde : des visages qui faisaient l'Histoire.

La jeune fille s'engagea dans l'allée, aux côtés de son jeune compagnon. Mr Satterthwaite remarqua que tous les hommes la regardaient et la suivaient discrètement des yeux.

« La beauté ! se dit Mr Satterthwaite. Cela existe bel et bien. Rien à voir avec le charme, la séduction, le magnétisme, toutes ces choses dont nous nous gargarisons… non : la beauté pure. L'ovale d'un visage, la courbe d'un sourcil, la ligne d'un menton. » À mi-voix, il récita : « *Le visage qui sur les mers a lancé un millier de navires.* » Il comprit alors ce que signifiaient ces mots.

Il se tourna vers Mr Quinn. Celui-ci la regardait, et Mr Satterthwaite lut sur son visage une telle complicité qu'il n'éprouva pas le besoin d'exprimer sa pensée. Il se borna à murmurer :

– Je me suis toujours demandé comment étaient vraiment ces femmes.

– Lesquelles ?

– Les Hélène, les Cléopâtre, les Mary Stuart…

Mr Quinn, songeur, hocha la tête.

– Sortons, proposa-t-il. Peut-être pourrons-nous nous faire une idée.

Ils quittèrent la loge, et leur quête fut couronnée de succès. Ils trouvèrent le couple dans l'escalier, assis sur la banquette d'un palier. Mr Satterthwaite remarqua alors le compagnon de l'inconnue, un jeune homme ténébreux qui, sans être beau, semblait habité d'une ardente flamme intérieure. Un visage aux angles bizarres : pommettes saillantes, menton volontaire, légèrement proéminent, yeux profondément enfoncés et étrangement clairs sous des sourcils noirs.

« Visage intéressant, se dit Mr Satterthwaite. Un vrai visage. Avec du caractère. »

Penché, le jeune homme parlait avec animation. La jeune femme l'écoutait. Ils n'appartenaient ni l'un ni l'autre à l'univers de Mr Satterthwaite, qui les classa dans la catégorie des « bohèmes ». La jeune fille portait un informe vêtement en méchante soie verte. Ses mules en satin blanc étaient tachées. Son compagnon ne semblait pas à l'aise dans son smoking.

Les deux amis passèrent et repassèrent devant les jeunes gens. Lors de leur quatrième aller-retour, ils constatèrent qu'une troisième personne avait rejoint le couple : un jeune homme blond dont l'apparence évoquait vaguement un employé de bureau. Son arrivée semblait avoir fait monter la tension. Le nouveau venu tripotait sa cravate, visiblement nerveux. La jeune femme levait son beau visage vers lui, tandis que son compagnon faisait ostensiblement la tête.

– L'éternelle histoire, murmura discrètement Mr Quinn en passant.

– Oui, soupira Mr Satterthwaite. Sans doute est-ce inévitable. Les grondements de deux chiens qui se disputent un os. Cela a toujours été et cela sera toujours. Néanmoins, on peut espérer que cela changera un jour. La beauté…

Il s'interrompit. La beauté, pour Mr Satterthwaite, représentait quelque chose de tout à fait prodigieux. Il lui était difficile d'en parler. Il se tourna vers Mr Quinn, qui hocha gravement la tête, montrant ainsi qu'il comprenait.

Ils regagnèrent leurs places pour le deuxième acte.

La représentation terminée, Mr Satterthwaite se tourna avec empressement vers son ami.

– Il pleut. Je suis en voiture. Permettez-moi de vous déposer… euh… où vous voulez.

Les trois derniers mots étaient l'expression du raffinement de Mr Satterthwaite. « Vous déposer chez vous » aurait, estima-t-il, senti la curiosité, or Mr Quinn faisait toujours des mystères. C'était extraordinaire, mais Mr Satterthwaite ne savait pratiquement rien de lui.

– Peut-être avez-vous également votre voiture ? poursuivit le petit homme.

– Non, répondit Mr Quinn. Je n'ai pas de voiture.

– Eh bien…

Mais Mr Quinn secoua la tête.

– C'est très aimable de votre part, dit-il, mais je préfère rentrer par mes propres moyens. D'ailleurs, ajouta-t-il avec un sourire plutôt bizarre, si quelque chose… devait arriver, ce serait à vous de jouer. Bonsoir et merci. Une fois de plus, nous avons assisté au drame côte à côte.

Il s'en alla si vite que Mr Satterthwaite n'eut pas le temps de protester et resta planté là, une vague sensation d'embarras se faisant jour dans son esprit. À quel drame Mr Quinn faisait-il allusion ? *Paillasse* ou un autre ?

Masters, le chauffeur de Mr Satterthwaite, avait coutume d'attendre dans une rue transversale. Son maître n'aimait pas être retardé par le défilé des voitures qui, à tour de rôle, s'arrêtaient devant l'Opéra. Ainsi qu'il l'avait fait en de précédentes occasions, il tourna rapidement au coin de la rue et se dirigea vers l'endroit où Masters devait l'attendre. Juste devant lui marchaient un homme et une jeune femme ; à peine les eut-il reconnus qu'un autre homme les aborda.

La dispute éclata en une seconde. Voix masculine, enflée par la colère. Autre voix masculine, véhémente et indignée. Puis la bagarre. Coups, halètements, nouveaux coups, silhouette majestueuse d'un agent de police surgi de nulle part… En un instant, Mr Satterthwaite fut aux côtés de la jeune fille, craintivement tassée contre le mur.

– Permettez-moi, dit-il. Il ne faut pas rester ici.

Il la prit par le bras et l'entraîna rapidement. Elle se retourna.

– Je devrais peut-être…, murmura-t-elle d'une voix hésitante.

Mr Satterthwaite secoua la tête.

– Il ne serait pas convenable que vous soyez mêlée à ceci. On vous conduirait probablement au poste de police, vous aussi. Je suis convaincu que vos deux… amis ne le souhaitent ni l'un ni l'autre.

Il s'arrêta.

– Voici ma voiture. Si vous m'y autorisez, je me ferai un plaisir de vous conduire chez vous.

La jeune femme le dévisagea. La respectabilité sans concession de Mr Satterthwaite l'impressionna favorablement. Elle baissa la tête.

– Merci, dit-elle.

Masters lui ouvrit la portière et elle monta en voiture.

En réponse à une question de Mr Satterthwaite, elle donna une adresse à Chelsea et il s'installa à côté d'elle.

Contrariée, la jeune femme n'était pas d'humeur à bavarder, et Mr Satterthwaite avait trop de tact pour troubler le cours de ses pensées. Mais bientôt, elle se tourna vers lui et se mit spontanément à parler.

– Je ne comprends pas, fit-elle avec irritation, que les gens soient si bêtes.

– C'est assommant, en effet, reconnut Mr Satterthwaite.

Cette réponse sans ambiguïté la tranquillisa et elle poursuivit sur sa lancée, comme si elle éprouvait le besoin de se confier :

– Ce n'était pourtant pas… enfin, il faut que je vous

explique. Mr Eastney et moi sommes amis depuis longtemps… en fait depuis mon arrivée à Londres. Il s'est donné énormément de mal pour faire connaître ma voix, il m'a présentée à des gens très importants dans le métier… bref, il a été d'une gentillesse à toute épreuve. Il est absolument fou de musique. Son invitation de ce soir était très généreuse. Je suis sûre qu'il n'en a pas vraiment les moyens. Et puis Mr Burns est venu bavarder avec nous, sans arrière-pensées, j'en suis sûre, mais Phil (Mr Eastney) a mal pris la chose. Je ne vois pas pourquoi ; après tout, nous sommes dans un pays libre. Et Mr Burns est toujours charmant, de bonne humeur. Bref, il nous a rattrapés sur le chemin du métro et il n'avait pas dit deux mots que Philip se jetait sur lui comme un dément. Et… Oh ! Cela ne me plaît pas du tout.

– En êtes-vous bien sûre ? s'enquit Mr Satterthwaite d'une voix très douce.

Elle rougit, mais très peu. Elle n'était pas consciente de son pouvoir de séduction. Être l'enjeu d'une bagarre provoquait inévitablement un trouble plutôt agréable… c'était une réaction bien naturelle, mais Mr Satterthwaite décida que la perplexité ainsi que l'inquiétude l'emportaient, et il en eut la confirmation dans l'instant qui suivit, quand elle fit observer, en passant :

– J'espère qu'il ne lui a pas fait de mal.

Mais de quel « lui ? » s'agit-il, se demanda Mr Satterthwaite, souriant dans la pénombre.

Il misa sur sa sagacité et dit :

– Vous espérez que Mr… euh… Eastney n'a pas blessé Mr Burns ?

– Oui, c'est ce que j'ai dit. Je m'en veux. Je ne peux pas rester sans savoir.

La voiture s'arrêta.

– Avez-vous le téléphone ? demanda-t-il.

– Oui.

– Si vous voulez, je vais me renseigner et vous appeler pour vous dire exactement ce qu'il en est.

Le visage de la jeune fille s'éclaira.

– Oh ! ce serait très gentil de votre part. Mais il ne faudrait pas que cela vous dérange.

– Pas le moins du monde.

Elle le remercia et lui donna son numéro de téléphone, ajoutant avec une pointe de timidité :

– Je m'appelle Gillian West.

Tandis que la voiture l'emportait dans la nuit, lié par sa promesse, un sourire singulier se dessina sur les lèvres de Mr Satterthwaite.

« Ainsi donc, pensa-t-il, ce n'est que cela… *"L'ovale d'un visage, la ligne d'un menton !"* »

Mais il demeura fidèle à sa parole.

Le dimanche suivant, dans l'après-midi, Mr Satterthwaite alla admirer les rhododendrons des Kew Gardens. Il y avait bien longtemps — incroyablement longtemps, semblait-il —, alors que les jacinthes sauvages étaient en fleur, il y avait emmené une jeune femme. Mr Satterthwaite avait préparé avec grand soin ce qu'il dirait à la jeune fille et il savait exactement en quels termes il formulerait sa demande en mariage. Il était justement en train de les répéter mentalement et réagissait d'un air un peu absent au ravissement que les jacinthes provoquaient chez elle, quand le séisme se produisit. La jeune femme cessa de s'extasier sur les fleurs et avoua soudain à Mr Satterthwaite (en sa qualité d'ami fidèle) qu'elle en aimait un autre. Mr Satterthwaite rangea le petit discours qu'il avait préparé et fit hâtivement les fonds de tiroirs de son esprit en quête de sympathie et d'amitié.

Telle était l'histoire d'amour de Mr Satterthwaite. Tiède, typique du début de l'époque victorienne, elle lui avait cependant laissé un attachement sentimental pour les Kew Gardens, et il allait souvent y voir les jacinthes ou, lorsqu'il restait à l'étranger plus longtemps que d'habitude, les rhododendrons. À sa façon démodée et romanesque, il savourait ces promenades qui lui donnaient l'occasion de soupirer intérieurement et de se laisser aller à faire du sentiment.

Cet après-midi-là, sur le chemin du retour, il passait tranquillement devant les salons de thé quand il s'aperçut qu'il connaissait un couple qui occupait une des petites tables disséminées sur la pelouse. C'étaient Gillian West et le jeune homme blond, qui le reconnurent en même temps que lui. Il vit la jeune fille rougir et donner rapidement des explications à son compagnon. Quelques instants plus tard, il les salua avec sa courtoisie habituelle, un peu compassée, et accepta leur invitation, timidement formulée, à prendre le thé avec eux.

– Vous ne pouvez pas savoir, dit Mr Burns, à quel point je vous suis reconnaissant de vous être occupé de Gillian l'autre soir. Elle m'a tout raconté.

– Oui, c'est vrai, vous avez été si gentil, ajouta la jeune femme.

Ces remerciements firent plaisir à Mr Satterthwaite.

Ce couple l'intéressait. Leur naïveté, leur sincérité le touchaient. En outre, c'était l'occasion de risquer un œil dans un univers qui ne lui était pas familier. Ces jeunes gens appartenaient à une classe sociale dont il ignorait tout.

Sous ses dehors un peu desséchés, Mr Satterthwaite savait écouter. Il eut tôt fait de tout savoir sur ses nouveaux amis. Il remarqua que Mr Burns était devenu « Charlie », et il ne fut pas trop surpris d'apprendre que les deux jeunes gens étaient fiancés.

– En fait, dit Mr Burns avec une candeur rafraîchissante, ça s'est décidé cet après-midi. Pas vrai, Gil ?

Burns était employé dans une compagnie de navigation. Il gagnait bien sa vie, possédait un peu d'argent, et les deux jeunes gens envisageaient de se marier très vite.

Mr Satterthwaite écouta, acquiesça et félicita.

« Un jeune homme ordinaire, songea-t-il. Un jeune homme tout à fait ordinaire. Gentil, honnête, plein de qualités, ce garçon a une bonne opinion de lui-même sans être pour autant prétentieux, séduisant mais pas spectaculaire. Il n'a rien de remarquable et n'a pas inventé le fil à couper le beurre. Et la petite l'aime… »

À voix haute, il dit :

– Et Mr Eastney…

Il s'interrompit à dessein, mais il en avait dit assez pour provoquer une réaction qui ne le prit pas complètement au dépourvu. Le visage de Charlie Burns se ferma et Gillian parut troublée. Plus que troublée, même : effrayée.

– Je n'aime pas du tout cela, dit-elle à voix basse.

Ses paroles s'adressaient à Mr Satterthwaite, comme

si elle sentait d'instinct qu'il était capable de comprendre un sentiment qui échappait à son amoureux.

– Voyez-vous, il a fait beaucoup pour moi. Il m'a encouragée à chanter, et… et il m'a aidée. Mais j'ai toujours su que ma voix n'était pas vraiment bonne… enfin, pas exceptionnelle. Bien sûr, j'ai eu des engagements…

Elle s'interrompit.

– Mais tu as aussi eu des ennuis, dit Burns. Les femmes ont besoin d'être protégées. Gillian a eu de nombreuses mauvaises surprises, Mr Satterthwaite. Somme toute, beaucoup de mauvaises surprises. Elle est jolie, comme vous pouvez le constater, et… ma foi, cela crée souvent des problèmes aux femmes.

À eux deux, ils éclairèrent Mr Satterthwaite sur la nature des épisodes que Burns classait vaguement dans la rubrique des « mauvaises surprises » : le suicide d'un jeune homme qui s'était brûlé la cervelle, le comportement inqualifiable d'un directeur de banque — marié, de surcroît ! —, la passion belliqueuse d'un étranger — qui devait être timbré ! —, l'attitude aberrante d'un vieil artiste peintre… Charles Burns égrena avec platitude la litanie des violences et tragédies que Gillian West avait laissées dans son sillage.

– Et selon moi, conclut-il, ce Eastney est fêlé, lui aussi. Gillian aurait fini par avoir des ennuis avec lui si je n'avais pas décidé de la protéger.

Il eut un rire que Mr Satterthwaite trouva un peu fort ; la jeune fille, elle, ne sourit pas. Elle fixait Mr Satterthwaite avec intensité.

– Phil est un brave garçon, dit-elle d'une voix lente. Il m'aime, je le sais, et je l'aime aussi… mais comme un ami, rien de plus. Je me demande bien comment il va prendre la nouvelle, pour Charlie. Il… J'ai terriblement peur qu'il…

Elle se tut, incapable d'exprimer les dangers qu'elle percevait confusément.

– Si je puis vous aider en quoi que ce soit, dit vivement Mr Satterthwaite, je suis à vos ordres.

Il aurait bien voulu que le visage de Charlie Burns se ferme, même un tout petit peu, mais Gillian s'empressa de dire :

– Merci.

Mr Satterthwaite prit congé de ses nouveaux amis après avoir promis d'aller prendre le thé chez Gillian le jeudi suivant.

Le jour dit, Mr Satterthwaite était tout émoustillé. « Je suis vieux, songea-t-il, mais pas encore assez pour ne plus vibrer devant un visage. Un visage… » Il secoua la tête, en proie à un sombre pressentiment.

Gillian était seule. Charlie Burns viendrait plus tard. Mr Satterthwaite trouva la jeune fille beaucoup plus enjouée, comme si elle était soulagée d'un grand poids. Elle le reconnut d'ailleurs franchement :

– J'avais très peur d'annoncer mes fiançailles à Phil, mais c'était stupide de ma part. C'était mal le connaître. Ça l'a contrarié, bien sûr, mais il a été adorable. Vraiment très gentil. Regardez ce qu'il m'a envoyé ce matin, un cadeau de mariage. N'est-ce pas somptueux ?

C'était somptueux, en effet, pour un jeune homme dans la situation financière de Philip Eastney : un poste de TSF à quatre lampes, du dernier modèle.

– Nous partageons le même amour de la musique, vous comprenez, expliqua la jeune fille. Il m'a dit que, chaque fois que j'écouterais un concert à la radio, je penserais un peu à lui. Et je suis sûre qu'il a raison. Car nous avons été très proches.

– Vous devez être fière de votre ami, dit Mr Satterthwaite avec gentillesse. Il a été beau joueur, semble-t-il.

Gillian inclina la tête. Ses yeux s'emplirent de larmes.

– Il m'a demandé une faveur… Ce soir, voyez-vous, ce sera l'anniversaire de notre première rencontre. Il m'a demandé de rester tranquillement chez moi et d'écouter le programme de la radio… de ne pas sortir avec Charlie. J'ai accepté, bien sûr. Je lui ai dit que j'étais très touchée et que je penserais à lui avec beaucoup de reconnaissance et d'affection.

Mr Satterthwaite acquiesça, mais il était troublé. Il se trompait rarement dans ses jugements et trouvait que cette requête sentimentale ne correspondait pas du tout à la personnalité de Philip Eastney. Gillian, en revanche, trouvait manifestement cette idée tout à fait conforme au caractère de son amoureux évincé. Mr Satterthwaite fut un peu, un tout petit peu, déçu. Lui-même était sentimental, et le savait, mais il attendait mieux de ses semblables. En outre, la sentimentalité était l'apanage des gens de son âge. Elle n'avait aucun rôle à jouer dans le monde moderne.

Il demanda à Gillian de chanter, ce qu'elle fit. Il affirma qu'elle avait une voix charmante mais il savait très bien, au fond, qu'elle était de second ordre. Les succès qu'elle avait connus dans la profession qu'elle s'était choisie étaient dus à son visage, pas à sa voix.

N'étant pas particulièrement désireux de revoir le jeune Burns, il se leva et prit congé. C'est alors qu'il remarqua, sur la cheminée, un objet qui tranchait sur le reste comme une pierre précieuse sur un tas de poussière.

C'était un vase à long col, en verre très fin, de forme gracieusement incurvée, sur le bord duquel était perchée une boule de verre irisé qui évoquait une énorme bulle de savon. Son intérêt n'échappa pas à Gillian.

– C'est l'autre cadeau de mariage de Phil. Je le trouve plutôt joli. Phil travaille dans un genre de verrerie.

– C'est un objet superbe, dit Mr Satterthwaite avec une admiration mêlée de respect. Les verriers de Murano pourraient être fiers d'une telle pièce.

Il s'en alla, plus intrigué que jamais par Philip Eastney. Extraordinairement intéressant, ce garçon. Pourtant, la jeune fille au si beau visage lui préférait Charlie Burns… Quel univers étrange, inexplicable !

Mr Satterthwaite s'avisa tout à coup que la beauté remarquable de Gillian West avait peut-être gâché sa soirée avec Mr Quinn. Jusqu'à présent, en effet, chacune de ses rencontres avec ce personnage énigmatique avait donné lieu à un événement étrange, imprévisible. Ce fut donc avec l'espoir de tomber sur cet homme de mystère que Mr Satterthwaite dirigea ses pas vers l'*Arlecchino,* restaurant où, dans un passé lointain, il avait un jour rencontré Mr Quinn, qui avait déclaré le fréquenter.

Sans se décourager, Mr Satterthwaite visita toutes les salles de l'*Arlecchino,* mais n'y aperçut pas le visage ténébreux et souriant de Mr Quinn. En revanche, il reconnut quelqu'un d'autre : Philip Eastney, seul à une petite table.

Le restaurant était plein et Mr Satterthwaite s'installa en face du jeune homme. Il éprouva soudain un étrange sentiment d'exultation, comme s'il venait de pénétrer dans la dimension surnaturelle des événements. Il ignorait de quoi il s'agissait, mais il en faisait partie. Il comprit alors ce que Mr Quinn avait voulu dire, l'autre soir à l'Opéra. Un drame se nouait et Mr Satterthwaite y jouait un rôle important. Il devait veiller à donner correctement ses répliques.

Lorsqu'il s'assit en face de Philip Eastney, il eut l'impression de se soumettre à l'inéluctable. Il n'eut aucune difficulté à engager la conversation. Eastney semblait avoir envie de parler. Mr Satterthwaite fut, comme toujours, un auditeur encourageant et compréhensif. Ils parlèrent de la guerre, d'explosifs, de gaz de combat. Eastney connaissait très bien ces derniers, car, pendant la plus grande partie de la guerre, il avait participé à leur fabrication. Mr Satterthwaite écouta avec un vif intérêt.

Il existait un gaz, selon Eastney, qui n'avait jamais été employé. L'armistice était intervenu trop tôt. On fondait de grands espoirs sur lui. La moindre bouffée était mortelle. Emporté par son sujet, Eastney s'anima.

Ayant rompu la glace, Mr Satterthwaite orienta adroitement la conversation sur la musique. Le maigre visage d'Eastney s'éclaira. Il se mit à parler avec la passion et l'exubérance d'un véritable amoureux de la musique. Ils discutèrent de Yoaschbim que le jeune homme trouvait formidable. Mr Satterthwaite et lui tombèrent d'accord pour affirmer que rien sur terre ne vaut une belle voix de ténor. Enfant, Eastney avait entendu Caruso et n'avait jamais oublié.

– Savez-vous que sa voix pouvait même briser un verre ? s'enquit-il.

– J'ai toujours cru que c'était une légende, répondit Mr Satterthwaite avec un sourire.

– Non, c'est sûrement authentique. Cela n'a rien d'impossible. C'est un problème de vibrations.

Il se lança alors dans des explications techniques. Il était rouge, ses yeux étincelaient. Le sujet semblait le fasciner, et il le possédait sur le bout du doigt. Mr Satterthwaite comprit qu'il avait affaire à un cerveau exceptionnel, un cerveau qu'on aurait presque pu qualifier de génial. Brillant, fantasque, encore hésitant sur la voie à suivre, mais indubitablement génial.

Il pensa alors à Charlie Burns et s'interrogea sur Gillian West.

Il s'aperçut soudain qu'il n'avait pas vu le temps passer et demanda l'addition. Eastney parut un peu confus.

– J'ai honte de m'être imposé de cette façon. Mais c'est un heureux hasard qui vous a conduit ici. Je… j'avais besoin de parler à quelqu'un, ce soir.

Il ponctua son discours d'un petit rire bizarre. Ses yeux flamboyaient encore comme sous l'effet de la passion contenue. Pourtant, il y avait chez lui un côté tragique.

– Ce fut un plaisir, dit Mr Satterthwaite. J'ai trouvé notre conversation fort intéressante et instructive.

Il s'inclina poliment, ce qu'il ne manquait jamais de faire, puis quitta le restaurant. Tandis qu'il s'éloignait à pas lents dans la nuit tiède, une idée singulière lui traversa l'esprit. Il eut l'impression qu'il n'était pas seul… que quelqu'un marchait à ses côtés. En vain tenta-t-il de se convaincre qu'il s'agissait d'une illusion ;

le phénomène persista. Quelqu'un marchait près de lui, dans cette rue nocturne et silencieuse, quelqu'un qu'il ne pouvait voir. Il ne comprit pas pourquoi Mr Quinn lui apparut aussi clairement. Il aurait juré que Mr Quinn était à ses côtés ; pourtant, ses yeux pouvaient aisément lui confirmer que tel n'était pas le cas, qu'il était bien seul.

Mais l'image de Mr Quinn demeura, bientôt accompagnée d'autre chose : une sensation de nécessité, d'urgence, le sentiment oppressant qu'une catastrophe imminente allait se produire. Il devait agir — et vite. Quelque chose allait de travers et il ne tenait qu'à lui d'y remettre de l'ordre.

L'impression était si forte que Mr Satterthwaite s'abstint de la combattre. Il ferma les yeux pour tenter de préciser l'image mentale de Mr Quinn. Si seulement il avait pu lui demander… mais à l'instant même où cette idée lui traversa l'esprit, il comprit qu'elle était mauvaise. Interroger Mr Quinn se révélait toujours inutile. Mr Quinn donnait des réponses du genre « Tous les éléments sont entre vos mains… »

Les éléments… Les éléments de quoi ? Il analysa soigneusement ses sensations et impressions. Ce pressentiment de danger, par exemple… Qui menaçait-il ?

Une image lui apparut aussitôt : Gillian West écoutant la radio, seule.

Un crieur de journaux passait par là ; Mr Satterthwaite lui lança un penny et s'empara avidement d'un journal. Il l'ouvrit immédiatement à la page du programme radiophonique de Londres. Il y avait un concert de Yoaschbim ce soir-là. Intéressant… Il chantait le *Demeure chaste et pure,* extrait de *Faust,* et quelques-unes de ses ballades folkloriques : *La Chanson du berger, Le Poisson, La Petite Biche,* etc.

Mr Satterthwaite froissa le journal. Le fait de savoir ce qu'écoutait Gillian parut rendre son image plus nette. Seule chez elle…

Bizarre, cette faveur que Philip Eastney lui avait demandée. Elle ne lui ressemblait pas. Pas du tout. Il n'y avait aucune sentimentalité chez Eastney. C'était un homme au tempérament violent, peut-être même un homme dangereux…

Une nouvelle fois, sa réflexion progressa d'un seul coup. Un homme dangereux : voilà qui était significatif. « *Tous les éléments sont entre vos mains.* » Singulière, au fond, cette rencontre avec Philip Eastney, ce soir. Un heureux hasard, avait dit Eastney. Était-ce vraiment le hasard ? Ou bien relevait-elle de cette dimension surnaturelle dont Mr Satterthwaite avait pris conscience une ou deux fois au cours de la soirée ?

Il tenta de se remémorer sa conversation avec Eastney. Il y avait forcément là un *signe,* un indice quelconque ; sinon, pourquoi éprouverait-il cet étrange sentiment d'urgence ? De quoi avait parlé Eastney ? De chant… d'industrie de guerre… de Caruso…

Caruso… Les pensées de Mr Satterthwaite suivirent cette pente. La voix de Yoaschbim était pratiquement l'égale de celle de Caruso. En cet instant même, Gillian devait l'écouter, cette voix, juste et puissante, qui se répercutait aux quatre coins de la pièce, faisait vibrer la verrerie…

Il retint son souffle. La verrerie qui vibre ! La voix de Caruso qui fait voler un verre en éclats. Yoaschbim qui chante dans le studio de Londres et dans un appartement, à plus d'un kilomètre de là, un tintement cristallin… pas un verre, mais un vase très fin. Une bulle en cristal qui tombe, une bulle qui, peut-être, n'est pas vide…

Ce fut à cet instant que Mr Satterthwaite, aux yeux des passants, devint fou. Dépliant fébrilement le journal, il jeta un bref coup d'œil sur les programmes et se mit à courir dans la rue silencieuse, comme s'il avait la mort aux trousses. Au croisement, il héla un taxi en maraude, sauta dedans et hurla une adresse au chauffeur, en précisant bien que c'était une question de vie ou de mort. Le chauffeur le jugea détraqué, mais riche, et fit tout son possible pour le satisfaire.

Mr Satterthwaite se laissa aller contre la banquette. Dans sa tête se mêlaient confusément des idées sans suite, des lambeaux de connaissances scientifiques scolaires, des phrases prononcées ce soir-là par Eastney. Vibrations… périodes propres… si la période de la force coïncide avec la période propre… une histoire de pont suspendu sur lequel défilaient des soldats, la cadence de leur pas étant la même que la période du pont… Eastney avait étudié la question. Eastney savait. Et Eastney était un génie.

L'émission consacrée à Yoaschbim devait débuter à 22 h 45. À l'instant même. Oui, mais logiquement, elle commencerait par l'air de *Faust*… C'était *La Chanson du berger,* avec le grand cri à la fin du refrain, qui… qui… qui quoi ?

Son esprit se remit à tourner en rond. Tons, harmoniques, demi-tons. Il ne connaissait pas grand-chose à toutes ces choses-là… mais Eastney, lui, savait. Fasse le ciel qu'il arrive à temps !

Le taxi s'arrêta. Mr Satterthwaite bondit sur le trottoir et, tel un jeune athlète, grimpa l'escalier quatre à quatre. Au deuxième étage, la porte de l'appartement était entrebâillée. Il la poussa. La superbe voix du ténor l'accueillit. Les paroles de *La Chanson du berger* lui étaient familières, tout au moins dans un arrangement plus conventionnel.

Vois, berger, ces chevaux crinière au vent…

Juste à temps. Il poussa brutalement la porte du salon. Gillian était dans un fauteuil à haut dossier, près de la cheminée.

Bayra Mischa marie sa fille en ce jour,
À la noce, mon ami, de ce pas je cours.

Elle dut croire qu'il était devenu fou. Criant des paroles incompréhensibles, il se saisit d'elle et l'entraîna sur le palier.

À la noce, mon ami, de ce pas je cours,
Yaha !

Parfaitement juste, un aigu plein, ravissant, jaillit, un aigu dont un chanteur pouvait être fier. Un autre son l'accompagna : un léger tintement de verre brisé.

Passant devant eux comme une flèche, un chat errant entra dans l'appartement. Gillian esquissa un mouvement, mais Mr Satterthwaite la retint, marmonnant des paroles incohérentes :

– Non, non… c'est la mort assurée : pas d'odeur, pas d'avertissement. Une simple bouffée, et c'est fini. On ne sait pas au juste à quel point c'est mortel. Ça ne ressemble à rien de connu.

Il répétait ce que Philip Eastney lui avait expliqué, pendant le dîner.

Gillian le dévisagea, incrédule.

Philip Eastney regarda sa montre. Pile 23 h 30. Cela faisait trois quarts d'heure qu'il arpentait l'Embankment. Il regarda le fleuve, se retourna et se trouva nez à nez avec son compagnon de table.

– C'est curieux, dit-il en riant. Le Destin veut vraiment que nous nous rencontrions, ce soir.

– Si on peut appeler cela Destin, dit Mr Satterthwaite.

Philip Eastney le considéra plus attentivement et, cette fois, son expression se modifia.

– Oui ? dit-il posément.

Mr Satterthwaite alla droit au but.

– J'arrive de chez miss West.

– Oui ?

La même voix, le même calme implacable.

– Nous avons trouvé… un chat mort dans l'appartement.

Silence. Puis :

– Qui êtes-vous ? demanda Eastney.

Mr Satterthwaite parla longuement. Il exposa toute la genèse des événements.

– Et, voyez-vous, je suis arrivé à temps, conclut-il.

Il s'interrompit, puis ajouta d'une voix très douce :

– Avez-vous… quelque chose à dire ?

Il s'attendait à une réaction quelconque : une explosion de colère, des justifications enflammées. Rien ne vint.

– Non, répondit tranquillement Philip Eastney, avant de tourner les talons et de s'éloigner.

Mr Satterthwaite le suivit des yeux jusqu'à l'instant où il disparut dans les ténèbres. Bizarrement, il ne pouvait s'empêcher d'admirer Eastney, comme l'artiste admire un autre artiste, le sentimental l'amant en titre et l'individu ordinaire le génie.

Au bout d'un moment, il chassa sa rêverie et se mit en marche dans la direction qu'avait prise Eastney. Le brouillard se faisait plus dense. Il croisa bientôt un agent de police qui lui adressa un regard méfiant.

– Avez-vous entendu une sorte de *plouf !* tout à l'heure ? demanda l'agent.

– Non, répondit Mr Satterthwaite.

L'agent de police scruta les eaux de la Tamise.

– Sans doute encore un suicide, grogna-t-il, découragé. Ça n'arrête pas.

– Je suppose, dit Mr Satterthwaite, que ceux qui font cela ont leurs raisons.

– L'argent, la plupart du temps. Quelquefois une femme, fit-il en s'éloignant. Ce n'est pas toujours leur faute, mais il y a des femmes qui causent bien des problèmes.

– Il y a des femmes…, répéta Mr Satterthwaite à voix basse.

Après le départ de l'agent de police, il s'assit sur un banc, dans le brouillard, et songea à Hélène de Troie. Il se demanda si c'était une femme agréable, ordinaire, et son beau visage, une chance ou une malédiction ?

(Traduction de Daniel Lemoine)

9

L'Arlequin mort

(The Dead Harlequin)

Mr Satterthwaite remontait lentement Bond Street, profitant du soleil. Scrupuleusement élégant, comme toujours, il se rendait à la Galerie Harchester, où étaient exposées les œuvres d'un certain Frank Bristow, peintre encore inconnu, mais qui semblait bien parti pour faire une carrière. Mr Satterthwaite était un protecteur des arts.

Lorsqu'il entra dans la galerie, il fut accueilli avec le sourire de bienvenue réservé aux personnalités.

– Bonjour, Mr Satterthwaite, je pensais bien que nous ne tarderions pas à vous voir. Connaissez-vous le travail de Bristow ? Bon, très bon même. Tout à fait unique en son genre.

Mr Satterthwaite acheta le catalogue et franchit le passage voûté donnant sur la longue salle où les œuvres étaient exposées. Il s'agissait d'aquarelles, exécutées avec une technique et une précision si extraordinaires qu'elles faisaient penser à des gravures en couleurs. Mr Satterthwaite fit lentement le tour de la salle, attentif, et, dans l'ensemble, approbateur. À son avis, ce jeune homme méritait de réussir. Originalité, inspiration ainsi que technique très stricte et rigoureuse, les trois conditions étaient réunies. Il y avait des maladresses, évidemment. C'était tout à fait logique. Mais il y avait aussi quelque chose qui ressemblait beaucoup au génie. Mr Satterthwaite s'arrêta devant un petit chef-d'œuvre représentant le pont de Westminster avec ses autobus, ses tramways et sa foule de piétons pressés. De petites dimensions, il était d'une perfection merveilleuse. Il s'appelait, remarqua-t-il : *La Fourmilière.* Il poursuivit sa visite et s'immobilisa soudain, subjugué, fasciné, le souffle coupé.

L'aquarelle s'intitulait *L'Arlequin mort.* On voyait, au premier plan, un dallage en marbre composé de carrés noirs et blancs. Au milieu du dallage gisait Arlequin, sur le dos, bras écartés, dans son costume noir et rouge. Au fond se trouvait une fenêtre derrière laquelle la silhouette du même Arlequin, se découpant sur la lueur rougeoyante du couchant, regardait fixement le corps étendu sur le dallage.

Cette œuvre passionna Mr Satterthwaite pour deux raisons, la première était qu'il reconnut, ou crut reconnaître, le personnage. Il ressemblait incontestablement à un certain Mr Quinn, que Mr Satterthwaite avait rencontré à plusieurs reprises dans des circonstances plus ou moins déroutantes.

– Je ne me trompe pourtant pas, murmura-t-il. Mais alors… qu'est-ce que cela veut dire ?

Car Mr Satterthwaite savait par expérience que toutes les apparitions de Mr Quinn avaient une signification précise.

La deuxième raison était le décor.

– Le jardin d'hiver de Charnley, dit-il. Curieux… et très intéressant.

Il regarda l'œuvre plus attentivement, dans l'espoir de pénétrer l'intention de l'artiste. Un Arlequin mort sur le dallage, un autre Arlequin regardant par la fenêtre… à moins que ce ne soit le même ? Il s'éloigna lentement et passa devant les autres aquarelles sans les voir, l'esprit toujours occupé par le même sujet. Il était troublé. La vie, qui lui avait semblé un peu grise au matin, ne l'était plus du tout. Des événements passionnants allaient se produire, cela ne faisait aucun doute. Il gagna la table derrière laquelle trônait Mr Cobb, dignitaire de la Galerie Harchester qu'il connaissait depuis de nombreuses années.

– J'ai bien envie d'acheter le numéro 39, dit-il, s'il n'est pas déjà vendu.

Mr Cobb consulta un registre.

– Le meilleur du lot, murmura-t-il. Un vrai petit bijou, n'est-ce pas ? Non, il n'est pas vendu. (Il indiqua un prix.) C'est un bon placement, Mr Satterthwaite. D'ici un an, il vaudra trois fois plus cher.

– C'est toujours ce que l'on dit dans ces circonstances, fit observer Mr Satterthwaite avec un sourire.

– Me suis-je déjà trompé ? s'enquit Mr Cobb. Si vous vouliez vendre votre collection, Mr Satterthwaite, je suis convaincu que toutes vos toiles feraient plus que ce que vous les avez payées.

– J'achète cette aquarelle, dit Mr Satterthwaite. Je vais vous faire un chèque.

– Vous ne le regretterez pas. Nous croyons en Bristow.

– Est-il jeune ?

– Vingt-sept ou vingt-huit ans.

– J'aimerais faire sa connaissance, dit Mr Satterthwaite. Accepterait-il de dîner chez moi un soir ?

– Je vais vous donner son adresse. Je suis sûr qu'il sautera sur l'occasion. Vous avez un nom dans le monde des arts.

– Vous me flattez, dit Mr Satterthwaite, mais Mr Cobb l'interrompit :

– Tenez, le voilà justement. Je vais vous présenter tout de suite.

Il se leva. Suivi de Mr Satterthwaite, il se dirigea vers un robuste jeune homme à l'air emprunté, adossé au mur, qui toisait le monde, retranché derrière la barricade de sourcils férocement froncés.

Mr Cobb fit les présentations nécessaires et Mr Satterthwaite prononça quelques paroles aussi aimables que conventionnelles.

– Je viens d'avoir le plaisir d'acquérir une de vos aquarelles… *L'Arlequin mort*.

– Oh ! vous n'y perdrez pas, répliqua Mr Bristow avec brusquerie. Ce n'est pas à moi de le dire, mais c'est du sacré bon boulot.

– J'ai vu cela tout de suite, affirma Mr Satterthwaite. Votre œuvre m'intéresse beaucoup, Mr Bristow. Elle est extraordinairement mûre, compte tenu de votre jeune âge. Me feriez-vous le plaisir de venir dîner chez moi ? Êtes-vous pris ce soir ?

– Il se trouve que non, répondit Mr Bristow sans amabilité excessive.

– Dans ce cas, disons 8 heures, proposa Mr Satterthwaite. Voici ma carte avec mon adresse.

– Bon, d'accord, dit Mr Bristow. Merci, ajouta-t-il, s'étant sans doute souvenu que cela se fait.

« Voilà un jeune homme qui a une piètre opinion de lui-même et redoute que les autres ne la partagent » : tel fut le diagnostic de Mr Satterthwaite, lorsqu'il sortit dans le soleil de Bond Street, et les jugements de Mr Satterthwaite sur ses semblables se révélaient rarement erronés.

Lorsque Frank Bristow arriva, avec cinq petites minutes de retard, son hôte l'attendait en compagnie d'un autre invité qu'il lui présenta comme étant le colonel Monckton. Ils passèrent presque immédiatement dans la salle à manger. Un quatrième couvert était mis sur la table ovale en acajou, ce que Mr Satterthwaite crut devoir expliquer.

– J'attendais plus ou moins mon ami Mr Quinn, dit-il. Peut-être le connaissez-vous… Mr Harley Quinn ?

– Je ne vois personne, grogna Bristow.

Le colonel Monckton considéra l'artiste avec le même intérêt détaché qu'il aurait accordé à une nouvelle espèce de méduse. Mr Satterthwaite s'employa à soutenir la conversation sur un mode amical.

– Si votre aquarelle a suscité mon intérêt, dit-il, c'est parce que j'ai cru reconnaître le décor : le jardin d'hiver de Charnley… Avais-je raison ? (Le peintre hocha la tête.) C'est très curieux. J'ai moi-même fait plusieurs séjours à Charnley. Peut-être connaissez-vous la famille ?

– Absolument pas ! répliqua Bristow. Ce genre de famille se fiche des gens comme moi. J'y suis allé en autocar.

– Pas possible ? dit le colonel Monckton, histoire de dire quelque chose. En autocar ? Pas possible !

Frank Bristow le foudroya du regard.

– Et pourquoi pas ? s'enquit-il, menaçant.

Le malheureux colonel Monckton fut interloqué. Il adressa un regard de reproche à Mr Satterthwaite, comme pour dire : « Ces formes de vie primitive intéressent peut-être le naturaliste que vous êtes, mais *pourquoi* m'entraîner là-dedans ? »

– Les autocars sont une vraie plaie ! fit-il. On n'arrête pas d'être secoué.

– Quand on ne peut pas se payer une Rolls-Royce, on est bien obligé de voyager en autocar, déclara Bristow sur un ton sans réplique.

Le colonel Monckton le regarda fixement. Mr Satterthwaite pensa : « Si je ne réussis pas à mettre ce jeune homme à l'aise, nous allons passer une soirée très pénible. »

– Charnley m'a toujours fasciné, dit-il. Je n'y suis allé qu'une fois depuis la tragédie. Une demeure sinistre et qu'on croirait hantée.

– C'est vrai, admit Bristow.

– En fait, intervint Monckton, il y a deux fantômes authentiques. On raconte que Charles Ier fait les cent pas sur la terrasse, sa tête sous le bras… mais j'ai oublié pourquoi. Et puis il y a la Pleureuse à l'Aiguière d'Argent, qui apparaît à chaque fois que meurt un Charnley.

– Ridicule ! ironisa Bristow.

Mr Satterthwaite s'empressa d'intervenir :

– En tout cas, c'est une famille qui n'a pas eu de chance. Quatre détenteurs du titre sont décédés de mort violente, et feu lord Charnley s'est suicidé.

– Une histoire effroyable, fit Monckton avec gravité. J'étais là quand c'est arrivé.

– Voyons… cela doit faire quatorze ans, dit Mr Satterthwaite. La maison est restée fermée depuis.

– Ce n'est pas surprenant, dit Monckton. Le choc a dû être terrible pour la jeune femme. Ils étaient mariés depuis un mois et revenaient juste de voyage de noces. Grand bal costumé pour fêter leur retour. Alors que les premiers invités arrivaient, Charnley s'est enfermé dans le petit salon en chêne et s'est tué d'un coup de pistolet. Ce sont des choses qui ne se font pas. Euh… Je vous demande pardon ?

L'espace d'un instant, il avait brusquement tourné la tête à gauche. Il haussa les épaules et adressa un sourire confus à Mr Satterthwaite.

– J'ai dû boire un coup de trop, Satterthwaite, reprit-il. J'ai cru un instant qu'il y avait quelqu'un sur cette chaise vide et qu'il me parlait.

Après une brève pause, il poursuivit son récit :

– Oui, Alix Charnley a été terriblement secouée. C'était une très jolie fille, débordante de joie de vivre, comme on dit. Aujourd'hui, il paraît que ce n'est plus qu'un fantôme. Remarquez, il y a des années que je ne l'ai pas vue. Je crois qu'elle passe le plus clair de son temps à l'étranger.

– Et le fils ?

– Il est à Eton. J'ignore ce qu'il fera quand il atteindra sa majorité, mais je doute qu'il rouvre la propriété.

– On pourrait y faire un beau parc d'attractions populaire, suggéra Bristow.

Le colonel Monckton lui adressa un regard de froide hostilité.

– Non, non, vous ne pensez pas sérieusement cela, dit Mr Satterthwaite. Si tel était le cas, vous n'auriez pas peint cette aquarelle. La tradition, l'atmosphère sont des choses intangibles. Il faut des siècles pour les créer et, lorsqu'on les détruit, on ne peut les reconstituer en vingt-quatre heures.

Il se leva.

– Allons au fumoir, conclut-il. J'ai des clichés de Charnley que je voudrais vous montrer.

Un des passe-temps favoris de Mr Satterthwaite était la photographie d'amateur. Il était en outre l'heureux auteur d'un livre : *Les Demeures de mes amis*. Les amis en question étaient tous des personnages en vue, et le livre lui-même présentait Mr Satterthwaite sous un jour très snob qui ne lui rendait pas entièrement justice.

– Voici une vue du jardin d'hiver que j'ai prise l'an dernier, dit-il, la donnant à Bristow. Comme vous pouvez le constater, on le voit presque sous le même angle que sur votre aquarelle. Ce tapis est magnifique, dommage que les photographies ne reproduisent pas les couleurs.

– Je me souviens de lui, dit Bristow. Une couleur merveilleuse, flamboyante. Mais il est un peu déplacé à cet endroit. Sa taille ne convient pas à cette grande pièce au dallage noir et blanc, d'autant qu'il n'y a pas d'autre tapis. Il détruit l'harmonie de l'ensemble : on dirait une énorme flaque de sang.

– C'est peut-être cela qui vous a inspiré votre aquarelle ? dit Mr Satterthwaite.

– Peut-être, fit pensivement Bristow. En fait, on serait plutôt tenté d'imaginer une tragédie dans la petite pièce lambrissée qui se trouve juste à côté.

– Le salon en chêne, dit Monckton. Oui, c'est la pièce hantée, tout à fait exact. Elle comporte une cachette de prêtre : un panneau amovible, près de la cheminée, derrière lequel se dissimulaient autrefois les prêtres catholiques proscrits. La légende veut que Charles Ier s'y soit un jour réfugié. Dans cette pièce, deux personnes ont été tuées en duel. Et c'est là, comme je vous l'ai dit, que Reggie Charnley s'est suicidé.

Il prit la photographie.

– Ma parole, c'est le tapis de Boukhara ! reprit-il. Une pièce qui vaut plusieurs milliers de livres, aucun doute. À l'époque où je suis allé à Charnley, il était dans le salon en chêne… la place qui lui revient. Il a l'air ridicule sur cette immense étendue de dallage en marbre.

Mr Satterthwaite regardait le fauteuil vide qu'il avait tiré près du sien. Il dit, pensif :

– Je me demande quand on l'a déplacé ?

– Ce doit être récent… Tenez, je me rappelle avoir parlé de ce tapis le jour même du drame. Charnley disait qu'il aurait fallu le mettre sous verre.

Mr Satterthwaite secoua la tête.

– La maison a été fermée aussitôt après le drame, et tout est resté exactement en l'état.

Bristow, qui avait renoncé à son attitude agressive, demanda alors :

– Pourquoi lord Charnley s'est-il suicidé ?

Gêné, le colonel Monckton changea de position dans son fauteuil.

– Personne ne le sait, fit-il.

– Je présume, dit prudemment Mr Satterthwaite, que *c'était* un suicide.

Ébahi, le colonel se tourna vers lui.

– Un suicide, dit-il. C'était un suicide, naturellement. Mon cher ami, j'étais personnellement sur les lieux.

Mr Satterthwaite regarda le fauteuil vide, près de lui, et, souriant vaguement comme une plaisanterie que les autres ne pouvaient percevoir, dit tranquillement :

– Parfois, on comprend mieux les événements quand on les examine avec le recul du temps.

– Ridicule ! s'écria Monckton. D'un ridicule achevé ! Comment pourrait-on mieux comprendre les événements quand, au lieu d'être clairs et nets, ce ne sont plus que de vagues souvenirs ?

Mr Satterthwaite trouva en la personne de Bristow un renfort inattendu.

– Je comprends votre point de vue, dit le peintre. En fait, vous avez sans doute raison. C'est une question de perspective, n'est-ce pas ? Pas seulement de perspective, mais aussi de relativité.

– Si vous voulez mon avis, déclara le colonel, le concept d'Einstein est un tissu d'âneries. De même que le spiritisme et le fantôme de ma grand-mère !

Il défia les deux autres du regard. C'était un suicide. Il n'y a aucun doute, conclut-il. Cela ne s'est-il pas passé pratiquement sous mes yeux ?

– Racontez-nous ce qui est arrivé, dit Mr Satterthwaite, afin que nous puissions voir, nous aussi.

Un peu calmé, le colonel grogna et se carra plus confortablement dans son fauteuil.

– Personne, absolument personne, n'aurait pu prévoir un tel drame, commença-t-il. Charnley était normal, comme d'habitude. La maison abritait de nombreux hôtes, à cause du bal masqué. Comment aurions-nous pu deviner qu'il déciderait de se tuer juste au moment où les premiers invités arrivaient ?

– Il aurait été plus correct d'attendre qu'ils soient partis, dit Mr Satterthwaite.

– Évidemment ! Ce type de comportement manque totalement de correction, bon sang !

– Ce n'était pas son style, ajouta Mr Satterthwaite.

– Exact, reconnut Monckton. Charnley n'était pas comme ça.

– Pourtant, *c'était* un suicide ?

– Il n'y a pas l'ombre d'un doute. Écoutez, nous étions trois ou quatre à bavarder en haut de l'escalier : moi, la petite Ostrander, Algie Darcy… et un ou deux autres, je ne sais plus qui. Charnley a traversé le hall, en bas, et il est entré dans le salon en chêne. La petite Ostrander a dit qu'il avait l'air hagard, hébété, mais c'est n'importe quoi : elle ne pouvait même pas voir son visage de l'endroit où nous nous trouvions… Ce qui est vrai, en revanche, c'est qu'il marchait le dos courbé, comme s'il portait le monde sur les épaules. Une des jeunes femmes l'a appelé ; c'était, me semble-t-il, la gouvernante de quelqu'un que lady Charnley avait invitée par gentillesse. Elle avait un message à lui remettre. Elle a crié : « Lord Charnley, lady Charnley voudrait savoir… » Mais il ne l'a même pas écoutée ; il est entré dans le salon en chêne, a claqué la porte derrière lui, et nous avons entendu la clé tourner dans la serrure. Une minute plus tard, *le coup de feu a retenti.*

» Nous nous sommes précipités dans le hall. Il y a, dans le salon en chêne, une autre porte donnant sur le jardin d'hiver. Nous sommes allés voir, mais elle était également fermée à clé. Finalement, nous avons été obligés d'enfoncer la porte. Charnley gisait par terre, mort, un pistolet près de la main droite. Alors ? Que voulez-vous que ce soit, sinon un suicide ? Un accident ? On ne me fera pas croire ça. Il n'y a qu'une seule autre possibilité, le meurtre ; et il n'y a pas de meurtre sans meurtrier. Vous admettez cette hypothèse, je présume ?

– L'assassin avait peut-être fui, suggéra Mr Satterthwaite.

– Impossible. Si vous avez du papier et un crayon, je dessinerai un plan des lieux. Le salon en chêne a deux portes, la première donne sur le hall, l'autre sur le jardin d'hiver. Elles étaient toutes les deux verrouillées de l'intérieur *et les clés étaient dans les serrures.*

– La fenêtre ?

– Fermée, et les volets aussi.

Il y eut un silence.

– Vous voyez ? La cause est entendue ! conclut triomphalement le colonel Monckton.

– Ça m'en a tout l'air, fit tristement Mr Satterthwaite.

– Remarquez, dit le colonel, je me suis moqué tout à l'heure du spiritisme, mais je suis prêt à reconnaître que l'atmosphère de la maison — en particulier le salon en chêne — est sacrément bizarre. Il y a des impacts de balles sur les boiseries, conséquences des duels qui ont eu lieu dans cette pièce, et une tache étrange, par terre, qui réapparaît toujours, bien qu'on ait changé plusieurs fois les lattes du parquet. J'imagine qu'il y aura désormais une autre tache : le sang de ce malheureux Charnley.

– Y avait-il beaucoup de sang ? s'enquit Mr Satterthwaite.

– Très peu… Étonnamment peu, d'après le médecin.

– Dans quelle partie du corps a-t-il tiré cette balle ? La tête ?

– Non, le cœur.

– Ce n'est pas la meilleure méthode, dit Bristow. Il est terriblement difficile de localiser son cœur. Personnellement, je ne m'y prendrais sûrement pas comme ça.

Mr Satterthwaite secoua la tête. Il éprouvait une vague sensation d'agacement. Il espérait débusquer quelque chose… Le colonel Monckton poursuivit :

– Charnley est un endroit idéal pour les revenants. *Moi*, bien sûr, je n'en ai jamais vu.

– Vous n'avez pas vu la Pleureuse à l'Aiguière d'Argent ?

– Non, monsieur ! affirma le colonel avec force. Mais je présume que tous les domestiques ont juré leurs grands dieux qu'ils l'avaient vue comme je vous vois.

– La superstition était le fléau du Moyen Âge, dit Bristow. Il en subsiste encore des traces ici ou là, mais, grâce au ciel, nous nous en libérons.

– La superstition…, murmura Mr Satterthwaite, regardant une nouvelle fois le fauteuil vide. Ne pensez-vous pas qu'elle pourrait être parfois… utile ?

Bristow le dévisagea.

– Utile ? Quelle idée bizarre.

– Alors, j'espère que vous voilà convaincu, Satterthwaite, dit le colonel.

– Oh ! parfaitement. À première vue, il paraît étrange qu'un jeune marié riche et heureux se suicide sans raison alors qu'il fête son retour chez lui… évidemment… mais je reconnais que les faits sont là.

Le front plissé, il répéta à voix basse :

– Les faits…

– Le plus intéressant dans tout ça, reprit Monckton, est sûrement ce que nous ne saurons jamais : qui se cache derrière ce drame. Il y a eu des rumeurs, bien sûr… toutes sortes de rumeurs. Les gens ne peuvent pas s'empêcher de parler.

– Mais personne ne *savait,* dit Mr Satterthwaite, pensif.

– Finalement, ça ne ferait pas une bonne intrigue de roman policier, intervint Bristow. La mort n'a profité à personne.

– Sauf à un enfant qui n'était pas encore né, dit Mr Satterthwaite.

Monckton émit un rire bref.

– Un sale coup pour ce pauvre Hugo Charnley, fit-il remarquer. Lorsque l'on a appris qu'il y avait un enfant, il ne lui restait plus qu'à faire le gros dos et attendre gentiment de voir si c'était un garçon ou une fille. Une attente assez angoissante aussi pour ses créanciers. Un garçon, au bout du compte, et une cruelle déception pour toute la bande.

– La veuve a-t-elle beaucoup souffert ? s'enquit Bristow.

– Pauvre petite, dit Monckton, je ne l'oublierai jamais. Elle n'a pas pleuré, ne s'est pas effondrée, rien. On aurait dit qu'elle était devenue de glace. Comme je l'ai dit, elle a fermé la maison peu après et, à ma connaissance, on ne l'a pas rouverte depuis.

– Nous ignorons donc toujours le mobile du suicide, fit Bristow avec un petit rire. Un autre homme ou une autre femme ? C'est fatalement l'un ou l'autre, non ?

– En apparence, dit Mr Satterthwaite.

– Et il y a gros à parier que c'est plutôt une autre femme, poursuivit Bristow, puisque la jolie veuve ne s'est pas remariée. Je déteste les femmes, ajouta-t-il sans passion.

Mr Satterthwaite ne put réprimer un sourire. Frank Bristow s'en aperçut et passa aussitôt à l'attaque :

– Vous pouvez ricaner, mais c'est vrai. Elles désorganisent tout. Elles se mêlent de ce qui ne les regarde pas. Elles se mettent entre vous et votre travail. Elles… Je n'ai rencontré qu'une seule femme… intéressante.

– Je me disais bien qu'il y en avait une, fit Mr Satterthwaite.

– Pas dans le sens où vous l'entendez. Je… j'ai fait sa connaissance comme ça, par hasard. En fait, c'était dans un train. Après tout, ajouta-t-il sur un ton de défi, pourquoi ne rencontrerait-on pas des gens dans les trains ?

– Parfaitement, parfaitement, dit Mr Satterthwaite d'une voix conciliante, c'est un endroit qui en vaut bien un autre.

– Je revenais du Nord. Nous étions seuls dans le compartiment. Je ne sais pas pourquoi, mais nous avons commencé à bavarder. J'ignore comment elle s'appelle et je ne crois pas que je la reverrai un jour. D'ailleurs, je ne suis pas sûr d'en avoir envie. Ce serait peut-être… dommage.

Il s'interrompit, cherchant ses mots.

– Elle n'était pas tout à fait réelle, vous comprenez. Immatérielle. Comme ces créatures qui descendent des montagnes dans les contes de fées gaéliques.

Mr Satterthwaite hocha la tête avec complaisance. Il n'avait guère de mal à imaginer la scène : Bristow, jeune homme très réaliste et terre à terre, face à une créature inaccessible et fantomatique — immatérielle, comme il disait.

– Pour devenir ainsi, il faut certainement avoir subi une terrible épreuve… terrible au point d'en être presque insupportable. On fuit la réalité, on se réfugie dans un monde à soi et naturellement, au bout d'un certain temps, on ne peut plus revenir.

– Était-ce son cas ? s'enquit Mr Satterthwaite, curieux.

– Je l'ignore, répondit Bristow. Elle ne m'a rien dit, c'est une hypothèse. Il faut bien faire des hypothèses, si l'on veut progresser.

– Oui, murmura Mr Satterthwaite. Il faut bien.

Lorsque la porte s'ouvrit, il leva brusquement la tête avec l'air d'attendre quelque chose, mais les paroles du maître d'hôtel le déçurent :

– Une dame demande à vous voir pour une affaire très urgente, monsieur. Miss Aspasia Glen.

Mr Satterthwaite se leva, quelque peu surpris. Le

nom d'Aspasia Glen lui était familier. Qui, à Londres, ne le connaissait pas ? Présentée comme « La Femme à l'Écharpe » par la publicité, elle avait donné une série de représentations qui avaient fait courir toute la capitale. Sans autre accessoire que son écharpe, elle incarnait toutes sortes de personnages. Son foulard devenait tour à tour coiffe de religieuse, châle d'ouvrière, bonnet de paysanne ainsi que mille autres choses, et chaque fois qu'Aspasia Glen changeait de personnage, elle se transformait totalement. En tant qu'artiste, Mr Satterthwaite ne lui chipotait pas son admiration, mais il n'avait jamais eu l'occasion de faire sa connaissance. Sa visite, à cette heure indue, l'intrigua au plus haut point. S'excusant auprès de ses invités, il sortit du fumoir et gagna le salon.

Miss Glen était installée exactement au milieu d'un vaste canapé recouvert de brocart doré. De ce fait, elle dominait la pièce. Mr Satterthwaite comprit sur-le-champ qu'elle entendait également dominer la situation. Curieusement, sa première réaction fut la répulsion. Il admirait sincèrement le talent d'Aspasia Glen. Sa personnalité — telle qu'elle apparaissait dans les lumières des projecteurs — semblait agréable et sympathique. Ses jeux de scène étaient plus mélancoliques et sensuels qu'impérieux. Mais à présent, confronté à la femme elle-même, il eut une impression totalement différente. Il y avait chez elle un côté dur, arrogant, violent. Grande et brune, elle devait avoir environ trente-cinq ans. Elle était très belle, aucun doute, et n'hésitait évidemment pas à en profiter.

– Pardonnez-moi de venir vous déranger à une heure aussi indue, Mr Satterthwaite, dit-elle d'une voix chaude et caressante. Je ne dirai pas que j'ai envie de vous rencontrer, depuis longtemps, en revanche, je suis *ravie* d'avoir une bonne raison de le faire. Pour en arriver à ce qui m'amène — ha ! ha ! —, voyez-vous, quand j'ai envie de quelque chose, je suis tout simplement incapable d'attendre. Quand j'ai envie d'une chose, il me la faut, voilà.

– Je ne puis que réserver bon accueil au prétexte — quel qu'il soit — qui me vaut la visite d'une femme aussi séduisante, déclara Mr Satterthwaite avec une galanterie démodée.

– Quelle délicatesse ! fit Aspasia Glen.

– Chère madame, permettez-moi de saisir cette occasion de vous remercier pour le plaisir que vous m'avez si souvent procuré… dans mon fauteuil d'orchestre.

Elle lui adressa un sourire ravissant.

– J'irai droit au but, dit-elle. Je me suis rendue aujourd'hui à la Galerie Harchester, où j'ai vu une aquarelle sans laquelle je ne pourrais pas vivre. J'ai voulu l'acheter, mais c'était impossible car vous étiez déjà passé par là. Alors… (elle s'interrompit). Si vous saviez comme j'en ai envie ! reprit-elle. Cher Mr Satterthwaite, il me la *faut*. J'ai apporté mon chéquier. (Elle lui adressa un regard encourageant.) On dit que vous êtes la gentillesse même. Et voyez-vous, les gens *sont* gentils avec moi. C'est très mauvais pour mon caractère… mais c'est ainsi.

Telles étaient donc les méthodes d'Aspasia Glen. En son for intérieur, Mr Satterthwaite jugea cette féminité exacerbée ainsi que cette attitude d'enfant gâtée avec froideur et sévérité. Sans doute auraient-elles dû le persuader de céder, mais ce ne fut pas le cas. Aspasia Glen avait commis une erreur. Elle l'avait pris pour un dilettante sur le retour, sensible aux flatteries d'une jolie femme. Mais la courtoisie scrupuleuse de Mr Satterthwaite cachait un esprit avisé et critique. Il voyait les gens tels qu'ils étaient, non tels qu'ils souhaitaient paraître. Elle ne lui apparut pas comme une charmante créature le suppliant de satisfaire un caprice, mais sous les traits d'une égoïste sans scrupule, fermement décidée — pour quelque obscure raison dont il ignorait tout — à obtenir satisfaction. Et il sut, sans l'ombre d'un doute, qu'Aspasia Glen n'arriverait pas à ses fins. Il ne lui céderait pas *L'Arlequin mort*. Il chercha rapidement le moyen de l'éconduire sans transgresser ouvertement les convenances.

– Je suis sûr, dit-il, que l'on se fait un plaisir d'accéder à vos désirs aussi souvent que l'on peut.

– Alors, vous acceptez ? Je peux avoir l'aquarelle ?

Mr Satterthwaite secoua lentement la tête, l'air navré.

– C'est hélas impossible. Voyez-vous… J'ai acheté cette œuvre pour une dame. C'est un cadeau.

– Oh ! mais vous pouvez sûrement…

Le téléphone, sur la table, sonna. Mr Satterthwaite murmura un mot d'excuse et décrocha le combiné. Il entendit une voix froide et ténue, qui semblait venir de très loin.

– Pourrais-je parler à Mr Satterthwaite, je vous prie ?

– Mr Satterthwaite à l'appareil.

– Ici lady Charnley… Alix Charnley. Vous ne vous souvenez sûrement pas de moi, Mr Satterthwaite, notre rencontre remonte à de très nombreuses années.

– Chère Alix ! Je me souviens de vous, bien entendu.

– J'ai un service à vous demander. Je suis allée aujourd'hui à la Galerie Harchester, où il y avait une exposition, et j'ai vu une aquarelle intitulée *L'Arlequin mort*. Peut-être en avez-vous reconnu le décor : le jardin d'hiver de Charnley. Je... je voudrais avoir cette toile, mais elle vous a été vendue. (Silence.) Mr Satterthwaite, pour des raisons personnelles, je veux cette aquarelle. Accepterez-vous de me la revendre ?

« Mais c'est un miracle ! » songea Mr Satterthwaite. Lorsqu'il répondit, ce fut avec la satisfaction de ne livrer qu'un seul côté de la conversation à Aspasia Glen.

– Si vous acceptez mon cadeau, chère amie, j'en serai très heureux.

Une brève exclamation jaillit, derrière lui, mais il poursuivit :

– Je l'ai acheté à votre intention. Sincèrement. Mais écoutez, ma chère Alix, j'ai moi aussi un service à vous demander, si vous me le permettez.

– Certainement. Je vous suis *tellement* reconnaissante, Mr Satterthwaite !

– Je voudrais que vous veniez chez moi. Tout de suite.

Il y eut un bref silence, puis :

– J'arrive immédiatement.

Mr Satterthwaite raccrocha et se tourna vers miss Glen qui, furieuse, lui lança :

– C'était de l'aquarelle que vous parliez ?

– Oui. La dame à qui je l'offre va nous rejoindre d'ici quelques minutes.

Aussitôt, Aspasia Glen redevint tout sourire.

– Je voudrais la persuader de me laisser cette œuvre. Me permettrez-vous d'essayer ?

– Je vous permettrai d'essayer.

Intérieurement, il était étrangement troublé. Il se trouvait au cœur d'un drame qui progressait vers une issue inévitable. Et lui, l'éternel spectateur, jouait un des rôles principaux. Il se tourna vers miss Glen.

– Voulez-vous m'accompagner à côté ? J'aimerais vous présenter mes amis.

Il lui ouvrit la porte et, après avoir traversé le hall, la fit entrer dans le fumoir.

– Miss Glen, dit-il, voici le colonel Monckton, un de mes vieux amis. Et Mr Bristow, l'auteur de l'aquarelle que vous admirez tant.

Puis il tressaillit en voyant un troisième homme, debout devant le fauteuil qu'il avait laissé vide à côté du sien.

– Vous m'attendiez ce soir, je crois, déclara Mr Quinn. En votre absence, je me suis présenté à vos amis. Je suis très heureux d'avoir pu passer.

– Mon cher ami, dit Mr Satterthwaite, je… j'ai fait du mieux que j'ai pu, mais…

Une lueur, légèrement sardonique, dans les yeux noirs de Mr Quinn le réduisit au silence.

– Permettez-moi de faire les présentations. Mr Harley Quinn… miss Aspasia Glen.

Fut-ce son imagination ou bien eut-elle vraiment un mouvement de recul ? Une expression indéfinissable passa sur son visage. Soudain, Bristow s'écria :

– J'ai trouvé !

– Trouvé quoi ?

– Ce qui me tarabustait. Il y a une ressemblance, une ressemblance très nette. (Il dévisageait Mr Quinn avec curiosité.) Vous voyez ? (Il se tourna vers Mr Satterthwaite.) Ne trouvez-vous pas qu'il y a une ressemblance très nette avec l'Arlequin de mon aquarelle… celui qui regarde par la fenêtre ?

Cette fois, ce ne fut pas son imagination. Il entendit clairement la respiration oppressée de miss Glen et la vit même faire un pas en arrière.

– Je vous ai dit que j'attendais quelqu'un, déclara triomphalement Mr Satterthwaite. Vous devez savoir que mon ami Mr Quinn est un homme tout à fait extraordinaire. Les mystères n'ont aucun secret pour lui. Il peut vous dévoiler ce qui demeure caché.

– Êtes-vous médium, monsieur ? s'enquit le colonel Monckton dévisageant Mr Quinn d'un air méfiant.

Celui-ci sourit et secoua lentement la tête.

– Mr Satterthwaite exagère, affirma-t-il. Il lui est arrivé deux ou trois fois, en ma présence, d'effectuer un remarquable travail de déduction. Je ne saurais dire pourquoi il m'en attribue le mérite… Sa modestie, je présume.

– Non, non, protesta Mr Satterthwaite. Pas du tout. Vous me faites voir des choses… des choses que j'aurais dû voir dès le début… que j'ai vues, en fait, mais sans comprendre que je les voyais.

– Tout ça m'a l'air drôlement compliqué, marmonna le colonel Monckton.

– Pas tellement, dit Mr Quinn. L'ennui, c'est que nous ne nous contentons pas de *voir* les choses… il faut aussi que nous les interprétions mal.

Aspasia Glen se tourna vers Frank Bristow…

– Je voudrais bien savoir, dit-elle d'une voix tendue, ce qui vous a donné l'idée de cette aquarelle.

Bristow haussa les épaules.

– Je ne sais pas au juste, avoua-t-il. L'endroit — Charnley, veux-je dire — a stimulé mon imagination. Cette grande pièce vide… la terrasse… ces histoires de fantômes, tout ça… J'ai appris ce soir que le dernier lord Charnley s'est suicidé. Et si l'esprit survivait après la mort ? Ça doit faire un drôle d'effet, vous savez. Depuis la terrasse, par la fenêtre, il aurait pu regarder son propre cadavre, et tout voir.

– Comment ça, tout *voir* ?

– Eh bien, il aurait vu ce qui est arrivé. Il aurait vu…

La porte s'ouvrit et le maître d'hôtel annonça lady Charnley.

Mr Satterthwaite alla à sa rencontre. Il ne l'avait pas vue depuis presque treize ans. Il se souvenait d'elle telle qu'elle était alors : resplendissante et joyeuse. Il découvrit… une Dame de Glace. Très blonde, très pâle, elle semblait flotter plutôt que marcher… un flocon de neige poussé par un vent glacial. Un côté irréel. Terriblement froide et à peine de ce monde.

– Je vous suis reconnaissant d'être venue, dit Mr Satterthwaite, l'entraînant ensuite vers les autres invités.

Elle esquissa un geste comme si elle connaissait miss Glen, mais s'interrompit face à son absence de réaction.

– Pardonnez-moi, murmura-t-elle, mais je vous ai déjà vue quelque part, n'est-ce pas ?

– Sur les planches, peut-être ? suggéra Mr Satterthwaite. C'est miss Aspasia Glen, lady Charnley.

– Ravie de faire votre connaissance, lady Charnley, dit Aspasia Glen.

Une pointe d'accent d'outre-Atlantique s'était soudain insinuée dans sa voix, ce qui rappela à Mr Satterthwaite un des nombreux personnages qu'elle incarnait sur scène.

– Le colonel Monckton, vous connaissez, poursuivit-il. Et voici Mr Bristow.

Les joues de lady Charnley se colorèrent légèrement.

– J'ai déjà rencontré Mr Bristow, dit-elle avec un pâle sourire. Dans un train.

– Et voici Mr Harley Quinn.

Mr Satterthwaite la regarda attentivement, mais il n'y eut, cette fois, aucune réaction. Il la fit asseoir, puis, s'étant également installé, il s'éclaircit la gorge et, un peu nerveux, prit la parole :

– Je… nous formons un petit groupe très insolite. C'est en effet cette aquarelle qui nous réunit. Je… je crois que, si nous voulions, nous pourrions… faire la lumière.

– Vous n'allez pas organiser une séance de spiritisme, Satterthwaite ? demanda le colonel Monckton. Vous ne vous ressemblez pas, ce soir.

– Non, répondit Mr Satterthwaite, pas exactement. Mais selon mon ami Mr Quinn, dont je partage l'opinion, le recul du temps permet souvent de voir les choses telles qu'elles étaient et non telles qu'elles semblaient être.

– Le recul du temps ? s'étonna lady Charnley.

– Je parle du suicide de votre mari, Alix. Je sais que cela vous fait de la peine…

– Non, dit Alix Charnley, cela ne me fait pas de peine. À présent, plus rien ne peut me faire de la peine.

Mr Satterthwaite songea aux paroles de Frank Bristow : « *Elle n'était pas tout à fait réelle, vous comprenez. Immatérielle. Comme ces créatures qui descendent des montagnes dans les contes de fées gaéliques.* »

Immatérielle, avait-il dit. Ce mot lui convenait parfaitement. C'était une ombre, un reflet. Mais alors, où était la véritable Alix ? Son intelligence répondit aussitôt : « *Dans le passé*. Séparée de nous par quatorze ans. »

– Ma chère, dit-il, vous m'impressionnez. Vous me faites penser à la Pleureuse à l'Aiguière d'Argent.

Crac ! La tasse de café, posée sur la table, près du coude d'Aspasia, tomba et se fracassa par terre. D'un geste, Mr Satterthwaite coupa court à ses excuses. « Nous approchons, pensa-t-il. Nous approchons de minute en minute… mais de quoi ? »

– Reportons-nous quatorze ans en arrière, pendant cette soirée, dit-il. Lord Charnley s'est suicidé. Pour quelle raison ? Nul ne le sait.

Lady Charnley bougea légèrement.

– Lady Charnley sait, intervint brusquement Frank Bristow.

– Absurde ! protesta le colonel Monckton, puis il se tut, le front plissé, étonné.

Elle regardait le peintre assis en face d'elle. Ce fut comme s'il lui tirait les mots. Elle prit la parole, hochant lentement la tête, la voix aussi douce et froide qu'un flocon de neige.

– Oui, vous avez raison. *Je sais*. C'est pourquoi, tant que je vivrai, je ne pourrai pas retourner à Charnley. Et c'est pourquoi, lorsque mon fils Dick me demande de rouvrir la maison et de m'y installer, je lui réponds que ce n'est pas possible.

– Voulez-vous nous dire pour quelle raison, lady Charnley ? demanda Mr Quinn.

Elle le regarda. Puis, comme hypnotisée, elle répondit avec un calme et un naturel d'enfant :

– Je puis vous le dire si vous y tenez. Cela n'a plus d'importance, à présent. J'ai trouvé une lettre dans les papiers de mon mari, et je l'ai détruite.

– Quelle lettre ? s'enquit Mr Quinn.

– Une lettre d'une jeune femme… de cette pauvre petite. C'était la nurse des Merriam. Il avait… il avait fait l'amour avec elle… oui, alors que nous étions fiancés, juste avant notre mariage. Et elle… elle aussi attendait un enfant. C'est ce qu'elle écrivait, et également qu'elle avait l'intention de m'avertir. Alors, voyez-vous, il s'est suicidé.

Elle regarda autour d'elle, lasse et distraite, comme un écolier venant de réciter une leçon qu'il sait trop bien.

Le colonel Monckton se moucha.

– Seigneur, dit-il, c'était donc ça ! Eh bien, il n'y a plus le moindre mystère.

– Vraiment ? fit Mr Satterthwaite. Il en reste au moins un. *Pourquoi Mr Bristow a-t-il peint cette aquarelle ?*

– Que voulez-vous dire ?

Mr Satterthwaite se tourna vers Mr Quinn, comme pour affermir son courage, et obtint apparemment le résultat escompté, car il poursuivit :

– Oui, sans doute me croirez-vous fou, mais cette aquarelle est le nœud de l'affaire. C'est elle qui nous a réunis ici ce soir. Il *fallait* qu'elle soit peinte… voilà ce que je veux dire.

– Vous pensez à l'influence surnaturelle du salon en chêne ? commença le colonel Monckton.

– Non, dit Mr Satterthwaite. Ce n'est *pas* le salon en chêne, mais le jardin d'hiver. C'est cela ! L'esprit du mort qui regarde par la fenêtre et voit son propre cadavre sur le dallage.

– Ce qui était impossible, dit le colonel, puisque le corps se trouvait dans le salon en chêne.

– Et s'il n'y était pas ? dit Mr Satterthwaite. Et s'il gisait exactement là où Mr Bristow l'a vu en imagination, c'est-à-dire sur le dallage noir et blanc, devant la fenêtre ?

– Vous racontez n'importe quoi, fit le colonel Monckton. S'il avait été là, nous ne l'aurions pas trouvé dans le salon en chêne.

– Sauf si quelqu'un l'y avait transporté, dit Mr Satterthwaite.

– Mais alors, objecta le colonel Monckton, comment expliquer que nous ayons vu Charnley entrer dans le salon ?

– Vous n'avez pas vu son visage, n'est-ce pas ? demanda Mr Satterthwaite. En fait, vous avez simplement vu un homme déguisé entrer dans le salon en chêne.

– En habit de brocart et perruque, précisa Monckton.

– Voilà. Et vous avez cru que c'était lord Charnley parce que la gouvernante l'a appelé par ce nom.

– Et parce que, après avoir enfoncé la porte, quelques instants plus tard, nous n'avons trouvé dans la pièce que lord Charnley, mort. Il n'y a pas à sortir de là, Satterthwaite.

– Non, dit Mr Satterthwaite, découragé. Non… sauf s'il y avait une cachette quelconque.

– N'avez-vous pas fait allusion, tout à l'heure, à une cache de prêtre ? intervint Frank Bristow.

– Oh ! s'écria Mr Satterthwaite. Et si… ?

Il leva une main pour demander le silence, posa l'autre sur le front et reprit d'une voix lente, hésitante :

– J'ai une idée. Ce n'est peut-être qu'une idée, mais elle se tient. Supposons que lord Charnley ait été assassiné. Tué dans le jardin d'hiver. Le meurtrier et une deuxième personne traînent le corps dans le salon en chêne. Ils l'allongent par terre et posent le pistolet près de sa main droite. Passons maintenant à l'étape suivante. Le suicide de lord Charnley ne doit pas faire l'ombre d'un doute. Selon moi, cela ne présente aucune difficulté. L'homme en perruque et habit de brocart gagne la porte du salon en chêne ; du haut de l'escalier, pour donner le change, quelqu'un l'appelle comme si c'était lord Charnley. Il entre dans la pièce, ferme les deux portes à clé et tire une balle dans les boiseries. Si vous vous souvenez, il y a déjà des impacts, un trou de plus passera inaperçu. Ensuite, il se cache dans l'alcôve secrète. Des invités enfoncent la porte et se précipitent dans la pièce. Il paraît évident que lord Charnley s'est suicidé ; on n'envisage même pas une autre hypothèse.

– Sornettes, voilà ce que j'en pense ! dit le colonel Monckton. Vous oubliez que Charnley avait une excellente raison de se tuer.

– Une lettre découverte après coup, dit Mr Satterthwaite. Une lettre cruelle, mensongère, rédigée par une petite actrice très habile et sans scrupule qui entendait bien devenir elle-même un jour lady Charnley.

– À savoir ?

– La complice de Hugo Charnley, dit Mr Satterthwaite. Vous savez, Monckton — tout le monde sait —, que c'était un personnage ignoble. Il croyait que le titre ne lui échapperait pas. (Il se tourna soudain vers lady Charnley.) Comment s'appelle la jeune fille qui a écrit cette lettre ?

– Monica Ford.

– Est-ce Monica Ford, Monckton, qui a appelé lord Charnley du haut de l'escalier ?

– Oui… maintenant que vous le dites, il me semble bien que c'était elle.

– Oh ! c'est impossible, dit lady Charnley. Je… je suis allée lui demander des explications. Elle a affirmé que tout était vrai. Je ne l'ai revue qu'une fois, par la suite, mais elle n'a sûrement pas pu jouer la comédie pendant tout ce temps.

Mr Satterthwaite se tourna vers Aspasia Glen.

– Je crois que si, dit-il avec assurance. Je pense qu'elle avait l'étoffe d'une actrice exceptionnelle.

– Il y a un problème que vous n'avez pas résolu, intervint Frank Bristow. Il y aurait eu du sang sur le dallage du jardin d'hiver. Ils n'auraient pas eu le temps de le faire disparaître.

– Non, admit Mr Satterthwaite. Mais existait une solution qui ne prendrait que deux ou trois secondes : poser le tapis de Boukhara sur les taches. Personne n'a vu ce tapis dans le jardin d'hiver avant ce soir-là.

– Vous avez sans doute raison, dit Monckton, mais tout de même… il a bien fallu nettoyer les taches de sang à un moment ou un autre ?

– Oui, reconnut Mr Satterthwaite, au milieu de la nuit… Une femme avec un broc et une cuvette pouvait alors, sans aucun risque, descendre l'escalier et nettoyer le dallage.

– Mais si quelqu'un l'avait vue ?

– Aucune importance, dit Mr Satterthwaite. Je décris les choses telles qu'elles *étaient*. J'ai dit : une femme avec un broc et une cuvette… Si j'avais parlé d'une Pleureuse à Aiguière d'Argent, je les aurais décrites telles qu'elles *semblaient* être…

Il se leva et s'immobilisa devant Aspasia Glen.

– C'est bien ainsi que vous avez procédé, n'est-ce pas ? reprit-il. On vous appelle aujourd'hui « la Femme à l'Écharpe », mais c'est cette nuit-là que vous avez joué votre premier rôle : « la Pleureuse à l'Aiguière d'Argent ». C'est pour cela que vous avez renversé la tasse de café, tout à l'heure. L'aquarelle vous a fait peur. Vous avez cru que quelqu'un savait.

Lady Charnley tendit une blanche main, accusatrice.

– Monica Ford…, souffla-t-elle. Je vous reconnais, à présent !

Aspasia Glen se leva d'un bond. Elle écarta facilement Mr Satterthwaite et se planta, tremblante, devant Mr Quinn.

– Ainsi, j'avais raison. Quelqu'un *savait* ! Oh, je n'ai pas marché dans cette pitrerie, cette parodie d'enquête !

(Elle pointa l'index sur Mr Quinn.) *Vous* étiez là. *Vous* étiez derrière la fenêtre, et vous regardiez. Vous nous avez vus faire, Hugo et moi. Je *savais* que quelqu'un nous espionnait, j'ai eu cette impression du début à la fin. Pourtant, quand je levais la tête, il n'y avait personne. Mais je savais que quelqu'un nous observait. À un moment donné, il m'a semblé apercevoir un visage à la fenêtre. Il m'a hantée pendant toutes ces années. Pourquoi avez-vous rompu le silence aujourd'hui ? Voilà ce que je veux savoir !

– Peut-être pour que le mort puisse reposer en paix, répondit Mr Quinn.

Soudain, Aspasia Glen se précipita vers la porte. Sur le seuil, elle s'arrêta et lança par-dessus l'épaule, sur un air de défi :

– Faites ce que vous voulez ! Dieu sait que vous êtes nombreux à pouvoir témoigner de mes propos. Peu importe, peu importe. J'aimais Hugo, je l'ai aidé dans sa sinistre besogne et, ensuite, il m'a plaquée. Il est mort l'année dernière. Vous pouvez lancer la police à mes trousses, si ça vous chante ; mais comme l'a dit ce petit bonhomme desséché, je suis une très bonne actrice. Elle aura du mal à me retrouver.

Elle tira brutalement la porte derrière elle. Quelques instants plus tard, ils entendirent la porte d'entrée claquer à son tour.

– Reggie… Reggie…, sanglota lady Charnley, le visage couvert de larmes. Oh ! mon chéri, mon chéri, je peux à présent retourner à Charnley. Je peux y vivre avec Dickie. Je peux lui dire ce qu'était son père : le meilleur, le plus merveilleux des hommes.

– Nous devons réfléchir très sérieusement aux suites qu'il convient de donner à cette affaire, déclara le colonel Monckton. Alix, ma chère, si vous me permettez de vous raccompagner, je serai heureux de vous donner mon avis.

Lady Charnley se leva et s'approcha de Mr Satterthwaite. Elle lui posa les mains sur les épaules et l'embrassa très tendrement.

– C'est merveilleux de renaître après être restée morte si longtemps, dit-elle. Car j'étais comme morte, vous savez. Merci, cher Mr Satterthwaite.

Elle sortit en compagnie du colonel Monckton. Mr Satterthwaite les suivit des yeux. Il entendit un grognement et se tourna brusquement vers Frank Bristow, dont il avait oublié la présence.

– C'est une très jolie femme, dit le peintre d'une voix maussade. Mais elle me semble beaucoup moins intéressante que la première fois, ajouta-t-il tristement.

– Ainsi parle l'artiste, fit Mr Satterthwaite.

– Non, c'est vrai, dit Mr Bristow. Je suis persuadé qu'elle me snoberait, si jamais je me risquais à Charnley. Il ne faut pas que j'aille là où on ne souhaite pas me voir.

– Mon jeune ami, dit Mr Satterthwaite, si vous décidez de vous préoccuper un peu moins de l'impression que vous produisez sur les autres, vous vous en trouverez, à mon avis, plus sage et plus heureux. Vous devriez en outre renoncer à quelques idées complètement dépassées, celle qui consiste à croire que la naissance a un sens dans le monde moderne. Vous comptez parmi les jeunes gens solides que les femmes trouvent toujours séduisants, et vous avez sans doute — voire sûrement — du génie. Répétez-vous cela dix fois, tous les jours avant de vous coucher et, dans trois mois, allez rendre visite à lady Charnley dans sa propriété. Voilà le conseil que je vous donne, et je suis un vieil homme qui a une grande expérience du monde.

Un sourire tout à fait charmant éclaira soudain le visage du peintre.

– Vous êtes un type formidable, dit-il. (Il prit la main de Mr Satterthwaite et la serra de toutes ses forces.) Merci mille fois, poursuivit-il. À présent, il faut que j'y aille. Vous m'avez fait passer une soirée absolument extraordinaire, merci encore.

Il regarda autour de lui, comme pour dire au revoir à quelqu'un d'autre, puis sursauta.

– Ça alors ! Votre ami n'est plus là, monsieur. Je ne l'ai même pas vu partir. C'est un drôle d'oiseau, non ?

– Ses allées et venues sont très imprévisibles, reconnut Mr Satterthwaite. C'est une de ses particularités. On ne le voit pas toujours aller et venir.

– Comme Arlequin, dit Frank Bristow, il est invisible.

Et sa plaisanterie le fit rire de bon cœur.

(Traduction de Daniel Lemoine)

10

L'oiseau à l'aile brisée

(The Bird with the Broken Wing)

Mr Satterthwaite regarda par la fenêtre. La pluie tombait sans relâche. Il frissonna. Les maisons de campagne, constata-t-il, sont rarement bien chauffées. Heureusement, d'ici à quelques heures, il filerait vers Londres. Après soixante ans, c'est encore à Londres qu'on est le mieux.

Il se sentait un peu vieux et abandonné. Les autres invités semblaient tous si jeunes ! Quatre d'entre eux venaient de s'enfermer dans la bibliothèque pour faire tourner les tables. Ils lui avaient proposé de se joindre à eux, mais il s'était excusé. L'énumération monotone des lettres de l'alphabet, et le fatras dépourvu de sens que l'on obtenait généralement à la fin, ne parvenait pas à le distraire.

Oui, rien ne valait Londres. Il se félicita d'avoir décliné l'invitation de Madge Keeley, qui lui avait téléphoné une demi-heure plus tôt pour le convier à Lidell. Une jeune personne adorable, certes, mais rien ne peut remplacer Londres.

Mr Satterthwaite frissonna une nouvelle fois et se souvint qu'il y avait généralement un bon feu dans la bibliothèque. Il poussa la porte et se risqua prudemment dans la pièce obscure.

– Si je ne vous dérange pas…

– Était-ce un N ou un M ? Il va falloir recompter. Non, Mr Satterthwaite, pas du tout. Il se passe des choses tout à fait passionnantes, vous savez. L'esprit déclare s'appeler Ada Spiers et notre John va épouser une nommée Gladys Bun dans les jours qui viennent.

Mr Satterthwaite s'installa dans un grand fauteuil devant la cheminée. Les paupières lourdes, il ferma les yeux et s'assoupit. De temps à autre, sortant de sa somnolence, il entendit des bribes de conversation :

– Ça ne peut pas être P A B Z L… ou alors, c'est un Russe. John, tu pousses la table, je t'ai *vu* ! Je suis sûre qu'un nouvel esprit vient d'arriver.

Mr Satterthwaite se remit à somnoler. Puis un nom le réveilla en sursaut.

– Q-U-I-N-N. C'est bien cela ? Oui, il a frappé un coup pour dire « Oui ». Quinn, avez-vous un message ? Oui. Pour moi ? Pour John ? Pour Sarah ? Pour Evelyn ?… Non. Mais il n'y a personne d'autre… Oh ! pour Mr Satterthwaite ? Il dit « Oui » ! Mr Satterthwaite, il y a un message pour vous.

– Lequel ?

Mr Satterthwaite était désormais tout à fait réveillé, droit, les yeux brillants.

La table bougea et une jeune femme compta.

– L-I-D. C'est impossible… ça n'a pas de sens. Je ne connais pas un seul mot commençant par L-I-D.

– Continuez ! dit Mr Satterthwaite, sur un ton si impérieux qu'il fut obéi sans discussion.

– LIDEL et encore un L… Voilà, c'est apparemment tout.

– Continuez.

– Soyez plus précis, s'il vous plaît.

Silence.

– Ça a l'air terminé. La table ne bouge absolument plus. C'est idiot.

– Non, murmura Mr Satterthwaite. Je ne pense pas que ce soit idiot.

Il se leva, sortit et se dirigea tout droit vers le téléphone. Il ne tarda pas à obtenir la communication.

– Pourrais-je parler à miss Keeley ? C'est vous, ma chère Madge ? Je voudrais revenir sur ma décision, si vous le permettez, et accepter votre aimable invitation. Après tout, il n'est pas si urgent que je retourne en ville. Oui… oui… je serai là pour le dîner.

Il raccrocha, ses joues ridées étrangement rouges. Mr Quinn, l'énigmatique Mr Harley Quinn… Mr Satterthwaite compta sur ses doigts le nombre de fois où il avait été amené à côtoyer cet homme auréolé de mystère. Là où Mr Quinn intervenait, des événements extraordinaires se produisaient ! Que s'était-il passé — ou qu'allait-il se passer — à Lidell ?

En tout cas, il y avait du travail en perspective pour lui, Mr Satterthwaite. D'une manière ou d'une autre, il aurait un rôle actif à jouer. C'était une certitude.

Lidell était une vaste demeure. Son propriétaire, David Keeley, comptait parmi ces hommes silencieux, à la personnalité imprécise, qui semblent faire partie des meubles. Leur insignifiance n'est cependant pas due à l'absence de capacités intellectuelles : David Keeley était un mathématicien remarquable, auteur d'un ouvrage totalement incompréhensible pour quatre-vingt-dix-neuf pour cent de l'humanité. Mais, comme beaucoup d'hommes à l'intellect exceptionnel, il manquait de vitalité et de magnétisme. En manière de plaisanterie, on disait de David Keeley que c'était « l'homme invisible ». Les serviteurs omettaient de lui passer le plat de légumes, et les invités oubliaient de lui dire bonjour ou au revoir.

Sa fille, Madge, était toute différente : très directe, débordante de vie et d'énergie. Réfléchie, saine, normale, et extrêmement jolie.

Ce fut elle qui accueillit Mr Satterthwaite à son arrivée.

– Comme c'est gentil d'être venu… tout de même.

– C'est plutôt moi qui dois vous remercier d'avoir accepté que je change d'avis. Madge, ma chère, vous avez l'air en pleine forme.

– Oh ! je suis toujours en forme.

– Oui, je sais. Mais ce n'est pas seulement cela. Vous semblez… « radieuse », voilà le mot qui me vient à l'esprit. Y aurait-il du nouveau, ma chère ? Un événement… exceptionnel ?

Elle rit, rosit.

– C'est décourageant, Mr Satterthwaite. Vous devinez toujours tout.

Il lui prit la main.

– Alors, c'est cela ? L'homme idéal est arrivé ?

C'était une expression démodée, mais Madge ne releva pas. Elle aimait bien les manières démodées de Mr Satterthwaite.

– Je crois, oui. Mais personne n'est censé savoir. C'est un secret. Remarquez, ça ne me dérange pas que vous soyez au courant, Mr Satterthwaite. Vous êtes toujours si gentil et compréhensif.

Mr Satterthwaite adorait vivre des histoires d'amour par procuration. Il était sentimental et victorien.

– Inutile de vous demander qui est l'heureux élu, j'imagine ? Dans ce cas, je dirai simplement ceci : j'espère qu'il est digne de l'honneur que vous lui faites.

« Un amour, ce vieux Mr Satterthwaite », pensa Madge.

– Oh ! je crois que nous allons nous entendre merveilleusement bien, dit-elle. Voyez-vous, nous aimons les mêmes choses, ce qui est déjà un avantage formidable, n'est-ce pas ? Nous avons des tas de choses en commun et nous savons tout l'un de l'autre, tout ça. En fait, nous nous connaissons depuis longtemps. C'est beaucoup plus agréable et sécurisant, n'est-ce pas ?

– Absolument, reconnut Mr Satterthwaite. Mais, si j'en crois mon expérience, on ne peut jamais vraiment tout savoir de quelqu'un. Cela fait partie du charme et de l'intérêt de l'existence.

– Je prends le risque, dit Madge en riant, puis ils montèrent s'habiller pour le dîner.

Mr Satterthwaite fut en retard. Il n'avait pas amené de valet de chambre, et il s'affolait toujours un peu lorsqu'un inconnu avait déballé ses affaires. Tout le monde était là quand il descendit et, dans le style moderne, Madge dit simplement :

– Ah ! voilà Mr Satterthwaite. À table ! je meurs de faim. Allons-y.

Elle précéda les autres dans la salle à manger, en compagnie d'une grande femme aux cheveux gris — une femme remarquable. Sa voix était très nette, un peu tranchante, et son visage aux traits bien dessinés ne manquait pas d'une certaine beauté.

– Comment ça va, Satterthwaite ? dit Mr Keeley.

Mr Satterthwaite sursauta.

– Ça va, répondit-il. Je ne vous avais pas vu.

– C'est toujours comme ça, fit tristement Mr Keeley.

Ils entrèrent. La table était ovale, en acajou. Mr Satterthwaite se trouva placé entre sa jeune hôtesse et une petite brune pleine d'énergie, dont la voix forte et le rire sonore exprimaient plutôt la volonté d'être optimiste à tout prix que la véritable gaieté. Prénommée Doris, elle appartenait à la catégorie de jeunes femmes que Mr Satterthwaite ne supportait pas. Sur le plan artistique, estimait-il, son existence ne se justifiait pas.

De l'autre côté de Madge il y avait un homme d'une trentaine d'années, dont la ressemblance avec la femme aux cheveux gris indiquait clairement qu'ils étaient mère et fils.

Près de lui…

Mr Satterthwaite sursauta.

Il n'aurait pas pu dire exactement ce que c'était. Ce n'était pas la beauté. C'était autre chose… quelque chose de plus indéfinissable, de plus impalpable que la beauté.

Mr Keeley entretenait laborieusement la conversation et elle écoutait, la tête légèrement penchée. Présente, elle semblait cependant absente. En fait, elle paraissait beaucoup moins réelle que les autres convives. La façon dont son corps s'inclinait sur le côté était belle, plus que belle. Elle leva la tête, son regard croisa celui de Mr Satterthwaite et le mot qu'il cherchait lui vint à l'esprit.

Féerique, voilà. Elle était d'une nature féerique. Elle

évoquait ces créatures à demi humaines du Peuple caché, qui habitent les collines creuses. Comparés à elle, les autres semblaient presque trop réels…

Mais en même temps, chose curieuse, elle suscitait la compassion. Tout se passait comme si elle était diminuée par sa condition de créature à demi humaine. Il chercha l'expression appropriée et la trouva.

Un oiseau à l'aile brisée, dit Mr Satterthwaite.

Satisfait, il reporta son attention sur le scoutisme féminin, et espéra que la jeune Doris n'avait pas remarqué sa distraction. Lorsqu'elle se tourna vers son voisin de droite, un homme que Mr Satterthwaite avait à peine remarqué, il se tourna lui-même vers Madge.

– Qui est cette femme, à côté de votre père ? demanda-t-il à voix basse.

– Mrs Graham ? Ah ! non, vous voulez dire Mabelle. Vous ne la connaissez donc pas ? Mabelle Annesley. Elle est née Clydesley vous savez, les malheureux Clydesley.

Il tressaillit. Les malheureux Clydesley… Il se souvint. Un garçon s'était brûlé la cervelle, une fille s'était noyée, une autre avait péri dans un tremblement de terre. Une famille bizarrement maudite. Cette jeune fille devait être la plus jeune.

Il fut soudain rappelé à ses devoirs. Madge lui toucha la main sous la table. Les autres bavardaient. Elle inclina légèrement la tête sur sa gauche.

– C'est lui, murmura-t-elle.

Mr Satterthwaite hocha la tête pour montrer qu'il avait entendu. Ainsi, ce jeune Graham était l'homme que Madge avait choisi. Eh bien, elle aurait difficilement pu trouver mieux, du moins à première vue, et

Mr Satterthwaite était un fin observateur avisé. Un jeune homme sympathique, agréable, plutôt prosaïque. Ce serait un beau couple… raisonnables tous les deux… des jeunes gens sains, solides et sociables.

Lidell fonctionnait suivant les anciens usages. Les femmes quittèrent la salle à manger les premières. Mr Satterthwaite alla trouver Graham et engagea la conversation. Elle le confirma dans son opinion favorable, pourtant il eut l'impression très nette que quelque chose n'allait pas. Roger Graham était distrait, ailleurs, et sa main trembla lorsqu'il posa son verre sur la table.

« Il est préoccupé, se dit finement Mr Satterthwaite. À mon avis, ce n'est pas aussi grave qu'il le croit. Tout de même, je me demande pourquoi. »

Mr Satterthwaite était accoutumé à prendre des pastilles digestives après le repas. Comme il avait négligé de les apporter, il monta les chercher dans sa chambre.

Pour regagner le salon, il emprunta le long couloir du rez-de-chaussée. À mi-chemin de ce couloir se trouvait une pièce baptisée « jardin d'hiver ». Mr Satterthwaite jeta un coup d'œil par la porte ouverte, en passant, et s'arrêta net.

Le clair de lune entrait dans la pièce. Les vitres grillagées lui imprimaient une étrange vibration rythmique. Assise légèrement inclinée sur l'appui de la fenêtre, une silhouette pinçait doucement les cordes d'une guitare hawaïenne — non pas sur un tempo de jazz mais sur une cadence beaucoup plus ancienne, évoquant le galop de chevaux féeriques dans des montagnes féeriques.

Mr Satterthwaite resta immobile, fasciné. Elle portait une robe bleu foncé, en terne mousseline ruchée et plissée, qui faisait penser au plumage d'un oiseau. Penchée sur son instrument, elle fredonnait.

Lentement, pas à pas, il entra. Il était déjà près d'elle lorsqu'elle leva la tête et le vit. Elle ne sursauta pas, remarqua-t-il, ne parut pas étonnée.

– J'espère que je ne vous dérange pas, commença-t-il.

– Je vous en prie… asseyez-vous.

Il s'installa près d'elle, sur une chaise en chêne verni tandis qu'elle chantonnait à mi-voix.

– C'est une soirée magique, dit-elle. Ne trouvez-vous pas ?

– Oui, il y avait beaucoup de magie dans l'air.

– Les autres m'ont demandé d'aller chercher ma guitare, expliqua-t-elle. Quand je suis passée devant cette pièce, je me suis dit qu'il serait charmant de rester seule ici… dans le noir, avec la lune.

– Dans ce cas, je…

Mr Satterthwaite voulut se lever, mais elle ne le laissa pas aller jusqu'au bout de son geste.

– Non, ne partez pas. Vous… vous êtes à votre place, ici. C'est drôle, mais c'est ainsi.

Il se réinstalla.

– Étrange soirée, reprit-elle. Je suis allée me promener dans la forêt, en fin d'après-midi, et j'ai rencontré un homme… un homme comme je n'en ai jamais vu : grand et ténébreux, comme une âme en peine. Le soleil se couchait, et ses rayons, à travers les arbres, lui faisaient une sorte de costume d'Arlequin.

– Ah !

Mr Satterthwaite se pencha ; sa curiosité grandit.

– J'ai voulu lui parler… Il… il ressemblait beaucoup à quelqu'un que je connais. Mais je l'ai perdu parmi les arbres.

– Je crois savoir qui c'est, dit Mr Satterthwaite.

– Vraiment ? Il est… intéressant, n'est-ce pas ?

– Oui, il est intéressant.

Il y eut un silence. Mr Satterthwaite fut embarrassé. Il lui sembla qu'il devait faire quelque chose — mais il ignorait ce que c'était. Cependant, il y avait sûrement un lien avec cette jeune fille. Sûrement. Il dit, assez maladroitement :

– Parfois… quand on est malheureux… on a envie de fuir…

– Oui, c'est vrai. (Elle s'interrompit brusquement.) Oh ! je vois ce que vous voulez dire. Mais vous vous trompez. C'est tout le contraire ! J'avais envie d'être seule parce que je suis heureuse.

– Heureuse ?

– Terriblement heureuse.

Elle parlait très doucement, mais Mr Satterthwaite sursauta soudain. Ce que cette étrange jeune fille entendait par être heureuse ne ressemblait pas à ce que les mêmes mots signifiaient pour Madge Keeley. Le bonheur, pour Mabelle Annesley, impliquait une sorte d'extase intense et radieuse, un état qui n'était pas seulement humain, mais plus qu'humain. Il se tassa légèrement sur lui-même.

– Je… je n'étais pas au courant, dit-il maladroitement.

– Évidemment, vous ne pouvez pas le savoir. D'ailleurs, ce n'est pas encore fait, je ne suis pas heureuse… mais je vais bientôt l'être. (Elle se pencha vers lui.) Savez-vous ce que l'on éprouve au milieu d'une forêt, une grande forêt avec des ombres noires et des arbres tout autour de soi, une forêt dont on ne pourra peut-être jamais sortir… et que l'on voit soudain, juste devant soi, le pays de ses rêves… lumineux, magnifique… Pour y entrer, il suffit de laisser les arbres et les ténèbres derrière soi…

– Beaucoup de choses semblent belles, dit Mr Satterthwaite aussi longtemps qu'elles nous échappent. Ce sont souvent les choses les plus hideuses qui paraissent les plus belles…

Mr Satterthwaite tourna la tête en entendant des pas. Un homme blond, au visage stupide, fermé, était entré. C'était l'inconnu qu'il avait failli ne pas voir pendant le dîner.

– Ils t'attendent, Mabelle, dit-il.

Elle se leva. Son visage avait perdu toute son expression, sa voix fut neutre et calme :

– Je viens, Gérard, dit-elle. Je bavardais avec Mr Satterthwaite.

Elle sortit du jardin d'hiver, Mr Satterthwaite à sa suite. Il jeta un coup d'œil par-dessus l'épaule en passant, et surprit l'expression du mari de Mabelle. Un visage avide, désespéré.

« Prisonnier de la féerie, songea Mr Satterthwaite. Et il s'en rend très bien compte. Pauvre garçon… pauvre garçon. »

Le salon était brillamment éclairé. Les reproches de Madge et Doris Coles furent véhéments.

– Mabelle, espèce de chameau, tu en as mis un temps !

Elle s'assit sur un tabouret bas, accorda sa guitare hawaïenne et chanta. Les autres mêlèrent leurs voix à la sienne.

« Est-il possible, pensa Mr Satterthwaite, que l'on ait écrit tant de chansons idiotes sur *My Baby* ? »

Mais il devait reconnaître que les mélodies plaintives et syncopées étaient émouvantes. Bien entendu, elles étaient bien loin de valoir les valses d'autrefois.

La fumée s'accumula. Le rythme syncopé continua.

« Pas de conversation, pensa Mr Satterthwaite. Pas de bonne musique. Pas de *tranquillité*. » Il aurait voulu que le monde ne soit pas devenu aussi bruyant.

Soudain, Mabelle Annesley s'interrompit, lui adressa un sourire et se mit à chanter une mélodie de Grieg.

– *Mon cygne, ô mon beau cygne…*

C'était un des morceaux préférés de Mr Satterthwaite. Il aimait la note de surprise ingénue, à la fin :

– *Vous n'étiez donc qu'un cygne ? Rien qu'un cygne ?*

Ensuite, les invités se dispersèrent. Pendant que Madge offrait à boire, son père prit la guitare hawaïenne et pinça distraitement les cordes. On se dit « Bonne nuit », et l'on se dirigea progressivement vers la porte. Tout le monde parlait en même temps. Gérard Annesley s'éclipsa discrètement, abandonnant les autres.

Sur le seuil du salon, Mr Satterthwaite prit cérémonieusement congé de Mrs Graham. Il y avait deux escaliers : le premier à proximité, l'autre au bout d'un long couloir. Pour gagner sa chambre, Mr Satterthwaite devait prendre le second. Mrs Graham et son fils empruntèrent l'autre escalier, où Gérard Annesley les avait silencieusement précédés.

– Tu devrais prendre ta guitare, Mabelle, dit Madge. Sinon tu l'oublieras demain matin. Tu dois partir tellement tôt.

– Venez, Mr Satterthwaite, dit Doris Coles, le saisissant impétueusement par le bras. Couché tôt… etc.

Madge prit l'autre bras et ils coururent jusqu'au bout du couloir, Doris riant aux éclats. Arrivés au pied de l'escalier, ils attendirent David Keeley qui suivait à une allure plus pondérée, éteignant les lampes. Ils montèrent tous ensemble.

Mr Satterthwaite se préparait à descendre à la salle à manger pour le petit déjeuner, le lendemain matin, quand on frappa discrètement à sa porte. Madge Keeley entra. Son visage était d'une pâleur mortelle et elle tremblait de tous ses membres.

– Oh ! Mr Satterthwaite.

– Que se passe-t-il, ma chère enfant ? dit-il en lui prenant la main.

– Mabelle… Mabelle Annesley…

– Eh bien ?

Qu'était-il arrivé ? Un terrible malheur, aucun doute. Madge articula à grand-peine :

– Elle… elle s'est pendue cette nuit… derrière sa porte. Oh ! c'est trop horrible…

Les sanglots l'obligèrent à s'interrompre.

Elle s'est pendue ? Impossible. Incompréhensible !

Il adressa quelques paroles réconfortantes et démodées à Madge, puis descendit en toute hâte. Il rencontra David Keeley, perplexe et dépassé par les événements.

– J'ai téléphoné à la police, Satterthwaite. C'est apparemment indispensable. D'après le médecin, en tout cas. Il vient juste de terminer l'examen de… du… Bon sang, quelle horrible histoire ! Elle devait être désespérément malheureuse pour en finir de cette façon… Bizarre, cette chanson, hier soir. Le Chant du cygne, hein ? Elle faisait tout à fait penser à un cygne… un cygne noir.

– Oui.

– Le chant du cygne, répéta Keeley. Ça montre qu'elle y pensait déjà, hein ?

– On le dirait… Oui, on dirait bien.

Il hésita puis demanda s'il pouvait la voir… enfin, si…

Son hôte comprit ses explications embarrassées.

– Si vous voulez. J'oubliais que vous avez une prédilection pour les tragédies humaines.

Il prit l'escalier principal. Mr Satterthwaite le suivit. En haut se trouvait la chambre de Roger Graham et, en face, de l'autre côté du couloir, celle de sa mère. La porte de cette dernière était entrouverte et un mince filet de fumée filtrait par l'entrebâillement.

Sur le moment, Mr Satterthwaite fut étonné. Selon lui, Mrs Graham n'était pas du genre à fumer le matin. En réalité, il avait même l'impression qu'elle ne fumait pas du tout.

Ils suivirent le couloir jusqu'à l'avant-dernière porte. David Keeley entra dans la chambre, Mr Satterthwaite sur ses talons.

La pièce n'était pas très grande et avait manifestement été occupée par un homme. Une porte donnait sur une deuxième chambre. Un morceau de corde pendait encore à un crochet, dans la partie supérieure de la porte. Sur le lit…

Mr Satterthwaite resta une minute immobile, les yeux fixés sur la mousseline froissée. Il constata qu'elle était ruchée, plissée et évoquait le plumage d'un oiseau. Le visage, après un bref coup d'œil, il ne le regarda plus.

Ses yeux passèrent de la porte où pendait le morceau de corde à celle par laquelle ils étaient entrés.

– Était-elle ouverte ? demanda-t-il.

– Oui. Enfin, d'après la bonne.

– Annesley dormait à côté ? A-t-il entendu quelque chose ?

– D'après lui… rien.

– Presque incroyable, murmura Mr Satterthwaite, se tournant une nouvelle fois vers la silhouette étendue sur le lit. Où est-il ?

– Annesley ? En bas, avec le médecin.

Ils descendirent et constatèrent qu'un inspecteur de police venait d'arriver. Mr Satterthwaite fut agréablement surpris de reconnaître une de ses vieilles relations, l'inspecteur Winkfield. L'inspecteur monta dans la chambre en compagnie du médecin et, quelques minutes plus tard, il fut demandé à toutes les personnes présentes de se réunir au salon.

On avait baissé les stores et une atmosphère funèbre régnait dans la pièce. Doris Coles semblait effrayée, dépressive. Elle se tamponnait continuellement les yeux avec un mouchoir. Déterminée, vigilante, Madge avait recouvré tout son sang-froid. Mrs Graham, le visage grave et impassible, était parfaitement maîtresse d'elle-même, comme toujours. Son fils, en revanche, paraissait plus affecté que les autres par la tragédie : il semblait complètement à la dérive, ce matin. David Keeley, comme d'habitude, se confondait avec le décor.

Le mari éploré était seul assis, un peu à l'écart. Il paraissait étrangement hébété, comme s'il ne se rendait pas tout à fait compte de ce qui s'était passé.

Mr Satterthwaite, calme en apparence, était intérieurement très perturbé par l'importance du devoir qu'il lui faudrait bientôt remplir.

L'inspecteur Winkfield entra, suivi du Dr Morris, et ferma la porte derrière lui. Il s'éclaircit la voix et prit la parole.

– C'est un événement très regrettable… très regrettable, aucun doute. Compte tenu des circonstances, il est nécessaire que je pose quelques questions à chacun d'entre vous. Vous n'y verrez certainement pas d'objection. Je vais commencer par Mr Annesley. Vous me pardonnerez de vous demander cela, monsieur, mais votre épouse a-t-elle déjà menacé de mettre fin à ses jours ?

Mr Satterthwaite ne put s'empêcher d'ouvrir la bouche, mais la ferma aussitôt. Il avait tout le temps. Mieux valait ne pas parler trop tôt.

– Je… non, je ne crois pas.

Sa voix fut si hésitante, si bizarre que les autres lui lancèrent un coup d'œil furtif.

– Vous n'en êtes pas sûr, monsieur ?

– Si, je… tout à fait sûr. Elle n'a jamais menacé de se suicider.

– Tiens ! À votre connaissance, elle n'était pas malheureuse ?

– Non, je… Non, pas que je sache.

– Elle ne vous a rien dit ? Qu'elle se sentait déprimée, par exemple ?

– Je… Non, rien.

Quelle qu'ait été son opinion, l'inspecteur la garda pour lui. Il passa simplement à l'étape suivante :

– Voulez-vous me raconter brièvement ce qui s'est passé hier soir ?

– Nous… nous sommes tous montés nous coucher. Je me suis endormi immédiatement et je n'ai rien entendu. Ce matin, c'est le cri de la bonne qui m'a réveillé. Je me suis précipité dans la chambre voisine et j'ai trouvé ma femme… je l'ai trouvée…

Sa voix se brisa. L'inspecteur hocha la tête.

– Oui, oui, c'est amplement suffisant. Inutile de revenir là-dessus. Quand avez-vous vu votre femme pour la dernière fois, hier soir ?

– Je… En bas.

– En bas ?

– Oui, nous sommes sortis du salon tous ensemble. Je suis monté directement, laissant les autres bavarder dans le hall.

– Et vous n'avez pas revu votre femme ? N'est-elle pas passée vous dire bonne nuit, quand elle est montée à son tour ?

– Je dormais déjà.

– Pourtant, elle ne vous a suivi que quelques minutes plus tard. C'est bien cela, monsieur ?

Il avait adressé ces derniers mots à David Keeley, qui acquiesça.

– Une demi-heure plus tard, elle n'était toujours pas arrivée. Annesley fut catégorique.

L'inspecteur se tourna tranquillement vers Mrs Graham.

– Elle n'est pas allée bavarder avec vous, madame ?

Fut-ce son imagination, ou bien Mr Satterthwaite perçut-il un bref silence avant la réponse ferme et décisive de Mrs Graham ?

– Non, je suis montée directement dans ma chambre et j'ai fermé la porte. Je n'ai rien entendu.

L'inspecteur reporta son attention sur Annesley.

– Et vous dites, monsieur, que vous dormiez et n'avez rien entendu. La porte de communication était ouverte, n'est-ce pas ?

– Je… je crois, oui. Mais, logiquement, ma femme est entrée par l'autre porte, celle du couloir.

– Néanmoins, monsieur, il y a des bruits qui n'auraient pas dû vous échapper, des râles, le martèlement de talons contre la porte…

– *Non !*

Ce fut Mr Satterthwaite qui intervint, impulsivement, incapable de s'en empêcher. Sous l'effet de la surprise, tous les regards se tournèrent vers lui. Il se troubla, balbutia, rosit.

– Je… je m'excuse, inspecteur. Mais il faut que je parle. Vous êtes sur la mauvaise piste. La mauvaise piste, absolument. Mrs Annesley ne s'est pas suicidée. J'en suis sûr. On l'a assassinée.

Le silence fut total. Puis l'inspecteur s'enquit calmement :

– Qu'est-ce qui vous conduit à cette conclusion, monsieur ?

– Je… c'est une intuition. Une intuition très forte.

– Mais, monsieur, ce n'est sûrement pas tout. Il doit bien y avoir une raison précise.

Il y avait, bien entendu, une raison précise. Il y avait le mystérieux message de Mr Quinn. Mais allez donc dire cela à un inspecteur de police. Mr Satterthwaite chercha désespérément une solution, en vain.

– Hier soir, nous avons bavardé et elle m'a dit qu'elle était très heureuse. Très heureuse exactement. Ce ne sont pas là les paroles d'une femme qui songe à se suicider.

Triomphant, il ajouta :

– Elle est retournée chercher sa guitare hawaïenne au salon, afin de ne pas l'oublier le lendemain matin. Cela non plus ne plaide pas en faveur du suicide.

– Non, reconnut l'inspecteur. Non, apparemment pas. (Il se tourna vers David Keeley.) A-t-elle emporté sa guitare à l'étage ?

Le mathématicien fit un effort de mémoire.

– Il me semble… oui, elle est montée avec. Je me souviens de l'avoir aperçue au moment où Mrs Annesley tournait à l'angle de l'escalier, avant d'éteindre en bas.

– Oh ! s'écria Madge. Mais alors, que fait-elle ici ?

D'un geste théâtral, elle montra la guitare hawaïenne posée sur une table.

– C'est curieux, dit l'inspecteur.

Il traversa rapidement la pièce et tira le cordon de sonnette.

Un ordre bref envoya le maître d'hôtel à la recherche de la bonne chargée de faire les chambres le matin. Elle vint et sa réponse fut sans ambiguïté. La guitare était déjà là quand elle avait balayé le salon, aux premières heures de la matinée.

L'inspecteur Winkfield la congédia puis dit sèchement :

– Je voudrais parler à Mr Satterthwaite en particulier, s'il vous plaît. Vous pouvez nous laisser. Mais personne ne doit quitter la maison.

Mr Satterthwaite prit précipitamment la parole dès que la porte fut fermée derrière les autres.

– Je… je suis absolument sûr, inspecteur, que vous avez l'affaire en main. Absolument. J'ai simplement pensé… compte tenu, comme je l'ai dit, d'une intuition très forte…

L'inspecteur interrompit ce flot de paroles d'un geste de la main.

– Vous avez tout à fait raison, Mr Satterthwaite. La victime a été assassinée.

– Vous le saviez ? fit Mr Satterthwaite, dépité.

– Plusieurs détails ont troublé le Dr Morris.

Il se tourna vers le médecin, qui était resté et confirma d'un signe de tête.

– Nous avons procédé à un examen approfondi, reprit le policier. La corde qui se trouvait autour de son cou n'est pas celle qui a servi à l'étrangler : on a utilisé quelque chose de beaucoup plus fin, sans doute du fil de fer, qui a entamé la chair. La marque de la corde est superposée. On l'a étranglée, puis pendue à la porte pour faire croire à un suicide.

– Mais qui… ?

– Oui, dit l'inspecteur. Qui ? Voilà la question. Pourquoi pas le mari, qui dormait dans la chambre voisine, n'a pas pris la peine de souhaiter bonne nuit à sa femme et n'a rien entendu ? Nous n'avons pas eu besoin de chercher bien loin. Il faut savoir quelles étaient leurs relations. C'est là que vous pouvez nous être utile, Mr Satterthwaite. Vous avez vos entrées ici, vous êtes mieux placé que nous pour saisir le dessous des choses. Tâchez de découvrir comment ces deux-là s'entendaient.

– Je n'aime guère…, commença Mr Satterthwaite avec raideur.

– Ce ne sera pas la première fois que vous nous aiderez à élucider un meurtre. Je n'ai pas oublié le cas de Mrs Strangeways. Vous avez du *flair* pour ces choses-là, monsieur. Un flair infaillible.

Oui, c'était vrai : *il avait du flair.* Il dit modestement :

– Je ferai de mon mieux, inspecteur.

Gérard Annesley avait-il tué sa femme ? Était-ce possible ? Mr Satterthwaite se souvint de son visage désespéré la veille au soir. Il l'aimait et souffrait. La souffrance pousse souvent l'homme à des actes inexplicables.

Mais ce n'était pas tout… Il y avait un autre élément. Mabelle avait dit qu'elle se voyait sortir d'une forêt… elle allait vers un bonheur, pas un bonheur paisible, rationnel, mais un bonheur essentiellement irrationnel… une extase débridée…

Si Gérard Annesley disait la vérité, Mabelle était montée dans sa chambre au moins une demi-heure après lui. Et pourtant, David Keeley l'avait vue dans l'escalier. Dans cette aile, deux autres chambres étaient occupées : celle de Mrs Graham et celle de son fils.

Son fils ? Mais lui et Madge…

Madge aurait sûrement deviné… Mais elle n'était pas du genre à deviner. N'empêche : jamais de fumée sans feu… Fumée ?

Ah ! il se souvenait. *Un peu de fumée sortant de la chambre de Mrs Graham par la porte entrebâillée.*

Il ne prit pas le temps de réfléchir. Montant l'escalier quatre à quatre, il entra dans sa chambre vide. Il ferma la porte à clé derrière lui.

Il gagna la cheminée. Une pile de fragments carbonisés. Très prudemment, il les étala du bout du doigt. La chance lui sourit. Au cœur de la pile, il trouva quelques fragments non brûlés… des morceaux de lettres…

Des bribes très décousues qui lui fournirent néanmoins une information capitale.

La vie peut être merveilleuse, Roger chéri. Je le découvre seulement maintenant… Avant de te rencontrer, Roger, je vivais dans un rêve.

Gérard sait, je crois… Je regrette, mais que puis-je faire ? Rien n'existe en dehors de toi, Roger… Nous serons ensemble, bientôt…

Que comptes-tu lui dire, Roger, quand nous viendrons à Lidell ? Ta dernière lettre était étrange… mais je n'ai pas peur…

Très soigneusement, Mr Satterthwaite glissa les morceaux de papier dans une enveloppe trouvée sur la table. Il gagna la porte, l'ouvrit, la tira… et se trouva nez à nez avec Mrs Graham.

Ce fut un instant embarrassant et Mr Satterthwaite, pendant quelques instants, ne fit pas bonne figure. Il attaqua le problème de front, ce qui était peut-être la meilleure solution.

– Je fouillais votre chambre, Mrs Graham. J'ai trouvé quelque chose… Un paquet de lettres incomplètement brûlées.

L'inquiétude altéra ses traits. Cela ne dura que l'espace d'un éclair, mais ce ne fut pas une illusion.

– Des lettres de Mrs Annesley à votre fils.

Après une hésitation, elle reconnut calmement :

– C'est exact. J'ai jugé préférable de les détruire.

– Pour quelle raison ?

– Mon fils est fiancé. Ces lettres, si on les avait découvertes à la suite du suicide de cette malheureuse…, auraient sans doute causé beaucoup de souffrances et de difficultés.

– Votre fils pouvait les brûler lui-même.

Elle n'avait pas prévu cette objection. Mr Satterthwaite poussa son avantage :

– Vous avez trouvé ces lettres dans la chambre de votre fils et vous les avez apportées chez vous pour les brûler. Pourquoi ? Vous aviez peur, Mrs Graham.

– Je n'ai pas l'habitude de céder à la peur, Mr Satterthwaite.

– Non, mais la situation était désespérée.

– Désespérée ?

– Votre fils risquait d'être arrêté… pour meurtre.

– Pour meurtre ?

Il la vit blêmir. Il enchaîna rapidement :

– Hier soir, vous avez entendu Mrs Annesley entrer dans la chambre de votre fils. Lui avait-il parlé de ses fiançailles… ? Non, je vois que non. Il lui a annoncé la nouvelle à ce moment-là. Ils se sont disputés, et il…

– C'est un mensonge !

Ils étaient si absorbés par leur guerre des mots qu'ils n'entendaient rien lorsque des pas approchèrent. Roger Graham était discrètement monté derrière eux.

– Laissez, mère… Ne vous inquiétez pas. Venez dans ma chambre, Mr Satterthwaite.

Le vieux monsieur le suivit. Mrs Graham tourna les talons et ne tenta pas de les accompagner. Roger Graham ferma la porte derrière eux.

– Alors, Mr Satterthwaite, vous croyez que j'ai tué Mabelle. Je l'aurais étranglée, ici, et je serais ensuite allé la pendre à cette porte, plus tard, une fois les autres endormis ?

Mr Satterthwaite le regarda fixement. Puis, contre toute attente, il répondit :

– Non, ce n'est pas ce que je crois.

– Dieu merci ! Je n'aurais pas pu tuer Mabelle. Je… je l'aimais… je ne sais pas. C'est si compliqué que je ne sais plus où j'en suis. J'aime beaucoup Madge, depuis toujours. C'est une très chic fille. Nous sommes faits pour nous entendre. Mais Mabelle, c'était différent. C'était… comment dire… en quelque sorte féerique. En fait, je crois… que j'avais peur d'elle.

Mr Satterthwaite hocha la tête.

– C'était de la folie… une extase totalement déroutante… Mais c'était impossible. Cela n'aurait pas marché. Ces choses-là ne durent pas. Désormais, je sais ce que l'on éprouve lorsque l'on est ensorcelé.

– Oui, ce devait être cela, fit Mr Satterthwaite, songeur.

– Je… je voulais en finir. J'avais l'intention d'avertir Mabelle hier soir.

– Mais vous ne l'avez pas fait ?

– Non, dit Graham. Je vous jure, Mr Satterthwaite, que je ne l'ai pas vue après lui avoir dit bonsoir, en bas.

– Je vous crois, dit Mr Satterthwaite.

Il se leva. Roger Graham n'avait pas tué Mabelle Annesley. Il aurait pu la fuir, mais pas la tuer. Il avait peur d'elle, peur de son charme indéfinissable, féerique. Il avait connu l'extase et lui avait tourné le dos. Il préférait la solution raisonnable, celle qui avait les meilleures chances de « marcher » et renonçait au rêve impalpable qui risquait de l'entraîner vers l'inconnu.

C'était un jeune homme sage et, de ce fait, sans intérêt, aux yeux de Mr Satterthwaite, qui était un artiste et savait apprécier la vie.

Il laissa Roger Graham dans sa chambre et gagna le rez-de-chaussée. Le salon était vide. La guitare hawaïenne de Mabelle se trouvait sur un tabouret, près de la fenêtre. Il la prit et pinça distraitement les cordes. Il ignorait tout de cet instrument, mais avait suffisamment d'oreille pour se rendre compte qu'il était abominablement désaccordé. Il se risqua à tourner une cheville.

Doris Coles entra. Elle lui adressa un regard de reproche.

– La guitare de cette pauvre Mabelle !

Son attitude clairement réprobatrice donna à Mr Satterthwaite envie d'insister.

– Accordez-la, dit-il, et il ajouta : Si vous savez.

– Je sais, évidemment, répliqua Doris, refusant d'être prise pour une idiote.

Elle prit l'instrument, pinça une corde, tourna énergiquement une cheville… et la corde cassa.

– Allons, bon ! Oh, je vois… Ça, c'est extraordinaire ! Il y a une erreur… cette corde est trop grosse. C'est une corde de *la.* C'est stupide de l'avoir mise là. Elle casse quand on tente de l'accorder, évidemment. Les gens sont vraiment stupides.

– Oui, dit Mr Satterthwaite. Exactement, même quand ils se croient intelligents…

Il prononça ces mots sur un ton si bizarre qu'elle le regarda avec étonnement. Il reprit la guitare et retira la corde cassée. Il sortit avec. Dans la bibliothèque, il rencontra David Keeley.

– Tenez, dit-il.

Il tendit la corde. Keeley la prit.

– Qu'est-ce que c'est ?

– Une corde de guitare cassée.

Il s'interrompit, puis reprit :

– *Qu'avez-vous fait de l'autre ?*

– L'autre ?

– *Celle qui vous a servi à étrangler Mabelle Annesley.* C'était très intelligent, n'est-ce pas ? Cela n'a pris qu'un instant… pendant que nous étions tous en train de rire et bavarder dans le hall.

» Mabelle est revenue chercher sa guitare hawaïenne. Quelques instants plus tôt, pendant que vous tripotiez l'instrument, vous en aviez ôté une corde. Vous la lui avez passée autour du cou et vous l'avez étranglée. Puis vous êtes sorti, vous avez fermé la porte à clé, et nous avez rejoints. Plus tard, au milieu de la nuit, vous êtes descendu et… et vous vous êtes débarrassé du corps en le pendant à la porte de sa chambre. Ensuite vous avez remplacé la corde de guitare… *mais ce n'était pas la bonne,* c'est pourquoi vous avez été stupide.

Il y eut un silence.

– Mais pourquoi l'avez-vous tuée ? demanda Mr Satterthwaite. Au nom du ciel, *pourquoi* ?

Mr Keeley rit, un drôle de petit gloussement qui donna carrément envie de vomir à Mr Satterthwaite.

– C'était trop facile, dit-il. Voilà pourquoi ! Et puis… les gens ne font jamais attention à moi. Les gens ne s'intéressent jamais à ce que je fais. Je me suis dit… je me suis dit que ce serait un bon tour à leur jouer.

Et il se remit à rire, du même gloussement sournois, regardant Mr Satterthwaite avec des yeux de fou.

L'inspecteur Winkfield choisit cet instant pour entrer dans la pièce et Mr Satterthwaite en fut heureux.

Vingt-quatre heures plus tard, regagnant Londres, Mr Satterthwaite s'endormit et s'aperçut, à son réveil, qu'un homme brun, de haute taille, s'était installé en face de lui dans le compartiment. Il n'en fut pas tellement étonné.

– Cher Mr Quinn !

– Oui… me voilà.

Mr Satterthwaite murmura :

– Je voudrais pouvoir me cacher. Je suis confus… J'ai échoué.

– En êtes-vous sûr ?

– Je ne l'ai pas sauvée.

– Mais vous avez découvert la vérité ?

– Oui… c'est exact. Sans moi, Annesley ou Graham aurait peut-être été accusé — peut-être même condamné. J'ai donc de toute façon sauvé la vie d'un homme. Mais elle… Elle… Cette créature étrange, féerique…

Sa voix se brisa. Mr Quinn le regarda fixement.

– La mort est-elle le plus grand malheur qui puisse arriver ?

– Je… ma foi… peut-être pas…

Mr Satterthwaite se souvint… Madge et Roger Graham… le visage de Mabelle au clair de lune… la sérénité surnaturelle de son bonheur…

– Non, reconnut-il. Non. La mort n'est peut-être pas le plus grand malheur…

Il se remémora la mousseline plissée de sa robe bleue, qui évoquait pour lui le plumage d'un oiseau… Un oiseau à l'aile brisée…

Lorsqu'il leva la tête, il s'aperçut qu'il était seul. Mr Quinn avait disparu.

Mais il avait laissé quelque chose.

Un oiseau grossièrement sculpté dans une pierre d'un bleu terne était posé sur la banquette. Sur le plan artistique, il n'avait sûrement pas grand mérite. Mais c'était sans importance.

Car sa nature était impalpable, féerique.

Tel fut le verdict de Mr Satterthwaite. Et Mr Satterthwaite était un connaisseur.

(Traduction de Daniel Lemoine)

11

Le bout du monde

(The World's End)

C'était à cause de la duchesse que Mr Satterthwaite était venu en Corse. Normalement, à cette époque de l'année, il séjournait sur la Côte d'Azur où il savait jouir du maximum de confort — élément primordial de l'existence auquel il attachait une importance maniaque. Mais, s'il aimait son confort, il aimait aussi les duchesses. À sa manière — naïve, courtoise et surannée —, Mr Satterthwaite était un snob. Il appréciait la haute société. Or la duchesse de Leith était une duchesse tout ce qu'il y avait d'authentique. On ne risquait pas de trouver des charcutiers de Chicago parmi ses ancêtres. Elle était non seulement fille de duc, mais également femme de duc.

À part ça, c'était une vieille dame plutôt mal fagotée, qui raffolait des vêtements ornés de perles noires. Elle possédait des quantités de diamants sertis à l'ancienne, qu'elle portait comme sa mère les avait portés avant elle : épinglés au hasard sur toute sa personne. Quelqu'un avait un jour insinué que la duchesse se plantait au beau milieu de la pièce et que sa femme de chambre lançait les broches sur elle au petit bonheur. Elle versait des dons généreux aux œuvres de charité et veillait à ce que ses locataires et les personnes à sa charge ne manquent de rien ; en revanche, dès qu'il s'agissait de dépenses courantes, elle se montrait d'une extrême avarice. Elle ne se déplaçait que dans les voitures de ses amies et achetait tout en solde.

Sur un caprice, la duchesse avait décidé de partir pour la Corse. Cannes l'ennuyait et elle s'était fâchée avec le directeur de l'hôtel au sujet du prix de sa suite.

– Vous m'accompagnerez, Satterthwaite, avait-elle décrété. À notre âge, un léger parfum de scandale n'est pas pour nous faire peur.

Mr Satterthwaite s'était senti délicatement flatté. Jusqu'à présent, personne n'avait jamais parlé de scandale à son propos : il était bien trop insignifiant. Un scandale… une duchesse… Voilà qui était merveilleux !

– La Corse est très pittoresque, avait dit la duchesse. Bandits, vendettas, j'en passe et des meilleures. En outre, la vie y est extrêmement bon marché, d'après ce que je me suis laissé conter. Manuel s'est montré ce matin d'une rare insolence. Ces directeurs d'hôtel ont besoin qu'on les remette à leur place de temps en temps. Qu'ils ne s'attendent pas à avoir une clientèle huppée, s'ils se conduisent comme ça ! Je ne me suis pas gênée pour lui dire ma façon de penser.

– Je crois, avait hasardé Mr Satterthwaite, que l'on peut voyager très confortablement en prenant l'avion à Antibes.

– Cela doit coûter les yeux de la tête, avait répliqué la duchesse d'un ton cassant. Renseignez-vous, je vous prie.

– J'y vais de ce pas.

Bien que son rôle se limitât à faire le coursier, Mr Satterthwaite s'était senti tout ému.

En apprenant le tarif du billet d'avion, la duchesse avait aussitôt écarté cette solution.

– Ils ne s'imaginent tout de même pas que je vais payer une somme aussi extravagante pour monter dans un de leurs cercueils volants !

Ils effectuèrent donc la traversée en bateau, et Mr Satterthwaite endura dix heures d'un pénible inconfort. Tout d'abord, comme le bateau partait à 19 heures, il était persuadé qu'on leur servirait à dîner à bord. Or il n'y eut pas de dîner. Ensuite, le bateau était exigu, la mer agitée. Si bien que, lorsqu'on le débarqua à Ajaccio, aux premières heures de la matinée, Mr Satterthwaite était plus mort que vif.

La duchesse, au contraire, était fraîche comme une rose. Peu lui importait l'inconfort s'il était synonyme d'économie. Elle s'enthousiasma pour le spectacle qui s'offrait à eux sur le quai, avec les palmiers et le soleil levant. Toute la population de l'île semblait s'être donné rendez-vous pour assister à l'arrivée du bateau, et c'est avec des cris et des gestes d'excitation qu'on jeta la passerelle.

– *On jurerait que c'est la première fois qu'ils voient cette manœuvre !* dit un Français grassouillet qui se tenait près d'eux.

– Ma camériste a rendu tripes et boyaux toute la nuit, gronda la duchesse. On n'est pas plus stupide.

Mr Satterthwaite eut un sourire blafard.

– C'est ce que j'appelle gâcher de la bonne nourriture, poursuivit la duchesse, outrée.

– Parce qu'elle avait trouvé quelque chose à manger ? demanda Mr Satterthwaite avec envie.

– J'avais emporté quelques biscuits et une tablette de chocolat. Quand j'ai compris qu'on ne nous servirait pas à dîner, je lui ai donné le tout. Les petites gens font toujours tellement d'histoires s'il leur faut sauter un repas !

La passerelle s'immobilisa enfin, et un cri de triomphe jaillit de la foule. Une bande de brigands d'opérette se précipita aussitôt à bord pour arracher de force aux passagers leurs bagages à main.

– Venez, Satterthwaite, dit la duchesse. J'ai hâte de prendre un bain chaud et une tasse de café.

Mr Satterthwaite aussi, mais il n'eut pas entière satisfaction sur ce plan. Ils furent accueillis à l'hôtel par le directeur qui, après force courbettes, leur montra leurs chambres. Celle de la duchesse comportait une salle de bains ; Mr Satterthwaite, lui, dut se contenter d'une baignoire située dans une chambre qui n'était pas la sienne. Espérer avoir de l'eau chaude à une heure si matinale était apparemment déraisonnable. Un peu plus tard, le vieux monsieur but du café très noir servi dans un récipient sans couvercle. On avait ouvert en grand les persiennes et la fenêtre de sa chambre pour laisser entrer l'air matinal, vif et parfumé. Une journée éblouissante, toute de bleu et de vert.

D'un ample geste du bras, le garçon d'hôtel montra le paysage.

– *Ajaccio*, dit-il d'un ton solennel. *Le plus beau port du monde !*

Sur ce, il s'éclipsa.

Contemplant la baie d'un bleu profond et, à l'arrière-plan, les montagnes enneigées, Mr Satterthwaite n'était pas loin de partager cet avis. Son café terminé, il s'allongea sur le lit et sombra dans un profond sommeil.

Au déjeuner, la duchesse se montra d'excellente humeur.

– C'est exactement ce qu'il vous faut, Satterthwaite, dit-elle. Idéal pour vous débarrasser de toutes vos petites manies de vieille fille. (Elle prit son face-à-main et embrassa la salle du regard.) Ma parole, mais c'est Naomi Carlton Smith !

Elle indiqua à Mr Satterthwaite une jeune fille assise toute seule à une table près de la fenêtre. Une jeune fille aux épaules voûtées, avachie sur sa chaise. Sa robe semblait taillée dans une sorte de grosse toile brune. Elle avait des cheveux noirs coupés court et mal peignés.

– Une artiste ? demanda Mr Satterthwaite.

Il était doué pour « situer » les gens.

– Tout juste, répondit la duchesse. Du moins, c'est ainsi qu'elle se présente. Je savais qu'elle traînassait dans un coin curieux du globe. Pauvre comme Job, orgueilleuse comme Lucifer et une araignée au plafond, comme tous les Carlton Smith. Sa mère était ma cousine germaine.

– Elle fait donc partie du clan Knowlton ?

La duchesse acquiesça.

– Elle a fait son propre malheur, expliqua-t-elle. Une fille intelligente, pourtant. Elle s'est amourachée d'un jeune homme fort peu recommandable, un de ces types de Chelsea. Il écrivait des pièces, des poèmes ou je ne sais quoi d'aussi malsain. Personne n'en a voulu, bien évidemment. Alors il a volé des bijoux et s'est fait prendre. Il a écopé de cinq ans, je crois. Mais vous vous en souvenez sûrement ? Ça s'est passé l'hiver dernier.

– J'étais en Égypte à cette époque, expliqua Mr Satterthwaite. J'avais attrapé une mauvaise grippe fin janvier et les médecins ont insisté pour que j'aille me reposer en Égypte. J'ai manqué beaucoup de choses.

Il y avait dans sa voix une réelle note de regret.

– Cette petite m'a tout l'air de broyer du noir, dit la duchesse en ajustant de nouveau son face-à-main. Je ne puis tolérer cela.

En sortant de la salle à manger, elle s'arrêta près de la table de miss Carlton Smith et donna une petite tape sur l'épaule de la jeune fille.

– Alors, Naomi, on ne se souvient pas de moi ?

D'assez mauvaise grâce, Naomi se mit debout.

– Si, madame. Je vous ai vue entrer. Je ne pensais pas que vous me reconnaîtriez.

Elle parlait d'une voix traînante, avec indolence, et son comportement trahissait une indifférence totale.

– Quand vous aurez fini de déjeuner, venez me voir sur la terrasse, ordonna la duchesse.

– Très bien, répondit Naomi en bâillant.

La duchesse passa son chemin et dit à Mr Satterthwaite :

– Manières déplorables, comme tous les Carlton Smith.

Ils prirent leur café dehors, au soleil. Cinq minutes plus tard, Naomi Carlton Smith sortit de l'hôtel d'un pas nonchalant et les rejoignit. Elle se laissa tomber mollement sur une chaise, les jambes étendues devant elle sans grâce aucune.

Curieux visage, avec son menton en galoche et ses yeux gris profondément enfoncés dans les orbites. Un visage intelligent et malheureux, auquel il ne manquait pas grand-chose pour être beau.

– Alors, Naomi ? dit la duchesse avec brusquerie. Que devenez-vous ?

– J'sais pas. J'attends mon heure.

– Vous avez peint, ces temps-ci ?

– Un peu.

– Montrez-moi vos croûtes.

Naomi eut un large sourire. La tyrannique duchesse ne lui en imposait nullement. Elle était plutôt amusée. Elle entra dans l'hôtel et en ressortit avec un carton à dessin.

– Ça ne vous plaira pas, madame, je vous préviens. Dites carrément ce que vous pensez, je ne me vexerai pas.

Mr Satterthwaite rapprocha un peu sa chaise. Il était intéressé. Quelques instants plus tard, il l'était encore davantage. La duchesse, pour sa part, n'apprécia pas du tout.

– Je n'arrive même pas à savoir dans quel sens ça se regarde, gémit-elle. Bonté divine, mon enfant, le ciel n'a jamais eu cette couleur… la mer non plus.

– C'est comme ça que je les vois, répondit Naomi, sans se démonter.

– Pouah ! s'exclama la duchesse, examinant une autre peinture. Celle-ci me donne la chair de poule.

– C'est le but, dit Naomi. Vous me faites là un compliment sans le vouloir.

C'était une bizarre œuvre cubiste, une étude de figuier de Barbarie — tout juste identifiable en tant que tel.

D'un gris verdâtre, avec de violentes touches de couleur là où les fruits scintillaient comme des pierres précieuses. Une masse de chair palpitante, maléfique… purulente. Mr Satterthwaite détourna les yeux en frissonnant.

Il s'aperçut que Naomi le regardait en hochant la tête d'un air compréhensif.

– Je sais, dit-elle. Mais ça se *veut* répugnant.

La duchesse s'éclaircit la gorge.

– Au fond, il est très facile d'être peintre aujourd'hui, fit-elle observer d'un ton cinglant. On n'essaie même pas de copier la nature. On se contente d'appliquer des pelletées de peinture — j'ignore avec quel instrument, mais sûrement pas avec un pinceau…

– Avec un couteau à palette, glissa Naomi avec un grand sourire.

– … On en met une bonne dose d'un coup, enchaîna la duchesse. On en fait des petits tas. Et voilà le travail ! Tout le monde s'esbaudit : « Quel talent ! » Pour ma part, ces barbouillages m'exaspèrent. Donnez-moi plutôt…

– Un beau tableau d'Edwin Landseer représentant un chien ou un cheval.

– Et pourquoi pas ? riposta la duchesse. Que reprochez-vous à Landseer ?

– Rien, dit Naomi. Il est très bien. Et vous aussi, vous êtes très bien. La surface des choses est toujours belle, lisse et brillante. Je vous respecte, madame, vous avez de la force. Vous avez pris la vie à bras-le-corps et vous avez eu le dessus. Mais les gens qui sont en dessous, eux, voient l'envers du décor. Et c'est intéressant, d'une certaine manière.

La duchesse la regarda, bouche bée.

– Je ne comprends pas un traître mot de ce que vous racontez, déclara-t-elle.

Mr Satterthwaite continuait d'examiner les esquisses. À la différence de la duchesse, il se rendait compte de leur perfection technique. Stupéfait et ravi, il leva les yeux vers la jeune fille.

– Accepteriez-vous de m'en vendre une, miss Carlton Smith ?

– Pour cinq guinées, prenez celle que vous voudrez, répondit-elle avec indifférence.

Après un court moment d'hésitation, Mr Satterthwaite fixa son choix sur une étude de figue de Barbarie et d'aloès. Au premier plan éclatait la tache jaune d'un mimosa, sur le rouge-écarlate de la fleur d'aloès qui ressortait en pointillé ; à l'arrière-plan, inexorables, la forme allongée de la figue de Barbarie et le motif en épée de l'aloès rehaussaient mathématiquement l'ensemble.

Il s'inclina légèrement devant la jeune fille.

– Je suis très heureux de mon acquisition, et je pense avoir fait une bonne affaire. Un jour, miss Carlton Smith, je pourrai réaliser un excellent bénéfice en revendant cette étude, si toutefois il m'en prend l'envie !

Naomi se pencha pour voir laquelle il avait prise, et il discerna une lueur d'intérêt dans ses yeux. Pour la première fois, elle prenait vraiment conscience de son existence. Il y avait du respect dans le bref coup d'œil qu'elle lui lança.

– Vous avez choisi la meilleure, dit-elle. Ça me fait plaisir.

– Vous êtes assez grand pour savoir ce que vous faites,

dit la duchesse. Et il se peut que vous ayez raison ; à ce qu'il paraît, vous êtes un connaisseur. Mais n'allez pas me dire que ces trucs d'avant-garde sont du domaine de l'art, parce que ça n'est pas vrai. Enfin, inutile de discuter là-dessus. Je ne suis ici que pour quelques jours et je tiens à visiter un peu l'île. Vous avez une voiture, j'imagine, Naomi ?

La jeune fille acquiesça.

– Parfait ! dit la duchesse. Demain, nous irons faire une excursion.

– Ma voiture n'a que deux places.

– Aucune importance ! Il y a bien un spider où installer Mr Satterthwaite ?

Un frisson parcourut le vieux monsieur, qui avait pu se faire une idée, le matin même, de l'état des routes corses. Naomi l'observait, songeuse.

– Je crains que ma voiture ne vous convienne pas, dit-elle. C'est une vieille guimbarde complètement déglinguée. Je l'ai achetée d'occasion pour une bouchée de pain. Elle accepte tout juste de grimper les côtes — en se faisant prier —, mais je ne peux pas prendre de passagers. Remarquez, vous trouverez en ville un excellent garage où louer une voiture.

– Louer une voiture ? répéta la duchesse, scandalisée. Vous n'y songez pas ! Au fait, qui était cet homme d'allure sympathique, au teint jaunâtre, qui est arrivé dans une automobile à quatre places juste avant le déjeuner ?

– Ce devait être Mr Tomlinson. C'est un juge indien à la retraite.

– Voilà qui explique son teint jaune, dit la duchesse. Je

me demandais s'il n'avait pas la jaunisse. Il m'a l'air d'un homme très convenable. Je lui soumettrai le problème.

Ce soir-là, en descendant pour le dîner, Mr Satterthwaite trouva la duchesse parée de diamants, resplendissante dans une robe de velours noir, en grande conversation avec le propriétaire de la fameuse voiture. Quand elle aperçut le vieux monsieur, elle lui fit un signe impérieux.

– Approchez, Mr Satterthwaite. Mr Tomlinson me raconte des choses passionnantes et figurez-vous qu'il se propose de nous emmener demain en excursion dans son automobile !

Mr Satterthwaite regarda la duchesse avec une admiration non dissimulée.

– Allons dîner, dit-elle. Venez donc vous asseoir à notre table, Mr Tomlinson, nous pourrons ainsi continuer à bavarder.

Plus tard, la duchesse rendit son verdict :

– Un homme très convenable.

– Et une auto très convenable, rétorqua Mr Satterthwaite.

– Vilain ! dit la duchesse en lui donnant une tape sonore sur les doigts avec le miteux éventail noir qui ne la quittait jamais.

Mr Satterthwaite eut une grimace de douleur.

– Naomi sera également de la partie, reprit la duchesse. Elle prendra sa voiture. Cette petite veut faire bande à part. Elle est très égoïste. Pas vraiment égocentrique, mais totalement indifférente aux êtres et aux choses qui l'entourent. N'est-ce pas votre avis ?

– Je ne pense pas que ce soit possible, répondit Mr Satterthwaite d'une voix lente. Je veux dire… il faut bien que chacun s'intéresse à *quelque chose*. Bien entendu, il y a ceux qui se prennent pour le centre de l'univers, mais je suis d'accord avec vous : elle n'entre pas dans cette catégorie. Elle ne s'intéresse absolument pas à elle-même. Et pourtant, elle a une forte personnalité… il y a donc sûrement *quelque chose* qui compte pour elle. J'ai cru tout d'abord que c'était son art, mais ce n'est pas cela. Je n'ai jamais rencontré quelqu'un qui ait l'air aussi détaché de la vie. C'est dangereux.

– Dangereux ? Comment cela ?

– Eh bien, je suppose… elle doit avoir une obsession quelconque, or les obsessions sont toujours dangereuses.

– Satterthwaite, ordonna la duchesse, ne dites pas de bêtises et écoutez-moi. Pour en revenir à demain…

Mr Satterthwaite écouta. À vrai dire, c'était son rôle essentiel dans la vie.

Ils partirent de bonne heure le lendemain matin, en emportant le pique-nique. Naomi, qui séjournait sur l'île depuis six mois, devait leur servir de guide. Tandis qu'elle attendait le signal du départ, assise au volant de sa voiture, Mr Satterthwaite s'approcha d'elle et lui demanda d'un air mélancolique :

– Je ne peux vraiment pas… venir avec vous ?

Elle secoua la tête.

– Vous serez beaucoup mieux à l'arrière de l'autre voiture. Les sièges sont confortablement rembourrés. Dans mon vieux tacot, vous sauteriez en l'air à chaque dos-d'âne.

– Sans compter les côtes à grimper…

Naomi éclata de rire.

– Oh ! j'ai dit ça uniquement pour vous épargner le

spider. La duchesse a amplement les moyens de louer une auto, mais c'est la femme la plus radine d'Angleterre. Et pourtant je ne peux pas m'empêcher d'avoir de l'affection pour elle ; c'est une brave femme, au fond.

– Alors, je peux venir avec vous, finalement ? dit Mr Satterthwaite, plein d'espoir.

Elle le dévisagea avec curiosité.

– Pourquoi êtes-vous si désireux de m'accompagner ?

– Quelle question ! répondit Mr Satterthwaite, en inclinant le buste avec sa galanterie désuète.

Elle sourit, mais secoua la tête.

– Ce n'est pas la véritable raison, dit-elle d'un air pensif. C'est étrange… Quoi qu'il en soit, vous ne pouvez pas venir avec moi. Pas aujourd'hui.

– Un autre jour, peut-être ? suggéra poliment Mr Satterthwaite.

– Un autre jour ! répéta-t-elle avec un rire subit, un rire que Mr Satterthwaite jugea très bizarre. Un autre jour ? Ma foi, nous verrons.

Ils se mirent en route, traversèrent la ville et suivirent la longue courbe de la baie. Ensuite, ils pénétrèrent à l'intérieur des terres et passèrent une rivière avant de se rapprocher de la côte échancrée, avec ses centaines de petites criques. Puis ils commencèrent à monter. La route sinueuse s'élevait régulièrement, toujours plus haut, en une succession de tournants éprouvants pour les nerfs. Tout en bas, ils voyaient la baie bleue avec, de l'autre côté, Ajaccio qui étincelait au soleil, blanche, comme une ville de conte de fées.

Des virages, encore et toujours des virages, avec un précipice tantôt d'un côté, tantôt de l'autre. Mr Satterthwaite avait un peu le vertige, et légèrement mal au cœur. La route n'était pas bien large. Et ils continuaient à grimper.

Il faisait froid, à présent. Le vent descendait sur eux, directement des cimes enneigées. Mr Satterthwaite remonta le col de son pardessus et le boutonna bien serré sous son menton.

Il faisait très froid. De l'autre côté de la baie, Ajaccio était toujours baignée de lumière ; mais en altitude, de gros nuages gris voilaient le soleil par intermittence. Mr Satterthwaite cessa d'admirer la vue ; il avait follement envie d'un hôtel bien chauffé et d'un fauteuil confortable.

Devant eux, la petite voiture de Naomi grimpait sans faiblir. Plus haut, toujours plus haut. Ils se trouvaient maintenant sur le toit du monde. De chaque côté, il y avait des collines plus basses dont les versants descendaient en pente douce vers des vallées. Ils contemplèrent les pics enneigés qui se dressaient à l'arrière-plan. Le vent les cinglait, aiguisé comme un couteau. Soudain, Naomi s'arrêta et se tourna vers eux.

– Nous voici au Bout du Monde, dit-elle. Évidemment, ce n'est pas le temps idéal pour le voir.

Ils descendirent de voiture. Ils étaient arrivés dans un petit hameau comprenant une demi-douzaine de maisons en pierre. Un nom imposant était inscrit sur un panneau, en lettres de trente centimètres de haut : « Coti Chiaveeri ».

Naomi haussa les épaules.

– C'est le nom officiel, mais je préfère l'appeler « le Bout du Monde ».

Elle fit quelques pas, bientôt rejointe par

Mr Satterthwaite. Ils avaient maintenant dépassé les maisons. La route n'allait pas plus loin. Naomi l'avait bien dit : c'était le fin fond de la terre, l'ultime limite, le commencement du néant. Derrière eux, le blanc ruban de la route ; devant eux… rien. Seulement la mer en contrebas, loin, très loin…

Mr Satterthwaite prit une profonde inspiration.

– C'est un endroit extraordinaire. On a le sentiment qu'il pourrait arriver n'importe quoi, ici, qu'on pourrait rencontrer n'importe qui…

Il s'interrompit en voyant, juste devant eux, un homme assis sur un rocher, le visage tourné vers la mer. Ils ne l'avaient pas remarqué jusqu'alors ; il était apparu brusquement, comme par magie. On l'aurait cru surgi du paysage environnant.

– Je me demande…, commença Mr Satterthwaite.

À cet instant, l'inconnu tourna la tête et Mr Satterthwaite put voir son visage.

– Ça alors ! Mr Quinn ! Voilà qui est incroyable… Miss Carlton Smith, je vous présente mon ami Mr Quinn, un homme tout à fait exceptionnel. (Comme Mr Quinn protestait, il insista :) Si, si, vous avez le don d'arriver toujours à point nommé.

Il s'interrompit. Il avait l'impression d'avoir dit — bien que maladroitement — quelque chose de significatif, mais il n'avait pas la moindre idée de ce que c'était.

Naomi serra la main de Mr Quinn, à sa manière un peu brusque.

– Nous sommes ici pour pique-niquer, dit-elle. À mon avis, nous allons être gelés jusqu'à la moelle.

Mr Satterthwaite frissonna.

– Peut-être pourrions-nous trouver un endroit abrité ? hasarda-t-il.

– Je dois reconnaître que celui-ci ne l'est pas, dit Naomi. Il vaut néanmoins le coup d'œil, n'est-ce pas ?

– Oui, assurément. (Mr Satterthwaite se tourna vers Mr Quinn.) Miss Carlton Smith appelle ce lieu « le Bout du Monde ». C'est un nom assez bien choisi, n'est-il pas vrai ?

Mr Quinn inclina lentement la tête, à plusieurs reprises.

– Oui… très évocateur. C'est le genre d'endroit où on ne vient qu'une seule fois dans sa vie… un endroit à partir duquel on ne peut plus poursuivre son chemin.

– Que voulez-vous dire ? demanda vivement Naomi.

Il se tourna vers elle.

– Eh bien… généralement, on a le choix entre plusieurs directions, n'est-ce pas ? À droite ou à gauche. En avant ou en arrière. Ici, vous avez la route derrière ; et devant… rien.

Naomi le regarda bizarrement. Soudain, elle frissonna et retourna vers les autres. Les deux hommes lui emboîtèrent le pas. D'un ton qui était maintenant celui de la conversation, Mr Quinn demanda :

– Cette petite voiture est-elle à vous, miss Carlton Smith ?

– Oui.

– Vous tenez vous-même le volant ? Il doit falloir beaucoup de maîtrise pour conduire par ici. Les virages sont assez impressionnants. Un instant d'inattention, des freins qui lâchent, et… la chute… la longue, l'interminable chute dans le vide. Ce serait… très facile.

Ils avaient maintenant rejoint les autres. Mr Satterthwaite fit les présentations. Soudain, il sentit qu'on le tirait par le bras. C'était Naomi. Elle l'entraîna à l'écart et lui demanda d'un ton véhément :

– Qui est-ce ?

Mr Satterthwaite la considéra avec étonnement.

– À vrai dire, je n'en sais trop rien. Enfin… je le connais depuis des années, nous nous sommes rencontrés par hasard, à plusieurs reprises, mais de là à le connaître vraiment…

Il s'interrompit, conscient de débiter des propos insignifiants. La jeune fille ne l'écoutait pas ; elle se tenait devant lui, tête baissée, les poings sur les hanches.

– Il sait des choses, dit-elle. Il sait des choses… Comment peut-il savoir ?

Mr Satterthwaite se sentait bien incapable de répondre. Il se contenta de la regarder bêtement, incapable de comprendre la tempête qui agitait la jeune femme.

– J'ai peur, dit-elle dans un murmure.

– Peur de Mr Quinn ?

– Peur de ses yeux. Il voit des choses…

Mr Satterthwaite sentit sur sa joue quelque chose de froid et d'humide. Il leva la tête.

– Ma parole, il neige ! s'exclama-t-il, tout surpris.

– Nous avons bien choisi notre jour pour pique-niquer, dit Naomi.

Au prix d'un effort, elle avait recouvré le contrôle d'elle-même.

Que fallait-il faire ? À cette question répondit une cacophonie de suggestions. La neige tombait à gros flocons serrés. Mr Quinn proposa d'aller s'abriter dans la petite auberge en pierre qui se trouvait à l'entrée du hameau. Tout le monde se rallia à cette suggestion et se rua vers le refuge en question.

– Vous avez vos provisions, dit Mr Quinn, et vous pourrez sûrement vous faire servir du café.

C'était une taverne minuscule, plongée dans une pénombre que l'unique petite fenêtre ne parvenait guère à dissiper ; en revanche, un réconfortant rougeoiement provenait du fond de la salle. Une vieille femme corse jetait une brassée de branchages dans le feu, qui se mit à flamber. À la lueur des flammes, les nouveaux venus purent constater que d'autres clients les avaient précédés.

Trois personnes étaient assises au bout d'une table en bois nu. La scène parut vaguement irréelle à Mr Satterthwaite, mais les personnes en question lui semblèrent encore plus irréelles.

La femme qui trônait au bout de la table ressemblait à une duchesse — ou plutôt, elle correspondait à l'idée que l'on se fait généralement d'une duchesse. Elle incarnait de manière idéale la « grande dame » de théâtre. Le port de tête aristocratique, les cheveux d'un blanc neigeux, coiffés avec un goût exquis, elle était drapée dans de souples vêtements gris qui formaient sur elle des plis artistiques. L'une de ses longues mains blanches supportait son menton, tandis que l'autre tenait un petit pain tartiné de pâté de foie. À sa droite se trouvait un homme au visage très pâle et aux cheveux très noirs, portant des lunettes à monture d'écaille. Il était habillé avec une élégance raffinée. En cet instant, il avait la tête rejetée en arrière, le bras gauche déployé, comme s'il s'apprêtait à déclamer une tirade.

À gauche de la dame aux cheveux blancs était assis un petit homme chauve à l'air jovial. Les arrivants ne lui accordèrent qu'un coup d'œil.

Il y eut un moment de flottement, puis la duchesse — la vraie — prit la situation en main.

– C'est trop dommage, n'est-ce pas, cette tempête de neige ? dit-elle d'un ton affable.

Elle s'avança, arborant un sourire résolu dont elle avait éprouvé la grande efficacité à l'époque où elle était membre des services sociaux et de diverses commissions.

– J'imagine que vous avez été pris au dépourvu, tout comme nous ? La Corse est néanmoins un endroit ravissant. Je ne suis arrivée que ce matin.

L'homme aux cheveux noirs se leva pour céder sa place à la duchesse, qui le gratifia d'un charmant sourire.

La dame aux cheveux blancs prit la parole :

– Nous sommes ici depuis une semaine, dit-elle.

Mr Satterthwaite tressaillit. Cette voix… pouvait-on l'oublier, une fois qu'on l'avait entendue ? Chargée d'émotion et d'une exquise mélancolie, elle résonna contre les murs de pierre. Il eut l'impression que l'inconnue avait prononcé des paroles merveilleuses, mémorables, riches de signification. Elle avait parlé avec son cœur.

En aparté, il chuchota vivement à Mr Tomlinson :

– L'homme aux lunettes, c'est Mr Vyse… le producteur, vous savez ?

Le juge indien à la retraite considérait Mr Vyse avec une certaine antipathie.

– Et… que produit-il ? demanda-t-il. Des enfants ?

Choqué que l'on pût faire une remarque aussi grossière sur le compte de Mr Vyse, Mr Satterthwaite protesta :

– Seigneur, non ! Des pièces de théâtre.

– Je retourne dehors, dit Naomi. Il fait trop chaud ici.

Sa voix, forte et cassante, fit sursauter Mr Satterthwaite. La jeune fille se dirigea vers la porte presque comme une aveugle, frôlant au passage Mr Tomlinson. Mais, sur le seuil, elle se heurta à Mr Quinn qui lui bloqua le passage.

– Allez vous asseoir, dit-il d'un ton autoritaire.

Après une brève hésitation, Naomi obéit — à la grande surprise de Mr Satterthwaite. Elle s'assit à l'autre bout de la table, aussi loin que possible des autres.

Mr Satterthwaite s'avança d'un air empressé vers le producteur et l'accapara.

– Je ne sais pas si vous vous souvenez de moi, dit-il. Je m'appelle Satterthwaite.

L'homme tendit vivement une longue main osseuse qui emprisonna celle du vieux monsieur, la serrant à lui faire mal.

– Mais comment donc ! Incroyable de vous rencontrer ici, mon cher ami. Vous connaissez certainement miss Nunn ?

Mr Satterthwaite eut un haut-le-corps. Pas étonnant que la voix de l'inconnue lui eût semblé familière ! Ces merveilleux accents, chargés d'émotion, avaient fait vibrer des milliers de spectateurs aux quatre coins de l'Angleterre. Rosina Nunn ! La plus grande actrice britannique dans le registre sentimental. Mr Satterthwaite, lui aussi, avait été sous le charme de l'artiste. Elle était inégalable pour interpréter un rôle, pour faire ressortir les nuances les plus subtiles d'un texte. Il l'avait toujours considérée comme une comédienne intellectuelle, qui pénétrait son rôle en profondeur afin d'en saisir l'essence.

Il était excusable de ne pas l'avoir reconnue, car Rosina Nunn était changeante dans ses goûts. Vingt-cinq années durant, elle avait été blonde. Puis, après une tournée aux États-Unis, elle était revenue avec une chevelure aile-de-corbeau et s'était lancée sérieusement dans la tragédie. Ce style « marquise française » était son dernier caprice.

Vyse présenta négligemment l'homme chauve :

– Au fait, voici Mr Judd… le mari de miss Nunn.

Mr Satterthwaite savait que Rosina Nunn avait eu plusieurs maris. De toute évidence, Mr Judd était le dernier en date.

Mr Judd était occupé à déballer des paquets entassés dans un panier d'osier, à côté de lui.

– Un peu plus de pâté dans votre dernier sandwich, très chère ? Vous l'aimez en couche bien épaisse.

Rosina Nunn lui rendit son petit pain en murmurant simplement :

– Henry imagine les repas les plus délectables. Je le laisse toujours s'occuper du ravitaillement.

– Il faut bien nourrir le fauve, dit Mr Judd, hilare, en donnant une petite tape sur l'épaule de sa femme.

D'une voix mélancolique, Mr Vyse glissa à l'oreille de Mr Satterthwaite :

– Il la traite comme si c'était son chien. Il lui coupe même sa viande. Les femmes sont vraiment des créatures bizarres.

Mr Satterthwaite et Mr Quinn se mirent à déballer le pique-nique. Œufs durs, jambon et gruyère circulèrent autour de la table. La duchesse et miss Nunn, très absorbées, échangeaient des confidences à voix basse. De temps à autre, on entendait le contralto de la comédienne :

– Le pain doit être légèrement grillé, vous comprenez ? Ensuite, vous étalez une *très* fine couche de confiture. Vous roulez le tout et vous mettez au four une minute — pas davantage. C'est tout bonnement délicieux.

– Cette femme ne vit que pour la nourriture, murmura Mr Vyse. C'est sa raison d'être. Elle est incapable de penser à autre chose. Je me souviens d'une réplique, vous savez, dans *Voyage vers la mer* : « … et ce sera un moment de pur bonheur. » Je n'arrivais *pas* à obtenir l'effet que je cherchais. Finalement, en désespoir de cause, je lui ai demandé de penser à des fondants à la menthe… Elle adore les fondants à la menthe. J'ai aussitôt obtenu l'effet désiré : un regard perdu dans le vague, un regard qui vous pénétrait jusqu'à l'âme.

Mr Satterthwaite ne dit mot. Il se souvenait.

En face de lui, Mr Tomlinson se racla la gorge en vue de prendre part à la conversation.

– Vous produisez des pièces de théâtre, à ce qu'il paraît ? Je suis moi-même amateur de bonnes pièces. *Jim le Romancier*, ça, c'était quelque chose !

– Miséricorde, murmura Mr Vyse en frissonnant de la tête aux pieds.

– Une toute petite gousse d'ail, disait miss Nunn à la duchesse. Donnez la recette à votre cuisinière, c'est un régal.

Elle émit un soupir extasié et se tourna vers son mari.

– Henry, gémit-elle, je n'ai même pas *vu* le caviar !

– Vous êtes presque assise dessus, repartit Mr Judd avec bonne humeur. Vous l'avez mis sur votre chaise, derrière vous.

Rosina Nunn s'empressa de le récupérer et jeta un regard circulaire autour de la table, un sourire épanoui sur les lèvres.

– Je me demande ce que je ferais sans Henry, je suis tellement distraite ! Je ne sais jamais où je mets mes affaires.

– Comme le jour où vous avez rangé votre collier de perles dans votre sac de toilette, dit Henry d'un ton enjoué. En l'oubliant ensuite à l'hôtel. Mon Dieu, le nombre de télégrammes et de coups de téléphone que j'ai pu envoyer ce jour-là !

– Le collier était assuré, murmura miss Nunn d'une voix sourde. En revanche mon opale…

L'espace d'un instant, son visage se crispa fort joliment, exprimant un chagrin à vous serrer le cœur.

En plusieurs occasions, alors qu'il se trouvait en compagnie de Mr Quinn, Mr Satterthwaite avait eu le sentiment de jouer un rôle dans une pièce. C'était très exactement ce qu'il ressentait en cet instant. Tout cela était un rêve. Chacun avait son rôle à jouer. Les mots « mon opale » lui donnaient le signal : c'était son tour de placer sa réplique. Il se pencha en avant.

– Votre opale, miss Nunn ?

– Pouvez-vous me passer le beurre, Henry ? Merci. Oui, mon opale. On me l'a volée, voyez-vous. Et je ne l'ai jamais récupérée.

– Racontez-nous cela, dit Mr Satterthwaite.

– Eh bien, voilà : comme je suis née en octobre, l'opale est mon porte-bonheur ; c'est pourquoi j'en voulais une qui soit vraiment de toute beauté. J'ai mis longtemps à la trouver, mais, à ce qu'on m'a dit, c'était l'une des opales les plus parfaites au monde. Pas très grosse — à peu près la taille d'une pièce de deux shillings — mais quelle couleur ! quel feu !

Elle soupira. Mr Satterthwaite remarqua que la duchesse se trémoussait sur son siège, mal à l'aise, mais miss Nunn était partie sur sa lancée. Elle continua, et les divines inflexions de sa voix donnaient à son récit le caractère épique d'une sombre légende du temps jadis.

– Elle m'a été volée par un jeune homme du nom d'Alex Gerard. Il écrivait des pièces de théâtre.

– De très bonnes pièces, déclara Mr Vyse d'un ton professionnel. J'en ai même gardé une pendant six mois.

– Et vous l'avez produite ? demanda Mr Tomlinson.

– Seigneur *non* ! se récria Mr Vyse, choqué par cette idée. Mais j'avoue que, à un moment donné, j'y ai vraiment songé.

– Il y avait dans cette pièce un rôle extraordinaire pour moi, dit miss Nunn. Elle s'appelait *Les Enfants de Rachel* — on se demande pourquoi, d'ailleurs, car il n'y avait aucun personnage du nom de Rachel. L'auteur était venu me voir dans ma loge, au théâtre, pour en discuter. Je l'avais trouvé sympathique. Il avait l'air gentil — et très timide, le pauvre garçon. Je me souviens… (Sur son visage se peignit une poignante expression, fugitive et lointaine.)… Il m'avait offert des fondants à la menthe. L'opale était posée sur ma coiffeuse. Il s'y connaissait un peu en opales, car il était allé en Australie. Il a pris la pierre pour l'observer à la lumière. C'est à ce moment-là, je suppose, qu'il l'a glissée dans sa poche. J'ai remarqué sa disparition aussitôt après le départ du jeune homme. Cela fit toute une histoire ! Vous vous rappelez ? conclut-elle en se tournant vers Mr Vyse.

– Et comment ! gémit le producteur.

– La police retrouva l'écrin vide dans son appartement, poursuivit l'actrice. Et on découvrit que, le lendemain même du vol, ce garçon complètement fauché avait déposé une importante somme d'argent sur son compte en banque. Il donna comme explication qu'un de ses amis avait joué aux courses pour lui, mais il ne put produire le témoin en question. Il prétendit également avoir empoché l'écrin par mégarde. Pour ma part, je trouve cet argument bien faible, pas vous ? Il aurait pu inventer quelque chose de plus plausible… Toujours est-il qu'il m'a fallu témoigner au procès. Il y a eu des photos de moi dans tous les journaux. Mon agent m'a assuré que cela me faisait une excellente publicité… mais j'aurais de beaucoup préféré retrouver mon opale.

Elle secoua tristement la tête.

– Un peu d'ananas en conserve ? proposa Mr Judd.

Le visage de miss Nunn s'éclaira.

– Où est la boîte ?

– Je viens de vous la donner.

Miss Nunn regarda derrière elle, devant elle, lorgna son réticule en soie grise… Puis, lentement, elle souleva un grand sac en soie bordeaux posé par terre, à côté de sa chaise. Elle entreprit d'en vider le contenu sur la table, sous le regard très intéressé de Mr Satterthwaite.

Apparurent successivement : une houppette, un bâton de rouge à lèvres, un petit coffret à bijoux, un écheveau de laine, une autre houppette, deux mouchoirs, une boîte de chocolats fourrés, un coupe-papier en émail, un miroir de poche, une petite boîte en bois foncé, cinq lettres décachetées, une noix, un carré de crêpe de Chine mauve, un bout de ruban et un morceau de croissant. Et, en dernier, la boîte d'ananas.

– Eurêka, murmura Mr Satterthwaite.

– Vous dites ?

– Rien, rien, s'empressa de répondre Mr Satterthwaite. Quel ravissant coupe-papier vous avez là !

– Oui, n'est-ce pas ? On me l'a donné, mais je ne me rappelle plus qui.

– Et ça, c'est une boîte indienne, fit observer Mr Tomlinson. Ingénieuse petite babiole, vous ne trouvez pas ?

– Un cadeau, également, dit miss Nunn. Je l'ai depuis longtemps. Naguère, je la gardais toujours sur ma coiffeuse, dans ma loge de théâtre. Je ne la trouve pourtant pas très jolie. Et vous ?

C'était une boîte en bois ordinaire, brun foncé, qu'on ouvrait en appuyant sur le côté. Sur le dessus étaient disposés deux petits clapets en bois qu'on pouvait tourner dans un sens ou dans l'autre.

– Jolie, peut-être pas, fit Mr Tomlinson avec un petit rire, mais je parie que vous n'en avez jamais vu de semblable.

Soudain très excité, Mr Satterthwaite se pencha en avant.

– Pourquoi avez-vous dit qu'elle est ingénieuse ? demanda-t-il.

Le juge prit miss Nunn à témoin :

– Vous êtes bien de mon avis ?

Comme l'actrice le regardait sans comprendre, il ajouta :

– Vous ne voulez pas que je leur montre le truc, j'imagine ?

Miss Nunn avait l'air toujours aussi déconcertée.

– Quel truc ? s'enquit Mr Judd.

– Ça, par exemple ! Vous ne le connaissez pas ?

Il regarda l'un après l'autre les visages interrogateurs tournés vers lui.

– Voilà qui est extraordinaire ! Puis-je vous emprunter cette boîte quelques instants ? Merci.

Il l'ouvrit.

– À présent, il me faudrait un objet à mettre dedans… un objet pas trop gros. Tenez, ce petit morceau de gruyère fera très bien l'affaire. Je le place à l'intérieur, je referme la boîte…

L'espace de quelques secondes, il se livra à une invisible manipulation.

– Et maintenant…

Il rouvrit la boîte. Elle était vide.

– Ça alors ! s'exclama Mr Judd. Comment vous y êtes-vous pris ?

– C'est très simple. Vous retournez la boîte, vous faites pivoter d'un demi-tour le clapet de gauche, puis vous fermez le clapet de droite. Pour récupérer notre morceau de gruyère, il suffit de faire la manœuvre inverse : on tourne d'un demi-tour le clapet de droite et on ferme celui de gauche, en laissant la boîte à l'envers. Regardez... abracadabra !

Lorsque la boîte s'ouvrit, toutes les personnes présentes retinrent leur souffle, stupéfaites. Le gruyère était bien là... mais il y avait aussi autre chose. Un objet rond qui scintillait de toutes les couleurs de l'arc-en-ciel.

– *Mon opale !*

On eût dit une note de clairon. Rosina Nunn s'était dressée, les mains crispées sur sa poitrine.

– Mon opale ! Comment est-elle arrivée là ?

Henry Judd se racla la gorge.

– Je... euh... je suis tenté de croire, ma petite Rosy, que vous l'y avez mise vous-même.

Quelqu'un se leva de table et sortit en titubant. C'était Naomi Carlton Smith. Mr Quinn la suivit.

– Mais quand ? Vous voulez dire... ?

Mr Satterthwaite observa l'actrice tandis que la vérité se faisait jour en elle. Il lui fallut plus de deux minutes pour y voir clair.

– Vous voulez dire... l'an dernier... dans ma loge ?

– Vous savez, Rosy, dit Henry d'un air d'excuse, vous n'arrêtez pas de tripoter ce qui vous tombe sous la main... Regardez encore le caviar, tout à l'heure.

Miss Nunn suivait péniblement le cours de ses propres pensées.

– J'ai dû la glisser là-dedans sans faire attention, puis retourner la boîte et déclencher le mécanisme par inadvertance... mais alors... mais alors... (Elle finit par avoir la révélation :) Mais alors, Alex Gerard ne me l'a pas volée ! *Oh !* (Un cri guttural, émouvant, poignant)... C'est épouvantable !

– Allons, dit Mr Vyse, cela va pouvoir s'arranger, à présent.

– Oui, mais il aura passé un an en prison.

Avec une soudaineté qui les fit sursauter, elle pivota vers la duchesse.

– Qui est cette jeune fille… celle qui vient de sortir ?

– Miss Carlton Smith était fiancée avec Mr Gerard, répondit la duchesse. Le choc a été… très dur pour elle.

Mr Satterthwaite s'éclipsa discrètement. La neige avait cessé, Naomi était assise sur le mur de pierre. Elle avait un carnet de croquis à la main, des crayons de couleur éparpillés autour d'elle. Mr Quinn se tenait à ses côtés.

Elle tendit le carnet à Mr Satterthwaite. C'était une esquisse très sommaire… mais marquée du sceau du génie : un tourbillon de flocons de neige avec une silhouette au centre.

– Excellent, dit Mr Satterthwaite.

Mr Quinn regarda le ciel.

– La tempête est terminée, dit-il. Les routes vont être glissantes, mais il ne devrait pas y avoir d'accident… plus maintenant.

– Il n'y aura pas d'accident, dit Naomi.

Mr Satterthwaite ne saisit pas le sous-entendu qu'exprimait sa voix. Elle se tourna vers lui, le sourire aux lèvres — un sourire subit, éblouissant.

– Mr Satterthwaite peut monter dans ma voiture pour le retour, s'il en a envie.

Il comprit alors à quelle extrémité le désespoir avait failli la mener.

– À présent, dit Mr Quinn, il faut que je vous quitte.

Il s'éloigna.

– Où va-t-il ? dit Mr Satterthwaite, étonné, en le suivant des yeux.

– Il retourne d'où il vient, j'imagine, dit Naomi d'une voix étrange.

– Mais… mais il n'y a rien par là-bas ! dit Mr Satterthwaite, voyant que Mr Quinn se dirigeait vers l'endroit où ils l'avaient vu apparaître, au bord de la falaise. Vous l'avez dit vous-même : c'est le Bout du Monde.

Il lui rendit son carnet de croquis.

– C'est un excellent dessin, dit-il. Très ressemblant. Mais… euh, pourquoi l'avez-vous représenté en Arlequin ?

L'espace d'une seconde, leurs regards se rencontrèrent.

– C'est comme ça que je le vois, répondit Naomi Carlton Smith.

(Traduction de Gérard de Chergé)

12

Le sentier d'Arlequin

(Harlequin's Lane)

Mr Satterthwaite aurait été bien incapable de dire ce qui le poussait à aller séjourner chez les Denman. Ce n'était pas le genre de personnes qu'il avait l'habitude de fréquenter ; en effet, ils n'appartenaient ni à la haute société ni aux milieux artistiques, qui l'intéressaient encore davantage. C'étaient des béotiens — et, qui plus est, des béotiens rasoir. Mr Satterthwaite avait fait leur connaissance à Biarritz, s'était vu proposer de passer quelques jours chez eux, avait accepté l'invitation, s'était ennuyé… et pourtant, curieusement, il y était retourné à plusieurs reprises.

Pourquoi ? Telle était la question qu'il se posait en ce 21 juin, tandis qu'il quittait Londres à toute allure, à bord de sa Rolls-Royce.

Âgé de quarante ans, John Denman était une personnalité respectée dans le monde des affaires, où il occupait une situation bien assise. Mr Satterthwaite et lui n'avaient pas les mêmes amis, encore moins les mêmes idées. C'était un homme intelligent dans sa partie mais totalement dépourvu d'imagination par ailleurs.

« Mais pourquoi est-ce que je vais là-bas ? » s'interrogea une fois de plus Mr Satterthwaite. La seule réponse qui se présenta à son esprit lui parut si vague, si profondément absurde qu'il fut tenté de l'écarter. Car l'unique raison qu'il put trouver à son obstination, c'était l'attrait qu'exerçait sur lui l'une des pièces de la demeure (une maison confortablement aménagée). Cette pièce, c'était le boudoir de Mrs Denman.

On ne pouvait pas dire que ce boudoir reflétât la personnalité de la maîtresse de maison car, pour autant que Mr Satterthwaite pût en juger, Mrs Denman n'avait pas de personnalité. Il n'avait jamais rencontré de femme aussi totalement inexpressive. Elle était, il le savait, d'origine russe. Lorsque la guerre avait éclaté en Europe,

John Denman, qui se trouvait à ce moment-là en Russie, avait combattu aux côtés des troupes de ce pays ; après avoir bien failli perdre la vie dans la tourmente de la révolution d'Octobre, il avait regagné l'Angleterre en emmenant avec lui cette jeune Russe, une réfugiée sans le sou. Il l'avait ensuite épousée malgré l'opposition formelle de ses parents.

Le boudoir de Mrs Denman n'avait rien de particulièrement remarquable. Son mobilier Hepplewhite, robuste et de bonne qualité, lui conférait une atmosphère un tantinet plus masculine que féminine. Mais on y trouvait un objet incongru : un paravent chinois en laque, dans les tons crème et rose pâle, qui aurait fait le bonheur de n'importe quel musée. C'était une véritable pièce de collection, ravissante et rare.

Ce paravent paraissait déplacé dans ce massif décor anglais. Il aurait dû être la note dominante de la pièce, autour de laquelle les autres éléments se seraient mêlés en accords subtils. Et pourtant, Mr Satterthwaite ne pouvait taxer les Denman de mauvais goût car tout le reste, dans la maison, témoignait d'un sens parfait de l'harmonie.

Il secoua la tête. Malgré l'insignifiance de la chose, il se sentait intrigué. Il était persuadé que c'était cela qui le faisait revenir à n'en plus finir dans cette maison. Peut-être s'agissait-il d'un simple caprice de femme… mais cette explication ne le satisfaisait guère, s'il pensait à Mrs Denman, cette femme réservée, aux traits accusés, parlant un anglais si correct que nul n'aurait pu deviner son origine étrangère.

Arrivé à destination, il descendit de voiture, l'esprit

toujours préoccupé par le problème du paravent chinois. La propriété des Denman, baptisée Ashmead, occupait environ deux hectares et demi de Melton Heath, village situé à cinquante kilomètres de Londres, érigé à cent cinquante mètres au-dessus du niveau de la mer, et qui était habité en majeure partie par des gens aisés.

Le majordome accueillit Mr Satterthwaite avec déférence. Mr et Mrs Denman avaient dû s'absenter — ils assistaient à une répétition —, mais ils priaient Mr Satterthwaite de faire comme chez lui en attendant leur retour.

Mr Satterthwaite acquiesça puis, pour répondre au souhait de ses hôtes, s'engagea dans le jardin.

Après avoir jeté un coup d'œil sur les plates-bandes, il flâna le long d'une allée ombragée qui le mena bientôt à une porte ménagée dans le mur de clôture. Celle-ci n'étant pas fermée à clé, il l'ouvrit et se retrouva dans un étroit sentier.

Mr Satterthwaite regarda à droite, puis à gauche. Tout à fait charmant, ce sentier : verdoyant et ombragé, bordé de hautes haies — un chemin de campagne qui serpentait et zigzaguait, tout comme les chemins du bon vieux temps. Il se rappela l'adresse postale des Denman : ASHMEAD, HARLEQUIN'S LANE… Il se rappela, aussi, le nom que lui donnaient les gens du coin et que Mrs Denman lui avait dit un jour.

– Le sentier d'Arlequin, murmura-t-il à mi-voix. Je serais curieux de savoir…

Il tourna à un coude du chemin.

Il devait se demander par la suite pourquoi, cette fois, il n'avait éprouvé aucune surprise à la vue de son insaisissable ami : Mr Harley Quinn. Les deux hommes échangèrent une poignée de main.

– Ainsi, *vous* êtes là, dit Mr Satterthwaite.

– Oui, dit Mr Quinn. Je séjourne au même endroit que vous.

– Chez les Denman ?

– Oui. Cela vous surprend-il ?

– Non, répondit Mr Satterthwaite d'une voix lente. Seulement… vous ne restez jamais longtemps quelque part, n'est-ce pas ?

– Juste le temps nécessaire, déclara Mr Quinn avec gravité.

– Je vois.

Ils marchèrent en silence quelques minutes.

– Ce chemin…

Mr Satterthwaite s'interrompit.

– … m'appartient, acheva Mr Quinn.

– C'est ce que je pensais. Je ne sais pourquoi, mais je m'en doutais. On lui donne aussi un autre nom, par ici. On l'appelle « Le Sentier des Amoureux ». Vous le saviez ?

Mr Quinn acquiesça.

– Il doit y avoir un « Sentier des Amoureux » dans chaque village, vous ne croyez pas ? dit-il d'une voix douce.

– Oui, sans doute, fit Mr Satterthwaite, avec un léger soupir.

Il se fit soudain l'effet d'un vieux barbon desséché, tout ratatiné, complètement dépassé par son époque. De chaque côté du sentier, il voyait les haies verdoyantes et pleines de vigueur.

– Où se termine ce chemin ? demanda-t-il brusquement.

– *Ici*, répondit Mr Quinn.

Passé le dernier tournant, ils débouchèrent sur un terrain vague où s'ouvrait, presque à leurs pieds, un grand trou. Au fond, il y avait des boîtes de conserve qui étincelaient au soleil, d'autres boîtes trop rouillées pour étinceler, des vieilles chaussures, des lambeaux de journaux, mille et une choses qui n'étaient plus d'aucune utilité à personne.

– Une décharge publique ! s'exclama Mr Satterthwaite en haletant d'indignation.

– On trouve parfois des joyaux sublimes dans une décharge, dit Mr Quinn.

– Je sais, je sais, s'écria Mr Satterthwaite, qui cita, d'un air un peu emprunté : *« Apportez-moi les deux plus beaux joyaux de la ville, dit le Seigneur…* » Vous connaissez la suite, hein ?

Mr Quinn hocha la tête.

Mr Satterthwaite leva les yeux vers un petit cottage en ruine, perché au sommet de la falaise, au bord du ravin.

– Une vue plutôt médiocre pour une maison.

– J'imagine que la décharge n'existait pas à l'époque où la maison a été construite, dit Mr Quinn. Je crois que les Denman y ont habité au début de leur mariage. Ils se sont installés dans la grande demeure à la mort des parents. Le cottage a été démoli quand on a commencé à exploiter la carrière, mais les travaux n'ont pas été bien loin, comme vous pouvez le constater.

Ils revinrent sur leurs pas.

– Je suppose, dit Mr Satterthwaite en souriant, que de nombreux couples viennent se promener sur ce sentier par les belles soirées d'été.

– C'est probable.

– Des amoureux, dit Mr Satterthwaite.

D'un air songeur, sans l'embarras qu'éprouve habituellement un Anglais à prononcer ce mot, il répéta, enhardi par la présence de son ami :

– Les amoureux… Vous avez fait beaucoup pour eux, Mr Quinn.

L'autre inclina la tête sans répondre.

– Vous les avez sauvés du chagrin… pire que du chagrin : de la mort. Vous avez été l'avocat des morts eux-mêmes.

– Vous parlez de ce que vous avez fait, *vous*… pas moi.

– C'est la même chose, dit Mr Satterthwaite.

Comme son ami demeurait silencieux, il insista :

– C'est la même chose, vous le savez bien. Vous avez agi… par mon intermédiaire. Pour une raison que j'ignore, vous n'agissez pas vous-même… directement.

– Si, parfois, dit Mr Quinn.

Sa voix avait changé d'intonation. Mr Satterthwaite ne put s'empêcher de frissonner. Apparemment, l'air fraîchissait. Et pourtant, le soleil était toujours aussi éclatant.

À cet instant, une jeune fille apparut devant eux au détour du sentier. Une très jolie blonde aux yeux bleus, vêtue d'une robe de coton rose. Mr Satterthwaite la reconnut : c'était Molly Stanwell, qu'il avait déjà rencontrée à Ashmead.

Elle agita la main en signe de bienvenue.

– John et Anna viennent de rentrer, annonça-t-elle. Ils

pensaient bien que vous seriez arrivé, mais ils devaient absolument assister à la répétition.

– La répétition de quoi ? demanda Mr Satterthwaite.

– Je ne sais pas très bien comment vous appelleriez cela — disons une mascarade, avec des chants, des danses et toutes sortes d'autres choses. Vous souvenez-vous de Mr Manly ? Vous avez dû le voir ici. Il a une très belle voix de ténor. Il va jouer le rôle de Pierrot, et moi celui de Pierrette. Pour Arlequin et Colombine, on a fait appel à deux danseurs professionnels… Et puis il y a une grande chorale féminine. Lady Roscheimer adore donner des leçons de chant aux filles du village ; c'est d'ailleurs pour cette raison qu'elle organise la soirée. La musique est assez jolie, mais très moderne ; presque aucune mélodie. Le compositeur s'appelle Claude Wickam. Peut-être le connaissez-vous ?

Mr Satterthwaite acquiesça, car — ainsi qu'il a déjà été précisé — c'était son « métier » de connaître tout le monde. Il savait tout de Claude Wickam, génial et arriviste, et de lady Roscheimer, une juive obèse qui avait un penchant pour les jeunes hommes au tempérament artiste. Et il savait tout de sir Leopold Roscheimer, qui aimait voir sa femme heureuse et — chose rarissime pour un mari — la laissait être heureuse comme elle l'entendait.

Ils trouvèrent Claude Wickam en train de prendre le thé avec les Denman. Il enfournait dans sa bouche tout ce qui passait à sa portée et parlait avec un débit précipité, agitant de longues mains blanches qui donnaient l'impression d'être désarticulées. De grosses lunettes à monture d'écaille encerclaient ses yeux de myope.

John Denman, le buste très droit, le teint quelque peu rougeaud, les manières un rien onctueuses, écoutait son interlocuteur avec une attention ennuyée. À la vue de Mr Satterthwaite, le compositeur reporta sur lui le flot de ses commentaires. Anna Denman était assise derrière la table à thé, silencieuse et inexpressive, comme toujours.

Mr Satterthwaite l'observa à la dérobée. Grande, très mince, le visage émacié, la peau tendue à craquer sur les pommettes saillantes, les cheveux noirs séparés par une raie au milieu, la peau tannée. Une femme qui était habituée à la vie au grand air et qui dédaignait les produits de beauté. Une figurine de Dresde, impassible, inanimée — et cependant…

« Ce visage *devrait* être expressif, pensa-t-il, et pourtant il ne l'est pas. Voilà ce qui est anormal… Oui, anormal. »

Il se tourna vers Claude Wickam.

– Je vous demande pardon ? Vous disiez ?

Claude Wickam, qui aimait s'écouter parler, reprit depuis le début :

– De tous les pays du monde, la Russie était le seul digne d'intérêt. On y faisait des expériences. Au détriment de vies humaines, je vous l'accorde, mais on y faisait des expériences. Superbe !

D'une main, il se fourra un canapé au concombre dans la bouche tout en mordant en même temps une bouchée de l'éclair au chocolat qu'il brandissait dans l'autre.

– Par exemple, dit-il, la bouche pleine, prenez les Ballets russes.

Se rappelant l'existence de son hôtesse, il se tourna vers elle pour lui demander ce qu'*elle* pensait des Ballets russes.

La question n'était manifestement qu'un prélude au point essentiel — c'est-à-dire l'opinion de Claude Wickam sur les Ballets russes —, mais la réponse inattendue de Mrs Denman le décontenança complètement.

– Je ne les ai jamais vus, dit-elle.

– Comment ? (Il la regarda, bouche bée, les yeux ronds.) Mais voyons… vous…

D'une voix égale, indifférente, elle poursuivit :

– Avant mon mariage, j'étais danseuse. Alors maintenant…

– Rien qu'un passe-temps, un violon d'Ingres, intervint son mari.

– La danse… (Elle haussa les épaules.) J'en connais toutes les ficelles. Cela ne m'intéresse pas.

– Oh !

Il fallut un moment à Claude Wickam pour retrouver son aplomb. Il reprit son discours, mais Mr Satterthwaite l'interrompit :

– À propos d'expériences aux dépens de vies humaines, la nation russe en a fait une fort coûteuse.

Claude Wickam se tourna brusquement vers lui.

– Je sais ce que vous allez dire ! s'écria-t-il. Kharsanova ! L'immortelle, l'unique Kharsanova ! Vous l'avez vue danser ?

– Trois fois, répondit Mr Satterthwaite. Deux fois à Paris et une à Londres. (D'une voix pleine de ferveur, il ajouta :) Je ne l'oublierai… jamais.

– Je l'ai vue, moi aussi, dit Claude Wickam. J'avais dix

ans. Un oncle m'avait emmené. Seigneur ! j'en garde un souvenir inoubliable.

D'un geste fougueux, il lança un morceau de brioche dans une plate-bande.

– Une statuette d'elle est exposée dans un musée de Berlin, dit Mr Satterthwaite. Une merveilleuse figurine. Elle donne une incroyable impression de fragilité... comme si on pouvait la briser d'une chiquenaude. J'ai vu Mme Kharsanova dans le rôle de Colombine et dans celui de la Nymphe agonisante du *Lac des cygnes*... (Il secoua la tête.) Quel génie ! Il faudra beaucoup de temps avant qu'on ne retrouve une artiste comparable. De plus, elle était toute jeune... Mais elle a été abattue froidement, aveuglément, dès les premiers jours de la Révolution.

– Des imbéciles ! Des fous ! Des brutes ! s'exclama Claude Wickam en s'étranglant avec une gorgée de thé.

– Je me souviens bien de Kharsanova, dit Mrs Denman. J'ai été son élève.

– Elle était extraordinaire, n'est-ce pas ? dit Mr Satterthwaite.

– Oui, répondit tranquillement Mrs Denman. Elle était extraordinaire.

Lorsque Claude Wickam se fut éloigné, John Denman laissa échapper un profond soupir de soulagement qui fit rire sa femme.

– Je sais ce que vous pensez, dit Mr Satterthwaite, mais il n'empêche que ce garçon sait composer de la musique digne de ce nom.

– C'est possible, dit Denman.

– Oh ! cela ne fait aucun doute. Savoir combien de temps cela durera… ça, c'est autre chose.

John Denman le regarda d'un air intrigué.

– Que voulez-vous dire ?

– Je veux dire que le succès lui est arrivé très vite. Et ça, c'est dangereux. Très dangereux. (Il regarda Mr Quinn, qui se trouvait en face de lui.) Vous êtes bien d'accord avec moi ?

– Vous avez toujours raison, dit Mr Quinn.

– Nous allons monter dans mon boudoir, dit Mrs Denman. C'est un endroit agréable.

Ils la suivirent à l'étage. À la vue du paravent chinois, Mr Satterthwaite retint son souffle. Lorsqu'il leva les yeux, il s'aperçut que Mrs Denman l'observait.

– Puisque vous êtes l'homme qui a toujours raison, dit-elle en lui adressant un petit signe de tête, que pensez-vous de mon paravent ?

Il sentit que, d'une certaine manière, elle lui lançait un défi. Il répondit d'une voix hésitante, en trébuchant un peu sur les mots :

– Ma foi, il… il est magnifique. Mieux : il est incomparable.

Denman, qui se tenait derrière lui, déclara :

– C'est vrai. Nous l'avons acheté peu après notre mariage. Bien que nous l'ayons payé le dixième de sa valeur, nous avons dû nous serrer la ceinture pendant plus d'un an. Tu t'en souviens, Anna ?

– Oui, je m'en souviens.

– En fait, nous n'avions absolument pas les moyens de nous l'offrir, à l'époque. Aujourd'hui, bien sûr, la situation est différente. L'autre jour, on vendait chez

Christie's de très beaux objets en laque. Juste ce qu'il nous aurait fallu pour rendre cette pièce harmonieuse, remplacer le mobilier actuel par un décor exclusivement chinois. Vous me croirez si vous voulez, Satterthwaite, mais ma femme n'a pas voulu en entendre parler !

– J'aime cette pièce telle qu'elle est, dit Mrs Denman.

Son visage avait une curieuse expression. De nouveau, Mr Satterthwaite se sentit défié, vaincu. Il regarda autour de lui et, pour la première fois, remarqua l'absence de toute note personnelle : pas de photographies, pas de fleurs, pas de bibelots. L'atmosphère n'avait rien de féminin. Hormis le paravent chinois, seul élément incongru, on se serait cru dans le salon de démonstration d'un magasin d'ameublement.

Il s'aperçut qu'elle lui souriait.

– Écoutez… (Elle se pencha vers lui. L'espace d'un instant, elle parut moins anglaise, comme si son ascendance étrangère prenait le dessus.) Je m'adresse à vous car je sais que vous comprendrez. Ce paravent, nous l'avons payé non seulement avec de l'argent, mais aussi avec de l'amour. Nous le trouvions ravissant, unique ; alors, par amour, nous nous sommes privés de choses nécessaires, qui nous ont manqué. Ces objets chinois dont parle mon mari, si nous les achetions, ils nous coûteraient uniquement de l'argent… aucun sacrifice.

– Oh ! c'est toi qui décides, dit son mari en riant, mais avec une pointe d'irritation dans la voix. Il n'empêche que ce paravent détonne dans ce décor anglais. C'est du bon mobilier, dans son genre, solide et authentique… mais, au fond, médiocre. Du pur Hepplewhite classique de la dernière période.

Elle acquiesça.

– Bon, solide, authentique, murmura-t-elle.

Mr Satterthwaite la regarda, surpris. Il devinait un sous-entendu à ces paroles. Les meubles anglais, la flamboyante beauté du paravent chinois... Non, l'impression s'était à nouveau dissipée.

– J'ai rencontré miss Stanwell dans le sentier, dit-il sur le ton de la conversation. Il paraît qu'elle joue le rôle de Pierrette dans le spectacle de ce soir ?

– Oui, répondit Denman. Et elle s'en sort remarquablement bien.

– Elle manque de grâce, dit Anna.

– Absurde ! protesta son mari. Les femmes sont toutes les mêmes, Satterthwaite. Elles ne supportent pas qu'on dise du bien d'une autre femme. En plus, Molly est très séduisante, ce qui l'expose d'emblée à la vindicte de la gent féminine.

– Je parlais simplement de sa façon de danser, dit Anna Denman, légèrement surprise. Elle est très jolie, c'est vrai, mais elle est empruntée dans ses mouvements. Tu ne peux pas me contredire sur ce point, parce que je m'y connais en la matière.

Mr Satterthwaite intervint avec tact :

– Vous avez fait venir deux danseurs professionnels, je crois ?

– Oui. Pour le ballet proprement dit. Le prince Oranov les amène en voiture.

– Sergius Oranov ?

C'est Anna Denman qui avait posé la question. Son mari se tourna vers elle.

– Tu le connais ?

– Je l'ai connu autrefois… en Russie.

Mr Satterthwaite crut discerner de la contrariété sur le visage de John Denman.

– Te reconnaîtra-t-il ?

– Oui. Il me reconnaîtra.

Elle rit. D'un rire grave, presque triomphant. Son expression n'évoquait plus du tout une figurine de Dresde. Elle rassura son mari d'un signe de tête.

– Sergius… Ainsi, c'est lui qui amène les deux danseurs ? Il s'est toujours intéressé aux ballets.

– Je m'en souviens, en effet, dit John Denman d'un ton sec.

Tournant les talons, il sortit de la pièce, suivi de Mr Quinn. Anna Denman se dirigea vers le téléphone et demanda un numéro. Comme Mr Satterthwaite s'apprêtait à imiter les deux hommes, elle le retint d'un geste.

– Je voudrais parler à lady Roscheimer… Ah ! c'est vous. Anna Denman à l'appareil. Le prince Oranov est-il déjà arrivé ? Quoi… ? *Quoi ?* Mon Dieu, mais c'est épouvantable !

Elle écouta encore quelques instants, puis raccrocha et se tourna vers Mr Satterthwaite.

– Il y a eu un accident. Cela devait arriver, avec Sergius Ivanovitch au volant. Ah, il ne s'est pas assagi avec les années ! La jeune fille n'a pas été sérieusement blessée, mais elle est trop contusionnée et secouée pour danser ce soir. Quant à son partenaire, il a le bras cassé. Sergius Ivanovitch, lui, est indemne. Le diable veille sur ses créatures, apparemment.

– Et le spectacle de ce soir ?

– C'est précisément la question, mon ami. Il faut trouver une solution.

Elle resta assise à réfléchir. Au bout d'un moment, elle leva la tête.

– Je suis une hôtesse indigne, Mr Satterthwaite. Je vous délaisse.

– Ne vous dérangez pas pour moi, je vous en prie. Mais il y a une question, Mrs Denman, que je voudrais bien vous poser.

– Oui ?

– Comment avez-vous fait la connaissance de Mr Quinn ?

– Il vient souvent par ici, répondit-elle lentement. Je crois qu'il est propriétaire d'un terrain dans la région.

– Oui, en effet. Il me l'a dit cet après-midi.

– Il est… (Elle s'interrompit. Son regard croisa celui de Mr Satterthwaite.) Vous le savez mieux que moi, ce qu'il est.

– Moi ?

– Est-ce que je me trompe ?

Il se sentit troublé. Cette femme perturbait sa petite âme tranquille. Il avait le sentiment qu'elle voulait le forcer à aller plus loin qu'il n'était disposé à le faire, qu'elle voulait l'inciter à formuler tout haut ce qu'il n'était pas encore prêt à admettre en son for intérieur.

– *Vous* le savez ! dit-elle. Selon moi, il y a peu de chose que vous ignoriez, Mr Satterthwaite.

C'était un hommage — mais pour une fois, le compliment ne lui procura aucune ivresse. Il hocha la tête avec une humilité inhabituelle.

– Que peut-on savoir ? demanda-t-il. Si peu… Si peu.

Elle fit un signe d'assentiment. Puis elle se remit à parler, d'une voix étrangement mélancolique, sans regarder le vieux monsieur.

– Si je vous dis quelque chose… vous ne rirez pas ? Non, je ne pense pas que vous rirez. Supposez, donc, que dans l'exercice de… (Pause.)… de son métier, de sa profession, on soit amené à se forger un fantasme… on fasse semblant de croire à une chose qui n'existe pas… on crée de toutes pièces une certaine personne… C'est une chimère, vous comprenez, un simulacre… rien de plus. Jusqu'au jour où…

– Oui ? l'encouragea Mr Satterthwaite, vivement intéressé.

– Jusqu'au jour où le rêve devient réalité ! La chose qu'on imaginait — la chose impossible, la chose qui ne pouvait exister — se matérialise ! Est-ce là un symptôme de folie ? Dites-moi, Mr Satterthwaite : est-ce de la folie ou bien croyez-vous à cela, vous aussi ?

– Je…

Curieux : les mots n'arrivaient pas à sortir de sa bouche. Ils semblaient coincés au fond de sa gorge.

– Folie que tout cela, dit Anna Denman. Folie…

Elle sortit majestueusement de la pièce, sans laisser le loisir à Mr Satterthwaite d'exprimer sa profession de foi.

Lorsqu'il descendit pour le dîner, il trouva Mrs Denman en tête à tête avec l'un de ses invités, un homme brun, de haute taille, âgé d'environ quarante ans.

– Prince Oranov… Mr Satterthwaite.

Ils se saluèrent. Mr Satterthwaite eut le sentiment que son entrée avait interrompu une conversation qui ne reprendrait pas en sa présence. Mais l'atmosphère ne s'en trouva nullement affectée. Le Russe bavarda avec aisance et naturel de sujets qui étaient chers au cœur de Mr Satterthwaite. Il avait un goût très sûr en matière artistique, et les deux hommes ne tardèrent pas à s'apercevoir qu'ils avaient un grand nombre d'amis communs. Lorsque John Denman se joignit à eux, la conversation prit un tour plus anodin. Oranov exprima ses regrets pour l'accident de voiture.

– Ce qui est arrivé n'est pas de ma faute. J'aime rouler vite, c'est vrai, mais je conduis bien. Le responsable… (Il haussa les épaules)… c'est le Destin, le hasard… notre maître à tous.

– Là, c'est le Russe qui parle en vous, Sergius Ivanovitch, dit Mrs Denman.

– Et qui trouve un écho en vous, Anna Mikalovna, répliqua-t-il du tac au tac.

Mr Satterthwaite regarda tour à tour les trois protagonistes. John Denman, blond, distant, anglais ; les deux autres, bruns, minces, étrangement semblables. Cela lui évoqua quelque chose — quoi donc ? Ah ! oui. Le premier acte de *La Walkyrie.* Siegmund et Sieglinde — jumeaux si semblables — et l'autre, Hunding. Les hypothèses se mirent à bouillonner dans son cerveau. Fallait-il voir là le motif de la présence de Mr Quinn ? Il était fermement convaincu d'une chose : là où apparaissait Mr Quinn, il y avait du drame dans l'air. En l'occurrence, était-ce la banale tragédie du ménage à trois ?

Il éprouva une vague déception. Il avait espéré mieux.

– Je t'ai entendue téléphoner aux Roscheimer, Anna, intervint Denman. Qu'est-ce qui a été convenu ? La représentation est reportée, j'imagine ?

– Non… Ce n'est pas la peine de la reporter.

– Mais… elle ne pourra pas avoir lieu sans le ballet ?

– On n'imagine évidemment pas une arlequinade sans Arlequin et Colombine, convint Anna Denman d'un ton sec. Je tiendrai le rôle de Colombine, John.

– Toi ?

Il paraissait stupéfait… alarmé, même, pensa Mr Satterthwaite.

Elle acquiesça sans se troubler..

– Ne crains rien, John, tu n'auras pas à rougir de moi. N'oublie pas… ce fut jadis ma profession.

« C'est extraordinaire, les nuances d'une voix, songea Mr Satterthwaite. On peut *dire* des choses… et en exprimer d'autres sans les prononcer ! Je voudrais bien savoir… »

– Cela résout déjà une moitié du problème, dit John Denman à contrecœur. Mais l'autre ? Où vas-tu trouver Arlequin ?

– Je *l'ai* trouvé… le voici !

Elle fit un geste vers le seuil de la pièce, où venait d'apparaître Mr Quinn. Elle lui sourit, et il lui rendit son sourire.

– Ça alors, Quinn, vous y connaissez quelque chose ? dit John Denman. Je ne l'aurais jamais cru.

– Mr Quinn est recommandé par un connaisseur, déclara sa femme. Mr Satterthwaite se porte garant de lui.

Elle sourit au petit homme, qui se surprit à murmurer :

– Oh ! oui… je réponds de Mr Quinn.

– Il y aura un bal costumé après la représentation, déclara Denman, accaparé par un autre problème.

Sacrée corvée, entre nous soit dit… Il va falloir vous trouver un accoutrement, Satterthwaite.

Le vieux monsieur secoua la tête d'un air résolu.

– Mon grand âge me servira d'excuse. (Puis une idée savoureuse lui vint à l'esprit :) Avec une serviette de table sur le bras, dit-il en riant, je me transformerai en vieux serveur qui a connu des jours meilleurs.

– Intéressante profession, celle de serveur, dit Mr Quinn. Cela permet de voir bien des choses.

– Je vais devoir endosser un stupide costume de Pierrot, soupira Denman d'un air sombre. Enfin… il fait frais, c'est déjà ça. (Il se tourna vers Oranov.) Et vous ?

– J'ai un habit d'Arlequin, répondit le Russe en jetant un coup d'œil à son hôtesse.

Peut-être se trompait-il, mais Mr Satterthwaite crut percevoir une certaine gêne dans l'atmosphère.

– Nous aurions pu être trois, alors, dit Denman en riant. J'ai un habit d'Arlequin que ma femme m'a confectionné au début de notre mariage, à l'occasion de je ne sais plus quelle soirée. (Il baissa les yeux sur son ventre rebondi.) Je ne pense pas que je puisse encore le mettre.

– Non, dit sa femme. Tu ne pourrais plus le mettre.

Et, de nouveau, ce qu'exprimait sa voix allait au-delà des simples mots.

Elle jeta un coup d'œil sur la pendule.

– Si Molly tarde trop, nous ne l'attendrons pas.

Mais à cet instant, on annonça l'arrivée de la jeune fille. Elle portait déjà son costume de Pierrette vert et blanc, et Mr Satterthwaite la trouva fort charmante ainsi vêtue.

Elle débordait d'excitation et d'enthousiasme à l'idée de la représentation qui approchait.

– Je commence quand même à avoir le trac, annonça-t-elle après le dîner, tandis qu'ils buvaient le café. Je suis sûre que ma voix tremblera et que j'oublierai les paroles.

– Vous avez une très jolie voix, dit Anna. À votre place, je ne me ferais pas de souci.

– C'est plus fort que moi. Le reste, ça ne m'inquiète pas… la danse, je veux dire. De ce côté-là, ça va tout seul. Après tout, on ne peut pas vraiment se tromper avec ses pieds, n'est-ce pas ?

Elle quêtait l'approbation d'Anna, mais celle-ci ne répondit pas. Elle se contenta de suggérer :

– Chantez quelque chose à Mr Satterthwaite. Il vous rassurera, vous verrez.

Molly s'installa au piano et se mit à chanter une vieille ballade irlandaise, d'une voix fraîche et mélodieuse.

« Sheila, brune Sheila, que vois-tu donc ?
Que vois-tu donc, que vois-tu dans le feu ? »
« Je vois un garçon qui m'aime… et un garçon qui me quitte,
Et un troisième garçon, semblable à une Ombre… et lui, c'est le garçon qui me peine. »

La chanson terminée, Mr Satterthwaite approuva d'un hochement de tête.

– Mrs Denman a raison. Vous avez une voix charmante. Peut-être faudrait-il la travailler un peu, mais elle est délicieusement naturelle et possède la fraîcheur sans apprêt de la jeunesse.

– C'est bien mon avis, renchérit John Denman. Allez-y en toute confiance, Molly, et ne vous laissez pas vaincre par le trac… À présent, nous ferions mieux de nous mettre en route.

Chacun alla chercher son manteau. La nuit étant magnifique, on décida d'aller à pied chez les Roscheimer, qui habitaient un peu plus loin sur la route, à quelques centaines de mètres.

Mr Satterthwaite se retrouva aux côtés de son ami.

– C'est curieux, dit-il, mais cette chanson m'a fait penser à vous. *Un troisième garçon… semblable à une Ombre…* Il y a du mystère dans ces paroles, et là où il y a du mystère, je… oui, je pense à vous.

– Suis-je donc si mystérieux ? dit Mr Quinn en souriant.

Mr Satterthwaite opina vigoureusement du chef.

– Absolument. Ainsi, j'étais loin de me douter, jusqu'à ce soir, que vous étiez danseur professionnel.

– Vraiment ?

– Écoutez… (Mr Satterthwaite fredonna le thème de l'amour de *La Walkyrie*.) Pendant tout le dîner, cet air m'a trotté dans la tête alors que je les regardais, tous les deux.

– Qui donc ?

– Le prince Oranov et Mrs Denman. Ne voyez-vous pas comme elle est différente, ce soir ? On dirait… on dirait qu'un volet s'est brusquement ouvert, révélant le feu qui brûle à l'intérieur.

– Oui, dit Mr Quinn. Peut-être.

– Toujours le même vieux drame, dit Mr Satterthwaite. J'ai raison, n'est-ce pas ? Ces deux-là sont faits l'un pour l'autre. Ils appartiennent au même univers, nourrissent les mêmes pensées, les mêmes rêves… On voit bien comment tout ça est arrivé. Il y a dix ans, Denman devait être jeune, fringant, très séduisant… un personnage romantique. Et il avait sauvé la vie d'Anna. Il était normal qu'elle en tombe amoureuse. Mais aujourd'hui… qu'est-il devenu ? Un brave type prospère, heureux en affaires, mais… bref, médiocre. Un bon Anglais bien honnête — tout à fait comparable, dans son genre, au mobilier Hepplewhite du boudoir. Tout aussi anglais — et tout aussi ordinaire — que cette jolie petite Anglaise à la voix fraîche et inexpérimentée. Oh ! vous avez beau sourire, Mr Quinn, vous ne pouvez pas nier l'évidence.

– Je ne nie rien. Vous voyez toujours juste. Et pourtant…

– Pourtant ?

Mr Quinn se pencha en avant, scrutant de ses yeux sombres et mélancoliques le visage de Mr Satterthwaite.

– Avez-vous donc si peu appris de la vie ? murmura-t-il dans un souffle.

Sur ces mots, il s'éloigna, laissant Mr Satterthwaite vaguement mal à l'aise. Plongé dans ses réflexions, celui-ci s'aperçut brusquement que les autres étaient partis sans lui, à cause du retard qu'il avait pris pour se choisir une écharpe. Il sortit par le jardin, ouvrit la porte qu'il avait déjà franchie dans l'après-midi. Le clair de lune baignait le sentier, et le vieux monsieur vit un couple qui s'enlaçait.

Sur le moment, il crut…

Puis il les reconnut. John Denman et Molly Stanwell. La voix de Denman lui parvint, rauque et tourmentée :

– Je ne peux pas vivre sans vous. Qu'allons-nous faire ?

À l'instant où Mr Satterthwaite se détournait pour rebrousser chemin, une main le retint. Une autre personne se tenait sur le seuil, près de lui. Une personne qui avait vu, elle aussi.

Un simple coup d'œil sur le visage de la femme qui se tenait à ses côtés suffit à Mr Satterthwaite pour comprendre à quel point il s'était fourvoyé.

De sa main frémissante, elle le retint jusqu'à ce que le couple eût disparu au bout du chemin. Il s'entendit prononcer des paroles apaisantes, des banalités qui se voulaient réconfortantes, mais paraissaient dérisoires face à la souffrance qu'il avait pressentie. Elle prononça ces seuls mots :

– Je vous en prie, ne me laissez pas.

Ces paroles le touchèrent de façon étrange. En définitive, il était quand même utile à quelqu'un. Il continua de lui prodiguer des paroles de consolation, des paroles qui ne voulaient rien dire, mais qui, malgré tout, valaient mieux que le silence. Ils firent ainsi le trajet jusque chez les Roscheimer. De temps à autre, il sentait la main posée sur son épaule accentuer sa pression, et il comprenait qu'elle était heureuse de l'avoir près de lui. Elle attendit qu'ils fussent arrivés à destination pour retirer sa main. Alors elle se redressa, très droite, la tête haute.

– Maintenant, dit-elle, je vais danser ! N'ayez crainte pour moi, mon ami. Je danserai.

Elle le quitta brusquement. À cet instant, lady Roscheimer lui sauta dessus. Elle était couverte de diamants et se répandait en lamentations. Finalement, elle le remit entre les mains de Claude Wickam.

– C'est une catastrophe ! Une catastrophe complète ! Ces choses-là n'arrivent qu'à moi. Tous ces péquenauds s'imaginent qu'ils sont capables de danser, et on ne m'a même pas consulté.

Intarissable, il continua sur sa lancée. Il avait trouvé un auditeur complaisant, un homme qui *savait.* Il s'apitoya interminablement sur son sort. Le déluge de jérémiades ne prit fin qu'avec les premiers accords de musique.

Mr Satterthwaite émergea alors de sa rêverie. L'esprit alerte, il retrouva son rôle de critique. Wickam était un fieffé imbécile, mais il savait composer de la musique : une trame délicate, arachnéenne, intangible comme des cheveux d'ange — et pourtant, sans aucune mièvrerie.

Le décor était superbe. Lady Roscheimer ne regardait pas à la dépense quand il s'agissait d'aider ses protégés. Une clairière d'Arcadie… des effets de lumière qui créaient l'atmosphère d'irréalité adéquate…

Deux silhouettes dansaient, comme si elles avaient toujours dansé, depuis des temps immémoriaux. Un mince Arlequin au visage masqué faisait jaillir de sa baguette magique des paillettes qui brillaient au clair de lune… Une Colombine, toute de blanc vêtue, pirouettait comme en un rêve immortel…

Brusquement, Mr Satterthwaite se redressa. Il avait déjà vu cela quelque part. Oui, à n'en pas douter…

Par la pensée, il se transporta bien loin du salon de lady Roscheimer. Il se trouvait maintenant dans un musée de Berlin, devant la statuette d'une Colombine immortelle.

Arlequin et Colombine continuèrent de danser. Le monde entier leur appartenait…

Le clair de lune… une silhouette humaine. Pierrot qui erre à travers bois, chantant à la lune. Pierrot qui ne connaît point de repos depuis qu'il a vu Colombine. Les deux Immortels disparaissent, mais Colombine se retourne. Elle a entendu le chant d'un cœur humain.

Pierrot qui erre à travers bois… dans l'obscurité… sa voix se meurt au loin…

Le pré communal… le ballet des filles du village… des pierrots et des pierrettes. Molly dans le rôle de Pierrette. Médiocre danseuse (sur ce point, Anna Denman avait raison), mais c'est d'une jolie voix mélodieuse qu'elle chante *Pierrette danse sur le pré*.

Un air charmant : Mr Satterthwaite eut un hochement de tête approbateur. Wickam était capable de composer un air, lorsqu'il le fallait. Le chœur des villageoises fit frémir le vieux monsieur, mais il fallait savoir que lady Roscheimer était résolument philanthropique.

On exhorte Pierrot à se joindre au ballet. Il refuse. Le visage blanc, il continue d'errer… éternel amoureux à la recherche de son idéal. Le soir tombe. Arlequin et Colombine, invisibles, dansent au milieu de la foule inconsciente de leur présence. Les villageoises s'en vont ; resté seul, Pierrot, fatigué, s'endort sur une butte herbeuse. Arlequin et Colombine dansent autour de lui. Il se réveille et voit Colombine. Il la courtise en vain, l'implore, la conjure…

Elle hésite. Arlequin lui fait signe de partir. Mais elle

ne le voit plus. Elle écoute Pierrot et sa chanson d'amour une fois de plus roucoulée. Elle tombe dans ses bras, et le rideau se baisse.

Le deuxième acte a pour cadre la chaumière de Pierrot. Colombine est assise devant la cheminée. Elle est pâle, lasse. Elle écoute — quoi ? Pierrot lui chante la sérénade, cherche à lui plaire pour que, de nouveau, elle s'intéresse à lui. Le soir s'obscurcit. Le tonnerre gronde… Colombine écarte son rouet. Elle s'anime, frémissante… Elle n'écoute plus Pierrot. C'est sa musique à elle qui remplit l'air, la musique d'Arlequin et Colombine… Elle se réveille. Elle se souvient.

Coup de tonnerre ! Arlequin est debout sur le seuil de la chaumière. Pierrot ne peut pas le voir, mais Colombine bondit sur ses pieds avec un rire joyeux. Des enfants accourent, mais elle les repousse. Un autre coup de tonnerre fait crouler les murs, et Colombine s'éloigne dans la nuit déchaînée, en dansant avec Arlequin.

Dans les ténèbres, on entend l'air que Pierrette a chanté. La lumière revient progressivement. De nouveau, la chaumière. Pierrot et Pierrette, vieux, les cheveux blanchis, sont assis dans des fauteuils au coin du feu. La musique est joyeuse, mais pas très forte. Pierrette dodeline de la tête dans son fauteuil. Par la fenêtre pénètre un rayon de lune, accompagné de la chanson de Pierrot, depuis longtemps oubliée. Il s'agite sur son siège.

Musique douce… musique féerique… Dehors apparaissent Arlequin et Colombine. La porte s'ouvre et Colombine entre en dansant. Elle se penche sur Pierrot endormi, l'embrasse sur les lèvres…

Crac ! Violent coup de tonnerre. Colombine est sortie de la chaumière. Par la fenêtre éclairée, au centre de la scène, on voit Arlequin et Colombine s'éloigner en dansant lentement, silhouettes de plus en plus floues…

Une bûche tombe. Pierrette bondit sur ses pieds, furieuse, se précipite vers la fenêtre et baisse le store. Ainsi s'achève la pièce, sur un accord dissonant…

Mr Satterthwaite demeura parfaitement immobile tandis qu'éclataient autour de lui les applaudissements et les bravos. Finalement, il se leva et sortit. Il tomba sur Molly Stanwell, rouge et excitée, qui recevait les compliments des spectateurs. Il vit John Denman qui se frayait un chemin à coups de coude dans la foule, les yeux embrasés d'une flamme nouvelle. Molly se dirigea vers lui, mais, d'un geste presque machinal, il l'écarta. Ce n'était pas elle qu'il cherchait.

– Ma femme ? Où est-elle ?

– Je crois qu'elle est sortie dans le jardin.

Mais ce fut Mr Satterthwaite qui la trouva, assise sur un banc de pierre au pied d'un cyprès. Lorsqu'il l'eut rejointe, il fit une chose bizarre : il mit un genou en terre et lui baisa la main.

– Ah ! dit-elle. Vous trouvez donc que j'ai bien dansé ?

– Vous avez dansé… comme vous avez toujours dansé, madame Kharsanova.

Elle haleta soudain.

– Alors… vous avez deviné ?

– Il n'existe qu'une seule Kharsanova. Quand on vous a vue danser, il est impossible de vous oublier. Mais pourquoi… pourquoi ?

– Que pouvais-je faire d'autre ?

– Comment cela ?

Elle avait parlé très simplement. Avec tout autant de simplicité, elle répondit :

– Oh ! mais vous comprenez très bien. Vous êtes un homme du monde. Une grande danseuse peut avoir des amants, oui… mais un mari, c'est une autre affaire. Et lui… il ne voulait pas de l'autre. Il voulait que je lui appartienne totalement… chose qui aurait été impossible à Kharsanova.

– Je vois, dit Mr Satterthwaite. Je vois. Vous avez donc abandonné ?

Elle inclina la tête.

– Il fallait que vous l'aimiez beaucoup, dit Mr Satterthwaite d'une voix douce.

– Pour consentir un tel sacrifice ? dit-elle en riant.

– Pas seulement cela. Pour y consentir d'un cœur léger.

– Ah ! oui… vous avez peut-être raison.

– Et maintenant ? demanda Mr Satterthwaite.

Elle se fit grave.

– Maintenant ?

Elle observa une pause. Puis, se tournant vers la nuit, elle dit en haussant la voix :

– C'est vous, Sergius Ivanovitch ?

Le prince Oranov émergea de l'obscurité et apparut au clair de lune. Il prit la main de la danseuse, souriant à Mr Satterthwaite sans le moindre embarras.

– Voilà dix ans, j'ai pleuré la mort d'Anna Kharsanova, dit-il simplement. Elle était tout pour moi. Aujourd'hui, je l'ai retrouvée. Nous ne nous séparerons plus.

– Rendez-vous dans dix minutes au bout du sentier, dit Anna. Je ne vous ferai pas faux bond.

Oranov acquiesça et se retira. La danseuse se tourna vers Mr Satterthwaite.

– Eh bien… vous n'êtes pas satisfait, mon ami ?

Un léger sourire jouait sur ses lèvres.

– Savez-vous que votre mari vous cherche ? dit Mr Satterthwaite avec brusquerie.

Il vit son visage se crisper, l'espace d'une seconde, mais sa voix demeura assez ferme.

– Oui, dit-elle avec gravité. C'est très possible.

– J'ai vu son regard. Il…

Le vieux monsieur s'interrompit.

– Oui, peut-être, dit-elle, toujours aussi calme. Cela durera une heure. Une heure de magie, qu'auront fait naître des souvenirs, la musique, le clair de lune… C'est tout.

– Je ne puis donc rien vous dire pour vous convaincre ?

Il se sentit vieux, découragé.

– Pendant dix ans, déclara Anna Kharsanova, j'ai vécu avec l'homme que j'aime. À présent, je vais retrouver l'homme qui m'aime depuis dix ans.

Mr Satterthwaite se tut. Il était à bout d'arguments. D'ailleurs, cette solution paraissait la plus simple. Seulement voilà : ce n'était pas la solution qu'il souhaitait.

Elle posa une main sur son épaule.

– Je sais, mon ami, je sais. Mais il n'y a pas de troisième voie. Toujours, on cherche quelque chose… L'amoureux idéal, éternel… Mais c'est la musique d'Arlequin que l'on entend. Aucun amoureux ne peut combler notre attente, puisque tous les amoureux sont mortels. Et Arlequin n'est qu'un mythe, une invisible présence… à moins que…

– Oui ? dit Mr Satterthwaite. Oui ?

– À moins qu'il ne s'appelle… la Mort !

Mr Satterthwaite frissonna. La danseuse s'éloigna, engloutie par l'obscurité…

Il ne sut jamais combien de temps il resta assis là, mais il éprouva brusquement l'impression d'avoir perdu un temps précieux. Il partit en toute hâte, poussé presque malgré lui dans une certaine direction.

Arrivé sur le sentier, une étrange sensation d'irréalité l'envahit. Magie… magie et clair de lune ! Et deux silhouettes qui venaient vers lui…

Oranov en habit d'Arlequin : voilà ce qu'il pensa sur le moment. Mais lorsque le couple passa devant lui, il comprit son erreur. Cette silhouette déliée, à la démarche souple, ne pouvait appartenir qu'à une seule personne : Mr Quinn…

D'un pas aérien, comme si leurs pieds ne touchaient pas le sol, ils s'éloignèrent sur le sentier. Mr Quinn tourna la tête vers Mr Satterthwaite, qui éprouva un choc — car ce visage n'était pas celui de Mr Quinn tel qu'il l'avait toujours vu. C'était le visage d'un inconnu… non, pas exactement d'un inconnu. Ah ! il y était : c'était le visage de John Denman, comme il avait peut-être été avant que la vie ne tournât trop bien pour lui. Ardent, aventureux, un visage d'adolescent et d'amoureux à la fois…

Un rire féminin lui parvint, limpide et heureux… Il suivit le couple des yeux et vit, au loin, les lumières d'une petite chaumière. Il les suivait des yeux, tel un homme perdu dans un rêve.

Il fut brutalement ramené à la réalité par une main qui lui agrippait l'épaule et le faisait pivoter sur lui-même. Il se trouva face à Sergius Oranov, pâle et égaré.

– Où est-elle ? Où est-elle ? Elle m'avait promis… et elle n'est pas venue.

Une voix s'éleva derrière eux :

– Madame vient de passer sur le sentier… Seule.

C'était la bonne de Mrs Denman. Elle attendait dans l'ombre de la porte, le manteau de sa maîtresse sur le bras.

– J'étais là et je l'ai vue passer, ajouta-t-elle.

Mr Satterthwaite lui lança d'une voix âpre :

– Seule ? Seule, dites-vous ?

Surprise, la bonne écarquilla les yeux.

– Oui, monsieur. Ne l'avez-vous pas vue comme moi ?

Mr Satterthwaite saisit Oranov par le bras.

– Vite ! murmura-t-il. Je… j'ai peur.

Ils s'élancèrent dans le sentier. Le Russe parlait avec un débit rapide, haché :

– C'est une merveilleuse créature… Ah ! sa performance de ce soir ! Et cet ami à vous, qui est-ce ? Ah ! il est extraordinaire — unique. Autrefois, quand elle dansait la Colombine de Rimski-Korsakov, elle ne trouvait jamais l'Arlequin idéal. Mordov, Kassnine… aucun d'eux ne la satisfaisait pleinement. Alors, elle s'était créé un fantasme ; un jour, elle me l'a raconté. Elle dansait toujours avec un Arlequin imaginaire… un homme qui n'était pas vraiment là. C'était Arlequin en personne, disait-elle, qui venait danser avec elle. C'est ce fantasme qui rendait sa Colombine si éblouissante.

Mr Satterthwaite acquiesça distraitement. Il n'avait qu'une seule idée en tête.

– Dépêchons-nous, dit-il. Pourvu que nous arrivions à temps ! Oh ! pourvu que nous arrivions à temps…

Au dernier détour du sentier, ils débouchèrent sur le trou profond ; là gisait quelque chose qui ne s'y trouvait pas auparavant : un corps de femme dans une posture sublime, les bras écartés et la tête rejetée en arrière. À la clarté de la lune, le visage et le corps de la morte étaient triomphants, magnifiques.

Mr Satterthwaite se remémora vaguement certaines paroles… des paroles prononcées par Mr Quinn : *« On trouve parfois des joyaux sublimes dans une décharge »*… Il les comprenait, maintenant.

Les joues ruisselantes de larmes, Oranov murmurait des phrases entrecoupées.

– Je l'aimais… Toujours, je l'ai aimée…

Utilisant pratiquement les mêmes mots que Mr Satterthwaite quelques heures plus tôt, il ajouta :

– Nous étions du même univers, elle et moi. Nous partagions les mêmes pensées, les mêmes rêves. Je l'aurais aimée pour toujours…

– Qu'en savez-vous ?

Le Russe le regarda, interloqué par l'agressivité de cette apostrophe.

– Qu'en savez-vous ? répéta Mr Satterthwaite. C'est ce que pensent tous les amoureux… ce que disent tous les amoureux… Il n'y a jamais qu'un seul amoureux…

Il se détourna et faillit se heurter à Mr Quinn. En

proie à une extrême agitation, Mr Satterthwaite le prit par le bras et l'entraîna à l'écart.

– C'était *vous*, dit-il. C'était bien *vous* qui étiez avec elle, à l'instant ?

Après un silence, Mr Quinn dit d'une voix douce :

– Vous pouvez présenter les choses ainsi, si vous le désirez.

– Et la bonne ne vous a pas vu ?

– La bonne ne m'a pas vu.

– Mais *moi* si. Comment expliquez-vous cela ?

– Compte tenu du prix que vous avez payé, peut-être voyez-vous des choses que les autres… ne voient pas.

Mr Satterthwaite le dévisagea quelques instants sans comprendre. Puis, brusquement, il se mit à trembler comme une feuille.

– Quel est cet endroit ? dit-il dans un souffle. Quel est cet endroit ?

– Je vous l'ai dit cet après-midi. C'est *mon* sentier.

– Le Sentier des Amoureux, murmura Mr Satterthwaite. Et les gens y passent.

– La plupart des gens, tôt ou tard.

– Et au bout de ce sentier… que trouvent-ils ?

Mr Quinn sourit. Pointant l'index vers le cottage en ruine, en haut de la falaise, il répondit avec une grande douceur :

– La maison de leurs rêves… ou un tas d'ordures… qui peut le dire ?

Mr Satterthwaite leva la tête vers lui. Un irrépressible sentiment de révolte le submergeait. Il se sentait trompé, floué.

– Mais *moi*… (Sa voix tremblait.) Moi, je n'ai jamais emprunté votre chemin…

– Le regrettez-vous ?

Mr Satterthwaite eut un mouvement de recul. Mr Quinn semblait tout à coup avoir pris des proportions gigantesques… Le vieux monsieur eut la vision d'une chose menaçante et terrifiante à la fois… Joie, Chagrin, Désespoir.

Sa petite âme tranquille se recroquevilla sur elle-même, épouvantée. Mr Quinn répéta sa question :

– Le regrettez-vous ?

Il émanait de lui quelque chose de terrible.

– N-non, bredouilla Mr Satterthwaite. Non.

Soudain, il se ressaisit.

– Mais je vois des choses ! s'écria-t-il. Je n'ai peut-être été qu'un spectateur de la Vie, mais je vois des choses que d'autres ne voient pas. Vous l'avez dit vous-même, Mr Quinn…

Mais Mr Quinn avait disparu.

(Traduction de Gérard de Chergé)

Postface

En mars 1930 paraît un nouveau recueil de douze nouvelles d'Agatha Christie mettant en scène les deux mêmes personnages : Mr Harley Quinn et Mr Satterthwaite. Mais, contrairement aux nouvelles ayant Poirot ou miss Marple pour héros, celles-ci n'avaient pas été écrites pour composer un recueil.

« Ce sont mes nouvelles préférées. Je n'en écrivais pas très souvent : tous les trois ou quatre mois. Je les espaçais même davantage. Les magazines semblaient en être friands, mais je repoussai toutes les propositions d'en faire une série pour les périodiques. Je ne voulais pas faire de Mr Quinn le héros d'une série : je voulais seulement écrire une de ses aventures quand l'envie m'en prenait. C'était pour moi comme le prolongement de mes poèmes de jeunesse sur Arlequin et Colombine », écrit Agatha Christie dans son autobiographie.

En effet, vers l'âge de dix-sept, dix-huit ans, Agatha Christie, vivement impressionnée par les personnages de la commedia dell'arte, avait écrit une suite de poèmes inspirés de la légende d'Arlequin : La Chanson d'Arlequin, La Chanson de Colombine, La Chanson de Pierrot et Pierrette, *qui furent d'ailleurs publiés dans son premier recueil de poèmes :* The Road of Dreams *(1924). Le personnage d'Arlequin en particulier fascinait Agatha ; c'est à lui d'ailleurs qu'elle dédia* The Mysterious Mr Quin : *« À Arlequin, l'invisible ».*

*Le substitut d'Arlequin dans cette série d'histoires policières proches du conte de fées, du merveilleux est, bien sûr, Harley Quinn, le Mr Quinn de la version française, qui, lors de sa première apparition, se retrouve vêtu d'un curieux habit auquel la lumière d'un vitrail donne toutes les couleurs. « Sa seule présence affectait la vie des autres. Un fait anodin, ou une phrase apparemment sans grande importance suffisait à révéler sa vraie nature : mirage aussi prompt à apparaître qu'à disparaître. Toujours en lutte pour les mêmes causes, c'était l'ami des amoureux et avec lui la mort n'était jamais loin » (*Autobiographie, *A. Christie). Mr Satterthwaite, qu'il rencontre dans* The Coming of Mr Quin (L'Arrivée de Mr Quinn)*, est un gentleman dans la soixantaine, qui se pique d'art et de photographie, et trompe la vacuité de sa propre vie en observant avec beaucoup d'intérêt celle des autres. Au fil des nouvelles, il se trouve mêlé à toute une série d'affaires criminelles et policières qui restent obscures jusqu'à ce que l'apparition et les remarques sibyllines de Mr Quinn lui ouvrent le chemin de la vérité. Chaque fois, Mr Quinn agit, ainsi que le souligne Agatha Christie, comme un catalyseur…*

En dehors des douze nouvelles regroupées ici, Mr Quinn et Mr Satterthwaite apparaissent dans deux autres nouvelles : The Love Detectives, *écrite elle aussi dans les années 20 (1927 exactement), et publiée en volume en 1950 aux USA dans* Three Blind Mice and

Other Stories (Trois souris)[1], *et* The Harlequin Tea Seat, *écrite dans les années 50 et publiée dans l'anthologie* Winter's Crime 3 *en 1971. Mr Satterthwaite apparaît « en solo » dans la nouvelle* Dead Man's Mirror *(1957) et dans le roman* Three Act Tragedy (Drame en trois actes) *(1935), deux enquêtes d'Hercule Poirot.* The Coming of Mr Quin, *la première nouvelle du cycle, fut adaptée après sa parution initiale en magazine pour le cinéma par Leslie Hiscott et sous le titre* The Passing of Mr Quin *réalisée par Julius Hagne avec Stewart Rome, Trilby Clark et Ursula Jeans dans les rôles principaux. Janet Morgan nous apprend qu'Agatha n'avait pas beaucoup apprécié ce film…*

Le script fut « novellisé » par G. Roy McRae et publié sous le titre The Passing of Mr Quin *par la London Book Company dans une série très bon marché en 1929. On voit que cette pratique n'est pas aussi récente qu'on aurait pu le croire.*

1. *En France, elle fut publiée pour la première fois dans* Marple, Poirot, Pyne… et les autres *(Le Masque n° 1832-1986) sous le titre* La Providence des amants.

Un meurtre est-il facile ?

Dédié à
Rosalind et Susan,
les deux premières critiques de ce livre.

1

Une voisine de compartiment

L'Angleterre !

L'Angleterre, après tant d'années !

Comment y serait la vie ?

Cette question, Luke Fitzwilliam se l'était posée en descendant la passerelle d'accès au quai. Il l'avait plus ou moins reléguée au fond de son esprit tout au long des formalités douanières. Et elle revint soudain au premier plan lorsqu'il se trouva enfin dans le train de Londres.

Passer des congés en Angleterre, c'était une chose. Plein d'argent à jeter par les fenêtres — au début, tout au moins ! —, de vieux amis à revoir, des rencontres avec des collègues en vacances tout comme lui — bref, la belle insouciance de qui se dit : « Il n'y en a pas pour longtemps. Autant s'en fourrer jusque-là ! Il va bientôt falloir reprendre ses cliques et ses claques. »

Seulement cette fois, plus question de repartir. Fini, les nuits étouffantes ; fini, le soleil aveuglant et la luxuriante beauté de la végétation tropicale ; fini, les soirées solitaires à lire et relire de vieux numéros du *Times*.

De retour au pays, voilà qu'il l'était désormais pour de

bon — et qui plus est doté d'une retraite honorable, d'une petite fortune personnelle et de loisirs illimités. À quoi allait-il bien pouvoir occuper son temps ?

L'Angleterre ! L'Angleterre un jour de juin, sous un ciel grisâtre et par temps de bise plutôt frisquet. Tout sauf accueillante, la mère patrie, par une journée pareille ! Et les gens ! Bonté divine, les gens ! Des multitudes de visages aussi gris que le ciel — des visages soucieux, tourmentés. Et les maisons, donc ! Il en poussait un peu partout, comme des champignons. Affreux bungalows ! Écœurantes bicoques ! Prétentiardes cages à lapins disséminées dans la campagne !

S'arrachant à la contemplation du paysage qui défilait par la vitre de son compartiment, Luke Fitzwilliam s'installa confortablement pour lire les journaux qu'il venait d'acheter : le *Times*, le *Daily Clarion* et *Punch*.

Il commença par le *Daily Clarion*, lequel était tout entier consacré au Derby d'Epsom.

« Dommage que le bateau ne soit pas arrivé hier, pensa Luke. La dernière fois que j'ai assisté au Derby, je n'avais pas dix-neuf ans. »

Ayant pris part au sweepstake de son club, il regarda ce que le chroniqueur hippique du *Clarion* pensait de son cheval. Las ! celui-ci était dédaigneusement écarté d'une phrase : *Quant aux autres, Jujube II, Mark's Mile, Santony et Jerry Boy, ils n'ont guère de chances de se qualifier pour un placé. Comme outsider possible, nous vous signalons…*

Mais Luke ne s'intéressait nullement à l'outsider possible. Il passa à la cote. Jujube II n'avait droit qu'à un modeste quarante contre un.

Il jeta un coup d'œil à sa montre. 4 heures moins le quart. « Bof ! Les jeux sont faits, maintenant », se dit-il. Il aurait dû miser sur Clarigold, le deuxième favori…

Puis, ouvrant le *Times,* il se plongea dans des sujets plus sérieux.

Pas pour longtemps cependant, car, dans le coin opposé, un colonel d'allure belliqueuse, furieux de ce qu'il venait de lire, éprouva le besoin de lui faire partager son indignation. Il fallut à la digne culotte de peau une bonne demi-heure avant qu'elle ne se lasse d'exposer ses vues sur « ces satanés agitateurs communistes, monsieur ! »

Une fois calmé, le colonel finit par s'endormir la bouche ouverte. Peu après, le train ralentit et s'immobilisa. Luke regarda par la vitre. Ils se trouvaient dans une vaste gare, apparemment déserte, aux quais nombreux. Luke avisa un kiosque à journaux où une affichette proclamait : RÉSULTATS DU DERBY. Il ouvrit la portière, sauta sur le quai et courut vers le kiosque. Un instant plus tard, il contemplait d'un œil hébété quelques lignes imprimées en caractères baveux dans les nouvelles de dernière heure :

Résultats du Derby

JUJUBE II
MAZEPPA
CLARIGOLD

Luke sourit jusqu'aux oreilles. Cent livres sterling à claquer ! Brave vieux Jujube II, méprisé par tous les pronostiqueurs !

Toujours hilare, il plia son journal, fit demi-tour et se retrouva… face au vide. Dans l'excitation provoquée par la victoire de Jujube II, son train s'était éclipsé sans qu'il s'en aperçoive.

– Quand diable ce train est-il reparti ? demanda-t-il à un porteur d'allure désabusée.

– Quel train ? répondit celui-ci. Y a pas eu de train depuis le 15 h 14.

– Et l'express du bateau ? Il était ici à l'instant. Je le sais, j'étais dedans.

– L'express, il est direct jusqu'à Londres, répliqua le porteur sur un ton compassé.

– Il s'est bel et bien arrêté ici, lui assura Luke. J'en suis même descendu.

– Il est direct jusqu'à Londres, répéta le porteur, inébranlable.

– Il s'est arrêté à ce quai, et j'en suis descendu, je vous dis !

Contraint de se rendre à l'évidence, le porteur changea son fusil d'épaule.

– Z'auriez pas dû faire ça, dit-il, réprobateur. Y s'arrête pas à c'te gare.

– Il s'y est pourtant arrêté !

– C'est rapport au signal, c'est pour ça. Le signal, il était au rouge. C'est pas c'qu'on appelle un « arrêt ».

– Je suis moins versé que vous dans ces distinctions subtiles, dit Luke. Ma question est la suivante : et maintenant, qu'est-ce que je fais ?

Le porteur — individu à l'esprit peu véloce — répéta d'un ton désapprobateur :

– Z'auriez pas dû descendre.

– Nous sommes d'accord, dit Luke. Mais le mal est fait, et nul jamais n'y pourra rien changer… N'y pensons plus… Les larmes les plus amères ne feront pas revivre le passé morose, etc., etc., j'en passe et des meilleures. Ce que je voudrais savoir, c'est ce que vous, fort de votre expérience dans le domaine des transports en commun, vous me conseillez de faire à présent ?

– Vous m'demandez quoi faire ?

– C'est en effet l'idée ! dit Luke. Je présume qu'il y a des trains qui s'arrêtent ici — qui s'y arrêtent vraiment, officiellement ?

– Sûr, dit le porteur. Z'avez qu'à prendre le 16 h 25.

– Si le 16 h 25 va à Londres, c'est le 16 h 25 qu'il me faut !

Rassuré, Luke fit les cent pas sur le quai. Un vaste panneau l'informa qu'il se trouvait à la gare de jonction de Fenny Clayton, avec correspondance pour Wychwood-under-Ashe. Un train ahanant, composé d'un unique wagon poussé par une antique locomotive qui lâchait des petits ronds de fumée, vint bientôt s'immobiliser sur une voie secondaire. Six ou sept voyageurs en descendirent, empruntèrent une passerelle et vinrent rejoindre Luke sur son quai. Le porteur mélancolique s'anima comme par enchantement et entreprit de mettre en branle un immense chariot rempli de cageots et de paniers, tandis qu'un autre se joignait à lui en faisant tinter des bidons de lait. Fenny Clayton renaissait à la vie.

Enfin, avec une incommensurable majesté, le train de Londres entra en gare. Les voitures de troisième classe étaient bondées. Quant aux compartiments de première, il n'y en avait que trois, avec un ou deux passagers dans chacun. Luke les examina tour à tour. Dans le premier, un individu d'allure militaire fumait un cigare. Luke estima qu'il avait eu son compte de colonels de l'armée des Indes pour la journée. Il passa au suivant : il était occupé par une jeune femme à l'air aussi éminemment convenable que totalement épuisé — une gouvernante, sans doute —, flanquée d'un gamin en bas âge du genre remuant. Luke passa vite au troisième. La portière était ouverte et il n'y avait là qu'une seule passagère, une vieille demoiselle. Elle ressemblait un peu à une des tantes de Luke, sa tante Mildred, celle qui l'avait courageusement autorisé, lorsqu'il avait dix ans, à apprivoiser une couleuvre. Indéniablement, la tante Mildred avait été une tante selon son cœur. Luke monta et s'assit.

Après cinq minutes d'intense activité de la part des camions laitiers, des chariots à bagages et autres foyers d'agitation, le train s'ébranla. Luke déplia alors son journal et se plongea dans les rubriques susceptibles d'intéresser un homme qui a déjà lu son quotidien du matin.

Il ne caressait guère l'espoir de pouvoir lire longtemps. Il se doutait bien, doté qu'il était de nombreuses tantes, que cette charmante vieille demoiselle n'avait nulle intention de voyager en silence dans son coin jusqu'à Londres.

Et il avait raison : une vitre mal fermée, un parapluie qui tombe… il n'en fallut pas plus pour que la vieille demoiselle lui vante les mérites de leur train.

– Seulement une heure dix ! C'est très bien, vous savez, vraiment très bien. Beaucoup mieux que celui du matin, qui met une heure quarante.

Elle enchaîna :

– Remarquez, presque tout le monde prend celui du matin. Quand c'est un jour de soldes, comprenez-vous, ce serait stupide de ne monter à Londres que l'après-midi. Je comptais y aller ce matin, mais Wonky Pooh avait disparu — c'est mon chat, un persan, une vraie beauté, bien qu'il se soit fait mal à l'oreille, il y a quelque temps — et il va de soi que je ne pouvais pas partir avant de l'avoir retrouvé !

– Non, bien sûr que non, marmonna Luke, les yeux ostensiblement fixés sur son journal.

Peine perdue. Le flux de paroles reprit aussitôt :

– Alors j'ai fait contre mauvaise fortune bon cœur et me suis rabattue sur le train de l'après-midi, ce qui dans un sens est une bénédiction parce qu'il est moins encombré que l'autre... même si ce n'est pas un problème, quand on voyage en première classe. Bien entendu, c'est une chose que je ne fais pas, d'habitude. Avec les impôts, les dividendes qui diminuent, les gages des domestiques qui augmentent et tout ce qui s'ensuit, je considère ça comme une *extravagance*. Mais j'étais vraiment bouleversée. Voyez-vous, je vais en ville pour une affaire très importante, et je voulais pouvoir réfléchir en toute tranquillité à ce que j'allais dire au juste, vous comprenez ?... (Luke réprima un sourire.) Et quand on voyage avec des gens que l'on connaît... il faut bien se montrer aimable, n'est-ce pas ?... alors je me suis dit que, pour une fois, la dépense était *tout à fait* pardonnable... ce qui ne m'empêche pas de penser que, de nos jours, il y a trop de gâchis : on ne fait plus d'économies, on ne pense pas à l'avenir. Dommage que les deuxièmes classes aient été supprimées… cela faisait *la* petite différence, juste ce qu'il fallait.

» Naturellement, poursuivit-elle aussitôt, après avoir jeté un rapide coup d'œil au visage hâlé de Luke, je sais bien que les militaires en permission voyagent en première. Je veux dire… les officiers, c'est bien le moins…

Luke soutint le regard inquisiteur de ses yeux pétillants de malice. Et il capitula sans plus attendre. De toute façon, il lui aurait fallu en arriver là tôt ou tard.

– Je ne suis pas militaire, dit-il.

– Oh ! excusez-moi. Je ne voulais pas… Je pensais… — vous êtes si bronzé — que vous reveniez d'Extrême-Orient, en permission.

– Je reviens d'Extrême-Orient, confirma Luke. Mais pas en permission.

Prenant les devants, il lui évita des recherches plus poussées :

– Je suis policier.

– Policier ? Ça, par exemple, c'est très intéressant ! J'ai une amie très chère… Son fils vient d'entrer dans le corps de police de Palestine.

Luke prit un nouveau raccourci.

– Moi, c'était le détroit de Mayang, dit-il.

– Ça, par exemple… très intéressant ! Et quelle coïncidence extraordinaire !… que vous voyagiez dans ce compartiment, veux-je dire. Parce que, voyez-vous, cette affaire qui m'amène en ville… enfin bref, figurez-vous que c'est justement à Scotland Yard que je vais !

– Vraiment ? dit Luke.

« Va-t-elle bientôt s'arrêter comme un pendule en bout de course, se demanda-t-il, ou est-ce que ça va durer comme ça jusqu'à Londres ? » En fait, ça ne le dérangeait pas tellement, car il avait eu beaucoup d'affection pour sa tante Mildred, et il se rappelait le jour où elle s'était fendue à point nommé d'un billet de cinq livres. En outre, il y avait quelque chose de très charmant, de très anglais chez les vieilles demoiselles telles que sa compagne de voyage et sa tante Mildred. On n'en trouvait pas l'équivalent dans le détroit de Mayang. On pouvait les ranger dans la même catégorie que le plum-pudding de Noël, les parties de cricket villageoises et les feux de bois dans la cheminée. Toutes choses qu'on apprécie grandement quand, perdu à l'autre bout du monde, on en est privé. (Toutes choses aussi dont on se lasse assez vite à l'usage, mais, répétons-le, Luke n'avait débarqué en Angleterre que trois ou quatre heures plus tôt.)

La vieille demoiselle poursuivait son joyeux babil :

– Oui, je comptais monter à Londres, ce matin… et puis, comme je vous l'ai dit, j'étais très inquiète pour Wonky Pooh. À votre avis, il ne sera pas trop tard, n'est-ce pas ? Je veux dire… ils n'ont pas d'horaires spéciaux, à Scotland Yard ?

– Je ne pense pas qu'ils ferment à 4 heures ni rien de ce genre, dit Luke.

– Non, c'est bien votre avis ? Après tout, on peut avoir besoin de leur signaler un crime à n'importe quelle heure du jour ou de la nuit, n'est-ce pas ?

– Exactement, dit Luke.

La vieille demoiselle demeura silencieuse un moment. Elle avait l'air soucieux.

– J'estime qu'il vaut toujours mieux s'adresser au Bon Dieu qu'à ses saints, reprit-elle enfin. John Reed est un excellent garçon — c'est notre constable, à Wychwood —, un homme très poli, très sympathique, mais… comment dire ?… je n'ai pas l'impression qu'il soit de taille à s'occuper d'une affaire grave. Il sait y faire avec les gens qui ont un peu trop bu, ou qui ne respectent pas la limitation de vitesse ou qui oublient d'allumer leurs phares à la nuit tombée… ou encore avec les étourdis qui n'ont pas pris de permis pour leur chien… ou peut-être même avec les cambrioleurs. Mais je ne pense pas — j'en suis presque sûre — qu'il soit capable de s'occuper de *meurtres* !

Luke haussa les sourcils.

– De meurtres ?

La vieille demoiselle acquiesça avec vigueur :

– Oui, de meurtres. Vous êtes surpris, à ce que je vois. Je l'ai été moi aussi, au début… Je n'arrivais pas à y croire. Je pensais que je me faisais des idées.

– Et vous êtes sûre que ce n'était pas le cas ? demanda gentiment Luke.

– Oh, certaine ! répondit-elle en hochant la tête, catégorique. J'aurais pu me tromper la première fois, mais pas la deuxième, ni la troisième, ni la quatrième. À partir de ce moment-là, on *sait* à quoi s'en tenir.

– Vous voulez dire qu'il y a eu… euh… plusieurs meurtres ?

– Un grand nombre, j'en ai peur, répliqua-t-elle de sa petite voix douce.

Elle poursuivit :

– C'est pourquoi j'ai jugé préférable d'aller droit à

Scotland Yard et de tout leur raconter. Et vous, vous ne pensez pas que c'est la meilleure chose à faire ?

Luke la regarda, pensif.

– Ma foi, si. Vous avez raison, dit-il enfin.

« Ils sauront bien se débrouiller, songea-t-il. Ils doivent avoir une demi-douzaine de vieilles mémés par semaine qui viennent leur casser les oreilles avec tous les meurtres commis dans leurs paisibles petits villages ! Si ça se trouve, il existe peut-être même un service spécialisé dans l'accueil de ces exquises petites vieilles ! »

Il voyait déjà le commissaire bienveillant, ou le sémillant inspecteur, murmurant avec tact :

– Merci, chère mademoiselle, nous vous sommes très reconnaissants, mais si, mais si… Maintenant, rentrez chez vous, laissez-nous faire et ne vous inquiétez plus.

Ce tableau lui arracha un petit sourire.

« Je me demande d'où leur viennent ces lubies ? Une existence mortellement ennuyeuse, sans doute… un désir inconscient de drame. Il paraît que certaines vieilles personnes s'imaginent que tout le monde veut leur faire boire le bouillon d'onze heures. »

La douce voix ténue le tira de ses méditations :

– Je me rappelle avoir lu un jour… il s'agissait de l'affaire Abercrombie, je crois… oui, cet individu qui a empoisonné tout un tas de gens avant qu'on ait seulement l'idée de le soupçonner… Voyons, où voulais-je en venir ? Ah ! oui : on a prétendu qu'il était doté d'un regard — un regard spécial — et que, quand il le posait sur quelqu'un, eh bien ! la personne en question tombait malade très peu de temps après. Quand j'ai lu ça dans les journaux, je n'y ai pas vraiment cru… et pourtant c'est vrai !

– Qu'est-ce qui est vrai ?

– Qu'il existe, ce regard spécial…

Luke la regarda, les yeux ronds. Elle tremblait un peu, et ses petites joues roses avaient perdu de leur couleur.

– Je l'ai constaté d'abord à propos d'Amy Gibbs, et *elle* est morte. Ensuite, ç'a été Carter. Et puis Tommy Pierce. Et cette fois — hier — le phénomène s'est reproduit avec le Dr Humbleby… lui qui est un si *brave* homme… un homme vraiment bien. Carter, lui, il buvait, et Tommy Pierce était un sale gosse malfaisant et d'une insolence épouvantable, qui persécutait les plus petits, qui leur tordait le bras et qui les rouait de coups. Eux, je ne les ai pas beaucoup regrettés, mais le Dr Humbleby, c'est autre chose. Il *faut* le sauver. Et le pire c'est que si j'allais le trouver pour lui raconter ça il ne me croirait pas ! Il me rirait au nez ! Et John Reed ne me croirait pas, lui non plus. Mais à Scotland Yard, ce sera différent. Parce que là-bas ils ont *l'habitude* du crime, évidemment.

Elle jeta un coup d'œil par la vitre.

– Oh ! Seigneur, nous arrivons…

Quelque peu fébrile, elle ouvrit son sac, le referma, attrapa son parapluie…

– Merci… merci infiniment, dit-elle à Luke, qui lui ramassait pour la seconde fois son parapluie. Ç'a été un tel *soulagement* de bavarder avec vous… Vous avez été trop gentil… Je suis heureuse que vous approuviez ma démarche.

– Je suis sûr qu'ils seront de bon conseil à Scotland Yard, répondit gentiment Luke.

– Je vous suis vraiment très reconnaissante, dit-elle en farfouillant dans son sac. Ma carte… oh ! allons bon, je n'en ai qu'une !... Il faut que je la garde... pour Scotland Yard...

– Bien sûr, bien sûr...

– Je m'appelle Pinkerton.

– Un nom tout à fait approprié à la situation, miss Pinkerton, dit Luke en souriant.

Devant l'air un peu déconcerté de la vieille demoiselle, il se hâta d'ajouter :

– Et moi, je m'appelle Luke Fitzwilliam.

Comme le train s'immobilisait à quai, il proposa :

– Voulez-vous que j'aille vous chercher un taxi ?

Miss Pinkerton parut choquée à cette idée.

– Oh ! non, merci. Je vais prendre le métro. Il me mettra à Trafalgar Square et, de là, j'irai jusqu'à Whitehall à pied.

– Eh bien... bonne chance, dit Luke.

Miss Pinkerton lui serra la main avec effusion.

– Vous êtes trop gentil, répéta-t-elle. Vous savez, au début, j'étais persuadée que vous ne croyiez pas un mot de ce que je disais.

Luke eut la bonne grâce de rougir.

– Ma foi... tant de meurtres ! Difficile de commettre toute une série d'assassinats et de s'en tirer sans problèmes, vous ne croyez pas ?

Miss Pinkerton secoua la tête.

– Non, non, mon garçon, répondit-elle avec conviction. Détrompez-vous. Tant qu'on ne vous soupçonne pas, c'est très facile de tuer. Et, en l'occurrence, la personne en question est bien la dernière que l'on songerait à soupçonner !

– En tout cas, bonne chance, répéta Luke.

Miss Pinkerton se perdit dans la foule. Luke se mit en quête de ses bagages.

« Un peu toquée sur les bords ? songeait-il. Non, je n'ai pas l'impression. Une imagination un peu trop vive, sans plus. J'espère qu'ils l'enverront promener gentiment. Elle est adorable, dans son genre. »

2

Notice nécrologique

Jimmy Lorrimer était l'un de ses meilleurs amis. C'est donc tout naturellement chez lui que Luke s'installa dès son arrivée à Londres. C'est avec Jimmy qu'il sortit gaiement le soir même, en quête de distractions. C'est le café de Jimmy qu'il buvait le lendemain matin, le crâne douloureux, et c'est la voix de Jimmy qu'il n'entendit pas, occupé qu'il était à relire pour la énième fois un minuscule entrefilet dans le journal du matin.

– Excuse-moi, Jimmy, dit-il, revenant brusquement à la réalité.

– Tu étais plongé dans quoi ? La situation politique ?

Luke eut un sourire forcé.

– Pas de danger ! Non, c'est plutôt bizarre… une vieille demoiselle avec qui j'ai voyagé hier s'est fait renverser par une voiture.

– Encore une qui s'imagine qu'on peut traverser à l'orange ! Comment sais-tu que c'est elle ?

– Rien ne le prouve, bien sûr. Mais c'est le même nom : Pinkerton… Elle s'est fait écraser en traversant Whitehall. La voiture ne s'est pas arrêtée.

– Sale histoire, dit Jimmy.

– Oui, pauvre petite vieille. Ça me fait de la peine. Elle me rappelait ma tante Mildred.

– Il n'y coupera pas, ton chauffard. Qu'est-ce que je te parie qu'il sera inculpé d'homicide involontaire ? Plus ça va, plus j'ai les jetons de conduire, je t'assure.

– Qu'est-ce que tu as comme bagnole en ce moment ?

– Une Ford V8. Crois-moi, mon vieux…

La conversation prit un tour hautement technique.

Soudain, Jimmy s'interrompit :

– Mais enfin, qu'est-ce que tu fredonnes comme ça ?

Luke chantonnait à mi-voix :

– *Fiddle de dee, fiddle de dee, the fly has married the bumble bee.*

Il s'excusa :

– Une comptine du temps que j'étais gosse. Une de ces chansons idiotes qui ne veulent rien dire. Dieu sait pourquoi cette ânerie me trotte dans la tête.

Une bonne semaine plus tard, Luke, qui parcourait négligemment la une du *Times*, poussa soudain une exclamation de surprise.

– Eh bien, ça, alors !

Jimmy Lorrimer leva la tête.

– Qu'est-ce qui t'arrive ?

Luke ne répondit pas. Il avait les yeux rivés sur son journal.

Jimmy répéta sa question.

Luke leva la tête et regarda son ami avec une expression si étrange que Jimmy en fut déconcerté.

– Qu'est-ce qui se passe, Luke ? On dirait que tu as vu un fantôme.

Luke demeura silencieux un moment. Il lâcha son journal, se dirigea à grands pas vers la fenêtre, puis revint à son point de départ. Jimmy l'observait, de plus en plus surpris.

Luke se laissa choir dans un fauteuil et se pencha vers lui.

– Jimmy, mon vieux, tu te souviens que je t'ai parlé d'une vieille fille avec qui j'avais voyagé… le jour où je suis arrivé en Angleterre ?

– Celle qui te rappelait ta tante Mildred ? Et qui s'est fait écrabouiller par une voiture ?

– Tout juste. Écoute, Jimmy. Cette petite vieille m'avait débité une interminable histoire à dormir debout, le tout pour m'expliquer qu'elle fonçait signaler à Scotland Yard une série de meurtres. En résumé, il y avait un assassin qui se promenait en liberté dans son village et qui s'était livré à quelques exécutions sommaires.

– Tu ne m'avais pas dit qu'elle était timbrée.

– Je ne crois pas qu'elle l'était.

– Oh ! Dis donc, mon vieux ! Un assassin qui vous fait ça au prix de gros…

– Je n'ai jamais cru qu'elle était dérangée ! répliqua Luke, agacé. Je me suis simplement dit qu'elle lâchait un peu trop la bride à son imagination, comme ça arrive à des tas de petites vieilles.

– Ouais, c'est bien possible. Mais je pense quand même qu'elle devait avoir un grain.

– Je me fiche de ce que *tu* penses, Jimmy. Pour l'instant, *c'est moi* qui raconte, vu ?

– Bon ! Bon ! Vas-y, je t'écoute.

– Elle m'a donné des détails précis, le nom d'une ou deux des victimes, et puis elle m'a expliqué que, si elle était tellement secouée, c'était parce qu'elle savait *qui* allait y passer la prochaine fois.

– Et alors ? demanda Jimmy, encourageant.

– Il arrive parfois qu'on retienne un nom sans trop savoir pourquoi. En l'occurrence, ce nom-là m'est resté parce que je l'ai associé à une comptine idiote qu'on me chantait quand j'étais gosse : *Fiddle de dee, fiddle de dee, the fly has married the bumble bee.*

– D'une grande qualité poétique, en effet, mais quel rapport ?

– Le rapport, tête de lard, c'est que cet homme s'appelait Humbleby… le Dr Humbleby. D'après ma petite vieille, ce Dr Humbleby devait être le prochain, et ça la bouleversait parce que c'était « un si brave homme ». *Humbleby, bumble bee*… J'ai retenu le nom à cause de la comptine susmentionnée.

– Et alors ? s'enquit Jimmy.

– Et alors, regarde ça.

Luke passa le journal à son ami en lui montrant du doigt une notice nécrologique.

HUMBLEBY. Décès subit, le 13 juin, à son domicile de Sandgate (Wychwood-under-Ashe), du Dr JOHN EDWARD HUMBLEBY, époux de JESSIE ROSE HUMBLEBY. Obsèques vendredi. Ni fleurs ni couronnes.

– Tu vois, Jimmy ? Même nom, même village, et il est médecin. Qu'est-ce que tu dis de ça ?

Jimmy ne répondit pas tout de suite.

– Si tu veux mon avis, ce n'est qu'une coïncidence, dit-il d'une voix grave, un brin hésitante. Une coïncidence bizarre, d'accord, mais sans plus.

Luke se mit à arpenter la pièce de long en large.

– Tu crois, Jimmy ? Tu crois vraiment ? Tu crois que ça n'est que ça ?

– Qu'est-ce que tu veux que ce soit d'autre ? demanda Jimmy.

Luke se tourna brusquement vers lui.

– Et si tout ce que m'a dit cette adorable radoteuse était *vrai* ? Et si son histoire à dormir debout était la vérité pure et simple ?

– Allons donc, mon vieux ! Ce serait un peu gros à avaler. Ça n'arrive pas, des trucs pareils !

– Et l'affaire Abercrombie, qu'est-ce que tu en fais ? Est-ce qu'il n'est pas censé avoir trucidé une tripotée de gens ?

– Plus encore qu'on ne l'a jamais dit, reconnut Jimmy. Le coroner local était cousin d'un de mes copains. Ce qui fait que j'ai appris par lui pas mal de détails. Abercrombie a d'abord été arrêté pour avoir collé de l'arsenic au vétérinaire du pays ; puis on a déterré sa femme, qui en était farcie, et il est à peu près certain que son beau-frère a connu le même sort… Et la liste n'est pas close, tant s'en faut ! Mon copain m'a dit que, d'après les estimations officieuses, Abercrombie aurait liquidé au moins quinze personnes. *Quinze !*

– Précisément. Donc, ces choses-là arrivent bel et bien !

– D'accord, mais pas souvent.

– Qu'est-ce que tu en sais ? Elles arrivent peut-être beaucoup plus souvent que tu ne l'imagines.

– Écoutez-moi notre policier des tropiques ! Tu ne pourrais pas oublier que tu es flic, maintenant que tu es redevenu simple citoyen ?

– Flic un jour, flic toujours, rétorqua Luke. Maintenant écoute, Jimmy : supposons qu'avant qu'Abercrombie ait poussé la témérité jusqu'à commettre ses meurtres quasiment sous le nez de la police une vieille fille bavarde ait deviné ce qu'il allait faire et qu'elle ait filé raconter tout ça aux autorités concernées. Tu crois qu'on l'aurait écoutée ?

Jimmy sourit.

– Pas de danger !

– Exactement. On lui aurait répliqué qu'elle avait une araignée au plafond. Comme tu l'as dit, *toi.* Ou alors : « Trop d'imagination. Pas assez de preuves. » Comme je l'ai dit, *moi. Et nous aurions eu tort tous les deux, Jimmy.*

Lorrimer réfléchit un instant.

– Comment vois-tu la situation, au juste ?

– La voilà, la situation, répondit lentement Luke. On m'a raconté une histoire — une histoire improbable mais pas impossible. Un indice, la mort du Dr Humbleby, tend à la confirmer. Sans oublier un autre fait significatif : miss Pinkerton allait à Scotland Yard avec son improbable histoire. *Mais elle n'est jamais arrivée à destination.* Elle a été écrabouillée par une voiture qui ne s'est pas arrêtée.

– Rien ne prouve qu'elle n'y soit pas allée, objecta Jimmy. Elle a pu être tuée après sa visite, et pas avant.

– Peut-être, oui… mais je ne pense pas.

– Pure supposition. Et qui revient à dire que… que tu y crois… à ce mélodrame.

Luke secoua la tête avec vigueur.

– Non, je n'ai jamais dit ça. Tout ce que je dis, c'est qu'une enquête s'impose.

– En d'autres termes, c'est *toi* qui vas aller à Scotland Yard.

– Non, je n'en suis pas encore là… tant s'en faut. Comme tu le dis si bien, la mort de ce Dr Humbleby n'est peut-être qu'une simple coïncidence.

– Dans ce cas, puis-je te demander ce que tu mijotes ?

– Je mijote d'aller creuser l'affaire sur place.

– Rien que ça !

– C'est la seule chose raisonnable à faire, tu ne crois pas ?

Jimmy le considéra d'un œil stupéfait.

– Tu es vraiment *sérieux*, Luke ?

– Absolument.

– Suppose que cette histoire ne repose sur rien ?

– C'est ce qui pourrait arriver de mieux.

– Oui, évidemment…, admit Jimmy en fronçant les sourcils. Mais tu es persuadé du contraire, hein ?

– Très cher, je n'ai pas d'a priori.

Jimmy demeura silencieux une bonne minute.

– Tu as un plan ? s'enquit-il enfin. Il va bien te falloir un *prétexte* pour débarquer là-bas à l'improviste.

– Oui, sans doute.

– Il n'y a pas de « sans doute » qui tienne ! Tu te rends

compte de ce que c'est qu'un petit village anglais ? On y renifle un étranger à des kilomètres !

– Il va falloir que je débarque sous un déguisement, dit Luke avec un sourire subit. Qu'est-ce que tu me suggères ? Peintre ? Délicat : je ne sais pas dessiner, encore moins manier le pinceau.

– Tu pourrais être un peintre moderne. Dans ce cas, ça n'aurait aucune importance, fit observer Jimmy.

Mais Luke poursuivait son idée :

– Écrivain ? Est-ce que les écrivains vont s'installer dans des auberges perdues au fin fond de la campagne pour écrire ? Ce n'est pas impossible. Pêcheur à la ligne, peut-être… mais il faudrait s'assurer qu'il y a une rivière à proximité. Convalescent à qui on a prescrit l'air de la campagne ? Je n'ai pas la tête de l'emploi et, de toute façon, tout le monde va dans des maisons de repos aujourd'hui. Et si je cherchais une propriété à acheter dans la région ? Non, ce n'est pas bien fameux. Bon sang, Jimmy, il doit quand même y avoir *une* raison plausible pour qu'un étranger bien portant descende dans un village anglais ?

– Minute… passe-moi le journal, dit Jimmy.

Il y jeta un bref coup d'œil et annonça triomphalement :

– C'est bien ce que je pensais ! Luke, mon gros père, je vais t'arranger ça ! Simple comme bonjour !

– Quoi ?

– Je savais bien que ça me disait quelque chose ! poursuivit Jimmy avec une fierté bien légitime. Wychwood-under-Ashe… Ben voyons ! C'est bien ça !

– Aurais-tu, par hasard, un copain qui connaît le coroner du coin ?

– Pas cette fois. Mais j'ai mieux. Comme tu sais — mon père étant issu d'une famille de treize enfants —, dame Nature m'a abondamment pourvu de tantes et de cousins. Écoute un peu ça : *j'ai une cousine à Wychwood-under-Ashe !*

– Jimmy, tu es un as !

– Pas mal, hein ? fit Jimmy, toujours modeste.

– Parle-moi d'elle.

– Elle s'appelle Bridget Conway. Depuis deux ans, elle est secrétaire particulière de lord Whitfield.

– Le propriétaire de ces dégoûtantes feuilles de chou hebdomadaires ?

– Tout juste. Et il n'est pas très ragoûtant lui non plus ! Et d'un prétentieux, avec ça ! Il est né à Wychwood-under-Ashe, et, comme il fait partie de ces snobs qui te rebattent les oreilles de leurs origines modestes et qui tirent vanité d'être « arrivés » par eux-mêmes, il est retourné dans son village natal, où il a acheté l'unique grande baraque de la région — qui, soit dit en passant, appartenait à l'origine à la famille de Bridget — et il s'emploie à transformer l'endroit en « propriété modèle ».

– Et ta cousine est sa secrétaire ?

– Était, rectifia Jimmy d'un air sombre. Depuis, elle a eu de l'avancement ! Elle est devenue sa fiancée !

– Ah ? fit Luke, déconcerté.

– C'est un beau parti, remarque, dit Jimmy. Il roule sur l'or. Et comme elle s'est fait plaquer par un type, Bridget ne croit plus à l'amour. À mon avis, ça marchera très bien. Elle saura sûrement lui tenir la dragée haute, et il lui mangera dans la main.

– Et moi, dans tout ça ?

– Tu vas séjourner chez eux, répondit sans hésiter Jimmy. Fais-toi passer pour un autre cousin : Bridget en a tellement qu'un de plus, un de moins… Je réglerai ça avec elle. On a toujours été copains, tous les deux. Quant à la raison de ta visite… la sorcellerie, mon petit père !

– La sorcellerie ?

– Le folklore, les superstitions locales… tout le bataclan. Wychwood-under-Ashe s'est taillé une certaine réputation dans ce domaine. C'est un des derniers endroits où a eu lieu un sabbat — on y brûlait encore les sorcières au siècle dernier — et qui conserve toutes sortes de traditions. Tu écris un livre, vu ? Un ouvrage établissant un parallèle entre les coutumes du détroit de Mayang et le bon vieux folklore anglais : points communs, etc. Tu vois le genre. Promène-toi avec un bloc-notes et interroge le doyen du village sur les superstitions et les coutumes du pays. On est habitué aux curieux, là-bas, et le fait que tu résides à Ashe Manor te tiendra lieu de carte de visite.

– Et lord Whitfield ?

– Tu n'auras pas de problème de ce côté-là. Il est totalement inculte et naïf comme pas deux : il gobe même ce qu'il lit dans ses propres journaux ! De toute manière, Bridget veillera au grain. Tu peux te fier à Bridget. Je réponds d'elle.

Luke respira un bon coup.

– Jimmy, vieille branche, ça m'a tout l'air de devoir être enfantin. Au risque de me répéter, tu es un as ! Si tu arrives à combiner ça avec ta cousine…

– C'est dans la poche. Laisse-moi faire.

– Je ne sais comment te remercier.

– Si tu débusques un maniaque homicide, répliqua Jimmy, tout ce que je te demande, c'est de me convier à la mise à mort !… Mais qu'est-ce qui t'arrive ? ajouta-t-il vivement.

– Je pensais à une réflexion que m'a faite ma vieille demoiselle, murmura Luke. Comme je lui faisais observer que c'était un peu gros de croire qu'on pouvait commettre un tas de meurtres et s'en sortir, elle m'a répondu que je me trompais, que c'était très facile de tuer…

Il s'arrêta, puis ajouta lentement :

– Je me demande si c'est vrai, Jimmy ? Je me demande si c'est vraiment…

– Si c'est vraiment quoi ?

– *Facile de tuer*…

3

Sorcière sans balai

Le soleil brillait lorsque Luke, parvenu au sommet de la colline, amorça la descente vers le petit village de Wychwood-under-Ashe dans la Standard Swallow qu'il avait achetée d'occasion. Il s'arrêta un moment au bord de la route et coupa le moteur.

C'était une journée d'été, chaude et ensoleillée. À ses pieds s'étendait le village, singulièrement épargné par le progrès. Paisible et candide dans la pleine lumière, Wychwood ne se composait guère que d'une grand-rue qui s'étirait en longueur sous la corniche d'Ashe Ridge.

Tout, alentour, semblait étrangement hors du monde et du temps. « Je dois être fou à lier, pensa Luke. Cette histoire n'a ni queue ni tête. »

Était-il sérieusement venu ici traquer un meurtrier sur la foi des bavardages décousus d'une vieille fille… et d'une notice nécrologique sur laquelle il était tombé par hasard ?

Il secoua la tête.

– Ça n'arrive évidemment pas, des trucs comme ça, murmura-t-il. Ou bien est-ce que je me trompe ? Luke, mon garçon, à toi de voir si tu es le plus grand jobard que la terre ait jamais porté ou si ton flair de policier t'a lancé sur la bonne piste !

Il redémarra, passa la première et descendit à petite allure la route sinueuse qui le fit déboucher dans la grand-rue du village.

Wychwood, nous l'avons vu, se composait en gros d'une rue principale. Il y avait des boutiques, des petites maisons de style néo-antique, coquettes et aristocratiques avec leurs perrons blancs et leurs heurtoirs bien astiqués, et des cottages pittoresques, nichés parmi les fleurs. Il y avait, un peu à l'écart, une auberge, le *Bells and Motley.* Il y avait une demeure majestueuse — que Luke prit sur le moment pour Ashe Manor, sa destination — et qui se dressait derrière le pré communal, et la mare aux canards. En s'approchant, il vit un écriteau de bois indiquant qu'il s'agissait du Musée et de la Bibliothèque. Plus loin, véritable anachronisme, se trouvait un grand bâtiment blanc, moderne, dont l'austérité contrastait avec la joyeuse fantaisie de l'ensemble. Une salle des fêtes et un foyer pour les jeunes, se dit Luke.

C'est là qu'il s'arrêta pour demander son chemin.

On lui répondit qu'il trouverait Ashe Manor environ huit cents mètres plus loin. Il verrait des grilles sur sa droite.

Luke se remit en route. Il repéra sans mal les grilles de fer forgé : elles étaient aussi tarabiscotées que flambant neuves. Il les franchit, aperçut de la brique rouge à travers les arbres et découvrit avec stupéfaction, à un détour de l'allée, l'épouvantable laideur et l'incongruité du « château fort » qui s'offrait à ses yeux.

Tandis qu'il contemplait cette vision de cauchemar, le soleil se cacha. Et Luke prit soudain conscience de la masse menaçante d'Ashe Ridge qui surplombait le village. Une brusque rafale de vent balaya les feuilles à l'instant précis où une jeune femme apparaissait à l'angle de la demeure crénelée.

Sa chevelure noire, soulevée par la bourrasque, se dressait sur sa tête, ce qui rappela à Luke un tableau qu'il avait vu autrefois. *La Sorcière*, de Nevinson. Ce long visage, pâle et délicat, ces cheveux noirs voguant vers les étoiles… Il l'imaginait très bien à cheval sur un balai, s'envolant vers la lune…

Elle marcha droit sur lui.

– Vous devez être Luke Fitzwilliam. Moi, je suis Bridget Conway.

Il prit la main qu'elle lui tendait. Il la voyait maintenant telle qu'elle était, et non plus telle qu'il l'avait un instant imaginée. Grande, mince, avec un long visage fin aux joues légèrement creuses… avec des sourcils noirs, ironiques… des cheveux noirs et des yeux noirs. Belle et émouvante. Délicate comme une gravure, pensa-t-il.

Durant son voyage de retour en Angleterre, Luke avait eu une image sans cesse présente à l'esprit : l'image d'une jeune fille anglaise, empourprée par le soleil, flattant l'encolure d'un cheval, se baissant pour désherber une plate-bande, tendant les mains à la chaleur d'un feu de bois. Une vision gracieuse, réconfortante…

Là, il n'aurait su dire si Bridget Conway lui plaisait ou pas, mais cette image secrète vacilla, se brouilla… devint soudain absurde, dénuée de sens…

– Comment allez-vous ? Pardonnez-moi de m'imposer ainsi, dit-il. Jimmy prétend que vous n'y voyez pas d'inconvénient.

– Oh ! Pas du tout. Nous en sommes ravis, au contraire.

Elle sourit tout à coup, d'un grand et large sourire.

– Jimmy et moi, nous sommes comme les deux doigts de la main. Et si vous écrivez un ouvrage sur le folklore, Wychwood est l'endroit rêvé. Le pays regorge de légendes et de coins pittoresques.

– Épatant ! dit Luke.

Ils se dirigèrent ensemble vers la maison. Luke y jeta un nouveau coup d'œil. Il distinguait maintenant, sous l'abondance des ornementations qui l'étouffaient, les vestiges d'une sobre demeure du début du XVIIIe siècle. D'après Jimmy, se souvint-il, la propriété avait appartenu à l'origine à la famille de Bridget. « À l'époque où elle n'était pas encore défigurée », pensa-t-il tristement.

Il regarda Bridget, son profil, ses longues et belles mains… Elle devait avoir vingt-huit ou vingt-neuf ans, se dit-il. Elle était intelligente. Et elle faisait partie de ces gens dont on ne peut rien savoir à moins qu'ils n'en décident autrement…

À l'intérieur, la maison était confortable et de bon goût — le bon goût d'un décorateur hors pair. Bridget Conway conduisit Luke dans une pièce meublée de bibliothèques. Il y avait de grands fauteuils et une table où deux personnes prenaient le thé, près de la fenêtre.

– Gordon, dit-elle, je vous présente Luke, une espèce de cousin d'un cousin à moi.

Lord Whitfield était un petit homme au crâne dégarni. Il avait le visage poupin, la lippe boudeuse et les yeux en boutons de bottine. Sa tenue de campagne, négligée, ne l'avantageait guère, sa silhouette se résumant, pour l'essentiel, à un ventre proéminent.

Il accueillit Luke avec amabilité :

– Heureux de vous connaître… très heureux. Vous revenez d'Extrême-Orient, c'est ça ? Intéressantes, ces régions. Vous écrivez un livre, à ce que m'a dit Bridget. D'aucuns prétendent qu'on écrit trop de livres de nos jours. Moi, je dis non : il y a toujours de la place pour un bon bouquin !

– Ma tante, Mrs Anstruther, dit Bridget.

Luke serra la main d'une femme entre deux âges, à l'expression plutôt stupide.

Mrs Anstruther, comme Luke ne devait pas tarder à l'apprendre, était corps et âme vouée au jardinage. Elle ne parlait de rien d'autre et avait l'esprit absorbé en permanence par la question de savoir si telle ou telle plante rare avait des chances de s'épanouir là où elle comptait la mettre.

– Vous savez, Gordon, dit-elle une fois les présentations faites, une rocaille trouverait idéalement sa place derrière la roseraie, et vous pourriez alors aménager un merveilleux jardin aquatique dans le vallonnement du ruisseau.

Lord Whitfield s'étira dans son fauteuil.

– Voyez ça avec Bridget, dit-il d'un ton accommodant. Je trouve que les plantes de rocaille sont des petites crevures rikiki, mais peu importe.

– Elles ne sont pas assez tape-à-l'œil pour vous, Gordon, intervint Bridget.

Elle servit une tasse de thé à Luke.

– C'est vrai, répliqua lord Whitfield, placide. Des petits bouts de fleurs rabougries qu'on voit à peine ! J'estime qu'on n'en a pas pour son argent. Moi, ce que j'aime, ce sont les belles plantes de serre ou les bons vieux parterres de géraniums écarlates.

Mrs Anstruther possédait au plus haut degré l'art de poursuivre son idée sans se laisser distraire par celles des autres.

– Je crois que cette nouvelle variété d'hélianthèmes s'adapterait parfaitement à notre climat, déclara-t-elle en se replongeant dans ses catalogues.

Renfonçant sa silhouette courtaude dans son fauteuil, lord Whitfield, tout en sirotant son thé, examina Luke d'un air bienveillant.

– Ainsi, murmura-t-il, vous écrivez des livres…

Un peu nerveux, Luke allait se lancer dans de grandes explications lorsqu'il comprit que lord Whitfield n'attendait pas vraiment de réponse.

– J'ai souvent songé, reprit Sa Seigneurie d'un ton suffisant, à écrire un livre moi-même.

– Ah oui ? dit Luke.

– Je *pourrais* le faire, notez bien ! Et cela donnerait un livre passionnant. J'ai rencontré dans ma vie des *tas* de gens intéressants. L'ennui, c'est que je n'ai pas le *temps*. Je suis un homme très occupé.

– Je le crois volontiers.

– Vous n'imaginez pas le fardeau de responsabilités qui pèsent sur mes épaules, poursuivit lord Whitfield. Je m'intéresse personnellement à chacune de mes publications. Je considère que j'ai la charge de former l'opinion. La semaine prochaine, des millions de gens vont penser et réagir exactement comme j'ai voulu qu'ils pensent et réagissent. C'est très impressionnant, quand on y songe. Ça implique une grosse responsabilité. Bah ! que voulez-vous ! Je ne crains pas les responsabilités. Elles ne me font pas peur. Je suis capable de les endosser.

Lord Whitfield bomba le torse, s'efforça de rentrer le ventre et regarda Luke avec bonhomie.

– Vous êtes un grand homme, Gordon ! commenta Bridget Conway d'un ton léger. Reprenez donc un peu de thé.

– Je *suis* un grand homme, en effet, répondit lord Whitfield en toute simplicité. Mais non, je ne veux plus de thé.

Puis, descendant de son Olympe pour se mettre au niveau du commun des mortels, il demanda aimablement à son invité :

– Vous connaissez des gens dans la région ?

Luke secoua la tête. Puis, sentant d'instinct que plus tôt il s'attellerait à sa tâche, mieux cela vaudrait, il ajouta :

– Enfin si, il y a quelqu'un que j'ai promis d'aller voir : un ami d'amis. Il s'appelle Humbleby. Il est médecin.

– Oh ! fit lord Whitfield en se redressant à grand-peine. Le Dr Humbleby ? Dommage.

– Qu'est-ce qui est dommage ?

– Il est mort il y a huit jours, répondit lord Whitfield.

– Ça alors ! s'exclama Luke. Vous me voyez consterné.

– Je ne pense pas qu'il vous aurait plu, dit lord Whitfield. C'était un vieil imbécile imbu de lui-même, assommant et brouillon.

– Entendez par là, intervint Bridget, qu'il n'était pas d'accord avec Gordon.

– Problème d'adduction d'eau, expliqua lord Whitfield. Je peux vous assurer, Mr Fitzwilliam, que je suis un homme soucieux du bien public. J'ai à cœur la prospérité de ce village. Je suis né ici. Oui, né dans ce petit village…

Dépité, Luke constata qu'ils abandonnaient le thème Dr Humbleby pour revenir au thème lord Whitfield.

– Je n'en ai pas honte et je me moque qu'on le sache, poursuivit le grand homme. Je n'ai bénéficié d'aucun des avantages que vous avez reçus de la nature. Mon père tenait une cordonnerie… oui, une vulgaire cordonnerie ! Et dans ma jeunesse, j'ai travaillé dans cette boutique. Je me suis élevé à la force du poignet, Fitzwilliam ; j'étais décidé à sortir du ruisseau — et je *suis* sorti du ruisseau ! La persévérance, le travail acharné et l'aide de Dieu : voilà ce qui m'a permis de réussir — voilà ce qui a fait de moi ce que je suis aujourd'hui.

Pour son plus grand profit, Luke eut droit à l'exposé exhaustif de la carrière de lord Whitfield, lequel conclut, triomphant :

– Et je consens bien volontiers à ce que le monde entier sache comment j'en suis arrivé là ! Je n'ai pas honte de mes origines — non, monsieur — et je suis revenu vivre ici, dans mon village natal. Savez-vous ce qui se trouve à la place de la vieille boutique de mon père ? Un superbe bâtiment construit et financé par *moi* : un Foyer, un Club des jeunes, tout ce qu'il y a de plus classe et dans le vent. J'ai fait appel au meilleur architecte du pays ! Je dois avouer que son truc est un peu trop dépouillé pour mon goût — ça ressemble plutôt à un hospice ou à une prison —, mais tout le monde jure ses grands dieux que c'est bien, alors ça doit l'être.

– Consolez-vous, dit Bridget. Pour ce qui est de cette maison-ci, c'est vous qui avez eu le dernier mot.

Lord Whitfield émit un petit gloussement satisfait.

– Oui, ils voulaient tous m'en remontrer ! Maintenir l'esprit originel du bâtiment… J'ai dit : non, c'est moi qui vais *vivre* ici et je veux en avoir pour *mon* argent. Chaque fois qu'un architecte refusait de suivre mes directives, je le sacquais et j'en prenais un autre. Le dernier que j'ai eu a très bien compris mes idées.

– Il a bassement encouragé vos pires fantaisies, oui ! remarqua Bridget.

– Elle aurait voulu qu'on laisse la maison en l'état, dit lord Whitfield en lui tapotant le bras. Ça ne sert à rien de vivre dans le passé, ma chère. Nos bons vieux rois George n'y connaissaient pas grand-chose. Je ne voulais pas d'une simple bicoque de brique rouge. J'ai toujours eu envie d'un château… et aujourd'hui, j'en ai un ! Comme je sais que je n'ai pas le goût très chic, j'ai donné carte blanche à une firme réputée pour l'intérieur, et je dois reconnaître qu'ils ne se sont pas trop mal débrouillés — même si c'est un peu terne par endroits.

– En tout cas, commenta Luke qui ne voyait pas trop quoi dire, c'est une grande chose de savoir ce qu'on veut.

– Et je l'obtiens généralement, repartit l'autre avec un petit rire.

– Vous avez bien failli ne pas avoir gain de cause pour l'adduction d'eau, lui rappela Bridget.

– Oh, ça ! dit lord Whitfield. Humbleby était un imbécile. Les hommes d'un certain âge ont tendance à se buter. Pas moyen de leur faire entendre raison.

– Le Dr Humbleby était quelqu'un qui ne mâchait pas ses mots, n'est-ce pas ? hasarda Luke. Ça a dû lui valoir pas mal d'ennemis, j'imagine ?

– N-non, je ne dirais pas ça, marmonna lord Whitfield en se frottant le nez. Hein, Bridget ?

– Tout le monde l'aimait bien, je crois, répondit Bridget. Je ne l'ai vu qu'une fois, quand il est venu soigner ma cheville, mais je l'ai trouvé charmant.

– Oui, il était assez bien vu dans l'ensemble, admit lord Whitfield. Mais je connais quand même une ou deux personnes qui avaient une dent contre lui. Encore son sale caractère !

– Une ou deux personnes d'ici ?

Lord Whitfield acquiesça d'un signe de tête.

– Les querelles de chapelles ne manquent pas dans un endroit pareil, dit-il.

– Oui, je m'en doute.

Luke hésita sur la manière de poursuivre.

– Quel genre de gens vivent ici ? demanda-t-il enfin.

La question n'était pas très brillante, mais la réponse ne se fit pas attendre.

– Des veuves, surtout, dit Bridget. Des filles, des femmes et des sœurs de pasteurs. Ou de médecins. Environ six femmes pour un homme.

– Mais des hommes, il y en a bien quelques-uns ? risqua Luke.

– Oh ! oui. Il y a Mr Abbot, l'avoué, et le jeune Dr Thomas — l'associé du Dr Humbleby —, et Mr Wake, le pasteur, et… qui d'autre, Gordon ? Ah ! Mr Ellsworthy, qui tient la boutique d'antiquités et qui est si, si, si, oh mais *si* charmant ! Et le major Horton et ses bouledogues.

– Mes amis m'ont parlé d'une autre personne habitant ici, reprit Luke. Une vieille demoiselle délicieuse mais très bavarde.

– La description peut s'appliquer à la moitié du village ! s'écria Bridget en riant.

– Comment s'appelle-t-elle, déjà ?… Ah ! j'y suis : Pinkerton.

– Décidément, vous jouez de malchance ! répondit lord Whitfield avec un petit rire en saccades. Elle est morte aussi. Écrasée par une voiture à Londres, l'autre jour. Tuée sur le coup.

– On meurt beaucoup, dans le secteur, dites-moi ! remarqua Luke d'un ton léger.

Lord Whitfield se rebiffa aussitôt :

– Pas du tout ! C'est un des endroits les plus sains d'Angleterre. Les accidents, ça ne compte pas ! Ce sont des choses qui peuvent arriver à n'importe qui.

Mais Bridget Conway murmura d'une voix songeuse :

– Tout de même, Gordon, il y a eu beaucoup de morts depuis un an. On n'arrête pas d'enterrer les gens !

– Absurde, ma chère !

– La mort du Dr Humbleby, c'était aussi un accident ? demanda Luke.

Lord Whitfield secoua la tête.

– Oh ! non. Il est mort de septicémie aiguë. Voilà bien les médecins ! Il s'était égratigné le doigt avec un clou rouillé ou quelque chose dans ce goût-là… il ne s'en est pas soucié et la plaie s'est infectée. Il a été emporté en trois jours.

– Les médecins sont souvent négligents quand il s'agit d'eux-mêmes, dit Bridget. Et, pour peu qu'ils n'y prennent pas garde, ils sont très exposés aux infections. En tout cas, c'est bien triste. Sa femme est effondrée.

– Rien ne sert de se révolter contre la volonté divine, déclara lord Whitfield avec componction.

« Mais était-ce vraiment la volonté divine ? » se demandait Luke un peu plus tard, tandis qu'il se changeait pour le dîner. Septicémie ? Possible. Une mort bien subite, malgré tout.

Les paroles de Bridget Conway lui revinrent alors en écho :

– Il y a eu beaucoup de morts, depuis un an.

4

Luke se met au travail

Lorsqu'il descendit prendre son petit déjeuner, le lendemain matin, Luke avait soigneusement établi son plan d'action et était prêt à le mettre à exécution sans délai.

La tante férue de jardinage n'était pas dans les parages, mais lord Whitfield mangeait des rognons et buvait du café, tandis que Bridget Conway, qui avait terminé son repas, se tenait devant la fenêtre, le regard perdu au-dehors.

Les bonjours échangés, Luke s'attabla devant une pleine assiettée d'œufs au bacon et expliqua :

– Je dois me mettre au travail. Le plus difficile, c'est d'inciter les gens à parler. Entendons-nous bien : pas les gens comme vous et… euh… Bridget. (Il s'était souvenu juste à temps de ne pas dire « miss Conway ».) Vous, je vous devine disposé à me dire tout ce que vous savez ; l'ennui, c'est que vous, vous ne *pouvez* pas me renseigner sur ce qui m'intéresse, c'est-à-dire les superstitions locales. Vous n'imaginez pas le nombre de superstitions qui survivent encore dans les endroits reculés. Tenez, il y a un village dans le Devonshire… Le pasteur a dû faire enlever les vieux menhirs en granite qui se dressaient près de l'église car, chaque fois qu'il y avait un décès, ses ouailles s'obstinaient à défiler en procession autour des mégalithes pour obéir à je ne sais quel rituel ancien. C'est extraordinaire, cette persistance des vieux rites païens !

– Vous avez raison, dit lord Whitfield. L'instruction, voilà ce dont les gens ont besoin. Est-ce que je vous ai dit que j'ai fondé ici une très belle bibliothèque ? C'était le manoir du village… je l'ai acheté pour une bouchée de pain… maintenant, c'est une des plus belles bibliothèques…

La conversation ayant une fâcheuse tendance à revenir sur les faits et gestes de lord Whitfield, Luke s'empressa de corriger le tir.

– Remarquable ! s'exclama-t-il avec chaleur. Beau travail ! De toute évidence, vous avez compris sur quoi était fondé l'obscurantisme qui sévit ici. Notez que, pour ma part, ce sont précisément ces témoignages d'ignorance qui m'intéressent : les anciennes coutumes, les contes de bonnes femmes, les traces de vieux rituels tels que…

Suivit, presque mot pour mot, une page entière d'un ouvrage que Luke avait lu pour l'occasion.

– Les décès représentent une précieuse source d'information, conclut-il. Les rites et les coutumes funéraires persistent toujours plus longtemps que les autres. Sans compter que, Dieu sait pourquoi, les gens de la campagne adorent parler de leurs morts.

– Ils raffolent des enterrements, approuva Bridget, toujours postée devant la fenêtre.

– J'envisageais de commencer par là, reprit Luke. Si j'arrivais à dresser une liste des défunts récents et à me mettre en rapport avec des membres de leurs familles, je suis convaincu que je ne tarderais pas à obtenir des résultats. Qui est le mieux placé pour me fournir ces renseignements ? Le pasteur ?

– Cela intéresserait certainement Mr Wake, dit Bridget. C'est un vieil ecclésiastique charmant, féru d'histoire ancienne. Il pourrait vous être très utile.

Saisi d'appréhension, Luke se prit à espérer que le pasteur n'en savait pas suffisamment sur le sujet pour percer à jour ses véritables intentions.

– Parfait ! s'exclama-t-il avec entrain. Vous ne vous souvenez pas, par hasard, des personnes qui sont mortes dans le courant de l'année ?

– Attendez voir..., murmura Bridget. Carter, pour commencer. C'était le patron du *Seven Stars*, un pub malfamé qui se trouve près de la rivière.

– Un vulgaire ivrogne, intervint lord Whitfield. Un de ces voyous socialistes et grossiers. Bon débarras !

– Et Mrs Rose, la blanchisseuse, poursuivit Bridget. Et le petit Tommy Pierce... un sale gosse, celui-là. Ah ! et aussi la petite Amy Machin-chose.

Elle avait prononcé ce dernier nom d'une voix légèrement changée.

– Amy ? répéta Luke.

– Amy Gibbs. Elle a été femme de chambre ici avant d'aller chez miss Waynflete. Dans son cas, il y a eu enquête du coroner.

– Pourquoi ?

– Cette idiote a confondu deux flacons dans l'obscurité ! dit lord Whitfield.

– Elle a avalé de la peinture pour chapeaux en croyant que c'était du sirop contre la toux, expliqua Bridget.

Luke haussa les sourcils.

– C'est tragique, dites-moi.

– Le bruit a couru qu'elle l'avait fait exprès, ajouta Bridget. À la suite d'une dispute d'amoureux.

Elle avait parlé lentement — presque à contrecœur.

Il y eut un silence. Luke perçut d'instinct l'existence d'un non-dit qui alourdissait l'atmosphère.

« Amy Gibbs ? songea-t-il. Oui, c'est l'un des noms qu'a mentionnés miss Pinkerton. »

Elle avait également parlé d'un petit garçon — Tommy quelque chose — qu'elle tenait manifestement en piètre estime (opinion partagée, semblait-il, par Bridget !). Et il était presque sûr… oui… que le nom de Carter avait été prononcé aussi.

Se levant, il dit d'un ton léger :

– À parler comme ça, je me fais l'effet d'un vampire ! En réalité, je ne suis pas uniquement porté sur les cimetières… Les coutumes matrimoniales m'intéressent aussi, mais elles sont plus difficiles à placer avec naturel dans la conversation.

– Je l'imagine sans peine, dit Bridget avec un léger frémissement des lèvres.

– Le mauvais œil, les maléfices, voilà d'autres sujets passionnants ! poursuivit Luke avec un enthousiasme feint. Ce sont des phénomènes qu'on rencontre fréquemment dans les vieux villages. Vous n'avez jamais entendu de rumeurs de ce genre par ici ?

Lord Whitfield secoua lentement la tête.

– Nous sommes mal placés pour entendre parler de ces choses-là…, répondit Bridget Conway.

Luke lui laissa à peine le temps de finir sa phrase :

– Pas de doute, pour trouver ce que je cherche, il va falloir que je descende de quelques degrés dans l'échelle sociale. Je vais commencer par le presbytère, voir ce que je peux dénicher de ce côté-là. Ensuite, j'irai peut-être au… *Seven Stars,* c'est bien ça ? Et Tommy, le gamin insupportable ? Il n'a pas laissé de parents éplorés ?

– Mrs Pierce tient une papeterie-tabac dans la grand-rue.

– Ça, c'est tout bonnement providentiel ! dit Luke. Bon, eh bien, j'y vais.

D'un mouvement vif et gracieux, Bridget s'écarta de la fenêtre.

– Je vous accompagne, si ça ne vous ennuie pas.

– Bien sûr que non !

Il avait prononcé ces mots avec autant de chaleur que possible, mais il se demanda si elle avait remarqué qu'il avait été un instant pris de court.

Il aurait en effet préféré — et de loin — s'entretenir avec le vieux pasteur féru d'histoire sans la présence, à ses côtés, d'une jeune femme à l'intelligence en alerte.

« Bah ! pensa-t-il. À moi de jouer mon rôle de manière convaincante. »

– Attendez-moi une minute, Luke, le temps que je change de chaussures, ajouta Bridget.

Luke… Son prénom, prononcé avec tant de naturel, lui fit étrangement chaud au cœur. Et pourtant, comment aurait-elle pu l'appeler autrement ? Dans la mesure où elle avait accepté le cousinage imaginé par Jimmy, elle pouvait difficilement lui donner du « Mr Fitzwilliam ». Il se demanda soudain, mal à l'aise : « Que pense-t-elle de tout ça ? Que diable peut-elle bien en penser ? »

Bizarre, que cette question ne l'ait pas tracassé plus tôt. Jusqu'alors, la cousine de Jimmy n'avait été pour lui qu'une abstraction commode… un mannequin. Il n'avait pas tenté de se la représenter et s'en était remis à l'affirmation de son ami : « Je réponds de Bridget. »

Il l'avait imaginée — pour autant qu'il l'eût imaginée — comme une petite secrétaire blonde, suffisamment maligne pour mettre le grappin sur un homme riche.

Au lieu de quoi elle avait du caractère, de la cervelle, une intelligence froide et lucide, et il aurait été bien incapable de dire ce qu'elle pensait de lui. *Elle ne doit pas être facile à rouler,* songea-t-il.

– Voilà, je suis prête.

Elle l'avait rejoint si discrètement qu'il ne l'avait pas entendue approcher. Elle ne portait ni chapeau ni résille. Lorsqu'ils sortirent, le vent, qui soufflait à l'angle du monstrueux castel, souleva ses longs cheveux noirs et les fit virevolter avec une soudaine frénésie autour de son visage.

– Vous avez besoin de moi pour vous montrer le chemin, fit-elle en souriant.

– C'est très gentil à vous, répondit-il, cérémonieux.

Était-ce un effet de son imagination, ou avait-il vu passer sur les lèvres de Bridget l'ombre fugitive d'un sourire ironique ?

Tournant la tête vers les murs crénelés, il dit d'un ton irrité :

– Quelle abomination ! Personne n'a pu l'empêcher de faire ça ?

– « La demeure d'un Anglais est son château »… au sens littéral dans le cas de Gordon ! Il l'adore.

Conscient du mauvais goût de sa remarque mais incapable de tenir sa langue, Luke dit :

– C'est votre ancienne propriété, je crois ? Est-ce que vous « adorez » la voir dans cet état ?

Elle tourna alors son regard vers lui — un regard direct, vaguement amusé.

– Je m'en veux de détruire le tableau pathétique que vous vous faites de la situation, susurra-t-elle, mais je suis partie d'ici à l'âge de deux ans et demi. Comme vous voyez, la bonne vieille nostalgie du foyer n'est pas de mise en l'occurrence. Je n'ai aucun souvenir de ce qu'était cette maison.

– Vous avez raison, dit Luke. Pardonnez-moi d'être tombé dans le mélo.

– La vérité est rarement romantique, répondit-elle avec un rire.

Mais l'amertume qu'exprimait sa voix le fit tressaillir. Il rougit sous son hâle, puis comprit soudain que l'amertume en question n'était pas dirigée contre lui. C'était son dédain à elle, son amertume à elle. Luke garda prudemment le silence. Ce qui ne l'empêcha pas de se poser moult questions sur Bridget Conway…

Il ne leur fallut pas cinq minutes pour arriver au presbytère attenant à l'église. Ils trouvèrent le pasteur dans son cabinet de travail.

Alfred Wake était un petit vieillard aux épaules voûtées, aux yeux bleus très doux, à l'air courtois mais distrait. Il parut tout à la fois heureux et un tantinet surpris de cette visite.

– Mr Fitzwilliam séjourne au manoir, dit Bridget, et il voudrait vous consulter au sujet d'un livre qu'il est en train d'écrire.

Mr Wake tourna vers Luke le regard interrogateur de

ses yeux bienveillants, et le jeune homme se lança dans de grandes explications.

Il était nerveux. Doublement nerveux. Primo, parce que l'ecclésiastique avait sans aucun doute une connaissance beaucoup plus approfondie des rites et coutumes folkloriques et magiques que celle qu'il venait d'acquérir en consultant à la hâte une série d'ouvrages pris au hasard. Secundo, parce que Bridget Conway écoutait la conversation.

Luke constata avec soulagement que Mr Wake s'intéressait surtout aux vestiges romains. Le pasteur avoua ne pas y connaître grand-chose en matière de sorcellerie et de folklore médiéval. Il relata certains épisodes liés à l'histoire de Wychwood, proposa à Luke de l'emmener sur la colline, à l'endroit où — disait-on — les sorcières tenaient jadis leurs sabbats, mais se déclara navré de n'avoir aucune information personnelle à y ajouter.

Fort soulagé intérieurement, Luke afficha la plus vive déception avant de se plonger dans son enquête sur les superstitions attachées au culte des morts.

Mr Wake secoua benoîtement la tête.

– Je crains d'être la personne la plus mal renseignée sur la question. Mes ouailles se gardent bien d'évoquer devant moi toute pratique non orthodoxe !

– Oui, évidemment.

– Je suis néanmoins persuadé que les superstitions demeurent vivaces. Ces communautés villageoises sont encore très arriérées.

Luke se jeta à l'eau :

– J'ai demandé à miss Conway de me donner les noms des récents défunts — du moins, ceux dont elle se souvenait. Je pense arriver à quelque chose par ce biais-là. Vous pourriez sans doute me fournir une liste complète, pour me permettre de faire un premier tri ?

– Oui… oui, sans problèmes. Giles, notre sacristain — un brave garçon, hélas atteint de surdité —, pourrait vous aider dans cette tâche. Voyons… Des décès, nous en avons eu beaucoup… oui, beaucoup. Un printemps de giboulées après un hiver rigoureux… à quoi il convient d'ajouter bon nombre d'accidents… nous avons connu un véritable cycle de malchance.

– Parfois, dit Luke, on attribue un cycle de malchance à la présence d'une personne précise.

– Oui, oui. La vieille histoire de Jonas… Mais, à ma connaissance, nous n'avons pas eu d'étrangers ici — du moins, personne qui sorte de l'ordinaire — et je n'ai entendu aucune rumeur dans ce sens… Mais remarquez, là encore, peut-être s'abstiendrait-on d'en parler devant moi. Voyons voir… tout récemment, nous avons perdu le Dr Humbleby et la malheureuse Lavinia Pinkerton — un excellent homme, le Dr Humbleby…

– Mr Fitzwilliam connaît des amis à lui, intervint Bridget.

– Vraiment ? C'est bien triste. Sa perte sera durement ressentie. Il avait beaucoup d'amis.

– Et sûrement beaucoup d'ennemis aussi, dit Luke. Je ne fais que répéter ce que m'en ont dit mes amis, s'empressa-t-il d'ajouter.

Mr Wake soupira.

– Il avait son franc-parler et manquait parfois… d'un peu de tact, dirons-nous. (Il secoua la tête.) Il n'en faut souvent guère plus pour que les gens prennent la mouche. Mais il était très aimé des plus humbles.

– Pour moi, dit Luke d'un ton dégagé, l'une des choses les plus dures à avaler dans la vie, c'est le fait que toute mort profite à quelqu'un — et pas seulement sur le plan financier.

Le pasteur hocha la tête d'un air pensif.

– Je vois ce que vous voulez dire, oui. Nous lisons dans sa notice nécrologique que tel défunt est regretté de tous, mais ce n'est que très rarement vrai, je le crains. Dans le cas du Dr Humbleby, on ne peut nier que sa mort sera d'un grand profit pour son associé, le Dr Thomas.

– Comment cela ?

– Thomas est, je crois, un garçon très compétent — le Dr Humbleby le disait lui-même, d'ailleurs —, mais il n'était pas très bien intégré dans la population. Il était éclipsé par Humbleby, qui possédait un charisme indéniable. À côté, Thomas paraissait un peu terne. Le courant ne passait pas bien entre ses malades et lui. Pour ne rien arranger, il s'en tracassait, ce qui le rendait encore plus nerveux et renfermé. À dire le vrai, j'ai déjà constaté une étonnante transformation. Davantage d'assurance… de personnalité. Il a acquis de la confiance en soi. Humbleby et lui n'étaient pas toujours d'accord, je crois. Thomas est partisan de la nouveauté, tandis que Humbleby préférait s'en tenir aux méthodes anciennes. Ils se sont heurtés plus d'une fois — à ce propos comme à propos d'un sujet d'ordre plus… familial… Mais gardons-nous de nous laisser aller aux commérages…

– C'est pourtant justement ce que Mr Fitzwilliam voudrait entendre… des commérages ! dit Bridget d'une voix douce mais très distincte.

Luke lui jeta un regard troublé.

Sceptique, Mr Wake secoua la tête et poursuivit, avec un petit sourire d'excuse :

– On apprend malheureusement à s'intéresser de trop près aux affaires de ses voisins. Rose Humbleby est une très jolie jeune fille. Rien d'étonnant à ce que Geoffrey Thomas en soit tombé amoureux. Mais le point de vue de Humbleby était tout aussi compréhensible : sa fille était jeune, et elle n'avait guère de chances de rencontrer d'autres hommes en restant enfermée ici.

– Il s'est opposé au mariage ? dit Luke.

– Formellement. En donnant comme raison qu'ils étaient beaucoup trop jeunes. Bien entendu, les jeunes gens n'aiment pas s'entendre dire ça ! Un froid s'était établi entre les deux hommes. Mais je suis sûr que le Dr Thomas a été profondément peiné par la mort inopinée de son associé.

– Une septicémie, m'a dit lord Whitfield ?

– Oui… une petite égratignure qui s'est infectée. Les médecins courent de grands risques dans l'exercice de leur profession, Mr Fitzwilliam.

– Sans aucun doute, convint Luke.

Mr Wake tressaillit soudain.

– Avec tout ça, je me suis bien éloigné de notre sujet. Une vieille commère, voilà ce que je suis ! Nous parlions de la survivance des coutumes funéraires païennes… et des personnes qui sont mortes récemment à Wychwood. Il y a eu Lavinia Pinkerton, l'une de nos paroissiennes les plus dévouées. Et puis cette pauvre Amy Gibbs… là, vous découvrirez peut-être quelque chose d'intéressant pour vous, Mr Fitzwilliam : on a émis l'hypothèse d'un suicide, or certains rites insolites sont liés à ce type de décès. Amy avait une tante — une femme pas très estimable, je le crains, et pas très attachée à sa nièce, mais une intarissable bavarde.

– Ce qui peut se révéler précieux, dit Luke.

– Puis il y a eu Tommy Pierce. Il a fait partie de la chorale, à une époque : des aigus magnifiques, une voix merveilleuse… angélique… mais, en dehors de cela, il n'avait rien de très angélique. Nous avons dû finir par nous débarrasser de lui, tant il donnait le mauvais exemple aux autres garçons. Pauvre gosse, personne ne l'aimait beaucoup. Il s'est fait renvoyer du bureau de poste où nous lui avions trouvé un emploi de télégraphiste. Il a ensuite travaillé quelque temps au cabinet de Mr Abbot, mais, là encore, on l'a congédié très vite : il avait fourré son nez dans des documents confidentiels, je crois. Après ça, il a été garçon jardinier à Ashe Manor — n'est-ce pas, miss Conway ? — jusqu'au jour où lord Whitfield l'a renvoyé à cause d'une grossière impertinence. J'en ai été navré pour sa mère — brave femme très méritante et qui se tue à la tâche. Miss Waynflete a alors eu la bonté de l'employer comme laveur de carreaux à la bibliothèque. Au début, lord Whitfield s'y est opposé, et puis, du jour au lendemain, il a cédé… ce qui s'est révélé bien regrettable.

– Pourquoi ?

– Parce que c'est comme ça que le petit s'est tué. Il lavait les carreaux du dernier étage de la bibliothèque

— l'ancien manoir, vous savez —, et en voulant faire l'idiot — danser sur le rebord de la fenêtre, une bêtise de ce genre — il a perdu l'équilibre, ou a été saisi de vertige, et il est tombé. Vilaine affaire ! Il est mort quelques heures après son transport à l'hôpital, sans avoir repris connaissance.

– Quelqu'un l'a vu tomber ? s'enquit Luke avec intérêt.

– Non. Il travaillait à l'arrière du bâtiment, côté jardin… pas sur la façade. On estime qu'il a dû rester inanimé une demi-heure environ avant qu'on ne le découvre.

– Et qui l'a découvert ?

– Miss Pinkerton, cette demoiselle dont je vous parlais tout à l'heure et qui a malheureusement trouvé la mort l'autre jour dans un accident de la circulation… Pauvre femme, elle en avait été toute bouleversée, vous l'imaginez sans peine ! Obtenir l'autorisation de venir prélever quelques boutures et trouver le gamin là… par terre…

– Ça a dû lui faire un choc terrible, dit Luke, songeur.

« Un choc encore plus grand que *vous* ne le pensez », ajouta-t-il à part soi.

– Une jeune vie fauchée net, c'est bien triste, dit le vieil homme en secouant la tête. Les défauts de Tommy tenaient peut-être à un trop-plein d'énergie.

– C'était un sale garnement et une petite brute ! s'emporta Bridget. Vous le savez très bien, Mr Wake. Il n'arrêtait pas de torturer les chats et les chiens errants et de martyriser ses petits camarades.

– Je sais… je sais, répondit Mr Wake en dodelinant tristement de la tête. Cependant, chère miss Conway, dans certains cas, la cruauté n'est pas innée mais plutôt le fait d'une imagination trop lente à mûrir. C'est pourquoi, si vous admettez qu'un adulte puisse avoir la mentalité d'un enfant, vous comprendrez qu'un fou puisse très bien se montrer sournois et cruel sans même en avoir conscience. Un manque de maturité : voilà, j'en suis convaincu, la racine de la cruauté et de la brutalité aveugle du monde d'aujourd'hui. Il nous faut rejeter la puérilité…

Il secoua encore une fois la tête et écarta les mains.

– Oui, vous avez raison, acquiesça Bridget d'une voix sourde. Je comprends ce que vous voulez dire. Un homme qui a l'âge mental d'un enfant, il n'y a rien de plus effrayant…

Luke la regarda avec curiosité. Il était persuadé qu'elle songeait à une personne précise, mais, bien que lord Whitfield fût sous certains aspects d'une extrême puérilité, ce n'était pas à lui qu'elle pensait. Lord Whitfield était un tantinet ridicule, mais certainement pas effrayant.

Luke Fitzwilliam aurait donné n'importe quoi pour savoir à qui pensait Bridget.

5

Visite à miss Waynflete

Mr Wake murmura encore quelques noms d'une voix songeuse :

– Voyons… la pauvre Mrs Rose, le vieux Bell, le petit Elkin, Harry Carter… Remarquez, tous n'étaient pas mes ouailles. Mrs Rose et Carter n'appartenaient pas à l'Église anglicane. Et la vague de froid que nous avons eue en mars a fini par emporter le vieux Ben Stanbury… à l'âge de quatre-vingt-douze ans.

– Amy Gibbs est morte en avril, dit Bridget.

– Oui, pauvre petite… Triste méprise.

Luke s'aperçut soudain que Bridget l'observait. Elle baissa aussitôt les yeux.

« Il y a là quelque chose qui m'échappe, pensa-t-il, agacé. Quelque chose qui est en rapport avec cette Amy Gibbs. »

Quand, ayant pris congé du pasteur, ils se retrouvèrent dehors, il demanda :

– Cette Amy Gibbs, c'était *qui* au juste ? Et ça évoque *quoi* pour vous ?

Bridget mit une bonne minute à répondre.

– C'était la femme de chambre la plus incompétente que j'aie jamais connue, dit-elle enfin d'un ton légèrement contraint.

– C'est pour ça qu'on l'a mise à la porte ?

– Non. Elle restait dehors jusqu'à point d'heure à batifoler avec je ne sais quel garçon. Gordon a des idées très puritaines et très vieux jeu. Pour lui, le péché ne commence qu'à 11 heures du soir, mais, passé cette heure-là, Satan se déchaîne. Il avait donc sermonné la petite, qui lui avait répondu avec impertinence !

– C'était une jolie fille ? demanda Luke.

– Une très jolie fille.

– C'est elle qui a avalé de la peinture à la place de sirop contre la toux ?

– Oui.

– C'est plutôt stupide, non ? hasarda Luke.

– Complètement stupide.

– Et elle était idiote ?

– Non, elle était même plutôt futée.

Luke lui lança un regard en coin. Elle l'intriguait. Elle lui répondait d'un ton uni, sans insistance ni beaucoup d'intérêt. Il sentait néanmoins derrière ses paroles quelque chose d'inexprimé.

À cet instant, Bridget s'arrêta pour bavarder avec un homme de belle stature, qui ôta son chapeau d'un geste large et la salua avec jovialité.

Après avoir échangé quelques mots avec lui, Bridget fit les présentations :

– Mon cousin, Mr Fitzwilliam, qui séjourne au manoir ; il est venu ici pour écrire un livre. Luke, voici Mr Abbot.

Luke dévisagea Mr Abbot avec intérêt. C'était l'avoué qui avait employé Tommy Pierce.

Luke avait un préjugé quelque peu irraisonné contre les hommes de loi en général — fondé sur le fait que les politiciens se recrutaient en grand nombre dans leurs rangs. De plus, la prudente habitude qu'ils avaient de ne jamais se compromettre l'agaçait. Mais Mr Abbot ne correspondait pas du tout à l'image traditionnelle de l'avoué : il n'était ni maigre, ni réservé, ni bouche cousue. C'était un grand gaillard au teint fleuri, vêtu de tweed, aux manières chaleureuses et à la jovialité contagieuse. Il avait des ridules aux coins des yeux, et un regard plus perçant qu'il n'y paraissait au premier abord.

– Vous écrivez un livre, alors ? Un roman ?

– Un ouvrage sur les traditions populaires, dit Bridget.

– Vous ne pouviez pas mieux tomber, dit l'avoué. Le coin est particulièrement intéressant.

– C'est ce que j'ai cru comprendre, dit Luke. D'ailleurs, vous pourriez peut-être m'aider un peu. Vous devez avoir connaissance de faits étranges… ou de survivance d'anciennes coutumes…

– Ma foi, je n'en sais trop rien. Peut-être… ça se pourrait…

– On croit beaucoup aux fantômes, par ici ?

– Pour ça, je n'en ai aucune idée… vraiment, je ne peux pas dire.

– Pas de maisons hantées ?

– Non. Je n'en ai jamais entendu parler.

– Il y a les croyances concernant les enfants, bien sûr, reprit Luke. Un petit garçon qui meurt — de mort violente, j'entends — est condamné à errer pour l'éternité. Mais pas une petite fille. C'est intéressant, ça !

– Très, dit Mr Abbot. Je ne l'avais jamais entendu dire.

Et pour cause : Luke venait de l'inventer.

– Prenez le cas de ce gamin… Tommy quelque chose… qui a travaillé quelque temps à votre cabinet… D'après ce que je crois savoir, les gens d'ici sont persuadés qu'il erre comme une âme en peine…

Le visage rougeaud de Mr Abbot vira au pourpre.

– Tommy Pierce ? Un bon à rien, un sale gosse fouineur et indiscret.

– Il semble que les revenants soient toujours malveillants. Les bons citoyens respectueux de la loi viennent rarement troubler ce monde après l'avoir quitté.

– Qui l'a vu… ? Qu'est-ce que c'est que cette histoire ?

– Ces choses-là sont difficiles à mettre en évidence, répondit Luke. Les gens n'en parlent pas volontiers. C'est dans l'air, si on peut dire.

– Oui… oui, sans doute.

Luke changea adroitement de sujet :

– Le mieux placé pour me renseigner, ce serait sans doute le médecin local. Les toubibs doivent en entendre de toutes les couleurs chez les malades des « classes laborieuses » qu'il leur arrive de soigner. Toutes sortes de superstitions et de sortilèges : philtres d'amour et tout le tremblement.

– Mettez-vous en rapport avec Thomas. Un brave type, ce Thomas, tout à fait à la page. Pas comme ce pauvre Humbleby.

– Il était un peu passéiste, non ?

– Une vraie tête de mule. Réactionnaire comme ça n'est pas permis !

– Vous avez eu une sérieuse prise de bec avec lui au sujet de l'adduction d'eau, n'est-ce pas ? demanda Bridget.

De nouveau, une vive rougeur empourpra le visage d'Abbot.

– Humbleby s'opposait mordicus au progrès, dit-il

d'un ton cassant. Il s'était déchaîné contre ce projet ! Et il avait une façon plutôt grossière de l'exprimer. Il ne mâchait pas ses mots. J'aurais pu le traîner en justice pour certaines des choses qu'il m'a dites !

– Mais les hommes de loi n'intentent guère de procès, n'est-ce pas ? susurra Bridget. Ils ne sont pas fous !

Abbot partit d'un grand rire sonore. Sa colère était retombée aussi vite qu'elle était montée.

– Bien envoyé, miss Bridget ! Et vous n'avez pas tout à fait tort. Pour en faire partie, nous ne connaissons que trop bien la justice, ha ! ha ! Bon, il faut que j'y aille. Faites appel à moi si vous pensez que je peux vous être utile d'une façon quelconque, monsieur… euh…

– Fitzwilliam, dit Luke. Merci, je n'y manquerai pas.

Ils se remirent en route.

– Si je comprends bien, commenta Bridget, votre méthode, ça consiste à dire n'importe quoi et à voir ce que ça donne.

– Vous voulez dire que ma méthode n'est pas rigoureusement honnête ?

– C'est ce que j'ai cru remarquer.

Un peu mal à l'aise, il hésita sur la réponse. Mais avant qu'il ait pu parler, Bridget reprit :

– Si vous désirez en apprendre davantage sur Amy Gibbs, je peux vous emmener chez quelqu'un qui est en mesure de vous aider.

– Qui ça ?

– Miss Waynflete. Amy est partie travailler chez elle après avoir quitté Ashe Manor. C'est là qu'elle est morte.

– Ah ! je vois…, dit-il, un peu déconcerté. Eh bien… merci beaucoup.

– Elle habite à deux pas.

Ils traversaient la place du village. Bridget lui désigna le grand manoir de style classique que Luke avait remarqué la veille.

– Voilà Wych Hall. C'est aujourd'hui une bibliothèque.

Accolée au manoir, il y avait une maisonnette qui, par contraste, faisait plutôt penser à une maison de poupée. Les marches du perron étaient d'un blanc éblouissant, le heurtoir brillait et, aux fenêtres, les rideaux étaient également d'un blanc irréprochable.

Bridget poussa la barrière et se dirigea vers le perron.

Au même instant, la porte s'ouvrit et une femme d'un certain âge apparut sur le seuil.

C'était — estima Luke — le type même de la vieille fille de province. Maigre, elle portait un tailleur en tweed et un corsage de soie grise orné d'une broche de topaze. Son chapeau, un feutre banal, trônait crânement sur ses cheveux à la mise en plis impeccable. Elle avait un visage agréable et un regard intelligent derrière son pince-nez. Elle lui fit penser à ces fringantes chèvres noires qu'on rencontre en Grèce. Il y avait dans ses yeux le même mélange de surprise et de candeur interrogative.

– Bonjour, miss Waynflete, dit Bridget. Je vous présente Mr Fitzwilliam. (Luke s'inclina.) Il écrit un livre sur les morts, les coutumes villageoises et les choses macabres en général.

– Par exemple ! s'écria miss Waynflete. *Comme* c'est intéressant !

Et elle adressa à Luke un sourire radieux qui lui rappela miss Pinkerton.

– J'ai pensé, dit Bridget (de nouveau il remarqua dans sa voix une curieuse intonation), que vous pourriez lui parler d'Amy…

– Ah ! fit miss Waynflete. D'Amy ? Oui… Amy Gibbs.

Son expression s'était enrichie d'une connotation supplémentaire. Pensive, elle semblait le jauger.

Puis, comme si elle avait enfin pris une décision, elle fit demi-tour.

– Entrez, dit-elle. Je sortirai plus tard. Non, non, ajouta-t-elle en réponse aux protestations de Luke. Je n'ai rien d'urgent à faire. Seulement des courses sans importance.

Le petit salon, divinement bien tenu, fleurait bon la lavande. Sur la cheminée, des figurines de Dresde — berger et bergères — minaudaient mignardement. Sur les murs, des aquarelles encadrées avaient pour pendant deux broderies sur canevas et trois ouvrages de tapisserie à l'aiguille. Il y avait des photographies — de neveux et nièces, selon toute probabilité —, quelques beaux meubles — un secrétaire Chippendale, des petites tables en bois de citronnier — et un canapé de style victorien, aussi hideux qu'inconfortable.

Tout en invitant ses visiteurs à s'asseoir, miss Waynflete se confondit en excuses :

– Je n'ai pas de cigarettes, je ne fume pas, mais je vous en prie, fumez si vous en avez envie.

Luke déclina l'offre, mais Bridget s'empressa d'allumer une cigarette.

Assise bien droite dans un fauteuil aux bras sculptés, miss Waynflete observa son hôte un moment avant de baisser les yeux, apparemment satisfaite.

– Vous voulez savoir ce qui est arrivé à cette pauvre petite Amy ? C'est une bien triste affaire, qui m'a plongée dans le plus grand désarroi. Quelle tragique méprise !

– N'a-t-on pas parlé de… suicide ? demanda Luke.

Miss Waynflete secoua la tête.

– Non, non, *ça*, je n'y crois pas un instant. Ce n'était pas du tout le genre d'Amy.

– C'était quoi, son genre ? demanda carrément Luke. J'aimerais savoir ce que vous en pensez.

– Ma foi, évidemment, c'était *tout* sauf une bonne domestique, répondit miss Waynflete. Mais de nos jours, on peut déjà s'estimer heureux d'en trouver une. Elle était très négligente dans son travail et ne songeait qu'à sortir — mais, que voulez-vous, elle était jeune et les filles sont comme ça aujourd'hui. Elles n'ont pas l'air de se rendre compte que leur temps appartient à leur employeur.

Comme Luke arborait l'air compatissant qui convenait, miss Waynflete entreprit de développer son sujet :

– Ce n'était pas une fille selon mon cœur — un peu trop *effrontée* pour mon goût —, mais je ne voudrais pas l'accabler maintenant qu'elle est morte. Ce serait manquer de charité chrétienne… même si, à mon sens, ce n'est pas là une raison valable de taire la vérité.

Luke acquiesça. Miss Waynflete, il s'en rendait bien compte, différait de miss Pinkerton en ce sens qu'elle avait un esprit plus logique et davantage de suite dans les idées.

– Elle aimait qu'on l'admire, enchaîna miss Waynflete. Et elle avait tendance à se hausser du col. Mr Ellsworthy

— le propriétaire de la boutique d'antiquités, parfait homme du monde au demeurant — manie un peu le pinceau, et il avait esquissé quelques portraits d'Amy… ce qui, à mon avis, a donné des *idées* à la petite. Elle a commencé à se disputer avec son fiancé, Jim Harvey. Il travaille au garage comme mécanicien, et il était très amoureux d'elle.

Miss Waynflete marqua une pause avant de poursuivre :

– Jamais je n'oublierai cette épouvantable nuit. Depuis quelque temps, Amy n'était pas dans son assiette : mauvaise toux, fatigue générale (avec les bas de pacotille que les jeunes filles portent aujourd'hui, et leurs souliers aux semelles à peine plus épaisses qu'une feuille de papier, pas étonnant qu'elles s'enrhument !) — bref, elle était allée voir le médecin cet après-midi-là.

– Le Dr Humbleby ou le Dr Thomas ? s'enquit vivement Luke.

– Le Dr Thomas. Et elle est revenue avec un flacon de sirop qu'il lui avait donné. Quelque chose d'inoffensif, un médicament courant, je pense. Elle s'est couchée tôt, et il devait être environ 1 heure du matin quand le *bruit* a commencé… un horrible râle, une sorte de cri étranglé. Je me suis levée pour aller voir ce qui se passait, mais sa porte était fermée à clé de l'intérieur. Je l'ai appelée, en vain. La cuisinière était avec moi, et nous étions toutes les deux terriblement inquiètes. En désespoir de cause, nous sommes sorties sur le perron ; par bonheur, Reed — notre constable — faisait justement sa ronde à ce moment-là et nous l'avons appelé à la rescousse. Il a réussi à grimper sur le toit de l'appentis, derrière la maison, et, comme la fenêtre de la chambre était ouverte, il a pu entrer par là et déverrouiller la porte. Pauvre fille, c'était atroce ! On n'a rien pu faire : elle est morte à l'hôpital quelques heures plus tard.

– Et c'était dû à quoi ? À de la peinture pour chapeaux ?

– Oui. Un empoisonnement à l'acide oxalique, pour reprendre l'expression des enquêteurs. Le flacon de peinture était à peu près de la même taille que le flacon de sirop contre la toux. On a retrouvé le second sur son lavabo et la peinture pour chapeaux sur sa table de chevet. Elle a dû prendre le mauvais flacon dans le noir et le mettre à portée de sa main pour le cas où elle aurait une quinte de toux. C'est l'hypothèse qui a été retenue lors de l'enquête.

Miss Waynflete se tut. Ses yeux d'une redoutable alacrité, semblables à ceux d'une chèvre, sondèrent Luke, qui crut y lire comme un avertissement muet. Il eut l'impression qu'elle lui avait caché une partie de l'histoire — et l'impression, plus forte encore, que, pour une raison quelconque, elle tenait à ce qu'il s'en rende bien compte.

Il y eut un silence — un long silence gêné. Luke se fit l'effet d'un comédien qui ne connaîtrait pas son texte.

– Et vous ne croyez pas à la théorie du suicide ? demanda-t-il à tout hasard.

– Absolument pas ! répondit sans hésiter miss Waynflete. Si cette fille avait décidé d'en finir, elle se serait probablement procuré du poison. Là, c'était un vieux flacon qu'elle devait avoir depuis des années. Et puis, je vous le répète, ce n'était pas le genre de fille à *ça*.

– Alors, vous pensez… quoi ? demanda carrément Luke.

– Je pense que c'est une bien triste affaire.

Elle serra les lèvres et le regarda sans ciller.

Luke cherchait désespérément ce qu'il pouvait bien dire pour répondre à ce qu'on attendait de lui lorsqu'une diversion se produisit : un grattement à la porte, suivi d'un miaulement plaintif.

Miss Waynflete sauta sur ses pieds pour aller ouvrir la porte, livrant passage à un magnifique persan orange. L'animal s'arrêta un instant, regarda le visiteur d'un air réprobateur, puis, d'un bond, se jucha sur le bras du fauteuil de la maîtresse de maison.

Miss Waynflete s'adressa à lui en roucoulant :

– Alors, Wonky Pooh ? Où était passé mon Wonky Pooh ce matin ?

Ce nom éveilla un écho dans la mémoire de Luke. Où avait-il entendu parler d'un chat persan baptisé Wonky Pooh ?

– C'est un chat superbe, dit-il. Vous l'avez depuis longtemps ?

Miss Waynflete secoua la tête.

– Oh ! non. Il appartenait à une de mes vieilles amies, miss Pinkerton, qui s'est fait écraser par une de ces abominables automobiles. Bien entendu, je ne pouvais pas laisser Wonky Pooh à des inconnus. Lavinia en aurait été bouleversée. Elle l'adorait littéralement… il faut avouer qu'il est très beau, n'est-ce pas ?

Luke admira le chat avec toute la gravité requise.

– Faites attention à ses oreilles, dit miss Waynflete. Elles le font souffrir depuis quelque temps.

Luke caressa l'animal avec précaution.

Bridget se leva.

– Il faut que nous prenions congé, dit-elle.

Miss Waynflete serra la main de Luke.

– Peut-être aurons-nous bientôt l'occasion de nous revoir.

– Je l'espère bien ! dit Luke avec entrain.

Il lui sembla que le vieille demoiselle était intriguée et un peu déçue. Elle lança un coup d'œil à Bridget — un coup d'œil furtif, où perçait l'ombre d'une interrogation. Luke eut l'impression qu'il existait entre les deux femmes une connivence d'où il était exclu. Il en fut contrarié, mais se promit d'élucider la question sans délai.

Miss Waynflete sortit avec eux sur le perron. Luke s'attarda quelques instants à contempler la coquette place du village et la mare aux canards, d'une fraîcheur intacte.

– Merveilleusement préservé, cet endroit, dit-il.

Le visage de miss Waynflete s'éclaira.

– Oui, n'est-ce pas ? dit-elle avec chaleur. Il est resté tel que je l'ai connu dans mon enfance. Nous habitions alors le manoir, figurez-vous. Mais quand mon frère en a hérité, il n'a pas eu envie d'y vivre — en fait, il n'en avait pas les moyens — et on l'a mis en vente. Un entrepreneur avait fait une offre ; je crois qu'il comptait « promouvoir la région », pour reprendre son expression. Heureusement, lord Whitfield s'est porté acquéreur à son tour, sauvant ainsi la propriété. Il a transformé la maison en musée-bibliothèque, mais en la laissant quasiment en l'état. Deux fois par semaine, je fais office de bibliothécaire — à titre bénévole, *bien sûr* — et vous ne pouvez pas imaginer le plaisir que j'ai à me retrouver dans la maison de mon enfance en sachant qu'elle ne sera pas saccagée. À dire vrai, le cadre est parfait : il faudra que vous veniez visiter un jour notre petit musée, Mr Fitzwilliam. On y expose de très intéressantes productions locales.

– Je n'y manquerai pas, miss Waynflete.

– Lord Whitfield a fait énormément pour Wychwood, dit encore miss Waynflete. Cela me navre toujours de voir la triste ingratitude de certains.

Elle pinça les lèvres. Par discrétion, Luke s'abstint de poser des questions. Il prit de nouveau congé.

– Vous voulez poursuivre vos investigations, ou vous préférez que nous rentrions en longeant la rivière ? s'enquit Bridget lorsqu'ils eurent franchi la barrière. C'est une jolie promenade.

Luke n'avait pas la moindre envie de poursuivre son enquête avec une Bridget Conway pendue à ses basques et qui écoutait tout ce qu'il disait.

– Rentrer par la rivière, bien sûr ! s'empressa-t-il donc de répondre.

Ils descendirent la grand-rue. L'une des dernières maisons arborait une enseigne ornée du mot « Antiquités » en lettres gothiques dorées. Luke s'arrêta devant l'une des vitrines pour en scruter les profondeurs ombreuses.

– Pas mal, ce plat en faïence, dit-il. Il plairait beaucoup à une de mes tantes. Je me demande combien il vaut.

– Voulez-vous que nous entrions voir ?

– Ça ne vous ennuie pas ? J'aime bien fouiner chez les antiquaires. On y fait parfois des affaires.

– Je doute que vous en fassiez ici, répliqua Bridget. Ellsworthy connaît très exactement la valeur de sa marchandise.

La porte était ouverte. Dans le hall étaient exposés des fauteuils, des canapés et des commodes ainsi que des objets en porcelaine et en étain. Deux pièces bourrées d'objets divers se faisaient face de part et d'autre du hall.

Luke entra à gauche et s'empara du plat en faïence. Du fond de la pièce, où elle était assise devant un bureau de chêne Queen Anne, une silhouette assez floue vint à leur rencontre.

– Ah ! chère miss Conway, quel plaisir de vous voir !

– Bonjour, Mr Ellsworthy.

Mr Ellsworthy était un jeune homme d'une sophistication extrême et tout entier vêtu d'un camaïeu de beiges et de bruns. Il avait le visage long et pâle, la bouche féminine, de longs cheveux noirs d'artiste et une démarche maniérée.

Dès que Bridget lui eut présenté Luke, l'antiquaire reporta aussitôt son attention sur lui :

– Authentique céramique anglaise à l'ancienne. Exquis, n'est-ce pas ? Je les adore, vous savez, tous mes petits bibelots ; ça me fend le cœur de les vendre. Mon rêve a toujours été de vivre à la campagne et d'avoir une petite boutique à moi. Wychwood est un endroit divin — plein d'atmosphère, si vous voyez ce que je veux dire.

– Artiste jusques aux tréfonds ! fit mine de s'émerveiller Bridget.

Ellsworthy pivota vers elle en agitant ses longues mains blanches.

– Oh non ! Pas cette horrible expression, miss Conway ! Non, non, je vous en supplie ! Ne me traitez pas d'esthète, ne me confondez pas avec la bohème industrieuse, vous me rendriez ma-lade. Croyez-moi, je vous en conjure, je n'ai en magasin ni lainages tissés à la main ni étains martelés. Je suis un marchand, c'est tout, rien qu'un marchand.

– Vous avez pourtant bien un côté artiste ? intervint Luke. Je veux dire… vous peignez bien des aquarelles ?

– Allons bon, qui a pu vous dire une chose pareille ? s'écria Mr Ellsworthy en joignant les mains. Ce village est décidément *trop* merveilleux : il est im-pos-sible d'y garder un secret ! C'est ce qui me plaît ici, d'ailleurs : ça vous change de l'inhumaine philosophie des grandes villes ! Les ragots, la malveillance, le scandale… tout cela est tellement délicieux quand on le prend du bon côté !

Luke se borna à répondre à la question de Mr Ellsworthy sans prêter attention à la suite de son discours.

– Miss Waynflete nous a dit que vous aviez fait plusieurs portraits d'une jeune fille… Amy Gibbs.

– Amy ? répéta Mr Ellsworthy.

Il recula d'un pas, manquant renverser une chope à bière. Il la remit soigneusement d'aplomb, puis :

– J'ai fait des portraits d'Amy ? Ma foi, c'est bien possible.

Il semblait quelque peu secoué.

– Elle était jolie fille, dit Bridget.

Mr Ellsworthy avait recouvré son assurance :

– Bof, vous trouvez ? Elle m'a toujours paru incroyablement commune. Si vous vous intéressez aux faïences, poursuivit-il en s'adressant à Luke, j'ai là un couple d'oiseaux exquis, n'est-ce pas ?

Luke feignit un grand intérêt pour les oiseaux en question, puis demanda le prix du plat.

Ellsworthy cita un chiffre.

– Merci, dit Luke. Mais, réflexion faite, je ne vais pas vous en priver.

– Si vous saviez à quel point je suis soulagé quand je rate une vente ! C'est idiot de ma part, non ? Bon, écoutez, je suis prêt à vous le laisser pour une guinée de moins. Cet objet vous plaît, je le vois bien… et c'est ce qui importe. Et puis après tout, ce que je tiens, c'est une boutique, n'est-ce pas ?

– Non, merci infiniment, dit Luke.

Mr Ellsworthy les raccompagna jusqu'à la porte en agitant les mains — des mains très déplaisantes, pensa Luke : la chair en était si blanche qu'elle semblait presque verdâtre.

– Pas très net, votre Mr Ellsworthy, dit-il à Bridget lorsqu'ils se retrouvèrent dans la rue.

– Sa mentalité ne l'est en effet pas très — et ses mœurs encore bien moins, renchérit Bridget.

– Qu'est-il venu faire dans un endroit pareil, en réalité ?

– Je crois qu'il donne dans la magie noire. Pas exactement les messes noires, mais quelque chose d'approchant. La réputation de la région y est pour beaucoup.

– Bonté divine ! gémit Luke. Mais alors c'est le genre de type dont j'ai besoin ! J'aurais dû l'entreprendre sur le sujet.

– Vous croyez ? dit Bridget. C'est vrai que c'est son rayon, après tout !

– Je repasserai le voir un de ces jours, marmonna Luke, mal à l'aise.

Bridget ne répliqua pas. Ils étaient maintenant sortis du village. Elle s'engagea dans un sentier et ils arrivèrent bientôt à la rivière.

Là, ils croisèrent un petit homme à la moustache en brosse et aux yeux globuleux. Il était escorté de trois bouledogues qu'il admonestait tour à tour d'une voix rauque.

– Néron, ici tout de suite ! Nelly, lâche ça ! Lâche ça ! j'ai dit ! Auguste… AUGUSTE, j'ai dit de…

Il s'interrompit en apercevant Bridget, souleva son chapeau, dévisagea Luke avec une curiosité aussi manifeste que dévorante et passa son chemin en reprenant ses rauques objurgations.

– Le major Horton et ses bouledogues ? hasarda Luke.

– Tout juste.

– Au fond, nous avons vu ce matin pratiquement toutes les notabilités de Wychwood, si je ne m'abuse ?

– Pratiquement.

– Je me fais l'effet d'une bête curieuse, dit Luke. Je suppose que, dans un village anglais, un étranger se renifle à des kilomètres, ajouta-t-il d'un air piteux, se remémorant la réflexion de Jimmy Lorrimer.

– Le major Horton n'a jamais su camoufler sa curiosité, dit Bridget. Quand il vous a vu, ses yeux ont failli lui en sortir de la tête.

– En tout cas, ce qu'il ne sait pas camoufler non plus, c'est qu'il a été major, ironisa Luke.

– Si on s'asseyait un moment au bord de l'eau ? Nous avons tout le temps, proposa soudain Bridget.

Un tronc d'arbre leur offrit un siège approprié.

– Oui, reprit Bridget, le major Horton a l'allure très martiale — très service-service. Difficile d'imaginer qu'il était encore, il y a de ça un an, le mari le plus soumis de la terre !

– Comment ? Ce type-là ?

– Oui. Il avait la femme la plus désagréable que j'aie jamais rencontrée. En plus, c'était elle qui avait l'argent et elle ne se gênait pas pour le souligner en public.

– Pauvre créature… Horton, j'entends.

– Il était plein d'égards pour elle : homme du monde quoi qu'il arrive. Je n'en reviens pas qu'il n'ait jamais songé à la couper en rondelles.

– Elle n'avait pas bonne presse, j'imagine ?

– Tout le monde la détestait. Elle snobait Gordon, me traitait de haut et, d'une manière générale, se montrait désagréable où qu'elle aille.

– Mais je suppose que la Providence, dans son infinie miséricorde, vous l'a enlevée ?

– Oui, il y a environ un an. Gastrite aiguë. Elle a fait vivre un enfer à son mari, au Dr Thomas et à ses deux infirmières, mais elle a quand même fini par mourir… Les bouledogues ont illico repris du poil de la bête.

– Intelligentes créatures !

Il y eut un silence. Bridget arrachait rêveusement des brins d'herbe. Sourcils froncés, Luke regardait la rive opposée sans la voir. Une fois de plus, le caractère irréel de sa mission le taraudait. Quelle était la part de réalité ? La part d'imagination ? Et d'abord, n'était-il pas malsain de considérer toute nouvelle personne rencontrée comme un meurtrier en puissance ? Cet a priori avait quelque chose de dégradant.

« Bon sang, pensa-t-il, je suis resté trop longtemps dans la police ! »

Il sursauta soudain, brusquement arraché à ses préoccupations. De sa voix froide et claire, Bridget venait de lui poser une question :

– Mr Fitzwilliam, pourquoi au juste êtes-vous venu ici ?

6

Peinture pour chapeaux

Paralysé par la question inattendue de Bridget, Luke, qui allumait une cigarette à cet instant précis, suspendit son geste. Il demeura figé jusqu'à ce que l'allumette se consume en lui brûlant les doigts.

– Bon Dieu ! s'exclama-t-il en secouant la main. Euh… excusez-moi.

Il eut un sourire piteux.

– Vous m'avez causé un sacré choc.

– Vraiment ?

– Bah ! soupira-t-il, c'est vrai que toute personne dotée d'un minimum de jugeote devait finir par voir clair dans mon jeu ! Vous n'avez pas cru un instant que j'écrivais un ouvrage sur le folklore local, j'imagine ?

– Pas après vous avoir vu.

– Vous y aviez cru jusque-là ?

– Oui.

– N'empêche, l'histoire n'était pas fameuse, dit Luke d'un ton critique. Évidemment, n'importe qui peut avoir envie d'écrire un bouquin, mais le fait de venir ici en me faisant passer pour un cousin… C'est ça qui vous a mis la puce à l'oreille, je suppose ?

Bridget secoua la tête.

– Non. J'avais une explication pour ça — du moins, je le croyais. Je m'étais figuré que vous étiez fauché — c'est le cas de beaucoup de nos amis, à Jimmy et moi — et je pensais qu'il vous avait suggéré ce cousinage pour… eh bien, pour ménager votre fierté.

– Mais quand je suis arrivé, je vous ai fait l'effet de nager dans l'opulence et cette explication a été réduite à néant ?

Bridget eut un sourire furtif.

– Oh ! non, dit-elle, ce n'est pas ça. Simplement, vous ne correspondiez pas au personnage.

– Pas assez de cervelle pour écrire un livre ? N'ayez aucun égard pour mon amour-propre. Je préfère savoir.

– Vous pourriez écrire un livre, mais pas un livre là-dessus… pas sur les superstitions… le culte du passé… ces trucs-là… Vous n'êtes pas du genre à vous soucier du passé, ni même de l'avenir sans doute… seul le présent compte pour vous.

– Hum ! je vois, dit-il avec une expression désabusée. Bon sang, vous m'avez flanqué une de ces frousses, depuis mon arrivée. Vous avez l'air d'une intelligence confondante…

– Désolée, ironisa-t-elle. Vous vous attendiez à quoi ?

– Ma foi, je ne m'étais pas posé la question.

– À une tête de linotte tout juste bonne à sauter sur l'occasion d'épouser son patron ? poursuivit Bridget d'un ton égal.

Luke bredouilla de confusion. Elle lui décocha un regard amusé.

– Je comprends très bien. Ça n'a pas d'importance. Je ne vous en veux pas.

Luke décida de faire front :

– Je dois avouer qu'il y avait de ça. Mais je n'avais pas beaucoup réfléchi au problème.

– Ça, je le crois volontiers, répondit-elle lentement. Les obstacles, vous ne les regardez pas avant d'avoir le nez dessus.

– Oh ! je sais bien que j'ai été très mauvais dans mon rôle, remarqua-t-il, découragé. Lord Whitfield m'a percé à jour, lui aussi ?

– Oh ! non. Vous lui auriez raconté que vous veniez étudier les mœurs des coléoptères aquatiques afin d'écrire une monographie à leur sujet, qu'il vous aurait cru sur parole. Ce qu'il y a de bien avec lui, c'est qu'il est d'une infinie candeur.

– N'empêche, je n'ai pas été convaincant pour deux sous. Je me suis laissé désarçonner.

– Je vous ai fait perdre vos moyens, admit bien volontiers Bridget. Je l'ai bien vu, et je dois avouer que ça m'a plutôt amusée.

– Pas étonnant ! Les femmes qui ont un tant soit peu de cervelle sont en général d'une cruauté sans nom.

– On prend son plaisir où on peut, en ce bas monde ! murmura Bridget, qui ajouta, après un instant de silence : Qu'êtes-vous venu faire ici, Mr Fitzwilliam ?

Ils étaient revenus à leur point de départ. Luke, qui avait prévu cet instant inéluctable, se demandait depuis quelques secondes quel parti adopter. Il leva la tête, croisa les yeux de Bridget — des yeux vifs, inquisiteurs, qui soutinrent son regard, sans ciller. Il put y lire une gravité qu'il ne s'était pas attendu à y trouver.

– Il serait préférable, je crois, que je cesse de vous mentir, dit-il d'un air songeur.

– Bien préférable.

– Mais la vérité n'est pas facile à dire… Au fait, vous avez une opinion quelconque sur le sujet ? Vous avez une idée de ce qui m'a amené ici ?

Elle hocha lentement la tête, pensive.

– C'est quoi, votre idée ? Voulez-vous me la dire ? Ça pourrait m'aider.

– Je crois que votre présence ici est liée à la mort d'Amy Gibbs, répondit posément Bridget.

– C'est donc ça ! C'est bien ce qu'il m'avait semblé — ce que j'ai ressenti — chaque fois que son nom venait sur le tapis ! Je savais bien qu'il y avait quelque chose. Alors, d'après vous, c'est ça qui m'a amené ici ?

– Je me trompe ?

– En un sens, non.

Il resta silencieux, sourcils froncés. Bridget, tout aussi silencieuse, ne bougeait pas. Elle ne voulait rien faire qui pût troubler le cours de ses pensées.

Finalement, il se décida :

– Je suis venu ici pour me battre avec les moulins… pour vérifier une supposition rocambolesque et sans doute absurde. Amy Gibbs fait partie de l'histoire. Je voudrais savoir exactement comment elle est morte.

– Oui, c'est bien ce que je pensais.

– Mais, bon sang de bonsoir, *pourquoi* le pensiez-vous ? Qu'est-ce que sa mort a donc de si particulier pour… pour susciter ainsi votre intérêt ?

– J'ai toujours été persuadée qu'il y avait du louche là-dessous. C'est pour ça que je vous ai emmené voir miss Waynflete.

– Pourquoi ?

– Parce qu'elle est persuadée de la même chose.

– Ah !

Luke retourna rapidement en arrière. Il comprenait, à présent, les sous-entendus suggérés par cette vieille fille qui semblait tout sauf stupide.

– Elle pense, comme vous, que cette mort a quelque chose de… pas net ?

Bridget hocha la tête.

– Quoi, au juste ?

– La peinture pour chapeaux, pour commencer.

– Qu'est-ce que c'est au juste que cette peinture pour chapeaux dont vous me rebattez les oreilles ?

– Il y a une vingtaine d'années, on peignait effectivement les chapeaux : pendant une saison vous aviez un chapeau de paille rose et, la saison suivante, avec un flacon de peinture et un pinceau, il devenait bleu foncé — et peut-être noir ensuite, pourquoi pas, avec un autre flacon ! Mais aujourd'hui, les chapeaux sont bon marché ; c'est de la camelote qu'on jette quand ils sont démodés.

– Même des filles de milieu modeste comme Amy Gibbs ?

– De nous deux, c'est plutôt moi qui aurais peint mes chapeaux ! Les gens ne font plus d'économies. Et puis il y a autre chose. C'était de la peinture *rouge*.

– Et alors ?

– Amy Gibbs avait les cheveux roux… carotte !

– Vous voulez dire que ça ne va pas ensemble ?

– On ne porte pas de chapeau écarlate sur des cheveux carotte. C'est le genre d'évidence qui ne peut pas venir à l'idée d'un homme, mais…

Luke l'interrompit, d'un ton lourd de sens :

– Non… Ça ne peut pas venir à l'idée d'un *homme*… Ça se tient ! Tout se tient !

– Jimmy a quelques relations pas ordinaires du côté de Scotland Yard, remarqua Bridget. Vous ne seriez pas…

– Je ne suis pas un policier en activité, se récria Luke, et je ne suis pas non plus un célèbre détective privé habitant Baker Street, etc., etc. Je suis très exactement ce que Jimmy vous a dit : un policier à la retraite, retour d'Extrême-Orient. Si je mets mon nez dans cette histoire, c'est à cause d'une rencontre bizarre : dans le train de Londres.

Il lui résuma sa conversation avec miss Pinkerton et les événements ultérieurs qui avaient entraîné sa venue à Wychwood.

– Comme vous le voyez, conclut-il, c'est extravagant ! Je cherche un homme, un tueur anonyme, ici, à

Wychwood... un individu probablement connu et respecté. Si miss Pinkerton a raison, si vous avez raison et si miss Je-ne-sais-plus-quoi a raison... cet homme a tué Amy Gibbs.

– Je vois, dit Bridget.

– Le meurtrier aurait pu s'introduire chez elle de l'extérieur, je suppose ?

– Oui, sans doute, répondit Bridget en réfléchissant. Reed, le constable, a grimpé jusqu'à sa chambre en passant par le toit de l'appentis. La fenêtre était ouverte. Ça représente une escalade, mais un homme en forme physique raisonnable pouvait y arriver sans difficulté.

– Et une fois dans la place, il faisait quoi ?

– Il substituait un flacon de peinture pour chapeaux au sirop contre la toux.

– En espérant qu'elle ferait exactement ce qu'elle a fait : qu'elle se réveillerait, le boirait, et que tout le monde croirait à une méprise ou à un suicide ?

– Oui.

– À l'enquête, personne n'a soupçonné un « acte de malveillance », comme on dit dans les livres ?

– Non.

– Encore des hommes, je suppose... Personne n'a soulevé le problème de la peinture pour chapeaux ?

– Non.

– Mais vous y avez pensé ?

– Oui.

– Et miss Waynflete aussi ? Vous en avez discuté ensemble ?

Bridget esquissa un sourire.

– Oh ! non… pas au sens où vous l'entendez. Nous n'en avons pas parlé ouvertement. Je ne sais pas jusqu'où elle est allée dans ses réflexions. À mon avis, elle a été un peu troublée au début… et de plus en plus troublée par la suite. Elle a oublié d'être bête, vous savez : elle a fait ses études à Girton — ou elle avait espéré les y faire, je ne sais plus — et, dans sa jeunesse, elle avait des idées avancées. Elle n'a pas l'esprit fumeux des gens d'ici.

– Miss Pinkerton, elle, avait l'esprit plutôt fumeux, dit Luke. C'est pourquoi je n'ai pas imaginé un instant, au départ, qu'il pouvait y avoir du vrai dans son histoire.

– Moi, je l'ai toujours trouvée très astucieuse, dit Bridget. La plupart de ces vieilles filles intarissables sont malignes comme des singes, par certains côtés. Vous dites qu'elle avait cité d'autres noms ?

Luke acquiesça d'un signe de tête.

– Oui. Un petit garçon… Tommy Pierce… je me suis tout de suite rappelé son nom. Et je suis à peu près sûr que le dénommé Carter faisait aussi partie du lot.

– Carter, Tommy Pierce, Amy Gibbs, Dr Humbleby…, murmura Bridget. Comme vous dites, c'est trop fantastique pour être vrai ! Qui diable aurait pu vouloir tuer tous ces gens-là ? Ils étaient si différents !

– Vous ne voyez pas pourquoi on aurait pu vouloir se débarrasser d'Amy Gibbs ?

Bridget secoua la tête.

– Aucune idée.

– Et le dénommé Carter ? Comment est-il mort, au fait ?

– Il s'est noyé en tombant dans la rivière. Il rentrait chez lui, la nuit était brumeuse, et lui complètement rond. La passerelle n'a de garde-fou que d'un seul côté. On a conclu qu'il avait fait un faux pas.

– Mais quelqu'un aurait pu le pousser ?

– Oh ! oui.

– Et ce même quelqu'un aurait pu facilement pousser le vilain petit Tommy pendant qu'il lavait les carreaux ?

– Cette fois encore, oui.

– D'où il ressort qu'il est très facile de supprimer trois personnes sans éveiller les soupçons.

– Des soupçons, miss Pinkerton en a eu, fit remarquer Bridget.

– C'est vrai, qu'elle en soit remerciée. L'idée qu'elle pouvait dramatiser ou s'imaginer des choses ne la troublait pas.

– Elle me disait souvent à quel point le monde était méchant.

– À quoi vous répondiez par un sourire indulgent, je suppose ?

– Condescendant, même.

– Celui qui est capable, à jeun, de croire des choses incroyables, celui-là sera toujours gagnant.

Bridget inclina la tête.

– Inutile de vous demander, j'imagine, si vous avez une intuition quelconque ? reprit Luke. Il n'y a personne, à Wychwood, qui vous donne la chair de poule, qui a d'étranges yeux clairs… ou un rire bizarre de dément ?

– Tous les gens que je rencontre à Wychwood me paraissent éminemment sains, respectables et tout ce qu'il y a de plus ordinaire.

– C'est bien ce que je craignais, dit Luke.

– Vous êtes convaincu que cet homme est fou ? demanda Bridget.

– Oh ! sans aucun doute. Un dément, mais un dément astucieux. La dernière personne qu'on soupçonnerait, probablement un pilier de la société… un directeur de banque, par exemple.

– Mr Jones ? Je ne l'imagine pas une seconde en train de commettre des meurtres en série.

– Alors c'est probablement notre homme.

– Ça peut être n'importe qui, dit Bridget. Le boucher, le boulanger, l'épicier, un paysan, un cantonnier, le laitier…

– C'est possible, oui, mais je pense que le cercle est un peu plus restreint.

– Pourquoi ?

– Miss Pinkerton a parlé de son regard lorsqu'il prenait la mesure de sa prochaine victime. À la façon dont elle en parlait, j'ai eu l'impression — c'est une simple impression, notez bien — que l'homme en question était d'un rang social au moins équivalent au sien. Évidemment, je peux me tromper.

– Non, vous avez probablement vu juste ! Ces nuances de la conversation ne peuvent pas se mettre noir sur blanc, mais c'est le genre de détail qui ne trompe pas.

– Vous savez, dit Luke, je suis très soulagé de vous avoir mise dans le secret.

– Vous vous conduirez de manière un peu moins guindée. Et je pourrai sans doute vous aider.

– Votre aide me sera précieuse. Vous avez vraiment envie de participer à l'enquête ?

– Naturellement.

– Et lord Whitfield ? dit Luke, soudain embarrassé. Vous pensez que…

– Nous ne parlerons bien évidemment pas de cette histoire à Gordon ! s'exclama Bridget.

– Pourquoi ? Il n'y croirait pas ?

– Justement si, il y croirait ! On lui ferait gober n'importe quoi ! Et il serait tellement émoustillé qu'il convoquerait une demi-douzaine de ses brillants journalistes pour passer le secteur au peigne fin ! Il serait tout bonnement aux anges !

– Voilà qui l'exclut d'office, convint Luke.

– Oui, nous ne pouvons pas nous permettre de lui accorder ce petit plaisir.

Luke la regarda. Il parut sur le point de dire quelque chose, mais, se ravisant, il consulta sa montre.

– Oui, murmura Bridget, il faudrait se décider à rentrer.

Elle se leva. Il y avait maintenant une certaine gêne entre eux. Comme si les mots que Luke n'avait pas prononcés alourdissaient l'air ambiant.

Ils regagnèrent le manoir en silence.

7

Hypothèses

Luke venait de se réfugier dans sa chambre. Il avait eu à subir, au cours du déjeuner, un interrogatoire en règle de Mrs Anstruther, soucieuse de savoir quelles fleurs il avait fait pousser dans son jardin de Mayang. Il avait ensuite eu droit à l'énumération des diverses espèces qui se seraient épanouies là-bas. Il avait enfin écouté de nouvelles « Causeries à l'intention des Jeunes Gens sur Ma Vie et Mon Œuvre », par lord Whitfield. À présent, il était seul, Dieu merci.

Il prit une feuille de papier et inscrivit une série de noms :

Dr Thomas.
Mr Abbot.
Major Horton.
Mr Ellsworthy.
Mr Wake.
Mr Jones.
Le fiancé d'Amy.
Le boucher, le boulanger, le fabricant de chandelles, etc.

Il prit ensuite une autre feuille de papier et l'intitula : VICTIMES. Dessous, il écrivit :

Amy Gibbs : empoisonnée.
Tommy Pierce : poussé par la fenêtre.
Harry Carter : tombé d'une passerelle (ivre ? drogué ?).
Dr Humbleby : empoisonnement du sang.
Miss Pinkerton : écrasée par une voiture.

Il ajouta :

Mrs Rose ?
Le vieux Ben ?

Puis, au bout d'un instant :

Mrs Horton ?

Il étudia ces listes tout en fumant, puis reprit son stylo.

Dr Thomas : charges éventuelles contre lui.

Mobile incontestable dans le cas du Dr Humbleby. Bien placé pour commettre ce meurtre : empoisonnement scientifique par le biais d'un virus. Amy Gibbs l'a consulté l'après-midi de sa mort. (Quelque chose entre eux ? Chantage ?)

Tommy Pierce ? Aucun lien connu. (Tommy était-il au courant d'une liaison entre lui et Amy Gibbs ?)

Harry Carter ? Aucun lien connu.

Le Dr Thomas était-il absent de Wychwood le jour où miss Pinkerton est allée à Londres ?

Luke soupira et entama une nouvelle rubrique :

Mr Abbot : charges éventuelles contre lui.

(Pour moi, un avoué est un personnage suspect par définition. Préjugé, peut-être.) Personnalité affable, joviale, etc. Serait le suspect idéal dans un roman policier : toujours se méfier des grands gaillards chaleureux. Objection : il ne s'agit pas ici d'un roman mais de la vie réelle.

Mobile pour le meurtre du Dr Humbleby. Antagonisme déclaré entre les deux hommes. H. tenait tête à Abbot. Motif suffisant pour un cerveau dérangé. L'antagonisme en question pouvait avoir été remarqué par miss Pinkerton.

Tommy Pierce ? Avait fouiné dans les papiers d'Abbot. Avait-il découvert quelque chose qu'il n'aurait pas dû savoir ?

Harry Carter ? Aucun lien établi.

Amy Gibbs ? Aucun lien connu. La peinture pour chapeaux conviendrait bien à la mentalité d'Abbot — esprit forcément rétrograde même s'il n'en a pas l'air. Abbot était-il absent du village le jour où miss Pinkerton a été tuée ?

Major Horton : charges éventuelles contre lui.

Aucun lien connu avec Amy Gibbs, Tommy Pierce ou Carter.

Et Mrs Horton ? La mort pourrait être due à un empoisonnement par arsenic. Dans ce cas, les autres meurtres en seraient la conséquence : chantage ? N.B. Thomas était son médecin traitant. (Encore un argument contre Thomas.)

Mr Ellsworthy : charges éventuelles contre lui.

Drôle d'individu, pas net, porté sur la magie noire. Éventuel tempérament de tueur assoiffé de sang ? Lien avec Amy Gibbs. Quel lien avec Tommy Pierce ? Avec Carter ? Aucun de connu. Humbleby ? Aurait pu se rendre compte de l'état mental d'Ellsworthy. Miss Pinkerton ? Ellsworthy était-il absent de Wychwood le jour où miss Pinkerton a été tuée ?

Mr Wake : charges éventuelles contre lui.

Très improbable. Fanatisme religieux possible ? Tueur investi d'une mission divine ? Les vieux ecclésiastiques en odeur de sainteté sont de sérieux candidats dans les romans, mais — encore une fois — il s'agit ici de la vie réelle.

Note : Carter, Tommy et Amy, tous individus résolument déplaisants. À éliminer par décret divin ?

Mr Jones.

Aucune donnée.

Le fiancé d'Amy.

Probablement toutes les raisons du monde de tuer Amy, mais hypothèse somme toute quelque peu hasardeuse.

Les etc. ?

Je ne les « sens » pas.

Il relut ses notes.

Puis il secoua la tête.

– … ce qui est absurde, comme disait si bien Euclide, murmura-t-il à mi-voix.

Il déchira ses listes et les brûla.

– La tâche ne s'annonce pas précisément facile, marmonna-t-il enfin.

8

Le Dr Thomas

Le Dr Thomas se renversa dans son fauteuil et passa une longue main délicate dans ses épais cheveux blonds. C'était un garçon d'apparence trompeuse. Âgé d'une trentaine d'années, on lui en aurait donné à première vue une petite vingtaine, sinon moins. Sa tignasse indisciplinée, son expression un peu étonnée, et son teint frais et rose lui conféraient un air de collégien. Cependant, malgré son apparente immaturité, le diagnostic qu'il venait de porter sur le genou arthritique de Luke concordait presque point par point avec celui qu'avait émis, une semaine auparavant, un éminent spécialiste de Harley Street.

– Merci, dit Luke. Je suis soulagé de savoir qu'un traitement électrique suffira. Je n'ai aucune envie de devenir impotent à mon âge.

Le Dr Thomas eut un sourire juvénile.

– Oh ! je ne pense pas que ce soit à craindre, Mr Fitzwilliam.

– Vous me rassurez, dit Luke. J'envisageais de consulter un spécialiste, mais je suis sûr que ce n'est plus nécessaire.

De nouveau, le Dr Thomas sourit.

– Allez-y si cela peut vous tranquilliser. Après tout, il est toujours bon d'avoir l'avis d'un expert.

– Non, non, j'ai toute confiance en vous.

– Pour être franc, votre cas n'a rien de compliqué. Si vous suivez mon conseil, je vous garantis que tout rentrera dans l'ordre.

– J'en suis infiniment soulagé, docteur. Je me voyais déjà arthritique, les articulations noueuses, incapable de mettre un pied devant l'autre.

Le Dr Thomas secoua la tête avec un sourire indulgent.

– Les gens s'affolent souvent pour leur santé, reprit Luke. Vous êtes d'ailleurs bien placé pour le savoir. Je me dis parfois qu'un médecin doit avoir l'impression d'être un sorcier… une sorte de magicien pour ses patients.

– L'élément de confiance intervient pour beaucoup.

– Je sais. « Comme m'a dit mon médecin » est une phrase qu'on prononce toujours avec un je-ne-sais-quoi de révérencieux.

Le Dr Thomas haussa les épaules.

– S'ils savaient ! murmura-t-il non sans humour.

Puis il ajouta :

– Vous écrivez un livre sur la magie, paraît-il, Mr Fitzwilliam ?

– Comment le savez-vous ? s'exclama Luke avec une surprise peut-être un peu exagérée.

Le Dr Thomas parut amusé.

– Cher monsieur, les nouvelles vont vite dans un village comme celui-ci. Nous avons si peu de sujets de conversation !

– On en rajoute probablement. Vous allez bientôt apprendre que j'invoque les esprits locaux et que je suis l'émule de la pythonisse d'Endor !

– C'est curieux que vous disiez cela.

– Pourquoi donc ?

– Eh bien… le bruit court que vous avez fait apparaître le fantôme de Tommy Pierce.

– Pierce ? Pierce ? C'est le petit garçon qui est tombé par la fenêtre ?

– Oui.

– Je me demande bien comment… Ah ! bien sûr, j'en ai parlé à l'avoué… quel est son nom, déjà ? Abbot !

– C'est effectivement lui qui est à l'origine de l'histoire.

– Ne me dites pas que j'ai convaincu un avoué retors de croire aux fantômes ?

– Vous y croyez vous-même, alors ?

– Votre ton indique que vous n'y croyez pas, docteur. Non, je ne dirais pas que je « crois aux fantômes »… pour reprendre cette expression sommaire. Mais j'ai eu connaissance de curieux phénomènes dans certains cas de morts subites ou violentes. J'avoue que je m'intéresse surtout aux diverses superstitions qui se rattachent aux morts violentes, au fait par exemple qu'un homme assassiné ne trouve pas le repos dans sa tombe. Et à cette intéressante croyance selon laquelle le sang d'un homme assassiné se met à couler si son meurtrier le touche. Je me demande d'où cela peut venir.

– C'est très curieux, admit Thomas. Mais je ne pense pas que beaucoup de gens s'en souviennent encore aujourd'hui.

– Plus que vous ne pensez. Évidemment, vous ne devez pas avoir beaucoup de meurtres par ici : c'est pour ça qu'il vous est difficile d'en juger.

Luke avait parlé avec le sourire, sans cesser, mine de rien, de surveiller l'expression de son interlocuteur. Mais le Dr Thomas ne parut nullement troublé et sourit lui aussi.

– Non, nous n'avons pas eu de meurtre depuis… oh ! bien des années… pas depuis que je suis installé ici, en tout cas.

– Oui, c'est un coin tranquille. Qui n'incite pas à la violence. À moins que quelqu'un n'ait poussé le petit Tommy Je-ne-sais-plus-quoi par la fenêtre ! ajouta Luke en riant.

Cette fois encore, le Dr Thomas lui retourna son sourire, un sourire spontané, amusé.

– Bien des gens lui auraient volontiers tordu le cou, mais je ne pense pas qu'ils soient allés jusqu'à le jeter par la fenêtre.

– C'était un affreux garnement, paraît-il. On aurait pu considérer comme une œuvre de salubrité publique de s'en débarrasser.

– Dommage que le procédé ne soit pas applicable. Ce ne seraient pas les occasions qui manqueraient.

– J'ai toujours pensé que quelques meurtres en série seraient tout bénéfice pour la communauté, dit Luke. Dans les clubs, par exemple, on supprimerait les enquiquineurs avec du cognac empoisonné. Idem pour les femmes qui vous abreuvent de compliments tout en déchirant à belles dents leurs plus chères amies. Et les vieilles filles médisantes. Et les conservateurs à tous crins qui s'opposent au progrès… Si on les éliminait en douceur, quel bienfait pour la société !

Le sourire du Dr Thomas s'élargit.

– Au fond, vous vous faites l'avocat du crime sur une grande échelle ?

– D'une judicieuse élimination, rectifia Luke. Vous ne trouvez pas que ce serait une bonne chose ?

– Oh, certainement !

– Ah ! mais vous ne parlez pas sérieusement. Moi, si. Je n'ai pas pour la vie humaine le même respect que l'Anglais moyen. Tout individu qui représente un obstacle au progrès devrait être éliminé : voilà mon opinion !

Le Dr Thomas passa la main dans ses cheveux blonds.

– Oui, mais qui serait juge de l'aptitude ou de l'inaptitude d'un individu à vivre ?

– Bien sûr, c'est là tout le problème, reconnut Luke.

– Les catholiques estimeraient qu'un agitateur communiste ne mérite pas de vivre, l'agitateur communiste condamnerait le prêtre à mort comme colporteur de superstitions, le médecin éliminerait l'homme en mauvaise santé, le pacifiste condamnerait le soldat… et ainsi de suite.

– Il faudrait que le juge soit un scientifique, dit Luke. Un homme doté d'un esprit impartial mais hautement spécialisé… Un médecin, par exemple. Tenez, je pense que vous feriez un assez bon juge, docteur.

– De l'inaptitude à vivre ?

– Oui.

Le Dr Thomas secoua la tête.

– Mon travail consiste à rendre aptes les inaptes. Je reconnais que, la plupart du temps, c'est une tâche ardue.

– À titre d'exemple, poursuivit Luke, prenons un homme comme feu Harry Carter…

– Carter ? dit vivement le Dr Thomas. Le patron du *Seven Stars* ?

– Lui-même. Je ne l'ai pas connu personnellement, mais ma cousine, miss Conway, m'a parlé de lui. C'était apparemment un assez triste personnage.

– Ma foi… il buvait, c'est vrai. Battait sa femme, terrorisait sa fille. Il était bagarreur, mal embouché, et s'était disputé avec la plupart des gens du village.

– En fait, le monde est plus agréable sans lui ?

– On serait tenté de le dire, oui.

– Autrement dit, si quelqu'un l'avait délibérément poussé dans la rivière au lieu que ce soit lui qui ait gentiment choisi d'y tomber de son propre gré, cette personne aurait agi dans l'intérêt commun ?

– Ces méthodes dont vous vous faites le champion, vous les avez mises en pratique à… vous m'avez parlé du détroit de Mayang, c'est bien ça ? demanda le Dr Thomas d'un ton ironique.

– Oh ! non, répondit Luke en riant. Avec moi, c'est de la théorie… pas de la pratique.

– Je ne pense pas que vous ayez l'étoffe d'un meurtrier, en effet.

– Pourquoi ça ? demanda Luke. Je me suis montré plutôt franc avec vous, non ?

– Justement si. Trop franc.

– Vous pensez que si j'étais vraiment homme à faire justice moi-même je n'irais pas le crier sur les toits ?

– C'est bien ça, oui.

– Et s'il s'agissait pour moi d'une sorte de credo ? Je pourrais être un fanatique de la sélection.

– Même dans ce cas, votre instinct de conservation n'en resterait pas moins en éveil.

– Autrement dit, quand on cherche un meurtrier, il faut se mettre en quête du brave type qui ne ferait pas de mal à une mouche ?

– Un peu excessif, peut-être, répondit le Dr Thomas, mais pas loin de la vérité.

Luke demanda brusquement :

– Dites-moi, ça m'intéresse… avez-vous déjà rencontré un homme dont vous avez pensé qu'il pourrait être un assassin ?

– Voilà ce qu'il est convenu d'appeler une question extraordinaire !

– Ah bon ? Après tout, un médecin est amené à rencontrer des tas d'individus bizarres. Il est mieux placé que quiconque pour déceler, par exemple, des signes de folie homicide… à un stade précoce… avant qu'ils ne deviennent patents.

– Vous voyez le fou homicide en profane, répondit Thomas, un peu agacé. Comme un fou furieux brandissant un couteau, et ayant plus ou moins l'écume à la bouche. Permettez-moi de vous dire qu'un fou homicide est peut-être ce qu'il y a de plus difficile à repérer sur cette terre. Il peut ne pas avoir l'air du tout différent des autres — être à la rigueur un peu plus facilement susceptible de paniquer… vous confier dans certains cas que des gens lui en veulent. Rien de plus. Un homme tranquille, inoffensif.

– Vraiment ?

– Mais bien sûr ! Le fou homicide tue souvent — de son point de vue — pour se défendre. La plupart des tueurs sont des individus aussi ordinaires que vous et moi.

– Vous me faites peur, docteur ! Si vous alliez découvrir un jour que j'ai cinq ou six jolis petits meurtres à mon actif ?

Le Dr Thomas sourit.

– Cela me paraît assez improbable, Mr Fitzwilliam.

– Ah bon ? Je vous retourne le compliment. Je ne crois pas non plus que vous ayez cinq ou six meurtres à votre actif.

– Vous ne tenez pas compte de mes fautes professionnelles ! repartit gaiement le Dr Thomas.

Ils se mirent à rire tous les deux.

Luke se leva pour prendre congé.

– Je vous ai fait perdre beaucoup de temps, dit-il d'un ton d'excuse.

– Oh ! je ne suis pas très occupé. À Wychwood, on est en bonne santé. C'est un plaisir de bavarder avec quelqu'un d'extérieur.

– Je me demandais…

Luke s'interrompit.

– Oui ?

– Miss Conway m'a dit, en m'adressant à vous, que vous étiez… eh bien… un médecin de tout premier ordre. Vous ne vous sentez pas un peu enterré, ici ? On n'y a pas beaucoup l'occasion d'exercer ses compétences.

– Oh ! la médecine générale est un bon début. C'est une expérience précieuse.

– Mais vous n'allez pas vous encroûter dans la routine jusqu'à la fin de vos jours ? Le Dr Humbleby, votre défunt associé, était un homme dépourvu d'ambition, paraît-il… Exercer ici lui suffisait. Il a vécu longtemps à Wychwood, je crois ?

– Pratiquement toute sa vie.

– Il était compétent mais vieux jeu, d'après ce que j'ai entendu dire.

– Il n'était pas commode, par moments. Il se méfiait des méthodes modernes, mais c'était un bon exemple de médecin de la vieille école.

– Sa fille est très jolie, m'a-t-on dit, reprit Luke d'un ton badin.

Il eut le plaisir de voir le teint frais et rose du Dr Thomas virer au cramoisi.

– Ah !… euh… oui… en effet, bredouilla-t-il.

Luke le regarda avec bienveillance. Il se réjouissait à la perspective de rayer le Dr Thomas de sa liste de suspects.

Celui-ci retrouva sa couleur naturelle et dit brusquement :

– Pour en revenir aux crimes, puisque le sujet vous intéresse, j'ai un très bon livre à vous prêter. Traduit de l'allemand. *Crime et complexe d'infériorité,* de Kreuzhammer.

– Je le lirai avec plaisir, dit Luke.

Le Dr Thomas attrapa l'ouvrage en question sur un rayonnage.

– Le voici. Certaines de ses théories sont assez surprenantes — bien sûr, ce ne sont que des théories —, mais elles ne manquent pas d'intérêt. Les débuts de Menzheld dans la vie, par exemple — « Le Boucher de Francfort », comme on l'appelle — et le chapitre sur Anna Helm, la petite gouvernante meurtrière, sont vraiment très intéressants.

– Elle a tué une douzaine des enfants dont elle avait la charge avant que la police n'ait des soupçons, je crois ? dit Luke.

– Oui. Elle avait une personnalité des plus attachantes : elle adorait ces enfants et paraissait sincèrement éplorée quand l'un d'eux mourait. La psychologie, c'est quelque chose de stupéfiant.

– Ce qui est stupéfiant aussi, c'est que ces gens puissent agir en toute impunité, fit remarquer Luke, sur le pas de la porte.

– Pas si stupéfiant que ça, répliqua le Dr Thomas qui l'avait accompagné. C'est assez facile, vous savez.

– Quoi donc ?

– De tuer en toute impunité, dit-il avec son sourire charmant et juvénile. À condition d'être prudent. Il suffit d'être prudent, voilà tout ! Mais quand un homme est malin, il se débrouille pour ne pas faire de faux pas. Ce n'est pas plus compliqué que ça.

Il sourit et rentra dans la maison.

Luke resta là, les yeux fixés sur les marches du perron. Le sourire du médecin avait eu quelque chose de condescendant. Durant toute leur conversation, Luke avait eu la sensation d'être un homme mûr face à un adolescent juvénile tout autant qu'ingénu.

Mais, l'espace d'un instant, les rôles s'étaient inversés. Le sourire du Dr Thomas avait été celui d'un adulte qui s'amusait de l'ouverture d'esprit d'un gamin.

9

Mrs Pierce parle

Dans la papeterie-tabac de la grand-rue, Luke avait acheté un paquet de cigarettes et le dernier numéro de *Good Cheer*, le valeureux hebdomadaire qui assurait à lord Whitfield une bonne partie de ses substantiels revenus. Ayant ouvert le journal à la rubrique du football, Luke annonça en gémissant qu'il venait de manquer l'occasion de gagner cent vingt livres. Il éveilla aussitôt la sympathie de Mrs Pierce qui lui expliqua que son mari avait connu semblables déboires. Ces amicales relations ainsi établies, il ne fut pas difficile de prolonger la conversation.

– Ça l'intéresse et pas qu'un peu, le football, Mr Pierce ! déclara l'épouse dudit Mr Pierce. Ce qu'il regarde d'abord dans les nouvelles, c'est ça et pas autre chose. Et, comme je vous le disais, c'est plus souvent qu'à son tour qu'il a été déçu. Mais tout le monde peut pas gagner, pas vrai ? C'est ce que je dis toujours. Et, comme je dis aussi, c'est la faute à pas de chance — et ça, on peut rien contre.

Luke abonda dans son sens et poursuivit sa progression par une habile transition : puisqu'ils en étaient aux réflexions profondes, il fit observer qu'un malheur n'arrive jamais seul.

– Ah ! ça, mon bon monsieur, j'en sais quelque chose ! soupira Mrs Pierce. Quand une femme a un mari et huit enfants — enfin, six vivants et deux qu'elle a enterrés —, eh bien ! le malheur, elle sait comme qui dirait ce que c'est.

– Ça, je m'en doute un peu… et… euh… je vous crois sans peine, s'empêtra Luke. Vous dites que… euh… vous en avez enterré deux ?

– Dont un pas plus tard que le mois dernier, répondit Mrs Pierce avec une sorte d'amère délectation.

– Mon Dieu ! C'est bien triste.

– Pas seulement triste, mon bon monsieur. Un choc, voilà ce que ça a été : un choc terrible ! Toute tourneboulée, que j'ai été, quand on me l'a annoncé. Jamais j'aurais imaginé qu'il m'arriverait une chose pareille avec Tommy. Parce que c'est pas pour dire, mais quand un gamin vous cause que du souci, c'est pas naturel de penser que la mort va vous l'enlever. Mon Emma Jane, elle, c'était autre chose — un vrai petit ange. « Vous ne l'élèverez pas », qu'on me disait. « Elle est trop mignonne pour vivre. » Et ils avaient raison, mon bon monsieur ! Le Seigneur reconnaît les siens.

Luke approuva pieusement et s'efforça de quitter le sujet de la très sainte Emma Jane pour en revenir à celui de Tommy qui ne l'était pas du tout.

– Votre petit garçon est mort récemment ? demanda-t-il. Un accident ?

– Un accident, comme vous dites, mon bon monsieur. Il lavait les carreaux du vieux manoir, qui est maintenant la bibliothèque, et il a dû perdre son équilibre… D'une fenêtre du dernier étage, qu'il est tombé.

Mrs Pierce s'étendit complaisamment sur les détails de l'accident.

– On n'a pas raconté qu'on l'avait vu danser sur le rebord de la fenêtre ? hasarda Luke.

Mrs Pierce répondit que les gamins seraient toujours les gamins — mais pas de doute qu'il avait bel et bien flanqué la frousse au major, un monsieur toujours prêt à mettre son grain de sel partout.

– Le major Horton ?

– Oui, monsieur, le monsieur aux bouledogues. Même qu'après l'accident il a dit comme ça qu'il avait vu notre Tommy faire son intéressant là-haut : résultat, il suffisait d'un rien pour qu'il tombe. Il a jamais pu s'empêcher de faire son intéressant, c'était ça le problème, avec Tommy. Il m'en aura fait voir de toutes les couleurs, conclut-elle, mais c'était rapport à ce qu'il pouvait pas s'empêcher de faire son intéressant. Parce que, s'en empêcher, ça, il pouvait pas — comme tous les gamins, quoi ! Sinon, c'était pas le mauvais gosse, au fond.

– Non, non, je vous crois sans peine. Mais vous savez, Mrs Pierce, les gens — les gens sérieux, d'un certain âge — ont parfois du mal à se rappeler qu'ils ont été jeunes eux aussi.

Mrs Pierce soupira.

– C'est la vérité vraie, ce que vous dites là, mon bon monsieur. Et je peux pas m'empêcher de souhaiter que certaines personnes — que je pourrais nommer, mais que je ne nommerai pas — s'en voudront d'avoir été si dures avec lui… juste parce qu'il pouvait pas s'empêcher de faire son intéressant.

– Il a joué quelques mauvais tours à ses employeurs, non ? demanda Luke avec un sourire indulgent.

La réaction de Mrs Pierce ne se fit pas attendre :

– C'était juste histoire de s'amuser, mon bon monsieur, un point c'est tout. Tommy, il a toujours eu comme un don pour imiter les gens. Il nous faisait tenir les côtes quand c'est qu'il marchait en tortillant du croupion pour singer Mr Ellsworthy, çuilà qui vend des antiquailles… ou le vieux Mr Hobbs, le bedeau… Un beau jour, au manoir, voilà-t-il pas qu'il était en train d'imiter lord Whitfield devant les deux aides-jardiniers qui s'esclaffaient quand c'est que Sa Seigneurie est arrivée sans bruit. Sûr qu'il a flanqué Tommy à la porte sans que ça se voie faire. Fallait s'y attendre, faut dire, c'était normal. Et même que Sa Seigneurie, il lui en a pas gardé rancune vu qu'un bout de temps après il l'a aidé à trouver un autre emploi.

– Mais certains autres n'ont pas été si magnanimes, hein ? fit remarquer Luke.

– Ça, pour sûr qu'ils l'ont pas été. Sans nommer de noms, bon allez ! Mais j'aurais jamais cru ça de Mr Abbot, un homme comme il faut, qu'est pas chien pour causer et qu'a toujours le mot pour rire.

– Tommy a eu des démêlés avec lui ?

– Le petit, c'est pas qu'il pensait à mal, j'en suis sûre, répondit Mrs Pierce. Et puis, après tout, si des papiers sont personnels et qu'on veut pas qu'ils soyent lus, on les laisse pas traîner sur la table : voilà ce que j'en dis !

– Absolument, approuva Luke. Dans un cabinet d'avoué, on doit garder les documents confidentiels dans un coffre.

– C'est bien mon opinion et je la partage, mon bon monsieur. Et Mr Pierce est d'accord avec moi. Et puis c'est pas comme si Tommy en avait lu beaucoup, de ce papier !

– Qu'est-ce que c'était ? demanda Luke. Un testament ?

Il craignait — à juste titre, sans doute — qu'une question sur la nature du fameux document n'effarouche Mrs Pierce. Mais cette question directe lui valut une réponse immédiate.

– Oh ! non, mon bon monsieur, pas du tout. Rien de vraiment important. Juste une lettre personnelle — d'une dame — et Tommy, il a même pas vu de quelle dame. Toute une histoire pour moins que rien, voilà ce que j'en dis !

– Mr Abbot doit être le genre d'homme à prendre la mouche très facilement, dit Luke.

– C'est pas pour dire, mais on dirait bien, pas vrai, mon bon monsieur ? Et pourtant, comme je vous ai dit, c'est un homme tout ce qu'il y a de bien : pas chien pour causer, toujours le mot pour rire et tout. Remarquez qu'à ce qui paraît qu'il supporte pas que les gens le contredisent, et il paraîtrait même que, le Dr Humbleby et lui, ils étaient comme qui dirait à couteaux tirés juste avant la mort du pauvre docteur. Même que Mr Abbot a dû en avoir des remords. Parce qu'après coup, quand quelqu'un est mort, c'est pas agréable de se dire qu'on a eu des mots avec et qu'il y a plus moyen de les rattraper.

Luke hocha gravement la tête.

– Très juste, murmura-t-il. Très juste.

Il enchaîna :

– Curieuse coïncidence, ça. Il « a des mots » avec le Dr Humbleby, et le médecin meurt. Il « a des mots » à propos de votre Tommy après l'avoir flanqué dehors… et le petit meurt ! J'imagine que deux événements pareils vont inciter Mr Abbot à surveiller sa langue.

– Il y a aussi Harry Carter, le patron du *Seven Stars*. Ils ont eu des mots, et pas qu'un peu, une semaine seulement avant que Carter s'en aille se noyer — mais là, on peut pas blâmer Mr Abbot. Les injures, elles étaient du côté de Carter : il est monté soûl perdu chez Mr Abbot en beuglant tout un tas de saletés aussi fort qu'il pouvait. Pauvre Mrs Carter, elle en a vu de dures avec lui, elle aussi, et il faut reconnaître que la mort de Carter c'est une délivrance pour elle.

– Il a également laissé une fille, je crois ?

– Ah ! ça, le prévint Mrs Pierce, j'ai jamais été femme à colporter des ragots.

C'était inattendu mais prometteur. Luke dressa l'oreille et attendit.

– Si ça se trouve, c'est peut-être que des racontars. Lucy Carter, c'est un beau brin de fille, dans son genre, et s'il y avait pas eu la différence de condition, on n'y aurait pas fait attention. Mais on a parlé — et après ça allez donc raconter le contraire, surtout à partir du moment où Carter a piqué sa colère et est allé lui crier des sottises.

Luke devina les sous-entendus de ce discours passablement confus.

– Mr Abbot m'a l'air du genre à apprécier les jolies filles, dit-il.

– C'est souvent comme ça avec les messieurs, dit Mrs Pierce. Ils pensent pas trop à ce qu'ils disent… juste un compliment par-ci par-là en passant. Mais les gens de la haute c'est les gens de la haute, alors ça prend tout de suite comme qui dirait des proportions. C'est normal dans un endroit comme ici où il se passe quasiment jamais rien.

– C'est un endroit charmant, dit Luke… Très bien sauvegardé.

– Les artistes ont toujours ce mot-là à la bouche, mais, pour moi, on retarde un peu. Pensez, on n'a pour ainsi dire rien construit, par ici. Là-bas, à Ashevale, par exemple, ils ont tout un tas de nouvelles villas jolies tout plein, même qu'il y en a avec le toit vert et des vitraux aux fenêtres.

Luke réprima un frisson.

– Vous avez un magnifique foyer communal moderne, fit-il observer.

– À ce qu'on dit, c'est un très beau bâtiment, reconnut Mrs Pierce sans grand enthousiasme. Bien sûr, lord Whitfield a fait beaucoup pour le pays. Il nous veut du bien, comme dit l'autre, et ça tout le monde le sait.

– Mais vous pensez que, malgré ses efforts, ce n'est pas toujours une réussite ? demanda Luke, amusé.

– Ma foi, ce qu'il y a de sûr, c'est qu'il ne fait pas vraiment partie de la haute, comme miss Waynflete, par exemple, ou miss Conway. Pensez, le père de lord Whitfield tenait une boutique de cordonnier à seulement deux pas d'ici ! Ma mère se souvient de Gordon Ragg en train de servir les clients… elle s'en souvient comme si c'était hier ! Évidemment, il est devenu un lord, et c'est maintenant un homme riche… mais ce n'est jamais la même chose, pas vrai, monsieur ?

– Non, bien sûr.

– Excusez-moi de vous dire ça, monsieur… Oh ! je

sais très bien que vous séjournez au manoir et que vous écrivez un livre. Mais vous êtes un cousin de miss Bridget, ça je le sais aussi et c'est ça qui change tout ! Nous serons bien contents de la voir redevenir la maîtresse d'Ashe Manor.

– J'en suis sûr, dit Luke.

Il paya ses cigarettes et son journal avec une certaine brusquerie.

« L'élément personnel, pensa-t-il. Il *faut* en faire abstraction ! Bon Dieu de bois, je suis ici pour débusquer un criminel. Qu'est-ce que ça peut bien me faire qui elle épouse ou qui elle n'épouse pas, cette sorcière aux cheveux noirs ? Elle n'a rien à voir là-dedans… »

Il descendit la rue à pas lents. Au prix d'un effort, il parvint à reléguer Bridget à l'arrière-plan de ses pensées.

« Et maintenant, se dit-il, Abbot. Les charges contre Abbot. J'ai établi un lien entre lui et trois des victimes. Il s'est bagarré avec Humbleby, il s'est bagarré avec Carter, il s'est bagarré avec Tommy Pierce… et ils sont morts tous les trois. Oui, mais qu'en est-il d'Amy Gibbs ? Et qu'est-ce que c'était que la lettre confidentielle que cet infernal garnement avait vue ? Savait-il de qui elle venait ? L'ignorait-il ? Il ne l'aurait pas forcément dit à sa mère. Supposons qu'il l'ait su. Supposons qu'Abbot ait jugé nécessaire de le faire taire. C'est possible ! Voilà tout ce qu'on peut dire. C'est *possible* ! Ça ne suffit pas ! »

Luke pressa le pas et regarda autour de lui, brusquement exaspéré.

« Ce fichu village… il commence à me porter sur les nerfs. Si riant, si paisible… si innocent…, et en même temps tellement cinglé avec ces meurtres à la chaîne. Ou bien est-ce que c'est moi qui suis cinglé ? Lavinia Pinkerton était-elle cinglée ? Après tout, la mort de Humbleby et le reste, ça pourrait parfaitement n'être qu'une série de coïncidences. »

Jetant derrière lui un coup d'œil tout au long de la grand-rue, il fut saisi d'une violente impression d'irréalité.

« Ce genre de trucs, ça n'existe pas… », se dit-il.

Puis il leva les yeux vers la longue crête dentelée d'Ashe Ridge et son impression d'irréalité se dissipa aussitôt. La corniche d'Ashe Ridge était bien réelle, elle avait été témoin de pratiques étranges : sorcellerie, cruauté, sacrifices sanglants et rites maléfiques…

Il tressaillit. Deux silhouettes marchaient le long de la corniche. Il les reconnut facilement : Bridget et Ellsworthy. Le jeune homme faisait de grands gestes avec ses mains étranges, déplaisantes. Il avait la tête penchée vers celle de Bridget. On eût dit deux silhouettes issues d'un rêve. On avait l'impression que leurs pieds ne faisaient aucun bruit tandis que, tels des chats, ils bondissaient de motte en motte. La noire chevelure de Bridget flottait au vent. Une fois de plus, il fut saisi par le charme étrange qui émanait d'elle.

« Ensorcelé, voilà ce que je suis : ensorcelé », se dit-il.

Il était là, parfaitement immobile, envahi par une curieuse sensation d'engourdissement.

« Qui pourrait rompre le charme ? pensa-t-il tristement. Je ne vois vraiment personne. »

10

Rose Humbleby

Un léger bruit dans son dos le fit se retourner. Une jeune fille était là, une fille remarquablement jolie avec ses cheveux châtains qui bouclaient autour des oreilles et ses yeux d'un bleu profond, au regard assez réservé. Embarrassée, elle rougit un peu.

– Vous êtes bien Mr Fitzwilliam ?

– Oui. Je…

– Je suis Rose Humbleby. Bridget m'a dit que… que vous connaissiez des gens qui ont connu mon père.

Luke eut la bonne grâce de rougir un peu, lui aussi, sous son hâle.

– Cela remonte à pas mal de temps, répondit-il sans conviction. Ils l'ont connu… euh… dans sa jeunesse, avant son mariage.

– Ah ! je comprends.

Rose Humbleby parut un peu déçue. Elle reprit néanmoins :

– Vous écrivez un livre, n'est-ce pas ?

– Oui. Plus exactement, je prends des notes pour en écrire un. Sur les superstitions locales. Ce genre de choses.

– Je vois. Ça a l'air terriblement intéressant.

– Mon livre sera sans doute ennuyeux comme la pluie, lui assura Luke.

– Oh ! non, je suis sûre que non.

Luke lui sourit.

« Notre Dr Thomas a de la chance », se dit-il.

– Il y a des gens capables de rendre mortellement ennuyeux les sujets les plus passionnants. Je crains bien d'être de ceux-là.

– Qu'est-ce qui vous fait croire ça ?

– Je n'en sais rien, mais j'en suis de plus en plus convaincu.

– Vous êtes peut-être de ceux qui savent rendre captivants les sujets les plus ennuyeux !

– Ça, c'est *très* gentil, dit Luke. Je vous remercie.

Rose Humbleby lui rendit son sourire.

– Vous croyez à… aux superstitions, à tout ça ?

– C'est difficile à dire. On peut s'intéresser à des choses auxquelles on ne croit pas. Ça n'est pas forcément lié, vous savez.

– Non, sans doute, fit-elle d'un ton sceptique.

– Et vous, vous êtes superstitieuse ?

– N-non… je ne pense pas. En revanche, je suis persuadée que les choses arrivent… par cycles.

– Comment ça ?

– Des cycles de chance et de malchance. Tenez, par exemple, j'ai l'impression que, depuis quelque temps, Wychwood vit sous l'emprise du… du malheur. Mon père qui meurt… miss Pinkerton qui se fait écraser, et ce petit garçon qui tombe par la fenêtre… Je… je commence à détester cet endroit — à penser qu'il vaudrait mieux que je m'en aille !

Elle haletait presque. Luke la regarda d'un air songeur.

– Alors, c'est ce que vous ressentez ?

– Oh ! je sais que c'est stupide. Je suppose que c'est à cause de la mort si inattendue de papa… Ç'a été si soudain…, dit-elle en frissonnant. Et puis miss Pinkerton. Elle disait…

La jeune fille s'interrompit.

– Que disait-elle ? C'était une délicieuse vieille fille. Elle me rappelait beaucoup une de mes tantes préférées.

Le visage de Rose s'éclaira.

– Ah ! vous l'avez connue ? Je l'aimais beaucoup et elle était très attachée à papa. Mais je me suis parfois demandé si elle n'était pas un peu extralucide…

– Pourquoi ?

– Parce que… c'est bizarre… elle paraissait avoir peur qu'il arrive quelque chose à papa. Elle m'avait quasiment *mise en garde.* Surtout contre les accidents. Et puis ce jour-là, juste avant de partir pour Londres… elle était tellement étrange… *dans tous ses états.* Je suis persuadée, Mr Fitzwilliam, qu'elle faisait partie de ces gens qui ont le don de double vue. Je pense qu'elle *savait* qu'il allait lui arriver quelque chose. Et elle devait savoir aussi qu'il allait arriver quelque chose à papa. C'est… c'est plutôt effrayant, quand on y pense !

Elle se rapprocha de lui.

– On peut parfois prévoir l'avenir, dit Luke. Ce n'est pas toujours surnaturel pour autant.

– Non, c'est sans doute tout à fait normal, juste une faculté que la plupart des gens n'ont pas. N'empêche que… ça m'inquiète…

– Ne vous tourmentez pas, répliqua Luke avec gentillesse. Dites-vous bien que toutes ces épreuves sont derrière vous, maintenant. Ça n'est jamais bon de remâcher le passé. C'est à l'avenir qu'il faut penser.

– Je sais. Mais ce n'est pas tout, voyez-vous… (Rose

hésita.) Il y avait quelque chose en rapport avec… avec votre cousine.

– Ma cousine ? Bridget ?

– Oui. Miss Pinkerton se faisait du souci pour elle. Elle n'arrêtait pas de me poser des questions… Je crois qu'elle avait peur… pour elle aussi.

Luke tourna vivement la tête et fouilla du regard la crête d'Ashe Ridge. Il éprouvait une terreur irraisonnée. Bridget… seule avec l'homme dont les mains avaient la teinte verdâtre et malsaine de la chair en décomposition ! Fantasme… pur fantasme ! Ellsworthy n'était qu'un inoffensif dilettante qui s'amusait à jouer les antiquaires.

Comme si elle lisait dans ses pensées, Rose demanda :

– Il vous plaît, Mr Ellsworthy ?

– Non. Absolument pas.

– Geoffrey — le Dr Thomas — ne l'aime pas non plus.

– Et vous ?

– Oh ! moi…, je le trouve horrible. (Elle se rapprocha encore.) Il y a des tas de bruits qui courent sur son compte. On m'a raconté qu'il avait organisé une étrange cérémonie dans le Pré aux sorcières… ses amis étaient venus en masse de Londres… des gens terriblement bizarres. Et Tommy Pierce était une sorte d'acolyte.

– Tommy Pierce ? dit vivement Luke.

– Oui. Il portait un surplis et une soutane rouge.

– Ça s'est passé quand ?

– Oh ! il y a déjà quelque temps… en mars, je crois.

– Apparemment, Tommy Pierce a été mêlé à tous les événements du village !

– Il fourrait son nez partout. Il fallait toujours qu'il soit au courant de tout ce qui se passait.

– Et il a sans doute fini par en savoir un peu trop, dit Luke d'un air sombre.

Rose prit cette remarque au pied de la lettre.

– C'était un gamin odieux. Il adorait couper les guêpes en rondelles et accrocher des casseroles à la queue des chiens.

– Le genre de sale gosse qu'on a du mal à pleurer !

– C'est vrai. Mais ça a quand même été terrible pour sa mère.

– Je crois savoir qu'il lui en reste cinq ou six pour la consoler. Quelle langue bien pendue elle a, cette femme !

– Elle parle beaucoup, n'est-ce pas ?

– Rien qu'après lui avoir acheté un paquet de cigarettes, je connaissais l'histoire de tous les gens du coin !

– C'est ça le pire dans un endroit comme ici, dit Rose tristement. Tout le monde sait tout sur tout le monde.

– Oh, non ! dit Luke.

Elle le regarda, l'air interrogateur.

– Aucun être humain ne connaît jamais toute la vérité sur un autre être humain, répondit Luke d'un ton lourd de sous-entendus.

Le visage de Rose se fit grave. Elle ne put réprimer un léger frisson.

– Oui, dit-elle lentement. C'est sans doute vrai.

– Pas même sur ceux qui lui sont le plus proches et le plus chers, déclara Luke.

– Pas même… (Elle s'interrompit.) Oh ! vous avez sûrement raison, Mr Fitzwilliam, mais je voudrais bien que vous ne disiez pas des choses si effrayantes.

– Ça vous effraie vraiment ?

Lentement, elle inclina la tête.

Soudain, elle se détourna.

– Il faut que je me sauve. Si… si vous n'aviez rien de mieux à faire — je veux dire, si cela vous était possible —, venez nous voir, maman voudrait… ça lui ferait plaisir de vous rencontrer parce que vous avez connu des amis de papa il y a longtemps.

Elle s'éloigna à pas lents sur la route. Tête basse, comme si tout un monde de responsabilités et de perplexités pesait sur elle.

Luke la suivit des yeux. Soudain, une vague de sollicitude le submergea. Il éprouvait le violent désir de protéger cette jeune fille.

Mais de quoi ? Tout en se posant la question, il secoua la tête avec irritation. Rose Humbleby avait récemment perdu son père, d'accord, mais elle avait une mère et elle était fiancée à un garçon charmant, parfaitement en mesure d'assurer sa protection. Alors pourquoi devait-il, lui, Luke Fitzwilliam, être taraudé par le besoin de s'occuper d'elle ?

Encore une manifestation de ce sentiment ancestral bien connu. Celui du mâle protecteur. Florissant à l'ère victorienne, toujours vivace sous le règne d'Édouard VII, ce spécimen d'individu montrait encore le bout de son nez malgré ce que notre ami lord Whitfield aurait appelé « le rythme effréné et les agressions de la vie moderne » !

« N'empêche, cette fille me plaît, se dit-il tout en se dirigeant vers la masse d'Ashe Ridge que ceinturaient maintenant des écharpes de brume. Elle est beaucoup trop bien pour un individu froid et condescendant comme ce Thomas ! »

Il se remémora le sourire que lui avait adressé le

médecin, sur le pas de sa porte. Hautain comme ce n'est pas permis, ce sourire ! D'une suffisance intolérable !

Des bruits de pas arrachèrent Luke à des méditations qui tournaient à l'aigre. Levant la tête, il aperçut le sémillant Ellsworthy qui dévalait la colline. Les yeux rivés sur les cailloux du sentier, l'antiquaire souriait aux anges. Luke fut désagréablement surpris par son expression. Ellsworthy sautillait plus qu'il ne marchait, comme s'il suivait le rythme d'une gigue endiablée qui lui aurait trotté par la tête. Son sourire, qui était plutôt une étrange contorsion des lèvres, traduisait une jubilation sournoise du plus déplaisant effet.

Luke s'était arrêté, mais il fallut qu'Ellsworthy arrive à sa hauteur pour enfin lever la tête. Son regard, où dansait une lueur mauvaise, s'attarda une minute sur son vis-à-vis avant de le reconnaître. Un changement radical — Luke en eut du moins l'impression — s'opéra alors en lui. En un clin d'œil, le satyre caracolant avait cédé la place à un jeune fat passablement efféminé.

– Ça, par exemple ! Mr Fitzwilliam ! Bonjour !

– Bonjour, dit Luke. Vous admiriez les beautés de la nature ?

Les longues mains blanches de Mr Ellsworthy s'envolèrent en un geste de réprobation.

– Oh ! non, non… Seigneur, non ! J'abhorre la nature. C'est une gamine vulgaire, totalement dépourvue d'imagination. Je soutiens qu'on ne peut pas jouir de la vie tant qu'on n'a pas remis la nature à sa place.

– Et comment faites-vous pour parvenir à ce résultat ?

– Ce ne sont pas les moyens qui manquent ! dit Mr Ellsworthy. Dans un endroit comme ce délicieux coin de province, il est des distractions éminemment délectables pour qui possède à la fois le goût… et le flair. Moi, je jouis de la vie, Mr Fitzwilliam.

– Moi aussi, répliqua Luke.

– *Mens sana in corpore sano,* dit Mr Ellsworthy d'un ton subtilement ironique. C'est le genre de maxime qui vous va comme un gant.

– Il y a pire.

– Très cher ! La santé mentale est la chose la plus ennuyeuse qui soit. Ce qui importe, c'est d'être fou… délicieusement fou… un rien perverti… un tout petit peu tordu… on découvre alors la vie d'un point de vue nouveau, enthousiasmant !

– Le strabisme du lépreux ? suggéra Luke.

– Ah, excellent ! Excellent ! Très spirituel ! Mais vous savez, il y a du vrai dans ce que je dis. Un angle de vision intéressant. Mais je ne voudrais pas vous retenir. Vous prenez de l'exercice — il faut prendre de l'exercice : c'est encore un des bons vieux préceptes du collège !

– Comme vous dites, marmonna Luke.

Sur un bref signe de tête, il se remit en marche.

« Je deviens bougrement trop imaginatif. Ce type est un imbécile, voilà tout. »

Un malaise indéfinissable le poussa néanmoins à hâter le pas. Ce sourire sournois, triomphant, qu'avait eu Ellsworthy… était-ce seulement un effet de son imagination ? Et l'impression que ce sourire avait été effacé, comme d'un coup d'éponge, à l'instant précis où l'antiquaire l'avait aperçu… que fallait-il en penser ?

Son malaise grandit.

« Bridget ? Lui est-il arrivé quelque chose ? se demanda-t-il. Ils sont montés ensemble et il est redescendu seul. »

Il se dépêcha. Le soleil avait percé pendant qu'il bavardait avec Rose Humbleby. Maintenant il avait à nouveau disparu. Le ciel était plombé, menaçant, et le vent s'était mis à souffler par petites rafales intermittentes. C'était comme si Luke avait quitté la vie normale, quotidienne, pour pénétrer dans ce monde étrange, à moitié enchanté, dont il se sentait entouré depuis son arrivée à Wychwood.

À un détour du sentier, il déboucha dans le clos d'herbe verte qu'on lui avait montré d'en bas et qu'on appelait le Pré aux sorcières. C'était là, selon la légende, que les sorcières s'assemblaient pour les festivités de la nuit de Walpurgis et de Halloween.

Soudain, une vague de soulagement le submergea. Bridget était là. Assise contre un rocher, à flanc de coteau, elle se tenait courbée, la tête dans les mains.

Il s'approcha vivement. L'herbe tendre, étrangement verte et fraîche, était souple sous ses pas.

– Bridget ?

Elle retira lentement son visage de ses mains. Son expression le troubla. On aurait dit qu'elle revenait d'un univers lointain, qu'elle avait du mal à se réadapter au monde présent.

– Je… vous… vous allez bien ?

C'est tout ce que Luke avait trouvé à dire.

Elle resta quelques instants sans répondre, comme si elle n'était pas encore tout à fait revenue de cet univers lointain qui l'avait retenue captive. Luke avait l'impression que ses paroles devaient parcourir un long chemin, avant de lui parvenir.

– Évidemment, je vais bien ! dit-elle enfin. Pourquoi est-ce que je n'irais pas bien ?

Sa voix était acérée, presque hostile.

– Du diable si je le sais, répondit Luke avec un sourire jusqu'aux oreilles. J'étais inquiet pour vous, tout à coup.

– Pourquoi ?

– En grande partie, je crois, à cause de l'atmosphère mélodramatique dans laquelle je baigne actuellement. Je n'ai plus le sens des proportions. Si je vous perds de vue pendant une heure ou deux, j'en déduis automatiquement que je vais retrouver votre cadavre ensanglanté dans un fossé. C'est ce qui se passerait dans une pièce ou un roman.

– Les héroïnes ne se font jamais tuer, objecta Bridget.

– Non, mais…

Luke s'interrompit — de justesse.

– Qu'alliez-vous dire ?

– Rien.

Dieu merci, il s'était arrêté à temps. On pouvait difficilement répondre à une séduisante jeune femme : « D'accord, mais vous n'êtes pas une héroïne ! »

– Elles se font enlever, séquestrer, abandonner dans des cachots pour y mourir noyées ou empoisonnées par des gaz méphitiques, reprit Bridget. Elles sont perpétuellement en danger, mais elles ne meurent jamais.

– Leur beauté ne se ternit même pas, remarqua Luke qui enchaîna : C'est donc ça, le Pré aux sorcières ?

– Oui.

– Il ne vous manque que le balai, dit-il en lui souriant.

– Merci. Mr Ellsworthy m'a dit à peu près la même chose.

– Je viens de le croiser.

– Vous lui avez parlé ?

– Oui. J'ai comme l'impression qu'il a essayé de me mettre en rogne.

– Il a réussi ?

– Il a employé des méthodes plutôt puériles.

Il resta un instant silencieux, puis ajouta brusquement :

– C'est un drôle de type. Par moments, on se dit que ce n'est qu'un crétin… et puis, deux secondes plus tard, on se demande s'il n'y a pas autre chose.

Bridget leva les yeux vers lui.

– Vous aussi, vous avez cette impression-là ?

– Vous êtes d'accord, alors ?

– Oui.

Luke attendit.

– Il a quelque chose de… bizarre, murmura Bridget. Je me pose des questions, vous savez… La nuit dernière, je suis restée éveillée à me creuser la tête. À propos de cette histoire. Je me disais que, s'il y avait un… un tueur parmi nous, je devais savoir qui c'était ! J'habite ici, bon sang ! Et les gens, je les connais. À force de tourner et de retourner ça dans tous les sens, je suis arrivée à la conclusion que, s'il y a un assassin, il est *forcément* fou.

Pensant à ce que le Dr Thomas lui avait dit, Luke demanda :

– Vous ne croyez pas qu'un meurtrier peut être aussi sain d'esprit que vous et moi ?

– Pas ce genre de meurtrier. Tel que je l'imagine, celui-là *doit* être fou. Partant de ce principe, j'en suis arrivée tout naturellement à Ellsworthy. De tous les gens d'ici, c'est le seul qui soit indiscutablement louche. Il *est* louche, il n'y a pas à tortiller.

– Des gens de son espèce — des dilettantes, des poseurs —, ce n'est jamais ça qui manque, remarqua Luke, sceptique. Mais ils sont généralement inoffensifs.

– Oui. Mais il y a plus que ça chez lui. Il a des mains épouvantables !

– Vous l'avez remarqué ? C'est drôle, moi aussi !

– Elles ne sont même pas vraiment blanches… elles sont verdâtres.

– Oui, c'est l'impression qu'elles donnent. Mais on ne peut quand même pas accuser un homme de meurtre à cause de la couleur de sa peau !

– Je suis bien d'accord. Il nous faut des preuves.

– Des preuves ! grogna Luke. C'est justement ce qui nous manque. Notre homme a été trop prudent. C'est un assassin *prudent* ! Un fou *prudent* !

– J'ai essayé de vous donner un coup de main, dit Bridget.

– En faisant parler Ellsworthy ?

– Oui. J'ai pensé que j'étais mieux placée que vous pour lui tirer les vers du nez. J'ai fait un premier pas !

– Racontez.

– Eh bien ! il appartient à une petite coterie, une bande d'amis peu recommandables. Ils viennent… euh… festoyer ici de temps en temps.

– Festoyer comment ? Des orgies innommables ?

– Innommables, je n'en sais rien ; mais des orgies, certainement. En fait, ça m'a surtout l'air stupide et puéril.

– Je suppose qu'ils adorent le diable et se livrent à des danses obscènes ?

– Quelque chose dans ce goût-là. Apparemment, ça les excite.

– J'ai une pièce supplémentaire à verser au dossier, dit Luke. Tommy Pierce a participé à une de leurs cérémonies. En qualité d'acolyte. Il portait une soutane rouge.

– Alors il était dans le secret ?

– Oui. Et ça pourrait expliquer sa mort.

– Vous voulez dire qu'il aurait trop parlé ?

– Oui… à moins qu'il n'ait fait une petite tentative de chantage.

– Tout cela paraît extravagant, murmura Bridget d'un air songeur. Mais, rapporté à Ellsworthy, cela paraît déjà beaucoup moins extravagant que pour un autre.

– Oui, je le reconnais — au lieu d'être grotesque, ça devient tout à fait concevable.

– Nous avons établi un lien entre Ellsworthy et deux des victimes : Tommy Pierce et Amy Gibbs, dit Bridget.

– Et le patron du pub ? Et Humbleby ? Où figurent-ils dans le tableau ?

– Nulle part pour l'instant.

– Pour Carter, d'accord. Mais j'entrevois une raison de se débarrasser de Humbleby. Il était médecin : il avait peut-être compris qu'Ellsworthy avait un sérieux grain.

– Oui, c'est possible.

Soudain, Bridget se mit à rire.

– J'ai bien joué mon rôle, tout à l'heure. J'ai, paraît-il, d'énormes possibilités psychiques ; et quand j'ai raconté qu'une de mes arrière-arrière-grands-mères avait failli être brûlée vive pour sorcellerie, mes actions ont grimpé en flèche. J'ai bon espoir d'être invitée à participer aux orgies lors de la prochaine réunion des jeux Sataniques, quand ils auront lieu.

– Bridget, pour l'amour du ciel, soyez prudente ! s'écria Luke.

Elle le regarda, surprise. Il se leva.

– Je viens de rencontrer la fille de Humbleby. Nous avons parlé de miss Pinkerton, et elle m'a dit que, peu avant sa mort, la vieille demoiselle se faisait du mauvais sang pour vous.

Bridget, qui s'apprêtait à se mettre debout, se figea brusquement, pétrifiée.

– Comment ça ? Miss Pinkerton… se faisait du mauvais sang… pour *moi* ?

– C'est ce que m'a dit Rose Humbleby.

– Rose Humbleby vous a dit ça ?

– Oui.

– Qu'a-t-elle dit d'autre ?

– Rien.

– Vous en êtes sûr ?

– Tout ce qu'il y a de sûr.

Après un silence, Bridget murmura :

– Je vois.

– Miss Pinkerton était inquiète pour Humbleby… et il est mort. J'apprends maintenant qu'elle était inquiète pour *vous*…

Bridget rit et se leva. Elle secoua la tête et ses longs cheveux noirs ondoyèrent autour de son visage.

– Ne vous bilez pas, dit-elle. Le diable veille sur les siens.

11

La vie privée du major Horton

Face au directeur de la banque, Luke se carra dans son fauteuil.

– Voilà qui m'a l'air tout à fait satisfaisant, dit-il. J'espère ne pas avoir abusé de votre temps.

D'un geste, Mr Jones le rassura. Son petit visage poupin arborait une expression joyeuse.

– Pas du tout, Mr Fitzwilliam. Wychwood est un endroit tranquille. Nous sommes toujours heureux de voir des étrangers.

– C'est une région fascinante, dit Luke. Riche en superstitions.

Mr Jones déclara en soupirant qu'il fallait longtemps pour que l'instruction vienne à bout de la superstition. Luke fit observer que, selon lui, on faisait aujourd'hui trop de cas de l'instruction — propos qui ne manqua pas de choquer Mr Jones.

– Lord Whitfield est un grand bienfaiteur pour le village, dit le banquier. Conscient des handicaps dont il a souffert dans son enfance, il tient à ce que la jeunesse actuelle soit mieux armée dans la vie.

– Ses handicaps au départ ne l'ont pas empêché de faire fortune, remarqua Luke.

– Non. Il avait sans doute du talent… beaucoup de talent.

– Ou de la chance.

Mr Jones parut de nouveau choqué.

– La chance est la seule chose qui compte, enchaîna Luke. Prenez un meurtrier, par exemple… Pourquoi un meurtrier réussit-il à s'en sortir ? Parce qu'il a du talent ? Ou parce qu'il a de la chance ?

Mr Jones reconnut que c'était sans doute grâce à la chance.

Luke poursuivit :

– Prenez un type comme ce Carter, le patron d'un de vos pubs. Il était probablement ivre six jours sur sept — et voilà qu'un beau soir il loupe la passerelle et se noie dans la rivière. Encore un coup de chance pour certains, non ?

– Pour deux personnes en tout cas, admit le directeur de la banque.

– À savoir ?

– Sa femme et sa fille.

– Oui, bien sûr…

Un employé frappa à la porte et entra avec des papiers. Luke donna deux échantillons de sa signature et on lui remit en échange un carnet de chèques.

– Voilà une bonne chose de faite, dit-il en se levant. J'ai eu de la chance au Derby, cette année. Et vous ?

Mr Jones répondit en souriant qu'il n'était pas joueur. Il ajouta que Mrs Jones avait des idées très arrêtées à propos des courses de chevaux.

– Alors vous n'avez pas assisté au Derby ?

– Non, en effet.

– Personne d'ici n'y est allé ?

– Si. Le major Horton. C'est un passionné des courses. Tout comme Mr Abbot, qui se libère généralement pour la journée. Mais il n'a pas misé sur le bon cheval.

– Bien peu avaient joué le vainqueur, dit Luke qui, après un échange de salutations, prit congé.

En sortant de la banque, il alluma une cigarette. À part la théorie de « la personne la moins probable », il ne voyait aucune raison de maintenir Mr Jones sur sa liste des suspects. Le directeur de la banque n'avait eu aucune réaction intéressante face aux questions tests de Luke. On l'imaginait difficilement en meurtrier. De surcroît, il ne s'était pas absenté le jour du Derby. Soit dit en passant, la visite de Luke n'avait pas été vaine pour autant. Il avait glané deux petits renseignements : le major Horton et Mr Abbot, l'avoué, n'étaient pas à Wychwood le jour du Derby. Ils auraient donc pu, l'un comme l'autre, se trouver à Londres au moment où miss Pinkerton se faisait renverser par une voiture.

Bien qu'il ne soupçonnât pas le Dr Thomas, Luke aurait préféré avoir la certitude que, ce jour-là, il était resté à Wychwood pour s'occuper de ses malades. Il se promit de vérifier ce point.

Restait Ellsworthy. L'antiquaire était-il à Wychwood le jour du Derby ? Si oui, l'hypothèse de sa culpabilité s'en trouvait affaiblie d'autant. Cependant, se dit Luke, il était toujours possible que la mort de miss Pinkerton n'ait été ni plus ni moins que l'accident qu'il était censé être.

Mais il repoussa cette idée. La mort de la vieille demoiselle tombait à un trop bon moment.

Luke monta dans sa voiture, garée devant la banque, et se rendit au garage Pipwell, à l'extrémité de la grand-rue.

Il avait divers petits problèmes mécaniques à régler. Un jeune et sémillant mécano au visage criblé de taches de rousseur écouta ses explications d'un air compétent. Il souleva le capot et les deux hommes se lancèrent dans une discussion hautement technique.

Une voix cria soudain :

– Jim ! Viens voir une minute.

Le mécano aux taches de rousseur s'exécuta.

Jim Harvey. C'était bien ça : Jim Harvey, le petit ami d'Amy Gibbs. Il revint bientôt en s'excusant, et la conversation technique reprit. Luke se décida finalement à laisser sa voiture au garage.

Au moment de partir, il s'enquit sans avoir l'air d'y toucher :

– Vous avez eu de la chance au Derby, cette année ?

– Non, monsieur. J'ai joué Clarigold.

– Ils ne doivent pas être nombreux, ceux qui avaient misé sur Jujube II ?

– Sûrement pas, monsieur ! Les journaux ne l'avaient même pas donné comme outsider.

Luke secoua la tête.

– C'est bien risqué de jouer aux courses. Vous avez déjà vu courir le Derby ?

– Non, monsieur, et pourtant ce n'est pas l'envie qui m'en manque. J'avais demandé ma journée, cette année. Il y avait un tarif réduit pour Londres et Epsom, mais le patron n'a rien voulu savoir. Faut dire qu'on était à court de personnel et qu'il y avait pas mal de travail, ce jour-là.

Luke hocha la tête et s'en fut.

Jim Harvey était rayé de sa liste. Ce garçon au visage sympathique ne cachait pas un tueur et ce n'était pas lui qui avait pu écraser Lavinia Pinkerton.

Luke rentra par le chemin qui longeait la rivière. Là,

pour la deuxième fois, il rencontra le major Horton et ses chiens. Toujours apoplectique, le major s'époumonait :

– Auguste ! Nelly ! NELLY, ici j'ai dit ! Néron… Néron… NÉRON !

De nouveau, le major dévisagea Luke de ses yeux globuleux. Mais, cette fois, il ne s'en tint pas là.

– Excusez-moi, dit-il. Vous êtes bien Mr Fitzwilliam ?

– Oui.

– Horton… major Horton. Nous allons nous retrouver demain au manoir, je crois. Pour un tournoi de tennis. Miss Conway a eu la bonté de m'inviter. Une cousine à vous, si je ne me trompe ?

– En effet.

– C'est bien ce que je pensais. Un nouveau visage, ça se repère vite, par ici.

Survint alors une diversion, les trois bouledogues se préparant à bondir sur un bâtard de race indéfinissable.

– Auguste, Néron ! Ici tout de suite ! Au pied, j'ai dit !

Après s'être fait enfin obéir — à contrecœur — d'Auguste et de Néron, le major Horton reprit le fil de la conversation. Luke caressait Nelly, qui levait vers lui un regard enamouré.

– Belle chienne, hein ? dit le major. J'aime les bouledogues. J'en ai toujours eu. C'est la race que je préfère. J'habite à deux pas, venez donc prendre un verre.

Luke accepta et, tandis qu'ils cheminaient de conserve, le major Horton disserta sur les chiens en général et l'infériorité de toutes les races non bouledoguiennes.

Luke eut droit à l'énumération des prix décernés à Nelly, au récit de l'infamante conduite d'un juge qui n'avait accordé à Auguste qu'une mention honorable, et à la description des triomphes de Néron dans les expositions canines.

Ils avaient entre-temps franchi la barrière du jardin. Le major ouvrit la porte d'entrée, qui n'était pas fermée à clé, et les deux hommes pénétrèrent dans le hall. Après avoir conduit son hôte dans une petite pièce tapissée de livres, où régnait une vague odeur de chien, le major Horton s'occupa des boissons. Luke regarda autour de lui. Il y avait des photographies de chiens, des exemplaires de *Field* et de *Country Life*, et deux fauteuils usagés. Des coupes en argent étaient disposées sur les rayonnages. Un portrait à l'huile — seul de son espèce — trônait au-dessus de la cheminée.

Le major, qui actionnait le siphon d'eau de Seltz, leva la tête et suivit la direction du regard de Luke.

– Mon épouse, dit-il. Une femme remarquable. Le visage a beaucoup de caractère, non ?

– Si, en effet, dit Luke en regardant la défunte Mrs Horton.

Elle était représentée en robe de satin rose, un bouquet de muguet à la main. Ses cheveux bruns étaient séparés par une raie au milieu et ses lèvres pincées lui donnaient l'air peu commode. Ses yeux, d'un gris froid, fixaient le spectateur d'un air furibond.

– Une femme remarquable, répéta le major en tendant un verre à Luke. Elle est morte il y a un peu plus d'un an. Je ne suis plus le même homme, depuis.

– Non ? fit Luke, ne sachant trop quoi dire.

D'un geste, le major lui indiqua l'un des fauteuils en cuir.

– Asseyez-vous.

Il s'installa lui-même dans l'autre et poursuivit en sirotant son whisky-soda :

– Non, je ne suis plus le même homme, depuis.

– Elle doit vous manquer, dit Luke gêné.

Le major Horton acquiesça d'un air sombre.

– Un bonhomme, ça a besoin d'une femme pour garder la forme. Sinon, ça se ramollit… oui, ça se ramollit. Ça se laisse aller.

– Mais vous, vous ne…

– Je sais de quoi je parle, mon garçon. Oh ! je ne dis pas que le mariage n'est pas dur à supporter, au début. Parce que pour ce qui est d'être dur ça l'est ! Le type, il en arrive à se dire : « Bon sang de bois, je ne m'appartiens plus ! » Mais il finit par s'y faire. Question de discipline.

Luke songea que la vie conjugale du major Horton avait dû être plus proche de la campagne militaire que du paradis familial.

– Drôle d'engeance, les femmes, soliloquait le major. Pas moyen de les satisfaire. Voilà ce qu'on en arrive à se dire parfois. Mais, tonnerre de Dieu, elles savent y faire pour vous maintenir un bonhomme en forme !

Luke observa un silence plein de respect.

– Z'êtes marié ? s'enquit le major.

– Non.

– Bah ! vous y viendrez. Il n'y a rien de tel, mon garçon, croyez-moi.

– Cela fait toujours plaisir d'entendre quelqu'un vanter les mérites du mariage. Surtout à notre époque de divorce facile.

– Peuh ! fit le major. Les jeunes gens d'aujourd'hui me rendent malade. Aucune ténacité… aucune endurance.

Incapables de supporter quoi que ce soit. Aucune *force d'âme* !

L'envie démangeait Luke de demander pourquoi le mariage exigeait une si exceptionnelle force d'âme, mais il se retint.

– Remarquez, dit le major, des Lydia, il n'y en a pas une sur mille… pas une sur mille ! Tout le monde la respectait, ici.

– Oui ?

– C'est qu'elle ne s'en laissait pas conter. Elle avait une façon de vous fixer les gens… c'est bien simple, ils se décomposaient… Ils se décomposaient littéralement ! Prenez ces filles mal dégrossies qui se prétendent aujourd'hui domestiques. Elles s'imaginent que vous allez vous accommoder de toutes leurs insolences : Lydia avait tôt fait de les mater ! Savez-vous que nous avons eu jusqu'à quinze cuisinières et femmes de chambre en un an ? *Quinze !*

Aux yeux de Luke, cela ne plaidait guère en faveur des talents de maîtresse de maison de Mrs Horton ; mais, puisque son hôte semblait voir les choses différemment, il se borna à marmonner un vague commentaire.

– Si elles ne faisaient pas l'affaire, elle les flanquait dehors avec pertes et fracas, je vous prie de le croire !

– Ce n'était pas quelquefois elles qui prenaient la porte ? hasarda Luke.

– Ma foi, il y en a pas mal qui nous ont rendu leur tablier, c'est vrai. « Bon débarras ! », voilà ce qu'elle disait, Lydia !

– Belle preuve de caractère, dit Luke, mais cela ne devait pas toujours vous simplifier la vie ?

– Oh ! je n'ai jamais rechigné à mettre la main à la pâte. Je ne suis pas mauvais cuisinier, et je sais allumer le feu comme personne. Je n'ai jamais beaucoup aimé faire la vaisselle, d'accord… mais quand il faut, il faut, il n'y a pas à tortiller !

Luke convint que le contraire était difficile. Il demanda si Mrs Horton avait été douée pour les tâches ménagères.

– Je ne suis pas le genre de bonhomme à se faire servir par sa femme, déclara le major. Et, de toute manière, Lydia était bien trop délicate pour les travaux domestiques.

– Elle était de constitution fragile ?

Le major Horton secoua la tête.

– Elle avait une volonté de fer. Jamais elle ne se laissait aller. Mais ce que cette femme a souffert ! Et aucune compassion de la part des médecins ! Les médecins sont des brutes insensibles. Ils ne comprennent que la bonne vieille douleur physique. Tout ce qui sort de l'ordinaire les dépasse. Humbleby, par exemple, tout le monde avait l'air de penser que c'était un bon médecin.

– Et vous n'êtes pas d'accord ?

– C'était un ignare achevé. Les découvertes modernes, il ne connaissait pas ! Je doute qu'il ait jamais entendu parler d'une névrose ! Il connaissait la rougeole, les oreillons, les jambes cassées… Mais ça s'arrêtait là ! J'ai fini par m'engueuler avec lui. Il ne comprenait rien au cas de Lydia. Je le lui ai dit carrément, et il n'a pas apprécié. Il a pris la mouche et m'a dit que, puisque c'était comme ça, je n'avais qu'à faire appel à un autre médecin si ça me faisait plaisir. Après ça, nous nous sommes adressés à Thomas.

– Il vous a plu davantage ?

– Autrement intelligent, le bonhomme ! Si quelqu'un avait pu guérir Lydia de sa dernière maladie, Thomas y serait arrivé. En fait, elle commençait d'ailleurs à se rétablir et puis, brusquement, elle a eu une rechute.

– Elle souffrait beaucoup ?

– Hum, oui. Une gastrite. Douleurs aiguës… vomissements… et le reste. Ce que cette pauvre femme a pu souffrir ! S'il y a jamais eu une martyre, c'est bien elle. Et avec deux infirmières à domicile à peu près aussi chaleureuses que des portes de prison. « La patiente par-ci », « la patiente par-là »… (Le major secoua la tête et vida son verre.) Je ne peux pas supporter ces infirmières ! Des prétentieuses ! Lydia prétendait qu'elles l'empoisonnaient, elle n'en démordait pas. Ce n'était pas vrai, bien sûr… simple lubie courante chez les malades — beaucoup de gens en font autant, d'après Thomas… Mais ce qu'il y avait de vrai derrière tout ça, c'est que ces pimbêches la détestaient. C'est ça le pire, chez les femmes… Elles ont toujours une dent contre les autres femmes.

– Je suppose, dit Luke, sentant qu'il s'y prenait maladroitement, mais n'ayant pas trouvé mieux, que Mrs Horton avait beaucoup d'amis dévoués à Wychwood ?

– Les gens ont été très gentils, répondit le major non sans une certaine réticence. Whitfield envoyait des raisins et des pêches de sa serre. Et les vieilles siamoises — Honoria Waynflete et Lavinia Pinkerton — venaient lui tenir compagnie.

– Miss Pinkerton venait souvent, n'est-ce pas ?

– Oui. Le type même de la vieille fille, mais en même temps brave fille ! Très préoccupée par la santé de Lydia. Elle s'inquiétait de son régime, de ses médicaments… Ça partait d'un bon sentiment, d'accord, mais c'est ce que j'appelle jouer les chichiteuses.

Luke eut un hochement de tête compréhensif.

– Je ne supporte pas les chichis, poursuivit le major. Trop de bonnes femmes dans ce patelin. Pas commode d'organiser une partie de golf décente !

– Et le jeune homme de la boutique d'antiquités ? dit Luke.

Le major émit un reniflement dédaigneux.

– Il ne joue pas au golf. Beaucoup trop prout ma chère !

– Ça fait longtemps qu'il est à Wychwood ?

– Environ deux ans. Un type antipathique. Je ne peux pas blairer ces créatures froufroutantes. C'est drôle, Lydia l'aimait bien. On ne peut pas se fier au jugement des femmes sur les hommes : les plus incroyables m'as-tu-vu, elles les ont à la bonne. Elle a même tenu à prendre je ne sais trop quel remède de charlatan qu'il lui avait apporté. Un truc dans un flacon violet couvert de signes du zodiaque ! À base d'herbes cueillies à la pleine lune, soi-disant. Un tissu d'âneries, oui. Mais les femmes gobent ces trucs-là… et même au sens propre, ha ! ha !

Luke changea de sujet assez abruptement, convaincu — avec raison — que le major Horton ne s'en apercevrait pas :

– Que pensez-vous d'Abbot, l'avoué ? Il est calé en droit ? J'ai besoin d'un conseil juridique et j'avais dans l'idée de m'adresser à lui.

– D'après ce qu'on dit, il est plutôt astucieux, reconnut le major Horton. Personnellement, je n'en sais rien. À vrai dire, j'ai même eu des démêlés avec lui. Je ne l'ai pas revu depuis qu'il est venu ici pour rédiger le testament de Lydia, juste avant sa mort. Si vous voulez mon avis, c'est un malotru. Mais naturellement, ça n'enlève rien à ses qualités d'homme de loi.

– Non, bien sûr. N'empêche qu'il ne doit pas avoir un caractère facile. D'après ce que je me suis laissé dire, il est brouillé avec pas mal de gens.

– L'ennui, avec lui, c'est qu'il est épouvantablement susceptible. Il se prend pour Dieu le Père, et ceux qui ne sont pas d'accord avec lui commettent un crime de lèse-majesté ! On vous a parlé de son engueulade avec Humbleby ?

– Ils se sont donc effectivement bagarrés ?

– Une engueulade de première. Remarquez, ça ne m'a pas étonné. Humbleby était une tête de mule ! Enfin, c'est comme ça.

– Il a eu une bien triste fin.

– Humbleby ? Oui, c'est sûr. Négligence stupide. Un empoisonnement du sang, ça ne se traite pas par le mépris. Moi, je mets toujours de la teinture d'iode sur la moindre égratignure ! Précaution élémentaire. Humbleby, qui était médecin, ne se donnait pas cette peine. C'est bien la preuve !

Luke ne saisissait pas très bien ce que cela prouvait au juste, mais il n'insista pas. Jetant un coup d'œil sur sa montre, il se leva.

– Le déjeuner vous appelle ? demanda le major Horton. C'est vrai que ça va être l'heure. Eh bien !

content d'avoir pu bavarder avec vous. Ça fait du bien de voir un homme qui a un peu roulé sa bosse. Un de ces jours, il faudra que vous me parliez de vous un peu plus longuement. Où étiez-vous, déjà ? À Mayang ? Jamais fichu les pieds là-bas. Vous écrivez un livre, il paraît. Les superstitions, tout ça…

– Oui… je…

Mais le major Horton continuait sur sa lancée :

– Je peux vous raconter des choses intéressantes. Quand j'étais aux Indes, mon garçon…

Luke réussit à s'échapper une dizaine de minutes plus tard, après avoir enduré les sempiternelles histoires de fakirs, de tours de corde et de manguiers qui poussent à vue d'œil, chères aux Anglo-Indiens à la retraite.

Lorsqu'il se retrouva à l'air libre, poursuivi par la voix du major qui hurlait après Néron, il s'émerveilla du miracle de la vie conjugale. Horton semblait sincèrement regretter une femme qui, d'après tous les témoignages — y compris le sien —, … devait s'apparenter au tigre mangeur d'hommes.

À moins que… — Luke se posa soudain la question — à moins qu'il ne s'agisse d'un bluff suprêmement habile ?

12

Passe d'armes

Le lendemain après-midi, pour le tournoi de tennis, il faisait un temps superbe. Lord Whitfield, d'humeur expansive, s'adonnait avec délectation à son rôle d'hôte parfait et faisait de fréquentes allusions à ses humbles origines. Les joueurs étaient huit en tout : lord Whitfield, Bridget, Luke, Rose Humbleby, Mr Abbot, le Dr Thomas, le major Horton et Hetty Jones, gloussante jeune personne qui était la fille du directeur de la banque.

Lors du second set de l'après-midi, Luke fit équipe avec Bridget contre lord Whitfield et Rose Humbleby. Rose était une bonne joueuse, dotée d'un puissant coup droit, qui disputait des tournois à l'échelle du comté. Elle parvenait à compenser les faiblesses de lord Whitfield face à Bridget et Luke, qui, bien qu'honnêtes joueurs sans plus, se montraient à la hauteur. Ils en étaient à trois jeux partout quand Luke plaça soudain quelques balles fulgurantes qui lui permirent, avec Bridget, de mener bientôt cinq jeux à trois.

C'est alors qu'il remarqua que lord Whitfield commençait à s'énerver. Il venait de contester une balle « pleine ligne », déclarait faute un service que Rose avait pourtant vu bon — bref, se comportait en tout point comme un gamin mal embouché. Bridget, qui servait maintenant pour le set, envoya dans le filet une balle pourtant facile, puis commit une double faute. Égalité. Leurs adversaires retournèrent la balle suivante sur la ligne centrale et Luke, qui se préparait à la renvoyer, entra en collision avec sa partenaire. Sur une nouvelle double faute de Bridget, ils perdirent le jeu.

La jeune femme s'excusa auprès de Luke :

– Désolée, j'ai craqué.

C'était apparemment vrai : Bridget renvoyait les balles n'importe comment et semblait incapable d'ajuster ses coups. Le set se termina par la victoire de lord Whitfield et de sa partenaire, sur le score de huit jeux à six.

On discuta un moment de la composition des équipes pour la partie suivante. Finalement, Rose, associée à Mr Abbot, retourna sur le court pour jouer contre le Dr Thomas et miss Jones.

Lord Whitfield s'assit en s'épongeant le front avec un sourire satisfait. Il avait retrouvé toute sa bonne humeur. Il se mit à parler avec le major Horton d'une série d'articles — intitulée « Pour une Angleterre en pleine forme » — qui paraissait à la une de l'un de ses journaux.

– Montrez-moi le potager, dit Luke à Bridget.

– Le potager ? Pourquoi le potager ?

– J'ai un faible pour les choux.

– Des petits pois, ça vous ira ?

– Des petits pois feront admirablement l'affaire.

Ils s'éloignèrent du court de tennis et gagnèrent le potager, paisible entre ses hauts murs de clôture. En ce samedi après-midi, les jardiniers n'y travaillaient pas et le jardin semblait paresser sous le soleil.

– Voilà vos petits pois, dit Bridget.

Luke n'accorda aucune attention à l'objet de la visite.

– Pourquoi diable leur avez-vous donné la partie ? demanda-t-il.

Bridget haussa les sourcils de quelques millimètres.

– Excusez-moi. J'ai perdu mes moyens. Je suis une joueuse très irrégulière.

– Pas irrégulière à ce point-là ! Vos doubles fautes n'auraient pas abusé un enfant ! Et ces balles renvoyées… à des kilomètres dehors !

– C'est parce que je suis une joueuse exécrable, répliqua tranquillement Bridget. Si j'étais un peu moins nulle, j'aurais fait ça un peu plus discrètement ! Mais il suffit que je veuille mettre une balle quelques centimètres dehors pour qu'elle tombe en plein sur la ligne, et tout le travail reste à faire !

– Ah ! Alors vous avouez ?

– Élémentaire, mon cher Watson.

– Et la raison ?

– Tout aussi élémentaire, il me semble. Gordon a horreur de perdre.

– Et moi, dans tout ça ? Supposez que j'aime gagner ?

– Je crains fort, mon cher Luke, que ce soit nettement moins important.

– Pourriez-vous expliciter un peu votre pensée ?

– Certainement, si vous y tenez. On ne se dispute pas avec son gagne-pain. Gordon est mon gagne-pain. Pas vous.

Luke prit une profonde inspiration. Puis il explosa :

– Qu'est-ce qui vous prend d'épouser ce nabot ridicule ? Pourquoi faites-vous ça ?

– Parce que, en tant que secrétaire de Gordon, je gagne six livres par semaine, alors que, en tant que femme de Gordon, j'aurai cent mille livres placées à mon nom, un coffret à bijoux bourré de perles et de diamants, une rente coquette — plus divers à-côtés qui vont de pair avec l'état de femme mariée !

– Avec, en contrepartie, des devoirs quelque peu différents !

– Faut-il vraiment adopter une attitude mélodramatique face aux moindres aléas de l'existence ? répliqua froidement Bridget. Si vous vous représentez Gordon en amant torride de sa femme, vous pouvez vous ôter cette idée de la tête ! Gordon — vous avez dû vous en rendre compte — est un petit garçon qui a oublié de grandir. Il n'a pas besoin d'une épouse mais d'une mère. Malheureusement, la sienne est morte quand il avait quatre ans. Ce qu'il veut, c'est avoir à sa disposition quelqu'un qui écoute ses rodomontades, qui le rassure sur son incommensurable grandeur et qui soit disposé à prêter indéfiniment l'oreille à lord Whitfield dissertant sur lui-même !

– Vous êtes bien amère.

– Je ne me berce pas de contes de fées, si c'est ce que vous voulez dire ! repartit Bridget, acerbe. Je suis une jeune femme qui possède une certaine intelligence, un physique très quelconque et qui n'a pas le sou. J'ai l'intention de gagner ma vie honnêtement. Mon travail, en tant qu'épouse de Gordon, ne se distinguera guère de celui de secrétaire de Gordon. Au bout d'un an, cela m'étonnerait qu'il pense encore à m'embrasser pour me dire bonsoir. La seule différence, ce sera le salaire.

Ils se regardèrent. Ils étaient tous les deux pâles de colère. Bridget dit d'un ton sarcastique :

– Allez-y. Vous êtes plutôt vieux jeu, n'est-ce pas, Mr Fitzwilliam ! Alors qu'est-ce que vous attendez pour me débiter les vieux clichés ? Dites-moi que je me vends pour de l'argent ! Ça, ça ne rate jamais !

– Vous êtes une petite garce sans cœur ! gronda Luke.

– Ça vaut mieux que d'être une petite gourde au grand cœur !

– Vraiment ?

– Oui. J'en sais quelque chose.

– Qu'est-ce que vous en savez ? ricana Luke.

– Je sais ce que c'est que de tenir à un homme ! Vous connaissez Johnnie Cornish ? Nous avons été fiancés pendant trois ans. Il était adorable… j'étais folle de lui… j'y tenais au point d'en avoir *mal* ! Eh bien ! il m'a plaquée pour épouser une veuve rondouillarde qui a l'accent du Nord, trois mentons et un revenu de trente mille livres par an ! Ce genre de mésaventure, ça vous guérit radicalement du romanesque, vous ne croyez pas ?

Luke détourna la tête en laissant échapper un soupir.

– Ça peut arriver, oui.

– C'est arrivé.

Ils se turent. Un silence s'installa entre eux. Long et pesant. D'une voix un peu hésitante, Bridget finit par le rompre :

– J'espère que vous vous rendez compte que vous n'aviez aucun droit de me parler comme vous l'avez fait. Et que, pour quelqu'un qui habite sous le toit de Gordon, c'était du dernier mauvais goût.

Luke recouvra son aplomb :

– Ce n'est pas un cliché, ça aussi ?

Bridget rougit.

– En tout cas, c'est la vérité !

– Non. Et le droit de vous parler, je l'avais.

– Et puis quoi, encore ?

Luke la regarda. Il était blême, comme quelqu'un qui éprouve une douleur physique.

– Ce droit, *je l'ai.* J'ai le droit de tenir à vous… comment avez-vous dit, déjà ?… de tenir à vous au point d'en avoir mal !

Elle recula d'un pas.

– Vous…, commença-t-elle.

– Oui. Amusant, non ? De quoi se tordre ! Je viens à Wychwood dans un but bien précis, je vous vois apparaître au coin de cette baraque et… comment vous expliquer ?… je me retrouve ensorcelé ! C'est exactement ça. Vous avez parlé de contes de fées, tout à l'heure. Eh bien ! je suis en plein conte de fées ! Vous m'avez envoûté. Je suis sûr que, si vous pointiez l'index sur moi en disant : « Transforme-toi en crapaud », j'aurais aussitôt les yeux qui me sortiraient de la tête et je détalerais en sautillant.

Il fit un pas vers elle.

– Je vous aime comme un fou, Bridget Conway. Et, vous aimant comme un fou, je ne peux pas me réjouir de vous voir épouser un petit nobliau pompeux et bedonnant qui se met à bouder quand il ne gagne pas au tennis !

– Que me suggérez-vous, alors ?

– Je vous suggère de m'épouser, *moi* ! Mais cette suggestion va sans doute être accueillie par des cascades de rires…

– Des rires positivement homériques.

– Comme de bien entendu. Au moins, maintenant, nous savons où nous en sommes. Si nous retournions sur le court de tennis ? Cette fois, vous me trouverez peut-être une partenaire qui joue pour gagner !

– Au fond, décréta Bridget d'un ton doucereux, je crois que vous êtes aussi mauvais perdant que Gordon !

Luke la prit brusquement par les épaules.

– Vous avez vraiment une langue de vipère, Bridget.

– Si grande que soit votre passion pour moi, Luke, je crains que vous ne m'estimiez guère.

– Je ne vous estime même pas du tout.

Bridget le dévisagea.

– Quand vous êtes rentré en Angleterre, vous comptiez vous marier et faire une fin, n'est-ce pas ?

– Oui.

– Mais pas avec quelqu'un comme moi ?

– Je n'ai jamais songé à quelqu'un qui aurait la moindre ressemblance avec vous.

– Non… bien sûr… Votre type de femme, je sais ce que c'est. Je le sais très précisément.

– Vous êtes si perspicace, chère Bridget !

– Une brave fille, anglaise jusqu'au bout des ongles, aimant la campagne et les chiens… Vous l'imaginiez sans doute en jupe de tweed, tisonnant un feu de bois avec la pointe de son soulier.

– Ce tableau me paraît fort séduisant.

– Je n'en doute pas. Voulez-vous que nous retournions sur le court ? Vous pourrez faire équipe avec Rose Humbleby. Elle joue tellement bien que vous êtes quasiment sûr de gagner.

– Mon côté vieux jeu m'oblige à vous laisser le dernier mot.

Nouveau silence. Puis Luke retira lentement les mains des épaules de Bridget. Ils restèrent là, hésitants, comme s'ils ne s'étaient pas encore tout dit.

Enfin, Bridget tourna brusquement les talons et rebroussa chemin, suivie de Luke. La partie se terminait quand ils arrivèrent. Rose protesta à l'idée d'en commencer une autre :

– J'ai joué deux parties d'affilée !

Bridget insista néanmoins :

– Je suis fatiguée, je n'ai pas envie de jouer. Mettez-vous avec Mr Fitzwilliam contre miss Jones et le major Horton.

Mais Rose ne voulut rien entendre et, finalement, on organisa un double messieurs. Puis on servit le thé.

Lord Whitfield conversa avec le Dr Thomas, lui décrivant par le menu — et d'un air pénétré — une visite qu'il avait faite récemment aux laboratoires de recherches Wellerman Kreitz.

– Je voulais me rendre compte par moi-même de l'orientation des dernières découvertes scientifiques, expliqua-t-il avec solennité. Je suis responsable de ce que mes journaux impriment. Je ressens cela très profondément. Nous vivons à une époque scientifique. Nous devons rendre la science accessible au plus grand nombre.

Le Dr Thomas haussa légèrement les épaules.

– La science à petite dose, ça peut représenter un grand danger.

– La science à domicile, voilà notre but ! reprit lord

Whitfield qui n'écoutait même pas. Un esprit sensibilisé à la science…

– Information-éprouvette, dit Bridget avec gravité.

– J'ai été impressionné, poursuivit lord Whitfield. Bien entendu, c'est Wellerman lui-même qui m'a fait les honneurs de son laboratoire. Je l'ai supplié de me confier à un de ses subordonnés, mais il n'a rien voulu savoir.

– C'est tout naturel, dit Luke.

Lord Whitfield parut flatté.

– Et il m'a tout expliqué avec un maximum de clarté : la culture… le sérum… le principe général de l'expérience. Il a accepté de rédiger lui-même le premier article de la série.

– Ils utilisent des cobayes, je crois…, murmura Mrs Anstruther. C'est bien cruel… mais moins qu'avec les chiens, bien sûr… ou même des chats.

– Les gens qui martyrisent les chiens, on devrait les fusiller ! intervint le major Horton d'une voix âpre.

– J'en arrive à croire, Horton, que vous attachez plus de prix à la vie canine qu'à la vie humaine, remarqua Mr Abbot.

– Et comment ! répondit le major. Contrairement aux humains, les chiens ne vous trahissent pas. Jamais un mot méchant…

– Non, ils se contentent de vous planter un méchant croc dans le mollet, ironisa Mr Abbot. Pas vrai, Horton ?

– Les chiens savent très bien à qui ils ont affaire, répliqua le major Horton.

– La semaine dernière, une de vos bestioles a bien failli me mordre la jambe. Que dites-vous de ça, Horton ?

– Rien d'autre que ce que je viens de dire !

Bridget s'interposa avec tact :

– Et si nous nous remettions un peu au tennis ?

On joua encore deux sets. Puis, comme Rose Humbleby prenait congé, Luke se proposa aussitôt pour la raccompagner :

– Je porterai votre raquette. Vous n'avez pas de voiture, n'est-ce pas ?

– Non, mais j'habite à deux pas.

– Je marcherais volontiers un peu.

Sans rien ajouter, il lui prit des mains sa raquette et ses chaussures de tennis. Ils descendirent l'allée en silence. Puis Rose fit deux ou trois remarques anodines. Luke y répondit d'un ton plutôt bref, mais la jeune fille ne sembla pas s'en apercevoir.

Ce fut seulement lorsqu'ils arrivèrent à sa porte que Luke se dérida.

– Je me sens mieux, déclara-t-il.

– Pourquoi ? Ça n'allait pas ?

– Vous êtes gentille de faire comme si vous n'aviez rien remarqué. En tout cas, vous avez exorcisé mon humeur maussade. C'est drôle, j'ai l'impression de sortir d'un nuage noir et de me retrouver au soleil.

– C'est le cas. Un nuage cachait le soleil quand nous avons quitté le manoir, et maintenant il s'est dissipé.

– Au propre comme au figuré, alors. Ah ! il fait bon vivre, après tout.

– Mais bien sûr !

– Miss Humbleby, me permettez-vous une impertinence ?

– Je suis sûre que vous n'en êtes pas capable.

– Oh ! n'en soyez pas trop sûre. Ce que je voudrais vous dire, c'est que le Dr Thomas a beaucoup de chance.

Rose sourit, rougissante.

– Vous êtes au courant ?

– Ça se voulait un secret ? Si oui, vous me voyez navré.

– Bah ! rien ne reste jamais secret dans ce village, répliqua Rose avec un brin d'amertume.

– Alors c'est vrai… vous êtes fiancés ?

– Pour l'instant, nous ne l'annonçons pas officiellement. Vous comprenez, papa était contre et ce ne serait pas… très gentil de… de le crier sur les toits tout de suite après sa mort.

– Votre père désapprouvait ce mariage ?

– Ce n'est pas tant qu'il le *désapprouvait.* Oh ! et puis, en fait, ça revient au même.

– Il vous trouvait trop jeune ?

– C'est ce qu'il disait.

– Mais vous pensez qu'il y avait autre chose ?

Rose inclina lentement la tête, à contrecœur.

– Oui… je crois qu'en réalité papa ne… *n'aimait* pas Geoffrey.

– Ils ne s'entendaient pas bien, tous les deux ?

– Ça donnait parfois cette impression… Il faut dire que papa était un amour, mais qu'il était bourré de préjugés.

– Je suppose aussi qu'il vous aimait beaucoup et que la perspective de vous perdre ne l'enchantait guère ?

Rose acquiesça, mais sans se départir d'une certaine réserve.

– C'était plus profond que ça ? reprit Luke. Il ne voulait absolument pas que Thomas devienne votre mari ?

– Oui. Vous savez, papa et Geoffrey avaient des caractères diamétralement opposés… et ils ne pouvaient pas faire autrement que de se heurter. Geoffrey est très patient et compréhensif, mais le fait de savoir que papa ne l'aimait pas le rendait encore plus timide et renfermé, de sorte que papa n'a jamais eu l'occasion de mieux le connaître.

– Les préjugés sont très difficiles à vaincre, dit Luke.

– En l'occurrence, ils ne reposaient sur rien !

– Votre père ne vous opposait aucun argument sérieux ?

– Oh ! non. Comment aurait-il pu ? Il ne pouvait rien reprocher à Geoffrey, à part le fait qu'il ne l'aimait pas.

– *Je ne vous aime point, docteur Fell, mais je ne saurais dire pourquoi.*

– Exactement.

– Rien que l'on puisse toucher du doigt ? Je veux dire… votre Geoffrey ne boit pas, ne joue pas aux courses ?

– Oh ! non. Geoffrey ne doit même pas savoir qui a gagné le Derby !

– C'est drôle, dit Luke. J'aurais pourtant juré avoir vu votre Thomas à Epsom le jour du Derby.

L'espace d'un instant, il se demanda avec anxiété s'il n'avait pas dit qu'il était rentré en Angleterre ce jour-là. Mais Rose répondit aussitôt, sans la moindre méfiance.

– Vous pensiez avoir vu Geoffrey au Derby ? Oh, non ! Impossible ! Je ne vois pas comment il aurait fait ! Il a passé presque toute la journée à Ashewood pour un accouchement difficile.

– Quelle mémoire vous avez !

– Je m'en souviens, dit Rose en riant, parce qu'il m'a raconté que les parents avaient surnommé le bébé « Jujube » !

Luke acquiesça distraitement.

– De toute façon, poursuivit Rose, Geoffrey ne va jamais aux courses. Il s'ennuierait à mourir !

Elle changea de ton pour ajouter :

– Vous… vous ne voulez pas entrer ? Je crois vraiment que maman serait contente de vous voir.

– Si vous en êtes sûre…

Rose le conduisit dans une pièce tristement plongée dans la pénombre. Une femme était bizarrement recroquevillée dans un fauteuil.

– Maman, je te présente Mr Fitzwilliam.

Mrs Humbleby tressaillit et serra la main de Luke. Rose se retira discrètement.

– Je suis heureuse de vous voir, Mr Fitzwilliam. Rose m'a dit que vous avez des amis qui ont connu mon mari il y a bien longtemps.

– En effet, Mrs Humbleby.

Il répugnait à répéter ce mensonge, mais il n'avait pas le choix.

– Je regrette que vous ne l'ayez pas connu, déclara Mrs Humbleby. C'était un homme bon et un grand médecin. Rien que par la force de sa personnalité, il a guéri bien des malades qui avaient été jugés incurables.

– J'ai beaucoup entendu parler de lui depuis mon arrivée ici, dit Luke avec gentillesse. Je sais à quel point il était estimé.

Il ne distinguait pas très bien le visage de Mrs Humbleby. Elle parlait d'une voix monocorde, dont le manque d'émotion semblait paradoxalement souligner le fait qu'elle était la proie d'une violente émotion, réprimée à grand-peine.

– Le monde est très malfaisant, Mr Fitzwilliam, dit-elle soudain de manière assez inattendue. Vous le savez, n'est-ce pas ?

– Oui, euh… bien sûr, répondit Luke un peu surpris.

Elle insista :

– Oui, mais le *savez*-vous ? C'est important, ça. La malignité est dans l'air… On doit être prêt… prêt à la combattre ! John l'était. Il savait, *lui*. Il était du côté du bien !

– J'en suis sûr, dit Luke avec douceur.

– Il savait que la méchanceté nous entourait ici même, reprit Mrs Humbleby. Il savait…

Et soudain, elle fondit en larmes.

– Je suis navré…, murmura Luke.

Il s'interrompit. Mrs Humbleby avait recouvré son sang-froid aussi brusquement qu'elle l'avait perdu.

– Il faut me pardonner, dit-elle en tendant la main à Luke, qui la prit dans les siennes. N'hésitez pas à venir nous voir tant que vous êtes ici. Cela fera beaucoup de bien à Rose. Elle a de l'affection pour vous.

– C'est réciproque. Vous avez une fille charmante, Mrs Humbleby ; il y a bien longtemps que je n'en ai pas rencontré une comme elle.

– Elle est très bonne pour moi.

– Le Dr Thomas est un heureux homme.

– Oui…

Mrs Humbleby reprit sa main. D'une voix de nouveau sans inflexion, elle ajouta :

– Je ne sais pas… tout cela est si compliqué…

Luke la laissa dans la demi-obscurité, occupée à jouer nerveusement avec ses doigts.

Tout en regagnant Ashe Manor, il passa en revue certains détails des conversations qu'il avait eues avec Rose Humbleby et sa mère.

Le jour du Derby, le Dr Thomas s'était absenté de Wychwood pendant une bonne partie de la journée. Il était parti en voiture. Wychwood était à cinquante-cinq kilomètres de Londres. Il était censé avoir pratiqué un accouchement. Cela cachait-il autre chose ? Ce serait sans doute facile à vérifier.

Il repensa à Mrs Humbleby. Qu'avait-elle voulu dire en insistant si fort sur : *« La malignité est dans l'air »* ?

Était-elle simplement nerveuse, obnubilée par la mort de son mari ? Ou bien y avait-il anguille sous roche ?

Elle savait peut-être quelque chose ? Quelque chose que le Dr Humbleby aurait découvert avant de mourir ?

« Il faut que je poursuive mon enquête, se dit Luke. Il faut que je la poursuive. »

Et il écarta résolument de son esprit la passe d'armes qu'il venait d'avoir avec Bridget.

13

Miss Waynflete parle

Le lendemain matin, Luke prit une décision. Il était allé aussi loin que possible dans la voie des questions indirectes. Tôt ou tard, il serait forcé de se découvrir. Il sentait que le moment était venu de tomber le masque de l'écrivain et d'avouer qu'il était venu à Wychwood dans un but bien précis.

Histoire d'inaugurer son nouveau plan de campagne, il décida d'aller rendre visite à Honoria Waynflete. Non seulement la vieille demoiselle lui avait fait bonne impression par son attitude réservée et sa perspicacité, mais il pensait qu'elle détenait des renseignements qui pourraient lui être utiles. Elle lui avait certainement dit ce qu'elle *savait.* Il voulait maintenant l'inciter à lui dire ce qu'elle *supposait*. Il avait dans l'idée que les suppositions de miss Waynflete devaient être très proches de la vérité.

Il arriva chez elle aussitôt après l'office.

Miss Waynflete l'accueillit avec naturel, sans manifester la moindre surprise. Lorsqu'elle s'assit à côté de lui, mains jointes et regard sagace planté dans le sien, il n'éprouva aucune difficulté à aborder l'objet de sa visite.

– Vous avez certainement deviné, miss Waynflete, que si je suis venu à Wychwood ce n'est pas dans le seul but d'écrire un livre sur les coutumes locales ?

Miss Waynflete inclina la tête et attendit la suite.

Luke n'était pas encore disposé à lui dire *toute* la

vérité. Miss Waynflete était peut-être discrète — elle en donnait en tout cas l'impression —, mais elle n'en était pas moins vieille fille, et qui irait parier qu'une vieille fille résisterait à la tentation de raconter une histoire passionnante à deux ou trois amies de confiance ? Il opta donc pour une position intermédiaire.

– Je suis ici pour enquêter sur les circonstances de la mort de la malheureuse Amy Gibbs.

– Dois-je comprendre que vous êtes de la police ? s'enquit miss Waynflete.

– Oh ! non… Je ne suis pas un flic en civil. (Il ajouta, avec une pointe d'ironie dans la voix :) Je serais plutôt ce personnage bien connu de la littérature policière : le détective privé.

– Je vois. C'est donc Bridget Conway qui vous a fait venir ?

Luke hésita. Finalement, il décida de ne pas la détromper. À moins de lui raconter toute sa conversation avec miss Pinkerton, il pouvait difficilement justifier sa présence à Wychwood.

– Bridget est d'un pratique… d'une efficacité ! poursuivit miss Waynflete avec une intonation admirative dans la voix. À sa place, je n'aurais jamais osé me fier à mon propre jugement… Quand on n'est pas sûr et certain d'une chose, il est bien difficile d'adopter une ligne de conduite quelle qu'elle soit.

– Mais vous en êtes sûre, n'est-ce pas ?

– Non, pas du tout, Mr Fitzwilliam, répondit miss Waynflete avec gravité. Ce n'est pas quelque chose dont on puisse être sûr ! Tout cela peut n'être qu'un effet de mon imagination. Quand on vit seule, sans personne à qui parler, à qui demander conseil, on peut parfois se laisser aller à donner dans le mélodrame.

Conscient du bien-fondé de cette remarque, Luke en convint de bonne grâce, mais il ajouta doucement :

– Cependant, en votre for intérieur, vous n'avez aucun doute ?

Même là, miss Waynflete manifesta une certaine réticence.

– Nous parlons bien de la même chose, j'espère ? demanda-t-elle d'un ton hésitant.

Luke sourit.

– Vous voulez que je le formule clairement ? Très bien. Vous pensez qu'Amy Gibbs a été assassinée ?

La crudité du mot fit quelque peu tiquer Honoria Waynflete.

– Disons que les circonstances de sa mort ne me plaisent pas du tout. Pas du tout. Selon moi, cette histoire est profondément troublante.

Luke insista patiemment :

– Mais vous ne croyez pas qu'il ait pu s'agir d'une mort naturelle ?

– Non.

– Vous ne croyez pas non plus qu'il ait pu s'agir d'un accident ?

– Cela me paraît hautement improbable. Il y a tant…

Luke l'interrompit net :

– Vous ne croyez pas qu'il ait pu s'agir d'un suicide ?

– Absolument pas !

– Donc, conclut doucement Luke, vous pensez qu'il s'agit bel et bien d'un meurtre ?

Miss Waynflete hésita, déglutit, puis fit bravement le plongeon :

– Oui, dit-elle. J'en suis convaincue !

– Bon. Maintenant, nous pouvons aller de l'avant.

– Mais je n'ai aucune *preuve* pour étayer cette conviction, précisa miss Waynflete avec anxiété. Ce n'est qu'une *idée* !

– Nous sommes d'accord. Tout ceci restera entre nous. Nous ne parlons que de ce que nous *pensons* et de ce que nous *soupçonnons*. Nous *pensons* qu'Amy Gibbs a été assassinée. Qui *soupçonnez*-vous de l'avoir assassinée ?

Miss Waynflete secoua la tête. Elle paraissait très troublée.

Sans la quitter des yeux, Luke reprit :

– Qui avait des raisons de l'assassiner ?

Miss Waynflete répondit d'une voix lente :

– Elle s'était disputée, je crois, avec son petit ami qui travaille au garage, Jim Harvey… un garçon de valeur, très équilibré. Je sais qu'on lit souvent dans les journaux des histoires d'individus qui agressent leurs maîtresses, des horreurs de ce genre, mais je ne peux pas croire que Jim soit capable d'une chose pareille.

Luke approuva d'un signe de tête.

– En outre, poursuivit miss Waynflete, je ne pense pas qu'il s'y serait pris de cette manière. S'introduire par la fenêtre pour substituer une bouteille de poison à un flacon de sirop… je ne sais pas, mais ça ne me paraît pas…

Comme elle cherchait ses mots, Luke vint à son secours :

– Ce n'est pas la réaction d'un amoureux jaloux ? Je suis d'accord. À mon avis, nous pouvons éliminer d'emblée Jim Harvey. Amy a été tuée — nous admettons qu'elle a bien été *tuée* — par quelqu'un qui voulait se débarrasser d'elle et qui s'est soigneusement arrangé pour maquiller son crime en accident. Alors, avez-vous une idée — fût-elle vague — de qui ça pourrait être ?

– Non… je vous assure, non… pas la moindre !

– Vraiment pas ?

– N-non… non, vraiment pas.

Luke la regarda, pensif. Ses dénégations ne sonnaient pas parfaitement juste. Il reprit :

– Vous ne voyez aucun mobile ?

– Pas l'ombre d'un.

La réponse était déjà plus catégorique.

– Chez qui a-t-elle travaillé à Wychwood ?

– Elle est restée un an chez les Horton avant d'entrer au service de lord Whitfield.

– Récapitulons, dit Luke. Quelqu'un voulait éliminer cette fille. D'après les faits dont nous disposons, nous pouvons considérer, primo : qu'il s'agit d'un homme… d'un homme un peu vieux jeu — à cause de la peinture pour chapeaux — ; secundo qu'il s'agit d'un homme relativement athlétique, car il est clair qu'il a dû grimper sur le toit de l'appentis pour atteindre la fenêtre de la chambre. Nous sommes d'accord ?

– Tout à fait.

– Vous permettez que j'essaie ?

– Bien sûr. C'est une très bonne idée.

Elle l'entraîna vers une porte latérale et le conduisit à l'arrière de la maison. Luke parvint sans grand mal à se hisser sur le toit de l'appentis. De là, il put facilement soulever le châssis de la fenêtre et enjamber le rebord pour s'introduire dans la chambre. Quelques minutes plus tard, il rejoignait miss Waynflete sur le sentier en s'essuyant les mains avec son mouchoir.

– En fait, c'est plus facile que ça en a l'air, déclara-t-il. Ça exige un minimum de muscles, c'est tout. On n'a relevé aucune trace, ni sur l'appui de la fenêtre ni à l'extérieur ?

Miss Waynflete secoua la tête.

– Je ne crois pas, non. Remarquez, le constable avait aussi grimpé par là.

– De sorte que, s'il y avait eu des empreintes, ç'auraient vraisemblablement été les siennes. Et voilà comment la police fait le jeu des criminels ! Enfin, c'est comme ça.

Ils rentrèrent dans la maison.

– Amy Gibbs avait le sommeil lourd ? demanda Luke.

– Il était extrêmement difficile de la réveiller le matin, répondit miss Waynflete d'un ton aigre. Certains jours, je devais tambouriner à sa porte et m'époumoner pour obtenir une réponse. Mais vous connaissez le proverbe, Mr Fitzwilliam : « Il n'est pire sourd que celui qui ne veut pas entendre ! »

– Très juste, dit Luke. Bon, venons-en maintenant au *mobile*. Commençons par le plus évident : pensez-vous qu'il y ait eu quelque chose entre Ellsworthy et cette fille ? Je ne vous demande que votre *opinion*. Rien de plus, s'empressa-t-il d'ajouter.

– S'il ne s'agit que d'une opinion, je répondrai par l'affirmative.

Luke hocha la tête.

– Selon vous, Amy aurait-elle pu s'essayer au chantage ?

– S'il ne s'agit là encore que d'une opinion, je dirai que c'est tout à fait possible.

– Savez-vous si elle avait beaucoup d'argent en sa possession au moment de sa mort ?

Miss Waynflete réfléchit.

– Non, je ne pense pas, répondit-elle enfin. Si elle avait eu une somme inhabituellement importante, je l'aurais su.

– Et elle ne s'était pas lancée dans des dépenses extravagantes avant de mourir ?

– Je ne crois pas, non.

– Voilà qui plaide plutôt contre la théorie du chantage. La victime paie en général au moins une fois avant de recourir à des mesures extrêmes. Il y a une autre hypothèse : la fille *savait* quelque chose.

– Quoi, par exemple ?

– Elle pouvait détenir une information dangereuse pour un habitant de Wychwood. Prenons un exemple. Elle a travaillé chez un certain nombre de gens d'ici. Supposez qu'elle ait eu vent de quelque chose qui aurait pu, sur le plan professionnel, causer du tort à… à Mr Abbot, mettons.

– Mr Abbot ?

– Ou alors d'une négligence ou d'une faute professionnelle commise par le Dr Thomas.

– Mais…, commença miss Waynflete, qui s'interrompit aussitôt.

Luke poursuivit :

– Vous m'avez dit qu'Amy Gibbs était employée chez les Horton quand Mrs Horton est morte.

Il y eut un silence. Puis miss Waynflete demanda :

– Voulez-vous me dire ce que les Horton viennent faire là-dedans, Mr Fitzwilliam ? Mrs Horton est morte depuis plus d'un an.

– Oui, et Amy était à leur service à l'époque.

– Et alors ? Qu'est-ce que les Horton ont à voir avec ça ?

– Je n'en sais rien. Je… m'interrogeais, sans plus. Mrs Horton est morte d'une gastrite aiguë, n'est-ce pas ?

– Oui.

– Cette mort a-t-elle été inattendue ?

– Elle l'a été pour moi, répondit pensivement miss Waynflete. Elle allait de mieux en mieux depuis quelque temps et paraissait en voie de guérison. Et puis elle a eu une soudaine rechute… et elle est morte.

– Le Dr Thomas en a été surpris ?

– Je ne sais pas. Il a dû l'être, sans doute.

– Et les infirmières, qu'est-ce qu'elles ont dit ?

– D'après l'expérience que j'en ai, les infirmières ne s'étonnent jamais de voir mourir leurs malades. Ce qui les étonne, c'est quand ils en réchappent.

– Mais *vous*, sa mort vous a surprise ? insista Luke.

– Oui. Je l'avais vue la veille et elle avait l'air beaucoup mieux. Elle bavardait et semblait très gaie.

– Que pensait-elle de sa maladie ?

– Elle se plaignait d'être empoisonnée par ses infirmières. Elle en avait déjà fait renvoyer une, mais elle affirmait que ces deux-là ne valaient pas mieux !

– Vous n'avez pas attaché d'importance à ces propos, j'imagine ?

– Ma foi, non, je les ai mis sur le compte de son état. Et puis c'était une femme très méfiante et… ce n'est peut-être pas très gentil de le dire, mais… elle aimait se rendre *intéressante*. Aucun médecin ne la comprenait, son cas était toujours très compliqué et, si ce n'était pas une maladie quasiment inconnue, c'était quelqu'un qui « cherchait à se débarrasser d'elle ».

Luke s'efforça de garder un ton détaché :

– Elle ne soupçonnait pas son mari de vouloir la supprimer ?

– Oh ! *non*, cette idée ne l'a jamais effleurée !

Miss Waynflete s'interrompit un instant, puis demanda :

– C'est votre opinion sur la question ?

Luke répondit d'une voix songeuse :

– Bien des maris l'ont déjà fait et s'en sont tirés. Et si j'en crois la rumeur publique, Mrs Horton était une mégère dont n'importe quel homme aurait rêvé de se débarrasser ! Sans compter que sa mort a valu au major d'entrer en possession d'une petite fortune.

– Oui, en effet.

– Et *vous*, miss Waynflete, qu'en pensez-vous ?

– Vous voulez mon opinion ?

– Oui, et rien que votre opinion.

– Le major Horton était tout dévoué à sa femme, répondit posément miss Waynflete, et il ne lui serait jamais venu à l'idée de la tuer.

Luke plongea son regard dans les yeux d'ambre de miss Waynflete, qui le soutint sans ciller.

– Bon, vous devez avoir raison, dit-il. Sinon, vous l'auriez sans doute remarqué.

Miss Waynflete se permit un sourire.

– Vous pensez que nous sommes de bonnes observatrices, nous les femmes ?

– Absolument hors pair ! Miss Pinkerton aurait été d'accord avec vous, vous croyez ?

– Je n'ai jamais entendu Lavinia exprimer une opinion sur ce sujet.

– Que pensait-elle d'Amy Gibbs ?

Miss Waynflete plissa le front comme pour mieux réfléchir.

– C'est difficile à dire. Lavinia avait une idée très bizarre.

– Quelle idée ?

– Elle était persuadée qu'il se passait d'étranges choses à Wychwood.

– Elle pensait, par exemple, qu'on avait poussé Tommy Pierce par la fenêtre ?

Miss Waynflete le regarda, très étonnée.

– *Comment* savez-vous cela, Mr Fitzwilliam ?

– Elle me l'a dit. Pas en ces termes-là, mais ça revenait au même.

Miss Waynflete se pencha vers lui, rose d'excitation.

– Quand ça, Mr Fitzwilliam ?

– Le jour de son accident. Nous avons voyagé ensemble jusqu'à Londres.

– Que vous a-t-elle dit au juste ?

– Qu'il y avait trop de morts à Wychwood. Elle a mentionné Amy Gibbs, Tommy Pierce et l'ivrogne local… Carter. Elle m'a dit aussi que le Dr Humbleby serait le prochain à y passer.

Miss Waynflete acquiesça lentement.

– Vous a-t-elle dit qui était l'assassin ?

– Un homme au regard particulier, répondit Luke d'un air sombre. Un regard qui, d'après elle, ne pouvait pas tromper. Elle avait surpris ce fameux regard dans ses yeux alors qu'il bavardait avec Humbleby. C'était ce qui lui faisait dire que le Dr Humbleby serait le suivant.

– Et cela s'est vérifié, murmura miss Waynflete. Oh ! mon Dieu… mon Dieu…

Elle s'adossa à son siège. Il y avait de la détresse dans ses yeux.

– De qui s'agit-il ? demanda Luke. Allons, miss Waynflete, vous le savez… vous *devez* le savoir !

– Non. Elle ne me l'a pas dit.

– Mais vous pouvez le deviner, s'obstina Luke. Vous savez très exactement qui elle avait en tête !

À contrecœur, miss Waynflete acquiesça.

– Alors, dites-le-moi.

Mais miss Waynflete secoua énergiquement la tête.

– Certainement pas. Vous me demandez là quelque chose de suprêmement incorrect ! Vous me demandez de deviner ce qu'une amie — *qui est morte maintenant* — avait peut-être — je dis bien *peut-être* ! — en tête. Je ne peux pas lancer ce genre d'accusation !

– Ce ne serait pas une accusation… juste une opinion.

Mais miss Waynflete se montra d'une fermeté inattendue :

– Je n'ai rien sur quoi m'appuyer… absolument rien. En fait, Lavinia ne m'a jamais rien *dit*. Même si j'estime avoir une idée de ce à quoi elle pensait, il se peut que je me fourvoie complètement. Auquel cas je vous lancerais sur une fausse piste, avec les graves conséquences que cela risquerait d'entraîner. Si je prononçais un nom, ce ne serait guère qu'injustice et malveillance de ma part.

Et encore une fois, je pourrais me tromper du tout au tout ! D'ailleurs, je me trompe certainement !

Sur ce, miss Waynflete pinça les lèvres et toisa Luke avec une sombre détermination.

Luke dut s'avouer vaincu.

Force lui était de constater que la loyauté de miss Waynflete — à laquelle venait s'ajouter un sentiment plus diffus qu'il avait du mal à définir — militait contre lui.

Acceptant sa défaite de bonne grâce, il se leva pour prendre congé. Il était bien décidé à revenir une autre fois à la charge, mais il n'en laissa rien paraître.

– Il est évident que vous devez agir selon votre conscience, dit-il. Merci de l'aide que vous m'avez apportée.

Miss Waynflete le raccompagna à la porte, déjà un peu moins sûre d'elle, semblait-il.

– J'espère que vous ne pensez pas..., commença-t-elle avant de changer la tournure de sa phrase : Si je peux encore vous être utile, je vous en prie, n'hésitez pas à me le faire savoir.

– Je n'y manquerai pas. Vous garderez cette conversation pour vous, n'est-ce pas ?

– Bien entendu ! Je n'en soufflerai mot à personne.

Luke espéra qu'elle tiendrait parole.

– Dites bien des choses de ma part à Bridget, reprit miss Waynflete. Elle est si jolie, n'est-ce pas ? Et intelligente, avec ça. Je... j'espère qu'elle sera heureuse.

Devant le regard interrogateur de Luke, elle précisa :

– Une fois mariée avec lord Whitfield, j'entends. La différence d'âge entre eux est si grande...

– Oui, en effet.

Miss Waynflete soupira. Puis, contre toute attente, elle déclara :

– J'ai été fiancée avec lui, autrefois, vous savez.

Luke la regarda avec stupeur. Elle hocha la tête en souriant un peu tristement.

– Il y a longtemps de cela. C'était un garçon si prometteur ! Je l'avais aidé à s'instruire, voyez-vous. Et j'étais si fière de… de son courage, de sa détermination à réussir.

De nouveau, elle soupira.

– Bien entendu, ma famille était scandalisée. À l'époque, on ne badinait pas avec les différences de classes…

Après un long silence, elle reprit :

– J'ai toujours suivi sa carrière avec un grand intérêt. J'estime que ma famille avait tort.

Puis, avec un sourire, elle le salua de la tête et rentra dans la maison.

Luke s'efforça de remettre de l'ordre dans ses idées. D'emblée, il avait classé miss Waynflete dans la catégorie des « vieux ». Il se rendait compte, à présent, qu'elle ne devait pas avoir soixante ans. Lord Whitfield, lui, avait largement dépassé la cinquantaine. Peut-être avait-elle un an ou deux de plus que lui, mais guère davantage.

Et il allait épouser Bridget ! Bridget, qui avait vingt-huit ans. Bridget, qui était jeune et pleine de vie…

– Oh, bon sang ! se dit Luke. Arrête un peu de penser à elle. Tu t'es attelé à une tâche. Concentre-toi sur cette tâche.

14

Méditations de Luke

Mrs Church, la tante d'Amy Gibbs, était une femme franchement antipathique. Son nez pointu et ses yeux fuyants, tout comme son excessive volubilité, inspirèrent à Luke une répulsion immédiate.

Il adopta avec elle une attitude cassante qui — si étonnant que cela puisse paraître — se révéla fructueuse.

– Dans votre intérêt, lui dit-il, je vous conseille de répondre à mes questions et d'y répondre du mieux possible. Si vous essayez de me cacher quelque chose ou de me mener en bateau, cela risque d'avoir des conséquences extrêmement graves pour vous.

– Oui, monsieur. Je comprends. Je ne demande qu'à vous dire tout ce que je sais, vous pensez bien. Je n'ai jamais eu d'ennuis avec la police et…

– Et vous ne tenez pas à ce que ça change, acheva Luke. Très bien. Si vous faites ce que je vous ai dit, il n'y aura pas de problèmes. Je veux tout savoir sur votre défunte nièce : qui étaient ses amis… combien d'argent elle avait… tout ce qu'elle a pu dire et qui sortait de l'ordinaire… Commençons par ses amis. Qui fréquentait-elle ?

Mrs Church le lorgna sournoisement du coin de l'œil.

– Vous parlez des messieurs, monsieur ?

– Elle avait des amies filles ?

– Ma foi, pas tant que ça, m'sieur. Oh ! il y avait bien les filles avec lesquelles elle avait été en service, mais Amy ne les voyait pas beaucoup. Vous savez, elle…

– D'accord, elle préférait le sexe fort. Continuez. Parlez-moi de ses flirts.

– Celui qu'elle fréquentait surtout, monsieur, c'était Jim Harvey, le mécano du garage. Un brave garçon, sérieux et tout. Combien de fois j'ai dit à Amy : « Tu trouveras jamais mieux »…

Luke l'interrompit :

– Et les autres ?

Il eut droit à un nouveau regard sournois.

– Vous pensez au monsieur qui tient la boutique d'antiquités ? À moi il ne me plaisait pas, monsieur, je vous le dis tout net ! J'ai toujours été une personne respectable et je ne suis pas d'accord avec les coucheries ! Mais avec les filles d'aujourd'hui, ça ne sert à rien d'user sa salive. Elles n'en font qu'à leur tête. Et c'est souvent qu'elles s'en mordent les doigts.

– Amy s'en est-elle mordu les doigts ? demanda carrément Luke.

– Non, monsieur… *ça*, je ne pense pas.

– Elle est allée consulter le Dr Thomas le jour de sa mort. Ce n'était pas pour cette raison ?

– Non, monsieur, je suis presque sûre que non. Oh ! même que j'en mettrais ma main au feu ! Amy se sentait un peu patraque, pas dans son assiette, mais c'était juste un mauvais rhume et une vilaine toux. Ça n'avait rien à voir avec ce que vous pensez, monsieur, je suis sûre que non.

– Je veux bien vous croire. Quelle était la nature de ses relations avec Ellsworthy ?

Une lueur égrillarde s'alluma dans l'œil de Mrs Church.

– Ça, je ne saurais pas dire au juste, mon bon monsieur. Amy n'était pas fille à me faire des confidences.

– Mais ils étaient allés très loin ?

– Ce monsieur n'a pas bonne réputation par ici, monsieur, répondit Mrs Church d'un ton sucré. C'est qu'il s'en passe, des choses. Et que les amis qui viennent de la ville, c'est pas ça qui manque. Et puis qu'ils font des cérémonies très bizarres, là-haut, en pleine nuit, au Pré aux sorcières.

– Amy y allait ?

– Elle y est allée une fois, je crois, monsieur. Même qu'elle n'est pas rentrée de la nuit. Lord Whitfield s'en est aperçu — elle était employée au manoir, à l'époque. Il lui a passé un savon, à quoi elle lui a répondu des impertinences. Et il l'a mise à la porte sur-le-champ, comme c'était à prévoir.

– Elle vous parlait de ce qui se passait chez ses employeurs ?

Mrs Church secoua la tête.

– Pas plus que ça, monsieur. Elle s'intéressait plutôt à ses affaires à elle.

– Elle a travaillé quelque temps chez le major et Mrs Horton, n'est-ce pas ?

– Presque un an, monsieur.

– Pourquoi en est-elle partie ?

– Pour de meilleures conditions. Il y avait une place de libre au manoir où, bien sûr, les gages étaient supérieurs.

– Elle était encore chez les Horton au moment du décès de Mrs Horton ? demanda Luke.

– Oui, monsieur. Ça la faisait suffisamment rouspéter :

deux infirmières à demeure, avec le travail supplémentaire que ça représentait, et les plateaux à préparer et tout et le reste…

– Elle n'a jamais été au service de Mr Abbot, l'avoué ?

– Non, monsieur. Mr Abbot a un ménage de domestiques qui abat la besogne. Amy est bien allée le voir une fois à son bureau, mais j'ignore pourquoi.

Luke enregistra ce détail à toutes fins utiles. Mrs Church n'en sachant manifestement pas plus sur le sujet, il n'insista pas.

– Elle avait d'autres amis masculins, au village ?

– Celui-là, j'aime autant pas en parler.

– Allons, Mrs Church ! Je veux toute la vérité, rappelez-vous.

– Ce n'était pas quelqu'un de bien, monsieur, loin de là ! Elle s'abaissait, voilà ce qu'elle faisait, et je ne me suis pas privée de le lui dire.

– Cela vous ennuierait de parler plus clairement, Mrs Church ?

– Vous avez certainement entendu parler du *Seven Stars*, monsieur ? Un bistrot de *bas* étage… tout comme son patron, Harry Carter, un vaurien qui avait les trois quarts du temps du vent dans les voiles.

– Amy était une amie à lui ?

– Elle est sortie avec lui une fois ou deux. Je ne crois pas que ça soit allé plus loin. Je ne crois vraiment pas, monsieur.

Luke hocha la tête, pensif, et changea de sujet.

– Vous avez connu Tommy Pierce, un gamin ?

– Quoi ? Le fils de Mrs Pierce ? Et comment, je l'ai connu ! Toujours après un mauvais coup.

– Il voyait beaucoup Amy ?

– Oh ! non, monsieur. Amy vous l'aurait envoyé paître vite fait s'il s'était avisé de lui jouer un de ses tours !

– Elle se plaisait chez miss Waynflete ?

– Elle s'ennuyait un peu, monsieur, et la paye n'était pas bien conséquente. Mais évidemment, renvoyée du manoir comme elle l'avait été, ce n'était pas si facile de retrouver une bonne place.

– Elle aurait pu s'en aller, non ?

– Aller à Londres, vous voulez dire ?

– Ou dans un autre coin du pays.

Mrs Church secoua la tête.

– Amy ne voulait pas quitter Wychwood… et pour cause.

– Comment ça, *et pour cause* ?

– Ben, y avait Jim et le monsieur de la boutique d'antiquités.

Luke acquiesça d'un air songeur. Mrs Church poursuivit :

– Miss Waynflete est une dame tout ce qu'il y a de bien, mais elle est exigeante comme pas deux pour l'entretien des cuivres et de l'argenterie, et elle tient à ce que tous les meubles soient époussetés, les matelas retournés. Amy n'aurait pas supporté toutes ces maniaqueries si elle ne s'était pas donné du bon temps par ailleurs.

– Je l'imagine sans peine, ironisa Luke.

Il eut beau réfléchir, il ne trouva pas d'autres questions à poser. Il était quasi persuadé d'avoir arraché à Mrs Church tout ce qu'elle savait. Il décida de tenter une dernière offensive :

– Je pense que vous avez deviné la raison de toutes ces questions. Amy est morte dans des circonstances assez mystérieuses. La thèse de l'accident ne nous satisfait pas totalement. Et si ce n'en est pas un, vous voyez la conclusion qui s'impose.

– Un meurtre ! murmura Mrs Church non sans une certaine délectation morbide.

– Exactement. Maintenant, *à supposer* que votre nièce ait effectivement été victime d'un meurtre, qui pourrait être l'assassin, selon vous ?

Mrs Church s'essuya les mains sur son tablier.

– Probable qu'il y aura une récompense pour celui qui mettra la police sur la bonne piste ? s'enquit-elle d'un ton lourd de signification.

– C'est fort possible, répondit Luke.

Mrs Church passa une langue avide sur ses lèvres minces.

– Je ne voudrais pas trop m'avancer, mais le monsieur de la boutique d'antiquités est un drôle d'individu. Vous vous souvenez de l'affaire Castor, monsieur, et comment c'est qu'on avait trouvé des petits morceaux de la pauvre fille accrochés tout partout sur les murs de son bungalow au bord de la mer, et comment on avait trouvé cinq ou six autres pauvres filles qu'il avait servies de la même façon ? Peut-être que ce Mr Ellsworthy est quelqu'un dans ce genre-là ?

– C'est ce que vous suggérez ?

– Ma foi… Ça se pourrait bien que ça soye ça, monsieur, non ?

Luke convint que cela se pourrait en effet. Puis il demanda :

– Ellsworthy était-il absent le jour du Derby ? demanda-t-il. C'est un point très important.

Mrs Church ouvrit des yeux ronds.

– Le jour du Derby ?

– Oui… il y a de ça une quinzaine. Un mercredi.

Elle secoua la tête.

– Vraiment, je ne sais pas quoi vous répondre. D'habitude, il n'est pas là le mercredi. Le plus souvent, il va en ville. Le mercredi, les magasins ferment à midi, voyez-vous.

– Ah ! dit Luke. Ils ferment à midi…

Il prit congé de Mrs Church en faisant la sourde oreille à ses insinuations : son temps étant précieux, elle estimait avoir droit à une compensation financière ! Il éprouvait une profonde antipathie pour Mrs Church. Quoi qu'il en soit, l'entretien qu'il venait d'avoir avec elle, sans être particulièrement riche en révélations, lui avait appris plusieurs petites choses dignes d'intérêt.

Il fit le point de la situation.

En définitive, on en revenait toujours aux quatre mêmes personnes : Thomas, Abbot, Horton et Ellsworthy. L'attitude de miss Waynflete en paraissait bien la preuve.

Le désarroi de la vieille demoiselle, son refus de citer un nom… Cela signifiait — cela devait forcément signifier — que la personne en question occupait à Wychwood une position en vue, et qu'une accusation hasardeuse risquait de lui faire un tort irréparable. Cela concordait également avec la résolution de miss Pinkerton d'aller confier ses soupçons à Scotland Yard. La police locale se serait moquée d'elle.

Il n'était pas question d'un boucher, d'un boulanger

ou d'un fabricant de chandelles. Il n'était pas question d'un simple mécanicien. Il s'agissait d'une personnalité contre laquelle il semblerait extravagant — voire même grave — de porter une accusation de meurtre.

Il y avait quatre candidats possibles. Et Luke devait maintenant examiner encore une fois le cas de chacun, histoire de se faire une opinion.

Et pour commencer, se pencher sur les réticences de miss Waynflete. C'était une personne consciencieuse et scrupuleuse. Elle croyait connaître l'homme que miss Pinkerton soupçonnait, mais, comme elle l'avait fait remarquer, ce n'était de sa part que pure conjecture. Elle pouvait se tromper.

À qui pensait miss Waynflete ?

Miss Waynflete était bouleversée à l'idée qu'en formulant une accusation elle pouvait nuire à un innocent. L'objet de ses soupçons devait donc être un homme important, jouissant de l'estime et du respect de tous.

En conséquence, se dit Luke, Ellsworthy était automatiquement éliminé. Il était quasi étranger à Wychwood, et sa réputation y était tout sauf bonne. Si Ellsworthy avait été la personne à laquelle songeait miss Waynflete, elle n'aurait pas hésité à le nommer. Autrement dit, pour autant que miss Waynflete soit concernée, Ellsworthy était à rayer des cadres.

Aux autres, maintenant. Luke pensait pouvoir aussi éliminer le major Horton. Miss Waynflete avait repoussé assez violemment l'idée que le major ait pu empoisonner sa femme. Si elle l'avait soupçonné de crimes ultérieurs, elle n'aurait pas été aussi convaincue qu'il n'était pour rien dans la mort de Mrs Horton.

Restaient le Dr Thomas et Mr Abbot. Ils remplissaient tous les deux les conditions requises. C'étaient des hommes de haute qualification professionnelle, qui n'avaient jamais fait l'objet d'insinuations scandaleuses. Somme toute populaires et appréciés, ils avaient une réputation de droiture et d'intégrité.

Luke attaqua le problème sous un autre angle. Pouvait-il, *lui*, éliminer Ellsworthy et Horton ? Il secoua aussitôt la tête. Ce n'était pas si simple. Miss Pinkerton savait — savait vraiment — qui était le meurtrier. La preuve en était en premier lieu sa mort à elle, en second lieu la mort du Dr Humbleby. Mais miss Pinkerton n'avait jamais prononcé de nom devant Honoria Waynflete. Par conséquent, si miss Waynflete pensait le connaître, elle pouvait aussi bien se tromper. Nous croyons souvent savoir ce que pensent les autres… mais il nous arrive de nous apercevoir qu'en réalité nous n'en savions rien… que nous avions fait une énorme erreur !

Autrement dit, les quatre candidats étaient toujours en lice. Miss Pinkerton était morte, elle ne pouvait plus apporter son concours. C'était à Luke de faire ce qu'il avait déjà fait le lendemain de son arrivée à Wychwood : peser le pour et le contre, et étudier les probabilités.

Il commença par Ellsworthy. À première vue, Ellsworthy partait favori. Il était anormal et avait probablement l'esprit pervers. Il pouvait très bien être un « tueur sadique ».

« Procédons par ordre, se dit Luke. Soupçonnons-les chacun à tour de rôle. Ellsworthy, par exemple. Supposons que ce soit lui l'assassin. Pour le moment, considérons cela comme un fait établi. Maintenant, prenons ses victimes présumées dans l'ordre chronologique. Primo, Mrs Horton. Difficile d'imaginer pour quel motif Ellsworthy aurait supprimé Mrs Horton… En revanche, il en a eu *l'opportunité.* Horton avait parlé d'une espèce de remède de charlatan qu'elle tenait de lui et qu'elle prenait. Par ce truchement, il aurait pu lui administrer un poison comme l'arsenic. Reste la question : pourquoi ?

» Les autres, maintenant. Amy Gibbs. Pourquoi Ellsworthy a-t-il tué Amy Gibbs ? Raison évidente : elle devenait gênante ! Qui sait si elle ne le menaçait pas d'un procès en rupture de promesse de mariage ? Ou peut-être, si tant est qu'elle ait assisté à une orgie nocturne, menaçait-elle de parler ? Lord Whitfield a une grande influence à Wychwood et, selon Bridget, lord Whitfield est un homme qui ne badine pas avec la morale. Il aurait pu s'en prendre à Ellsworthy si celui-ci s'était livré à des activités particulièrement obscènes. Donc… exit Amy ! Il ne s'agit pas d'un crime sadique. La méthode employée ne cadre pas avec cette hypothèse.

» Qui est le suivant… Carter ? Pourquoi Carter ? Peu probable qu'il ait été au courant d'orgies nocturnes (à moins qu'Amy ne lui en ait parlé ?). La jolie miss Carter y a-t-elle été mêlée ? Ellsworthy avait-il entrepris de lui faire la cour ? (Il faut que je jette un coup d'œil sur cette Lucy Carter.) Peut-être Carter avait-il simplement offensé Ellsworthy qui, sous ses dehors félins, lui en avait gardé rancune ? Si l'antiquaire en était déjà à son deuxième ou à son troisième meurtre, il était déjà suffisamment endurci pour envisager de tuer sans motif bien sérieux.

» Tommy Pierce, maintenant. Pourquoi Ellsworthy a-t-il tué Tommy Pierce ? C'est simple. Parce que Tommy avait assisté à un de ses rituels nocturnes. Tommy menaçait d'en parler. Peut-être en avait-il déjà parlé. On le réduit au silence.

» Le Dr Humbleby. Pourquoi Ellsworthy a-t-il tué le Dr Humbleby ? Ça, c'est encore le plus simple. Étant médecin, Humbleby avait remarqué que l'équilibre mental d'Ellsworthy laissait à désirer. Il se préparait sans doute à agir. Dès lors, Humbleby était condamné. La pierre d'achoppement, c'est la méthode… Comment Ellsworthy s'y est-il pris pour que Humbleby meure d'un empoisonnement du sang ? Ou Humbleby est-il mort d'autre chose ? Son infection au doigt serait-elle une simple coïncidence ?

» Et pour terminer, miss Pinkerton. Le mercredi, les magasins sont fermés l'après-midi. Ellsworthy a pu se rendre en ville ce jour-là. A-t-il une voiture ? Je ne lui en ai jamais vu, mais ça ne prouve rien. Il savait qu'elle le soupçonnait et il ne pouvait pas prendre le risque que Scotland Yard ajoute foi à son histoire. Peut-être la police était-elle déjà au courant de quelque chose.

» Voilà ce qu'on peut dire contre Ellsworthy. À présent, quels sont les éléments *en sa faveur* ? Eh bien, tout d'abord, ce n'est certainement pas l'homme auquel — du point de vue de miss Waynflete — pensait miss Pinkerton… D'autre part, il ne correspond pas — mais alors pas du tout — à la vague idée que je me fais de l'assassin. L'homme que je me suis représenté en écoutant miss Pinkerton ne ressemblait pas à Ellsworthy. Il m'a semblé qu'elle évoquait un individu tout à fait normal — extérieurement, du moins —, un individu qu'il ne viendrait à l'idée de personne de soupçonner. Ellsworthy, on le soupçonne tout de suite. Non, ce serait plutôt quelqu'un comme… le Dr Thomas.

» Justement, Thomas, maintenant, Qu'en est-il de Thomas ? Je l'avais rayé de la liste après avoir bavardé avec lui. Garçon sympathique, sans prétention. Mais la caractéristique de ce meurtrier — à moins que je me trompe du tout au tout —, c'est précisément qu'il s'agit d'un garçon sympathiquc ct sans prétention. La dernière personne qu'on prendrait pour un assassin. Ce qui est exactement l'impression que fait Thomas.

» Bon, reprenons tout depuis le début. Pourquoi le Dr Thomas a-t-il tué Amy Gibbs ? Franchement, cela paraît très improbable. Mais elle est allée le voir ce jour-là et il lui a donné ce flacon de sirop contre la toux. Supposons que ç'ait été de l'acide oxalique ? Ce serait simple et astucieux. Je me demande… qui a-t-on appelé quand on l'a trouvée empoisonnée… Humbleby ou Thomas ? Si c'est Thomas, il a très bien pu arriver avec un vieux flacon de peinture pour chapeaux dans sa poche, le poser discrètement sur la table de chevet… et, avec une impudence peu commune, emporter les deux flacons pour les faire analyser ! Quelque chose comme ça. C'était faisable, avec un peu de sang-froid !

» Tommy Pierce ? Là encore, je ne vois pas le mobile. C'est ça le problème, avec notre Dr Thomas : *le mobile.* Il n'a même pas un mobile absurde ! Même chose pour Carter… Pourquoi le Dr Thomas aurait-il voulu se débarrasser de Carter ? On peut seulement imaginer que Amy, Tommy et le mastroquet savaient tous sur son compte quelque chose qu'il était malsain de savoir. Ah !

Et si ce quelque chose avait un rapport avec *la mort de Mrs Horton* ? Le Dr Thomas la soignait… et elle est morte à la suite d'une rechute inattendue. Il aurait très bien pu manigancer ça sans grande difficulté. Et Amy Gibbs, n'oublie pas, était dans la maison à l'époque ! Elle avait pu voir ou entendre quelque chose. Ce qui justifierait sa mort à elle. Tommy Pierce, nous le savons de source sûre, était un sale gosse particulièrement fouinard. Il a pu avoir vent de l'affaire. Oui, mais comment faire entrer Carter dans le tableau ? Amy Gibbs lui aura fait des confidences. Et, si ça se trouve, il les aura répétées dans ses moments d'ébriété. Sur quoi Thomas aura décidé de le réduire au silence, lui aussi. Bien sûr, tout cela n'est que pure conjecture. Mais comment faire autrement ?

» Humbleby, à présent. Ah ! enfin un meurtre parfaitement plausible ! Mobile adéquat et moyen rêvé ! Si le Dr Thomas ne pouvait pas provoquer un empoisonnement du sang chez son associé, personne ne l'aurait pu. Chaque fois qu'il pansait la blessure de Humbleby, il n'avait qu'à la réinfecter ! Je voudrais bien que les meurtres précédents soient un peu plus vraisemblables.

» Miss Pinkerton ? Son cas est plus délicat, mais un fait est certain : le Dr Thomas s'est absenté de Wychwood au moins une bonne partie de la journée. Officiellement pour s'occuper d'un accouchement. C'est possible. Il n'en demeure pas moins qu'il était loin de Wychwood — et qu'il était parti *en voiture*.

» Autre chose ? Oui, juste une : la façon dont il m'a regardé quand je suis sorti de chez lui, l'autre jour. Supérieur, condescendant — avec le sourire du type qui se réjouit de vous avoir mené en bateau. »

Luke soupira, secoua la tête et poursuivit son raisonnement.

« Abbot ? C'est le suspect idéal, lui aussi : normal, aisé, respecté, le-dernier-auquel-on-penserait, etc., etc. De plus, il est prétentieux et sûr de lui. Ce que les meurtriers sont généralement. Ils ont un orgueil démesuré ! Ils croient toujours que personne ne sera fichu de les coincer. Amy Gibbs est allée le voir une fois. Pourquoi ? Que voulait-elle lui demander ? Un avis juridique ? Pourquoi ? Ou s'agissait-il d'un problème personnel ? Il y a cette fameuse "lettre d'une dame" que Tommy a vue… Cette lettre venait-elle d'Amy Gibbs ? Ou bien, était-ce une lettre de Mrs Horton, sur laquelle Amy Gibbs aurait mis la main ? Quelle autre "dame" aurait pu écrire à Mr Abbot une lettre suffisamment compromettante pour qu'il pique une crise de nerfs en voyant que le garçon de course était tombé dessus par inadvertance ? Quoi d'autre, concernant Amy Gibbs ? La peinture pour chapeaux ? Oui, le côté vieillot… Les hommes de loi comme Abbot sont généralement très en retard sur leur temps quand il s'agit des femmes. Un don Juan à l'ancienne mode. Tommy Pierce ? Évident : à cause de la lettre (vraiment, ce devait être une lettre diablement compromettante !). Carter ? Eh bien, Abbot avait des problèmes avec la fille de Carter et il ne voulait pas de scandale : ce rustre de Carter, ce voyou demeuré, osait le menacer, *lui* ! Lui qui avait déjà su commettre impunément deux meurtres ! Adieu, Mr Carter ! Nuit noire et une bourrade au moment propice. En vérité, l'assassinat, c'est presque trop facile.

» Ai-je bien saisi la mentalité d'Abbot ? Je pense, oui.

Regard mauvais aux yeux d'une vieille demoiselle. Elle se pose des questions sur son compte… Et puis arrive la querelle avec Humbleby. Le vieux Humbleby ose se dresser contre Abbot, notaire et assassin astucieux ! Le vieux fou… il ne se doute pas du sort qui lui est réservé ! Il va y avoir droit ! Essayer de m'intimider, moi !

» Et alors… quoi ? Il se retourne et surprend le regard de Lavinia Pinkerton. Le dieu vacille, trahit sa culpabilité. Lui qui se flattait d'être insoupçonné, voilà qu'il a bel et bien éveillé les soupçons. Miss Pinkerton connaît son secret… Elle sait ce qu'il a fait… Oui, mais elle n'a pas de *preuves.* Cependant, supposons qu'elle se mette en tête d'en chercher… Supposons qu'elle parle… Supposons… Il est fin psychologue. Il devine ce qu'elle va finir par faire. Si elle court raconter son histoire à Scotland Yard, on la croira *peut-être…* on fera *peut-être* une enquête. Une initiative désespérée s'impose. Abbot a-t-il une voiture, ou en a-t-il loué une à Londres ? En tout cas, il n'était pas à Wychwood le jour du Derby… »

Luke s'arrêta de nouveau. Il entrait tellement dans la peau de ses personnages qu'il avait du mal à passer d'un suspect à l'autre. Il lui fallut un moment avant d'atteindre l'état d'esprit qui lui permettrait d'imaginer le major Horton en meurtrier accompli.

« Horton a assassiné sa femme. Commençons par là ! Elle l'y avait amplement poussé et il avait beaucoup à gagner à sa mort. Pour mener la chose à bien, il s'est livré à de grandes manifestations d'amour conjugal. Depuis lors, il faut bien qu'il se cramponne à son rôle de veuf éploré. Peut-être, parfois, en fait-il un peu trop ?

» Très bien, et un meurtre heureusement accompli,

un ! Quel est le suivant ? Amy Gibbs. Oui, tout à fait vraisemblable. Amy était là à demeure. Elle a très bien pu voir quelque chose… le major en train de concocter un bon bol de bouillon d'onze heures ? Elle n'a peut-être compris que plus tard la portée de la scène. Le coup de la peinture pour chapeaux est le genre d'idée susceptible de venir tout naturellement au major — le mâle dans toute sa splendeur qui ne connaît rien aux accoutrements féminins.

» Amy Gibbs : ça y est, c'est justifié.

» Carter, l'ivrogne ? Même hypothèse que précédemment. Amy lui aura fait des confidences. Encore un meurtre tout simple.

» Maintenant, Tommy Pierce. On est obligé d'en revenir à sa nature fouineuse. Supposons que la lettre, dans le bureau d'Abbot, ait été une plainte de Mrs Horton accusant son mari de tenter de l'empoisonner ? C'est une hypothèse audacieuse, mais ce n'est pas impossible. Quoi qu'il en soit, le major prend conscience du fait que Tommy est une menace, et Tommy va rejoindre Amy et Carter. Tout cela simple, facile et accompli dans les formes. Un meurtre est-il facile ? Mon Dieu, oui.

» Mais nous en arrivons maintenant à un cas autrement épineux. Humbleby ! Le mobile ? Très obscur. À l'origine, Humbleby soignait Mrs Horton. A-t-il été intrigué par sa maladie et Horton a-t-il incité sa femme à prendre à sa place le Dr Thomas, plus jeune et moins soupçonneux ? Mais dans ce cas, *en quoi Humbleby représentait-il un danger si longtemps après* ? Difficile, ça… La manière dont il est mort aussi. Un doigt infecté. Ça ne colle pas avec le major.

» Miss Pinkerton ? C'est tout à fait possible. Il a une voiture. Je l'ai vue. Et, ce jour-là, il était absent de Wychwood, parti en principe pour le Derby. Oui, il aurait fort bien pu l'écrabouiller. Horton est-il un impitoyable assassin ? Oui ou non ? Oui ou non ? Je donnerais cher pour le savoir… »

Luke regardait droit devant lui. Le front plissé, il réfléchissait.

« C'est l'un d'eux… Je ne *pense* pas que ce soit Ellsworthy, mais ce n'est pas impossible non plus ! C'est le plus suspect de la bande ! Thomas serait hautement improbable, n'était la *manière* dont Humbleby est mort. Cet empoisonnement du sang évoque nettement le crime d'un *médecin*. Cela *pourrait* être Abbot… D'accord, il n'y a pas autant d'éléments contre lui que contre les autres… mais je le *vois* assez bien dans ce rôle… Oui, il fait mieux l'affaire que les autres. Et ça *pourrait* être Horton ! Harcelé par sa femme depuis des années, conscient de sa médiocrité… oui, c'est possible ! Mais miss Waynflete n'y croit pas, or elle est tout sauf stupide… et elle connaît le village et ses habitants.

» Qui soupçonne-t-elle : Abbot ou Thomas ? C'est forcément un de ces deux-là. Si je lui posais la question de but en blanc — "lequel des deux est-ce ?" —, j'arriverais peut-être à lui arracher la réponse.

» Mais elle n'aurait pas nécessairement raison pour autant. Il n'y a aucun moyen de prouver qu'*elle* a raison comme ç'a été le cas de miss Pinkerton. De nouveaux indices… voilà ce qu'il me faut. Si seulement il pouvait se présenter un autre cas… rien qu'un… alors je saurais… »

Il s'arrêta net.

– Bonté divine ! marmonna-t-il. Ce que je suis en train de demander, c'est tout bonnement *un autre meurtre*…

15

Inconduite d'un chauffeur

Luke buvait un demi au bar du *Seven Stars* et se sentait quelque peu mal à l'aise. Quand il était entré, la conversation s'était arrêtée net. Et maintenant six paires d'yeux épiaient le moindre de ses mouvements. Il avait bien hasardé quelques remarques sur des sujets d'intérêt général tels que les récoltes, la météo ou les championnats de football, mais sans obtenir de réponse.

Il en était réduit au marivaudage. La jolie fille aux cheveux noirs et aux joues rouges qui œuvrait derrière le comptoir devait être — estima-t-il à juste titre — miss Lucy Carter.

Ses avances furent accueillies avec bonne humeur. Miss Carter gloussa, comme il se doit : « Allons donc ! je parie que vous n'en pensez pas un mot ! Tout ça, c'est du baratin ! »… et autres répliques du même genre. Mais le numéro manquait visiblement de conviction.

Ne voyant pas d'intérêt à rester plus longtemps, Luke vida sa chope et s'en fut. Il suivit le sentier jusqu'à l'endroit où une passerelle enjambait la rivière. Il s'était arrêté à la regarder lorsqu'il entendit derrière lui une voix chevrotante :

– Eh oui, m'sieur, c'est là que le vieux Harry a fait le plongeon.

Tournant la tête, Luke reconnut l'un des consommateurs du bar, qui était resté particulièrement insensible aux évocations des récoltes, de la météo et des championnats de football. Maintenant, il se faisait manifestement une joie de jouer les guides macabres.

– L'est tombé dans la vase, dit le vieux paysan. Droit dans la vase, et il est resté planté dedans, la tête en bas.

– Curieux qu'il soit tombé ici, dit Luke.

– Il était soûl, faut dire, déclara le rustaud avec indulgence.

– Oui, mais ce n'était sûrement pas la première fois qu'il passait par là dans cet état.

– Il y passait presque tous les soirs que Dieu fait. Et jamais sans être soûl perdu, ce bon vieux Harry.

– On l'a peut-être poussé, suggéra Luke sans avoir l'air d'y toucher.

– Ça se pourrait, convint l'autre. Mais je vois pas qui en serait venu à faire ça.

– Il s'était peut-être fait quelques ennemis ? Il était plutôt mal embouché quand il était ivre, non ?

– Son langage, c'était un régal pour l'oreille ! Il ne mâchait pas ses mots, Harry ! Mais personne n'irait pousser un homme qu'est soûl.

Luke ne contesta pas cette remarque. De toute évidence, les gens du cru considéraient comme parfaitement déloyal de profiter de l'état d'ébriété d'un homme. Le paysan avait paru très choqué à cette idée.

– Triste histoire, en tout cas, dit Luke sans se compromettre.

– Pas si triste que ça pour sa bourgeoise, dit le vieux. Lucy et elle ont pas de quoi se lamenter.

– Il y en a peut-être encore d'autres qui sont contents d'en être débarrassés.

Sur ce point, le paysan ne s'avança pas trop.

– Peut-être bien, répondit-il. Mais il était pas mauvais bougre, au fond, ce vieux Harry, on peut pas dire.

Sur cette oraison funèbre de feu Carter, les deux hommes se séparèrent.

Luke dirigea ses pas vers l'ancien manoir. La bibliothèque occupait les deux pièces du devant. Luke les dépassa et franchit une porte marquée « Musée ». Là, il alla de vitrine en vitrine, examinant les objets exposés. Rien de bien exaltant. Des poteries et des pièces romaines. Quelques curiosités des mers du Sud. Une coiffure malaise. Diverses divinités hindoues « dons du major Horton », ainsi qu'un imposant bouddha à la physionomie malveillante et une vitrine de perles égyptiennes douteuses.

Luke retourna dans le hall. Personne en vue. Sans bruit, il gravit l'escalier. Il y avait là deux salles : l'une réservée aux magazines et aux journaux, l'autre remplie d'ouvrages documentaires et scientifiques.

Luke monta à l'étage au-dessus. Ici, les pièces étaient envahies de choses qu'il qualifia de « cochonneries » : oiseaux empaillés qu'on avait retirés du musée parce qu'ils avaient été attaqués par les mites, piles de revues déchirées… et une pièce aux rayonnages remplis de romans désuets et de livres pour enfants.

Luke s'approcha de la fenêtre. C'était sans doute sur le rebord de celle-là que Tommy Pierce grimpait sifflotant peut-être, pour faire semblant de frotter les carreaux avec vigueur chaque fois qu'il entendait quelqu'un venir.

Quelqu'un était venu. Tommy avait déployé tout son zèle : dangereusement perché sur le rebord, il avait frotté avec entrain. Puis ce quelqu'un s'était approché et, tout en lui parlant, lui avait donné une brusque poussée.

Luke redescendit l'escalier et resta quelques minutes dans le hall. Personne ne l'avait vu entrer. Personne ne l'avait vu monter.

« *N'importe qui* aurait pu le tuer ! se dit-il. C'était la chose la plus facile du monde. »

Il entendit des pas venant de la bibliothèque proprement dite. Puisqu'il n'avait rien à se reprocher et n'avait pas d'objection à ce qu'on le voie, il resta où il était. Mais s'il avait voulu éviter d'être vu, quoi de plus facile que de faire quelques pas en arrière et de se cacher derrière la porte de la salle du musée ?

Miss Waynflete sortit de la bibliothèque, une pile de livres sous le bras. Elle achevait de mettre ses gants. Elle avait l'air heureux et affairé. Quand elle vit Luke, son visage s'éclaira et elle s'exclama :

– Oh ! Mr Fitzwilliam, vous avez visité le musée ? À vrai dire, je crains qu'il ne soit pas très riche. Lord Whitfield a l'intention de nous procurer quelques objets plus intéressants.

– Vraiment ?

– Oui. Des choses modernes, de notre époque, comme on en trouve au musée des sciences de Londres. Des maquettes d'avions et de locomotives, par exemple, ainsi que du matériel de chimie.

– Cela rehausserait sans doute le niveau.

– Oui. Je ne crois pas qu'un musée doive se consacrer uniquement au passé, et vous ?

– Non, en effet.

– Et aussi des échantillons alimentaires : calories, vitamines… ce genre de choses. Lord Whitfield est passionné par la Campagne pour une meilleure santé.

– C'est ce qu'il nous disait l'autre soir.

– C'est vraiment *la* grande affaire aujourd'hui, n'est-ce pas ? Lord Whitfield m'a raconté sa visite à l'Institut Wellerman… il a vu toutes sortes de germes, de cultures, de bactéries… Ça m'a donné le frisson. Il m'a parlé aussi des moustiques, de la maladie du sommeil et de quelque chose à propos de la douve du foie… — mais là, je dois avouer que c'était un peu trop compliqué pour *moi*.

– C'était sans doute trop compliqué aussi pour lord Whitfield, dit gaiement Luke. Je parie qu'il a tout compris de travers ! Vous avez l'esprit beaucoup plus clair que le sien, miss Waynflete.

– Vous êtes trop aimable, Mr Fitzwilliam, mais je crains que les femmes n'aient pas un intellect aussi développé que les hommes.

Luke réprima le désir d'émettre des réserves sur les facultés intellectuelles de lord Whitfield. Au lieu de quoi il déclara :

– Après avoir visité le musée, je suis monté voir les fenêtres du dernier étage.

– Là où Tommy… ? (Miss Waynflete frissonna.) C'est atroce.

– Oui, y penser n'a rien d'agréable. J'ai passé une heure avec Mrs Church… la tante d'Amy… Pas vraiment sympathique, cette femme !

– Pas du tout.

– J'ai dû employer la manière forte, dit Luke. Elle me prend probablement pour un super-policier…

Il s'interrompit en voyant miss Waynflete changer brusquement d'expression.

– Oh ! Mr Fitzwilliam, était-ce bien prudent ?

– Je n'en sais rien. Mais je crois que c'était inévitable. Mon histoire de livre à écrire ne prenait plus… je l'ai exploitée au maximum. Ce qu'il faut maintenant, c'est que je pose des questions directes.

Toujours aussi troublée, miss Waynflete secoua la tête.

– Dans un endroit comme ici… tout se sait si vite.

– Vous pensez qu'en me croisant dans la rue tout le monde va dire : « Tiens ! voilà le flic » ? Ça n'a plus aucune importance. En fait, j'en apprendrai peut-être davantage de cette façon-là.

– Ce n'est pas à ça que je pensais, répliqua miss Waynflete, le souffle un peu court. Ce que je veux dire, c'est que maintenant… *il* saura. *Il* comprendra que vous êtes sur sa piste.

– Oui, sans doute, répondit Luke d'une voix lente.

– Mais vous ne saisissez pas… c'est horriblement dangereux ! *Horriblement !*

Luke comprit enfin où elle voulait en venir.

– Vous voulez dire que le meurtrier s'en prendra à *moi* ?

– Oui.

– C'est drôle, dit Luke, je n'y avais même pas pensé ! Mais vous avez sans doute raison. Eh bien, c'est peut-être ce qui pourrait arriver de mieux.

Miss Waynflete se fit pressante :

– Vous n'avez pas l'air de vous rendre compte qu'il est… qu'il est très malin. Et prudent avec ça ! Et n'oubliez pas qu'il a de l'expérience… peut-être plus que *nous* le supposons.

– Oui, répondit Luke, songeur. C'est probablement exact.

– Oh ! je n'aime pas ça ! s'exclama miss Waynflete. Vraiment, ça m'inquiète beaucoup !

– Tranquillisez-vous, dit gentiment Luke. Je serai sur mes gardes, je vous assure. D'autant que j'ai largement réduit le champ des hypothèses. J'ai maintenant une idée assez nette de qui pourrait être l'assassin…

Elle leva vivement la tête.

Luke se rapprocha d'elle. Baissant la voix, il murmura :

– Miss Waynflete, si je vous demandais *lequel* de ces *deux* hommes vous paraît le plus probable — le Dr Thomas ou Mr Abbot —, *quelle serait votre réponse* ?

– Oh ! fit miss Waynflete en portant une main à sa poitrine.

Elle recula et ses yeux fixèrent Luke avec une expression qui l'intrigua. On y lisait de l'impatience, ainsi qu'un sentiment voisin, impossible à définir.

– Je ne peux rien dire…

Elle se détourna brusquement, émettant un son étrange : mi-soupir, mi-sanglot.

Luke se résigna.

– Vous rentrez chez vous ? demanda-t-il.

– Non, je vais porter ces livres à Mrs Humbleby. C'est sur votre chemin. Nous pourrions faire une partie du trajet ensemble.

– J'en serai ravi, dit Luke.

Ils descendirent les marches du perron et tournèrent à gauche, évitant la place du village.

Luke regarda par-dessus son épaule la majestueuse demeure qu'ils venaient de quitter.

– Ce devait être une maison très agréable du temps de votre père, dit-il.

Miss Waynflete soupira.

– Oui, nous y avons tous été très heureux. Je suis bien contente qu'on ne l'ait pas démolie. Tant de vieilles maisons disparaissent.

– Je sais. C'est bien triste.

– D'autant que celles qui les remplacent sont loin d'être aussi bien construites.

– Je doute qu'elles résistent aussi bien à l'épreuve du temps.

– Remarquez, il faut avouer qu'elles sont plus commodes : elles donnent moins de travail, on n'a pas tous ces grands corridors pleins de courants d'air à nettoyer.

Luke en convint.

Lorsqu'ils arrivèrent devant chez le Dr Humbleby, miss Waynflete marqua une hésitation.

– La soirée est si belle, dit-elle. Si cela ne vous ennuie

pas, je vais faire encore un bout de chemin avec vous. J'aime tant prendre l'air.

Un peu surpris, Luke déclara poliment qu'il en serait ravi. Pour sa part, il ne trouvait pas la soirée précisément « belle » : le vent soufflait avec force et malmenait les feuilles des arbres. Un orage menaçait d'éclater d'une minute à l'autre.

Cependant miss Waynflete marchait à côté de lui avec toutes les apparences de la satisfaction. Et retenant son chapeau d'une main, elle discourait d'une voix un peu haletante.

Ils avaient opté pour un chemin assez écarté car, pour se rendre à Ashe Manor de chez le Dr Humbleby, le plus court n'était pas la grand-route mais un sentier qui menait à l'arrière de la propriété. La grille qui se dressait là était moins ouvragée que celle de devant, mais elle était flanquée de deux beaux piliers surmontés d'énormes pommes de pin de pierre rose. Pourquoi des pommes de pin, Luke eût été bien en peine de le dire ! Pour lord Whitfield, les pommes de pin représentaient sans doute le summum de la distinction et du bon goût.

Comme ils approchaient, des éclats de voix leur parvinrent. Et, quelques instants plus tard, ils aperçurent lord Whitfield en pleine altercation avec un jeune homme en uniforme de chauffeur.

– Vous êtes renvoyé ! criait lord Whitfield. Vous m'entendez ? Renvoyé !

– Vous pourriez bien fermer les yeux, milord… juste pour cette fois.

– Non, je ne fermerai pas les yeux ! Oser prendre ma voiture ! *Ma* voiture ! Et en plus, vous avez bu… si, ne niez pas ! Je vous avais pourtant prévenu que, sur mes terres, il y a trois choses que je ne tolère pas : l'ivrognerie, l'immoralité et l'insolence !

Sans être vraiment ivre, le chauffeur avait suffisamment bu pour exprimer sa pensée sans détour. Son attitude changea.

– Vous ne tolérez pas ci, vous ne tolérez pas ça ! Espèce de vieux crabe ramolli ! *Vos* terres ! Vous croyez peut-être qu'on ne sait pas que votre père tenait une cordonnerie ? Ça nous fait tous crouler de rire, c'est moi qui vous le dis, de vous voir vous pavaner comme un paon dans une basse-cour ! Vous vous prenez pour qui, au juste ? Vous n'êtes qu'un péquenaud tout comme moi... voilà ce que vous êtes !

Lord Whitfield vira au cramoisi.

– Comment osez-vous me parler sur ce ton ? Comment osez-vous ?

Le jeune homme fit un pas en avant, l'air menaçant.

– Si vous n'étiez pas un minable pot à tabac ventripotent, je vous flanquerais mon poing sur la gueule... oui, parfaitement !

Lord Whitfield fit un bond en arrière, mais, dans sa précipitation, trébucha sur une racine et se retrouva assis par terre.

Luke les avait rejoints.

– Fichez le camp ! ordonna-t-il rudement au chauffeur.

Celui-ci recouvra ses esprits. Il avait l'air effrayé.

– Je suis désolé, monsieur. Vrai, je ne sais pas ce qui m'a pris.

– Deux verres de trop, voilà ce qui vous a pris, répliqua Luke.

Il aida lord Whitfield à se relever.

– Je… je vous demande pardon, milord, bredouilla l'homme.

– Vous le regretterez, Rivers ! dit lord Whitfield dont la voix tremblait de colère contenue.

Le chauffeur hésita un instant, puis s'éloigna à pas lents.

– Non mais quelle insolence ! explosa lord Whitfield. Me parler sur ce ton… à moi ! Voilà en tout cas un individu à qui il va arriver un malheur qu'il n'aura pas volé ! Aucun respect… aucune tenue… aucune notion de ce que veut dire se tenir à sa place. Quand je pense à tout ce que je fais pour ces gens-là : de bons gages… tout le confort… une retraite quand ils s'arrêtent de travailler. Quelle ingratitude… quelle ignoble ingratitude… !

Il s'étranglait d'indignation. Il aperçut alors miss Waynflete qui, silencieuse, se tenait non loin.

– Ah ! c'est vous, Honoria ? Je suis consterné que vous ayez été témoin de cette pénible scène. Les propos de cet individu…

– Il n'était pas dans son état normal, lord Whitfield, dit miss Waynflete d'un air contraint.

– Il était ivre, voilà ce qu'il était ! Ivre !

– Juste un peu éméché, corrigea Luke.

– Vous savez ce qu'il a osé faire ? dit lord Whitfield en les regardant à tour de rôle. Il a pris ma voiture… *ma* voiture ! Il ne s'attendait pas à me voir rentrer si tôt. Bridget m'avait conduit à Lyne, avec le roadster. Et cet individu a eu le culot de sortir une fille — Lucy Carter, j'imagine — dans *ma* voiture !

– Ce ne sont pas des choses à faire, dit doucement miss Waynflete.

Lord Whitfield parut quelque peu réconforté.

– Non, n'est-ce pas ?

– Mais je suis sûre qu'il va le regretter.

– Comptez sur moi pour ça !

– Vous l'avez déjà renvoyé, fit observer miss Waynflete.

Lord Whitfield secoua la tête.

– Il finira mal, ce garçon.

Rejetant les épaules en arrière, il reprit :

– Venez prendre un verre de xérès à la maison, Honoria.

– Merci, lord Whitfield, mais je dois porter ces livres à Mrs Humbleby. Bonsoir, Mr Fitzwilliam. Vous voilà en tout cas à bon port.

Elle lui sourit et, sur un petit signe de tête, s'éloigna d'un pas vif. Elle faisait tellement penser à une nourrice déposant un bambin à un goûter pour enfants que Luke, frappé d'une idée subite, retint son souffle. Se pouvait-il que miss Waynflete l'ait accompagné dans le seul but de le protéger ? Cela paraissait risible, et pourtant…

La voix de lord Whitfield interrompit ses méditations :

– Une femme de tête, Honoria Waynflete.

– J'en ai bien l'impression, oui.

Lord Whitfield se dirigea vers la maison d'un pas un peu raide tout en se massant les fesses avec précaution.

Soudain, il émit un petit rire.

– J'ai été fiancé à Honoria… il y a de ça des années. C'était une jolie fille… pas aussi maigrichonne qu'aujourd'hui. C'est drôle quand on y pense. Ses parents étaient les aristos du coin.

– Ah oui ?

Lord Whitfield marmonna :

– Le vieux colonel Waynflete menait son monde à la baguette. On avait intérêt à lui obéir au doigt et à l'œil ! Il était de la vieille école, et orgueilleux comme pas deux.

De nouveau, il gloussa.

– Ça a bardé quand Honoria a annoncé son intention de m'épouser ! Elle se prétendait révolutionnaire, à l'époque. Elle militait pour l'abolition des classes sociales. Et elle était sincère, je vous assure.

– C'est sa famille qui a mis un terme à l'idylle ?

Lord Whitfield se frotta le nez.

– Euh… pas exactement. En fait, nous nous sommes disputés. Elle avait un oiseau insupportable… un de ces canaris qui gazouillent sans arrêt… toujours détesté ces bestioles-là… sale affaire… tordu le cou. Enfin, pas la peine d'épiloguer là-dessus. N'y pensons plus.

Il se secoua, comme pour se débarrasser d'un souvenir déplaisant.

Puis, d'une voix un peu saccadée, il ajouta :

– Je crois qu'elle ne m'a jamais pardonné. Ma foi, c'est peut-être normal…

– Moi, au contraire, je pense qu'elle vous a bel et bien pardonné, dit Luke.

Le visage de lord Whitfield s'éclaira.

– Vraiment ? J'en suis bien content. Vous savez, j'ai du respect pour Honoria. Une femme intelligente, et une dame, avec ça ! Ça compte encore, même de nos jours. Elle s'occupe très bien de la bibliothèque.

Levant la tête, il changea de ton :

– Tiens ! Voilà Bridget…

16

La pomme de pin

En voyant Bridget approcher, Luke sentit ses muscles se contracter.

Il n'avait pas vu la jeune fille en tête à tête depuis le jour du tournoi de tennis. D'un commun accord, ils s'étaient évités. Il l'observa à la dérobée.

Elle lui parut froide et indifférente. D'un calme provocant.

– Je commençais à me demander où vous étiez passé, Gordon, dit-elle d'un ton léger.

– J'ai eu un accrochage avec Rivers ! grogna lord Whitfield. Ce salopard a eu le culot de prendre la Rolls cet après-midi.

– Crime de lèse-majesté, dit Bridget.

– Il n'y a pas de quoi plaisanter, Bridget. C'est grave. Il a sorti une fille.

– Il n'aurait certainement pas pris le même plaisir à se promener tout seul en grande pompe !

Lord Whitfield se redressa de toute sa petite taille.

– Sur mes terres, j'exige une conduite conforme à la morale.

– Ce n'est pas vraiment immoral d'emmener une fille faire un tour.

– Quand c'est dans *ma* voiture, si !

– Ça, c'est vrai que c'est pire que de l'immoralité ! Ça confine au blasphème. Mais vous ne pouvez pas faire l'impasse totale sur les choses du sexe, Gordon. C'est la pleine lune et nous sommes à la Saint-Jean.

– Bon sang, c'est vrai ? s'exclama Luke.

Bridget lui lança un coup d'œil.

– On dirait que ça vous intéresse ?

– En effet.

Bridget reporta son regard sur lord Whitfield.

– Trois personnages extraordinaires sont descendus au *Bells and Motley*. Premier spécimen : un homme portant un short, des lunettes et une ravissante chemise en soie lie-de-vin ! Deuxième spécimen : une femelle aux sourcils épilés portant un péplum, des sandales et un kilo de perles égyptiennes en toc. Troisième spécimen : un bibendum en costume mauve et chaussures assorties. Je les soupçonne d'être des amis de notre Mr Ellsworthy ! Croyez-en la chroniqueuse de potins locale : « On chuchote qu'il y aura cette nuit d'orgiaques festivités dans le Pré aux sorcières ! »

Le visage de lord Whitfield s'empourpra.

– Je ne le tolérerai pas !

– Vous n'y pouvez rien, mon chéri. Le Pré aux sorcières est un terrain public.

– Je ne permettrai pas qu'on se livre ici à ces singeries païennes ! Je dévoilerai tout dans *Scandales* ! (Après un silence, il ajouta :) Faites-moi penser à rédiger une note là-dessus à l'intention de Siddely. Je dois aller en ville demain.

– La campagne de lord Whitfield contre la sorcellerie ! dit Bridget avec désinvolture. « Superstitions moyenâgeuses encore bien vivantes dans un paisible village de campagne ! »

Lord Whitfield la regarda en fronçant les sourcils d'un air perplexe, puis il tourna les talons et entra dans la maison.

– Vous devriez vous y prendre mieux que ça, Bridget ! dit Luke d'un ton enjoué.

– Qu'entendez-vous par là ?

– Ce serait dommage que vous perdiez votre emploi ! Ces cent mille livres, vous ne les avez pas encore. Les diamants et les colliers de perles non plus. À votre place, j'attendrais que la cérémonie du mariage soit terminée avant d'exercer mes talents pour le sarcasme.

Elle le dévisagea d'un œil froid.

– Vous êtes d'un prévenant, cher Luke ! C'est trop aimable à vous de prendre mon avenir si à cœur !

– L'amabilité et les égards ont toujours été mon fort.

– Je ne l'avais pas remarqué.

– Non ? Vous m'étonnez !

Bridget arracha une feuille de lierre.

– Qu'avez-vous fait aujourd'hui ? demanda-t-elle.

– Mon habituel numéro de détective.

– Des résultats ?

– Oui et non, comme disent les hommes politiques. Au fait, avez-vous des outils dans la maison ?

– Je crois, oui. Quel genre d'outils ?

– Oh… n'importe quels instruments pourvu qu'ils soient maniables. Je peux peut-être voir ce que vous avez en stock ?

Dix minutes plus tard, Luke avait fait son choix.

– Ceux-là feront très bien l'affaire, dit-il en tapotant la poche où il les avait fait disparaître.

– Vous envisagez de pénétrer par effraction chez quelqu'un ?

– Peut-être bien.

– Vous n'êtes pas très bavard.

– C'est que… la situation est des plus épineuses. Je me trouve dans une fichue position. Après notre légère prise de bec de samedi, je suppose que je devrais vider les lieux.

– Si vous éticz un parfait homme du monde, c'est ce que vous auriez déjà fait.

– Mais comme je suis sur le point de démasquer un fou homicide, je me vois plus ou moins forcé de rester. Si jamais vous me trouvez une raison plausible de partir d'ici pour aller m'installer au *Bells and Motley*, de grâce, je vous écoute !

Bridget secoua la tête.

– Inimaginable ! Vous êtes mon cousin, oui ou non ? Sans compter que les amis de Mr Ellsworthy monopolisent l'auberge. Il n'y a en tout et pour tout que trois chambres.

– Je suis donc contraint de rester, si pénible que ce soit pour vous.

Bridget lui dédia son plus délicieux sourire.

– Pas du tout. Je ne crache pas sur quelques scalps à accrocher à ma ceinture.

– Ça, c'est une vacherie particulièrement bien envoyée, dit Luke d'un ton appréciateur. Ce que j'admire chez vous, Bridget, c'est votre total manque de gentillesse. Bien. Bien. À présent, l'amoureux éconduit va aller se changer pour le dîner.

La soirée s'écoula sans incident notable. Luke se concilia plus que jamais les bonnes grâces de lord Whitfield par le profond intérêt apparent avec lequel il écouta ses discours.

Lorsqu'ils rejoignirent les dames au salon, Bridget remarqua :

– Vous avez été bien longs, messieurs !

– Lord Whitfield était tellement passionnant que le temps a passé comme l'éclair, répondit Luke. Il m'a raconté comment il avait fondé son premier journal.

– Ces petits arbres fruitiers en pots sont de vraies merveilles, paraît-il, dit Mrs Anstruther. Vous devriez en mettre tout au long de la terrasse, Gordon.

La conversation se poursuivit selon son schéma habituel.

Luke se retira de bonne heure.

Il ne se coucha pas pour autant. Il avait d'autres projets.

Minuit sonnait quand, chaussé de tennis, il descendit sans bruit l'escalier, traversa la bibliothèque et sortit par une porte-fenêtre.

Le vent soufflait par violentes rafales entrecoupées de brèves accalmies. Les nuages filaient dans le ciel, occultant la lune et faisant alterner les ténèbres avec la vive clarté lunaire.

Luke se rendit à la boutique d'Ellsworthy par un chemin détourné. Il avait la voie libre pour se livrer à une petite perquisition. Il était persuadé que, ce soir-là, Ellsworthy serait de sortie avec ses amis. La nuit de la Saint-Jean était certainement marquée par une cérémonie quelconque. Pendant qu'elle se déroulerait, il aurait tout loisir de fouiller le domicile de l'antiquaire.

Il escalada deux murs, contourna la maison, sortit les outils de sa poche et en sélectionna un. L'une des fenêtres de l'arrière-cuisine lui parut susceptible de céder à ses efforts. Quelques minutes plus tard, il tirait la targette, soulevait le châssis et enjambait l'appui.

Il avait une torche électrique dans sa poche. Il l'utilisa avec parcimonie : un bref éclair de temps à autre pour trouver son chemin et éviter de se cogner dans les meubles.

Un quart d'heure lui suffit pour s'assurer que la maison était vide. Le propriétaire était parti vaquer à ses occupations.

Avec un sourire satisfait, Luke s'attela à la tâche.

Il procéda à une fouille minutieuse des moindres coins et recoins. Dans un tiroir fermé à clé, sous deux ou trois innocentes aquarelles, il tomba sur des essais artistiques qui lui arrachèrent un petit sifflement et un haussement de sourcils. La correspondance de Mr Ellsworthy ne contenait aucune révélation, mais certains de ses livres — ceux qui étaient relégués au fond d'un placard — valaient le coup d'œil.

À part ça, Luke ne récolta que trois maigres indices qui ne manquaient cependant pas de donner à penser. Le premier était une phrase griffonnée dans un calepin : « *Réglé problème Tommy Pierce* »... phrase datée de l'avant-veille de la mort du petit garçon. Le deuxième était un dessin au pastel représentant Amy Gibbs, le visage rageusement barré d'une croix rouge. Le troisième était un flacon de sirop contre la toux. Aucun de ces éléments n'était concluant en soi, mais, pris ensemble, on pouvait les considérer comme encourageants.

Luke achevait de tout remettre en ordre quand, soudain, il se raidit et éteignit sa torche.

Il avait entendu une clé tourner dans la serrure de la porte d'entrée.

S'approchant de la porte de la pièce dans laquelle il se trouvait, il colla un œil dans l'entrebâillement. Il espérait qu'Ellsworthy — si c'était lui — monterait directement dans sa chambre.

La porte d'entrée s'ouvrit, Ellsworthy franchit le seuil et fit aussitôt la lumière dans le hall.

Lorsqu'il s'avança, Luke vit son visage et retint son souffle.

Il était méconnaissable. Il avait l'écume aux lèvres et ses yeux rayonnaient d'une exaltation démente tandis qu'il traversait le hall à petits pas dansants.

Mais ce qui avait coupé le souffle à Luke, c'était ses mains. Elles étaient maculées de taches d'un rouge brunâtre — la couleur du sang séché…

L'antiquaire disparut dans l'escalier. Un instant plus tard, la lumière du hall s'éteignit.

Luke attendit encore un peu. Puis, avec d'infinies précautions, il longea le hall sur la pointe des pieds, regagna l'arrière-cuisine et sortit par la fenêtre. Il leva les yeux vers le premier étage : tout était sombre et silencieux.

Il respira à fond.

« Seigneur, pensa-t-il, ce type est fou à lier ! Qu'est-ce qu'il a bien pu fabriquer ? Je jurerais que c'était du sang qu'il avait sur les mains ! »

Il reprit le chemin d'Ashe Manor en contournant le village. Comme il s'engageait dans le sentier qui menait à l'arrière de la propriété, il entendit un bruissement de feuilles. Il se retourna vivement.

– Qui est là ?

Une haute silhouette enveloppée d'une cape noire émergea de l'ombre. Elle était d'allure tellement sinistre que Luke sentit le cœur lui manquer. Puis il reconnut le long visage pâle visible sous le capuchon.

– Bridget ? Vous m'avez fait une de ces peurs !

– Où êtes-vous allé ? demanda-t-elle d'une voix entrecoupée. Je vous ai vu sortir et…

– Et vous m'avez suivi ?

– Non. Vous aviez trop d'avance. J'ai attendu votre retour.

– C'était la dernière des bêtises à faire, grommela-t-il.

Elle répéta sa question avec impatience :

– Où êtes-vous allé ?

– J'ai fait une descente chez ce cher Mr Ellsworthy ! répondit gaiement Luke.

Bridget retint sa respiration.

– Et vous… vous avez trouvé quelque chose ?

– Je ne sais pas. J'en sais un peu plus sur le compte de ce salopard — sur ses goûts en matière de pornographie, notamment — et j'ai découvert trois indices qui offrent matière à réflexion.

Elle écouta attentivement le compte rendu qu'il lui fit de ses recherches et de leur résultat.

– Ce sont des preuves bien minces, conclut-il. Mais juste au moment où je partais, Ellsworthy est rentré. Croyez-moi, Bridget : ce type est complètement fêlé !

– Vous le pensez vraiment ?

– J'ai vu son visage… c'était… indescriptible ! Dieu sait ce qu'il avait pu fabriquer ! Il était dans un état d'exaltation proche du délire. Et il avait des taches sur les mains. Des taches de *sang*, j'en jurerais !

Bridget frissonna.

– Quelle horreur…, murmura-t-elle.

– Vous n'auriez pas dû sortir seule, Bridget, reprit Luke d'un ton irrité. C'était de la folie pure ! Vous auriez pu vous faire assommer.

Elle eut un rire tremblotant.

– C'est valable aussi pour vous, mon cher ami.

– Je suis assez grand pour me défendre.

– Je suis tout aussi capable que vous de me défendre. Comme vous diriez, je suis une dure à cuire.

Une rafale de vent souffla, cinglante.

– Ôtez-moi cette espèce de capuche, dit soudain Luke.

– Pourquoi ?

Sans crier gare, il lui saisit sa cape et la lui arracha. Le vent s'engouffra dans les cheveux de Bridget, qui se dressèrent sur sa tête. Elle le regarda, les yeux écarquillés, le souffle court.

– Décidément, il ne vous manque qu'un balai, Bridget. C'est ainsi que vous m'êtes apparue la première fois.

Il la dévisagea encore quelques instants, puis ajouta :

– Vous êtes une sorcière sans cœur.

Avec un soupir d'exaspération, il lui rendit sa cape.

– Tenez… mettez-la. Et rentrons.

– Attendez…

– Pourquoi ?

Elle s'approcha de lui. D'une voix basse, un peu essoufflée, elle murmura :

– Parce que j'ai quelque chose à vous dire… c'est en partie pour ça que je vous ai attendu ici… hors de la maison. Je veux vous le dire maintenant — avant d'être à l'intérieur… dans la maison de Gordon…

– Eh bien ?

Elle eut un rire bref, assez amer.

– Oh ! c'est très simple. *Vous avez gagné*, Luke. Voilà !

– Qu'est-ce que vous voulez dire ? s'enquit-il d'un ton âpre.

– Je veux dire que j'ai renoncé à l'idée de devenir lady Whitfield.

Il fit un pas vers elle.

– C'est bien vrai ? dit-il, sourcils froncés.

– Oui, Luke.

– Vous accepterez de m'épouser ?

– Oui.

– Pourquoi diable ? Je me le demande vraiment.

– Je n'en sais rien. Vous n'arrêtez pas de me dire des horreurs — et on dirait que j'aime ça…

Il la serra contre lui et l'embrassa.

– Le monde est fou ! décréta-t-il.

– Vous êtes heureux, Luke ?

– Pas particulièrement.

– Vous pensez que vous pourrez être heureux avec moi ?

– Je n'en sais rien. Je risque le coup.

– Oui. C'est comme ça que je vois les choses, moi aussi…

Il la prit par le bras.

– Nous formons un couple d'amoureux bizarres, mon cœur ! Rentrons. Nous aurons peut-être des réactions plus normales demain matin.

– Oui, c'est un peu effrayant la brusquerie avec laquelle ça vous arrive…

Elle regarda par terre et tira brusquement son compagnon par la manche, l'obligeant à s'arrêter.

– Luke… Luke… *qu'est-ce que c'est que ça…* ?

La lune était sortie des nuages. Baissant les yeux, Luke vit le pied de Bridget pointé, tremblant, sur un corps recroquevillé.

Avec une exclamation stupéfaite, il lui lâcha le bras et s'agenouilla. Son regard remonta du tas informe au pilier de la grille. La pomme de pin n'y était plus.

Il finit par se relever. Bridget était immobile, les mains sur la bouche.

– C'est le chauffeur, dit-il. Rivers. Il est mort…

– Cette saleté de pomme de pin de pierre… elle branlait depuis quelque temps… le vent a dû la faire tomber sur lui.

Luke secoua la tête.

– Le vent n'y est pour rien. Oh ! c'est ce qu'on *voudrait* nous faire croire… c'est la thèse qu'on *voudrait* nous faire avaler : un nouvel accident ! Mais c'est truqué. *C'est encore une fois un coup de notre assassin…*

– Non ! Luke, non !…

– Je vous assure que si ! Vous savez ce que j'ai senti derrière sa tête… dans toute cette bouillie poisseuse ? *Des grains de sable !* Or il n'y a pas de sable, ici. Croyez-moi, Bridget, quelqu'un l'attendait et l'a assommé au moment où il passait le portail pour rentrer chez lui.

Quelqu'un qui l'a ensuite allongé là et a fait dégringoler cette pomme de pin sur lui.

– Luke…, dit Bridget d'une petite voix, il y a du sang… sur vos mains…

– Il y avait du sang sur les mains de quelqu'un d'autre, répliqua Luke d'un air sombre. Vous savez ce que je me disais, cet après-midi ? Que s'il y avait encore un crime nous connaîtrions enfin la vérité. Eh bien, nous la connaissons ! *Ellsworthy !* Il n'était pas chez lui ce soir et, quand il est rentré, il gambadait comme un dément… ses yeux brillaient de folie homicide… et il avait du sang sur les mains…

Bridget regarda à ses pieds en frissonnant et dit dans un souffle :

– Pauvre Rivers…

– Oui, pauvre bougre, dit Luke d'un ton apitoyé. C'est une fichue déveine. Mais ce crime sera le dernier, Bridget ! Maintenant nous *savons* et nous l'aurons !

La voyant vaciller, il la rejoignit en deux enjambées et la rattrapa dans ses bras.

– Luke, j'ai peur…, dit-elle d'une petite voix enfantine.

– C'est fini, ma chérie. C'est fini…

– Je vous en prie, soyez gentil avec moi, murmura-t-elle. Vous m'avez fait si mal, l'autre jour.

– Nous nous sommes fait mal l'un l'autre, répondit-il. Mais ça ne se reproduira plus. Plus jamais.

17

Lord Whitfield parle

Assis à son bureau, dans son cabinet de consultation, le Dr Thomas regardait Luke avec des yeux ronds.

– Extraordinaire, dit-il. Extraordinaire ! Vous êtes vraiment sérieux, Mr Fitzwilliam ?

– Tout à fait. Je suis convaincu qu'Ellsworthy est un fou dangereux.

– Je ne lui ai jamais accordé une attention particulière. Mais il n'est pas exclu qu'il ne soit pas tout à fait normal.

– J'irai beaucoup plus loin ! répliqua Luke d'un air sombre.

– Vous croyez sérieusement que ce Rivers a été assassiné ?

– Oui. Vous avez remarqué les grains de sable dans la plaie ?

Le Dr Thomas acquiesça.

– Comme vous m'aviez signalé ce détail, je les ai cherchés. Je dois reconnaître que vous aviez raison.

– Cela indique clairement, n'est-ce pas, que l'accident est une mise en scène et que le chauffeur a été tué — ou du moins assommé — d'un coup porté avec un sac de sable ?

– Pas nécessairement.

– Comment ça ?

Le médecin se renversa dans son fauteuil, le bout des doigts joints.

– Supposez que Rivers soit allé s'allonger dans une carrière de sable à un moment quelconque de la journée ? Il y en a plusieurs dans la région. Cela expliquerait la présence de ces grains de sable dans ses cheveux.

– Puisque je vous dis qu'il a été assassiné !

– Que vous le disiez ne constitue pas une preuve, rétorqua le Dr Thomas.

Luke maîtrisa son exaspération.

– Vous ne croyez pas un mot de ce que je vous raconte, n'est-ce pas ?

Le Dr Thomas sourit — un sourire où se lisait un brin de condescendance.

– Reconnaissez, Mr Fitzwilliam, que votre histoire est assez farfelue. Vous affirmez qu'Ellsworthy a tué successivement une bonne à tout faire, un sale gosse, un cafetier ivrogne, mon propre associé — et ce Rivers pour couronner le tout !

– Vous n'y croyez pas ?

Le Dr Thomas haussa les épaules.

– Je connais assez bien le cas Humbleby. Il me paraît exclu qu'Ellsworthy ait pu provoquer sa mort, et je ne vois pas que vous ayez la moindre preuve de sa culpabilité.

– J'ignore comment il s'y est pris, c'est vrai, avoua Luke. Mais tout concorde avec les propos de miss Pinkerton.

– Là encore, vous affirmez qu'Ellsworthy l'a suivie à Londres et lui est passé dessus avec sa voiture. Mais, là encore, vous n'avez pas l'ombre d'une preuve ! Tout cela, c'est… ma foi, c'est du roman !

– Maintenant que je sais à quoi m'en tenir, je vais m'employer à réunir des preuves, répliqua Luke. Demain, j'irai voir à Londres un de mes vieux copains.

J'ai lu dans le journal d'avant-hier qu'il avait été promu à un poste éminent. Il me connaît et il m'écoutera. Une chose est sûre en tout cas : il ordonnera l'ouverture d'une enquête approfondie.

Le Dr Thomas se caressa le menton d'un air pensif.

– Ce serait sans doute une bonne solution. Et s'il s'avérait que vous faites fausse route…

Luke l'interrompit :

– Décidément, vous ne croyez pas un mot de tout ça !

– Une histoire de meurtres en série ? ironisa le Dr Thomas en haussant les sourcils. Très franchement, non, Mr Fitzwilliam. C'est trop tiré par les cheveux.

– Tiré par les cheveux, peut-être, mais cohérent. Pour peu qu'on se fie aux racontars de miss Pinkerton, reconnaissez que ça se tient !

Le Dr Thomas secoua la tête avec un petit sourire.

– Si vous connaissiez ces vieilles filles aussi bien que moi…, murmura-t-il.

Maîtrisant à grand-peine son irritation, Luke se leva.

– En tout cas, gronda-t-il, vous méritez bien votre nom ! Thomas l'incrédule, s'il en fut jamais !

– Apportez-moi quelques preuves, mon cher ami, c'est tout ce que je demande ! répondit le médecin avec bonne humeur. Pas seulement un galimatias mélodramatique fondé sur ce qu'une vieille fille s'imagine avoir vu !

– Ce que les vieilles filles s'imaginent avoir vu est très souvent juste. Ma tante Mildred était quasiment extralucide. Avez-vous des tantes, Thomas ?

– Je… euh… non.

– C'est une erreur ! dit Luke. Tout homme devrait

avoir des tantes. Elles illustrent le triomphe de l'intuition sur le raisonnement. Seules les tantes Mildred peuvent *savoir* que Mr X est un malfrat parce qu'il ressemble à un majordome malhonnête qu'elles ont eu jadis à leur service. Les autres soutiendront, non sans logique, qu'un homme aussi respectable que ce Mr X ne peut en aucun cas être un escroc. Mais les braves vieilles tantines ont raison à tous les coups !

Le Dr Thomas eut à nouveau son sourire supérieur.

Luke sentit son exaspération remonter d'un cran.

– Je ne suis pas tout à fait un amateur. Au cas où vous l'auriez oublié, j'ai été policier.

– Dans le détroit de Mayang ! murmura le Dr Thomas en souriant.

– Un crime est un crime, même à Mayang.

– Bien sûr, bien sûr…

Luke quitta le cabinet du Dr Thomas dans un état d'irritation contenue.

Il alla rejoindre Bridget.

– Alors, comment ça s'est passé ? s'enquit-elle.

– Il ne m'a pas cru, répondit-il. Ce qui n'est pas tellement étonnant, quand on y pense. C'est une histoire rocambolesque, sans preuve à l'appui. Le Dr Thomas n'est manifestement pas le genre de type à prendre des vessies pour des lanternes !

– Est-ce que quelqu'un vous croira ?

– Probablement pas. Mais demain, quand j'aurai craché le morceau à mon vieux copain Billy Bones, la machine se mettra en branle. La police enquêtera sur notre Ellsworthy aux cheveux longs, et elle finira bien par trouver quelque chose.

– Nous nous exposons beaucoup, non ? murmura Bridget d'un air songeur.

– Il le faut. Nous ne pouvons pas — nous ne pouvons en aucun cas permettre qu'il se commette d'autres meurtres.

Bridget frissonna.

– Soyez prudent, Luke, je vous en supplie !

– Je suis tout ce qu'il y a de prudent. Ne pas s'approcher des piliers surmontés d'un ananas tueur, éviter les bois déserts à la tombée de la nuit, se méfier de ce qu'on mange et de ce qu'on boit… Je connais toutes les ficelles du métier.

– C'est horrible de vous savoir menacé.

– Du moment que ce n'est pas vous qui l'êtes, mon cœur…

– Je le suis peut-être.

– Je ne pense pas. Mais je n'ai pas l'intention de prendre de risques ! Je veille sur vous comme les anges gardiens du bon vieux temps.

– À votre avis, ça servirait à quelque chose d'en parler à la police d'ici ?

Luke réfléchit un moment.

– Non, je ne crois pas… Mieux vaut s'adresser directement à Scotland Yard.

– C'est aussi ce que pensait miss Pinkerton, murmura Bridget.

– Oui, mais *moi* je serai sur mes gardes.

– Je sais ce que je vais faire demain, dit Bridget. Je vais traîner Gordon jusqu'à la boutique de ce monstre et lui faire faire quelques achats.

– Histoire de vous assurer que notre cher

Mr Ellsworthy n'est pas en train de me tendre une embuscade sur les marches de Whitehall ?

– En gros, c'est l'idée.

– À propos de Whitfield…, commença Luke, embarrassé.

Bridget l'interrompit :

– Attendons jusqu'à votre retour, demain soir. À ce moment-là, nous lui dirons tout.

– Vous pensez qu'il sera très affecté ?

– Eh bien… (Bridget réfléchit à la question.) Il en éprouvera de la contrariété.

– De la contrariété ? Mes aïeux ! Le mot n'est pas un peu faible ?

– Non. Parce que, voyez-vous, Gordon n'apprécie guère la contrariété. Ça le perturbe !

– J'avoue que la situation me perturbe pas mal moi aussi, dit Luke avec sobriété.

Cette sensation de malaise était à son comble quand, ce soir-là, il se prépara à écouter pour la vingtième fois lord Whitfield parler de lord Whitfield. Voler la fiancée de l'homme qui vous héberge était un comportement de goujat, il l'admettait bien volontiers. D'un autre côté, il continuait de penser qu'un cornichon pompeux et ventripotent comme lord Whitfield n'aurait jamais dû aspirer à épouser une Bridget !

Cependant, sa conscience le tracassa à tel point qu'il écouta son hôte avec une ferveur décuplée et, de ce fait, produisit sur lui une impression plus favorable que jamais.

Lord Whitfield était ce soir-là d'excellente humeur. La mort de son ci-devant chauffeur semblait plutôt le ravigoter que le déprimer.

– Je vous avais bien dit que ce garçon finirait mal, croassa-t-il en examinant son verre de porto à la lumière. Je ne vous l'avais pas dit, hier soir ?

– Mais si, bien sûr, cher monsieur.

– Et vous voyez, j'avais raison ! J'ai si souvent raison que c'en est ahurissant !

– Ce doit être formidable pour vous, dit Luke.

– J'ai eu une vie merveilleuse… oui, merveilleuse ! Le chemin a été balisé devant moi. J'ai toujours eu foi en la Providence. Tout le secret est là, Fitzwilliam. Tout le secret est là !

– Oui ?

– Je suis un homme pieux. Je crois au bien, au mal et à la justice éternelle. La justice divine existe bel et bien, Fitzwilliam, ça ne fait aucun doute !

– Moi aussi, je crois en la justice, dit Luke.

Lord Whitfield ne s'intéressait pas plus que d'habitude à ce en quoi les autres pouvaient bien croire ou non.

– Montrez-vous juste aux yeux du Créateur et le Créateur se montrera juste envers vous ! J'ai toujours été un homme intègre. Je donne aux œuvres charitables et j'ai toujours gagné mon argent à la sueur de mon front. Je ne dois rien à personne ! Je n'ai de comptes à rendre à personne. Vous vous rappelez, dans la Bible, comment les patriarches deviennent prospères, reçoivent en offrande des troupeaux de bœufs et de moutons, et voient leurs ennemis écrasés !

Luke réprima un bâillement :

– Euh… oui… en effet.

– C'est extraordinaire… absolument extraordinaire, la

manière dont sont terrassés les ennemis de l'homme juste ! Regardez ce qui s'est passé hier. Ce chauffeur m'insulte, va même jusqu'à essayer de lever la main sur moi. Et qu'arrive-t-il ? Où est-il aujourd'hui ?

Il fit une pause étudiée avant de répondre lui-même d'une voix impressionnante à sa question :

– Mort ! Foudroyé par le courroux divin !

Luke émergea de sa somnolence :

– Châtiment excessif, peut-être, pour quelques paroles malheureuses lancées après un verre de trop ?

Lord Whitfield secoua la tête.

– C'est toujours comme ça ! La punition arrive, prompte et terrible. Et je le tiens de bonne source. Rappelez-vous les enfants qui se moquaient d'Élie : les ours sont venus les dévorer. Voilà comment ça se passe, Fitzwilliam.

– J'ai toujours trouvé qu'il s'agissait là de vindicte excessive.

– Non, non ! Votre jugement est faussé. Élie était un grand, un saint homme. Nul ne pouvait se moquer de lui et continuer à vivre. Mon propre cas m'aide à le comprendre.

Intrigué, Luke écarquilla les yeux.

Lord Whitfield baissa la voix :

– Au début, j'ai eu du mal à y croire. *Mais ça arrivait à chaque fois !* Mes ennemis, mes détracteurs étaient jetés à terre et exterminés !

– Exterminés ?

Lord Whitfield hocha doucement la tête en buvant une gorgée de porto.

– Les uns après les autres. Tenez, un cas tout à fait

semblable à celui d'Élie… un petit garçon insolent. Je le surprends dans les jardins, ici même… il travaillait pour moi, à l'époque. Et savez-vous ce qu'il était en train de faire ? Il m'imitait, moi… MOI ! Il me *singeait* ! Il allait et venait en se pavanant, pour le bénéfice de quelques spectateurs. Il me tournait en dérision sur mes propres terres ! *Savez-vous ce qui lui est arrivé ?* Moins de dix jours plus tard, il se tuait en tombant d'une fenêtre !

» Ensuite, il y a eu ce voyou de Carter… un ivrogne et un grossier personnage. Il est venu ici m'injurier. Que lui est-il arrivé ? Une semaine plus tard, il était mort. Noyé dans la vase. Et la petite bonne ! Elle avait haussé le ton et m'avait traité de tous les noms. Son châtiment n'a pas tardé. Elle a bu du poison par erreur ! Je pourrais vous multiplier les exemples. Humbleby a osé s'opposer à moi pour le projet d'adduction d'eau. Lui, il est mort d'un empoisonnement du sang. Oh ! et ça dure ainsi depuis des années : Mrs Horton, par exemple, était effroyablement impolie avec moi ; il n'a pas fallu longtemps pour qu'*elle* disparaisse à son tour.

Il s'interrompit pour passer le flacon de porto à Luke.

– Oui, reprit-il. Ils sont tous morts. Stupéfiant, n'est-ce pas ?

Luke le fixait, médusé. Un soupçon monstrueux, incroyable, avait envahi son esprit ! Il regardait d'un œil neuf ce petit bonhomme grassouillet qui, assis au bout de la table, hochait doucement la tête et dont les yeux protubérants croisaient ceux de Luke avec une souriante insouciance.

Un flot de souvenirs épars traversèrent rapidement le cerveau de Luke. Le major Horton disant : « Lord

Whitfield a été très gentil. Il envoyait des raisins et des pêches de sa serre. » C'était lord Whitfield qui, dans son infinie bonté, avait permis qu'on emploie Tommy Pierce comme laveur de vitres à la bibliothèque. Lord Whitfield pérorant à propos de la visite qu'il avait faite, peu de temps avant la mort du Dr Humbleby, à l'Institut Wellerman Kreutz, spécialisé dans les sérums et les cultures de germes. Tous les indices convergeaient de façon évidente dans la même direction et Luke, idiot qu'il était, n'avait jamais soupçonné…

Lord Whitfield souriait toujours. D'un sourire paisible, heureux. Il regarda Luke en hochant doucement la tête.

– *Ils meurent tous*, dit-il.

18

Conférence à Londres

Sir William Ossington, plus connu de ses camarades des jours anciens sous le sobriquet de Billy Bones, regarda son ami avec incrédulité.

– Tu n'as donc pas eu ton compte de meurtres à Mayang ? gémit-il. Il faut encore que tu reviennes ici pour faire le travail à notre place ?

– À Mayang, dit Luke, on ne s'adonne guère aux crimes en série. Tel que tu me vois, je suis à la recherche d'un homme qui a commis au bas mot une demi-douzaine de meurtres… et qui s'en est tiré jusqu'ici sans éveiller le moindre soupçon !

Sir William soupira.

– Ce sont des choses qui arrivent. Quelle est sa spécialité ? Les épouses ?

– Non, ce n'est pas son genre. Il ne se prend pas encore pour Dieu, mais ça ne saurait tarder.

– Un fou ?

– Oh, ça me paraît incontestable !

– Mais il ne l'est probablement pas du point de vue légal. Ça fait une différence, tu sais.

– D'après moi, il est conscient de la nature et des conséquences de ses actes.

– C'est bien ce que je dis, fit observer Billy Bones.

– Écoute, n'ergotons pas sur les détails juridiques. Nous n'en sommes pas encore là et nous n'y serons peut-être jamais. Ce que je voudrais, mon vieux, c'est que tu me fournisses certains tuyaux. Il y a eu un accident de la circulation le jour du Derby entre 5 et 6 heures du soir. Une vieille demoiselle a été renversée à Whitehall par une voiture qui ne s'est pas arrêtée. Elle s'appelait Lavinia Pinkerton. Je voudrais que tu me dégotes le maximum de renseignements là-dessus.

Sir William soupira derechef.

– Je peux t'avoir ça rapidement. Vingt minutes devraient suffire.

Il ne s'était pas trop avancé. Avant même l'expiration du délai, Luke s'entretenait avec le policier qui s'était occupé de l'affaire.

– Oui, monsieur, je m'en souviens. J'ai noté tous les détails là-dessus, dit-il en désignant la feuille que Luke était en train d'examiner. Il y a eu une enquête… le coroner était Mr Satcherverell. Le conducteur de la voiture a été condamné par défaut.

–Vous n'avez pas réussi à l'épingler ?

– Non, monsieur.

– Quelle était la marque de la voiture ?

– Il semble établi qu'il s'agissait d'une Rolls — une grosse voiture conduite par un chauffeur. Les témoins sont unanimes sur ce point. La plupart des gens savent reconnaître une Rolls.

– Et le numéro d'immatriculation ?

– Malheureusement, personne n'a pensé à le regarder. Il a été question du numéro FZX 4498, mais c'était une erreur : la dame qui l'avait relevé l'avait communiqué à une autre, qui me l'a transmis. J'ignore si la seconde a mal compris, mais en tout cas ce n'était pas le bon.

– Qu'en savez-vous ? demanda vivement Luke.

Le jeune agent sourit.

– FZX 4498, c'est le numéro de la voiture de lord Whitfield. Au moment de l'accident, elle était garée devant Boomington House et le chauffeur prenait le thé. Il avait un alibi parfait : la voiture était restée en place jusqu'à 6 heures et demie, heure à laquelle lord Whitfield est sorti de l'immeuble.

– Je vois, dit Luke.

– C'est toujours la même chose, monsieur, soupira le policier. La moitié des témoins ont disparu avant qu'on vienne prendre les dépositions.

Sir William opina du bonnet.

– Nous sommes partis de l'hypothèse que le numéro ne devait pas être loin de FZX 4498 — sans doute un numéro commençant par deux 4. Nous avons fait de notre mieux sans rien trouver. Nous avons enquêté sur divers propriétaires de voitures ayant un numéro approchant, mais ils ont tous pu justifier d'un emploi du temps satisfaisant.

Sir William adressa à Luke une interrogation muette.

Luke secoua la tête.

– Merci, Bonner, dit sir William. Ce sera tout.

Après le départ du policier, Billy Bones regarda son ami d'un air interrogateur.

– Alors, Fitz ?

– Tout concorde. Lavinia Pinkerton s'apprêtait à vendre la mèche, à raconter aux brillants policiers de Scotland Yard tout ce qu'elle savait sur le vilain meurtrier. J'ignore si vous l'auriez écoutée ; sans doute pas…

– Peut-être que si, dit sir William. Les informations nous arrivent souvent de cette façon. Rumeurs, bouche-à-oreille… nous ne négligeons rien, je t'assure.

– C'est bien ce qu'a pensé le meurtrier. Il n'était pas disposé à courir le risque. Il a éliminé Lavinia Pinkerton et, bien qu'une femme ait été assez maligne pour relever son numéro, personne ne l'a crue.

Billy Bones sauta sur son siège.

– Tu ne veux tout de même pas dire que… ?

– Si. Je te parie tout ce que tu voudras que c'est Whitfield qui l'a écrabouillée. Ce que je ne sais pas, c'est comment il s'est débrouillé. J'imagine qu'il a envoyé son chauffeur prendre le thé quelque part et qu'il a filé au volant après lui avoir emprunté sa veste et sa casquette. En tout cas, c'est *lui* qui a fait le coup, Billy !

– Impossible !

– Pas du tout. A ma connaissance, lord Whitfield a commis sept meurtres au bas mot et sans doute bien davantage !

– Impossible, répéta sir William.

– Mon cher ami, il s'en est pratiquement vanté devant moi hier soir !

– Il est donc fou à lier ?

– Pour être fou, il est fou, ça oui. Mais c'est un fin renard. Il faudra y aller prudemment. Ne pas lui laisser voir qu'on le soupçonne.

– Incroyable…, murmura Billy Bones.

– Mais vrai !

Luke posa une main sur l'épaule de son ami.

– Billy, vieille branche, il faut nous y mettre. Voici les faits…

Les deux hommes s'entretinrent longtemps et avec animation.

Le lendemain, Luke rentra à Wychwood. Il se mit en route au petit matin. Il aurait pu rentrer la veille au soir, mais, compte tenu des circonstances, il répugnait à dormir sous le toit de lord Whitfield et à accepter son hospitalité.

Il traversa Wychwood et s'arrêta en chemin chez miss Waynflete. La bonne qui lui ouvrit la porte le regarda avec étonnement, mais l'introduisit dans la salle à manger, où miss Waynflete était en train de prendre son petit déjeuner.

Surprise, elle se leva pour l'accueillir.

Il ne perdit pas de temps !

– Excusez-moi de vous importuner à une heure pareille.

Il tourna la tête. La bonne était sortie en refermant la porte derrière elle.

– Je vais vous poser une question, miss Waynflete. Une question assez personnelle, mais j'espère que vous me le pardonnerez.

– Je vous en prie, demandez-moi tout ce que vous voudrez. Je suis sûre que vous devez avoir une bonne raison de le faire.

– Merci.

Après un silence, il reprit :

– Je voudrais savoir exactement pourquoi vous avez rompu vos fiançailles avec lord Whitfield, autrefois.

Elle ne s'attendait pas à ça. Elle rougit et porta une main à sa poitrine.

– Il vous en a parlé ?

– Il m'a raconté une histoire d'oiseau… un oiseau dont on aurait tordu le cou…

– Il vous a dit ça ? s'exclama-t-elle, étonnée. Il a *admis* le fait ? Ça, c'est incroyable !

– Voulez-vous me dire de quoi il retourne ?

– Oui, je vais le faire. Mais je vous en conjure, n'abordez jamais ce sujet avec lui… avec Gordon. C'est du passé… c'est fini, oublié… je ne veux pas… qu'on revienne là-dessus.

Elle le regardait d'un air suppliant.

Luke acquiesça.

– C'est seulement pour ma gouverne personnelle, dit-il. Je n'en dirai rien à personne.

– Je vous remercie.

Elle avait recouvré son sang-froid. Et ce fut d'une voix ferme qu'elle poursuivit :

– Voilà l'histoire. J'avais un canari… je l'aimais beaucoup… j'étais peut-être… un peu stupide dans ce domaine… comme toutes les filles de mon temps. Nous avions toutes tendance à… à bêtifier avec nos animaux de prédilection. Ce devait être exaspérant pour un homme, je m'en rends bien compte.

– Oui ? l'encouragea Luke.

– Gordon était jaloux de cet oiseau. Un jour, très en colère, il m'a lancé : « C'est à croire que vous aimez mieux cet oiseau que moi ! » Et moi, avec ces manières un peu godiches qu'on inculquait aux filles à l'époque, j'ai gloussé de rire, j'ai posé le canari sur mon doigt et j'ai gazouillé : « Mais bien sûr, mon petit zoziau, que je t'aime bien mieux que ce grand benêt ! Bien sûr que oui ! » Alors… oh ! j'en frémis encore… Gordon m'a arraché l'oiseau des mains et lui a *tordu le cou*. Ça m'a fait un choc… un choc que je n'oublierai jamais !

Son visage était devenu très pâle.

– Sur quoi vous avez rompu vos fiançailles ? dit Luke.

– Oui. Je ne pouvais plus éprouver les mêmes sentiments. Voyez-vous, Mr Fitzwilliam… (Elle hésita.) Ce n'était pas tant le geste en soi : il aurait pu le faire dans un accès de jalousie ou de colère… c'était l'impression affreuse *qu'il y avait pris plaisir*… C'était *ça* qui m'effrayait !

– Il y a si longtemps…, murmura Luke. Et déjà à cette époque…

Elle posa la main sur son bras.

– Mr Fitzwilliam…

Il plongea son regard grave dans les yeux de miss Waynflete, remplis de supplication et d'effroi.

– C'est lord Whitfield qui a commis tous ces meurtres ! dit-il. Vous l'avez toujours su, n'est-ce pas ?

Elle secoua la tête avec vigueur.

– Je ne le *savais* pas ! Si je l'avais *su*, alors… alors j'aurais parlé, bien sûr… Mais non, c'était juste une *crainte*.

– Et vous ne m'avez même pas mis sur la voie ?

Elle joignit les mains, soudain au supplice.

– Comment l'aurais-je pu ? Comment l'aurais-je pu ? Je l'ai aimé, autrefois…

– Oui, dit Luke avec douceur. Je comprends.

Elle se détourna, fouilla dans son sac et en sortit un petit mouchoir de dentelle avec lequel elle se tamponna les paupières. Puis elle revint à Luke, digne, calme et l'œil sec.

– Je suis si contente que Bridget ait rompu ses fiançailles, dit-elle. C'est vous qu'elle va épouser, n'est-ce pas ?

– Oui.

– Vous serez beaucoup mieux assortis, déclara miss Waynflete d'un ton un peu pincé.

Luke ne put réprimer un léger sourire.

Mais l'expression de miss Waynflete était grave et anxieuse. De nouveau, elle posa la main sur le bras de Luke.

– Soyez très prudents, dit-elle. Il faut que vous soyez très prudents… Tous les deux.

– Vous voulez dire… avec lord Whitfield.

– Oui. Mieux vaudrait ne pas le mettre au courant.

Luke fronça les sourcils.

– Cette idée ne me plaît guère, et je ne pense pas qu'elle plaise davantage à Bridget.

– Oh ! quelle importance ? Vous ne semblez pas vous rendre compte qu'il est *fou*… *fou* ! Il ne le supportera pas — pas une seconde ! S'il arrivait quelque chose à Bridget…

– Il ne lui arrivera rien !

– Non, je sais… mais comprenez bien que vous n'êtes pas de taille à lutter contre lui ! Il est terriblement rusé ! Emmenez-la tout de suite… c'est le seul espoir. Envoyez-la à l'étranger ! Tous les deux, vous devriez partir pour l'étranger !

– Il serait peut-être bon, en effet, qu'elle s'en aille, dit Luke d'une voix sans timbre. Mais moi, je reste.

– Je craignais que vous ne disiez cela. En tout cas, *qu'elle parte, elle* ! Et attention : *tout de suite* !

Luke hocha lentement la tête.

– Je crois que vous avez raison.

– Je sais que j'ai raison ! Qu'elle parte… *avant qu'il ne soit trop tard.*

19

Fiançailles rompues

Bridget entendit la voiture arriver. Elle sortit accueillir Luke sur le perron.

Sans préambule, elle lui lança :

– Je lui ai déjà annoncé la nouvelle.

– Quoi ? s'exclama Luke, stupéfait.

Sa consternation était si évidente que Bridget ne put se retenir de demander :

– Qu'y a-t-il, Luke ? Vous avez l'air bouleversé.

– Je croyais que nous étions convenus d'attendre mon retour, répondit-il avec lenteur.

– Je sais, mais j'ai pensé qu'il valait mieux en finir. Il faisait des projets… pour notre mariage… notre lune de miel… et tout ça ! J'ai été *obligée* de lui avouer la situation.

Elle ajouta, d'un ton de léger reproche :

– C'était la seule chose honnête à faire.

Il en convint.

– De votre point de vue, oui. Oh ! oui, je le comprends.

– De n'importe quel point de vue, il me semble.

– Il arrive qu'on ne puisse pas se permettre d'être… honnête !

– Que voulez-vous dire, Luke ?

Il fit un geste d'impatience.

– Ce n'est ni le moment ni le lieu d'en parler. Comment Whitfield a-t-il réagi ?

– Extraordinairement bien, répondit Bridget, pensive. Extraordinairement bien, vraiment. J'ai eu honte de moi. Je crois, Luke, que j'ai sous-estimé Gordon… tout ça parce qu'il est un peu pompeux et vaniteux parfois. Au fond, c'est plutôt un… grand petit bout d'homme !

Luke hocha la tête.

– Oui, c'est sans doute un grand bonhomme… sous certains aspects insoupçonnés. Écoutez, Bridget, vous devez quitter cette maison le plus vite possible.

– Bien sûr, je vais faire mes bagages et partir aujourd'hui même. Vous pourrez peut-être me conduire en ville. J'imagine que nous ne pouvons pas nous installer tous les deux au *Bells and Motley* ?… encore faudrait-il d'ailleurs que la troupe d'Ellsworthy ait libéré les lieux…

Luke secoua la tête.

– Non, il vaut mieux que vous rentriez à Londres. Je vous expliquerai plus tard pourquoi. Pour l'instant, je vais voir Whitfield.

– Oui, c'est la chose à faire… C'est plutôt moche, cette histoire, vous ne trouvez pas ? Je me fais l'effet d'une sale petite aventurière.

Luke lui sourit.

– Le marché était équitable. Vous avez joué franc-jeu avec lui. De toute façon, ça ne sert à rien de se lamenter sur ce qui est passé, révolu ! Bon… moi, je vais voir Whitfield.

Il trouva son hôte en train d'arpenter le salon. Extérieurement, lord Whitfield était calme et arborait même un léger sourire. Mais Luke remarqua qu'une veine de sa tempe battait furieusement.

Il se retourna en entendant Luke entrer.

– Ah ! vous voilà, Fitzwilliam.

– Il est inutile que je vous exprime mes regrets pour ce que j'ai fait, déclara Luke. Ce serait de l'hypocrisie ! Je reconnais que, de votre point de vue, j'ai très mal agi. Et je n'ai rien à faire valoir pour ma défense. Ce sont des choses qui arrivent, voilà tout.

Lord Whitfield se remit à marcher de long en large.

– Mais oui…, mais oui ! dit-il en agitant la main.

Luke poursuivit :

– Bridget et moi nous sommes conduits envers vous de façon indigne. Mais c'est ainsi ! Nous nous aimons, et nous n'y pouvons rien… sinon vous dire la vérité et disparaître.

Lord Whitfield s'arrêta et dévisagea Luke de ses yeux protubérants.

– Non, dit-il, vous n'y pouvez rien !

Sa voix avait une intonation étrange. Il regardait Luke en secouant la tête avec une sorte de commisération.

– Que voulez-vous dire ? demanda Luke d'un ton sec.

– Vous n'y pouvez rien ! répéta lord Whitfield. Il est trop tard !

Luke fit un pas vers lui.

– Expliquez-moi ce que vous entendez par là.

De façon inattendue, lord Whitfield répondit :

– Demandez à Honoria Waynflete. *Elle* comprendra. *Elle* sait ce qui se passe. Elle m'en a parlé un jour !

– Qu'est-ce qu'elle comprend ?

– *Le mal ne reste pas impuni*, déclara lord Whitfield. Justice doit être faite ! J'en suis désolé, parce que j'ai beaucoup d'affection pour Bridget. D'une certaine manière, j'en suis désolé pour vous deux !

– C'est une menace ? s'enquit Luke.

Lord Whitfield parut sincèrement choqué.

– Non, non, mon cher garçon ! Mes sentiments n'entrent pas en ligne de compte. Lorsque j'ai fait à Bridget l'honneur de la choisir pour épouse, elle a accepté certaines responsabilités. Elle les rejette aujourd'hui… *mais, en ce monde, il n'y a pas de retour en arrière.* Qui enfreint la loi encourt la sanction…

Luke serra les poings.

– Vous insinuez qu'il va arriver quelque chose à Bridget ? Écoutez-moi bien, Whitfield : *il n'arrivera rien à Bridget*… ni à moi ! Si vous tentez quoi que ce soit de ce genre, vous êtes fichu. Prenez garde ! J'en sais long sur votre compte !

– Je ne suis pas en cause, dit lord Whitfield. Je ne suis que l'instrument d'une Puissance supérieure. Ce que décrète cette Puissance doit s'accomplir !

– Vous y croyez, apparemment.

– Parce que c'est la vérité ! Quiconque se dresse contre moi encourt la sanction. Ni Bridget ni vous ne ferez exception à la règle.

– C'est là que vous vous trompez. On ne peut pas avoir indéfiniment la chance de son côté ; elle finit toujours par tourner. Dans votre cas, elle est tout près de tourner.

– Mon cher garçon, vous ne savez pas à qui vous parlez, répondit lord Whitfield d'une voix douce. Moi, rien ne peut m'atteindre.

– Vraiment ? C'est ce que nous verrons. Faites attention où vous mettez les pieds, Whitfield.

Lord Whitfield commença à s'agiter.

– J'ai fait preuve de beaucoup de patience, déclara-t-il d'une voix changée. N'en abusez pas. Sortez !

– Je m'en vais, dit Luke. Aussi vite que je peux. Mais je vous aurai prévenu, ne l'oubliez pas.

Il tourna les talons, sortit rapidement de la pièce et monta l'escalier quatre à quatre. Il trouva Bridget dans sa chambre, supervisant la confection de ses bagages.

– Bientôt prête ?

– Dans dix minutes.

Ses yeux lui posaient une question que la présence de la bonne l'empêchait de formuler.

Luke lui fit un bref signe de tête.

Il passa dans sa propre chambre et jeta rapidement ses affaires en vrac dans sa valise.

Dix minutes plus tard, il retrouvait Bridget.

– Nous y allons ?

– Je suis prête.

Dans l'escalier, ils rencontrèrent le maître d'hôtel qui montait.

– Miss Waynflete est ici, mademoiselle. Elle demande à vous voir.

– Miss Waynflete ? Où est-elle ?

– Au salon, avec Sa Seigneurie.

Suivie de près par Luke, Bridget gagna directement le salon.

Debout près de la fenêtre, lord Whitfield parlait avec miss Waynflete. Il tenait à la main un poignard… un long poignard à la lame effilée.

– Très bel objet artisanal, disait-il. Un de mes jeunes envoyés spéciaux me l'a rapporté du Maroc. C'est un poignard maure, un kandjar.

Il caressa amoureusement la lame du doigt.

– Quel tranchant !

– Rangez ça, Gordon, je vous en conjure ! dit miss Waynflete avec nervosité.

Il sourit et remit le poignard sur une table, parmi d'autres armes de collection.

– J'aime ce contact, dit-il à mi-voix.

Miss Waynflete avait perdu un peu de son calme habituel. Elle était pâle et agitée.

– Ah ! vous voici, ma chère Bridget ! dit-elle.

Lord Whitfield gloussa.

– Oui, voici Bridget. Profitez-en, Honoria. Elle n'est plus pour longtemps parmi nous.

– Qu'entendez-vous par là ? demanda vivement miss Waynflete.

– Ce que j'entends par là ? Qu'elle part pour Londres, tout simplement. C'est bien ça, n'est-ce pas ? Voilà tout ce que j'entends par là.

Il les regarda tour à tour.

– J'ai une nouvelle à vous annoncer, Honoria. En définitive, Bridget ne m'épousera pas. Elle préfère Fitzwilliam, ici présent. Drôle de chose, la vie… Bon, je vous laisse bavarder entre vous.

Il sortit en faisant tinter les pièces de monnaie qu'il avait dans ses poches.

– Oh ! mon Dieu…, murmura miss Waynflete. Mon Dieu…

Sa voix trahissait un tel désarroi que Bridget se sentit prise de court.

– Je suis désolée, balbutia-t-elle d'un ton gêné. Vraiment désolée.

– Il est en colère… très en colère…, répliqua miss Waynflete. Mon Dieu, c'est épouvantable ! Qu'allons-nous faire ?

Bridget la regarda sans comprendre.

– Faire ? Que voulez-vous dire ?

Miss Waynflete leur lança à tous les deux un regard de reproche.

– Vous n'auriez jamais dû le lui annoncer.

– Allons donc ! Que pouvions-nous faire d'autre ? riposta Bridget.

– Vous n'auriez pas dû le lui annoncer *maintenant*. Vous auriez dû attendre d'être loin d'ici.

– Chacun son opinion, répondit Bridget d'un ton bref. Je pense, moi, qu'il vaut mieux régler au plus vite les questions désagréables.

– Oh ! ma chère, s'il ne s'agissait que de cela…

Elle s'interrompit et interrogea Luke du regard.

Il secoua la tête. Ses lèvres formèrent les mots : « Pas encore. »

– Je vois, murmura miss Waynflete.

– Vous aviez quelque chose de particulier à me dire, miss Waynflete ? demanda Bridget avec un brin d'exaspération.

– Eh bien… oui. En fait, je voulais vous proposer de venir séjourner quelque temps chez moi. J'ai pensé que… euh… que vous seriez peut-être gênée de rester ici et que vous auriez sans doute besoin de quelques jours pour… euh… mûrir vos projets.

– Merci, miss Waynflete, c'est très gentil de votre part.

– Vous savez, vous seriez en sécurité chez moi et…

Bridget l'interrompit :

– *En sécurité ?*

– Je veux dire… confortablement installée, s'empressa de rectifier miss Waynflete, un peu troublée. Bien sûr, pas aussi luxueusement qu'ici, mais l'eau chaude est *vraiment* chaude et Emily, ma petite bonne, est un véritable cordon-bleu.

– Oh ! je suis bien sûre que tout serait parfait, miss Waynflete, répliqua machinalement Bridget.

– Mais évidemment, si vous allez en ville, ce sera encore beaucoup mieux…

– L'ennui, dit Bridget d'un ton soucieux, c'est que tante est partie ce matin de bonne heure pour une exposition florale. Je n'ai pas eu le temps de lui annoncer la nouvelle. Je vais lui laisser un mot pour la prévenir que je suis rentrée à l'appartement.

– Vous allez donc chez votre tante, à Londres ?

– Oui. Il n'y aura personne, mais je prendrai mes repas dehors.

– Vous serez seule dans cet appartement ? Mon Dieu, ne faites pas ça ! Ne restez surtout pas seule là-bas !

– On ne me mangera pas, dit Bridget agacée. De toute façon, ma tante doit rentrer demain.

Miss Waynflete secoua la tête d'un air soucieux.

– Mieux vaut aller à l'hôtel, dit Luke.

Bridget se tourna vivement vers lui.

– Pourquoi ? Qu'est-ce que vous avez, tous les deux ? Pourquoi me traitez-vous comme si j'étais une demeurée ?

– Ce n'est pas cela du tout, ma chère, protesta miss Waynflete. Nous vous demandons seulement d'être *prudente*… c'est tout !

– Mais pourquoi ? Pourquoi ? Que se passe-t-il, à la fin ?

– Écoutez, Bridget, dit Luke, il faut que je vous parle. Mais je ne peux pas le faire ici. Prenons ma voiture, et allons dans un coin tranquille.

Il se tourna vers miss Waynflete.

– Pouvons-nous venir chez vous dans une heure, environ ? J'aurai plusieurs choses à vous dire.

– Je vous en prie. Je vous attendrai.

Luke prit Bridget par le bras et remercia miss Waynflete d'un signe de tête.

– Nous passerons chercher les bagages plus tard, dit-il. Venez.

Ils sortirent de la pièce, traversèrent le hall et sortirent par la grand-porte. Luke ouvrit la portière de sa voiture. Bridget monta. Luke démarra et s'éloigna rapidement. Lorsqu'ils eurent franchi la grille, il poussa un soupir de soulagement.

– Dieu merci, dit-il, vous êtes sortie de là saine et sauve !

– Qu'est-ce qui vous prend, Luke ? Que signifient toutes ces cachotteries, ces « Chut ! je ne peux rien vous expliquer maintenant » ?

Mâchoires serrées, Luke répondit :

– Eh bien… il est assez difficile, voyez-vous, d'expliquer qu'un homme est un meurtrier quand on se trouve précisément sous son toit !

20

Nous sommes dans le bain… ensemble !

Bridget resta un moment sans réaction.

– *Gordon ?* demanda-t-elle enfin.

Luke acquiesça de la tête.

– Gordon ? répéta-t-elle. *Gordon, un meurtrier ?* Gordon, *le* meurtrier ? Je n'ai jamais rien entendu d'aussi ridicule !

– C'est tout l'effet que ça vous fait ?

– Oui, vraiment. Gordon ne ferait pas de mal à une mouche !

– C'est peut-être vrai, répliqua Luke d'un air sombre. Je n'en sais rien. Mais ce qu'il y a de sûr, c'est qu'il a tué un canari, et que je suis convaincu qu'il a également tué un grand nombre d'êtres humains.

– Mon cher Luke, je me refuse à croire ça !

– Je sais, ça paraît totalement invraisemblable. Jusqu'à avant-hier soir, il ne m'était jamais venu à l'esprit qu'il pouvait être suspect.

– Mais voyons, je connais Gordon par cœur ! protesta Bridget. Je sais *comment* il est ! C'est un petit bout d'homme charmant… pompeux, d'accord, mais assez pitoyable en réalité.

Luke secoua la tête.

– Il va falloir réviser votre jugement sur lui, Bridget.

– C'est inutile, Luke, je ne peux pas croire une chose pareille ! Qu'est-ce qui vous a mis une idée aussi absurde dans la tête ? Avant-hier encore, vous étiez convaincu de la culpabilité d'Ellsworthy !

Luke fit la grimace.

– Je sais, je sais. Vous pensez probablement que demain je soupçonnerai Thomas et que, après-demain, je serai convaincu de la culpabilité du major Horton ! Je ne suis pas versatile à ce point. Je reconnais que l'idée peut sembler stupéfiante au premier abord, mais si vous l'examinez d'un peu plus près, vous verrez que tout colle à merveille. Pas étonnant que miss Pinkerton n'ait pas osé s'adresser à la police locale ! Elle savait qu'on lui rirait au nez ! Son seul espoir, c'était Scotland Yard.

– Mais enfin, pourquoi diable Gordon aurait-il commis tous ces meurtres ? Non, vraiment, ça ne tient pas debout !

– Je sais. Mais est-ce que vous vous rendez compte que Gordon Whitfield a une très haute opinion de lui-même ?

– Il fait semblant d'être quelqu'un de très remarquable et très important. Simple complexe d'infériorité, le pauvre chou !

– C'est peut-être la racine du mal. Je n'en sais rien. Mais réfléchissez, Bridget… *réfléchissez* deux minutes. Rappelez-vous les mots que vous avez employés vous-même pour le tourner en dérision : lèse-majesté, etc. Vous ne voyez pas qu'il est atteint d'égocentrisme suraigu ? Par-dessus le marché, le fanatisme religieux s'en mêle. Ma chère petite, cet homme est complètement timbré !

Bridget s'abîma un moment dans ses pensées.

– Je n'arrive toujours pas à y croire, dit-elle enfin. Quelles preuves avez-vous, Luke ?

– D'abord, ses propres paroles. Il m'a dit avant-hier, de façon parfaitement nette et distincte, que tous ceux qui s'opposaient à lui *mouraient systématiquement.*

– Et ensuite ?

– Je ne sais pas comment vous expliquer… c'est surtout la manière dont il a dit ça. Calme, satisfait et… comment dire ?… ayant l'air de trouver ça *normal* ! Il se souriait à lui-même… C'était troublant et assez horrible, Bridget !

– Et ensuite ?

– Eh bien… ensuite, il m'a cité une liste de gens qui étaient passés de vie à trépas parce qu'ils avaient encouru son souverain mécontentement ! Et écoutez ça, Bridget : *les personnes qu'il a mentionnées étaient Mrs Horton, Amy Gibbs, Tommy Pierce, Harry Carter, Humbleby et Rivers, le chauffeur !*

Bridget fut enfin ébranlée. Elle devint très pâle.

– Il a cité précisément ces gens-là ?

– Très précisément ces gens-là ! Vous me croyez, *maintenant* ?

– Seigneur, il le faut bien… Mais pourquoi a-t-il fait tout ça ? Pourquoi ?

– Pour des raisons absolument dérisoires… c'est ce qui rend la chose si effrayante ! Mrs Horton l'avait regardé de haut, Tommy Pierce avait fait rire les jardiniers en l'imitant, Harry Carter l'avait injurié, Amy Gibbs lui avait répondu avec insolence, Humbleby avait osé lui tenir tête en public, Rivers l'avait menacé devant miss Waynflete et moi…

Bridget porta les mains à ses yeux.

– C'est horrible… absolument horrible…, murmura-t-elle.

– Oui. Et puis, il y a une preuve venant de l'extérieur. La voiture qui a renversé miss Pinkerton à Londres était une Rolls, et *son numéro d'immatriculation était celui de la voiture de lord Whitfield.*

– Voilà qui tranche la question, dit Bridget d'une voix sourde.

– Oui. La police a pensé que la femme qui leur avait communiqué le numéro avait fait une erreur. Vous parlez d'une erreur !

– Je les comprends, dit Bridget. Quand un homme riche et puissant comme lord Whitfield est en cause, c'est naturellement lui qu'on croit !

– Oui. Ça donne une idée des problèmes rencontrés par miss Pinkerton !

– Une ou deux fois, elle m'a tenu des propos bizarres, remarqua Bridget, songeuse. Comme pour me mettre en garde contre quelque chose… Sur le moment, je n'y avais rien compris… À présent, j'y vois clair !

– Tout concorde, dit Luke. Il faut se rendre à l'évidence. Au début, on se dit comme vous : « Impossible ! » ; puis, quand on en accepte l'idée, tout se met en place ! Les raisins qu'il envoyait à Mrs Horton… elle qui croyait que les infirmières l'empoisonnaient ! Et la visite qu'il a faite à l'Institut Wellerman Kreutz : il a dû se procurer une culture de germes et contaminer Humbleby.

– Là, je ne vois pas comment il s'y est pris.

– Moi non plus, *mais le lien existe*. Il n'y a pas à sortir de là.

– Non… Comme vous dites, tout *concorde*. D'autant qu'il pouvait se permettre des choses impossibles à d'autres ! Il était au-dessus de tout soupçon !

– Je pense que miss Waynflete le soupçonnait. Elle a fait allusion à cette visite à l'Institut. Elle a amené ça tout naturellement dans la conversation… mais elle espérait sûrement que j'en tirerais des conclusions.

– Elle savait donc depuis le début ?

– Elle avait de graves présomptions. Mais elle était handicapée par le fait qu'elle avait été jadis amoureuse de lui.

Bridget hocha la tête.

– Oui, cela expliquerait bien des choses. Gordon m'a dit qu'ils avaient été fiancés autrefois.

– En fait, elle ne voulait pas croire que c'était lui. Mais d'un autre côté, elle en est devenue de plus en plus *sûre.* Elle a essayé de me mettre sur la voie, sans pouvoir se résoudre à l'accuser ouvertement ! Les femmes sont de bizarres créatures ! Je pense que, d'une certaine manière, elle l'aime encore…

– Bien qu'il l'ait plaquée ?

– C'est *elle* qui l'a plaqué. L'histoire est assez moche, d'ailleurs…

Il lui raconta ce bref mais déplaisant incident. Bridget le regarda, sidérée.

– Gordon a fait *ça* ?

– Oui. Même à l'époque, voyez-vous, il n'était déjà pas normal !

– Il y a si longtemps… si longtemps, murmura Bridget en frissonnant.

– Si ça se trouve, il a liquidé encore beaucoup plus de gens qu'on ne l'imagine ! C'est le rythme accéléré des décès, depuis quelque temps, qui a attiré l'attention sur lui ! Comme si le succès lui était monté à la tête !

Bridget demeura silencieuse une bonne minute, plongée dans ses réflexions. Enfin, elle demanda brusquement :

– Que vous a dit exactement miss Pinkerton, dans le train ? Comment a-t-elle abordé le sujet ?

Luke fit un effort de mémoire.

– Elle m'a dit qu'elle allait à Scotland Yard… elle a fait allusion au constable du village… elle a dit que c'était un brave garçon, mais qu'il n'était pas de taille à s'occuper de meurtres.

– C'était la première fois qu'elle prononçait le mot ?

– Oui.

– Et ensuite ?

– Après, elle a dit : « *Vous êtes surpris, à ce que je vois. Je l'ai été, moi aussi, au début. Je n'arrivais pas à y croire. Je pensais que je me faisais des idées.* »

– Et puis ?

– Je lui ai demandé si elle en était bien sûre — de ne pas se faire des idées, j'entends — et elle m'a répondu très placidement : « *Oh, certaine ! J'aurais pu me tromper la première fois, mais pas la deuxième, ni la troisième, ni la quatrième. À partir de ce moment-là, on sait à quoi s'en tenir.* »

– Extraordinaire ! commenta Bridget. Continuez.

– Moi, bien sûr, j'ai pris ça comme une plaisanterie, je lui ai dit qu'elle avait raison de faire ce qu'elle faisait. J'étais comme saint Thomas ; incrédule s'il en fut !

– Je vous comprends. C'est si facile d'y voir clair après coup ! Moi aussi, j'aurais été gentiment condescendante avec cette pauvre vieille demoiselle ! Et ensuite, que vous a-t-elle dit ?

– Attendez… Ah ! oui : elle a parlé d'Abercrombie… l'empoisonneur gallois, vous vous souvenez ? Elle a dit qu'elle n'avait pas cru, à l'époque, la fable selon laquelle il aurait été doté d'un regard « spécial » dont il aurait quasiment foudroyé ses futures victimes. Mais que, maintenant, elle y croyait parce qu'elle avait constaté elle-même un fait similaire.

– Quels ont été ses mots exacts ?

Luke réfléchit, le front plissé.

– De sa voix douce de vieille fille bien élevée elle a murmuré : « *Quand j'ai lu ça dans les journaux, je n'y ai pas vraiment cru… et pourtant, c'est vrai !* » Sur quoi je lui ai demandé : « Qu'est-ce qui est vrai ? » Et elle m'a répondu : « *Qu'il existe, ce regard spécial qu'on peut poser sur quelqu'un…* » Et je vous jure, Bridget, que la façon dont elle a dit ça m'a *glacé* ! Sa voix posée, l'expression de son visage… comme si elle avait vraiment vu quelque chose de trop horrible pour pouvoir l'exprimer.

– Continuez, Luke. Racontez-moi tout.

– Ensuite, elle a énuméré les victimes… Amy Gibbs, Carter et Tommy Pierce… et elle a précisé que Tommy était un gosse infernal et Carter un ivrogne. Et puis elle a dit : « *Et cette fois — hier —, le phénomène s'est reproduit avec le Dr Humbleby… lui qui est un si brave homme… un homme vraiment bien.* » Et elle a dit que si elle allait trouver Humbleby pour le mettre en garde il ne la croirait pas, il lui rirait au nez !

Bridget poussa un profond soupir.

– Je vois, dit-elle. Je vois.

Luke la regarda.

– Qu'y a-t-il, Bridget ? À quoi pensez-vous ?

– À ce que Mrs Humbleby a dit un jour. Je me demande… mais non, ça ne fait rien, continuez. Que vous a-t-elle dit, tout à la fin ?

Luke répéta les paroles de miss Pinkerton telles qu'il les avait entendues. Elles l'avaient marqué ; il n'était pas près de les oublier.

– Comme je lui disais qu'il était difficile de commettre impunément toute une série de meurtres, elle m'a répondu : « *Non, non, mon garçon, détrompez-vous.*

Tant qu'on ne vous soupçonne pas, c'est très facile de tuer. Et en l'occurrence, la personne en question est bien la dernière que l'on songerait à soupçonner… »

Il se tut.

– Facile de tuer ? murmura Bridget en frissonnant. Horriblement facile, ça c'est bien vrai ! Pas étonnant que vous ayez été marqué par ces paroles, Luke. Elles vont me marquer moi aussi… pour la vie ! Un homme comme Gordon Whitfield… oh ! oui, c'est très facile.

– Mais ce qui est moins facile, c'est de le confondre, dit Luke.

– Vous croyez ça ? J'ai idée que, sur ce point, je peux me rendre utile.

– Bridget, je vous interdis…

– Pas question. On ne peut pas se contenter de rester les bras croisés. Je suis dans le bain, Luke. Ça risque d'être dangereux — oui, j'en conviens —, mais je dois tenir mon rôle.

– Bridget…

– Je *suis* dans le bain, Luke ! Je vais accepter l'invitation de miss Waynflete et rester ici.

– Ma chérie, je vous en supplie…

– C'est dangereux pour nous deux. J'en suis consciente. Mais nous sommes dans le bain tous les deux, Luke… nous sommes dans le bain… ensemble !

21

« Pourquoi mets-tu des gants pour t'en aller aux champs ? »

Le calme qui régnait dans la maison de miss Waynflete leur parut presque fade après le moment de tension qu'ils venaient de vivre dans la voiture.

Miss Waynflete accueillit d'un air un peu sceptique la décision de Bridget. Elle s'empressa néanmoins de renouveler son invitation, pour bien montrer que ses doutes avaient une tout autre cause qu'un manque d'envie de la recevoir.

– Puisque vous avez la gentillesse de lui offrir l'hospitalité, miss Waynflete, je crois vraiment que c'est la meilleure solution, déclara Luke. Pour ma part, je vais m'installer au *Bells and Motley.* Je préfère avoir Bridget sous les yeux plutôt que de la savoir à Londres. Après tout, rappelez-vous ce qui s'est déjà passé là-bas.

– Vous pensez à... Lavinia Pinkerton ? demanda miss Waynflete.

– Oui. J'aurais pourtant été prêt à jurer que, dans une grande ville grouillante de monde, n'importe qui serait en sécurité.

– Si je vous comprends bien, répliqua miss Waynflete, pour qu'un individu soit en sécurité, la condition première est que nul ne cherche à le tuer ?

– Exactement. Nous en sommes arrivés à dépendre de ce qu'il est convenu d'appeler le bon vouloir de l'homme civilisé.

Miss Waynflete hocha la tête d'un air songeur.

– Depuis combien de temps savez-vous que… que Gordon est l'assassin, miss Waynflete ? demanda Bridget.

La vieille demoiselle soupira.

– Il est difficile de répondre à cette question, mon enfant. Je dois en avoir la conviction, tout au fond de moi-même, depuis un certain temps déjà… Mais je faisais l'impossible pour ne pas me l'avouer ! Je ne *voulais* pas y croire et, par voie de conséquence, j'essayais de me persuader que c'était une idée monstrueuse de ma part.

– N'avez-vous jamais eu peur… pour vous-même ? demanda Luke sans détour.

Miss Waynflete réfléchit.

– Vous voulez dire que si Gordon s'était douté que je savais il aurait pu trouver un moyen de se débarrasser de *moi* ?

– Oui.

Miss Waynflete répondit d'une voix douce :

– Je n'ai jamais, bien évidemment, négligé ce risque… Je me suis efforcée de… de me tenir sur mes gardes. Mais je ne crois pas que Gordon me considère comme une véritable menace.

– Pourquoi ?

Miss Waynflete rougit légèrement.

– Pas un instant Gordon n'irait m'imaginer capable de faire quoi que ce soit qui puisse… qui puisse lui causer du tort.

– Vous êtes allée jusqu'à le mettre en garde, n'est-ce pas ? dit brusquement Luke.

– Oui. Du moins, je lui ai fait comprendre à quel point je trouvais bizarre que quiconque venait à lui déplaire soit aussitôt victime d'un accident.

– Et qu'a-t-il répondu à ça ? demanda Bridget.

Un froncement soucieux assombrit le visage de miss Waynflete.

– Il n'a pas eu du tout la réaction que j'attendais. Il a semblé… — c'est vraiment très extraordinaire ! —, il a semblé *ravi*… Il m'a dit : « Ainsi, *vous* l'avez remarqué ? » Il… il buvait du petit-lait, si vous me passez l'expression.

– Il est fou, c'est évident, dit Luke.

Miss Waynflete renchérit avec force :

– Oui, c'est la seule explication possible. Il n'est pas responsable de ses actes. (Elle posa la main sur le bras de Luke.) On… On ne va pas le pendre, dites, Mr Fitzwilliam ?

– Non, non. On l'internera sans doute à Broadmoor.

Avec un soupir, miss Waynflete s'abandonna dans son fauteuil.

– J'en suis soulagée.

Elle fixa son regard sur Bridget, qui contemplait le tapis, sourcils froncés.

– Mais nous n'en sommes pas encore là, dit Luke. J'ai averti les autorités, et tout ce que je peux vous assurer, c'est qu'elles sont disposées à mener une enquête sérieuse. Toutefois, il faut bien admettre que nous avons extrêmement peu de preuves.

– Des preuves, nous en aurons ! décréta Bridget.

Miss Waynflete leva les yeux vers elle. Son expression rappela à Luke quelqu'un ou quelque chose qu'il avait vu tout récemment. Il essaya de saisir ce souvenir fuyant, mais en vain.

– Je vous trouve bien optimiste, ma chère petite, dit miss Waynflete, sceptique. Enfin, peut-être avez-vous raison.

– Je vais aller chercher vos bagages au manoir, Bridget, annonça Luke.

– Je vous accompagne ! répondit-elle aussitôt.

– J'aimerais mieux pas.

– Oui, mais moi, j'aimerais mieux.

– Ne jouez pas les mères poules avec moi, Bridget ! riposta Luke, agacé. Je refuse de me laisser protéger par vous.

– Franchement, Bridget, murmura miss Waynflete, je ne vois pas quel danger il pourrait y avoir… en voiture… et en plein jour.

Bridget émit un petit rire penaud.

– Je suis idiote. Remarquez, une histoire comme ça aurait de quoi mettre les nerfs de n'importe qui en pelote.

– L'autre soir, c'est miss Waynflete qui m'a escorté jusqu'à Ashe Manor pour me protéger, dit Luke. Allons, miss Waynflete, avouez-le ! C'est bien la vérité, n'est-ce pas ?

Elle l'admit en souriant :

– Vous étiez tellement loin de soupçonner le danger, Mr Fitzwilliam ! Je me suis dit que si Gordon Whitfield avait deviné que vous étiez venu ici dans le seul et unique dessein de fouiner dans ses affaires… alors, vous n'étiez pas en sécurité. D'autant que ce sentier est très écarté… et qu'il aurait pu vous y arriver *n'importe quoi* !

– Maintenant, je suis bel et bien conscient du danger, répliqua Luke d'un air farouche. On ne m'aura pas par surprise, je vous le garantis !

– N'oubliez pas qu'il est très rusé, dit miss Waynflete d'un ton anxieux. Et beaucoup plus intelligent que vous ne l'imaginez ! C'est un esprit particulièrement ingénieux, vraiment.

– Je suis averti.

– Les hommes ont du courage, chacun sait cela, dit miss Waynflete, mais ils sont plus faciles à duper que les femmes.

– Ça, c'est vrai, admit Bridget.

– Vous pensez sérieusement, miss Waynflete, dit Luke, que je cours un danger quelconque ? Vous pensez vraiment, pour parler comme dans les films noirs, que lord Whitfield a l'intention de *me faire la peau* ?

Miss Waynflete hésita avant de répondre :

– Selon moi, c'est Bridget qui est la plus menacée. C'est *elle* qui, en le rejetant, lui a infligé l'insulte suprême ! Je pense que, *après* s'être occupé de Bridget, il se retournera contre *vous*. Mais je suis persuadée qu'il s'attaquera à *elle* d'abord.

Luke laissa échapper un gémissement.

– Je vous en supplie, Bridget, quittez le pays… tout de suite… sur-le-champ !

Bridget serra les lèvres.

– Je ne partirai pas.

Miss Waynflete soupira.

– Vous êtes brave, Bridget. Je vous admire.

– Vous feriez la même chose à ma place.

– Ma foi, peut-être bien.

– Luke et moi, nous sommes dans le bain ensemble ! dit Bridget d'une voix basse et vibrante.

Et elle le raccompagna à la porte.

– Je vous appellerai du *Bells and Motley* dès que je serai sorti sain et sauf de la gueule du loup, lui dit-il.

– Oh, *oui* !

– Ne nous mettons pas martel en tête, mon amour ! Même les meurtriers les plus habiles ont besoin d'un minimum de temps pour mûrir leurs plans ! À mon avis, nous avons un ou deux jours de répit devant nous. Le superintendant Battle arrive de Londres aujourd'hui. Dès qu'il débarquera, Whitfield sera sous surveillance.

– En résumé, tout est O.K. et nous cessons de nous faire du mouron !

Posant une main sur l'épaule de la jeune fille, Luke lui dit avec gravité :

– Je vous saurais gré, mon amour, de ne pas commettre *d'imprudences* !

– Et réciproquement, mon chéri.

Il lui étreignit l'épaule, sauta dans la voiture et démarra.

Bridget regagna le salon. Miss Waynflete se montra aux petits soins pour elle, en charmante vieille fille un peu maniaque qu'elle était.

– Ma chère petite, votre chambre n'est pas encore *tout à fait* prête. Emily s'en occupe. Vous savez ce que je vais faire ? Je vais vous préparer une bonne tasse de thé ! Après toutes ces émotions, c'est exactement ce qu'il vous faut.

– Vous êtes trop gentille, miss Waynflete, mais je n'en ai vraiment pas envie.

Bridget aurait préféré de beaucoup un cocktail bien tassé, à base de gin, mais elle estimait fort improbable — à juste titre — que son hôtesse lui propose ce genre de rafraîchissement. Elle avait horreur du thé, qui lui donnait généralement mal à l'estomac. Seulement voilà : miss Waynflete avait décidé que ce qu'il fallait à sa jeune invitée, c'était du thé. Elle sortit vivement de la pièce et réapparut cinq minutes plus tard, le visage rayonnant, avec un plateau sur lequel étaient posées deux délicates tasses en porcelaine de Dresde remplies d'un breuvage odorant.

– Du véritable Lapsang Souchong ! annonça-t-elle avec fierté.

Bridget, qui détestait le thé de Chine plus encore que le thé des Indes, la remercia d'un pâle sourire.

À cet instant, Emily, une petite jeune fille empruntée et qui souffrait des végétations, apparut sur le seuil.

– S'il vous blaît, badeboiselle… vous avez bien dit les daies d'oreiller à volants ?

Miss Waynflete sortit précipitamment du salon. Bridget en profita pour vider son thé par la fenêtre — manquant de peu d'ébouillanter Wonky Pooh, qui lézardait sur la plate-bande, juste au-dessous.

Wonky Pooh accepta ses excuses, bondit sur l'appui de la fenêtre et se lova autour des épaules de Bridget, en ronronnant avec affectation.

– Que tu es beau ! dit Bridget en lui caressant l'échine.

Wonky Pooh arqua la queue et se mit à ronronner de plus belle.

– C'est un gentil chat, ça ! gazouilla Bridget en lui chatouillant les oreilles.

Miss Waynflete revint sur ces entrefaites.

– Ma parole ! s'exclama-t-elle. Wonky Pooh vous a bel et bien adoptée ! Lui qui est si *distant,* d'habitude ! Attention à son oreille, ma chère enfant, elle est blessée et lui fait encore très mal.

L'avertissement était venu trop tard. Bridget avait déjà pincé l'oreille douloureuse. Wonky Pooh émit un feulement rauque et se retira, drapé dans sa dignité offensée.

– Mon Dieu, il vous a griffée ? s'alarma miss Waynflete.

– Rien de grave, dit Bridget en suçant l'égratignure qui lui barrait la main.

– Voulez-vous que je vous mette un peu de teinture d'iode ?

– Oh ! non, ça va très bien. Inutile d'en faire une histoire.

Miss Waynflete parut un peu désappointée. Consciente de n'avoir pas été très aimable, Bridget s'empressa de changer de sujet :

– Je me demande si Luke en aura pour longtemps ?

– Voyons, ma chère enfant, ne vous faites pas de souci. Mr Fitzwilliam est tout à fait capable de se défendre.

– Oh ! c'est vrai qu'il est coriace !

À cet instant, le téléphone sonna. Bridget se précipita pour répondre. C'était la voix de Luke :

– Allô ? C'est vous, Bridget ? Je vous appelle du *Bells and Motley.* Est-ce que ça ira si je vous apporte vos affaires après le déjeuner seulement ? Parce que Battle est arrivé… vous savez qui je veux dire…

– Le superintendant de Scotland Yard ?

– Oui. Et il voudrait s'entretenir avec moi dès maintenant.

– Aucun problème de mon côté. Vous m'apporterez mes bagages après et vous me raconterez ce qu'il aura dit de tout ça.

– Entendu. Au revoir, mon amour.

– Au revoir.

Bridget raccrocha et rapporta la conversation à miss Waynflete. Soudain, elle bâilla. Son excitation avait cédé la place à un sentiment de lassitude.

Miss Waynflete s'en aperçut.

– Vous êtes épuisée, mon enfant ! Vous feriez mieux de vous allonger… non, juste avant le déjeuner, ce n'est peut-être pas très indiqué. Je m'apprêtais à porter quelques vieux vêtements à une femme qui habite non loin d'ici… À travers champs, c'est une charmante promenade. Cela vous tenterait de m'accompagner ? Nous avons juste le temps avant de passer à table.

Bridget accepta sans se faire prier.

Elles sortirent par la porte de derrière. Miss Waynflete était coiffée d'un chapeau de paille et Bridget, amusée, constata qu'elle avait mis des gants.

« Comme si nous allions faire du lèche-vitrines à Bond Street ! » pensa-t-elle.

Tandis qu'elles cheminaient côte à côte, miss Waynflete devisa de choses et d'autres. Elles traversèrent deux champs, puis longèrent un chemin de terre avant d'emprunter un sentier qui s'enfonçait dans un hallier. Bridget apprécia l'ombre des arbres, car la chaleur était étouffante.

Miss Waynflete proposa de s'asseoir, histoire de se reposer un peu.

– Il fait lourd, vous ne trouvez pas ? Il y aurait de *l'orage* dans l'air que ça ne m'étonnerait pas !

Bridget acquiesça d'un air somnolent. Elle s'adossa au talus, les yeux mi-clos, tandis que les vers d'un poème trottaient dans son esprit :

« Pourquoi mets-tu des gants pour t'en aller aux champs, Grosse femme à cheveux blancs qui jamais n'eut d'amant ? »

Non, ce n'était pas tout à fait adéquat ! Miss Waynflete n'était pas grosse. Bridget rectifia le texte pour l'adapter à la situation :

« Pourquoi mets-tu des gants pour t'en aller aux champs, Mince femme à cheveux gris qui jamais n'eut d'amant ? »

La voix de miss Waynflete fit irruption dans ses pensées :

– Vous avez très sommeil, n'est-ce pas, ma chère ?

C'était dit sur un ton normal, avec gentillesse, et cependant quelque chose poussa Bridget à ouvrir brusquement les yeux.

Miss Waynflete était penchée sur elle. Les yeux ardents, elle se passait doucement la langue sur les lèvres. Elle répéta sa question :

– Vous avez *très* sommeil, n'est-ce pas ?

Cette fois, on ne pouvait plus se méprendre sur la qualité de l'intonation. Un éclair traversa le cerveau de Bridget… un éclair de compréhension, suivi d'un réflexe de mépris pour l'aveuglement dont elle avait fait preuve !

Elle soupçonnait depuis peu la vérité — mais ce n'était guère qu'un vague soupçon. Elle avait voulu, par des manœuvres discrètes, acquérir une certitude. Mais pas un instant elle ne s'était doutée que sa vie fût en danger ! Elle pensait avoir parfaitement camouflé ses soupçons. Et elle n'aurait jamais imaginé que les événements se précipiteraient ainsi. Idiote… triple idiote !

Soudain, elle pensa :

« Le thé… elle a mis quelque chose dans le thé. *Elle ne sait pas que je ne l'ai pas bu.* Voilà ma chance ! Il faut que je joue la comédie ! Quel produit a-t-elle utilisé ? Du poison ? Ou juste un somnifère ? Oui, c'est évident, elle s'attend à ce que je m'endorme… »

Elle laissa retomber ses paupières.

– Oui… terriblement…, répondit-elle d'une voix ensommeillée qu'elle espérait naturelle. C'est bizarre ! Ça fait longtemps… bien longtemps… que je n'ai pas eu si sommeil…

Miss Waynflete hocha doucement la tête.

Bridget l'épiait à travers ses paupières presque closes.

« En tout cas, je suis de taille à lui résister ! Moi, j'ai de bons muscles, tandis qu'elle, c'est un petit bout de femme maigrichonne. Mais il faut que je la fasse *parler*… oui, c'est ça… il faut que je la fasse *parler* ! »

Miss Waynflete souriait. D'un sourire qui n'avait rien de plaisant. Un rictus sournois, pas tout à fait humain.

« On dirait une chèvre, se dit Bridget. Dieu, ce qu'elle peut ressembler à une chèvre ! La chèvre a toujours été un symbole maléfique ! Je comprends pourquoi, maintenant ! J'avais vu juste… mon idée folle était juste !

Il n'est aux enfers pire furie qu'une femme dédaignée… C'est l'origine de tout… oui, tout est là ! »

Avec un accent d'appréhension cette fois, elle murmura :

– Je ne comprends pas ce qui m'arrive… Je me sens bizarre… *tellement* bizarre !

Miss Waynflete jeta un rapide coup d'œil autour d'elle. L'endroit était désert. Le village était trop éloigné pour qu'on y entende un cri. Il n'y avait aucune habitation à proximité. Elle se mit à déballer fébrilement le paquet qu'elle portait… le paquet qui était censé contenir de vieux vêtements. Apparemment, c'était bien le cas : du papier elle sortit un cardigan de laine. Ses mains gantées continuèrent néanmoins à s'activer, à s'activer…

« Pourquoi mets-tu des gants pour t'en aller aux champs ? »

Oui, pourquoi ? Pourquoi des gants ?

Mais oui ! Bien sûr ! Le plan était merveilleusement combiné !

De l'emballage, miss Waynflete sortit un poignard, qu'elle tint avec précaution, de façon à ne pas effacer les empreintes qui s'y trouvaient déjà : celles qu'y avaient laissées les petits doigts boudinés de lord Whitfield, le matin même, dans le salon d'Ashe Manor.

Le poignard maure à la lame effilée.

Bridget sentit une vague nausée l'envahir. Il fallait qu'elle gagne du temps… oui, et il fallait qu'elle la fasse parler, cette femme… cette mince femme aux cheveux gris qui jamais n'avait eu d'amant… Ce ne devrait pas être trop difficile. Pas vraiment. Parce qu'elle devait avoir envie — oh ! tellement envie de parler… et qu'elle ne pouvait le faire que devant quelqu'un comme Bridget… quelqu'un qu'elle allait à jamais réduire au silence.

D'une voix épaisse, étouffée, Bridget demanda :

– C'est quoi… ce… ce couteau ?

Alors miss Waynflete éclata de rire.

D'un rire horrible… doux, musical, de bonne compagnie… et parfaitement inhumain.

– C'est pour vous, Bridget. Pour vous ! Je vous hais depuis bien longtemps, vous savez.

– Parce que j'allais épouser Gordon Whitfield ? demanda Bridget.

Miss Waynflete hocha la tête.

– Vous êtes maligne. Très maligne ! Ceci, voyez-vous, ce sera la preuve décisive contre lui. On va trouver votre cadavre ici, la gorge tranchée… tranchée avec… *son* poignard. Et il y aura ses empreintes sur le poignard ! Astucieuse, la manière dont je lui ai demandé à le voir, ce matin ! Après ça je n'ai eu qu'à le glisser dans mon sac, enveloppé dans un mouchoir, pendant que vous étiez en haut. Tellement facile ! Mais tout a été si facile ! Je ne l'aurais jamais cru.

De la même voix pâteuse et étouffée de quelqu'un qui est assommé par un somnifère, Bridget balbutia :

– C'est… parce que… vous êtes… d'une intelligence… diabolique…

De nouveau, miss Waynflete émit son petit rire de femme bien élevée. Avec une sorte d'orgueil monstrueux, elle dit :

– Oui, j'ai toujours été intelligente, même quand j'étais enfant ! Mais on ne me laissait rien faire… je devais rester à la maison — à me tourner les pouces. Et puis il y a eu Gordon… le fils d'un vulgaire cordonnier, mais il avait de l'ambition, je le savais. Je savais qu'il irait loin. Et il m'a plaquée… Il m'a plaquée, *moi* ! Tout ça à cause de cette ridicule histoire de canari !

Ses mains esquissèrent un geste bizarre, comme si elle tordait quelque chose.

Une vague de nausée submergea de nouveau Bridget.

– Gordon Ragg osait *me* plaquer, moi, la fille du colonel Waynflete ! Je me suis juré de le lui faire payer ! J'ai passé des nuits et des nuits à méditer ma vengeance… Et puis nous sommes devenus de plus en plus pauvres. Il a fallu vendre la maison. Et c'est *lui* qui l'a achetée ! Et il est venu me trouver, plein de condescendance, pour *me* proposer un emploi dans la demeure de mes ancêtres ! Ce que j'ai pu le haïr, à ce moment-là ! Mais je n'ai jamais montré mes sentiments. On nous enseignait ça, dans ma jeunesse… précieuse formation ! C'est à cela, je le pense aujourd'hui encore, qu'on reconnaît la bonne éducation.

Elle demeura silencieuse une minute. Bridget l'observait, osant à peine respirer de peur d'endiguer le flot de ses paroles.

– Je n'arrêtais pas d'y penser, à toute heure du jour et de la nuit, reprit miss Waynflete d'une voix douce. Dans un premier temps, j'ai simplement envisagé de le tuer. Je me suis mise à lire — discrètement — des ouvrages de criminologie à la bibliothèque. Ces lectures m'ont d'ailleurs été plus d'une fois très utiles par la suite. La porte de la chambre d'Amy, par exemple : quand j'ai tourné la clé dans la serrure de l'extérieur avec des pinces après avoir fait l'échange des flacons sur sa table de chevet. Ce qu'elle pouvait ronfler, cette petite ! C'était d'une parfaite vulgarité.

Elle s'interrompit.

– Voyons… où en étais-je ?

Ce don que Bridget avait cultivé et qui avait charmé lord Whitfield — le don de savoir écouter — lui était bien utile en la circonstance. Honoria Waynflete avait beau être une meurtrière et une folle, elle n'en possédait pas moins d'autres traits de caractère beaucoup plus répandus. C'était quelqu'un qui avait besoin de parler de soi. Et, avec ces gens-là, Bridget savait s'y prendre.

Avec juste ce qu'il fallait d'encouragement dans le ton, elle murmura :

– Au départ, vous aviez envisagé de le tuer…

– Oui, mais cette solution ne me satisfaisait pas. Beaucoup trop banale. Il me fallait mieux qu'un simple meurtre. Et tout à coup l'idée m'est venue. Ç'a été une sorte de déclic. J'ai décidé que Gordon serait puni pour une série de crimes qu'il n'aurait pas commis. Il serait considéré comme un assassin ! Il serait pendu, *lui*, pour *mes* crimes ! Ou alors, il serait déclaré fou et interné à vie… Ce qui vaudrait peut-être encore mieux !

Elle gloussait, à présent. Un petit gloussement horrible… Elle avait le regard fixe, les pupilles étrangement dilatées.

– Comme je vous l'ai dit, j'avais lu bon nombre d'ouvrages de criminologie. J'ai choisi mes victimes avec soin : il ne fallait pas trop éveiller les soupçons au départ.

Vous savez... (Sa voix se fit grave.) j'ai pris *plaisir* à tuer... Cette femme revêche, Lydia Horton... elle me traitait de haut... Un jour, dans une conversation, elle a parlé de moi en m'appelant « la vieille fille ». J'ai été ravie quand Gordon s'est querellé avec elle. D'une pierre deux coups, me suis-je dit ! Ce que j'ai pu *m'amuser* pendant ces visites où assise à son chevet je versais de l'arsenic dans son thé... pour aller dire ensuite à l'infirmière, en partant, que Mrs Horton s'était plainte du goût amer des raisins de lord Whitfield ! Cette idiote ne l'a jamais répété, c'est bien dommage.

» Et les autres ! Dès que j'apprenais que Gordon avait une dent contre quelqu'un, je combinais un accident. C'était si facile ! Il est stupide... incroyablement stupide ! Je lui ai fourré dans la tête qu'il était au-dessus du commun des mortels ! Que tous ceux qui s'opposaient à lui étaient condamnés ! Il l'a toujours cru sans difficulté. Pauvre cher Gordon, il croirait n'importe quoi. Il est tellement jobard !

Elle-même, Bridget, n'avait-elle pas dit à Luke, non sans dédain : « Gordon ? On lui ferait gober n'importe quoi ! »

Facile ? Ô combien ! Pauvre Gordon, pauvre petit bout d'homme pompeux et crédule...

Mais il fallait qu'elle en apprenne davantage ! Facile ? Ça aussi, c'était facile ! Pendant des années, quand elle était secrétaire, elle s'était livrée à cet exercice. Elle encourageait discrètement ses employeurs à parler d'eux. Or cette femme mourait d'envie de parler, de se vanter de son intelligence.

– Mais comment vous y êtes-vous prise ? murmura

Bridget. Je ne vois pas comment vous avez pu arriver à un tel résultat.

– Oh, c'était d'une simplicité enfantine ! Ça ne demandait rien plus qu'un minimum d'organisation ! Quand Amy a été renvoyée d'Ashe Manor, je l'ai aussitôt engagée. L'idée de la peinture pour chapeaux était à mon avis *très* astucieuse… et la porte fermée à clé *de l'intérieur* me mettait automatiquement hors de cause. D'ailleurs, je n'ai jamais cessé d'être hors de cause, pour la bonne raison que je n'avais pas de *mobile*. Qui irait soupçonner de meurtre quelqu'un qui n'a pas de mobile ? Carter aussi, ç'a été très facile : il titubait dans le brouillard, je l'ai rattrapé sur la passerelle et je l'ai poussé un bon coup. Sans en avoir l'air, j'ai beaucoup de force, vous savez.

Elle s'interrompit et l'horrible petit gloussement sortit à nouveau de ses lèvres.

– C'était si *amusant*, tout ça ! Jamais je n'oublierai la tête de Tommy quand je l'ai poussé par la fenêtre. Il était bien loin de se douter…

Elle se pencha vers Bridget comme pour lui faire une confidence.

– Les gens sont vraiment stupides, vous savez. Je ne m'en étais jamais rendu compte.

– Ça tient, murmura Bridget dans un souffle, à ce que vous êtes d'une intelligence rare.

– Oui… oui… vous avez peut-être raison.

– Et le Dr Humbleby ? demanda Bridget. Ça a dû être une autre paire de manches ?

– Oui. Et j'avoue que je ne m'attendais pas à ce que ça réussisse aussi bien. Ç'aurait très bien pu être un fiasco.

Mais Gordon avait raconté à tout le monde sa visite à l'Institut Wellerman Kreutz, et je me suis dit que je pouvais m'arranger de manière à ce que les gens établissent par la suite un lien entre cette visite et la mort du docteur. Wonky Pooh avait alors l'oreille très mal en point, pleine de pus. J'ai trouvé le moyen d'enfoncer la pointe de mes ciseaux dans la paume du docteur, et cela m'a plongée dans une *telle* consternation que j'ai insisté pour lui mettre moi-même un pansement et lui bander la main. Ce qu'il ignorait, c'est que j'avais au préalable infecté le pansement avec le pus de Wonky Pooh. Encore une fois, ça aurait *pu* ne pas marcher… c'était juste un coup d'essai, à tout hasard. J'ai été ravie que ça réussisse… d'autant que Wonky Pooh était le chat de Lavinia !

Son visage s'assombrit.

– Lavinia Pinkerton ! *Elle*, elle avait deviné… C'est elle qui a découvert le corps de Tommy. Et puis, quand Gordon et le Dr Humbleby ont eu leur prise de bec, elle m'a surprise en train de regarder Humbleby. Je n'étais pas sur mes gardes. Je me demandais justement comment j'allais m'y prendre… Et elle a compris ! En me retournant, je l'ai vue qui m'observait, et… je me suis trahie. J'ai vu qu'elle savait. Naturellement, elle ne pouvait rien prouver. Ça, j'en étais sûre. Mais je craignais tout de même qu'on ne la croie. Je craignais que les policiers de Scotland Yard ne la croient. J'ai eu la conviction que c'était là-bas qu'elle allait, ce jour-là. J'ai pris le même train qu'elle et je l'ai suivie.

» Tout a été très facile. Elle était sur un refuge pour piétons, en face de Whitehall. Moi, j'étais juste derrière.

Elle ne m'a même pas vue. Une grosse voiture est arrivée, j'ai poussé Lavinia aussi violemment que j'ai pu. C'est étonnant ce que je peux être forte ! Elle s'est affalée juste sous les roues. J'ai dit à la femme qui était à côté de moi que j'avais noté le numéro de la voiture... et je lui ai donné le numéro de la Rolls de Gordon ! J'espérais bien qu'elle le répéterait à la police.

» J'ai eu de la chance que la voiture ne s'arrête pas. Sans doute un chauffeur qui s'offrait une petite balade sans l'autorisation de son maître... Oui, *là*, j'ai eu de la chance ! J'ai toujours de la chance. Prenez la scène avec Rivers, l'autre jour, en présence de Luke Fitzwilliam. Celui-là, je me suis bien amusée à le mener par le bout du nez ! Incroyable, le mal que j'ai eu à lui faire soupçonner Gordon ! Mais après la mort de Rivers, il ne pouvait qu'être convaincu. Forcément !

» Et maintenant... reste à apporter la touche finale.

Elle se leva et s'approcha de Bridget. D'une voix douce, elle dit :

– Gordon m'a plaquée ! Il allait vous épouser. Toute ma vie, je n'ai eu que des déceptions. Mon existence ne m'a rien apporté — rien du tout...

« Mince femme à cheveux gris qui jamais n'eut d'amant... »

Elle était penchée sur Bridget, le sourire aux lèvres, une lueur de folie dans les yeux... Le poignard brilla...

Avec toute la vigueur de sa jeunesse, Bridget bondit. Telle une tigresse, elle se jeta de tout son poids sur la vieille demoiselle et, lui faisant perdre l'équilibre, lui saisit le poignet droit.

Surprise au moment où elle s'y attendait le moins, Honoria Waynflete battit en retraite. Mais, après un moment de flottement, elle contre-attaqua. Du point de vue force, il n'y avait pas de comparaison entre les deux femmes. Bridget était jeune, en pleine santé, musclée par le sport. Honoria Waynflete, elle, était une créature mince et frêle.

Mais il y avait un facteur que Bridget avait négligé. *Honoria Waynflete était folle.* Sa force était celle de la démence. Elle se battit comme une diablesse, et sa force insane se révéla plus puissante que la saine force musculaire de Bridget. Elles se colletèrent en titubant, et plus Bridget se démenait pour lui arracher le poignard, plus Honoria Waynflete s'y cramponnait.

Et puis, petit à petit, la force de la folle commença à prendre le dessus.

– *Luke… Au secours ! Au secours !…*, cria Bridget.

Mais elle n'avait aucun espoir d'être secourue. Elle était seule avec Honoria Waynflete. Seule dans un monde mort. Dans un suprême effort, elle tordit le poignet de son adversaire et entendit enfin tomber le poignard.

Aussitôt, les mains de Honoria Waynflete se nouèrent autour de son cou et serrèrent convulsivement, de plus en plus fort. Bridget poussa un dernier cri étranglé.

22

Mrs Humbleby parle

Luke fut favorablement impressionné par le superintendant Battle. C'était un homme robuste, placide, au large visage rougeaud orné d'une magnifique moustache. Il ne donnait pas, à première vue, l'impression d'être très brillant, mais un examen plus poussé ne pouvait manquer de faire réfléchir un observateur avisé, car le superintendant Battle avait l'œil extraordinairement pénétrant.

Luke ne commit pas l'erreur de le sous-estimer. Des hommes comme Battle, il en avait déjà rencontré. Il savait qu'on pouvait leur faire confiance, qu'ils obtenaient toujours des résultats. Il n'aurait pu rêver mieux pour mener l'enquête.

Lorsqu'ils se retrouvèrent en tête à tête, Luke lui demanda :

– Vous n'êtes pas un bien gros bonnet pour qu'on vous envoie sur une affaire comme celle-ci ?

Le superintendant Battle sourit.

– Elle peut se révéler épineuse, Mr Fitzwilliam. Quand un homme comme lord Whitfield est impliqué, nous préférons éviter les bavures.

– Je comprends ça. Vous êtes seul ?

– Non. J'ai un sergent avec moi. Il est à l'autre pub, le *Seven Stars*, et il a pour mission de tenir Sa Seigneurie à l'œil.

– Bien.

Battle s'enquit :

– Dans votre esprit, Mr Fitzwilliam, il n'y a pas l'ombre d'un doute ? Vous êtes sûr de votre coup ?

– Les choses étant ce qu'elles sont, je ne vois pas d'autre hypothèse possible. Voulez-vous que je vous expose les faits ?

– Sir William l'a déjà fait, merci.

– Alors, qu'est-ce que vous en pensez ? J'imagine qu'il vous paraît hautement improbable qu'un personnage aussi important que lord Whitfield puisse être un fou homicide ?

– Très peu de choses me paraissent improbables, répondit le superintendant Battle. En matière criminelle, on peut s'attendre à tout. C'est ce que je dis toujours. Vous m'affirmeriez qu'une vieille demoiselle charmante, un archevêque, ou une petite écolière sont de dangereux assassins, je ne vous enverrais pas sur les roses. Je creuserais la question.

– Puisque sir William vous a mis au courant, je me bornerai à vous raconter ce qui s'est passé ce matin, dit Luke.

Il rapporta brièvement les grandes lignes de son entrevue avec lord Whitfield. Le superintendant Battle l'écouta avec un vif intérêt.

– Vous dites qu'il tripotait un poignard… Avait-il une intention particulière, Mr Fitzwilliam ? Était-ce un geste menaçant ?

– Pas ostensiblement. Il caressait le fil de la lame d'une manière assez déplaisante… avec une sorte de plaisir esthétique qui ne m'a pas plu. Miss Waynflete a eu la même impression, je crois.

– C'est la vieille demoiselle dont vous m'avez parlé ? Celle qui connaît lord Whitfield depuis toujours et qui a été fiancée avec lui autrefois ?

– C'est bien ça.

– Je crois que vous ne devriez pas vous inquiéter outre mesure au sujet de la jeune femme, Mr Fitzwilliam, déclara le superintendant. Je vais la faire surveiller de très près. Et avec Jackson qui file Sa Seigneurie, il ne devrait rien lui arriver.

– Vous me soulagez d'un grand poids.

Le superintendant hocha la tête avec sympathie.

– C'est une situation bien désagréable pour vous, Mr Fitzwilliam. Vous vous faites du souci pour miss Conway. Remarquez, l'affaire ne va pas être facile ! Lord Whitfield doit être joliment malin. Il va probablement faire le mort un bon bout de temps. À moins, bien entendu, qu'il n'en soit déjà au stade ultime.

– Qu'appelez-vous le stade ultime ?

– Une espèce d'orgueil démesuré qui saisit le criminel : il se persuade qu'il ne *peut* pas être démasqué ! Il est trop intelligent et les autres sont tous trop bêtes ! À ce moment-là, nous le tenons.

Luke se leva.

– Eh bien ! dit-il, je vous souhaite bonne chance. N'hésitez surtout pas à me mettre à contribution.

– Comptez sur moi.

– Vous n'avez rien à me suggérer ?

Battle retourna la question dans son esprit.

– Je ne vois pas, non. Pas pour l'instant. Je voudrais déjà me faire une idée de la situation sur place. Mais nous pourrions en reparler dans la soirée, si vous voulez ?

– Et comment !

– J'y verrai plus clair à ce moment-là.

Luke se sentit vaguement réconforté et apaisé. Comme beaucoup de gens après un entretien avec le superintendant Battle.

Il consulta sa montre. Devait-il passer voir Bridget avant le déjeuner ?

Non, il valait mieux pas. Miss Waynflete se croirait obligée de l'inviter à déjeuner, et cela risquait de lui compliquer la vie. Les demoiselles d'un certain âge — Luke le savait d'expérience avec ses tantes — avaient tendance à se faire des montagnes des problèmes domestiques. Miss Waynflete avait-elle des neveux ? se demanda-t-il. Probablement.

Comme il sortait de l'auberge, une silhouette toute de noir vêtue, qui descendait rapidement la rue, s'arrêta net en le voyant.

– Mr Fitzwilliam !

– Mrs Humbleby !

Il lui serra la main.

– Je croyais que vous étiez parti ? dit-elle.

– Non… seulement installé ailleurs. Je suis maintenant à l'auberge.

– Et Bridget ? Elle a quitté Ashe Manor, paraît-il ?

– Oui, en effet.

Mrs Humbleby soupira.

– Je suis contente… vraiment très contente qu'elle ait quitté Wychwood sans attendre !

– Mais elle est encore là ! En fait, elle est chez miss Waynflete.

Mrs Humbleby recula d'un pas. Son visage, nota Luke avec surprise, exprimait une indicible angoisse.

– Chez Honoria Waynflete ? Oh, mais *pourquoi* ?

– Miss Waynflete lui a très aimablement proposé de passer quelques jours chez elle.

Mrs Humbleby frissonna. Se rapprochant de Luke, elle lui posa la main sur le bras.

– Mr Fitzwilliam, je sais que je n'ai pas le droit de parler ainsi… absolument pas le droit. Je viens de traverser une terrible épreuve, et peut-être cela me rend-il… trop imaginative ! Peut-être ma conviction n'est-elle que le fruit de mes idées morbides…

– Quelle conviction ? demanda Luke avec douceur.

– La conviction que… que le *mal* est parmi nous !

Elle regarda timidement Luke. Puis, voyant qu'il se bornait à incliner la tête avec gravité, sans paraître contester son affirmation, elle enchaîna :

– *Tant de méchanceté*… voilà la pensée qui ne me quitte pas… tant de méchanceté, ici même, à Wychwood ! Et cette femme en est à l'origine. J'en suis sûre !

Luke demeura interdit.

– Quelle femme ?

– Honoria Waynflete, répondit Mrs Humbleby. C'est une très mauvaise femme, j'en suis sûre ! Oh, je vois bien que vous ne me croyez pas ! Lavinia Pinkerton non plus, personne ne l'a crue. *Mais nous avions senti la même chose, toutes les deux.* Elle en savait plus que moi, je pense… Dites-vous bien, Mr Fitzwilliam, qu'une femme qui n'est pas heureuse est capable du pire.

– C'est possible… oui, répliqua Luke, conciliant.

Mrs Humbleby reprit vivement :

– Vous ne me croyez pas ? Ma foi, pourquoi me croiriez-vous ? Mais jamais je n'oublierai le jour où John est rentré de chez elle, la main bandée. Il a eu beau prendre ça à la légère et affirmer que c'était une simple égratignure…

Elle se détourna.

– Au revoir. Je vous en prie, oubliez ce que je viens de vous dire. Je… je ne suis pas dans mon état normal ces temps-ci.

Luke la regarda s'éloigner. Pourquoi Mrs Humbleby avait-elle traité Honoria Waynflete de « mauvaise femme » ? Le Dr Humbleby et Honoria Waynflete avaient-ils été amis, et la femme du médecin en concevait-elle de la jalousie ?

Qu'avait-elle dit ? « Lavinia Pinkerton non plus, personne ne l'a crue. » Lavinia Pinkerton avait donc dû plus ou moins faire part de ses soupçons à Mrs Humbleby.

En un éclair, il se remémora le compartiment de chemin de fer et le visage soucieux de la délicieuse vieille demoiselle. Il entendit de nouveau sa voix pressante qui disait : *« Il existe, ce regard spécial qu'on peut poser sur quelqu'un… »* En disant cela, elle avait elle-même changé d'expression, comme si elle voyait par la pensée une image très distincte. L'espace d'un instant, son visage s'était transformé : un rictus lui avait retroussé les lèvres, lui découvrant les dents, et une lueur étrange — presque malveillante — s'était allumée dans ses yeux.

Il pensa brusquement : *ce regard-là, je l'ai vu dans les yeux de quelqu'un… Tout récemment. Mais quand ?* Ah, oui ! Ce matin ! Miss Waynflete… quand elle regardait Bridget dans le salon d'Ashe Manor.

Soudain, un autre souvenir lui revint. Un souvenir qui remontait à bien des années. Sa tante Mildred déclarant : « Voyez-vous, ma chère, elle avait l'air complètement *demeuré* ! »… et, un bref instant, son visage agréable avait affiché un air de débilité profonde.

Lavinia Pinkerton avait parlé de l'expression qu'elle avait vue sur le visage d'un homme… non, d'une *personne*. Se pouvait-il que, l'espace d'une seconde, son esprit ait *reproduit ce qu'elle avait vu — l'expression d'une meurtrière regardant sa prochaine victime…* ?

Luke, qui se dirigeait vers la maison de miss Waynflete, pressa le pas sans même s'en rendre compte.

Dans son cerveau, une voix répétait :

« Il ne s'agit pas d'un *homme*… elle n'a jamais parlé d'un *homme*… Toi, tu es parti du principe qu'il s'agissait d'un homme parce que tu avais cette idée en tête, mais *elle,* elle n'a jamais prononcé ce mot… Seigneur, je deviens fou ! Ce n'est pas possible, ce que je pense… non, ce n'est pas *possible*… ça ne tient pas debout… En tout cas, je *dois* rejoindre Bridget. Je *dois* m'assurer qu'il ne lui est rien arrivé… Ces yeux… ces yeux bizarres, ambrés… Non, je suis fou ! Je dois être fou ! Le meurtrier, c'est Whitfield ! C'est *forcément* lui. Il l'a pratiquement *avoué* ! »

Et pourtant, comme dans un cauchemar, il voyait le visage de miss Pinkerton refléter de manière fugitive quelque chose d'horrible et de pas tout à fait normal.

La petite bonne chétive lui ouvrit la porte. Un peu décontenancée par la véhémence de Luke, elle expliqua :

– La jeune dame est sortie. Miss Waynflete me l'a dit. Je vais voir si la patronne est là.

Il l'écarta, entra dans le salon. Emily se précipita à l'étage. Elle redescendit, hors d'haleine.

– Miss Waynflete est sortie aussi.

Luke la secoua par les épaules.

– De quel côté sont-elles parties ? Où sont-elles allées ?

Elle le regarda, bouche bée.

– Elles ont dû sortir par-derrière. Sinon, je les aurais vues parce que la cuisine donne sur le devant.

Suivi de la bonne, il partit comme une flèche et traversa en courant le minuscule jardin. Un peu plus loin, un homme taillait une haie. Luke l'aborda pour lui poser une question, en s'efforçant de parler d'une voix normale.

L'homme répondit lentement :

– Deux dames ? Oui. Ça fait déjà un moment. Je prenais mon déjeuner sous la haie. Elles n'ont même pas dû me voir.

– *De quel côté sont-elles allées ?*

Il s'efforçait désespérément de contrôler sa voix. Cependant l'homme ouvrit un peu plus grand les yeux avant de répondre, toujours aussi lentement :

– À travers champs… Par là. Après ça, j'en sais trop rien.

Luke le remercia et se mit à courir. L'urgence de la situation lui apparaissait avec encore plus de force. Il *fallait* qu'il les rattrape, il le *fallait* ! Si ça se trouvait, il était complètement fou. Selon toute vraisemblance, elles faisaient juste une petite promenade amicale… néanmoins, une voix intérieure l'exhortait à faire vite. Plus vite !

Il traversa les deux champs, se retrouva sur un chemin de terre, hésita. De quel côté, maintenant ?

Il entendit alors un cri : faible, lointain, mais aisément reconnaissable…

– *Luke, au secours !* (Puis, de nouveau :) *Luke*…

Plongeant à corps perdu dans les bois, il courut dans la direction d'où lui était parvenu le cri. Il entendait d'autres sons, à présent : des bruits de lutte… des halètements… une plainte étranglée.

Il émergea des arbres juste à temps pour forcer la démente à lâcher la gorge de sa victime et pour la ceinturer. Elle se débattit, écuma, jura, jusqu'au moment où, dans un frisson convulsif qui la secoua toute, elle se raidit enfin sous la poigne de Luke.

23

Recommencement

– Mais je ne comprends pas…, répétait lord Whitfield. Je ne comprends pas.

Il s'efforçait de conserver sa dignité, mais, sous ses dehors pompeux, perçait une stupeur pathétique. Il n'arrivait pas à croire les choses extravagantes qu'on lui racontait.

– C'est comme ça, lord Whitfield, dit patiemment Battle. Pour commencer, il y a toujours eu un grain de folie chez les Waynflete. C'est un fait établi. Dans ces vieilles familles, le cas n'est pas rare. Nous dirons donc qu'elle avait une prédisposition. D'autre part, c'était une femme ambitieuse… et on avait contrarié ses projets. D'abord sa carrière, ensuite sa vie amoureuse. (Il toussota.) Je crois savoir que c'est *vous* qui l'avez plaquée ?

Lord Whitfield déclara avec raideur :

– Je n'aime pas le terme « plaquer ».

Le superintendant Battle tourna sa phrase autrement :

– C'est vous qui avez rompu les fiançailles ?

– Euh… oui.

– Racontez-nous pourquoi, Gordon, dit Bridget.

Lord Whitfield rougit. Il dit :

– Bon, s'il le faut vraiment… Voilà : Honoria avait un canari. Elle l'aimait beaucoup. Elle lui avait appris à picorer un sucre qu'elle tenait entre ses lèvres. Un jour, par inadvertance, il lui a donné un violent coup de bec. Furieuse, elle l'a saisi et… et elle lui a tordu le cou ! Après cet incident, je… je n'ai plus éprouvé les mêmes sentiments à son égard. Je lui ai dit que nous allions tous deux commettre une erreur.

Battle acquiesça :

– C'est là que tout a commencé ! Comme elle l'a expliqué à miss Conway, elle a alors consacré toutes ses pensées, toute son intelligence sur un seul et unique objectif.

– *Me* faire condamner pour meurtre ? s'écria lord Whitfield d'un ton incrédule. Je ne peux pas y croire !

– C'est pourtant vrai, Gordon, dit Bridget. Vous étiez vous-même surpris, rappelez-vous, par la façon dont tous ceux qui vous contrariaient étaient instantanément foudroyés.

– Il y avait une raison à cela.

– La raison, c'était Honoria Waynflete, continua Bridget. Enfoncez-vous bien dans le crâne, Gordon, que ce n'est pas la Providence qui a poussé Tommy Pierce par la fenêtre et supprimé tous les autres. C'est Honoria !

Lord Whitfield secoua la tête.

– Tout cela paraît tellement incroyable !

Battle intervint :

– Vous disiez tout à l'heure avoir reçu un coup de téléphone ce matin ?

– Oui… vers midi. On me demandait d'aller immédiatement au bois de Shaw car Bridget avait quelque chose à me dire. Je ne devais pas venir en voiture mais à pied.

Battle hocha la tête.

– Et voilà ! Ç'aurait été le coup de grâce. On aurait retrouvé miss Conway la gorge tranchée — et, près d'elle, *votre* poignard portant *vos* empreintes digitales ! *Et* des témoins vous auraient vu dans les parages à l'heure du crime ! Vous n'aviez pas une chance de vous en tirer. N'importe quel jury vous aurait condamné !

– Moi ? s'exclama lord Whitfield, bouleversé. On m'aurait cru capable d'une chose pareille, moi ?

– Moi, je ne l'ai pas cru, Gordon, dit Bridget avec douceur. Je ne l'ai pas cru une seconde.

Lord Whitfield la regarda froidement, puis déclara avec raideur :

– Compte tenu de ma personnalité et de ma situation dans le comté, personne n'aurait ajouté foi un seul instant à une accusation aussi monstrueuse !

Il sortit avec dignité, fermant la porte derrière lui.

– Il ne se rendra jamais compte du danger auquel il a échappé ! soupira Luke.

Après un silence, il reprit :

– Allez-y, Bridget, racontez-moi comment vous en êtes arrivée à soupçonner miss Waynflete.

– C'est quand vous m'avez affirmé que Gordon était le meurtrier, expliqua Bridget. Je ne pouvais pas le croire ! Je le connais tellement bien, vous comprenez. J'ai été sa secrétaire pendant deux ans ! Je le connais sur le bout des doigts ! Je sais qu'il est prétentieux, intolérant et totalement égocentrique, mais je sais aussi qu'il est bon et qu'il a le cœur presque trop tendre. Tuer ne serait-ce qu'une abeille, ça le bouleverse ! Alors, cette histoire de canari étranglé… ça ne collait pas du tout. Il était tout bonnement incapable d'avoir fait ça. Il m'avait dit un jour qu'il avait plaqué miss Waynflete. Et voilà que vous veniez me dire, vous, que *c'était le contraire*… Bon, ça, c'était encore *possible* ! Sa fierté aurait pu l'empêcher d'admettre qu'elle l'avait laissé tomber. Mais l'histoire du canari, non ! Ça ne ressemblait pas du tout à Gordon ! Il ne va même pas à la chasse parce que ça le rend malade de voir tuer des animaux !

» J'étais donc sûre et certaine que cette partie de l'histoire était fausse. Mais alors, dans ce cas, *miss Waynflete devait avoir menti.* Et, quand on y réfléchissait, *il s'agissait d'un mensonge bien surprenant* ! Soudain, je me suis demandé si elle n'avait pas menti sur d'autres points. C'était une femme très orgueilleuse, ça se voyait. Et cet orgueil avait dû être profondément blessé quand elle s'était vu rejeter. Je me suis dit que, dans sa colère, elle avait probablement éprouvé le désir de se venger de lord

Whitfield — surtout quand elle l'avait vu réapparaître plus tard, riche, prospère et triomphant : « Oui, elle n'aurait probablement pas été mécontente de lui coller un crime sur le dos… » Au moment où je pensais ça, mon esprit a chaviré et je me suis demandé : « Et si *tout* ce qu'elle dit n'était que mensonge ? » Et soudain, je me suis aperçue qu'une femme comme elle pouvait très facilement mener un homme en bateau ! Et j'ai pensé : « C'est rocambolesque, mais si c'était *elle* qui avait tué tous ces gens et fourré dans la tête de Gordon qu'il s'agissait d'un châtiment divin ? » Elle n'aurait eu aucun mal à lui faire avaler ça. Comme je vous l'ai dit l'autre jour, Gordon goberait n'importe quoi ! Je me suis alors posé la question : « Aurait-elle *pu* commettre tous ces meurtres ? » Et j'ai constaté que oui ! Elle pouvait, d'une bourrade, expédier un ivrogne dans la rivière… pousser un gamin par la fenêtre… et Amy Gibbs était morte sous son toit. Quant à Mrs Horton, Honoria Waynflete allait régulièrement la voir quand elle était malade. Pour le Dr Humbleby, c'était plus épineux. J'ignorais à ce moment-là que Wonky Pooh avait une oreille purulente et qu'elle avait infecté le pansement qu'elle lui avait mis sur la main. La mort de miss Pinkerton, c'était encore plus difficile. Je voyais mal miss Waynflete, déguisée en chauffeur, au volant d'une Rolls.

» Et puis, brusquement, je me suis rendu compte que c'était le meurtre le plus simple de tous ! La bonne vieille poussée dans le dos… quoi de plus facile, en pleine foule ! La voiture ne s'étant pas arrêtée, elle voit là une nouvelle occasion en or : elle raconte à une autre femme qu'elle a relevé le numéro du véhicule, et elle donne le numéro de la Rolls de lord Whitfield.

» Naturellement, tout cela était encore très confus dans ma tête. Mais si on partait du principe que ce n'était *pas* Gordon qui avait commis les meurtres… et je savais — oui, je savais — qu'il ne les avait pas commis, alors *qui* était-ce ? La réponse semblait limpide : « *Quelqu'un qui déteste Gordon !* » Et qui détestait Gordon ? Honoria Waynflete, bien sûr…

» Là-dessus, je me suis souvenue que miss Pinkerton avait parlé d'un *homme*. Voilà qui flanquait par terre toute ma belle théorie car, *si miss Pinkerton avait été tuée, c'était parce qu'elle avait vu juste*… Je vous ai donc fait répéter exactement les paroles de miss Pinkerton, et je n'ai pas tardé à m'apercevoir qu'elle n'avait pas prononcé une seule fois le mot « *homme* ». J'ai alors compris que j'étais bel et bien sur la bonne piste ! Et j'ai décidé d'accepter l'invitation de miss Waynflete pour tenter de découvrir la vérité.

– Sans m'en toucher un mot ? dit Luke avec colère.

– Mais, mon chéri, vous étiez si *sûr* de vous… tandis que moi, je n'étais sûre de rien ! Tout cela était très vague et très aléatoire. Mais je n'ai pas imaginé un instant que je courais un danger quelconque. J'étais persuadée d'avoir tout le temps…

Elle frissonna.

– Oh ! Luke, c'était horrible… Ses yeux… Et son rire ! Si atroce, si bien élevé, si inhumain…

– Jamais je n'oublierai que j'ai bien failli arriver trop tard, déclara Luke en frissonnant lui aussi.

Il se tourna vers Battle.

– Dans quel état est-elle, maintenant ?

– Elle a définitivement perdu l'esprit. Avec les assassins de sa catégorie, c'est fréquent, vous savez. Ils ne supportent pas le choc de constater qu'ils n'ont pas été aussi intelligents qu'ils le croyaient.

Luke prit un air piteux.

– En tout cas, dans le genre policier minable, je me pose un peu là ! Pas une seule fois je n'ai soupçonné Honoria Waynflete. Vous auriez fait mieux, Battle.

– Peut-être bien que oui, monsieur, et peut-être bien que non. Rappelez-vous : je vous ai dit que rien n'était impossible en matière criminelle ! Je crois même avoir cité, à titre d'exemple, une vieille demoiselle…

– Vous avez mentionné également un archevêque et une écolière ! Dois-je comprendre que vous considérez ces gens-là comme des meurtriers en puissance ?

Le sourire de Battle s'élargit.

– Ce que je voulais dire, monsieur, c'est que n'importe qui peut devenir un assassin.

– Sauf Gordon, intervint Bridget. Venez, Luke, allons le rejoindre.

Ils trouvèrent lord Whitfield dans son cabinet de travail, très affairé à prendre des notes.

– Gordon, dit Bridget d'une toute petite voix, maintenant que vous savez tout, est-ce que vous voulez bien nous pardonner ?

Lord Whitfield la regarda avec bienveillance.

– Certainement, ma chère enfant, certainement. J'y vois clair, à présent. La vérité, c'est que j'étais trop occupé. Je vous ai négligée. Comme l'a si bien écrit Kipling : « Il voyage le plus vite, celui qui voyage seul.

Mon chemin ici-bas est un chemin solitaire. » (Il carra les épaules.) Je porte une lourde responsabilité. Je dois la porter seul. Il n'est pas question pour moi d'avoir une compagne, de partager mon fardeau… je dois avancer seul dans la vie… jusqu'à ce que je tombe au bord de la route.

– Cher Gordon ! dit Bridget. Vous êtes vraiment adorable.

Lord Whitfield fronça les sourcils.

– Le problème n'est pas de savoir si je suis adorable ou non. Oublions toutes ces sottises. Je suis un homme très occupé.

– Je le sais.

– Je m'apprête à lancer une série d'articles : « Les Femmes et le Crime au cours des siècles ».

Bridget le regarda avec admiration.

– C'est une idée formidable, Gordon !

Lord Whitfield se rengorgea.

– Par conséquent, veuillez me laisser. Je ne veux pas être dérangé. J'ai beaucoup de travail en perspective.

Luke et Bridget sortirent sur la pointe des pieds.

– N'empêche qu'il est *vraiment* adorable ! dit Bridget.

– Je commence à me demander si vous n'aviez pas un faible pour cet homme, Bridget !

– Au fond, Luke, je crois bien que oui.

Luke regarda par la fenêtre.

– Je serai content de quitter Wychwood. Je n'aime pas cet endroit. Comme dirait Mrs Humbleby, il y a beaucoup de méchanceté par ici. Je n'aime pas cette corniche d'Ashe Ridge qui plane au-dessus du village comme une menace.

– À propos d'Ashe Ridge, qu'en est-il d'Ellsworthy ?

Luke eut un rire un peu jaune.
– Vous parlez du sang sur ses mains ?
– Oui.
– Apparemment, ils avaient sacrifié un coq blanc !
– C'est répugnant !
– Je crois que notre Mr Ellsworthy va avoir quelques ennuis. Battle lui réserve une petite surprise.
– Quant au pauvre major Horton, dit Bridget, il n'a jamais tenté de tuer sa femme, et Mr Abbot a simplement reçu — je suppose — une lettre compromettante d'une dame, et le Dr Thomas n'est qu'un jeune médecin gentil et modeste.
– Un imbécile de première, oui !
– Vous dites ça parce que vous êtes jaloux de son mariage avec Rose Humbleby.
– Elle est beaucoup trop bien pour lui.
– J'ai toujours eu le sentiment que vous aimiez cette fille plus que moi !
– Ma chérie, vous ne croyez pas que vous dites des bêtises ?
– Non, pas vraiment.
Après un silence, elle reprit :
– Luke, est-ce que vous avez un peu d'estime et d'affection pour moi ?
Il fit un mouvement vers elle, mais, d'un geste, elle le retint.
– J'ai demandé si vous aviez pour moi estime et affection, Luke… pas si vous *m'aimiez*.
– Ah ! je comprends… Oui, Bridget… j'ai énormément d'estime pour vous, et des tonnes d'affection, et il se trouve aussi que je vous aime de tout mon cœur.

– J'ai de l'affection pour vous, Luke…

Ils échangèrent un sourire timide, comme deux enfants qui deviennent inséparables au cours d'un goûter.

– L'affection, c'est plus important que l'amour, dit Bridget. Ça dure. Notre union, je veux qu'elle dure, Luke. S'aimer, se marier, puis se lasser l'un de l'autre et désirer épouser quelqu'un d'autre… je ne veux pas de ça pour nous, Luke.

– Oh ! mon amour, je le sais. Ce que vous voulez, c'est un sentiment authentique. Moi aussi. Notre union durera à jamais, car elle est fondée sur un sentiment authentique.

– C'est vrai, Luke ?

– C'est vrai, mon cœur. Et c'est sans doute pourquoi j'avais si peur de vous aimer.

– Moi aussi, j'avais peur de vous aimer.

– Vous avez encore peur ?

– Non.

– Nous avons longtemps côtoyé la mort, dit Luke. Maintenant, c'est fini ! Maintenant, nous allons commencer à Vivre…

Aubin Imprimeur
LIGUGÉ, POITIERS

Achevé d'imprimer en janvier 2004
pour le compte de France Loisirs
123, bd de Grenelle, 75015 Paris
N° d'édition 39776 / N° d'impression L 66315
Dépôt légal, février 2004
Imprimé en France